Outros títulos de literatura da Jambô

Dungeons & Dragons

A Lenda de Drizzt, Vol. 1 — Pátria
A Lenda de Drizzt, Vol. 2 — Exílio
A Lenda de Drizzt, Vol. 3 — Refúgio
A Lenda de Drizzt, Vol. 4 — O Fragmento de Cristal
A Lenda de Drizzt, Vol. 5 — Rios de Prata
A Lenda de Drizzt, Vol. 7 — Legado
Crônicas de Dragonlance, Vol. 1 — Dragões do Crepúsculo do Outono
Crônicas de Dragonlance, Vol. 2 — Dragões da Noite do Inverno
Crônicas de Dragonlance, Vol. 3 — Dragões do Alvorecer da Primavera

Tormenta

A Deusa no Labirinto
A Flecha de Fogo
A Joia da Alma
Trilogia da Tormenta, Vol. 1 — O Inimigo do Mundo
Trilogia da Tormenta, Vol. 2 — O Crânio e o Corvo
Trilogia da Tormenta, Vol. 3 — O Terceiro Deus
Crônicas da Tormenta, Vol. 1
Crônicas da Tormenta, Vol. 2

Outras séries

Dragon Age: O Trono Usurpado
Espada da Galáxia
Profecias de Urag, Vol. 1 — O Caçador de Apóstolos
Profecias de Urag, Vol. 2 — Deus Máquina

Para saber mais sobre nossos títulos,
visite nosso site em www.jamboeditora.com.br.

LENDAS
Volume Um

Tempo dos Gêmeos

Margaret Weis & Tracy Hickman

Poesia original por Michael Williams
Capa por Matt Stawicki
Arte interna por Valerie Valusek
Tradução por Stephan Martins

DUNGEONS & DRAGONS®
LENDAS VOL. 1 — TEMPO DOS GÊMEOS

©2004 Wizards of the Coast, LLC. Todos os direitos reservados.
DUNGEONS & DRAGONS, D&D, DRAGONLANCE, WIZARDS OF THE COAST
e seus respectivos logos são marcas registradas de Wizards of the Coast, LLC.

TÍTULO ORIGINAL: Legends Vol. 1 — Time of the Twins
TRADUÇÃO: Stephan Martins
REVISÃO: Gilvan Gouvêa
PREPARAÇÃO DE TEXTO: Ana Cristina Rodrigues
LETTERING: Dan Ramos
ILUSTRAÇÕES ADICIONAIS: Ana Carolina Gonçalves
DIAGRAMAÇÃO: Vinicius Mendes
EDITOR-CHEFE: Guilherme Dei Svaldi

EQUIPE DA JAMBÔ: Guilherme Dei Svaldi, Rafael Dei Svaldi, Leonel Caldela, Ana Carolina Gonçalves, Dan Ramos, Diego Alves, Elisa Guimarães, Felipe Della Corte, Freddy Mees, Glauco Lessa, Guiomar Soares, J. M. Trevisan, Karen Soarele, Maíra Abbiana, Maurício Feijó, Thiago Rosa, Vinicius Mendes.

Rua Coronel Genuíno, 209 • Porto Alegre, RS
CEP 90010-350 • Tel (51) 3391-0289
contato@jamboeditora.com.br • www.jamboeditora.com.br

Todos os direitos desta edição reservados à Jambô Editora. É proibida a reprodução total ou parcial, por quaisquer meios existentes ou que venham a ser criados, sem autorização prévia, por escrito, da editora.

1ª edição: junho de 2021 | ISBN: 978658863402-8

Dados Internacionais de Catalogação na Publicação

W426t Weis, Margaret
   Tempo dos Gêmeos / Margaret Weis e Tracy Hickman; tradução de Stephan Martins. — Porto Alegre: Jambô, 2021.
   416p. il.

   1. Literatura norte-americana. I. Tracy, Hickman. II. Martins, Stephan. III. Título.

CDU 869.0(81)-311

Meu vô, que me botava para dormir do seu jeitinho especial e minha vozinha, sempre tão sábia. Obrigado por suas histórias, por seu amor, por sua vida e pelas histórias de ninar. Vocês viverão para sempre.
—Tracy Raye Hickman

Esse livro sobre laços físicos e espirituais que ligam irmãos só poderia ser dedicado a uma pessoa: minha irmã. Para Terry Lynn Weiss Wilhelm, com amor.
— Margaret Weis

Gostaríamos de agradecer imensamente a:

Michael Williams — pela poesia esplêndida e amizade calorosa.

Steve Sullivan — pelos mapas maravilhosos. (Agora você sabe onde está, Steve!)

Patrick Price — por seus conselhos e suas críticas construtivas.

Jean Black — nossa editora, que teve fé em nós desde o início.

Ruth Hoyer — pela capa e arte interna.

Roger Moore — pelos artigos da *DRAGON® Magazine* e pela história de Tasslehoff e o mamute felpudo.

A equipe Dragonlance®: Harold Johnson, Laura Hickman, Douglas Niles, Jeff Grubb, Michael Dobson, Michael Breault, Bruce Heard.

Os artistas do Calendário Dragonlance de 1987: Clyde Caldwell, Larry Elmore, Keith Parkinson, e Jeff Easley.

O Mundo de Krynn
O Continente de Ansalon

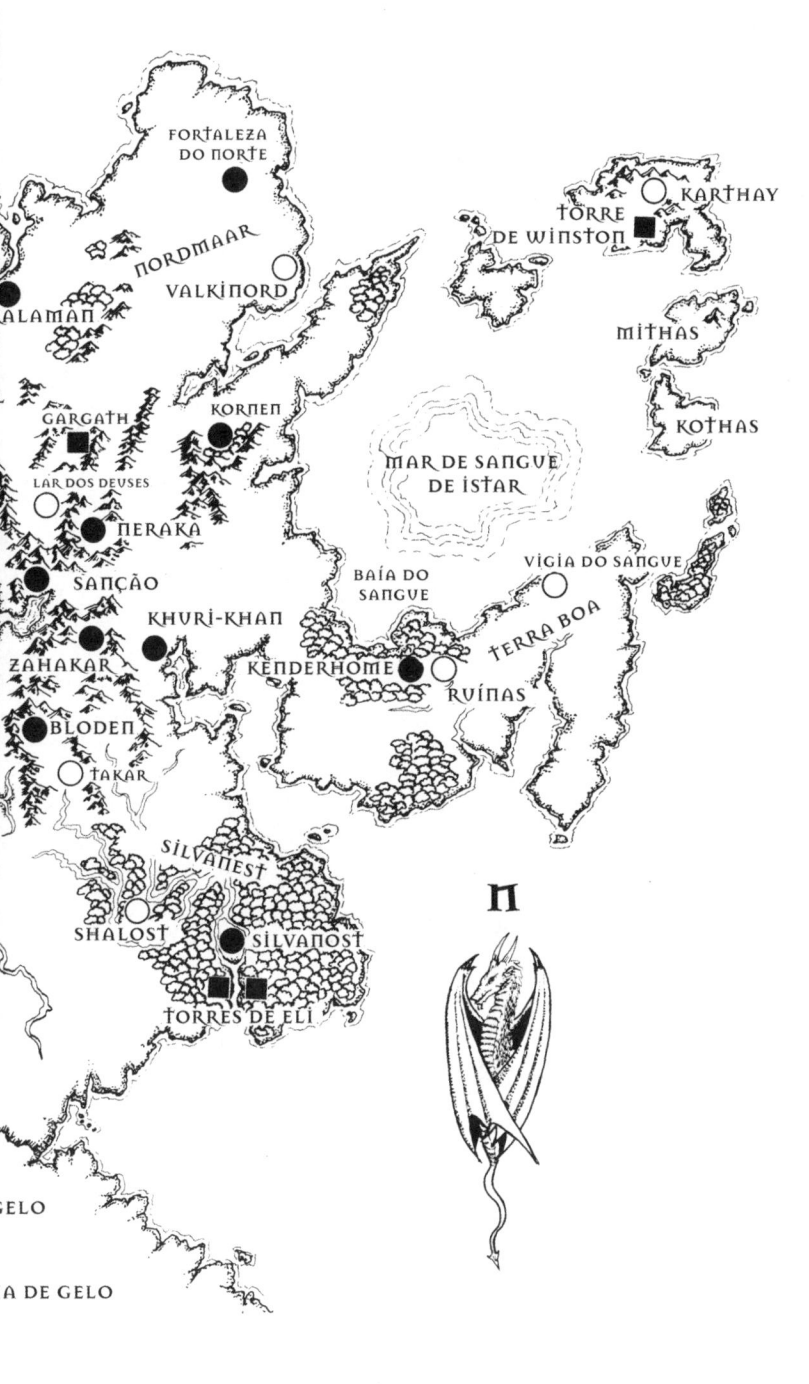

O encontro

Uma figura solitária caminhava na direção da luz distante. Andando sem ser ouvido, seus passos eram absorvidos pela escuridão ao seu redor. Bertrem permitiu-se um raro voo de imaginação ao observar as filas aparentemente intermináveis de livros e rolos que eram parte da Crônica de Astinus e detalhavam a história daquele mundo, a história de Krynn.

"É como ser sugado pelo tempo," pensou, suspirando ao olhar as fileiras imóveis e silenciosas. Desejou, por um momento, que estar sendo levado para outro lugar onde não teria que encarar a difícil tarefa a sua frente.

— Todo o conhecimento do mundo está nesses livros — disse para si mesmo. — E nunca encontrei nada que me ajudasse a ficar mais fácil interromper seu autor.

Bertrem parou na frente da porta para juntar coragem. Suas vestes de Estético se acomodaram ao seu redor, caindo em dobras coordenadas e retas. Seu estômago, porém, recusou-se a seguir esse exemplo e ficava se retorcendo. Bertrem passou as mãos na cabeça, um gesto de ansiedade que ficara da sua juventude, antes que a profissão escolhida tivesse lhe custado os cabelos.

Perguntava-se o que o incomodava, sem ânimo — além, claro, de estar indo ver o Mestre, algo que ele não fazia desde... desde... Ele estremeceu. Sim, desde que o jovem mago quase morrera na porta deles durante a última guerra.

Guerra... mudança, era isso. Como suas vestes, o mundo parecia finalmente estar se acomodando ao seu redor, mas ele sentia a mudança vindo de novo, como a sentira dois anos antes. Queria poder impedi-la... Bertrem suspirou.

— Com certeza, não irei impedir nada aqui parado na escuridão — murmurou. Mesmo assim, sentiu-se desconfortável, como se estivesse cercado por fantasmas. A luz brilhava sobre a porta, passando para o corredor. Lançou um rápido olhar sobre o ombro para as sombras dos livros, cadáveres pacíficos descansando em suas tombas, e o Estético abriu a porta em silêncio e entrou no escritório de Astinus de Palanthas.

Apesar de o homem estar ali, não falou nem ergueu os olhos.

Caminhou com passos cuidadosos pelo denso tapete de lã de carneiro colocado sobre o piso de mármore e parou na frente da grande mesa de madeira polida. Por alguns momentos, não disse nada, distraído olhando a mão do historiador guiando a pena pelo pergaminho em gestos firmes e contidos.

— Pois não, Bertrem? — Astinus não parou de escrever.

Astinus, de frente para Bertrem, leu as letras que, mesmo de cabeça para baixo, era claras e facilmente legíveis.

Neste dia, como na Vigia Sombria ascendente 29, Bertrem entrou no meu escritório.

— Crysania da Casa de Tarinius está aqui para vê-lo, Mestre. Ela disse que o senhor a estava esperando... — a voz de Bertrem sumiu aos poucos até se tornar um sussurro, pois chegar até aquele ponto tinha minado a coragem do Estético.

Astinus continuou a escrever.

— Mestre — Bertrem recomeçou, tremendo de ansiedade. — Eu... nós não sabemos o que fazer. Afinal, ela é uma Filha Reverenciada de Paladine e eu... nós não conseguimos nos recusar a permitir sua entrada. O que ela...

— Leve-a até meus aposentos privativos — Astinus disse, sem parar de escrever e sem levantar os olhos.

A língua de Bertrem ficou presa, deixando-o incapaz de falar por um momento. As letras fluíam da pena para o pergaminho branco.

Neste dia, como em Pós-vigia ascendente 28, Crysania de Tarinius chegou para o seu encontro com Raistlin Majere.

— Raistlin Majere! — Bertrem exclamou, o horror e o choque soltando sua língua. — Devemos permitir que ele tam...

Astinus ergueu os olhos, a testa franzida com sua irritação. Quando sua pena cessou seu eterno arranhar no pergaminho, um silencio profundo e antinatural se estabeleceu na sala. Bertrem empalideceu. O rosto do historiador poderia ter sido chamado de bonito, de uma forma além do conceito de idade. Mas ninguém que vira o seu rosto lembrava-se dele. Só lembravam dos olhos: escuros, intensos, atentos, sempre se movendo e tudo observando. Aquele olhar também conseguia transmitir vastas palavras de impaciência, lembrando a Bertrem que o tempo estava passando. Enquanto os dois falavam, minutos inteiros da história estavam voando por eles, sem serem registrados.

— Perdoe-me, Mestre — Bertrem curvou-se em uma reverência profunda e saiu precipitadamente do escritório, fechando a porta em silêncio atrás de si. Assim que saiu, limpou a cabeça raspada que brilhava de suor

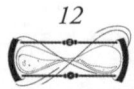

e seguiu apressado pelos corredores de mármore silenciosos da Grande Biblioteca de Palanthas.

Astinus parou na porta dos seus aposentos, seu olhar na mulher que os ocupava.

Localizada na ala oriental da Grande Biblioteca, a residência do historiador era pequena e, como todas as outras salas da biblioteca, cheia de livros de todos os tipos e encadernações, enfileirando-se nas prateleiras das paredes e dando ao lugar um cheiro vagamente mofado, como o de um mausoléu lacrado por séculos. A mobília era pouca e estava impecável. As cadeiras, de madeira lindamente entalhadas, eram duras e desconfortáveis para sentar-se. Uma mesa baixa, perto da janela, estava livre de enfeites ou decorações, refletindo a luz do sol poente em sua superfície negra. Tudo na sala estava na mais perfeita ordem. Até a madeira para a lareira durante a noite — as noites do final da primavera eram frias, mesmo ali tão ao norte — estavam empilhadas de forma tão ordeira que lembravam uma pira funerária.

Porém, mesmo a câmara privativa do historiador sendo pura, límpida e fria, parecia apenas refletir a beleza pura, límpida e fria da mulher que esperava sentada, as mãos unidas no colo.

Crysania de Tarinius esperava pacientemente. Ela não se movia, nem suspirava nem olhava com frequência para a clepsidra que ficava em um canto. Ela não estava lendo, embora Astinus tivesse certeza de que Bertrem oferecera um livro. Não andava pela sala nem examinava os poucos enfeites em nichos escuros das estantes. Estava sentada na desconfortável cadeira, os olhos claros e brilhantes presos nas bordas manchadas de vermelho das nuvens sobre as montanhas como se estivesse vendo o sol se pôr pela primeira — ou última — vez sobre Krynn.

Estava tão concentrada naquela visão além da janela que Astinus entrou sem chamar a sua atenção. Ele a observou com grande interesse, o que não era incomum para o historiador, que analisava todos seres vivos em Krynn com o mesmo olhar profundo e penetrante. O que era incomum era a expressão de pena e tristeza profunda que passou por um momento sob seu rosto.

Astinus registrava a história. Ele o fazia desde o começo do tempo, vendo-a passar diante dos seus olhos e a colocando em seus livros. Não podia prever o futuro, pois isso era do domínio dos deuses. Mas podia sentir os sinais da mudança, aqueles mesmo que tanto perturbaram Bertrem. Ali parado, podia

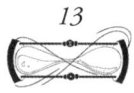

ouvir as gotas de água caindo no relógio d'água. Se colocasse a mão debaixo delas, interromperia o fluxo das gotas, mas o tempo seguiria em frente.

Suspirando, Astinus voltou a sua atenção para a mulher, de quem já ouvira falar, mas nunca encontrara.

Seu cabelo era negro, azulado, negro como a água em um mar calmo a noite. Usava-o penteado para trás a partir do centro, preso no alto da cabeça por um simples pente de madeira. O estilo austero não favorecia as feições pálidas e delicadas, enfatizando sua brancura. Não havia cor naquele rosto. Os olhos eram cinzentos e pareciam grandes demais. seus lábios não tinham sangue.

Poucos anos antes, quando ela era jovem, serviçais haviam trançado e enrolado aquele cabelo denso e negro nos últimos estilos da moda, enfiando agulhas de prata e de ouro, decorando os tons escuros com joias brilhantes. Tingiam suas bochechas com o sumo de frutinhas esmagadas e a vestiam em peças suntuosas de rosas pálidos e azuis delicados. Ela já fora linda. Ela já tivera uma fila de pretendentes.

O vestido que usava agora era branco, como cabia a uma clériga de Paladine, e simples, embora feito de bom material. Não tinha outras decorações, além da de Paladine, o medalhão do Dragão de Platina. Seu cabelo estava coberto por um amplo capuz branco que ressaltava a lisura e a frieza marmóreas de seu rosto.

"Ela poderia ser de mármore mesmo", pensou Astinus, "com a diferença de que o sol consegue aquecer a pedra."

— Saudações, Filha Reverenciada de Paladine — Astinus disse, entrando e fechando a porta atrás de si.

— Saudações, Astinus — Crysania de Tarinius disse, levantando-se.

Ela andou pela pequena sala na direção de Astinus, que ficou impressionado com a agilidade e a amplitude quase masculina dos seus passos. Parecia uma estranha combinação com suas feições delicadas. Seu aperto de mão também era forte e firme, pouco típico das mulheres palantinas, que raramente apertavam mãos e, quando o faziam, só estendiam as pontas dos dedos.

— Preciso lhe agradecer por tomar seu precioso tempo para agir como um lado neutro neste encontro — Crysania disse, com frieza. — Sei que detesta se separar de seus estudos.

— Desde que não seja um tempo perdido — Astinus respondeu, segurando a mão dela enquanto a olhava atentamente. — Porém, devo admitir que estou ressentido.

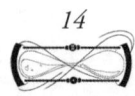

— Por quê? — Crysania examinou o rosto sem idade do homem, realmente surpresa. Porém, ao entender, sorriu, um sorriso frio que dava tanta vida ao seu rosto como a lua brilhando sobre a neve. — Você acha que ele não virá, não é mesmo.

Astinus bufou e soltou a mão da mulher como se tivesse perdido todo o interesse pela sua existência. Virando-se, ele foi até a janela e olhou a cidade de Palanthas, com seus brilhantes prédios brancos banhando-se na luz solar com uma beleza de tirar o fôlego, com uma única exceção. Um edifício permanecia intocado pelo sol, mesmo ao meio-dia.

E foi ali que o olhar de Astinus se fixou. Impondo-se no centro da bela e brilhante cidade, com suas torres de pedra escura retorcidas, seus minaretes — recém-reparados e construídos pelo poder da magia — brilhavam vermelhos como o sangue ao pôr-do-sol, parecendo dedos esqueléticos e pútridos surgindo de algum cemitério profano.

— Dois anos atrás, ele entrou na Torre da Alta Magia — Astinus falou em sua voz calma e desapaixonada quando Crysania juntou-se a ele na janela. — Entrou na calada da noite, na escuridão, a única lua no céu era a lua que não emite luz. Passou pelo bosque Shoikan, um lugar de carvalhos amaldiçoados do qual nenhum mortal, nem mesmo um da raça dos kender, ousa se aproximar. Abriu caminho até os portões onde ainda está dependurado o corpo do mago maligno que, com seu último suspiro, lançou a maldição sobre a torre e se jogou das janelas superiores, empalando-se em seus portões, um vigia terrível. Mas quando ele chegou ali, o vigia curvou-se perante ele, os portões abriram-se com seu toque e se fecharam depois que passou. E não se abriram de novo nesses dois anos. Ele não saiu e, se alguém entrou, ninguém viu. E você o espera... *aqui*?

— O mestre do passado e do presente — Crysania deu de ombros. — Ele veio, como foi dito.

Astinus a encarou, um pouco surpreso.

— Você conhece a sua história?

— Claro — a clériga respondeu com calma, olhando para ele por um instante e voltando seus olhos claros para a Torre, que já se envolvia nas sombras da noite que se aproximava. — Um bom general sempre estuda o inimigo antes da batalha. Conheço Raistlin Majere muito bem, muito bem mesmo. E eu sei... ele virá esta noite.

Crysania continuou a encarar a terrível Torre, o queixo erguido, os lábios exangues firmes em uma linha reta, as mãos presas às suas costas.

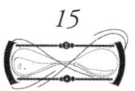

O rosto de Astinus ficou sério e pensativo de repente, o olhar preocupado embora a voz permanecesse fria como sempre.

— Você parece muito segura de si mesma, Filha Reverenciada. Como você sabe disso?

— Paladine falou comigo — Crysania respondeu sem tirar os olhos da Torre. — Em um sonho, o Dragão de Platina apareceu na minha frente e me disse que o mal, antes banido deste mundo, retornou encarnado nesse mago de vestes negras, Raistlin Majere. Estamos correndo um grave perigo e eu devo impedir. — Conforme falava, o rosto marmóreo de Crysania ficava mais suave, seus olhos cinzentos mais claros e brilhantes. — Vai ser o teste para minha fé pelo qual eu pedi! — Olhou de relance para Astinus. — Sabe, desde a minha infância eu sei que meu destino é um dia suceder em um grande serviço a este mundo e ao seu povo. Esta é a minha chance.

O rosto de Astinus ficou mais severo e até mesmo mais austero ao escutar isso.

— Paladine lhe disse isso? — perguntou de repente.

Crysania, talvez por sentir a descrença do homem, franziu os lábios. O único sinal de sua raiva, porém, foi a linha fina que apareceu em sua testa, além da calma forçada em sua resposta.

— Arrependo-me de ter falado sobre isso, Astinus, perdoe-me. É entre meu deus e eu, e essas coisas sagradas não devem ser debatidas. Só trouxe o assunto à tona para provar que este homem maligno irá aparecer. Ele não poderá impedir, pois o próprio Paladine o trará.

As sobrancelhas de Astinus se ergueram tanto que quase desapareceram no seu cabelo grisalho.

— Esse 'homem maligno', como você o chama, Filha Reverenciada, serve a uma deusa tão poderosa quando Paladine, a Takhisis, Rainha da Escuridão! Talvez eu não deva dizer que *sirva* — Astinus deu um sorriso irônico. — Não em relação a ele.

A testa de Crysania ficou lisa e o sorriso frio voltou.

— O Bem redime os seus — respondeu com gentileza. — O Mal se vira contra si mesmo. O Bem irá triunfar novamente, como fez durante a Guerra da Lança contra Takhisis e seus dragões malignos. Com a ajuda de Paladine, eu irei triunfar sobre este mal como o herói, Tanis Meio-Elfo, triunfou sobre a Rainha da Escuridão.

— Tanis Meio-Elfo triunfou com a ajuda de Raistlin Majere — Astinus respondeu sem se perturbar. — Ou essa parte da lenda você prefere ignorar?

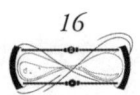

Nem uma onda de emoção perpassou a superfície imóvel e plácida do rosto de Crysania. Seu sorriso permaneceu fixo. Seu olhar estava na rua.

— Veja, Astinus — disse, baixinho. — Ele vem.

O sol afundou atrás das montanhas distantes e o céu, iluminado pelo brilho deixado por ele, parecia uma joia púrpura. Serviçais entraram em silêncio, acendendo o fogo no pequeno aposento de Astinus. Até ele queimava em silêncio, como se as chamas tivessem sido ensinadas pelo historiador a manterem o pacífico repouso da Grande Biblioteca. Crysania mais uma vez sentou-se na cadeira desconfortável, as mãos mais uma vez unidas em seu colo. A sua aparência externa estava calma e fria como antes. Por dentro, seu coração batia excitava, mas só o que se via era um brilho maior nos olhos.

Nascida na rica e nobre família Tarinius de Palanthas, uma família quase tão antiga quanto a cidade, Crysania tinha recebido cada conforto e cada privilégio que dinheiro e posição poderiam dar. Inteligente e determinada, poderia ter se tornado uma mulher teimosa e difícil. Seus pais, sábios e amorosos, tinham cuidado e moldado o espírito forte de sua filha de forma a se transformar numa profunda e firme confiança em si mesma. Crysania só fizera uma coisa em toda a sua vida a entristecer seus pais, mas que os ferira profundamente. Ela virara as costas a um casamento perfeito com um jovem nobre para ter uma vida devotada ao serviço de deuses há muito esquecidos.

Ela ouvira o clérigo Elistan pela primeira vez quando ele fora até Palanthas no final da Guerra da Lança. Sua nova religião — ou talvez fosse melhor chamá-la de velha religião espalhava-se como fogo por Krynn, pois uma lenda recém-surgida dizia que a crença nos velhos deuses ajudara a derrotar os dragões malignos e seus mestres, os Senhores dos Dragões.

Ao ouvir Elistan falar, no começo Crysania fora cética. A jovem, então nos seus vinte anos, tinha sido criada ouvindo histórias de como os deuses infligiram o Cataclismo em Krynn, lançando a montanha de fogo que despedaçara as terras e jogara a cidade sagrada de Istar no Mar Sangrento. As pessoas diziam que depois disso os deuses se afastaram dos homens, recusando-se a ter qualquer contato com eles. Crysania estava pronta a escutar Elistan com educação, mas tinha argumentos prontos para rebater suas afirmações.

Ficou impressionada, de forma favorável, ao encontrá-lo. Naquela época, Elistan estava no auge de seu poder. Bonito, forte, mesmo na meia-idade, parecia com um daqueles clérigos antigos que tinham batalhado, segundo as lendas, ao lado do poderoso cavaleiro Huma. Crysania começou

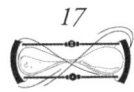

a noite encontrando motivos para admirá-lo. Terminou ajoelhada aos seus pés, chorando humildemente de alegria, sua alma tendo finalmente encontrado a ancora que procurava.

Os deuses não tinham se afastado dos homens, era essa a mensagem. Os homens tinham se afastado dos deuses, exigindo com orgulho o que Huma buscara com humildade. No dia seguinte, Crysania deixou seu lar, sua riqueza, seus serviçais, seus parentes e seu prometido e se mudou para a pequena casa gelada que era a ponta-de-lança do templo novo que Elistan planejava construir em Palanthas.

Dois anos depois, Crysania era uma Filha Reverenciada de Paladine, uma das poucas consideradas dignas de liderar a igreja durante as dores de crescimento da juventude. Era bom que a igreja tivesse aquele sangue novo e firme. Elistan dera a sua vida e sua energia sem hesitar e parecia então que o deus a quem servira tão fielmente logo iria convocar o clérigo para o seu lado. E quando aquele triste evento acontecesse, muitos acreditavam que seria Crysania a continuar o seu trabalho.

Com certeza, Crysania sabia que estava preparada para aceitar a liderança da igreja, mas seria o bastante? Como dissera a Astinus, a jovem sempre sentira que seu destino era prestar um grande serviço ao mundo. Guiar a igreja em suas rotinas cotidianas após o fim da guerra parecia vazio e mundano. Diariamente, ela rezava pedindo a Paladine que lhe mandasse uma tarefa difícil. Ela sacrificaria tudo, jurava, até a própria vida, pelo serviço do seu amado deus.

Então viera a resposta.

Esperava com uma ansiedade que mal podia conter. Não estava com medo, nem mesmo de encontrar aquele homem, que diziam ser a mais poderosa força do mal a viver sobre a face de Krynn. Se sua educação permitisse, sua boca se curvaria em um ricto desdenhoso. Que mal poderia suportar a poderosa espada de sua fé? Que mal poderia penetrar em sua armadura brilhante?

Como um cavaleiro dirigindo-se a uma justa, envolto nas fitas do seu amor, sabendo que não poderia perder com aqueles símbolos tremulando ao vento, Crysania manteve os olhos fixos na porta, esperando ansiosa pelos primeiros golpes do torneio. Quando a porta se abriu, as mãos, pousadas calmamente em seu colo, apertaram-se de emoção.

Bertrem entrou. Seus olhos foram até Astinus, que estava sentado imóvel como um pilar de pedra em uma cadeira desconfortável perto do fogo.

— O mago, Raistlin Majere — Bertrem disse. Sua voz falhou na última silaba. Talvez estivesse pensando na última vez em que anunciara

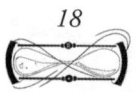

aquele visitante, quando Raistlin estava moribundo e vomitando sangue nos degraus que levavam para a Grande Biblioteca. Astinus franziu a testa com a falta de autocontrole de Bertrem e o Estético despareceu pela porta o mais rápido que suas vestes permitiam.

Sem perceber, Crysania prendera a respiração. No começo, não vira nada, apenas uma sombra de escuridão na porta, como se a própria noite tivesse ganho forma na entrada. Ali a escuridão parou.

— Entre, velho amigo — Astinus disse em sua voz calma e grave.

A sombra iluminou-se com um brilho — a luz do fogo refletindo-se em vestes negras veludosas e maciais — e depois por pequenas faíscas, quando a luz se refletia em fios prateados de runas bordadas ao redor do capuz de veludo. A sombra virou uma figura, as vestes negras envolvendo completamente o corpo. Por um breve momento, a única parte humana que podia ser vista era uma mão fina, quase esquelética, agarrada a um cajado de madeira. O cajado tinha uma bola de cristal na ponta, presa pela garra dourada de dragão ali entalhada.

Conforme a figura adentrava o aposento, Crysania era tomado por uma fria decepção. Ela tinha pedido uma tarefa difícil a Paladine! Onde estava o grande mal a ser combatido naquilo? Podia vê-lo claramente e só via um homem magro e frágil, os ombros levemente encurvados, apoiando-se no cajado enquanto andava como se estivesse fraco demais para se mover sem ajuda. Ela sabia a idade dele, devia estar com vinte e oito anos. Porém, movia-se como um humano de noventa, os passos lentos e calculados, falhando por vezes.

"Que teste existe em enfrentar essa criatura condenada?", Crysania perguntou a Paladine, amargamente. "Eu nem preciso enfrentá-lo. Ele está sendo devorado por dentro pelo seu próprio mal!"

De frente para Astinus e de costas para Crysania, Raistlin jogou o capuz negro para trás.

— Saudações novamente, Imortal — disse para Astinus em voz baixa.

— Saudações, Raistlin Majere — Astinus disse, sem levantar-se. Sua voz tinha um tom sarcástico, como se compartilhar uma piada interna com o mago. Gesticulou. — Quero lhe apresentar Crysania da Casa da Tarinius.

Raistlin se virou.

Crysania arquejou, uma dor terrível no peito fechou a sua garganta e, por um momento, não conseguiu respirar. Pontadas agudas atingiam as pontas dos seus dedos, um arrepio tomou o seu corpo. Sem perceber, encolheu-se na cadeira, as mãos apertando-se, fazendo as unhas se enfiarem na carne entorpecida.

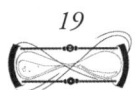

Tudo o que podia ver a sua frente eram os dois olhos dourados brilhando em uma escuridão profunda. Eram como um espelho dourado, planos e reflexivos, sem revelar nada da alma por trás. As pupilas... Crysania encarou as pupilas escuras em um horror embevecido. As pupilas dentro dos olhos dourados eram em formato de ampulhetas! E o rosto... encovado pelo sofrimento, marcado pela dor da existência torturada que o jovem tivera nos últimos sete anos, desde que os cruéis da Torre da Alta Magia deixando seu corpo estraçalhado e sua pele tingida de dourado, o rosto do mago era uma máscara metálica, impenetrável e sem sentimentos, como a garra dourada de dragão que enfeitava seu cajado.

— Filha Reverenciada de Paladine — disse em voz baixa, uma voz cheia de respeito e... até mesmo admiração.

Crysania espantou-se, encarando-o surpresa. Certamente, aquilo não era o que tinha esperado.

Não conseguia se mover. O olhar dele a prendia e, em pânico, ela se perguntava se havia lançado um feitiço. Parecendo perceber o seu medo, ele atravessou a sala para ficar na sua frente em uma atitude ao mesmo tempo condescendente e tranquilizadora. Erguendo os olhos, ela pode ver a luz do fogo brilhando nos olhos dourados.

— Filha Reverenciada de Paladine — Raistlin disse de novo, a voz suave envolvendo Crysania como a escuridão aveludada de suas vestes. — Espero que esteja bem. — Mas ela já conseguia ouvir o sarcasmo e o cinismo amargos naquela voz. Era isso que ela esperava, para isso que havia se preparado. Seu tom anterior, de respeito, a pegara de surpresa, admitiu zangada, mas aquela primeira fraqueza passara. Levantando-se, deixando seus olhos no mesmo nível dos dele, ela agarrou, sem notar, o medalhão de Paladine. O toque frio do metal deu-lhe coragem.

— Não creio que seja necessário trocarmos amenidades — Crysania declarou, ríspida, o rosto mais uma vez frio e sem expressão. — Estamos mantendo Astinus longe de seus estudos. Ele irá apreciar se concluirmos o nosso assunto sem delongas.

— Não poderia concordar mais — o mago vestido de preto disse, com um ligeiro torcer do lábio fino que poderia ter passado por um sorriso. — Vim em resposta ao seu chamado. O que quer de mim?

Crysania sentiu que ele estava rindo dela. Acostumada a receber apenas o maior dos respeitos, aquilo aumentou sua raiva. Ela o encarou com olhos cinzas e frios.

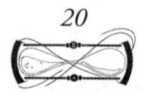

— Vim avisá-lo, Raistlin Majere, que seus planos malignos são conhecidos por Paladine. Tome cuidado ou ele irá destruí-lo...

— Como? — Raistlin perguntou de repente, e seus olhos estranhos iluminaram-se de forma estranha e intensa. — Como ele irá me destruir? — repetiu. — Raios? Inundações e incêndios? Talvez outra montanha de fogo?

Ele deu outro passo na direção dela. Crysania afastou-se com frieza, mas esbarrou na cadeira. Agarrando-se firmemente na madeira, ela a contornou, virando-se para encará-lo.

— Você debocha de seu próprio destino — retrucou, com calma.

O lábio de Raistlin se torceu ainda mais, porém, ele continuou falando como se não a tivesse ouvido.

— Elistan? — A voz de Raistlin abaixou até virar um sussurro. — Ele irá enviar Elistan para me destruir? — O mago deu de ombros. — Não, com certeza não. Segundo todos os relatos, o grande clérigo sagrado de Paladine está cansado, frágil, moribundo...

— Não! — Crysania exclamou, mordendo depois os lábios, zangado por ter sido levada a mostrar seus sentimentos. Parou, respirando fundo. — Os caminhos de Paladine não devem ser questionados nem zombados — disse, a voz em uma calma gélida, mas não conseguiu impedir que ela se suavizasse de forma quase imperceptível. — E a saúde de Elistan não é assunto seu.

— Talvez seja um assunto mais próximo de mim do que você percebe — Raistlin respondeu com o que, para Crysania, parecia ser um sorriso debochado.

Crysania sentiu o sangue pulsar nas têmporas. Enquanto falava, o mago moveu-se ao redor da cadeira, chegando perto da jovem. Estava tão perto que Crysania podia sentir um calor estranho, não-natural, irradiar do seu corpo através das vestes negras. Podia sentir um cheiro vago, denso, mas agradável, ao redor dele. Algo forte... lembrou-se subitamente dos componentes para feitiços. O pensamento a enojou e a enjoou. Apertando o medalhão de Paladine em uma mão, sentindo seus cantos suavemente lapidados enterrarem-se em sua pele, ela se afastou de novo.

— Paladine veio até a mim em um sonho... — falou, arrogante.

Raistlin riu.

Poucos tinham ouvido o mago rir, e esses poucos lembrar-se-iam disso para sempre, ressoando em seus piores pesadelos. Era fina, aguda e afiada como uma lâmina. Negava toda a bondade, debochava de tudo que era correto e verdadeiro, e perfurou a alma de Crysania.

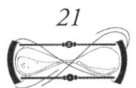

— Muito bem — Crysania disse, encarando-o com um desprezo tal que endureceu seus olhos cinzentos até se tornarem azuis. — Fiz o melhor que pude para desviá-lo desse caminho. Eu o avisei. Sua destruição está nas mãos dos deuses.

De repente, talvez por perceber que ela o encarava sem medo, a risada de Raistlin cessou. Observou-a com atenção, estreitando os olhos dourados. Sorriu, um sorriso secreto e íntimo, de uma alegria tão estranha que Astinus, observando a conversa dos dois, levantou-se. O corpo do historiador bloqueou a luz do fogo. Sua sombra caiu sobre os dois. Raistlin assustou-se, quase alarmado. Virando um pouco o corpo, lançou um olhar ígneo e ameaçador para Astinus.

— Cuidado, velho amigo — o mago avisou. — Ou você mexeria com a história?

— Eu não mexo — Astinus respondeu. — Como você bem sabe. Sou um observador, um relator. Em tudo, sou neutro. Conheço seus esquemas e seus planos como conheço os esquemas e os planos de todos que respiraram hoje. Por isso, escute-me, Raistlin Majere, e preste atenção neste aviso. Esta é uma querida pelos deuses, como seu nome indica.

— Querida pelos deuses? Mas somos todos, não é, Filha Reverenciada? — Raistlin perguntou, virando-se para encarar Crysania mais uma vez. Sua voz era suave como o veludo de sua roupa. — Não é o que está escrito nos Discos de Mishakal? Não é o que divino Elistan ensina?

— Sim — Crysania respondeu devagar, olhando com desconfiança e esperando mais deboche. Mas o rosto metálico estava sério, e de repente sua aparência era de um estudioso, sábio e inteligente. — É o que está escrito. — Sorriu, com frieza. — Fico satisfeita de saber que você leu os Discos sagrados, embora, obviamente, não tenha aprendido com eles. Ou você não lembra do que é dito...

Ela foi interrompida por um bufar de Astinus.

— Já fiquei afastado dos meus estudos por tempo demais. — O historiador atravessou o piso de mármore até a porta. — Chamem Bertrem quando estiverem prontos para partir. Adeus, Filha Reverenciada. Adeus... velho amigo.

Astinus abriu a porta. O silêncio pacífico da biblioteca fluiu para a sala, banhando Crysania em sua frieza refrescante. Sentiu-se no controle e relaxou. Sua mão soltou o medalhão. De maneira formal, porém graciosa, inclinou-se para se despedir de Astinus, assim como fez Raistlin. A porta fechou-se atrás do historiador. Os dois ficaram sozinhos.

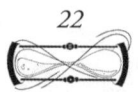

Por longos momentos, nenhum deles falou. Crysania sentiu o poder de Paladine fluindo por ela e virou-se para encarar Raistlin.

— Eu me esqueci que foi você e os que o acompanhavam que recuperaram os Discos sagrados. Claro que você os leu. Eu gostaria de discuti-los mais com você, mas, daqui por diante, em quaisquer assuntos que tivermos no futuro, Raistlin Majere — ela disse com a voz fria. — Peço para que fale de Elistan com mais respeito. Ele...

Ela parou surpresa e alarmada ao ver o corpo esguio do mago desmoronar a sua frente.

Devastado por espasmos de tosse, apertando o peito, Raistlin tentava respirar. Cambaleou. Se não fosse pelo cajado no qual se apoiava, ele teria caído ao chão. Esquecendo sua aversão e seu nojo, em uma reação instintiva, Crysania estendeu os braços e colocou as mãos nos ombros dele, murmurando uma oração curativa. Embaixo de suas mãos, as vestes eram macias e quentes. Podia sentir os músculos de Raistlin torcendo-se em espasmos, sentir a sua dor e seu sofrimento. A compaixão encheu seu peito.

Raistlin soltou-se de seu toque, empurrando-a. A tosse diminuiu aos poucos. Ao conseguir respirar normalmente outra vez, olhou-a com desdém.

— Não desperdice suas orações comigo, Filha Reverenciada — ele disse, amargamente. Puxando um pano de suas vestes, limpou os lábios e Crysania viu o pano voltar manchado de sangue. — Não há cura para a minha doença. É este o sacrifício, o preço que pago por minha magia.

— Eu não entendo — ela murmurou. As mãos se fechavam ao lembrar vividamente da suavidade aveludada das vestes negras e, sem perceber, ela apertou seus dedos atrás das costas.

— Não? — Raistlin respondeu, encarando-a no fundo da alma com seus estranhos olhos dourados. — Qual foi o sacrifício que você fez pelo seu poder?

Um rubor leve, quase invisível na luz mortiça do fogo manchou as bochechas de Crysania de sangue, como os lábios do mago. Preocupada com aquela invasão do seu íntimo, ela virou o rosto, os olhos mais uma vez para fora da janela. A noite caíra sobre Palanthas. A lua prateada, Solinari, era uma faixa de luz no céu escuro. A lua vermelha, sua gêmea, ainda não nascera. A lua negra... ela se pegou pensando em onde ela estaria. Ele realmente poderia vê-la?

— Preciso ir — Raistlin disse, a respiração arranhando a garganta. — Esses espasmos me enfraquecem e eu preciso descansar.

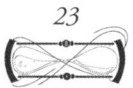

— Claro — Crysania sentia-se calma mais uma vez. Com todas as pontas de suas emoções colocadas de volta no lugar, virou-se para encará-lo de novo. — Agradeço por ter vindo...

— Mas o nosso assunto não terminou — Raistlin disse, a voz baixa. — Gostaria de ter a chance de lhe provar que o temor do seu deus é infundado. Tenho uma sugestão. Venha me visitar na Torre da Alta Magia. Ali, você irá me ver entre meus livros e entenderá os meus estudos. Quando o fizer, sua mente se tranquilizará. Afinal, como é ensinado nos Discos, só tememos o que desconhecemos. — Ele deu um passo na direção dela.

Surpresa com aquela proposta, Crysania arregalou os olhos. Tentou se afastar, mas tinha, sem querer, ficado aprisionada pela janela.

— Não posso ir... até a Torre — ela hesitou, pois a proximidade dele a incomodava, deixando-a sem respirar. Tentou contorná-lo, mas ele moveu seu cajado, bloqueando o caminho. Com frieza, continuou. — Os feitiços ali colocados impedem que qualquer um entre...

— Exceto aqueles que eu escolho receber — Raistlin sussurrou. Dobrou o pano manchado de sangue e o guardou em um bolso secreto de suas vestes. Estendeu a mão e pegou a de Crysania.

— Como é corajosa, Filha Reverenciada — comentou. — Você não tremeu com meu toque maligno.

— Paladine está comigo — respondeu Crysania, desdenhosa.

Raistlin sorriu, um sorriso caloroso, sombrio e secreto — um sorriso só para os dois. Ele fascinou Crysania. Ele a puxou para perto de si e soltou a sua mão. Apoiou o cajado na cadeira e estendeu os braços, segurando a cabeça dela nas mãos finas, colocando os dedos sobre o capuz branco que ela usava. Crysania tremia com seu toque, mas não conseguia se mover, nem falar ou fazer qualquer outra coisa além de encará-lo com um medo selvagem que ela não conseguia impedir nem compreender.

Segurando-a com firmeza, Raistlin inclinou-se e encostou de leve os lábios manchados de sangue na testa dela enquanto murmurava palavras estranhas. Depois, soltou-a.

Crysania tropeçou, quase caindo. Sentiu-se fraca e tonta. A sua mão foi até a testa onde o toque daqueles lábios queimavam a sua pele com uma dor ardente.

— O que você fez? — exclamou, ferida. — Você não pode colocar um feitiço em mim! A minha fé protege...

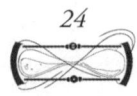

— Claro. — Raistlin soltou um suspiro cansado e havia tristeza em seu rosto e voz, a tristeza de alguém que é constantemente mal compreendido e sempre suspeito. — Só deixei um sinal que a deixara atravessar o Bosque Shoikan. O caminho não vai ser fácil... — Seu sarcasmo retornou. — Mas, sem dúvida, a sua fé irá mantê-la.

Puxando o capuz sobre os olhos, o mago curvou-se em silêncio defronte Crysania, que só conseguia encará-lo, e depois se encaminhou para a porta com passos lentos e hesitantes. Estendendo a mão esquelética, ele puxou a corda da sineta. A porta se abriu e Bertrem entrou, tão subitamente que Crysania soube que ele tinha ficado do lado de fora. Apertou os lábios. Lançou ao Estético um olhar tão furioso e imperativo que o homem empalideceu visivelmente, apesar de não saber o crime que cometera, e limpou a testa brilhante com a manga de sua veste.

Raistlin começou a sair, mas Crysania o impediu.

— Eu... eu peço desculpas por não ter confiado em você, Raistlin Majere — falou, em voz baixa. — E, novamente, obrigada por vir.

Raistlin se virou.

— E eu peço desculpas por minha língua afiada — disse. — Adeus, Filha Reverenciada. Se você realmente não teme o conhecimento, venha até a Torre daqui a duas noites, quando Lunitari fizer sua primeira aparição no céu.

— Estarei lá — Crysania respondeu com firmeza, notando, com prazer, o olhar chocado e horrorizado de Bertrem. Acenando em despedida, ela apoiou a mão nas costas da cadeira entalhada.

O mago deixou a sala, Bertrem seguindo-o e fechando a porta atrás de si.

Sozinha na sala quente e silenciosa, Crysania caiu de joelhos na frente da cadeira.

— Oh, obrigado, Paladine! — Respirou fundo. — Aceito seu desafio. Não irei falhar com você! Não irei falhar!

Livro 1

Capítulo

1

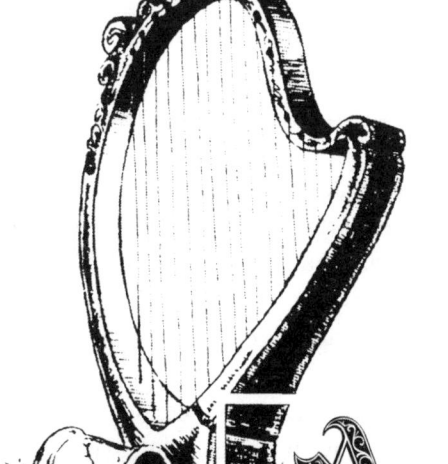

Atrás dela, podia ouvir garras se arrastando nas folhas da floresta. Tika ficou tensa, mas tentou agir como se não tivesse ouvido, atraindo a criatura. Apertou firme a espada em sua mão. Seu coração palpitou. Os passos se aproximavam cada vez mais, e ela podia ouvir a respiração pesada. O toque de uma mão com garras caiu sobre seu ombro. Girando, Tika golpeou com sua espada e ...derrubou uma bandeja cheia de louça no chão.

Dezra gritou e pulou para trás, alarmada. Os clientes sentados no bar explodiram em estrondosas gargalhadas. Tika sabia que seu rosto deveria estar tão vermelho quanto seu cabelo. Seu coração palpitava e suas mãos tremiam.

— Dezra — disse ela, friamente — Você tem a graça e cérebro de um anão tolo. Talvez você e Raf devessem trocar de lugar. *Você tira o lixo e ele* cuida das mesas!

Ajoelhada, Dezra ergueu o olhar enquanto catava os cacos de louça que nadavam em um mar de cerveja no chão.

— Talvez fosse melhor! — gritou a garçonete, jogando os pedaços de volta ao chão. — Vá você servir mesas... ou isso não é bom o bastante para você, Tika Majere, Heroína da Lança?

Lançando um olhar magoado e desaprovador para Tika, Dezra se levantou, chutando a louça para fora do seu caminho, e esperneou até sair da Hospedaria.

A porta da frente se abriu com força, atingido o batente e causando uma careta em Tika, que podia imaginar os arranhões na madeira. Palavras ríspidas vieram aos seus lábios, mas mordeu a língua e impediu-se de pronunciá-las, sabendo que se arrependeria mais tarde.

A porta ficou aberta, deixando a luz radiante do entardecer inundar a Hospedaria. O brilho rosado do sol poente reluziu na superfície recém-lustrada do bar e cintilou nos copos. Até dançou na poça no chão. O brilho tocou provocador os cachos vermelhos de Tika como a mão de um amante, fazendo muitos dos clientes risonhos se engasgarem com as risadas para olhar a bela mulher com vontade

Tika não notou. Envergonhada pela sua raiva, olhava pela janela por onde via Dezra secando os olhos com um avental. Um cliente entrou pela porta aberta, fechando-a atrás de si. A luz sumiu, deixando a Hospedaria mais uma vez numa penumbra fresca.

Tika passou a mão nos próprios olhos. "Que monstro é esse em que estou me transformando?", perguntou-se com remorsos. Afinal de contas, não era culpa de Dezra. "É essa sensação horrível dentro de mim! Chego a quase querer draconianos para enfrentar de novo. Assim, eu saberia o que temer e pelo menos poderia enfrentá-los com as minhas próprias mãos! Como posso lutar com algo que nem consigo nomear?"

Vozes interromperam seus pensamentos, exigindo cerveja e comida. As risadas se ergueram, ecoando na Hospedaria do Lar Derradeiro.

"Foi por isto que eu voltei." Tika fungou e secou o nariz com o pano do bar. "Este é meu lar. Essas pessoas são boas, belas e calorosas quanto o sol poente. Estou cercada pelos sons do amor; gargalhadas, camaradagem, um cachorro lambendo o chão..."

"Cachorro!" Tika resmungou e saiu detrás do bar apressada.

— Raf! — exclamou ela desesperada, olhando o anão tolo.

— Cerveja derrubada. Mim limpa — disse ele, encarando-a alegremente enquanto secava a boca com a mão.

Vários clientes mais antigos riram, mas alguns poucos novatos na Hospedaria encaravam o anão tolo com nojo.

— Use o pano para limpar! — Tika sibilou com o canto da boca enquanto dava um sorriso falso para os clientes, desculpando-se. Ela

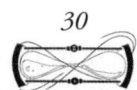

jogou o pano do bar para Raf, que o pegou. Mas ele só o segurou e o observou, deslumbrado.

— O que mim faz com isso?

— Limpe a poça! — Tika esbravejou, tentando escondê-lo da visão dos clientes com sua longa saia esvoaçante, sem conseguir.

— Ah! Mim não precisa disso — disse Raf solenemente. — Mim não suja pano bonito. — Devolveu o pano para Tika e ficou de quatro novamente, lambendo a cerveja derramada, misturada à lama dos calçados.

Com o rosto queimando, Tika se abaixou e puxou Raf pelo colarinho, balançando-o.

— Use o pano! — sussurrou, furiosa. — Os clientes estão perdendo o apetite! Depois que terminar, limpe a mesa grande perto da lareira. Estou esperando amigos... — Tika parou.

Raf a encarava de olhos arregalados, tentando absorver as instruções complicadas. Ele era excepcional para um anão tolo. Em apenas três semanas, Tika conseguira ensiná-lo a contar até três (poucos anões tolos passavam de dois) e finalmente eliminara o seu fedor. A façanha intelectual recém-obtida mais a limpeza o teriam tornado rei em um reino do seu povo, mas Raf não tinha essa ambição. Ele sabia que nenhum rei vivia como ele — "secando" cerveja derramada (se fosse rápido) e "tirando" o lixo. Mas havia limites para seus talentos de Raf e Tika acabara de alcançá-los.

— Estou esperando amigos e... — começou de novo, mas desistiu. — Esquece. Só limpe isso *com o pano* — acrescentou com severidade. — Depois, me procure pra saber o que fazer.

— Não beber? — Raf começou a argumentar, porém notou o olhar furioso de Tika — Mim faz.

Suspirando desapontado, o anão pegou o pano de volta e o passou no chão, reclamando de "desperdiçar cerveja boa". Pegou cacos dos canecos e, depois de encará-los por um momento, enfiou-os nos bolsos da sua camisa, sorrindo.

Por um instante, Tika pensou no que ele estaria planejando com aquilo, mas era melhor nem perguntar. Voltando ao bar, pegou mais canecos e os encheu, tentando não reparar que Raf se cortara em alguns cacos mais afiados e estava apoiado nos calcanhares, observando com intenso interesse o sangue escorrer da sua mão.

— Você... há... viu Caramon? — perguntou Tika casualmente.

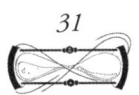

— Nem. — Raf secou a mão com sangue no cabelo. — Mas mim sabe onde procurar. — Ele se levantou animado. — Mim acha?

— Não! — exclamou Tika, franzindo o rosto. — Caramon está em casa.

— Mim não acha — disse Raf, balançando a cabeça. — Não depois do sol cair...

— Ele está em casa! — Tika exclamou tão irritada que o anão tolo se encolheu, afastando-se.

— Quer aposta? — murmurou Raf, bem baixinho. O temperamento de Tika andava tão ardente quanto seu cabelo.

Para a sorte de Raf, Tika não o ouviu. Terminou de encher os canecos e levou a bandeja para um grande grupo de elfos sentados perto da porta.

"Estou esperando amigos", repetia mecanicamente para si mesma. Caros amigos. Tempos atrás, estaria tão animada, tão ansiosa para ver Tanis e Vento Ligeiro. Agora... Ela suspirou, passando os canecos de cerveja sem reparar no que estava fazendo. "Em nome dos deuses verdadeiros", orou ela, "que venham e partam logo! Sim, partam, principalmente! Se ficassem... Se eles descobrissem..."

O coração de Tika afundou só de pensar. Seu lábio inferior tremeu. Se ficassem, seria o fim. Simples assim. Sua vida acabaria. A dor de repente era mais do que podia suportar. Entregou o último caneco e deixou os elfos, piscando os olhos rapidamente. Ela não notou os olhares estupefatos que os elfos trocaram entre si enquanto encaravam seus canecos de cerveja e nunca se lembrou de que todos eles pediram vinho.

Quase cega pelas lágrimas, Tika só pensava em fugir para a cozinha onde poderia chorar sem ser vista. Os elfos procuraram outra garçonete e Raf, suspirando contente, voltou a ficar de quatro, lambendo o resto da cerveja como um cachorro.

Tanis Meio-Elfo parou no início de uma leve elevação, encarando a longa estrada reta e enlameada que subia a sua frente. A mulher que ele escoltava e as montarias esperavam um pouco mais para trás. A mulher precisava descansar, assim como os cavalos. Apesar do orgulho tê-la impedido de falar, Tanis viu que seu rosto estava cinza e abatido com o cansaço. Na verdade, chegara a cochilar na sela antes e teria caído se não fosse o braço forte de Tanis. Por isso, apesar de ansiosa para alcançar seu destino, ela não protestou quando Tanis alegou que queria fazer uma

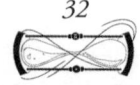

varredura a sós na estrada adiante. Ele a ajudou a descer do cavalo e a colocou escondida em uma folhagem.

Não gostava de deixá-la sozinha, mas sentia que as criaturas das trevas que os perseguiam ficaram muito para trás. Sua insistência em manter a velocidade valeu a pena, apesar de estarem doloridos e exaustos. Tanis esperava ficar à frente das coisas até que pudesse passar sua companheira para a única pessoa em Krynn que talvez conseguisse ajudá-la.

Estavam cavalgando desde o amanhecer, fugindo de um horror que os seguia desde a saída de Palanthas. O que era, exatamente, Tanis não sabia nomear — mesmo com toda sua experiência durante as guerras. Isso só deixava tudo isso mais assustador. Nunca visto quando confrontado, o horror só era notado de relance, ao se procurar por outra coisa. Percebeu que sua companheira também sentia, mas era orgulhosa demais para admitir medo.

Afastando-se da folhagem, Tanis sentiu culpa. Não deveria deixá-la sozinha e sabia disso. Não deveria desperdiçar tempo precioso. Todos os seus sentidos de guerreiro protestaram. Mas havia uma coisa que ele tinha que fazer e precisava ser sozinho. De outra forma, pareceria sacrilégio.

Por isso, Tanis parou no começo da subida, reunindo coragem para avançar. Quem o visse poderia imaginá-lo prestes a enfrentar um ogro. Mas não era o caso. Tanis Meio-Elfo estava voltando para casa. Ansiava e temia pela primeira visão.

O sol da tarde começava a descer na direção da noite. Iria escurecer antes que chegasse na Hospedaria e ele temia viajar pelas estradas no escuro. Porém, assim que chegasse lá, a jornada tenebrosa teria um fim. Deixaria a mulher em mãos capazes e seguiria para Qualinesti. Antes, ele tinha algo para enfrentar. Com um suspiro profundo, Tanis Meio-Elfo puxou seu capuz verde sobre a cabeça e começou a subir.

Chegando no topo, seu olhar caiu sobre uma pedra enorme coberta de musgo. Por um momento, as memórias foram avassaladoras. Fechou os olhos, logo sentindo a pontada das lágrimas debaixo das pálpebras. "— Missão estúpida", ouviu a voz do anão ecoar na sua memória, "— Coisa mais tola que eu já fiz!"

Flint! Velho amigo!

"Não consigo," pensou Tanis. "Dói demais. Por que concordei em voltar? Aqui não tem mais nada para mim... nada além da dor de velhas feridas. Minha vida finalmente é boa, estou em paz, feliz. Por que... por que eu disse que viria?"

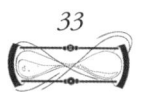

Com um suspiro trêmulo, abriu os olhos e observou a pedra. Dois anos antes, que se tornariam três no outono, subira ali para encontrar seu amigo de longa data, o anão Flint Forjardente, sentado naquela pedra, entalhando madeira e reclamando como sempre. Aquele encontro provocou eventos que abalaram o mundo, culminando na Guerra da Lança, a batalha que jogou a Rainha da Escuridão de volta ao Abismo, e partiu o poderio dos Senhores dos Dragões.

"Agora, sou um herói," pensou Tanis, olhando pesarosamente para a panóplia espalhafatosa que usava: o peitoral de aço de um Cavaleiro de Solamnia; a faixa verde de seda, marca dos Indomáveis de Silvanesti, as legiões mais honradas dos elfos; o medalhão de Kharas, a mais alta honraria entre os anões; além de incontáveis outras. Ninguém — humano, elfo ou meio-elfo — recebera tantas honras. Era irônico. Ele, que odiava armaduras, odiava cerimônias, forçado a vestir tudo aquilo de acordo com seu status exigia. Como o velho anão iria gargalhar.

"— Você... um herói!", quase ouvia o anão bufar. Mas Flint estava morto. Naquela primavera, faria dois anos que tinha morrido nos braços de Tanis.

"— Para que a barba?", novamente, jurava que podia ouvir a voz de Flint, as primeiras palavras que ele disse após ver o meio-elfo na estrada. "— Você já era feio pra caramba..."

Tanis sorriu e coçou a barba que elfo algum em Krynn poderia ter, a barba que era o sinal externo e visível da sua ancestralidade meio-humana. "Flint sabia muito bem o porquê da barba," pensou Tanis, olhando com carinho para a pedra aquecida pelo sol. "Ele me conhecia melhor do que eu mesmo, sabia do caos que urrava dentro da minha alma. Ele sabia que eu tinha uma lição a aprender."

— E aprendi — sussurrou Tanis para o amigo que estava ali apenas em espírito. — Eu aprendi, Flint. Mas... ah, foi difícil!

O cheiro de fumaça de madeira chegou até Tanis. Isso, os raios oblíquos do sol e o frescor do ar de primavera o lembraram que ainda tinha uma distância a percorrer. Tanis Meio-Elfo se virou para olhar o vale onde passara os anos amargos da sua jovem maturidade. Tanis Meio-Elfo virou-se para observar Consolação.

Era outono na última vez em que vira a cidadezinha. As árvores copadeiras no vale ardiam com as cores da estação, os vermelhos e dourados brilhantes que se desfaziam no púrpura dos picos montanhosos de Kharolis mais além, o azul-celeste profundo do firmamento espelhado nas

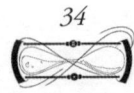

águas paradas do Lago Cristalmir. Havia uma névoa fumacenta sobre o vale, a fumaça das lareiras queimando na cidadezinha pacífica que antes se empoleirava nas árvores de copadeira como um pássaro contente. Ele e Flint observavam as luzes acendendo, uma a uma, nas casas abrigadas entre as folhas das enormes árvores. Consolação — cidade das árvores — uma das belezas e maravilhas de Krynn.

Por um momento, Tanis viu em sua mente tão claramente quanto vira dois anos antes. A visão sumiu. Antes era outono, agora era primavera. A fumaça ainda estava lá, a fumaça das lareiras, mas vinda mais de casas construídas no chão. Havia o verde de coisas vivas desabrochando, que agora pareciam — na mente de Tanis — enfatizar as cicatrizes pretas na terra, que nunca podiam ser totalmente apagadas, apesar de ver marcas do arado atravessando-as em alguns lugares.

Tanis balançou a cabeça. Todos achavam que, com a destruição do templo profano da Rainha em Neraka, a guerra tinha acabado. Todos desejavam arar a terra preta e queimada, incendiada pelo fogo dracônico, e esquecer sua dor.

Seus olhos foram para o enorme círculo de pedra erguido no centro da cidade. Ali nada iria crescer. Nenhum arado conseguiria revirar o solo arrasado pelo fogo dracônico e encharcado pelo sangue dos inocentes, assassinados pelas tropas dos Senhores dos Dragões.

Tanis sorriu soturnamente. Ele imaginava o quanto aquela feiura devia irritar aqueles que se esforçavam para esquecer. Estava feliz que estivesse lá e torcia para que ficasse para sempre.

Suavemente, repetiu palavras que ouvira Elistan falar quando, em uma cerimônia solene, o clérigo dedicou a Torre do Alto Clerista à memória dos cavaleiros que morreram lá.

— Devemos lembrar ou cairemos na complacência como antes caímos e o mal retornará.

"Se já não tiver voltado," pensou Tanis. Com isso em mente, virou e andou rapidamente morro abaixo.

A Hospedaria do Lar Derradeiro estava lotada naquela noite.

Apesar da guerra ter trazido destruição e devastação aos residentes, seu fim trouxera uma prosperidade tão grande que já havia aqueles dizendo que não tinha sido "tão ruim". Consolação por muito tempo servira de encruzilhada para viajantes que atravessavam as terras de Abanassínia, porém, antes da guerra, o número de viajantes era relativamente pequeno. Os anões,

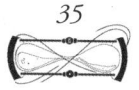

tirando uns poucos renegados como Flint Forjardente, isolavam-se no reino montanhoso de Thorbardin ou se barricavam nas colinas, recusando-se a se envolver com o resto do mundo. Os elfos faziam o mesmo, habitando as belas terras de Qualinesti ao sudoeste e Silvanesti na fronteira oriental do continente de Ansalon.

A guerra mudou tudo isso. Elfos, anões e humanos agora viajavam extensamente, suas terras e seus reinos abertos a todos. Precisou da quase total aniquilação para criar esse estado frágil de fraternidade.

A Hospedaria do Lar Derradeiro, popular entre viajantes pela boa bebida e pelas famosas batatas apimentadas de Otik, tornou-se ainda mais popular. A bebida ainda era boa e as batatas continuavam deliciosas como sempre apesar da aposentadoria de Otik, mas o verdadeiro motivo do aumento da sua popularidade era ter se tornado um local de renome. Diziam que os Heróis da Lança, como eram chamados, frequentavam a Hospedaria nos velhos tempos.

Na verdade, antes de se aposentar, Otik pensou em colocar uma placa na mesa perto da lareira, algo como "Tanis Meio-Elfo e os Companheiros Bebiam Aqui". Mas Tika se opôs com tanta veemência (só pensar no que Tanis diria fazia as bochechas dela queimarem) que Otik abandonou a ideia. Mas o taverneiro gorducho nunca cansou de contar aos seus clientes a história da noite em que a mulher bárbara cantou sua estranha canção e curou Hederick, o Teocrata, com seu cajado de cristal azul, dando a primeira prova da existência dos antigos e verdadeiros deuses.

Tika, encarregada da gerência da Hospedaria após a aposentadoria de Otik e esperando economizar o bastante para comprar o negócio, torcia para que ele não contasse aquela história nesta noite. Mas talvez devesse gastar sua torcida em coisas melhores.

Havia vários grupos de elfos que viajaram desde Silvanesti para comparecer ao funeral de Solostaran, Orador dos Sóis e governante das terras élficas de Qualinesti. Eles não só pediam para Otik contar a história, como também contavam algumas das suas sobre a visita dos Heróis às suas terras e como eles as libertaram do dragão maligno, Ciano Ruína Sangrenta.

Tika viu Otik olhar na sua direção de soslaio com esperança, afinal, ela fizera parte do grupo em Silvanesti. Mas ela o silenciou com um balançar furioso dos cachos. Essa era uma parte da jornada que ela se recusava a relatar ou mesmo discutir. Na verdade, ela rezava todas as noites para esquecer os pesadelos terríveis daquela terra torturada.

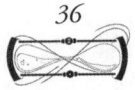

Tika fechou os olhos por um momento, esperando que eles deixassem o assunto de lado. Ela tinha pesadelos próprios agora, não precisava de pesadelos passados.

— Que eles venham e partam logo — disse baixinho, para si mesma e para qualquer deus que pudesse ouvi-la.

O sol tinha acabado de se pôr. Mais clientes entravam, exigindo comida e bebida. Tika se desculpou com Dezra, as duas amigas choraram algumas lágrimas juntas e já estavam ocupadas indo da cozinha até às mesas, passando pelo bar. Tika se assustava toda vez que a porta se abria e fazia caretas irritadas quando ouvia a voz de Otik se elevando sobre o tilintar de canecos e línguas.

—... bela noite de outono, se bem me lembro, e eu, claro, estava mais ocupado do que um treinador draconiano. — Isso sempre gerava risadas. Tika cerrou os dentes. Otik tinha uma audiência feliz e estava com um ritmo bom. Nada o pararia agora. — A Hospedaria ficava nas árvores na época, como o resto da nossa adorável cidade antes dos dragões a destruírem. Ah, como era linda antigamente. — Ele suspirou (sempre suspirava naquele ponto) e secou uma lágrima. Houve um murmúrio coletivo, cheio de simpatia. — Onde eu estava? — Ele assoou o nariz, outra parte da atuação. — Ah, sim. Lá estava eu, atrás do bar, quando a porta se abriu...

A porta se abriu. O tempo foi tão perfeito que pareceu de propósito. Tika tirou o cabelo vermelho da testa suada e olhou, nervosa. Um silêncio repentino preencheu o salão. Tika ficou tensa, enfiando as unhas nas suas mãos.

Um homem alto, tão alto que precisou se abaixar para passar pela porta, estava ali parado. Seu cabelo era escuro, seu rosto soturno e severo. Apesar de envolto em peles, seu caminhar e sua postura mostravam que seu corpo era forte e musculoso. Ele deu uma olhada rápida pela Hospedaria lotada, medindo os presentes, alerta e cauteloso.

Foi apenas uma ação instintiva, pois quando seu olhar penetrante e sério recaiu sobre Tika, o rosto relaxou em um sorriso e ele abriu os braços.

Tika hesitou, mas a visão do amigo de repente a encheu de alegria e uma estranha onda de saudade. Abrindo caminho pela multidão, foi recebida pelo seu abraço.

— Vento Ligeiro, meu amigo! — murmurou ela.

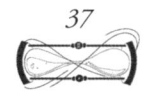

Segurando a jovem nos seus braços, Vento Ligeiro a ergueu sem esforço, como se fosse uma criança. A multidão começou a vibrar, batendo

os canecos na mesa. A maioria não acreditava na sua sorte. Ali estava um Herói da Lança em pessoa, como se trazido pelas asas da história de Otik. E ele até tinha o visual certo! Estavam todos encantados.

Pois, ao soltar Tika, o homem alto jogou a capa de peles para trás e todos puderam ver o Manto do Chefe que vestia, suas seções em formato de V de peles alternadas e couros trabalhados representando cada uma das tribos das Planícies que governava. Seu belo rosto, mesmo mais velho e mais gasto do quando Tika o vira da última vez, estava queimado de bronze pelo sol e pelo tempo, e havia uma alegria interna dentro dos olhos mostrando que ele encontrara em sua vida a paz que buscou por anos.

Tika sentiu a angústia subir pela garganta e logo se virou, mas não rápido o bastante.

— Tika — disse ele, seu sotaque pesado por viver novamente entre seu povo — É bom vê-la bem e ainda bonita. Cadê Caramon? Mal posso esperar para... Ora, Tika, o que tem de errado?

— Nada, nada — disse Tika bruscamente, balançando os cachos vermelhos e piscando os olhos. — Vem cá, guardei um lugar perto do fogo. Você deve estar exausto e faminto.

Ela o levou pela multidão, falando sem parar, sem dar chance para ele dizer algo. A multidão acabou ajudando-a, mantendo Vento Ligeiro ocupado conforme se aproximavam para tocar e se maravilhar com sua capa de pele, tentando apertar sua mão (um costume que os povos das planícies consideram bárbaro) ou oferecer bebidas de supetão.

Vento Ligeiro aceitou tudo muito estoico, enquanto seguia Tika através das pessoas empolgadas, apertando mais a bela espada de fabricação élfica contra si. Seu rosto severo ficou um tom mais sombrio, e ele olhava de soslaio pelas janelas como se já ansiasse por escapar do confinamento do salão barulhento e quente e retornar para o exterior que tanto amava. Mas Tika habilmente tirou os clientes mais exuberantes do caminho e logo acomodou seu velho amigo perto do fogo numa mesa isolada perto da porta da cozinha.

— Já volto — disse, dando um sorrisinho e sumindo na cozinha antes que ele pudesse abrir a boca.

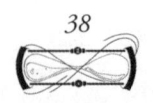

O som da voz de Otik se ergueu novamente, acompanhado por batidas altas. Com sua história interrompida, Otik usava sua bengala, uma das armas mais temidas em Consolação, para restaurar a ordem. O taverneiro não tinha mais uma das pernas e também adorava contar essa história, sobre como foi ferido durante a queda de Consolação, quando enfrentou e afugentou sozinho os exércitos dos draconianos.

Pegando uma panela de batatas apimentadas e voltando apressada para Vento Ligeiro, Tika olhou irritada para Otik. Ela conhecia a história verdadeira, de como ele machucara a perna sendo arrastado do seu esconderijo debaixo do chão. Mas ela nunca a contou. No fundo, amava o velhote como a um pai. Ele a abrigou e a criou quando seu próprio pai desapareceu, deu-lhe um trabalho honesto quando ela poderia ter se voltado para o roubo. Além disso, só lembrá-lo de que ela sabia a verdade bastava para impedir que os causos de Otik alçassem voos altos demais.

A multidão estava mais quieta quando Tika voltou, dando-lhe uma chance de conversar com seu velho amigo.

— Como estão Lua Dourada e seu filho? — ela perguntou alegre, vendo Vento Ligeiro olhando para ela, estudando-a seriamente.

— Ela está bem, e manda seu amor — respondeu Vento Ligeiro em seu barítono grave. — Meu filho tem dois anos só, mas já está alto assim e cavalga melhor que muitos guerreiros. — Seus olhos brilharam de orgulho.

— Queria que Lua Dourada tivesse vindo com você — disse Tika com um suspiro que não queria que Vento Ligeiro ouvisse. O homem alto comeu por um momento em silêncio antes de responder.

— Os deuses nos abençoaram com mais duas filhas — disse ele, encarando Tika com uma expressão estranha em seus olhos escuros.

— Duas? — Tika pareceu confusa. — Ah, gêmeas! — clamou ela, alegre. — Como Caramon e Rais...— Parou de repente, mordendo o lábio.

Vento Ligeiro franziu o cenho e fez o sinal para espantar o mal. Tika ruborizou e virou o rosto. Havia um estrondo em seus ouvidos. O calor e o barulho a deixavam tonta. Engolindo o gosto amargo em sua boca, ela se forçou a perguntar mais sobre Lua Dourada e, depois de um tempo, até conseguiu ouvir a resposta de Vento Ligeiro.

— ... muitos poucos clérigos em nossa terra. Há muitos convertidos, mas os poderes dos deuses chegam devagar. Ela trabalha duro, duro demais para minha mente, mas fica mais bela a cada dia. E as bebês, nossas filhas, têm cabelos dourados e prateados...

Bebês... Tika sorriu tristemente. Vendo seu rosto, Vento Ligeiro ficou em silêncio, terminou de comer e empurrou seu prato.

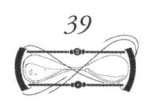

— Nada mais eu queria do que prolongar essa visita — disse ele lentamente — mas não posso me afastar de meu povo. Você sabe da urgência da minha missão. Onde está Cara...

— Preciso verificar seu quarto — disse Tika, levantando tão rápido que bateu na mesa, derramando a bebida de Vento Ligeiro. — Aquele anão tolo deveria fazer a cama. Provavelmente deve estar dormindo...

Ela se apressou para longe dali. Mas não subiu para os quartos. Parada na porta da cozinha, sentindo o vento da noite refrescar suas bochechas ferventes, ela olhou para a escuridão.

— Que ele vá embora! — sussurrou ela. — Por favor...

Capítulo 2

cima de tudo, talvez o que Tanis mais temesse fosse a primeira visão da Hospedaria do Lar Derradeiro. Foi ali onde tudo começou, três anos atrás no o outono. Aqui, ele, Flint e Tasslehoff Burrfoot, o kender imprimível, vieram naquela noite para encontrar velhos amigos. Ali, seu mundo virou de cabeça para baixo, para nunca mais se ajeitar.

Mas, cavalgando na direção da Hospedaria, seus medos se acalmaram. Tinha mudado tanto que era como chegar a um lugar estranho, um que não trazia memórias. Ela ficava no chão e não nos galhos de uma grande copadeira. Havia coisas novas, mais quartos foram construídos para acomodar o fluxo de viajantes, o telhado era novo, com um desenho muito mais moderno. Todas as cicatrizes da guerra foram eliminadas, junto com as memórias.

Quando Tanis começou a relaxar, a porta da frente da Hospedaria se abriu. A luz espalhou-se, formando um caminho dourado e receptivo, o cheiro das batatas apimentadas e o som de risadas chegando a ele na brisa da noite. As memórias voltaram com tudo, e Tanis curvou a cabeça, atordoado.

Mas, talvez por sorte, não teve tempo de pensar no passado. Conforme ele e sua companheira se aproximavam da Hospedaria, um cavalariço correu para pegar as rédeas dos cavalos.

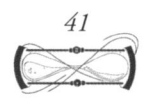

— Comida e água — disse Tanis, deslizando da sela, cansado, e jogando uma moeda para o garoto. Ele se alongou para aliviar as cãibras nos músculos. — Avisei de antemão que eu queria um cavalo descansado pronto para mim aqui. Meu nome é Tanis Meio-Elfo.

Os olhos do garoto se arregalaram; ele estava encarando a armadura reluzente e a capa finíssima que Tanis vestia. Sua curiosidade foi substituída por espanto e admiração.

— Si...sim, senhor — gaguejou ele, embasbacado por ser abordado por um grande herói como aquele. — O... o cavalo tá pronto, quer que eu tra... traga ele, senhor?

— Não. — Tanis sorriu. — Primeiro vou comer. Pode trazer daqui duas horas.

— Du... duas horas. Sim, senhor. Obrigado, senhor. — Sacudindo a cabeça, o garoto pegou as rédeas que Tanis pressionou contra sua mão amortecida, e ficou ali, boquiaberto, esquecendo completamente da sua tarefa até o cavalo impaciente o cutucar, quase derrubando-o.

O garoto levou o cavalo de Tanis dali e o meio-elfo se virou para ajudar sua companheira a descer da cela.

— Você deve ser feito de ferro — disse ela, olhando para Tanis enquanto ele a ajudava a descer. — Realmente pretende cavalgar ainda mais nesta noite?

— Pra falar a verdade, todos os ossos do meu corpo doem — começou Tanis, e então parou, sentindo-se desconfortável. Era incapaz de ficar tranquilo perto dessa mulher.

Tanis podia ver seu rosto refletido na luz que vazava da Hospedaria. Ele viu cansaço e dor. Os olhos dela afundavam em bochechas pálidas e encovadas. Ela cambaleou quando pisou no chão, e Tanis foi rápido em oferecer seu braço para se apoiar. Ela fez isso, mas apenas por um momento. Depois, levantou-se e o empurrou, com gentileza, mas firme. Ficou em pé, olhando sem interesse seus arredores.

Qualquer movimento doía em Tanis; imaginava como a mulher deveria estar se sentindo, tão desacostumada ao esforço ou sofrimento físico, e foi forçado a observá-la com uma admiração relutante. Ela não reclamou uma vez sequer ao longo da sua jornada longa e aterrorizante. Manteve o passo, nunca se atrasando e obedecendo às suas instruções sem questionar.

Por que então, ele se perguntava, não era capaz de sentir nada por ela? O que havia nela que o irritava e o incomodava? Olhando para seu rosto,

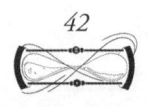

Tanis teve a resposta. O único calor era o refletido da luz da Hospedaria. O rosto dela, mesmo exausto, estava frio, impassível, sem nenhuma... o quê? Humanidade? Foi assim durante toda essa perigosa e longa jornada. Ah, ela foi educada, grata, distante e remota, sempre friamente. "Talvez ela me enterrasse friamente também", pensou Tanis de forma sombria. Como se o censurasse pelos seus pensamentos irreverentes, seu olhar foi atraído para o medalhão que ela usava no pescoço, o Dragão de Platina de Paladine. Ele se lembrou das palavras de despedida de Elistan, pronunciadas em particular logo antes do início da sua jornada.

— É adequado que seja você a escoltá-la Tanis — disse o frágil clérigo. — De muitas formas, ela começa uma jornada parecida com a sua anos atrás, em busca de autoconhecimento. Não, você está certo, ela ainda não sabe disso. — Isso foi em resposta à expressão dúbia de Tanis. — Ela avança com seu olhar fixado nos céus — Elistan sorriu tristemente. — Ainda não aprendeu que, quem faz isso, com certeza vai tropeçar. Se não aprender, a queda pode ser dura. — Balançando a cabeça, ele murmurou uma oração baixa. — Mas devemos confiar em Paladine.

Tanis franzira o cenho então e o franzia ao lembrar disso. Apesar de ter alcançado uma crença forte nos deuses verdadeiros, mais pelo amor e fé de Laurana no amor deles do que qualquer coisa, sentia-se desconfortável em confiar sua vida a eles e impaciente com aqueles como Elistan que colocavam um grande fardo sobre os deuses. Deixem as pessoas serem responsáveis por si mesmas para variar," pensou Tanis irritado.

— O que houve, Tanis? — perguntou Crysania friamente.

Notando que ele esteve encarando-a durante todo esse tempo, Tanis tossiu de vergonha, pigarreou e virou o olhar. Por sorte, o garoto voltou para pegar o cavalo de Crysania nesse momento, poupando Tanis de responder. Ele gesticulou para a Hospedaria e os dois andaram em sua direção.

— Na verdade, queria muito de ficar e passar um tempo com meus amigos — disse Tanis quando o silêncio ficou desconfortável. — Mas preciso estar em Qualinesti depois de amanhã, e só chego a tempo se cavalgar sem parar. Minha relação com meu cunhado não é boa o bastante para me arriscar a ofendê-lo perdendo o funeral de Solostaran. — Ele acrescentou com um sorriso severo: — Tanto politicamente quanto pessoalmente, se é que você me entende.

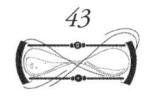

Crysania sorriu de volta, mas Tanis percebeu que não era um sorriso de compreensão. Era um sorriso de tolerância, como se essa conversa sobre política e família estivessem abaixo dela.

Eles chegaram na porta da Hospedaria.

— Além disso, sinto falta de Laurana — acrescentou Tanis, suavemente. — É engraçado. Quando ela fica perto e estamos ocupados com nossas tarefas, às vezes passamos dias só com um sorriso ou um toque e desaparecemos nos nossos mundos. Mas, longe dela, é como se de repente eu acordasse com meu braço direito arrancado. Posso não dormir pensando no meu braço direito, mas sem ele...

Tanis parou abruptamente, sentindo-se tolo, com receio de ter soado como um adolescente apaixonado. Mas viu que Crysania não estava prestando atenção alguma nele. Seu rosto de mármore liso só ficou ainda mais frio, até o luar prateado parecer caloroso em comparação. Balançando a cabeça, Tanis abriu a porta.

"Não invejo Caramon e Vento Ligeiro," pensou ele sombriamente.

Os sons e aromas calorosos e familiares da Hospedaria banharam Tanis e, por longos momentos, tudo virou um borrão. Lá estava Otik, mais velho e mais gordo (se é que era possível), apoiado numa bengala e batendo nas costas dele. Lá estavam pessoas que ele não via há anos, que nunca tiveram muito contato com ele antes, agora apertando sua mão e alegando sua amizade. Lá estava o velho bar, ainda polido até reluzir, e de alguma forma ele tropeçou num anão tolo...

Havia um homem alto coberto de peles e Tanis foi agarrado nos braços calorosos do seu amigo.

— Vento Ligeiro — suspirou ele roucamente, apertando forte o homem das planícies.

— Meu irmão — disse Vento Ligeiro em Que-shu, o idioma do seu povo. As pessoas na Hospedaria vibravam loucamente, mas Tanis não os ouviu, pois uma mulher de cabelos avermelhados e um emaranhado de sardas estava com a mão em seu braço. Esticando-se, ainda agarrado em Vento Ligeiro, Tanis puxou Tika para o abraço, e por longos momentos os três amigos ficaram lá, juntos — unidos por luto, dor e glória.

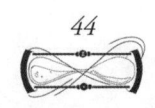

Vento Ligeiro os despertou. Desacostumado com essas demonstrações públicas de emoção, o homem alto recuperou a compostura com uma tosse rude e recuou, piscando rapidamente os olhos e franzindo a testa na direção do teto até retomar o controle sobre si mesmo. Tanis, a barba vermelha molhada por suas próprias lágrimas, deu outro abraço rápido em Tika e olhou ao redor.

— Cadê aquele palerma do seu marido? — perguntou ele contente. — Cadê Caramon?

Era uma pergunta simples e Tanis estava despreparado para a resposta. A multidão ficou completamente em silêncio, como se tivessem prendido todos em um barril. O rosto de Tika corou, um vermelho feio, ela murmurou algo incompreensível e, dobrando-se, arrastou um anão tolo do chão e o balançou até os dentes dele baterem.

Assustado, Tanis olhou para Vento Ligeiro, mas ele só deu de ombros e ergueu as sobrancelhas escuras. O meio-elfo virou para perguntar a Tika o que estava acontecendo, mas sentiu um toque frio em seu braço. Crysania! Ele esquecera completamente dela!

Com seu próprio rosto ruborizando, fez as apresentações atrasadas.

— Permitam-me apresentar Crysania de Tarinius, Filha Reverenciada de Paladine — disse Tanis formalmente. — Dama Crysania, Vento Ligeiro, Chefe dos Homens das Planícies, e Tika Waylan Majere.

Crysania desamarrou sua capa de viagem e tirou o capuz. Quando o fez, o medalhão de platina que usava ao redor do pescoço reluziu na luz brilhante das velas da Hospedaria. As vestes de pura lã de ovelha branca da mulher espiavam pelas dobras da sua capa. Um murmúrio, reverente e respeitoso, passou pela multidão.

— Uma clériga sagrada!

— Ouviu o nome dela? Crysania! A próxima...

— A sucessora de Elistan...

Crysania inclinou a cabeça. Vento Ligeiro curvou-se na cintura com expressão solene e Tika, o rosto ainda tão ruborizado que parecia febril, empurrou Raf com pressa para trás do bar para fazer uma grande mesura.

Ao ouvir o nome de casada de Tika, Majere, Crysania olhou para Tanis em dúvida e recebeu uma confirmação com a cabeça.

— Fico honrada — disse Crysania em sua voz elegante e fria — em conhecer dois daqueles cujos feitos de coragem resplandecem como um exemplo para todos nós.

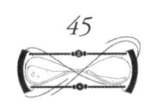

Tika ruborizou de vergonha, satisfeita. O rosto severo de Vento Ligeiro não mudou de expressão, mas Tanis percebeu quanto o elogio da clériga significava para o homem das planícies profundamente religioso. Quanto à multidão, ela vibrou estrondosamente por testemunhar essa honra e continuou a vibrar. Otik, com a devida cerimônia, levou seus convidados para uma mesa de espera, sorrindo para os heróis como se ele tivesse preparado toda a guerra especialmente em prol deles.

Sentado, Tanis de início se sentiu incomodado pela confusão e pelo barulho, mas logo viu que era benéfico. Pelo menos, poderia conversar com Vento Ligeiro sem medo de ser bisbilhotado. Mas primeiro precisava descobrir onde estava Caramon.

Ia perguntar de novo, mas Tika, após vê-los sentados e paparicando Crysania como uma mamãe galinha, viu-o abrir a boca e, virando abruptamente, desapareceu na cozinha.

Tanis balançou a cabeça, confuso. Mas antes que pudesse refletir sobre isso, Vento Ligeiro estava fazendo perguntas e os dois logo se envolveram na conversa.

— Todo mundo acha que a guerra acabou — disse Tanis, suspirando. — E isso deixa a gente num perigo pior do que antes. As alianças entre elfos e humanos, fortes quando os tempos eram de trevas, começaram a derreter debaixo do sol. Laurana está em Qualinesti, comparecendo ao funeral do pai e tentando arranjar um acordo com aquele teimoso do irmão dela, Porthios, e os Cavaleiros de Solamnia. O único raio de esperança que temos é a esposa de Porthios, Alhana Brisestelar — sorriu Tanis. — Nunca achei que fosse viver pra ver aquela elfa não só tolerar humanos e outras raças, mas até calorosamente apoiá-las contra seu marido intolerante.

— Estanho casamento — comentou Vento Ligeiro e Tanis assentiu, concordando. Os pensamentos dos dois estavam com seu amigo, o cavaleiro Sturm Brightblade, já falecido, o herói da Torre do Alto Clerista. Os dois sabiam que o coração de Alhana ficara lá, enterrado na escuridão com Sturm.

— Certamente não é um casamento de amor — Tanis deu de ombros. — Mas pode ser um casamento que vai ajudar a restaurar a ordem no mundo. E quanto a você, meu amigo? Seu rosto ficou sombrio e marcado com novas preocupações, além de iluminado com novas alegrias. Lua Dourada mandou a notícia das gêmeas para Laurana.

Vento Ligeiro sorriu brevemente.

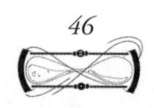

— Tem razão. Lamento cada minuto em que estou longe — disse, em sua voz grave — Porém, vê-lo novamente, irmão meu, deixa leve o fardo do meu coração. Mas deixei duas tribos à beira da guerra. Até agora consegui deixá-las falando e ainda nenhum sangue foi derramado. Descontentes trabalham contra mim, pelas minhas costas. Cada minuto que fico longe dá-lhes a chance de agitar antigos feudos de sangue.

Tanis agarrou o braço dele.

— Sinto muito, meu amigo, e fico grato por ter vindo. — Ele suspirou de novo e olhou Crysania de soslaio, percebendo que tinha novos problemas. — Esperava que você pudesse orientar e proteger essa dama. — A voz dele afundou num murmúrio. — Ela está viajando para a Torre da Alta Magia na Floresta de Wayreth.

Os olhos de Vento Ligeiro se arregalaram em alarme e desaprovação. O homem das planícies desconfiava de magos e qualquer coisa ligada a eles.

Tanis assentiu.

— Pelo visto, você lembra das histórias de Caramon sobre quando ele e Raistlin viajaram pra lá. E eles foram convidados. Essa dama vai sem convite, querendo o conselho dos magos sobre...

Crysania lançou um olhar imperativo e feroz. Franzindo o cenho, ela balançou a cabeça. Tanis, mordendo o lábio, continuou fracamente.

— Esperava que você pudesse escoltá-la...

— Temi isso ao receber sua mensagem, e por isso senti que devia vir oferecer uma explicação para a minha recusa — disse Vento Ligeiro. — Em qualquer outra época, eu feliz ficaria em ajudar e, em particular, honrado estaria em oferecer meus serviços a uma pessoa tão reverenciada. — Ele se curvou levemente para Crysania, que aceitou sua mesura com um sorriso que sumiu quando voltou seu olhar para Tanis. Uma pequena e profunda linha de irritação surgiu no meio da sua testa.

Vento Ligeiro prosseguiu.

— Mas há muito em risco. A paz que estabeleci entre as tribos, muitas em guerra por anos, é muito frágil. Nossa sobrevivência como povo e nação depende da nossa união e esforço conjunto para reconstruir nossa terra e nossas vidas.

— Eu compreendo — disse Tanis, tocado pela infelicidade óbvia de Vento Ligeiro em ter de recusar seu pedido de ajuda. O meio-elfo pegou a olhada desagradável de Dama Crysania, no entanto, e virou-se para ela com uma polidez sóbria. — Tudo ficará bem, Filha Reverenciada — disse, com paciência elaborada. — Caramon vai guiá-la e ele vale por três de nós, meros mortais, não é, Vento Ligeiro?

O homem das planícies sorriu com as velhas memórias voltando.

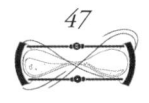

— Ele certamente consegue comer por três meros mortais. E é forte como três ou mais. Lembra, Tanis, quando ele costumava erguer o robusto William da cara de porco do chão, quando nos apresentamos em... onde era... Naufrágio?

— E quando ele matou aqueles dois draconianos batendo a cabeça deles — rio Tanis, sentindo a escuridão do mundo de repente mais leve ao dividir aqueles tempos com seu amigo. — E você lembra quando a gente estava no reino anão e Caramon chegou de mansinho atrás de Flint... — Inclinando-se para frente, Tanis sussurrou no ouvido de Vento Ligeiro. O rosto dele ruborizou com o riso preso. Ele contou outro causo e os dois continuaram, relembrando histórias da força de Caramon, sua habilidade com uma espada, sua coragem e honra.

— E a gentileza dele — acrescentou Tanis, após um momento de silenciosa reflexão. — Consigo vê-lo, cuidando de Raistlin tão paciente, segurando o irmão nos braços quando aqueles acessos de tosse quase acabavam com o mago...

Ele foi interrompido por um grito abafado, uma batida e um baque. Virando espantado, Tanis viu Tika o encarando, o rosto branco e os olhos verdes marejados de lágrimas.

— Vai embora! — ela implorou pelos lábios pálidos. — Por favor, Tanis! Não faça perguntas! Só vai! — Ela agarrou o braço dele, enterrando as unhas dolorosamente na sua carne.

— Tika, em nome do Abismo, o que está acontecendo? — perguntou Tanis exasperado, levantando-se para encará-la.

Um som estrondoso veio em resposta. A porta da Hospedaria se abriu com tudo, atingida de fora por alguma força tremenda. Tika pulou para trás, e seu rosto convulsionou com tanto medo e horror quando olhou para a porta que Tanis se virou rapidamente, a mão na espada, e Vento Ligeiro se levantou.

Uma grande sombra preencheu a passagem, espalhando uma mortalha pelo salão. O barulho feliz e as gargalhadas da multidão cessaram abruptamente, mudando para murmúrios baixos e irritados.

Lembrando das coisas sombrias e malignas que os perseguiram, Tanis sacou sua espada, ficando entre a escuridão e a Dama Crysania. Ele sentiu, apesar de não ver, a presença tremenda de Vento Ligeiro atrás dele, apoiando-o.

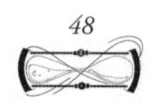

"Então nos alcançou", pensou Tanis, quase agradecendo a chance de enfrentar aquele terror vago e desconhecido. Soturnamente ele encarou a porta, olhando enquanto uma figura inchada e grotesca adentrava na luz.

Era um homem, Tanis viu, um homem enorme e, quanto mais de perto via, mais enxergava um homem cuja circunferência gigante ficara flácida. Uma pança enorme pendia sobre calças de couro. Uma camisa imunda estava aberta na cintura, pouco pano para cobrir tanta carne. O rosto do homem, parcialmente obscurecido pela barba por fazer, estava avermelhado e manchado de forma pouco natural, seu cabelo oleoso e desgrenhado. Suas roupas, apesar de finas e bem-feitas, estavam sujas e fediam fortemente a vômito e da bebida forte conhecida como aguardente anão.

Tanis baixou sua espada, sentindo-se um tolo. Era só um pobre bebum, provavelmente o brigão da cidade, usando seu tamanho para intimidar os cidadãos. Ele olhou para o homem com pena e nojo, pensando enquanto isso que havia algo familiar nele. Provavelmente alguém que conheceu quando viveu em Consolação tempos atrás, um pobre coitado que ficou na pior.

O meio-elfo começou a se virar e notou, com espanto, que todos na Hospedaria estavam olhando-o, ansiosos.

"O que querem que eu faça", pensou Tanis com uma irritação repentina. "Querem que eu ataque? Que baita herói eu seria... espancando o bêbado da cidade."

Ouviu um choramingo no seu cotovelo.

— Eu disse pra você ir — gemeu Tika, afundando-se numa cadeira. Enterrando o rosto nas mãos, começou a chorar como se seu coração fosse quebrar.

Ficando cada vez mais confuso, Tanis olhou para Vento Ligeiro, mas o homem das planícies estava tão no escuro quanto seu amigo. O bêbado, enquanto isso, tropeçou salão adentro e olhou para todos os lados com raiva.

— Quié quié isso? Uma feshta? — grunhiu ele. — E ninguém co... convidou seu velho... convidou eu?

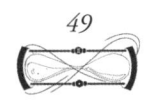

Ninguém respondeu. Estavam fixamente ignorando o homem desleixado, seus olhos ainda em Tanis, e até a atenção do bêbado se voltou para o meio-elfo. Tentando focar nele, o bêbado encarou Tanis com uma raiva confusa, como se o culpasse por ser a causa de todos os seus problemas. De repente, os olhos do bêbado se arregalaram, seu rosto se abriu num sorriso bobo e ele se jogou para frente com as mãos esticadas.

— Tanish... meu ami...

— Em nome dos deuses — suspirou Tanis, reconhecendo-o enfim.

O homem cambaleou e tropeçou numa cadeira. Por um momento, balançou instável, como uma árvore cortada pronta para cair. Seus olhos rolaram para trás e as pessoas fugiram para sair do caminho. E, com um baque que tremeu a Hospedaria, Caramon Majere, Herói da Lança, desmaiou aos pés de Tanis.

Capítulo

3

Em nome dos deuses — Tanis repetiu ao se aproximar do guerreiro desacordado. — Caramon...

— Tanis — a voz de Vento Ligeiro fez o meio-elfo olhar para cima. Ele segurava Tika em seus braços enquanto, com Dezra, tentava confortar a jovem arrasada. Mas as pessoas estavam se aproximando, tentando questionar Vento Ligeiro ou pedindo uma bênção para Crysania. Outros exigiam mais cerveja ou só ficavam ali, bisbilhotando.

Tanis se levantou rápido.

— A Hospedaria fechou — gritou ele.

Houve reclamações da multidão, exceto por alguns aplausos perto dos fundos onde os clientes acharam que ele estava pagando uma rodada de bebidas.

— É sério — disse Tanis com firmeza, sua voz superando o barulho. A multidão se aquietou. — Obrigado a todos pelas boas-vindas. Não sei como dizer o que significa para mim voltar à minha terra natal. Porém, meus amigos e eu gostaríamos de ficar a sós. Está tarde, por favor...

Houve murmúrios de simpatia e algumas palmas de aprovação. Alguns poucos fizeram caretas e comentários sobre quanto maior o cavaleiro, mais a própria armadura ofuscava seu olhar (um velho ditado dos tempos em que os Cavaleiros de Solamnia eram desprezados). Vento

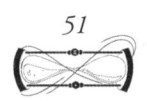

Ligeiro deixou Dezra cuidando de Tika e avançou para empurrar uns poucos que presumiram que Tanis quis dizer todo mundo menos eles. O meio-elfo ficou de guarda sobre Caramon, que roncava tranquilamente no chão, impedindo que alguém pisasse nele. Trocou olhares com Vento Ligeiro quando o homem das Planícies passou, mas não tiveram tempo para falar até a Hospedaria ser esvaziada.

Otik Sandeth ficou na porta, agradecendo a todos por virem e garantindo a cada um que a Hospedaria abriria novamente na noite seguinte. Quando todos se foram, Tanis foi até o proprietário aposentado, sentindo-se constrangido e envergonhado. Mas Otik o impediu antes de falar. Segurando a mão de Tanis na sua, o homem idoso sussurrou.

— Fico contente por ter voltado. Fechem tudo depois que terminarem. — Ele olhou para Tika, e empurrou o meio-elfo de forma conspiratória. — Tanis — sussurrou. — Se você vir Tika tirando um trocado do caixa, não ligue. Ela vai pagar de volta algum dia. Eu finjo que não vejo. — Seu olhar foi para Caramon, e ele balançou a cabeça, triste. — Sei que você vai poder ajudar — murmurou ele, depois assentiu e mancou noite afora, apoiado na sua bengala.

"Ajudar!," pensou Tanis, descontrolado. "Nós viemos pedir a ajuda dele." Caramon roncou mais alto, quase acordando, arrotou grandes nuvens de aguardente anão e voltou a acomodar-se para dormir. Tanis olhou para Vento Ligeiro e balançou a cabeça em desespero.

Crysania encarava Caramon com pena misturada a repulsa.

— Pobre coitado — disse ela baixinho. O medalhão de Paladine brilhou a luz das velas. — Talvez eu...

— Você não pode fazer nada por ele — lamuriou Tika amargamente. — Ele não precisa de cura. Ele está bêbado, não viu? Podre de bêbado!

O olhar de Crysania foi para Tika em espanto, mas antes que a clériga pudesse falar algo, Tanis correu de volta para Caramon.

— Vento Ligeiro, me ajude — disse ele, se abaixando. — Vamos levá-lo pra ca...

— Pode deixar aí! — exclamou Tika, secando os olhos com os cantos do avental. — Ele já passou muitas noites nesse chão, mais uma não vai fazer diferença. — Ela se virou para Tanis. — Eu queria contar. Mesmo. Mas eu achei... Esperava que... Ele ficou tão animado quando a sua carta chegou. Ele ficou... mais ele mesmo do que eu tinha visto em muito tempo.

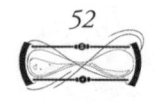

Achei que fosse ser o suficiente, que ele pudesse mudar. Então deixei você vir. — Ela baixou a cabeça. — Me desculpe...

Tanis permaneceu ao lado do guerreiro enorme, resoluto.

— Eu não compreendo. Faz quanto...

— Por isso que não fomos no seu casamento, Tanis — disse Tika, fazendo nós com seu avental. — Eu queria tanto ir! Mas...

Ela começou a chorar mais uma vez. Dezra a abraçou.

— Senta, Tika — murmurou Dezra, ajudando-a a sentar num banco de costas altas.

Tika afundou, suas pernas cedendo de repente. Ela escondeu a cabeça em seus braços.

— Vamos todos nos sentar — disse Tanis firmemente — e organizar as ideias. Você aí — o meio-elfo chamou o anão tolo que espiava a todos debaixo do bar de madeira. — Traga um jarro de cerveja e alguns canecos, vinho para dama Crysania, algumas batatas apimentadas...

Tanis parou. O anão confuso o encarava com os olhos arregalados e boquiaberto em confusão.

— Deixa que eu pego, Tanis — ofereceu Dezra, sorrindo. — Capaz do Raf trazer um jarro de batatas.

— Mim ajuda! — protestou Raf, indignado.

— Você tira o lixo! — exclamou Dezra.

— Mim ajuda muito...— murmurou Raf desconsolado enquanto saía, chutando as pernas das mesas para aliviar sua mágoa.

— Seus quartos ficam na parte nova da Hospedaria — murmurou Tika. — Eu mostro...

— Depois vemos isso — disse Vento Ligeiro severamente, mas seus olhos estavam cheios de simpatia enquanto olhava para Tika. — Sente e fale com Tanis. Ele tem que partir logo.

— Droga! Meu cavalo! — disse Tanis, levantando de repente. — Pedi para o garoto me trazer...

— Vou lá pedir que espere — ofereceu Vento Ligeiro.

— Não, eu vou. Não vou demorar...

— Meu amigo — disse Vento Ligeiro baixinho enquanto passou por ele — preciso estar lá fora! Voltarei para ajudar... — Ele assentiu a cabeça na direção do Caramon dorminhoco.

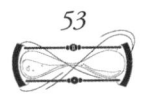

Tanis sentou-se de volta, aliviado. O homem das Planícies saiu. Crysania sentou-se ao lado de Tanis do lado oposto da mesa, encarando Caramon perplexa. Tanis continuou a falar com Tika sobre assuntos inconsequentes até que ela se endireitasse e sorrisse um pouco. Quando Dezra voltou com as bebidas, Tika parecia mais relaxada, apesar do seu rosto ainda estar exausto e cansado. Crysania, notou Tanis, mal tocou em seu vinho. Só ficou sentada, olhando ocasionalmente para Caramon, a linha escura surgindo novamente no meio da testa. Tanis sabia que deveria explicar o que estava acontecendo, mas precisava que alguém lhe explicasse antes.

— Quando isso... — começou ele, hesitante.

— Começou? — Tika suspirou. — Uns seis meses depois de chegarmos aqui. — Seu olhar foi para Caramon. — Ele estava tão feliz... no começo. A cidade estava uma bagunça, Tanis. O inverno foi terrível para os sobreviventes. A maioria estava faminta, os soldados draconianos e goblins pegaram tudo. Aqueles cujas casas foram destruídas viviam em qualquer abrigo que encontrassem, fossem cavernas ou casebres. Os draconianos abandonaram a cidade quando voltamos e as pessoas tinham começado a reconstrução. Eles receberam Caramon como um herói... os bardos já tinham estado aqui, cantando as canções sobre a derrota da Rainha.

Os olhos de Tika marejaram com lágrimas e orgulho lembrado.

— Ele foi tão feliz, Tanis, por um tempo. As pessoas precisavam dele. Ele trabalhava noite e dia, cortando árvores, trazendo lenha das colinas, construindo casas. Ele até serviu de ferreiro, já que Theros se foi. Ele não era muito bom nisso. — Tika sorriu tristemente. — Mas estava tão feliz que ninguém se importou. Ele fazia pregos, ferraduras e rodas de carroça. Aquele primeiro ano foi bom pra gente, bom de verdade. Estávamos casados e Caramon pareceu esquecer sobre... sobre...

Tika engoliu em seco. Tanis acariciou sua mão e, após comer um pouco e beber um pouco em silêncio, ela conseguiu continuar.

— Só que um ano atrás, na primavera passada, tudo começou a mudar. Alguma coisa aconteceu com Caramon. Não sei o que. Teve alguma coisa a ver com — Ela parou, balançando a cabeça. — A cidade era próspera. Um ferreiro mantido em refém em Pax Tharkas veio pra cá e assumiu o negócio. Claro que as pessoas ainda precisavam construir casas, mas não tinham pressa. Eu tomei conta da gerência da Hospedaria — Tika deu de ombros. — Acho que Caramon ficou com muito tempo livre.

— Ninguém precisava dele — disse Tanis sombriamente.

— Nem mesmo eu... — disse Tika, engolindo e secando os olhos. — Acho que a culpa é minha...

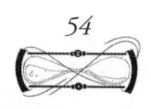

— Não — disse Tanis, com o pensamento em memórias distantes. — Não é culpa sua, Tika. Acho que sabemos de quem é.

— Enfim — Tika respirou fundo. — Tentei ajudar, mas estava ocupada demais aqui. Sugeri todo tipo de coisa para ele fazer e ele tentou, tentou mesmo. Ele ajudou o delegado local a rastrear draconianos renegados, foi guarda-costas por um tempo, sendo contratado por gente viajando até Refúgio. Mas ninguém o contratava uma segunda vez. — A voz dela baixou. — E daí, um dia no último inverno, o grupo que ele devia proteger voltou, trazendo-o num trenó, podre de bêbado. Eles acabaram protegendo ele! Desde então, passa o tempo todo dormindo, comendo ou junto de alguns antigos mercenários na Calhagem, aquele lugar imundo do outro lado da cidade.

Querendo que Laurana estivesse ali para discutir tais assuntos, Tanis sugeriu baixinho.

— Um bebê, talvez?

— Eu fiquei grávida no verão passado — disse Tika sem emoção, apoiando a cabeça na mão. — Mas não por muito tempo. Tive um aborto espontâneo. Caramon nem chegou a saber. Desde então... — Ela encarou a mesa de madeira. — Bom, não temos dormido no mesmo quarto.

Ruborizando de vergonha, Tanis só conseguiu dar tapinhas confortantes na mão dela e logo mudou de assunto.

— Você disse há pouco que "tinha alguma coisa a ver com"... com o quê?

Tika tremeu e bebeu outro gole de vinho.

— Rumores começaram, Tanis — disse ela numa voz baixa e apressada. — Rumores sombrios. Você deve saber sobre quem eram!

Tanis assentiu.

— Caramon escreveu pra ele, Tanis. Eu vi a carta. Era... partiu meu coração. Nenhuma palavra de culpa ou reprimenda. Era cheia de amor. Ele implorou para o irmão voltar e viver conosco. Suplicou para dar as costas para a escuridão.

— E o que aconteceu? — perguntou Tanis, apesar de já adivinhar a resposta.

— A carta voltou — sussurrou Tika. — Lacrada. O selo nem foi quebrado. E fora estava escrito "Não tenho irmão. Não conheço Caramon algum." E estava assinada como Raistlin!

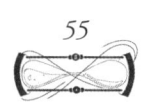

— Raistlin! — Crysania olhou para Tika como se a visse pela primeira vez. Seus olhos cinzentos estavam arregalados e assustados, indo da jovem ruiva para Tanis e depois para o enorme guerreiro no chão, que arrotava confortavelmente em seu sono ébrio. — Caramon... Este é Caramon Majere? Este é o irmão dele? O gêmeo sobre quem você falava? O homem que poderia me guiar...

— Peço desculpas, Filha Reverenciada — disse Tanis, ruborizando. — Não tinha ideia de que ele...

— Mas Raistlin é tão... inteligente, poderoso. Achei que seu gêmeo fosse igual. Raistlin é sensível, ele exerce tamanho controle sobre si e sobre aqueles que o servem. Ele é um perfeccionista, enquanto este... — Crysania gesticulou. — Este ser patético e miserável, por mais que mereça nossa pena e nossas preces, é...

— O "perfeccionista sensível e inteligente" tem culpa em tornar este homem no "ser patético e miserável" que você vê, Filha Reverenciada — disse Tanis, ácido, porém mantendo sua raiva cuidadosamente controlada.

— Talvez tenha sido o contrário — disse Crysania, olhando Tanis com frieza. — Talvez tenha sido a falta de amor que fez Raistlin dar as costas para a luz e andar na escuridão.

Tika ergueu o olhar para Crysania com uma expressão estranha em seus olhos.

— Falta de amor? — repetiu ela gentilmente.

Caramon gemeu em seu sono e começou a se debater no chão. Tika se levantou rápido.

— É melhor o levarmos pra casa. — Ela olhou e viu a figura alta de Vento Ligeiro surgir na entrada, depois se virou para Tanis. — Vejo você de manhã, né? Você pode ficar... só por hoje?

Tanis encarou os olhos suplicantes e quis morder sua língua antes de responder. Mas não adiantou.

— Desculpe, Tika — disse, pegando as mãos dela. — Queria, mas tenho que ir. É um longo caminho daqui até Qualinost e não ouso me atrasar. O destino de dois reinos pode depender da minha presença lá.

— Eu compreendo — disse Tika suavemente. — Não é problema seu mesmo. Eu me viro.

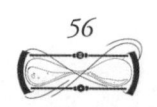

Tanis poderia ter arrancado sua barba em frustração. Ele queria ficar e ajudar, se é que poderia ajudar. Pelo menos, poderia falar com Caramon, tentando botar alguma razão naquela cabeça dura. Mas Porthios se ofenderia pessoalmente se Tanis não aparecesse no funeral, o que afetaria não só sua relação com o irmão de Laurana, mas também afetaria o tratado de aliança sendo negociado entre Qualinesti e Solamnia.

Com seus olhos encontrando Crysania, Tanis percebeu que tinha outro problema. Ele gemeu por dentro. Não poderia levá-la para Qualinost. Porthios não tinha uso para clérigas humanas.

— Olhe — disse Tanis, de repente tendo uma ideia. — Eu volto depois do funeral. — Os olhos de Tika se iluminaram. Ele se voltou para a dama Crysania. — Eu a deixarei aqui, Filha Reverenciada. Você vai ficar segura nesta cidade, na Hospedaria. Então poderei escoltá-la de volta para Palanthas, já que sua jornada fracassou...

— Minha jornada não fracassou — disse Crysania, resoluta. — Continuarei como comecei. Pretendo ir à Torre da Alta Magia em Wayreth e de lá irei me aconselhar com Par-Salian das Vestes Brancas.

Tanis balançou a cabeça.

— Não posso levá-la lá — disse ele. — E Caramon obviamente está incapaz. Assim, eu sugiro...

— Sim — interrompeu Crysania de forma complacente. — Caramon está claramente incapacitado. Assim, aguardarei seu amigo kender me encontrar aqui com a pessoa que ele foi enviado para encontrar e partirei por conta própria.

— De jeito nenhum! — gritou Tanis. Vento Ligeiro ergueu as sobrancelhas para lembrar a Tanis com quem estava falando. Com esforço, o meio-elfo recuperou o controle. — Senhora, você não tem ideia do perigo! Além das coisas sombrias que nos perseguiram, e sabemos bem quem as enviou, ouvi as histórias de Caramon sobre a Floresta de Wayreth. É ainda mais sombria! Vamos voltar pra Palanthas, eu arranjo alguns Cavaleiros...

Pela primeira vez, Tanis viu uma mancha pálida de cor tocar as bochechas de mármore de Crysania. Suas sobrancelhas escuras se contraíram enquanto ela parecia pensar e depois seu rosto voltou ao normal. Erguendo o olhar para Tanis, sorriu.

— Não há perigo — disse ela. — Estou nas mãos de Paladine. As criaturas das trevas podem ter sido enviadas por Raistlin, mas não têm poder para ferir a mim! Elas meramente fortaleceram minha obstinação.

— Vendo o rosto de Tanis ficar ainda mais sombrio, ela suspirou. — Posso prometer uma coisa. Pensarei nisto. Talvez tenha razão. Talvez a jornada seja perigosa demais...

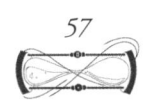

— E perda de tempo! — murmurou Tanis, o pesar e a exaustão fazendo-o falar de forma direta o que sentira o tempo todo sobre aquela ideia doida. — Se Par-Salian pudesse destruir Raistlin, ele já teria feito isso há muito...

— Destruir! — Crysania analisou Tanis em choque, seus olhos cinzas frios. — Não busco sua destruição.

Tanis a encarou, espantado.

— Busco sua redenção — prosseguiu Crysania. — Irei para meus aposentos, se alguém fizer a gentileza de me guiar.

Dezra se apresentou. Crysania calmamente deu boa noite a todos, e então seguiu Dezra pelo salão. Tanis olhou sua partida, totalmente sem palavras, e ouviu Vento Ligeiro murmurar algo em Que-shu. Caramon gemeu de novo e Vento Ligeiro cutucou Tanis. Juntos, eles se dobraram sobre o Caramon dorminhoco e, com algum esforço, ergueram o grandalhão.

— Em nome do Abismo, ele é pesado! — ofegou Tanis, se esforçando com o peso morto do homem enquanto os braços flácidos de Caramon se jogavam sobre seus ombros. O cheiro pútrido do aguardente anão causou-lhe náuseas.

— Como ele bebe esse troço? — disse Tanis para Vento Ligeiro enquanto os dois arrastavam o bêbado até a porta, com Tika ansiosamente seguindo atrás.

— Já vi um guerreiro cair vítima desta maldição — grunhiu Vento Ligeiro. — Ele pereceu pulando de um rochedo, sendo perseguido por criaturas da sua mente.

— Eu deveria ficar — murmurou Tanis.

— Você não pode lutar a batalha de outro, meu amigo — disse Vento Ligeiro. — Especialmente quando é entre um homem e sua própria alma.

Passava da meia-noite quando Tanis e Vento Ligeiro deixaram Caramon em segurança na sua casa, despejando-o sem cerimônias em sua cama. Tanis nunca estivera tão cansado na vida. Seus ombros doíam por carregar o peso morto do guerreiro gigante. Ele estava dolorido e se sentia drenado, suas memórias do passado — um dia prazerosas — tornaram-se velhas feridas, abertas e sangrando. E ainda tinha horas de cavalgada antes do amanhecer.

— Queria poder ficar — repetiu ele mais uma vez para Tika enquanto estavam juntos de Vento Ligeiro fora da casa, olhando para a cidade pacífica e adormecida de Consolação. — Me sinto responsável...

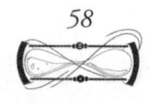

— Não, Tanis — disse Tika baixinho. — Vento Ligeiro tem razão. Essa guerra você não pode lutar. Você tem sua própria vida para viver. Além disso, você não pode fazer nada. Só iria piorar as coisas.

— É, acho que sim — franziu Tanis. — Seja como for, volto em cerca de uma semana. Irei conversar com Caramon então.

— Seria ótimo — suspirou Tika e, depois de uma pausa, mudou de assunto. — Falando nisso, o que a dama Crysania falou sobre um kender vindo para cá? É o Tasslehoff?

— Sim — disse Tanis, coçando a barba. — Alguma coisa a ver com Raistlin, mas não sei o quê. Encontramos Tas em Palanthas, ele começou com algumas das histórias dele... Avisei que apenas metade do que ele fala é verdade e que até aquela metade é meio besteira, mas ele provavelmente a convenceu a mandá-lo atrás de alguém que poderia ajudá-la a redimir Raistlin!

— A mulher é uma clériga sagrada de Paladine — disse Vento Ligeiro severamente. — E que os deuses me perdoem se falo mal de uma de seus escolhidos. Mas creio que é louca. — Com esse pronunciamento, ele jogou seu arco sobre o ombro e se preparou para partir.

Tanis balançou a cabeça. Colocando um braço ao redor de Tika, ele deu-lhe um beijo.

— Acho que Vento Ligeiro tem razão — disse ele baixinho. — Fique de olho na dama Crysania enquanto ela estiver aqui. Vou conversar com Elistan sobre ela quando voltarmos. Fico pensando no quanto ele sabia sobre essa ideia louca dela. Ah, e se Tasslehoff aparecer mesmo, grude nele, tudo bem? Não o quero aparecendo em Qualinost! Já vou ter problemas o bastante com Porthios e os elfos por conta própria.

— Claro, Tanis — disse Tika. Por um momento, ela se aninhou mais perto dele, deixando-se ser reconfortada pela força e pela compaixão que sentia em seu toque e na sua voz.

Tanis hesitou, abraçando-a, relutante em soltá-la. Olhou para dentro da casinha e ouviu Caramon chorando enquanto dormia.

— Tika — começou ele.

Mas ela se afastou.

— Vai logo, Tanis — disse ela com firmeza. — Você tem um longo caminho à frente.

— Tika. Eu queria... — Mas não havia nada que ele pudesse dizer para ajudar e os dois sabiam disso.

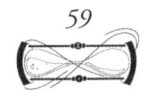

Virando-se lentamente, ele trotou atrás de Vento Ligeiro.

Observando-os partir, Tika sorriu.

— Você é muito sábio, Tanis Meio-Elfo. Mas desta vez, você está errado — disse ela para si mesma quando ficou sozinha na varanda. — Dama Crysania não está louca. Ela está apaixonada.

Capítulo 4

Um exército de anões marchava pelo quarto, suas botas cobertas de metal fazendo TUM, TUM, TUM. Cada anão tinha um martelo e, quando passava pela cama, batia contra a cabeça de Caramon. Ele gemeu e sacudiu as mãos sem força.

— Vão embora! — murmurou ele. — Vão embora!

Mas os anões responderam erguendo a cama em seus ombros fortes e girando-a de forma rápida enquanto continuavam a marchar, suas botas castigando o piso de madeira TUM, TUM, TUM.

Caramon sentiu o estômago revirar. Após diversas tentativas desesperadas, conseguiu saltar para fora da cama giratória e correr desengonçado até o penico no canto. Depois de vomitar, sentiu-se melhor. Sua cabeça se acalmou. Os anões desapareceram, apesar de suspeitar que estavam escondidos debaixo da cama, só esperando que se deitasse de novo.

Em vez disso, abriu a gaveta no criado-mudo onde guardava sua garrafinha de aguardente anão. Sumiu! Caramon fez uma careta. Tika estava fazendo esse joguinho de novo, é? Sorrindo convencido, Caramon foi tropeçando até o largo baú de roupas do outro lado do quarto. Ergueu a tampa e procurou entre túnicas, calças e camisas que não serviam mais no seu corpo. Lá estava ela, enfiada numa velha bota.

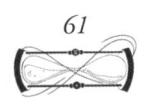

Caramon pegou a garrafinha com amor, tomou um gole do licor ardente, arrotou, e suspirou forte. Pronto, as marteladas na cabeça sumiram. Ele olhou pelo quarto. Que os anões ficassem debaixo da cama. Ele não se importava.

Houve um tilintar de louça no outro quarto. Tika! Apressadamente, Caramon deu outro gole, fechou a garrafinha e a enfiou de volta na bota. Fechando a tampa muito, muito silenciosamente, ele se ajeitou, passou a mão pelo cabelo bagunçado, e começou a ir até a área de estar. Mas teve um vislumbre de si mesmo num espelho.

— Trocar de camisa — murmurou.

Após muitos puxões, tirou a camisa imunda que estava vestindo e a jogou num canto. Será que devia se lavar? Para que essa frescura? E daí que ele fedia? Era um fedor de macho. Muitas mulheres gostavam, achavam atraente... achavam ele atraente! Não reclamavam nem implicavam, não como Tika. Por que ela não o aceitava como era? Com dificuldade, colocou uma camisa limpa que encontrou no pé da cama. Caramon sentiu muita pena de si mesmo. Ninguém o entendia... a vida era difícil... ele só estava passando por um momento ruim..., mas isso ia mudar... eles iam ver... algum dia... talvez amanhã...

Saindo trôpego do quarto, mas tentando parecer normal, Caramon andou sem firmeza pela sala de estar limpa e organizada e desabou numa cadeira na mesa de jantar. A cadeira rangeu com seu peso e Tika se virou.

Ao ver o seu olhar, Caramon suspirou. Tika estava fula, de novo. Tentou sorrir, mas foi um sorriso meio doente que não ajudou. Com os cachos ruivos quicando de raiva, ela girou e desapareceu por uma porta na cozinha. Caramon se encolheu ao ouvir o bater dos pesados panelões. O som trouxe os anões e seus martelos de volta. Dentro de alguns momentos, Tika voltou, carregando um enorme prato de bacon crepitante, bolos fritos de milho e ovos. Ela bateu o prato na frente dele com tanta força que os bolinhos saltaram quase dez centímetros no ar.

Caramon se encolheu de novo. Ele se perguntou brevemente se deveria comer, considerando o estado instável do seu estômago, mas logo o lembrou quem é que mandava. Estava faminto, nem lembrava da última vez que comera. Tika se afundou numa cadeira perto dele. Erguendo o rosto, viu os olhos verdes dela ardendo. Suas sardas se destacavam na sua pele, um certeiro sinal de fúria.

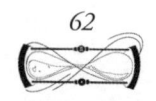

— Tá bom — grunhiu Caramon, enfiando comida na boca. — Que foi que eu fiz agora?

— Você não lembra. — Era uma afirmação.

Caramon procurou apressado nas regiões confusas da sua mente. Alguma coisa se mexeu vagamente. Ele deveria ter ido em algum lugar na noite passada. Ele ficou em casa o dia todo, só se preparando. Tinha prometido para Tika... mas ficou com sede. Sua garrafa estava vazia. Ele só foi até a Calhagem tomar um gole, depois foi... onde... por quê...

— Tinha coisas para fazer — disse Caramon, evitando o olhar de Tika.

— Sim, *a gente* viu o que você foi fazer — exclamou Tika amargamente. — As coisas que fizeram você desmaiar bem nos pés de Tanis!

— *Tanis!* — Caramon deixou o garfo cair. — Tanis... noite passada... — Com um gemido magoado, deixou a cabeça dolorida afundar em suas mãos.

— Foi um espetáculo e tanto — prosseguiu Tika, a voz apertada. — Na frente da cidade inteira e de metade dos elfos de Krynn. Sem contar nossos velhos amigos. — Ela chorava baixinho. — Nossos melhores amigos...

Caramon gemeu de novo. Também começou a chorar.

— Por quê? Por quê? — ele balbuciou. — Tanis, de todos eles... — Suas autocensuras foram interrompidas por batidas na porta da frente.

— O que foi agora? — murmurou Tika, levantando e secando as lágrimas com a manga da blusa. — Talvez seja Tanis. — Caramon ergueu a cabeça. — Tente pelo menos *parecer* o homem que você era — sussurrou Tika enquanto se apressava para a porta.

Ela abriu o ferrolho com força.

— Otik? — disse ela com espanto. — O quê... Comida de quem?

O velho taverneiro estava na passagem com um prato de comida fumegante na mão. Ele olhou para além de Tika.

— Ela não está aqui? — perguntou, assustado.

— Quem não está aqui? — respondeu Tika, confusa. — Não tem ninguém aqui.

— Ai, céus. — O rosto de Otik ficou solene. Distraído, começou a comer a comida do prato. — Então, o cavalariço tinha razão. Ela foi embora. Justo depois de eu preparar esse belo desjejum.

— Quem foi embora? — exigiu Tika exasperada, imaginando se ele se referia a Dezra.

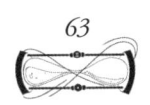

— A dama Crysania. Ela não está no quarto e as coisas dela também não estão lá. O cavalariço disse que ela veio de manhã, pediu para selar o cavalo e foi embora. Achei que...

— A dama Crysania! — ofegou Tika. — Ela foi embora sozinha. Claro, seria...

— O quê? — perguntou Otik, ainda mastigando.

— Nada — disse Tika, com o rosto pálido. — Nada, Otik. Que tal você voltar para a Hospedaria? Acho que vou me atrasar um pouquinho hoje.

— Claro, Tika — disse Otik com gentileza, tendo visto Caramon dobrado sobre a mesa. — Venha quando puder.

Otik saiu, comendo enquanto andava. Tika fechou a porta atrás dele.

Vendo Tika voltar e sabendo que ia ouvir poucas e boas, Caramon se levantou com dificuldade.

— Não tô me sentindo bem — disse. Balançando pelo chão, cambaleou para o quarto, batendo a porta atrás de si. Tika ouviu o som de choro lá de dentro.

Ela sentou-se à mesa, pensando. A dama Crysania tinha ido embora para encontrar a Floresta de Wayreth por conta própria. Ou melhor, ia procurá-la. Segundo as lendas, ninguém nunca a encontrava. Ela é que encontrava você! Tika teve um calafrio, lembrando das histórias de Caramon. A terrível floresta estava nos mapas mas, ao compará-los, mapas diferentes nunca concordavam com sua localização. E sempre tinha um símbolo de aviso ao lado. No centro, ficava a Torre da Alta Magia de Wayreth, onde todo o poder dos magos de Ansalon concentrava-se. Quer dizer, quase todo...

Numa resolução repentina, Tika se levantou e abriu a porta do quarto com força. Entrando, encontrou Caramon caído na cama, chorando e soluçando como uma criança. Endurecendo o coração para essa visão digna de pena, Tika andou com passos firmes até o grande baú de roupas. Ao abrir a tampa e vasculhar pelas roupas, ela encontrou a garrafa, mas só a jogou num canto do quarto. No fundo, encontrou o que estava procurando.

A armadura de Caramon.

Erguendo uma coxa por sua tira de couro, Tika se levantou e, virando, jogou o metal polido direto contra Caramon.

Atingiu-o no ombro, quicando e caindo no chão com estrondo.

— Ai! — reclamou o homem enorme, sentando-se. — Em nome do Abismo, Tika! Me deixa em paz.

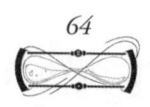

— Você vai atrás dela — disse Tika firmemente, pegando outra peça da armadura. — Você vai atrás dela, nem que eu tenha que tirar você daqui num carrinho de mão!

— Há, perdão — disse um kender para um homem vagabundeando perto da beira da estrada nos arredores de Consolação. Na mesma hora, o homem escondeu a carteira. — Estou querendo encontrar a casa de um amigo meu. Digo, dois amigos meus, na verdade. Uma é uma mulher bonita, de cachos ruivos. O nome dela é Tika Waylan...

Encarando o kender, o homem indicou com o polegar.

— Só ir pra lá.

Tas olhou.

— Lá? — disse ele, apontando impressionado. — Aquela casa verdadeiramente magnífica na copadeira novinha?

— Quê? — O homem deu uma risada breve e aguda. — Chamou do quê? Magnífica? Essa é boa. — Ainda gargalhando, ele se afastou, rindo e contando as moedas da sua carteira ao mesmo tempo.

"Que rude!," pensou Tas, distraidamente enfiando o canivete do homem em um bolso. Esquecendo o incidente na mesma hora, o kender seguiu para a casa de Tika. Seu olhar se demorava com carinho em cada detalhe da bela casa empoleirada com segurança nos braços da copadeira que ainda crescia.

— Estou tão feliz por Tika — atestou Tas para o que parecia um monte de roupas com pés andando atrás dele. — E por Caramon também — acrescentou ele. — Mas Tika nunca teve um lar de verdade. Ela deve estar tão orgulhosa!

Conforme se aproximava da casa, Tas viu que era uma das melhores da comunidade. Tinha sido construída na tradição ancestral de Consolação. As voltas delicadas da empena eram moldadas para parecerem parte da própria árvore. Cada cômodo se estendia do corpo principal da casa, a madeira das paredes entalhada e polida para lembrar o tronco da árvore. A estrutura se conformava à árvore, uma harmonia pacífica entre o trabalho humano e o da natureza para criar um todo agradável. Tas sentiu um brilho quente em seu coração quando pensou nos seus dois amigos trabalhando e vivendo numa habitação tão maravilhosa. Então...

— Que engraçado — disse Tas para si mesmo. — Por que será que não tem teto?

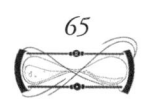

Ao se aproximar, olhando com ainda mais atenção, notou que estava faltando algumas coisas, além do telhado.

As grandes empenas na verdade só serviam para dar estrutura a um telhado que não estava lá. As paredes dos cômodos se estendiam apenas por uma parte ao redor da construção. O piso era só uma plataforma suja.

Ficando bem debaixo dela, Tas olhou para cima, perguntando-se o que estava acontecendo. Podia ver martelos e machados e serras espalhadas, enferrujando. Pelo visto, as ferramentas não eram usadas há meses. A estrutura em si mostrava os efeitos de uma longa exposição ao clima. Tas mexeu no seu coque, pensativo. A construção tinha todas as características para ser a estrutura mais magnífica em toda Consolação — se um dia fosse terminada!

E então Tas se alegrou. Uma seção da casa fora finalizada. O vidro todo foi cuidadosamente colocado nas janelas, as paredes estavam intactas e um telhado protegia o cômodo dos elementos. Pelo menos Tika tinha um quarto seu, pensou o kender. Mas, enquanto estudou o cômodo mais de perto, seu sorriso sumiu. Acima da porta, ele pôde ver claramente (apesar do desgaste) a marca entalhada sinalizando a residência de um mago.

— Bem que imaginei — disse Tas, balançando a cabeça. Ele olhou ao redor. — Bom, Tika e Caramon certamente não moram ali. Mas aquele homem disse... Ah.

Ao rodear a enorme árvore, chegou a uma casinha, quase perdida entre ervas daninhas sem controle, oculta sob a sombra da copadeira. Obviamente construída apenas como medida temporária, tinha bem a cara de ter se tornado permanente demais. Se uma construção pudesse parecer infeliz, devaneou Tas, aquela pareceria. Suas empenas se afundavam numa careta. Sua tinta estava rachada e descamando. Ainda assim, havia flores nos vasos debaixo das janelas e cortinas atrás delas. O kender suspirou. Então essa era a casa de Tika, erguida sob a sombra de um sonho.

Aproximando-se da casinha, ficou de fora prestando atenção. Uma comoção terrível estava acontecendo lá dentro. Ele podia ouvir batidas, vidro quebrando, gritos e baques.

— Acho melhor esperar aqui — disse Tas para o amontoado de roupas.

O amontoado grunhiu e sentou-se confortavelmente na estrada enlameada perto da casa. Tas olhou, inseguro, mas deu de ombros e foi até a porta. Colocando a mão na maçaneta, ele a virou e deu um passo adiante, esperando entrar na hora. Em vez disso, deu com o nariz na madeira. A porta estava trancada.

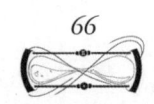

— Que estranho — disse Tas, recuando e olhando ao redor. — O que Tika está pensando? Trancar portas! Que barbaridade. E com um ferrolho, ainda por cima. Tinha certeza de que estavam me esperando...— Ele olhou triste para a fechadura. Os gritos e berros continuavam lá dentro. Pensou ouvir a voz grave de Caramon.

— Parece que está interessante lá dentro. — Tas olhou ao redor e logo ficou animado. — A janela! É claro!

Correndo até a janela, Tas viu que também estava trancada!

— Nunca esperaria isso, muito menos de Tika — comentou o kender tristemente para si. Ao estudar a fechadura, notou que era simples e que se abriria fácil. Tas pegou o dispositivo de arrombar fechaduras, direito de nascença de todo kender, do seu conjunto de ferramentas. Inserindo-o, ele deu uma virada de perito e teve a satisfação de ouvir o clique da fechadura. Sorrindo feliz, abriu o painel de vidro e escalou para dentro, onde atingiu o chão sem fazer barulho. Espiando pela janela, viu o amontoado disforme dormindo na sarjeta.

Aliviado com isso, Tasslehoff parou para olhar pela casa, seus olhos aguçados absorvendo tudo, suas mãos tocando tudo.

— Gente, que coisa interessante... — Foi o comentário constante de Tas conforme seguia para a porta fechada de onde vinham os sons de batidas. — Tika não vai se importar se eu estudar isso por um momento. Já devolvo. — O objeto caiu, por vontade própria, em seu bolso. — E olha só isso! Opa, tem uma rachadura. Ela vai me agradecer por avisar. — Esse objeto mergulhou em outro bolso. — E o que esse prato de manteiga está fazendo bem aqui? Bem sei que Tika o guarda na despensa. É melhor devolver ao seu devido lugar. — O prato de manteiga entrou num terceiro bolso.

Nesse meio tempo, Tas alcançou a porta fechada. Virando a maçaneta (que bom que Tika não tinha trancado essa também!), entrou.

— Oi, oi — disse ele, feliz. — Lembram de mim? Gente, que divertido! Posso brincar também? Me dá um negócio para jogar nele também, Tika. Ué, Caramon... — Tas entrou no quarto e foi até onde Tika estava, um peitoral de aço na mão, encarando-o com um espanto profundo — O que você tem? Você está *terrível*, simplesmente *terrível*! Então, porque estamos jogando armaduras no Caramon, Tika? — perguntou Tas, pegando um colete de cota de malha e virando para o guerreiro grande que se barricou atrás da cama. — É alguma coisa que vocês fazem sempre? Já ouvi falar de gente casada fazendo umas coisas estranhas, mas esse estranho é bem mais...

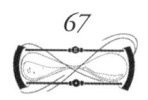

— Tasslehoff Burrfoot! — Tika recuperou seu poder de fala. — Em nome dos deuses, o que você está fazendo aqui?

— Ora essa, aposto que Tanis avisou que eu vinha — disse Tas, jogando a cota de malha contra Caramon. — Ei, isso é divertido! A porta da frente estava trancada. — Lançou um olhar reprovador para ela. — Tika, tive que entrar pela janela. Achei que você tivesse mais consideração. Enfim, eu tinha que encontrar a dama Crysania aqui e...

Para o espanto de Tas, Tika derrubou o peitoral, se derramou em lágrimas e caiu no chão. O kender olhou para Caramon, que se levantava de trás da cabeceira como um espectro se erguendo do túmulo. Caramon ficou olhando para Tika com uma expressão perdida e confusa. Abriu caminho pelas peças de armadura espalhadas no chão e ajoelhou ao lado dela.

— Tika — sussurrou ele pateticamente, afagando o ombro dela. — Desculpe. Você sabe que eu não queria dizer aquilo. Eu amo você! Eu sempre amei você. Eu só... Eu não sei o que fazer!

— Você sabe o que fazer! — gritou Tika. Levantou-se, se afastando dele. — Eu acabei de dizer! A dama Crysania está em perigo. Você precisa ir atrás dela!

— Quem é essa? — Caramon gritou de volta. — Por que eu devia me importar se ela corre perigo ou não?

— Me escuta pelo menos uma vez na vida — sibilou Tika entre dentes cerrados, sua raiva secando as lágrimas. — Ela é uma clériga poderosa de Paladine, uma das mais poderosas do mundo, só perdendo pra Elistan. Ela foi avisada num sonho que o mal de Raistlin podia destruir o mundo. e está indo para a Torre da Alta Magia em Wayreth falar com Par-Salian para...

— Para arranjar ajuda pra destruí-lo, não é? — rosnou Caramon.

— E se fosse? — exclamou Tika. — Ele merece viver? Ele mataria você sem pensar duas vezes!

Os olhos de Caramon brilharam perigosamente e seu rosto se avermelhou. Tas engoliu seco, vendo o punho do homem grande cerrar, mas Tika andou até ficar bem na frente dele. Apesar de sua cabeça mal chegar ao queixo dele, Tas pensou ter visto o homem se encolher com a raiva dela. Caramon abriu a mão dele.

— Mas não, Caramon — disse Tika sombriamente. — Ela não quer destruí-lo. Ela é só tão tola quanto você. Ela ama o seu irmão, que os deuses a ajudem. Ela quer salvá-lo, tirá-lo do mal.

Caramon olhou maravilhado para Tika. Sua expressão suavizou.

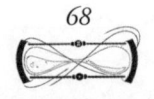

— É verdade? — disse ele.

— É, Caramon — disse Tika, cansada. — É por isso que ela veio aqui, para ver você. Achou que você pudesse ajudar. E então, quando viu aquilo noite passada...

A cabeça de Caramon caiu. Seus olhos encheram de lágrimas.

— Uma mulher, uma estranha, quer ajudar Raist. E arrisca sua vida por isso. — Ele começou a balbuciar de novo.

Tika o olhou exasperada.

— Ah, pelo amor dos... Vai atrás dela, Caramon! — gritou ela, batendo o pé no chão. — Ela nunca vai chegar na Torre sozinha. Você sabe disso! Você já passou pela Floresta de Wayreth.

— Sim — disse Caramon, fungando. — Fui com Raist. Levei ele para encontrar a Torre e fazer o Teste. Aquele teste maligno! Eu o protegi. Ele precisava de mim... na época.

— E Crysania precisa de você agora! — disse Tika severamente. Caramon ainda estava de pé, irresoluto, e Tas viu o rosto de Tika fechar-se em linhas firmes e duras. — Você não tem tempo a perder se quer alcançá-la. Você lembra do caminho?

— Eu lembro! — gritou Tas, empolgado. — Digo, eu tenho um mapa...

Tika e Caramon se viraram para encarar o kender espantados, ambos tendo esquecido sua existência.

— Não sei — disse Caramon, analisando Tas de forma sombria. — Eu lembro dos seus mapas. Um deles nos levou para um porto que não tinha mar!

— Não foi culpa minha! — reclamou Tas, indignado. — Até o Tanis disse isso. Meu mapa foi desenhado antes do Cataclismo chegar e tirar o mar. Mas você precisa me levar junto, Caramon! Eu tenho que me encontrar com a dama Crysania. Ela me mandou numa missão, uma missão de verdade. E eu completei. Eu encontrei... — Um movimento brusco chamou a atenção de Tas. — Ah, ela está aqui.

Ele acenou a mão, e Tika e Caramon se viraram para ver o monte disforme de roupas de pé na porta do seu quarto, só que com dois olhos pretos e suspeitos.

— Mim tem fome — disse o amontoado acusatoriamente para Tas. — Quando come?

— Minha missão era achar Bupu — disse Tasslehoff Burrfoot, orgulhoso.

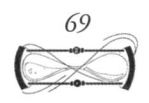

— Mas o que em nome do Abismo a dama Crysania quer com uma anã tola? — disse Tika, espantada. Ela levou Bupu para a cozinha, deu um pouco de pão velho e queijo, e a mandou de volta para fora, pois o fedor da anã tola não melhorava o conforto da casinha. Alegre, Bupu voltou para a rua, onde suplementou sua refeição ao beber água de uma poça na rua.

— Ah, eu prometi não contar — disse Tas, com ares de importância. O kender estava ajudando Caramon a vestir sua armadura, uma tarefa muito complexa, já que o homem grande ficara ainda maior desde a última vez em que a vestira. Tanto Tika quanto Tas trabalharam até ficarem suados, puxando tiras, empurrando e cutucando rolos de banha para debaixo do metal.

Caramon gemeu e grunhiu, soando como um homem sendo torturado. Sua língua passou pelos lábios e seu olhar de saudade foi mais de uma vez para o quarto e a garrafinha que Tika tão casualmente jogara no canto.

— Ah, Tas, não vem com essa — provocou Tika, sabendo que o kender era incapaz de guardar segredo. — Aposto que ela não se importaria...

O rosto de Tas se retorceu em agonia.

— Ela me fez prometer e jurar para Paladine, Tika! — O rosto do kender ficou solene. — E você sabe que Fizban... digo, Paladine e eu somos amigos *pessoais*. — O kender parou. — Caramon, encolhe a barriga — ordenou, irritado. — Como é que você se deixou ficar nessa condição?

Apoiando seu pé contra a coxa do homem grande, Tas puxou. Caramon gemeu de dor.

— Estou em forma — murmurou irritado o homem grande. — É a armadura. Encolheu, sei lá.

— Não sabia que esse tipo de metal encolhe — disse Tas com interesse. — Aposto que precisa ser aquecido. Como fez isso? Ou só ficou muito calor, calor mesmo, por aqui?

— Ah, cale a boca! — rosnou Caramon.

— Eu só queria ajudar — disse Tas, magoado. — Enfim, ah, sobre a dama Crysania. — Seu rosto tomou uma expressão solene. — Dei meu juramento sagrado. Só posso dizer que ela pediu para contar tudo o que eu lembrasse de Raistlin para ela. E eu fiz. E tem a ver com isso. É uma pessoa maravilhosa, Tika. Você talvez não tenha percebido, mas não sou muito religioso. Kenders não são, via de regra. Mas não precisa ser religioso para ver que tem algo *verdadeiramente bom* na dama Crysania. Ela é esperta, também. Talvez até mais que Tanis.

Os olhos de Tas se iluminavam com mistério e importância.

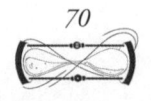

— Acho que posso contar isso — disse ele em um sussurro. — Ela tem um plano! Um plano para salvar Raistlin! Bupu é parte do plano. Ela a está levando para Par-Salian!

Até Caramon pareceu desconfiado e Tika começou a achar que Vento Ligeiro e Tanis tinham razão. Talvez a clériga estivesse louca. Ainda assim, qualquer coisa que pudesse salvar Caramon ou lhe desse alguma esperança...

Mas Caramon aparentemente estava fazendo suas próprias deduções.

— Isso é culpa daquele Fis-Fistandan ou sei lá qual é o nome — disse ele, puxando desconfortavelmente as tiras de couro onde apertavam sua carne flácida. — Sabem, aquele mago que Fizban... há... Paladine nos contou sobre. E Par-Salian também sabe algo sobre isso! — Seu rosto se iluminou. — Vamos consertar tudo. Vou trazer Raistlin de volta para cá, como a gente planejou, Tika! Ele pode ficar no quarto que preparamos para ele. Vamos cuidar dele, eu e você. Na nossa nova casa. Vai ficar tudo bem! — Os olhos de Caramon brilhavam. Tika não conseguiu olhar para ele. Ele soava tanto como o velho Caramon, o Caramon que ela amara...

Mantendo sua expressão séria, ela virou abruptamente e foi para o quarto.

— Vou pegar o resto das suas coisas...

— Espere! — Caramon a impediu. — Não... obrigado, Tika. Eu me viro. Que tal você... preparar algo para comer?

— Eu ajudo — ofereceu Tas, seguindo ansioso para a cozinha.

— Muito bem — disse Tika. Esticando-se, ela segurou o kender pelo coque de cabelo que pendia pelas costas dele. — Só um momentinho, Tasslehoff Burrfoot. Você não vai a lugar nenhum até sentar e esvaziar cada um dos bolsos!

Tas gritou em protesto. Com a distração da confusão, Caramon correu para o quarto e fechou a porta. Sem parar, foi direto para o canto e recuperou sua garrafinha. Balançando-a, viu que estava meio cheia. Sorriu para si mesmo satisfeito e a enfiou no fundo da sua mochila. Rapidamente, colocou algumas roupas adicionais sobre ela.

— Agora estou pronto! — avisou alegre para Tika.

— Estou pronto — repetiu Caramon, parado desconsolado na varanda.

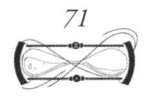

Ele era uma visão ridícula. A armadura de dragão roubada que usou durante os últimos meses da campanha fora completamente reformada pelo grande guerreiro quando voltou a Consolação. Ele bateu até tirar os amassados, limpou-a, poliu-a e redesenhou-a tão completamente que nem mais lembrava a original. Ele cuidou e guardou com muito carinho. Ainda estava em excelentes condições. Mas agora, infelizmente, havia um grande espaço entre a cota de malha preta reluzente que cobria seu peito e o grande cinturão que envolvia sua cintura redonda. Nem ele nem Tas foram capazes de prender as placas de metal que protegiam suas pernas ao redor das coxas flácidas. Enfiou essas peças na sua mochila. Ele gemeu quando ergueu seu escudo e o olhou com suspeita, como se tivesse certeza de que alguém colocara pesos de chumbo durante os últimos dois anos. Seu cinto da espada não caberia ao redor da sua pança. Ruborizando furiosamente, prendeu a espada na sua bainha velha nas costas.

Nesse ponto, Tas foi forçado a olhar para outro lugar. O kender pensou que ia rir, mas ficou assustado em se ver à beira das lágrimas.

— Pareço um idiota — murmurou Caramon, vendo Tas se virar com pressa. Bupu o encarava com olhos tão grandes quanto xícaras, boquiaberta.

— Ele parece que nem meu Altobulpe, Caudo I — suspirou Bupu.

Uma memória vívida do rei gordo e desleixado do clã de anões tolos em Xak Tsaroth veio à mente de Tas. Agarrando a anã, ele enfiou um pedaço de pão na sua boca para silenciá-la. Mas o dano já tinha sido feito. Aparentemente, Caramon também se lembrava.

— Agora, chega — rosnou ele, ruborizando e jogando o escudo na varanda de madeira onde quicou e bateu audivelmente. — Eu não vou mais! Era uma ideia idiota mesmo! — Ele encarou Tika e virou-se, indo na direção da porta. Mas Tika avançou para ficar na frente dele.

— Não — disse ela baixinho. — Você não vai voltar para minha casa, Caramon, até voltar inteiro.

— Ele ser duas pessoas inteiras — murmurou Bupu numa voz abafada. Tas enfiou-lhe mais pão na boca.

— Você está falando coisas sem sentido! — exclamou Caramon ferozmente, colocando sua mão no ombro dela. — Sai do meu caminho, Tika!

— Escute, Caramon — disse Tika. A voz dela era suave, mas penetrante; os olhos dela prenderam e mantiveram a atenção do homem grande a sua frente. Colocando a mão no seu peito, ela o olhou sinceramente. — Você já se ofereceu para seguir Raistlin na escuridão. Lembra?

Caramon engoliu seco, então assentiu silenciosamente, seu rosto pálido.

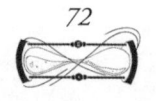

— Ele recusou — Tika prosseguiu gentilmente — Disse que seria a sua morte. Mas você não percebeu, Caramon, que o seguiu na escuridão! E você morre todos os dias! O próprio Raistlin disse para fazer seu próprio caminho e deixá-lo seguir o dele. Mas você não fez isso! Você está tentando andar nos dois caminhos, Caramon. Metade de você vive na escuridão e a outra metade tenta afogar com bebida a dor e horror que você vê lá.

— A culpa é minha! — Caramon começou a balbuciar, sua voz desafinando. — A culpa é minha dele ter ido pros Vestes Pretas. Eu o levei a isso! É isso o que Par-Salian tentou me fazer ver...

Tika mordeu o lábio. Tas podia ver o rosto dela ficar severo e pesado de raiva, mas ela a manteve lá dentro.

— Quem sabe — foi tudo o que disse. Ela respirou fundo. — Mas você não vai voltar para mim como marido ou mesmo amigo até estar em paz consigo mesmo.

Caramon a encarou, parecendo vê-la pela primeira vez. O rosto de Tika era firme e resoluto, seus olhos verdes estavam claros e frios. Tas de repente lembrou dela enfrentando draconianos no Templo em Neraka naquela última noite terrível da Guerra. Ela parecia igual.

— Talvez nunca aconteça — disse Caramon, azedo. — Já pensou nisso, hein, minha bela dama?

— Sim — disse Tika, firme. — Já pensei nisso. Tchau, Caramon.

Dando as costas para seu marido, Tika voltou pela porta da sua casa e a fechou. Tas ouviu o ferrolho trancar com um deslize. Caramon também ouviu e se encolheu com o som. Ele cerrou seus punhos enormes, e por um minuto, Tas temeu que ele fosse derrubar a porta. Mas as mãos dele se abriram. Com raiva, tentando recuperar parte da sua dignidade partida, Caramon saiu batendo o pé da varanda.

— Vou mostrar para ela — murmurou, andando para longe, sua armadura batendo e estalando. — Vou voltar nuns três ou quatro dias com aquela tal dama Crysninguém. Daí vamos conversar sobre isso. Ela não pode fazer isso comigo! Não, por todos os deuses! Em três, quatro dias, ela vai implorar preu voltar. Mas talvez eu volte, talvez não...

Tas permaneceu, hesitante. Atrás dele, dentro da casa, suas orelhas aguçadas de kender ouviam um choro repleto de luto. Ele sabia que Caramon, entre seus reclames de autopiedade e sua armadura tilintante, não ia ouvir nada. Mas o que poderia fazer?

— Vou cuidar dele, Tika! — gritou Tas. Segurando Bupu, correram juntos atrás do homem grande. Tas suspirou. De todas as aventuras em que já esteve, essa era a que começava mais errada.

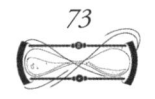

Capítulo

5

Palanthas — famosa cidade da beleza.
Uma cidade que deu as costas para o mundo para ficar encarando, com olhos de admiração, o seu espelho.

"Quem a descreveu assim?," Kitiara ponderou, sentada nas costas do seu dragão azul, Skie, enquanto voava à vista dos muros da cidade. Talvez tivesse sido foi o falecido e nada saudoso Senhor dos Dragões Ariakas. Soava bem pretensioso, típico dele. Mas Kit foi forçada a admitir que ele tinha razão sobre os palantianos. Eles tinham tanto medo de verem sua cidade arruinada que negociaram uma paz separada com os Senhores. Foi só pouco antes do fim da guerra, quando ficou óbvio que não tinham nada a perder, que relutantemente se uniram a outros para enfrentar o poderio da Rainha das Trevas.

Por causa do sacrifício heroico dos Cavaleiros de Solamnia, a cidade de Palanthas foi poupada da destruição que desolou outras cidades, como Consolação e Tarsis. Kit, voando dentro do alcance das flechas dos muros, fez uma careta. Agora, mais uma vez, Palanthas voltava seus olhos para o espelho, usando o novo fluxo de prosperidade para aprimorar seu charme já lendário.

Pensando nisso, Kitiara gargalhou alto ao ver a agitação nos muros da Cidade Velha. Fazia dois anos desde que um dragão azul voara sobre os muros. Ela podia imaginar o caos, o pânico. De leve, no ar parado da noite, podia ouvir o bater dos tambores e os chamados das trombetas.

Skie podia ouvir também. Seu sangue aqueceu com os sons da guerra e ele virou um olhar ardente e vermelho para Kitiara, pedindo a ela que reconsiderasse.

— Não, meu bichinho — chamou Kitiara, esticando-se para suavemente afagar o pescoço dele. — Não está na hora! Mas em breve, se tivermos sucesso! Em breve, eu prometo!

Skie foi forçado a se contentar com isso. Conseguiu alguma satisfação, entretanto, ao cuspir um relâmpago das suas mandíbulas abertas, enegrecendo o muro de pedra enquanto passava voando, logo acima do alcance das flechas. As tropas fugiam como formigas com a sua passagem, o medo do dragão varrendo-as em ondas.

Kitiara sobrevoou devagar, divertindo-se. Ninguém ousava tocá-la; um estado de paz existia entre seus exércitos em Sanção e os palantianos, apesar de haver entre os Cavaleiros alguns que tentavam persuadir os povos livres de Ansalon a se unir e atacar Sanção, para onde Kitiara bateu em retirada após a guerra. Mas os palantianos não queriam se preocupar. A guerra tinha acabado e a ameaça, desaparecido.

— E a cada dia, minha força e meu poder aumentam — disse Kit a eles enquanto voava sobre a cidade, absorvendo tudo, guardando na sua mente para referência futura.

Palanthas foi construída como uma roda. Todos os edifícios importantes — o palácio do lorde governante, os gabinetes de governo e os lares ancestrais dos nobres — ficavam no centro. A cidade girava em torno desse centro. No círculo seguinte ficavam as casas dos membros de guildas, os "novos" ricos, e as casas de veraneio dos que viviam fora dos muros da cidade. Ali também ficavam os centros educacionais, incluindo a Grande Biblioteca de Astinus. Por fim, perto dos muros da Cidade Velha, ficavam os mercados e lojas de todos os tipos e descrições.

Oito avenidas largas levavam até o centro da Cidade Velha, como travões da roda de uma carroça. Árvores revestiam as avenidas, árvores adoráveis, cujas folhas são como uma renda dourada o ano todo. As avenidas levavam ao porto no Norte e até os sete portões do Muro da Cidade Velha.

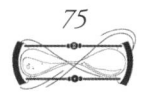

Cercando o muro, Kit viu a Cidade Nova, construída como a Cidade Velha, no mesmo padrão circular. Não havia muralhas ao redor da Cidade Nova, já que muros "atrapalhariam o desenho geral", como comentou um dos lordes.

Kitiara sorriu. Ela não via a beleza da cidade. As árvores não eram nada para ela. Ela podia olhar as maravilhas estonteantes dos sete portões sem sentir nada... quer dizer, uma coisinha ela sentia. "O quão fácil seria capturá-la!," pensou ela com um suspiro.

Dois outros edifícios capturaram seu interesse. Um era uma nova construção no centro da cidade: um Templo, dedicado a Paladine. O outro edifício era o seu destino. E, nesse, seu olhar repousou pensativo.

Ele se destacava com um contraste tão vívido à beleza da cidade ao redor que até o olhar frio e amortecido de Kitiara o notava. Irrompendo das sombras que o cercavam como um dedo branqueado, era uma coisa de trevas e feiura retorcida, mais horrível ainda porque um dia já fora o edifício mais belo de Palanthas — a antiga Torre da Alta Magia.

Sombras a cercavam dia e noite, pois ela era protegida por um bosque de enormes carvalhos, as maiores árvores que germinavam em Krynn, sussurravam algumas pessoas mais bem viajadas. Ninguém sabia ao certo pois não havia ninguém, nem mesmo entre a raça kender que pouca coisa temia nesse mundo, capaz de andar nas trevas pavorosas das árvores.

— O Bosque Shoikan — murmurou Kitiara para um companheiro invisível. — Nenhum ser vivo de qualquer raça ousava entrar lá. Não até *ele* chegar, *o mestre do passado e do presente*. — Se ela usou um tom zombeteiro, era uma zombaria que tremeu quando Skie começou a circular cada vez mais perto daquele pedaço de negrume.

O dragão azul se assentou nas ruas vazias e abandonadas perto do Bosque Shoikan. Kit tentou de tudo, desde subornos até ameaças diretas, para convencer Skie a voar sobre o Bosque até a Torre. Mas Skie, mesmo disposto a dar até a última gota do seu sangue por sua mestre, negou-se. Estava além do seu poder. Nenhum ser mortal, nem mesmo um dragão, poderia entrar naquele anel amaldiçoado de carvalhos guardiões.

Skie ficou olhando o bosque com ódio, seus olhos vermelhos queimando, enquanto suas garras arrancavam as pedras do pavimento. Ele teria impedido sua mestre de entrar, mas conhecia Kitiara muito bem. Quando sua mente decidia, nada poderia detê-la. Skie dobrou suas grandes asas coriáceas ao redor do corpo e olhou para a cidade bela e gorda enquanto pensamentos de chamas, fumaça e morte o deixavam com saudades.

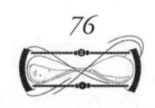

Kitiara desmontou lentamente da sua sela dracônica. A lua de prata, Solinari, parecia uma cabeça decepada no céu. Sua gêmea, a lua vermelha Lunitari, mal tinha nascido e reluzia no horizonte como a chama de uma vela prestes a se apagar. A luz difusa das duas luas reluzia na armadura de escamas de dragão de Kitiara, dando-lhe uma cor terrível de sangue.

Kit estudou o bosque com atenção, avançou um passo e parou, nervosa. Atrás dela, ouviu um barulho, as asas de Skie dando um conselho silencioso: *Vamos fugir deste lugar de perdição, dama! Fugir enquanto temos nossas vidas!*

Kitiara engoliu seco. Sua língua parecia seca e inchada. Os músculos do seu estômago se reviravam dolorosamente. Memórias vívidas da sua primeira batalha voltaram, a primeira vez que enfrentou um inimigo e soube que deveria matar esse homem ou ela mesma morreria. Naquele momento, ela vencera com a estocada habilidosa da lâmina da sua espada. Mas isso?

— Andei por muitos locais sombrios deste mundo — disse Kit para seu companheiro invisível numa voz grave. — E não encontrei o medo. Mas não consigo entrar aqui.

— Basta empunhar alto a joia que lhe dei — disse seu companheiro, materializando-se na noite. — Os Guardiões do Bosque não terão poder para feri-la.

Kitiara olhou para o anel espesso de árvores altas. Seus galhos vastos e abrangentes apagavam a luz noturna, das luas e estrelas à noite, e a do sol durante o dia. Ao redor das suas raízes, a noite perpétua fluía. Nenhuma brisa suave tocava os braços ancestrais, nenhum vento de tempestade empurrava os grandes membros. Diziam que, até mesmo durante os dias terríveis antes do Cataclismo, quando tempestades nunca vistas antes em Krynn varreram a terra, só as árvores do Bosque Shoikan não se dobraram sob a fúria dos deuses.

Mais horrível do que a escuridão perpétua era o eco da vida perpétua que pulsava lá dentro. Vida perpétua, miséria e tormento perpétuos...

— Minha cabeça acredita no que você diz — responde Kitiara, tremendo. — Mas meu coração não, Lorde Soth.

— Dê meia-volta, então — respondeu o cavaleiro da morte, dando de ombros. — Mostre a *ele* que a Senhora dos Dragões mais poderosa do mundo é uma covarde.

Kitiara encarou Soth pelas aberturas do seu elmo de dragão.

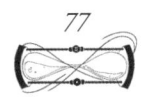

Seus olhos castanhos cintilaram, sua mão fechou em espasmos sobre o cabo da sua espada. Soth devolveu seu olhar, a chama laranja reluzindo dentro das suas órbitas queimando em uma zombaria terrível. E se os olhos *dele* riam dela, o que os olhos dourados do mago revelariam? Não risadas, mas triunfo!

Apertando os lábios, Kitiara tocou a corrente ao redor do seu pescoço de onde pendia o amuleto enviado por Raistlin. Segurando a corrente, deu um puxão e a partiu com facilidade. Empunhou a joia em sua mão enluvada.

Negra como sangue de dragão, a joia era gélida ao toque, irradiando seu frio mesmo através das pesadas luvas de couro. Sem brilho, sem beleza, parecia pesar em sua palma.

— Como os Guardiões conseguem vê-la? — exigiu Kitiara, segurando-a na direção dos luares. — Veja, não reluz nem cintila. É como se eu segurasse um pedaço de carvão.

— A lua que reluz na joia da noite ninguém não pode ver, exceto aqueles que a cultuam — respondeu Lorde Soth. — Eles... e os mortos que, como eu, foram condenados à vida eterna. Nós conseguimos vê-la! Para nós, ela reluz com mais brilho do que qualquer luz no céu. Erga-a, Kitiara, erga-a no alto e avance. Os Guardiões não a impedirão. Tire seu elmo, para que eles possam ver o seu rosto e a luz da joia refletida em teus olhos.

Kitiara hesitou por mais um momento. Pensando na risada debochada de Raistlin ressoando em seus ouvidos, a Senhora dos Dragões removeu o elmo de dragão da cabeça. Ficou imóvel, olhando ao redor. Nenhum vento balançou seus cachos escuros. Sentiu o suor frio descer pela têmpora. Com uma passada irritada da luva, ela o limpou. Atrás dela, ouviu o dragão choramingando, um som estranho, que ela nunca tinha ouvido Skie fazer antes. Sua determinação vacilou, a mão segurando a joia tremeu.

— Eles se alimentam do medo, Kitiara — disse Lorde Soth suavemente. — Erga a joia, para que eles a vejam refletida em seus olhos!

Mostre a ele que você é uma covarde! Essas palavras ecoaram em sua mente. Apertando a joia da noite, erguendo-a acima da cabeça, Kitiara adentrou o Bosque Shoikan.

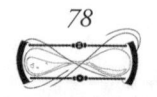

As trevas caíram, descendo sobre ela tão repentinamente que Kitiara pensou, por um momento horrível, ter ficado cega. Só se acalmou ao ver os olhos bruxuleantes de Lorde Soth dentro do rosto esquelético. Ela se forçou a ficar lá calmamente, deixando aquele momento de medo passar. Notou, pela primeira vez, um leve reluzir da joia, diferente de qualquer luz que ela já tinha visto. Ela não iluminava a escuridão, mas permitia a Kitiara distinguir o que vivia dentro da escuridão da própria escuridão.

Com o poder da joia, Kitiara começou a ver os troncos das árvores vivas e uma trilha se formando aos seus pés. Como um rio feito da noite, o caminho fluía adiante, para as árvores, e ela teve a estranha sensação arrepiante de que fluía junto.

Fascinada, observou seus pés se moverem, levando-a adiante contra sua vontade. O Bosque tentara mantê-la fora, percebeu horrorizada. E agora estava tentando puxá-la!

Lutou desesperadamente para recuperar o controle do próprio corpo. Por fim, venceu, ou foi o que presumiu. Pelo menos, tinha parado de se mover, mas só conseguia ficar parada naquela escuridão fluente e tremer, seu corpo atravessado por espasmos de medo. Galhos rangeram acima, rindo com a piada. Folhas acariciaram seu rosto. Kit tentou se debater para tirá-las, mas parou. O toque era frio, mas não desagradável. Era quase um carinho, um gesto de respeito. Ela foi reconhecida, reconhecida como um deles. Logo, Kit estava no comando de si mesma mais uma vez. Erguendo a cabeça, ela se obrigou a olhar para a trilha.

Não estava se mexendo. Tinha sido uma ilusão nascida do seu próprio terror. Kit sorriu soturnamente. As árvores estavam se mexendo, ficando de lado para deixá-la passar! A confiança de Kitiara aumentou. Trilhou o caminho com passos firmes e até se virou para olhar triunfantemente para Lorde Soth, que andava uns poucos passos atrás. Mas o cavaleiro da morte não pareceu notá-la.

— Provavelmente comungando com seus amigos espíritos — disse Kit a si mesma com uma risada que se transformou de repente num grito de puro terror.

Algo agarrou seu tornozelo! Um calafrio de gelar os ossos subia devagar pelo seu corpo, transformando sangue e nervos em gelo. A dor era intensa e ela gritou de agonia. Tateando a perna, Kitiara viu o que a agarrou — uma mão branca! Saindo do chão, seus dedos esqueléticos estavam envoltos no tornozelo dela. Também estava sugando a sua vida, percebeu Kit, sentindo o calor fugir. Horrorizada, viu seu pé começar a desaparecer no solo borbulhante.

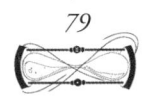

O pânico avassalou sua mente. Freneticamente, chutou a mão, tentando se livrar do seu toque gélido. Mas ela se manteve ali e outra mão irrompeu do caminho escuro para agarrar seu outro tornozelo. Gritando apavorada, Kitiara perdeu o equilíbrio e foi ao chão.

— Não solte a joia! — veio a voz sem vida de Lorde Soth. — Eles a arrastarão para baixo!

Kitiara segurou a joia com força, apertando-a na sua mão mesmo enquanto se debatia, tentando escapar da pressão mortal que lentamente a arrastava para dividir seu túmulo.

— Ajude-me! — clamou, seu olhar aterrorizado procurando Soth.

— Não posso — respondeu sombriamente o cavaleiro da morte. — Minha magia não funcionará aqui. Só a força da sua própria vontade é que pode salvá-la, Kitiara. Lembre-se da joia...

Por um momento, Kitiara ficou parada, tremendo com o toque gelado. A raiva tomou conta do seu corpo. "*Como ele ousa fazer isto comigo!*," pensou, vendo mais uma vez olhos dourados deliciando-se com a sua tortura. Sua raiva expulsou o calafrio do medo e queimou o pânico. Estava calma e sabia o que tinha que fazer. Devagar, levantou-se do chão e, fria e deliberadamente, segurou a joia perto da mão esquelética. Tremendo, encostou a joia na carne pálida.

Uma maldição abafada ressoou das profundezas do chão. A mão vacilou e se soltou, escorregando de volta para as folhas apodrecendo junto à trilha.

Rapidamente, Kitiara tocou a joia na outra mão que a puxava. Ela também sumiu. A Senhora dos Dragões levantou-se, olhou ao redor e empunhou a joia alto.

— Veem isto, criaturas malditas da morte viva? — gritou, estridente. — Vocês não me impedirão! Eu vou passar! Vocês me ouviram? Eu vou passar!

Não houve resposta. Os galhos não rangiam mais e as folhas pararam. Depois de outro momento em silêncio com a joia na mão, Kitiara começou a seguir pela trilha, amaldiçoando Raistlin em silêncio. Ela estava ciente da proximidade de Lorde Soth.

— Não falta muito — disse ele. — Mais uma vez, Kitiara, você ganhou minha admiração.

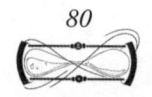

Kitiara não respondeu. A raiva dela se foi, deixando um local vazio no fosso da sua barriga que rapidamente estava se enchendo com medo. Ela não ousou falar. Manteve-se andando, seus olhos focados no caminho adiante. Ao seu redor, podia ver os dedos cavando pelo solo, buscando a carne viva que desejavam e odiavam. Fisionomias pálidas e vazias a encaravam das árvores, coisas pretas e disformes a rodeavam, preenchendo o ar frio e pegajoso com um fedor de morte e podridão.

Ainda assim, mesmo que a mão enluvada segurando a joia tremesse, ela nunca vacilou. Os dedos sem carne não a impediram. As faces boquiabertas lamuriavam em vão pelo sangue quente dela. Lentamente, os carvalhos continuaram a sair do caminho de Kitiara, os galhos se dobrando para abrir a passagem.

Lá, parado no fim da trilha, estava Raistlin.

— Eu deveria matar você, seu desgraçado! — disse Kitiara através de lábios dormentes, a mão no cabo da sua espada.

— Também estou transbordando de alegria em vê-la, minha irmã — respondeu Raistlin em sua voz suave.

Era a primeira vez que irmão e irmã se viam em mais de dois anos. Fora da escuridão das árvores, Kitiara viu seu irmão de pé na luz pálida de Solinari. Ele usava vestes do mais elegante veludo negro. Penduradas nos seus ombros finos e levemente arqueados, elas caíam em dobras macias ao redor do seu corpo esguio. Runas prateadas estavam costuradas no capuz que cobria sua cabeça, deixando apenas os olhos dourados na sombra. A maior runa ficava no centro, uma ampulheta. Outras runas de prata brilhavam sob os luares nos punhos das suas mangas largas e cheias. Ele se apoiava no Cajado de Magius, com seu cristal, que se acendia apenas sob o comando de Raistlin, escuro e frio, agarrado por uma garra de dragão dourada.

— Eu deveria matar você! — repetiu Kitiara e, antes que entendesse bem o que fazia, olhou para o cavaleiro da morte que pareceu se formar da escuridão do bosque. Foi um olhar não de comando, mas de convite, um desafio não pronunciado.

Raistlin sorriu, o raro sorriso que poucos viam perdido nas sombras do seu capuz.

— Lorde Soth — disse ele, virando-se para cumprimentar o cavaleiro da morte.

Kitiara mordeu o lábio enquanto os olhos de ampulheta de Raistlin estudaram a armadura do cavaleiro morto-vivo. Ainda tinha os símbolos gravados de um Cavaleiro de Solamnia: a Rosa, o Martim-pescador e a Espada, escurecidos como se a armadura tivesse queimado num incêndio.

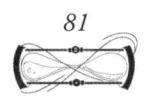

— Cavaleiro da Rosa Negra — prosseguiu Raistlin. — Morto em chamas no Cataclismo antes que a maldição da elfa ofendida o arrastasse de volta à vida amarga.

— Esta é minha história — disse o cavaleiro da morte sem se mover. — E você é Raistlin, mestre do passado e presente, aquele que foi previsto.

Os dois ficaram se encarando, esquecendo de Kitiara, que, sentindo a competição silenciosa e mortal sendo travada entre os dois, esqueceu-se da sua própria raiva, prendendo a respiração para testemunhar o resultado.

— Sua magia é forte — comentou Raistlin. Uma brisa mexeu os galhos dos carvalhos e acariciou as dobras das vestes do mago.

— Sim — disse Lorde Soth baixinho. — Posso matar com uma única palavra. Posso arremessar uma bola de chamas no meio de meus inimigos. Posso dominar um esquadrão de guerreiros esqueléticos capazes de destruir só pelo toque. Posso erguer um muro de gelo para proteger aqueles a quem sirvo. O invisível é discernível aos meus olhos. Feitiços mágicos comuns desmoronam na minha presença.

Raistlin assentiu, as dobras do seu capuz se movendo gentilmente.

Lorde Soth encarou o mago sem falar. Aproximando-se de Raistlin, parou a meros centímetros do corpo frágil do mago. Kitiara prendeu o fôlego.

Então, com um gesto cortês, o Cavaleiro de Solamnia amaldiçoado colocou a mão na parte da própria anatomia onde um dia esteve seu coração.

— Mas me curvo à presença de um mestre — disse Lorde Soth.

Kitiara mastigou o lábio, prendendo uma exclamação.

Raistlin a olhou de soslaio, divertimento reluzindo em seus olhos dourados de ampulheta.

— Desapontada, cara irmã?

Mas Kitiara estava acostumada com os ventos incertos do destino. Ela observou o inimigo, descobriu o que precisava saber e poderia prosseguir com a batalha.

— Claro que não, irmãozinho — respondeu ela com o sorriso torto que tantos achavam tão charmoso. — Afinal de contas, foi você quem vim ver. Faz muito tempo desde que nos visitamos. Você parece bem.

— Ah, estou bem, cara irmã — disse Raistlin. Avançando, colocou a mão fina sobre o braço dela. Ela se assustou com o toque; a carne dele era quente como se estivesse febril. Ao ver seus olhos analisando-a e notando qualquer reação, ela não se mexeu. Ele sorriu.

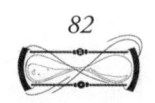

— Faz tanto tempo desde que nos vimos da última vez. Dois anos, não? Fará dois anos nesta primavera, aliás — prosseguiu, conversando e segurando o braço de Kitiara em sua mão. Sua voz era cheia de menosprezo. — Foi no Templo da Rainha da Escuridão em Neraka, a fatídica noite em que minha rainha foi derrotada e foi banida do mundo...

— Graças à sua traição — exclamou Kitiara, tentando, sem sucesso, livrar-se dele. Raistlin manteve sua mão no braço de Kitiara. Apesar de ser maior e mais forte do que o frágil mago e aparentemente capaz de quebrá-lo em dois com as próprias mãos, Kitiara se via ansiosa para se afastar daquele toque ardente, mas sem ousar se mover.

Raistlin riu e, levando-a consigo, foi até os portões externos da Torre da Alta Magia.

— Devemos falar sobre traição, cara irmã? Você não festejou quando usei minha magia para destruir o escudo de proteção de Lorde Ariakas, permitindo a Tanis Meio-Elfo a chance de fincar a espada no corpo do seu senhor e mestre? Não fui eu que assim tornei você a mais poderosa Senhora dos Dragões de Krynn?

— E isso me serviu para muita coisa! — respondeu Kitiara, amarga. — Praticamente mantida como prisioneira em Sanção pelos imundos Cavaleiros de Solamnia que governam todas as terras ao redor! Guardada dia e noite por dragões dourados observando cada coisa que faço. Meus exércitos em fuga, espalhados pela terra...

— E mesmo assim veio para cá — disse Raistlin simplesmente. — Os dragões dourados a impediram? Os Cavaleiros sabem da sua fuga?

Kitiara parou no caminho que levava até a torre, encarando seu irmão espantada.

— Foi você?

— Claro! — Raistlin deu de ombros. — Mas, conversemos sobre estes assuntos mais tarde, cara irmã — disse ele enquanto caminhavam. — Você está com frio e faminta. O Bosque Shoikan abala até os mais inabaláveis. Apenas uma outra pessoa atravessou suas fronteiras com sucesso, com minha ajuda, é claro. Esperava muito de você, mas devo admitir que fiquei surpreso com a coragem de dama Crysania...

— Dama Crysania! — repetiu Kitiara, atordoada. — Uma Filha Reverenciada de Paladine! Você a permitiu... aqui?

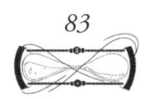

— Não só a permiti como a convidei — responde Raistlin imperturbável. — Sem o convite e um encanto de proteção, claro, ela nunca teria atravessado.

— E ela veio?

— De muito boa vontade, posso assegurar. — Raistlin que fez uma pausa naquele momento. Eles ficaram fora da entrada da Torre da Alta Magia. A luz de tochas das janelas brilhou sobre seu rosto. Kitiara podia vê-lo com clareza. Os lábios estavam torcidos num sorriso, seus olhos dourados achatados brilhavam, frios e frágeis como a luz do sol do inverno. — Muito boa vontade mesmo.

Kitiara começou a rir.

Mais tarde naquela noite, após o pôr das duas luas, nas horas escuras antes da aurora, Kitiara estava sentada no estúdio de Raistlin, uma taça de vinho tinto escuro em suas mãos, e franzindo a testa.

O estúdio era confortável, ou pelo menos parecia. Grandes poltronas acolchoadas do melhor tecido e da mais bela fabricação estavam sobre carpetes feitos à mão que apenas os mais ricos de Krynn poderiam comprar. Decorados com imagens costuradas de feras elegantes e flores coloridas, eles agradavam ao olhar, provocando o observador a se perder por longas horas em sua beleza. Mesas entalhadas de madeira estavam por todos os lados, objetos raros e belos, ou raros e horrendos, enfeitavam o cômodo.

Mas a característica predominante eram os livros. O aposento estava repleto de profundas estantes de livros, contendo centenas e centenas de volumes. Muitos tinham aparência similar, encadernados em azul-noturno e decorados com runas de prata. Era um cômodo confortável, mas, apesar do fogo queimando em uma lareira gigantesca num dos cantos do estúdio, havia um frio arrepiante no ar. Kitiara, incerta, teve a sensação de que vinha dos livros.

Lorde Soth ficou longe das chamas, escondido nas sombras. Kit não conseguia vê-lo, mas estava ciente da sua presença, assim como Raistlin. O mago sentava-se do outro lado da sua meia-irmã em uma grande poltrona atrás de uma escrivaninha gigantesca de madeira negra, entalhada com tanta precisão que as criaturas que a decoravam pareciam observar Kitiara com olhos de madeira.

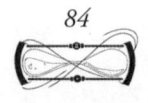

Desconfortável, ela se mexeu e bebeu o vinho um pouco rápido demais. Mesmo acostumada com bebidas fortes, estava começando a se sentir ébria e odiava essa sensação. Significava que estava perdendo o controle. Furiosa, afastou a taça, determinada a não beber mais.

— Seu plano é louco! — disse irritada para Raistlin. Não gostando do peso daqueles olhos dourados sobre ela, Kitiara se levantou e começou a andar pelo cômodo. — Sem sentido! Uma perda de tempo. Com sua ajuda, poderíamos dominar Ansalon, você e eu. Na verdade... — Kitiara virou-se repentinamente, seu rosto iluminado. — Com seu poder, poderíamos dominar o mundo! Não precisamos de Crysania ou nosso irmão imenso...

— Dominar o mundo — repetiu Raistlin suavemente, seus olhos queimando. — Dominar o *mundo*? Ainda não entende, não é, cara irmã? Irei deixar as coisas o mais claras que posso. — Ele se levantou. Pressionando suas mãos finas sobre a escrivaninha, ele se inclinou na direção dela como uma serpente.

— Não tenho a menor preocupação com o mundo! — disse ele suavemente. — Eu poderia dominá-lo amanhã, se quisesse! Não quero.

— Você não quer o mundo — Kit deu de ombros, sua voz amarga com sarcasmo. — Então só sobra...

Kitiara quase mordeu a língua. Ela encarou Raistlin maravilhada. Nas sombras do cômodo, os olhos ardentes de Lorde Soth arderam mais claros do que o fogo.

— *Agora* você compreende — Raistlin sorriu com satisfação e retomou seu lugar. — Agora você vê a importância desta Filha Reverenciada de Paladine! Foi o destino que a trouxe a mim, justo quando chegava a hora da minha jornada.

Kitiara só pôde encará-lo sem acreditar. Enfim, encontrou sua voz.

— Como... como você sabe que ela o seguirá? Obviamente não contou a ela!

— Apenas o bastante para plantar a semente em seu seio — sorriu Raistlin, relembrando do encontro. Reclinando-se, ele colocou seus dedos finos nos lábios. — Minha performance foi, francamente, uma das minhas melhores. Fui relutante, minhas palavras arrancadas de mim pela bondade e pureza dela. Elas saíram, manchadas de sangue, e ela era minha... perdida por sua própria compaixão. — Ele voltou ao presente num susto. — Ela virá — disse ele com frieza, inclinando-se para frente de novo. — Ela e nosso irmão palerma. Ele me servirá, sem saber, é claro. Mas é assim que faz com tudo.

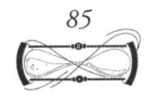

Kitiara colocou a mão na cabeça, sentindo o sangue pulsar. Não era o vinho, ela estava bem sóbria agora. Era fúria e frustração. "Ele poderia me ajudar!," pensou ela, furiosa. "Ele é poderoso como dizem. Mais ainda! Porém, está louco. Perdeu a cabeça..." E então, sem comando, uma voz falou com ela de algum lugar das profundezas.

E se ele não estiver louco? E se realmente pretender levar isso adiante?

Friamente, Kitiara ponderou sobre o plano, analisando-o com cuidado de todos os ângulos. O que ela viu a horrorizou. Não. Ele não poderia vencer! E, pior, provavelmente a arrastaria junto!

Esses pensamentos passaram velozes pela mente de Kit e nenhum deles surgiu em seu rosto. Na verdade, seu sorriso ficou apenas mais charmoso. Muitos foram os homens que morreram com aquele sorriso sendo sua última visão.

Raistlin talvez ponderasse sobre isso enquanto a analisava com intento.

— Você finalmente pode estar do lado vencedor, irmã.

A convicção de Kitiara vacilou. Se ele conseguisse, seria glorioso! Glorioso! Krynn seria dela.

Kit olhou para o mago. Vinte e oito anos atrás, ele era um recém-nascido, doente e enfermo, uma contraparte frágil do seu forte e robusto irmão gêmeo.

— Deixe morrer. Vai ser melhor assim — disse a parteira na época. Kitiara era uma adolescente. Espantada, ouviu sua mãe concordar chorando.

Mas Kitiara se recusou. Algo dentro dela aceitou o desafio. O bebê viveria! Ela o *faria* viver, quisesse ele ou não. Minha primeira luta, ela costumava falar com orgulho, foi com os deuses. E eu venci!

E agora! Kitiara o estudou. Ela via o homem. Ela via na sua mente aquele bebê chorão que gorfava. Abruptamente, ela se virou.

— Preciso voltar — disse ela, vestindo suas luvas. — Você me contatará ao retornar?

— Se eu tiver sucesso, não haverá necessidade — disse Raistlin suavemente. — Você *saberá*.

Kitiara quase fez uma careta, mas se controlou rápido. Olhando para Lorde Soth de soslaio, ela se preparou para sair do cômodo.

— Então adeus, meu irmão. — Mesmo muito controlada, ela não foi capaz de impedir um tom de irritação na sua voz. — Sinto muito que você não compartilhe meu desejo pelas coisas boas *desta* vida! Poderíamos fazer muito, você e eu!

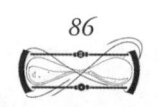

— Adeus, Kitiara — disse Raistlin, sua mão fina convocando as formas sombrias daqueles que o serviam para levar seus visitantes até a porta. — Aliás... — acrescentou enquanto Kit estava na passagem — Devo a minha vida a você, cara irmã. Ou pelo menos foi o que me disseram. Gostaria apenas que soubesse que considero minha dívida paga com a morte de Lorde Ariakas, que a teria matado com certeza. Não lhe devo nada!

Kitiara encarou os olhos dourados do mago, procurando ameaça, promessa, algo? Mas não havia nada lá. Absolutamente nada. Num instante, Raistlin pronunciou uma palavra de magia e sumiu da sua vista.

A saída do Bosque Shoikan não foi difícil. Os guardiões não se importavam com aqueles que saíam da Torre. Kitiara e Lorde Soth andaram juntos, o cavaleiro da morte se movendo sem som através do Bosque, seus pés sem deixar marcas nas folhas mortas e apodrecidas no chão. A primavera não chegava ao Bosque Shoikan.

Kitiara não falou até que tivessem atravessado o perímetro externo das árvores e estivessem novamente sobre as firmes pedras do pavimento da cidade de Palanthas. O sol estava subindo, o céu se iluminando e indo do seu profundo azul noturno para um cinza pálido. Em alguns lugares, aqueles palantianos cujas profissões exigiam que madrugassem já estavam acordando. No fim da rua, atravessando as construções abandonadas que cercavam a Torre, Kitiara podia ouvir pés marchando, a mudança de turno da guarda do muro. Ela estava entre os vivos mais uma vez.

Ela respirou fundo, e então disse para Lorde Soth.

— Ele precisa ser impedido.

O cavaleiro da morte não comentou de forma alguma.

— Não será fácil, eu sei — disse Kitiara, colocando o elmo do dragão sobre sua cabeça e andando rapidamente até Skie, que ergueu a cabeça em triunfo com a aproximação dela. Afagando o dragão no pescoço com carinho, Kitiara se virou para o cavaleiro da morte.

— Mas não precisamos confrontar Raistlin diretamente. Sua tramoia depende da dama Crysania. Remova-a e o impediremos. Ele nunca precisará saber que eu tive algo a ver com isso, na verdade. Muitos morreram tentando entrar na Floresta de Wayreth. Não é mesmo?

Lorde Soth assentiu, seus olhos ardentes brilhando mais.

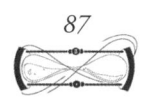

— Você cuida disso. Faça parecer uma obra... do destino — disse Kitiara. — Meu irmãozinho acredita nisso, aparentemente. — Ela montou seu dragão. — Quando pequeno, ensinei a ele que se recusar a me obedecer significava apanhar. Parece que ele precisa aprender isso de novo!

Ao seu comando, as poderosas patas traseiras de Skie se enterraram no pavimento, rachando e quebrando as pedras. Ele saltou no ar, abriu suas asas e voou para o céu do amanhecer. O povo de Palanthas sentiu uma sombra sair dos seus corações, mas foi só isso que souberam. Poucos viram o dragão ou sua cavaleira irem embora.

Lorde Soth permaneceu de pé na beira do Bosque Shoikan.

— Eu também acredito em destino, Kitiara — murmurou o cavaleiro da morte. — O destino que um homem faz por conta própria.

Subindo o olhar para as janelas da Torre da Alta Magia, Soth viu a luz se extinguir do cômodo de onde estiveram. Por um breve instante, a Torre foi envolta na escuridão perpétua que parecia permanecer ali ao redor, uma escuridão que a luz do sol não podia penetrar. E então uma luz brilhou de uma sala no topo da torre.

O laboratório do mago, a sala escura e secreta onde Raistlin trabalhava sua magia.

— Quem aprenderá esta lição, me pergunto? — murmurou Soth. Dando de ombros, ele desapareceu, mesclando-se às sombras tremulantes enquanto o raiar do dia se aproximava.

Capítulo

6

Vamos fazer uma parada — disse Caramon, indo para uma construção decrépita e inclinada, longe da trilha, espreitando na floresta como uma besta amuada. — Ela pode ter estado aqui.

— Eu realmente duvido — disse Tas, olhando cheio de dúvidas para a placa que pendia por uma corrente sobre a porta. — O "Caneco Rachado" não parece o tipo de lugar...

— Bobagem — grunhiu Caramon, do mesmo jeito que fizera incontáveis vezes nessa jornada. — Ela precisa comer. Até grandes clérigas pomposas precisam comer. Ou alguém lá dentro pode ter visto algum sinal dela na trilha. Nós não estamos tendo sorte.

— Não — murmurou Tasslehoff entredentes. — Mas talvez tivéssemos mais sorte procurando na estrada, não em tavernas.

Eles estavam há três dias na estrada e as piores preocupações de Tas sobre essa aventura se mostraram verdadeiras.

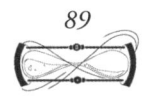

Normalmente, kender são viajantes entusiasmados. Todo kender é afetado por uma vontade de viajar ao se aproximar do seu vigésimo ano. Nessa época, partem alegremente para partes desconhecidas, ansiando apenas por encontrar aventuras e quaisquer itens belos, horríveis ou curiosos que por acaso possam cair em seus volumosos bolsos. Imune à emoção de autopreservação do medo e afligida por uma curiosidade insaciável, a população kender não era muito grande, algo que a maioria de Krynn agradecia.

Tasslehoff Burrfoot, chegando ao seu trigésimo ano (pelo menos até onde podia lembrar), era, na maioria dos aspectos, um kender típico. Ele viajou por cada canto do continente de Ansalon, primeiro com seus pais antes de se assentarem em Kenderhome. Após amadurecer, vagou por conta própria até conhecer Flint Forjardente, o metalúrgico anão, e seu amigo, Tanis Meio-Elfo. Após o Cavaleiro de Solamnia Sturm Brightblade e os gêmeos Caramon e Raistlin se juntarem a eles, Tas se envolveu na mais maravilhosa aventura da sua vida: a Guerra da Lança.

Mas, em alguns aspectos, Tasslehoff *não* era um kender típico, apesar de negar se alguém dissesse. A perda de duas pessoas que ele amava muito — Sturm e Flint — tocaram o kender profundamente. Acabou por conhecer o medo, não por si, mas medo e preocupação por aqueles com quem se importava. Sua preocupação por Caramon, no momento, era profunda.

E aumentava todos os dias.

De início, a viagem foi divertida. Assim que Caramon parou de fazer birra sobre a dureza de Tika e a incapacidade do mundo em geral de entendê-lo, ele deu uns goles naquela garrafa e se sentiu melhor. Após vários outros goles, ele começou a contar histórias sobre seus dias ajudando a rastrear draconianos. Tas achou engraçado e divertido e, apesar de estar sempre de olho em Bupu para assegurar que ela não fosse atropelada por uma carroça ou caísse num buraco de lama, estava apreciando sua manhã.

Pela tarde, a garrafa ficou vazia e Caramon ficou num humor tão bom que estava pronto para ouvir algumas das histórias de Tas, que o kender nunca cansava de relatar. Infelizmente, bem na melhor parte, quando ele estava escapando com o mamute felpudo e os magos estavam lançando relâmpagos contra ele, Caramon chegou a uma taverna.

— Só encher minha garrafinha — murmurou ele e entrou.

Tas ia segui-lo, mas viu Bupu encarando boquiaberta e maravilhada uma forja incandescente do outro lado da estrada. Percebendo que ela botaria fogo em si mesma ou na cidade ou em ambas, e sabendo que não poderia levá-la para a taverna (a maioria se recusava a servir anões tolos), Tas decidiu ficar fora e de olho nela. Afinal de contas, Caramon provavelmente só demoraria uns minutos...

Duas horas depois, o homem saiu tropeçando de lá.

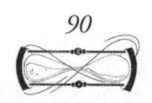

— Pelo Abismo, onde você esteve? — exigiu Tas, pulando sobre Caramon como um gato.

— Xó aproveitando... bebendo umazinha... — Caramon se balançava, inseguro. — pra...ixtrada.

— Eu estou numa missão! — gritou Tas, exasperado. — Minha primeira missão, dada a mim por uma Pessoa Importante que pode estar em perigo. E fiquei aqui fora duas horas com uma aná tola! — Tas apontou para Bupu, que dormia numa vala. — Nunca fiquei tão entediado na minha vida e você ficou lá bebendo aguardente anão!

Caramon o encarava, seus lábios apertados num beiço.

— Quer saber — murmurou o homem imenso enquanto perambulava pela estrada. — Voxê t-tá parecendo muito com a Tika...

As coisas foram ladeira abaixo depois disso.

Eles chegaram na encruzilhada naquela noite.

— Vamos por esse lado — disse Tas, apontando. — A dama Crysania obviamente sabe que vão tentar impedi-la. Ela vai pegar uma rota que não é muito trafegada para evitar perseguidores. Acho que devíamos seguir a mesma trilha que pegamos dois anos atrás, quando a gente saiu de Consolação...

— Bobagem! — roncou Caramon. — Ela é mulher, uma clériga ainda por cima. Vai pegar o caminho mais fácil. Vamos pro lado de Refúgio.

Tas ficou em dúvida com essa decisão, e sua incerteza se provou bem embasada. Eles viajaram mais alguns poucos quilômetros e chegaram noutra taverna.

Caramon entrou para ver se alguém viu uma pessoa com a descrição da dama Crysania, deixando Tas — mais uma vez — com Bupu. O homem grande surgiu uma hora depois, o rosto ruborizado e alegre.

— E então, alguém a viu? — perguntou Tas, irritado.

— Viu quem? Ah... ela. Não...

Dois dias depois, ainda estavam na metade do caminho para Refúgio. Mas o kender poderia escrever um livro descrevendo as tavernas ao longo do caminho.

— Nos velhos tempos — exasperou-se Tas — já teríamos ido e voltado de Tarsis!

— Eu era jovem na época e imaturo. Meu corpo amadureceu e eu acumulo forças aos pouquinhos — disse Caramon, suavemente.

— Está mesmo acumulando algo aos pouquinhos, mas não é força! — disse Tas a si mesmo.

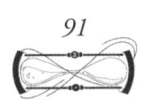

Caramon não conseguia andar mais de uma hora antes de ser forçado a se sentar e descansar. Muitas vezes desabava por completo, gemendo de dor, suando pelo corpo todo. Precisava de Tas, de Bupu e da garrafa de aguardente anão para colocá-lo de pé novamente. Ele reclamava com amargor o tempo todo. Sua armadura irritava, ele estava com fome, o sol era muito quente, ele tinha sede. À noite, insistia em parar em qualquer hospedaria decrépita. E aí Tas tinha a emoção de assistir o homenzarrão beber até cair. Tas e o taverneiro o levavam até seu quarto onde ele dormia até metade da manhã passar.

Após o terceiro dia disso (e vigésima taverna) e ainda sem sinal de dama Crysania, Tasslehoff começou a considerar a volta para Kenderhome, onde construiria uma bela casinha e se aposentaria das aventuras.

Era cerca de meio-dia quando chegaram ao Caneco Rachado. Caramon imediatamente desapareceu lá dentro. Com um suspiro vindo da pontas dos seus novos sapatos verdes berrantes, Tas ficou com Bupu, observando a parte externa do lugar desleixado num silêncio triste.

— Num gosto mais disso — anunciou Bupu. Ela encarou Tas acusadoramente. — Você diz que vai achar homem bonito em roupa vermelha. A gente só acha um bêbado gordo. Eu volto pra casa, pro Altobulpe, Caudo I.

— Não, não vá embora! Ainda não! — clamou Tas, desesperado. — Vamos achar o homem... há... bonito. Ou pelo menos uma moça bonita que quer ajudar o homem bonito. Talvez... talvez a gente descubra algo ali.

Era óbvio que Bupu não acreditou nele. Nem Tas acreditava em si mesmo.

— Olha só, espere aqui. Não vai demorar. Eu sei, vou trazer algo para você comer. Promete que não vai embora?

Bupu estalou os lábios, observando Tas desconfiada.

— Mim espera — disse ela, sentando-se na estrada enlameada. — Pelo menos até depois do almoço.

Tas, seu queixo pontudo para a frente, seguiu Caramon até a taverna. Ele e Caramon iam ter uma boa conversa...

No fim das contas, entretanto, isso não foi necessário.

— À sua saúde, cavalheiros — disse Caramon, erguendo um copo para a multidão desleixada que se reunia no bar. Não havia muitos: alguns anões viajantes sentados perto da porta e um grupo de humanos vestidos como patrulheiros, que ergueram seus canecos de volta para a saudação de Caramon.

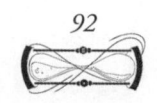

Tas sentou-se perto de Caramon, tão deprimido que devolveu uma carteira que suas mãos (sem seu conhecimento) removeram do cinto de um dos anões quando passou.

— Acho que você derrubou — murmurou Tas, devolvendo para o anão, que o encarou espantado.

— Estamos atrás de uma jovem — disse Caramon, ajeitando-se para passar a tarde. Ele recitou a descrição dela da mesma forma que recitou em toda taverna desde Consolação. — Cabelos pretos, pequena, delicada, rosto pálido, vestes brancas. Ela é uma clériga...

— A gente viu — disse um dos patrulheiros.

A cerveja vazou da boca de Caramon.

— Viram? — ele arfou, engasgando-se.

Tas se ajeitou.

— Onde? — perguntou ele, animado.

— Vagando nas matas a leste daqui — disse o patrulheiro, apontando com o polegar.

— É mesmo? — disse Caramon, suspeito. — E o que estavam fazendo nas matas?

— Caçando goblins. Tem uma recompensa por eles em Refúgio.

— Três peças de ouro por orelhas goblins — disse seu amigo com um sorriso banguela. — Se quiser tentar...

— E quanto à moça? — prosseguiu Tas.

— É uma doida qualquer, eu acho. — O patrulheiro balançou a cabeça. — Avisamos que a região aqui está cheia de goblins e que ela não devia estar sozinha. Ela só disse que estava nas mãos de Paladine ou alguma coisa assim e que ele ia cuidar dela.

Caramon suspirou forte e levou a bebida aos seus lábios.

— É bem coisa dela...

Saltando, Tas tirou o copo da mão do homem grande.

— Mas o quê... — Caramon o encarou, irritado.

— Vamos! — disse Tas, puxando-o. — Temos que ir! Agradecemos a ajuda — ofegou ele, arrastando Caramon para a porta. — Onde mesmo que a viram?

— A uns quinze quilômetros a leste daqui. Vão achar uma trilha ali fora, atrás da taverna. Ela sai da estrada principal. Só seguir que vai levar pela floresta. Era um atalho pra Passagem antes de ficar perigoso demais para viajar.

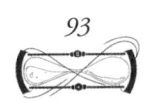

— Obrigado de novo! — Tas empurrou Caramon, que ainda protestava, pela porta.

— Mas qual é a pressa? — rosnou Caramon irritado, se afastando das mãos cutucantes de Tas. — A gente podia ficar para jantar...

— Caramon! — disse Tas, dançando sem parar. — Pense! Lembre! Você não percebeu onde ela está? Quinze quilômetros daqui! Veja! — Abrindo uma das suas bolsas, Tas puxou um maço inteiro de mapas. Apressadamente, ele vasculhou por eles, jogando-os no chão na pressa. — Veja! — repetiu ele, desenrolando um e enfiando no rosto ruborizado de Caramon.

O homem alto apertou os olhos, tentando focar.

— Hein?

— Pelo amor de... Olha, a gente está aqui, pelo que vi. E aqui está Refúgio, ainda a sul da gente. Passagem fica por aqui. Aqui é o caminho que eles estavam falando e aqui... — O dedo de Tas apontou.

Caramon apertou ainda mais os olhos.

—Flo... Floresta Escura — balbuciou ele. — Floresta Escura. Parece familiar...

— É claro que parece familiar! A gente quase morreu lá! — gritou Tas, balançando os braços. — Raistlin precisou salvar a gente...

Vendo Caramon fazer uma careta, Tas se apressou.

— E se for para ela andar sozinha por lá? — perguntou ele em súplica.

Caramon olhou para a floresta, seus olhos turvos espiando a trilha estreita e malcuidada. Sua careta aumentou.

— Acho que você quer que eu a impeça — reclamou ele.

— Bom, naturalmente vamos impedi-la! — começou Tas, e então parou de repente. — Você não ia — disse o kender, encarando Caramon. — Esse tempo todo, você nunca foi atrás dela. Você só ia perambular aqui por uns dias, beber um pouco, rir um pouco, depois voltar para Tika, dizer para ela que você é um fracasso miserável, achando que ela ia aceitar você de volta, como sempre...

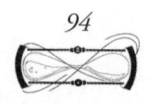

— E você queria que eu fizesse o quê? — grunhiu Caramon, afastando-se do olhar reprovador de Tas. — Como posso ajudar essa mulher a encontrar a Torre da Alta Magia, Tas? — Ele começou a choramingar. — Eu não *quero* encontrar! Jurei que nunca mais ia chegar perto daquele lugar imundo! Destruíram ele lá, Tas. Quando ele saiu, a pele ficou daquela cor dourada estranha. Eles deram aqueles olhos malditos pra ele e tudo o que ele vê é morte. Eles arruinaram o corpo dele. Ele não podia respirar sem tossir. E fizeram ele... fizeram ele me matar! — Caramon se engasgou e enterrou o rosto nas mãos, chorando de dor, tremendo de terror.

— Ele...ele não matou você, Caramon — disse Tas, sentindo-se incapaz. — Tanis me contou. Era só uma imagem de você. Ele estava doente e com medo e muito magoado por dentro. Ele não sabia o que estava fazendo...

Mas Caramon só balançou a cabeça. E o kender de coração terno não pôde culpá-lo. "Não é à toa que ele não quer voltar lá," pensou Tas com remorso. "Acho que eu deveria levá-lo para casa. Certamente não vai ajudar ninguém nesse estado." Mas Tas se lembrou de dama Crysania, sozinha, perambulando pela Floresta Escura...

— Falei com um espírito lá uma vez — murmurou Tas. — Mas não sei se lembraria de mim. E tem goblins. Mesmo não tendo medo deles, acho que não ia servir para afugentar mais de três ou quatro.

Tasslehoff não sabia o que fazer. Ah, se Tanis estivesse ali! O meio-elfo sempre sabia o que dizer, o que fazer. Ele faria Caramon ouvir a voz da razão. "Mas Tanis não está aqui," disse uma voz severa dentro do kender que parecia com Flint. "Depende de você, seu bobão!"

"Não quero que dependa de mim!," chorou Tas. Esperou um momento para ver se a voz respondia. Não respondeu. Ele estava sozinho.

— Caramon — disse Tas, deixando sua voz o mais grave possível e tentando muito soar como Tanis — Olha, só vem com a gente até perto da Floresta de Wayreth. Depois você pode ir para casa. Provavelmente vamos ficar seguros depois...

Mas Caramon não estava ouvindo. Banhado de licor e autopiedade, caiu no chão. Encostado contra uma árvore, balbuciou incoerentemente sobre horrores inomináveis, implorando que Tika o aceitasse de volta.

Bupu se levantou e foi até a frente do guerreiro grande.

— Mim vai — disse ela com nojo. — Bêbado gordo e porco, acha um monte em casa. — Assentindo, ela começou o caminho. Tas correu atrás dela, pegou-a e a arrastou de volta.

— Não, Bupu! Não pode! Estamos quase lá!

De repente, a paciência de Tasslehoff acabou. Tanis não estava lá. Ninguém estava lá para ajudar. Era como quando ele quebrou o orbe do dragão. Talvez o que ele estivesse fazendo não fosse a coisa certa, mas era a única coisa em que conseguia pensar.

Tas andou e chutou Caramon na canela.

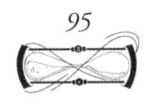

— Ai! — reclamou Caramon. Assustado, ele encarou Tas com uma expressão magoada e confusa. — Para que você fez isso?

Em resposta, Tas o chutou de novo, mais forte. Gemendo, Caramon segurou a perna.

— Ei, agora é divertido — disse Bupu. Avançando correndo e alegre, ela chutou Caramon na outra perna. — Fica agora.

O homem grande rugiu. Levantando-se atrapalhado, encarou Tas.

— Droga, Burrfoot, se esse é um dos seus joguinhos...

— Que joguinho o que, seu boi lerdo! — gritou o kender. — Decidi que vou chutar até você acordar, só isso! Cansei do seu chororô! Todos esses anos, você só fez chorar! O nobre Caramon, sacrificando tudo pelo seu irmão ingrato. Amável Caramon, sempre botando Raistlin em primeiro lugar! Oras... talvez sim, talvez não. Estou achando que você sempre botou Caramon em primeiro lugar! E talvez Raistlin soubesse, lá no fundo, o que eu estou começando a entender! Você só fez porque fazia *você* se sentir bem! Raistlin não precisava de você... você precisava dele! Você viveu essa vida porque ficou apavorado demais para ter uma vida própria!

Os olhos de Caramon brilharam febrilmente, seu rosto pálido de raiva. Levantou-se devagar, seus punhos cerrados.

— Agora você foi longe demais, seu desgraçadinho...

— Fui? — Tas gritava, pulando sem parar. — Então escuta essa, Caramon! Você sempre fica reclamando sobre ninguém nunca precisar de você! Já parou para pensar que Raistlin precisa de você mais do que já precisou antes? E dama Crysania? Ela precisa de você! E você fica aí, uma bolota de geleia molenga com o cérebro todo encharcado e transformado em papinha!

Tasslehoff pensou por um momento que *tinha* ido longe demais. Caramon deu um passo mole para frente, seu rosto manchado, mosqueado e feio. Bupu deu um grito e se agachou atrás de Tas. O kender permaneceu ali, como fez quando os lordes elfos furiosos estavam prestes a parti-lo em dois por ter quebrado o orbe do dragão. Caramon ficou sobre ele, o bafo encharcado de álcool quase fazendo Tas vomitar. Involuntariamente, ele fechou os olhos. Não de medo, mas pelo olhar de angústia e raiva terríveis no rosto de Caramon.

Ele se preparou, esperando pelo golpe que provavelmente esmagaria seu nariz até o outro lado da sua cabeça.

Mas o golpe nunca veio. Houve o som de galhos se partindo, pés enormes pisando em folhagens grossas.

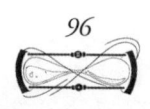

Cautelosamente, Tas abriu os olhos. Caramon tinha sumido, seguindo pela trilha para a floresta. Suspirando, Tas o encarou. Bupu saiu das suas costas.

— Isso divertido — anunciou ela. — Eu ficar no fim. Vamos brincar de novo?

— Acho que não, Bupu — disse Tas. — Vamos. Acho que é melhor irmos atrás dele.

— Ah, bom — refletiu filosoficamente a anã tola. — A gente brinca de outro jogo depois, tão divertido quanto.

— Sim — concordou Tas distraído. Virando-se, com medo de que alguém daquela hospedaria terrível tivesse ouvido tudo e começasse uma confusão, os olhos do kender se arregalaram.

A taverna do Caneco Quebrado sumiu. O prédio desgastado, a placa balançando numa corrente, os anões, os patrulheiros, o taverneiro, até o copo que Caramon ergueu para os lábios. Tudo desapareceu no ar do entardecer como um pesadelo ao despertar.

Capítulo 7

Canta com espíritos atados,
Canta de olhos ao léu,
Coisinha horrorosa vira bela formosa
Com seis luares lá no céu.

Canta ao marinheiro bravio,
Canta bebendo com camaradas,
Um vinho nunca vazio,
Saudando velas bem prendadas.

Canta o coração cordial,
Canta o absinto gentil,
Canta àquele na estrada vagal,
E o cão felpudo e ardil.

Garçonetes vêm com amor,
Cada cão vem com cauda abanada,
Que tuas palavras tenham ardor,
E saúdem velas bem prendadas.

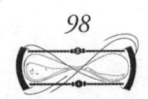

À noite, Caramon já estava podre de bêbado.

Tasslehoff e Bupu o alcançaram enquanto ele estava parado no meio da trilha, drenando a última gota do aguardente. Ele reclinou a cabeça, tentando pegar até a última gota. Quando finalmente baixou a garrafa, foi para espiar nela em desapontamento. Cambaleando muito, ele a balançou.

— Cabou — Tas o ouviu balbuciar descontente.

O coração do kender afundou.

— Ah, pronto — disse Tas a si mesmo, miserável. — Agora nem posso contar sobre a hospedaria desaparecida. Não com ele nessa condição! Só piorei as coisas!

Mas não tinha percebido o quanto pioraram até chegar em Caramon e o cutucar no ombro. O grandalhão girou num alerta bêbado.

— Que foi? Quem tá aí? — Ele olhou pela floresta que rapidamente se escurecia.

— Eu, aqui, ó — disse Tas numa voz baixa. — Eu... eu só queria pedir desculpas, Caramon, e...

— Hein? Ah... — Cambaleando para trás, Caramon o encarou e abriu um sorriso bobo. — Ah, oie, amiguinho. Um kender — seu olhar vagou até Bupu — e uma ananananátola — terminou, apressado. Ele fez uma mesura. — Quaixexnomes?

— Quê? — perguntou Tas.

— Quaixeuxnomes? — repetiu Caramon com dignidade.

— Você me conhece, Caramon — disse Tas, confuso. — Eu sou Tasslehoff.

— Mim Bupu — respondeu a anã tola, seu rosto se iluminando, achando que era outra brincadeira. — Quem você?

— Você sabe quem é ele — começou Tas irritado, mas quase engoliu a língua quando Caramon interrompeu.

— Eu sou Raistlin — disse o grandalhão solenemente em outra mesura pouco firme. — Um... um grande e popopoderoso mágico.

— Ah, não começa, Caramon! — disse Tas com nojo. — Eu já pedi desculpas, então nem...

— Caramon? — Os olhos dele se arregalaram, depois se apertaram em um olhar astuto. — Caramon morreu. Eu matei ele. Muito tempo atrás na To... na Torororre... na TorrAltMaxia.

— Pela barba de Reorx! — suspirou Tas.

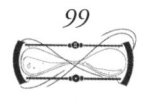

— Ele não Raistlin! — roncou Bupu. Então fez uma pausa, olhando duvidosa. — É?

— Na... não! Claro que não — exclamou Tasslehoff.

— Brincadeira ruim! — disse Bupu, firme. — Num gosta! Ele não homem bonito legal cumigo. Ele gordo bebum. Mim vai pra casa. — Ela olhou em volta. — Pra onde casa?

— Agora não, Bupu! — "O que está acontecendo?", Tas se perguntou, triste. Segurando seu coque, ele deu um puxão forte no cabelo. Seus olhos marejaram de dor e o kender suspirou com alívio. Por um momento, pensou que tinha adormecido sem saber e estava andando em algum sonho estranho.

Mas aparentemente era tudo real, real demais. Pelo menos para ele. Para Caramon, era uma história muito diferente.

— Veja — dizia Caramon, solene, balançando para frente e para trás. — Vou lanxar umagia. — Erguendo as mãos, ele pronunciou uma série de coisas ininteligíveis. — Pupoeira e ratazanax! Quiqueima! — Ele apontou para uma árvore. — Puf! — sussurrou ele, cambaleando para trás. — Pegou fogo! Pegou! Pegou! Fogo, fogo, fogo... que nem o pobre Caramon. — Ele cambaleou, seguindo trôpego pela trilha.

— Garxonetes vêm com amor — cantou ele. — Cada cão vem com cauda abanada. Que tuax palavrax tenha ardor...

Apertando suas mãos, Tas correu atrás dele. Bupu trotou junto logo atrás.

— Árvore *num* queimou — disse ela com severidade para Tas.

— Eu sei! — resmungou Tas. — É só que... ele acha...

— Ele mágico ruim. Minha vez. — Vasculhando na mochila gigante que sempre a fazia cair, Bupu deu um grito triunfante e puxou um rato muito duro e morto.

— Agora não, Bupu... — começou Tas, sentindo o resto da sua sanidade começar a se esvair. Caramon, a frente deles, parou de cantar e agora gritava algo sobre cobrir a floresta com teias de aranha.

— Dizer palavra secreta mágica — afirmou Bupu. — Num escuta ou estraga segredo.

— Não vou ouvir — disse Tas, impaciente, tentando alcançar Caramon que, mesmo cambaleando, avançava numa boa velocidade.

— Tu ouvindo? — perguntou Bupu, ofegando logo atrás dele.

— Não — disse Tas, suspirando.

— Por quê?

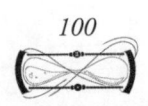

— Você disse que não podia! — gritou Tas, exasperado.

— Mas como vai saber quando num assim? — exigiu Bupu, irritada. — Tu tenta roubar palavra mágica secreta! Mim embora.

A anã tola parou, virou-se e trotou de volta pela trilha. Tas parou deslizando. Ele conseguia ver Caramon agarrado numa árvore, invocando uma hoste de dragões, pelo que podia ouvir. O grandalhão ficaria ali durante algum tempo. Xingando baixinho, o kender se virou e correu atrás da anã.

— Bupu, pare! — pediu ele frenético, agarrando um punhado de panos imundos que ele confundiu com o ombro dela. — Juro que jamais roubaria a sua palavra mágica secreta!

— Roubou! — berrou ela, balançando o rato morto contra ele. — Tu falou!

— Falei o quê? — perguntou Tasslehoff, sem entender.

— Palavra mágica secreta! Tu falou! — Bupu gritou ultrajada. — Aqui! Olha! — Segurando o rato morto, apontou para a frente deles na trilha e gritou. — Eu falar palavra mágica secreta agora: *palavra mágica secreta*! Pronto. *Agora* vê mágica boa.

Tas colocou uma mão na cabeça. Ele se sentia tonto.

— Olha! Olha! — gritou Bupu triunfante, apontando um dedo sujo. — Viu? Eu começa fogo. Palavra mágica secreta num falha. Hunf. Mágico muito ruim ele.

Olhando pela trilha, Tas piscou. *Havia* chamas visíveis mais adiante.

— Eu definitivamente vou voltar para Kenderhome — acertou Tas consigo mesmo, silenciosamente. — Vou arranjar uma casinha... ou quem sabe moro com os velhos por uns meses até me sentir melhor.

— Quem está aí? — chamou uma voz clara e cristalina.

O alívio inundou Tasslehoff.

— É uma fogueira! — balbuciou ele, quase histérico de alegria. E a voz! Ele correu para a frente, atravessando com pressa a escuridão na direção da luz. — Sou eu, Tasslehoff Burrfoot. Eu...ui!

O "ui" foi Caramon pegando o kender do chão, erguendo-o em seus fortes braços, e tapando com a mão a boca de Tas.

— Xiiiiu — sussurrou Caramon perto do ouvido de Tas. O bafo fez a cabeça do kender girar. — Tem alguém lá!

— Mpf blsxtchscat! — Tas se balançava freneticamente, tentando se livrar de Caramon. O kender estava lentamente sufocando até a morte.

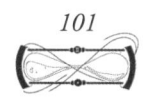

— É bem quem eu pensava — sussurrou Caramon, assentindo para si mesmo solenemente enquanto sua mão apertava ainda mais firme a boca do kender.

Tas começava a ver estrelinhas azuis. Ele lutou desesperadamente, atacando as mãos de Caramon com toda sua força, e teria sido o fim da breve, mas empolgante vida do kender se Bupu não tivesse aparecido de repente aos pés de Caramon.

— Palavra mágica secreta! — gritou ela, enfiando o rato morto no rosto de Caramon. A chama distante se refletiu nos olhos pretos do cadáver e reluziu nos dentes afiados fixos em um sorriso perpétuo.

—Aiii! — Caramon gritou e soltou o kender. Tas bateu com força no chão, ofegando por ar.

— O que está acontecendo aí? — disse uma voz fria.

— Viemos... resgatá-la... — disse Tasslehoff, tonto, enquanto se levantava.

Uma figura de vestes brancas coberta de peles surgiu na frente deles. Bupu levantou o olhar para ela numa suspeita profunda.

— Palavra mágica secreta — disse a anã tola, balançando o rato morto na direção da Filha Reverenciada de Paladine.

— Perdoe-me se minha gratidão não é total — disse dama Crysania para Tasslehoff enquanto sentavam ao redor da fogueira mais tarde naquela noite.

— Eu sei. Desculpe — disse Tasslehoff, sentado encolhido e miserável no chão. — Eu baguncei tudo. É o que eu faço mesmo — prosseguiu ele, lamentoso. — Pode perguntar para qualquer um. Muitas vezes disseram que eu deixo os outros malucos... mas essa é a primeira vez que fiz isso de verdade!

Fungando, o kender lançou um olhar ansioso para Caramon. O grandalhão sentava-se perto da fogueira, amontoado em sua capa. Ainda sob a influência do potente aguardente anão, às vezes Caramon e às vezes Raistlin. Como Caramon, ele comia vorazmente, enfiando comida na boca com gosto. Regalou-os com diversas baladas obscenas, para alegria de Bupu, que batia palmas fora de ritmo e cantava alto os refrões. Tas sentia-se dividido entre a forte vontade de rir sem parar e o impulso de se enfiar debaixo de uma pedra para morrer de vergonha.

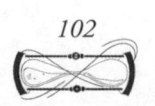

Com um calafrio, o kender decidiu que preferia Caramon, canções indecentes e tudo, do que Caramon/Raistlin. A transformação ocorria de

repente, no meio de uma canção, aliás. A grande figura encolhia, ele começava a tossir e, olhando-os com olhos apertados, friamente se ordenava a ficar quieto.

— Você não fez isso a ele — disse dama Crysania para Tas, analisando Caramon com um olhar frio. — É a bebida. Ele é nojento, teimoso e obviamente não possui autocontrole. Deixou seus apetites dominá-lo. Estranho, não, que ele e Raistlin sejam gêmeos? Seu irmão é tão controlado, tão disciplinado, inteligente e refinado.

Ela deu de ombros.

— Ah, sem dúvida este pobre homem é digno de pena. — Levantando-se, ela andou até onde seu cavalo estava amarrado e começou a desamarrar seu saco de dormir do seu lugar atrás da cela. — Irei colocá-lo em minhas preces para Paladine.

— Aposto que preces não fariam mal — disse Tas, dubiamente. — Mas um forte chá de tarba seria bem melhor agora.

A dama virou-se e olhou com reprovação para o kender.

— Estou certa de que não pretendia blasfemar. Portanto, tomarei sua fala no sentido que foi pronunciada. Mas peço que tente ver as coisas com uma atitude mais séria.

— Eu *falei* sério — protestou Tas. — Tudo o que Caramon precisa são uns bons canecos de um belo e grosso chá de tarba...

As sobrancelhas escuras da dama se arquearam tanto que Tas ficou quieto, apesar de não ter a menor ideia do que dissera para deixá-la incomodada. Ele começou a preparar suas próprias cobertas, seu espírito o mais baixo que podia lembrar de já ter ficado. Sentia-se como quando cavalgou nas costas de um dragão com Flint durante a Batalha das Planícies de Estwilde. O dragão voou para dentro das nuvens e mergulhou, girando e girando. Por alguns momentos, para cima era para baixo, o céu ficou lá embaixo, o chão acima, então — vush! uma nuvem e tudo se perdeu na névoa.

Sua mente estava como naquela época. A dama Crysania admirava Raistlin e sentia pena de Caramon. Tas não tinha certeza, mas parecia errado. E ainda tinha Caramon que era Caramon e então não era Caramon. Hospedarias que estavam lá num momento e sumiam no seguinte. Uma palavra mágica secreta que ele deveria ouvir para saber quando não deveria ouvir. Então ele fez uma sugestão perfeitamente lógica e comum sobre chá de tarba e levou bronca por blasfêmia!

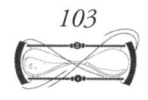

— Afinal de contas — murmurou ele para si mesmo, balançando suas cobertas. — Paladine e eu somos amigos pessoais próximos. *Ele entenderia* o que eu quis dizer.

Suspirando, o kender acomodou sua cabeça numa capa enrolada. Bupu, já bem convicta que Caramon era Raistlin, estava adormecida, enrolada com sua cabeça descansando com adoração no pé do homem. O próprio Caramon estava quieto agora, olhos fechados, cantarolando uma canção para si mesmo. De vez em quando, ele tossia, e uma vez exigiu numa voz alta que Tas trouxesse seu grimório para que pudesse estudar sua magia. Mas ele parecia calmo o bastante. Tas esperava que ele adormecesse logo e acordasse sem os efeitos do aguardente anão.

A fogueira estava baixa. Dama Crysania espalhou suas cobertas numa cama de folhas de pinho que ela coletou para impedir a umidade. Tas bocejou. Ela estava indo melhor do que ele esperava; escolheu um local bom e razoável para fazer seu acampamento, perto de uma trilha e com um riacho próximo. Assim, não teria que vagar longe demais naquela floresta sombria.

Floresta sombria... do que isso o lembrava? Tas se pegou bem quando estava prestes a cair no sono. Alguma coisa importante. Floresta terrível. Sombras... falar com sombras...

— Floresta Escura — disse, alarmado e sentando-se de imediato.

— O quê? — perguntou a dama, enrolando-se com sua capa e se preparando para dormir.

— Floresta Escura! — repetiu Tas. Ele estava bem desperto. — Estamos perto da Floresta! Viemos alertá-la! É um lugar horrível. Você pode ter perambulado nela. Talvez a gente já esteja...

— Floresta Sombria? — Os olhos de Caramon se abriram na hora. Ele olhou ao seu redor.

— Bobagem — disse dama Crysania confortavelmente, ajustando sob a cabeça um pequeno travesseiro de viagem que trouxe consigo. — Não estamos lá ainda. Fica a cerca de oito quilômetros daqui. Amanhã, chegaremos a um caminho que nos levará até lá.

— Você... você *quer* ir para lá! — arquejou Tas.

— É claro — disse a Dama Crysania friamente. — Vou pedir ajuda ao Mestre da Floresta. Demoraria muitos meses para viajar daqui até a Floresta de Wayreth, mesmo a cavalo. Dragões de prata moram na Floresta Escura junto do Mestre da Floresta. Eles me levarão pelo ar até meu destino.

— Mas os espectros, o rei morto ancestral e os seguidores dele...

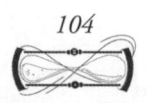

— Foram libertos da sua terrível servidão quando atenderam ao chamado para enfrentar os Senhores dos Dragões — disse Crysania, um tanto ríspida. — Você deveria mesmo estudar a história da guerra, Tasslehoff. Especialmente por ter se envolvido nela. Quando as forças humanas e élficas se juntaram para recapturar Qualinesti, os espectros da Floresta lutaram ao lado delas e assim quebraram o feitiço das trevas que os prendiam à terrível vida. Eles deixaram este mundo e nunca mais foram vistos.

— Ah — disse Tas estupidamente. Após olhar para os lados por um momento, ele se sentou de volta em seu saco de dormir. — Eu falei com eles — continuou ele, saudoso. — Foram muito educados, um tanto abruptos por causa de seus afazeres, mas muito educados. É meio triste pensar que...

— Estou deveras cansada — interrompeu a dama. — E tenho uma longa jornada adiante de mim amanhã. Levarei a anã tola e prosseguirei para a Floresta Sombria. Você pode levar seu amigo apatetado para casa onde, com sorte, encontrará a ajuda que necessita. Agora, vá dormir.

— Um de nós não devia... ficar de guarda? — perguntou Tas, hesitante. — Aqueles patrulheiros disseram... — Ele parou abruptamente. Aqueles "patrulheiros" estavam na hospedaria que não estava.

— Bobagem. Paladine guardará nosso repouso — disse Crysania com rispidez. Fechando os olhos, ela começou a recitar palavras suaves de oração.

Tas engoliu em seco.

— Será que a gente conhece o mesmo Paladine? — perguntou ele, pensando em Fizban e se sentindo muito solitário. Falou em um sussurro, não querendo ser acusado de blasfêmia de novo. Deitado, ele se remexia nas cobertas sem conseguir ficar confortável. Finalmente, ainda bem desperto, ele se sentou e apoiou as costas contra um tronco. A noite da primavera estava fresca, sem estar desagradavelmente fria. O céu estava limpo e não havia vento. As árvores mexiam com suas próprias conversas, sentindo a nova vida correndo pelos seus membros, despertando após o longo sono do inverno. Passando a mão no chão, Tas tateou a grama nova saindo por baixo das folhas apodrecidas.

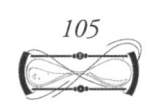

O kender suspirou. Era uma noite agradável. Por que estava incomodado? Isso foi um barulho? Um galho quebrando? Tas se ajeitou e olhou ao redor, prendendo o fôlego para ouvir melhor. Nada. Silêncio. Olhando para os céus, ele viu a constelação de Paladine, o Dragão de Platina, girando em torno da constelação de Gilean, a Balança do Equilíbrio. Do outro lado de Paladine, cada um cuidando cautelosamente do outro, ficava a constelação da Rainha da Escuridão, Takhisis, a Dragoa de Cinco Cabeças.

— Você está muito longe aí em cima — disse Tas ao Dragão de Platina. — E tem um mundo inteiro para guardar, não só a gente. Aposto que não vai se incomodar se eu também guardar o nosso sono hoje. Sem querer desrespeitar, é claro. É só que eu tenho a sensação de que Outro Alguém aí em cima também está nos observando hoje de noite, se é que você me entende. — O kender teve um calafrio. — Não sei por que me sinto tão estranho de repente. Talvez seja por estar tão perto da Floresta Sombria e... bom, pelo visto, eu é que estou responsável por todo mundo!

Era um pensamento muito desconfortável para um kender. Tas estava acostumado a ser responsável por si mesmo, mas quando viajou com Tanis e os outros, sempre tinha mais alguém responsável pelo grupo. Sempre guerreiros fortes e habilidosos...

O que foi isso? Ele definitivamente ouviu alguma coisa *dessa* vez! Pulando, Tas ficou de pé, quieto, encarando a escuridão. Houve silêncio, depois um arrastar, depois...

Um esquilo. Tas deu um suspiro que veio dos pés.

— Já que estou acordado, vou botar mais lenha na fogueira — disse para si mesmo. Apressando-se, olhou para Caramon e sentiu um aperto. Seria muito mais tranquilo ficar de guarda na escuridão se soubesse que podia contar com o braço forte de Caramon. Em vez disso, o guerreiro estava caído de costas, olhos fechados, boca aberta, roncando com contentamento ébrio. Enrolada perto da bota de Caramon, sua cabeça no pé dele, os roncos de Bupu se misturavam com os dele. Do outro lado, o mais distante possível, a dama Crysania dormia pacificamente, sua bochecha macia repousando em suas mãos dobradas.

Com um suspiro trêmulo, Tas jogou lenha na fogueira. Vendo-a aumentar, ele se assentou para vigiar, encarando com atenção as árvores envoltas pela noite cujas palavras sussurrantes tomavam um tom agourento. Então, veio de novo.

— Esquilo! — sussurrou Tas resoluto.

Aquilo foi alguma coisa se mexendo nas sombras? Houve um som distinto, como um galho quebrando em dois. Esquilo nenhum fazia isso! Tas remexeu no bolso até sua mão fechar sobre uma faquinha.

A floresta estava se mexendo! As árvores estavam se aproximando!

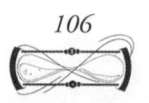

Tas tentou gritar um aviso, mas um galho fino segurou seu braço...

— Aiiii — gritou Tas, livrando-se com um giro e apunhalando o galho com sua faca.

Houve um palavrão e um grito de dor. O galho soltou-o e Tas suspirou. Nenhuma árvore que ele já conhecera gritava de dor. O que estavam enfrentando era algo vivo, que respirava...

— Ataque! — gritou o kender, cambaleando para trás. — Caramon! Socorro! Caramon...

Dois anos atrás, o guerreiro grande estaria de pé instantaneamente, sua mão fechando no cabo da sua espada, alerta e pronto para a batalha. Mas Tas, atrapalhando-se ao tentar ficar de costas para o fogo com sua faquinha, a única coisa mantendo longe o que quer que fosse aquilo, viu a cabeça de Caramon virar de lado em contentamento ébrio.

— Dama Crysania! — gritou Tas desvairado, vendo mais formas escuras saindo das matas. — Acorde! Acorde, por favor!

Ele podia sentir o calor do fogo. Ficando de olho nas sombras ameaçadoras, Tas se esticou e pegou uma madeira em chamas pela ponta, torcendo para ser a ponta fria. Erguendo-a, ele atacou com a madeira de fogo na sua frente.

Viu um movimento quando uma das criaturas mergulhou contra ele. Tas cortou com sua faca, afastando-a. Naquele instante, quando se aproximou da luz, ele teve um vislumbre dela.

— Caramon! — berrou ele. — Draconianos!

Crysania estava desperta; Tas a viu se sentar, olhando ao redor numa confusão sonolenta.

— A fogueira! — gritou Tas desesperadamente para ela. — Vá para a fogueira! — Tropeçando sobre Bupu, o kender chutou Caramon. — Draconianos! — berrou de novo.

Um dos olhos de Caramon se abriu, e então o outro, olhando ao redor em confusão.

— Caramon! Graças aos deuses! — arquejou Tas, aliviado.

Caramon sentou. Examinando pelo acampamento, completamente desorientado e confuso, ainda tinha o bastante de guerreiro em si para estar ciente do perigo. Levantou sem firmeza, pegou o cabo da sua espada e arrotou.

— Quifoi? — balbuciou ele, tentando focar seus olhos.

— Draconianos! — guinchou Tasslehoff, pulando como um pequeno demônio, balançando a madeira em chamas e sua faca com tanto vigor que ele realmente conseguia impedir o avanço dos seus inimigos.

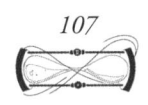

— Draconianos? — murmurou Caramon, olhando sem acreditar, até que vislumbrou um rosto reptiliano distorcido na luz da fogueira baixa. Seus olhos se arregalaram. — Draconianos! — rosnou ele. — Tanis! Sturm! Comigo! Raistlin, sua magia! Vamos enfrentá-los.

Puxando sua espada da bainha, Caramon avançou com um brado de batalha retumbante — e caiu de cara no chão.

Bupu estava agarrada no seu pé.

— Essa não! — reclamou Tas.

Caramon ficou no chão, piscando e balançando a cabeça desacreditado, tentando entender o que o atingira. Bupu, acordada rudemente, começou a uivar de terror e dor, e mordeu Caramon no tornozelo.

Tas avançou para socorrer o guerreiro caído, ou pelo menos tirar Bupu dele, quando ouviu um grito. A dama Crysania! Maldição! Esquecera dela! Virando o corpo, viu a clériga lutando com um dos homens-dragão.

Tas se jogou para frente e furiosamente apunhalou o draconiano. Com um urro, ele soltou Crysania e caiu de costas, seu corpo virando pedra aos pés de Tas. Bem na hora, o kender lembrou de recuperar sua faca ou o cadáver de pedra a seguraria ali.

Tas arrastou Crysania de volta consigo para onde Caramon estava caído, tentando tirar a anã tola da sua perna.

Os draconianos se aproximaram mais. Desesperado, Tas olhou ao redor e viu que estavam cercados pelas criaturas. Mas por que não atacavam com força total? O que estavam esperando?

— Você está bem? — ele conseguiu perguntar para Crysania.

— Sim — disse ela. Mesmo muito pálida, ela parecia calma. Se estava assustada, manteve seu medo sob controle. Tas viu os lábios dela se movendo, provavelmente em uma prece silenciosa. Os lábios do próprio kender se apertaram.

— Aqui, senhora — disse ele, colocando a madeira incandescente na mão dela. — Acho que você vai ter que lutar e rezar ao mesmo tempo.

— Elistan fazia isto. Eu posso também — disse Crysania, a voz vacilando só de leve.

Comandos gritados soaram das sombras. A voz não era draconiana. Tas não conseguiu entende-la. Só sabia que a ouvir já lhe dava calafrios. Mas não havia tempo para ponderar. Os draconianos, suas línguas saindo das bocas, saltaram sobre eles.

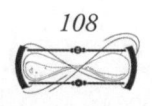

Crysania atacou com a madeira em brasa de forma atrapalhada, porém foi o bastante para fazer os draconianos hesitarem. Tas ainda tentava arrancar Bupu de Caramon. Mas foi um draconiano que, sem querer, veio ao seu socorro. Empurrando Tas para trás, o homem-dragão colocou uma garra em Bupu.

Anões tolos eram muito conhecidos em toda Krynn por sua covardia extrema e total falta de utilidade em combate. Porém, quando encurralados, podem lutar como ratazanas raivosas.

— Titica! — Bupu gritou de raiva e, parando de mastigar o tornozelo de Caramon, afundou os dentes no couro escamoso da perna do draconiano.

Bupu não tinha muitos dentes, mas os que tinha eram afiados. Ela mordeu a carne verde do draconiano com um deleite ocasionado pelo fato de ter jantado pouco.

O draconiano deu um urro horrendo. Erguendo sua espada, ele estava prestes a acabar com os dias de Bupu em Krynn quando Caramon, ainda cambaleante e tentando ver o que estava acontecendo, decepou sem querer o braço da criatura. Bupu se sentou, lambendo os beiços, e procurou ansiosa por outra vítima.

— Oba! Caramon! — Tas vibrou, sua faquinha estocando aqui e ali tão rapidamente quanto uma serpente feroz. Crysania esmagou um draconiano com sua madeira em brasa, clamando o nome de Paladine. A criatura caiu dura.

Só havia dois ou três draconianos ainda de pé que Tas pudesse ver e o kender começou a se sentir animado. As criaturas espreitavam fora do alcance da fogueira, observando o grande guerreiro, Caramon, com cautela enquanto ele se levantava, inseguro. Visto apenas nas sombras, ele ainda parecia a figura ameaçadora de antigamente. A lâmina da sua espada reluziu ferozmente nas chamas vermelhas.

— Pega eles, Caramon! — O grito de Tas foi estridente. — Bate a cabeça deles...

A voz do kender morreu quando Caramon lentamente se virou para ele com um olhar estranho no rosto.

— Eu não sou Caramon — disse ele. — Eu sou seu gêmeo, Raistlin. Caramon morreu. Eu matei ele. — Olhando para a espada na sua mão, o guerreiro grande a derrubou como se ela o ferisse. — O que estou fazendo com aço frio em minhas mãos? — perguntou ele, ríspido. — Não posso lançar feitiços com uma espada e um escudo!

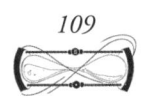

Tasslehoff engasgou, olhando preocupado para os draconianos. Ele podia vê-los trocando olhares perversos. Lentamente, começaram a avançar, mantendo seus olhares fixos no grande guerreiro, como se suspeitassem de uma armadilha.

— Você não é Raistlin! Você é Caramon! — Tas gritava de desespero, mas não adiantou. O cérebro do homem ainda estava imerso no aguardente anão. Com sua mente completamente desvairada, Caramon fechou os olhos, ergueu as mãos e começou a entoar.

— Fumigus praturus livrula — murmurou ele, balançando para frente e para trás.

O rosto sorridente de um draconiano surgiu na frente de Tas. Houve um brilho de aço e a cabeça do kender pareceu explodir de dor...

Tas estava no chão. Um líquido quente corria pelo seu rosto, cegando um dos olhos, vazando na sua boca. Ele sentiu o gosto de sangue. Estava cansado... tão cansado...

Mas a dor era terrível. Ela não o deixava dormir. Ele tinha medo de mexer a cabeça, com receio de que, se o fizesse, ela se separasse em duas partes. Ele permaneceu perfeitamente imóvel, observando o mundo com um olho só.

Ele ouvia a anã tola berrando sem parar, como um animal torturado, e de repente os berros pararam. Ele ouviu um grito profundo de dor, um gemido abafado, e um grande corpo caiu no chão ao seu lado. Era Caramon, sangue saindo da sua boca, seus olhos arregalados e vazios.

Tas não sentiu tristeza. Ele não sentia nada além da dor terrível na sua cabeça. Um draconiano imenso ficou sobre ele, espada na mão. Ele sabia que a criatura iria acabar com ele. Tas não se importava. "Acabe com a dor", suplicou ele. "Acabe logo."

Houve um borrão de vestes brancas e uma voz clara convocando Paladine. O draconiano desapareceu abruptamente com o som de pés com garras correndo pela vegetação. As vestes brancas ajoelharam do lado dele, Tas sentiu o toque de uma mão gentil na sua e ouviu novamente o nome de Paladine. A dor sumiu. Erguendo o olhar, ele viu a mão da clériga tocar Caramon, viu as pálpebras do homem grande tremendo e fechando num sono pacífico.

"Está tudo bem!", pensou Tas, extasiado. "Eles foram embora! Vamos ficar todos bem." Ele sentiu a mão tremer. Recuperando parte dos seus sentidos conforme os poderes curativos da clériga inundavam seu corpo, o kender levantou a cabeça, espiando com seu olho bom.

Algo estava vindo. Algo havia chamado os draconianos. Algo estava chegando na luz da fogueira.

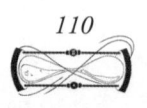

Tas tentou gritar um aviso, mas sua garganta fechou. Sua mente se revirava sem parar. Por um momento, apavorado e tonto demais para pensar claramente, achou que alguém misturou aventuras nele.

Ele viu a dama Crysania se levantar, suas vestes brancas varrendo a poeira perto da cabeça dele. Lentamente, ela começou a se afastar da coisa que a espreitava. Tas a ouviu convocar Paladine, mas as palavras vazaram de lábios duros de terror.

O próprio Tas queria fechar os olhos. Medo e curiosidade brigavam em seu corpinho. A curiosidade venceu. Espiando com seu olho bom, Tas observou a figura horrível se aproximar cada vez mais da clériga. A figura estava vestida com a armadura de um Cavaleiro Solâmnico, mas queimada e enegrecida. Conforme se aproximava de Crysania, a figura estendeu um braço que não terminava numa mão. Ela pronunciava palavras que não saíam de uma boca. Seus olhos brilharam em laranja, suas pernas transparentes passaram direto pelas cinzas incandescentes da fogueira. O frio das regiões onde foi forçado a habitar eternamente fluíam do seu corpo, queimando até o tutano dos ossos de Tas.

Temeroso, Tas ergueu a cabeça. Ele viu Crysania recuando. Ele viu o cavaleiro da morte andar até ela com passos lentos e firmes.

O cavaleiro ergueu a mão direita e apontou para Crysania com um dedo pálido e brilhante.

Tas sentiu um terror repentino e incontrolável tomar conta dele.

— Não! — gemeu ele, tremendo, apesar de não ter ideia da coisa terrível que estava prestes a acontecer.

O cavaleiro pronunciou uma palavra.

— Morra.

Naquele momento, Tas viu Crysania erguer a mão e segurar o medalhão que usava no pescoço. Ele viu um clarão brilhante de pura luz branca vazar dos dedos dela e então ela caiu no chão como se fosse apunhalada pelo dedo sem carne.

— Não! — Tasslehoff se ouviu chorar. Ele viu olhos alaranjados incandescentes voltando-se para ele e uma escuridão fria e úmida como a de uma tumba fechou seus olhos e sua boca...

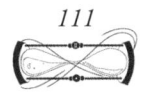

Capítulo

8

Dalamar se aproximou da porta para o laboratório do mago com nervosismo, traçando um dedo inquieto pelas runas de proteção costuradas no tecido das suas vestes negras enquanto apressadamente ensaiava vários feitiços de proteção em sua mente. Certa cautela não era estranha em um jovem aprendiz entrando na câmara interna e secreta de um mestre sombrio e poderoso. Mas as proteções de Dalamar eram extraordinárias. E com bom motivo. Dalamar tinha segredos próprios para esconder, e nada o deixava mais temeroso e aflito no mundo do que o olhar daqueles olhos dourados de ampulheta.

Mesmo assim, uma subcorrente de empolgação pulsava no sangue de Dalamar mais fundo do que seu medo, como sempre acontecia quando parava na frente daquela porta. Ele viu coisas maravilhosas dentro dessa câmara, maravilhosas... aterrorizantes...

Levantando a mão direita, ele fez um sinal rápido no ar na frente da porta e murmurou algumas palavras no idioma da magia. Não houve reação. Não havia feitiço na porta. Dalamar respirou mais tranquilo, ou talvez fosse um suspiro de desapontamento. Seu mestre não estava envolvido em magia potente ou poderosa, ou teria lançado um feitiço para imobilizar a porta. Olhando para o chão, o elfo negro não viu luzes piscantes saindo debaixo da pesada porta de madeira. Ele só sentia os costumeiros aromas de tempero e podridão. Dalamar posicionou as cinco pontas dos dedos da sua mão esquerda na porta e aguardou em silêncio.

No espaço de tempo em que o elfo inspirou, veio o comando suave.
— Entre, Dalamar.

Preparando-se, Dalamar entrou na câmara enquanto a porta abria devagar na sua frente. Raistlin estava sentado numa antiga mesa gigantesca de pedra, tão grande que um daqueles minotauros altos e de ombros largos de Mithas poderia se deitar sobre ela, todo esticado, e ainda ter espaço de sobra. A mesa (o laboratório todo, na verdade) era parte da mobília original que Raistlin descobriu quando tomou a Torre da Alta Magia de Palanthas como sua.

A câmara grande e sombria parecia muito maior do que poderia ser, e o elfo negro nunca conseguia determinar se era a câmara que parecia maior ou se era ele que parecia menor. Livros revestiam as paredes como no estúdio do mago. Runas e caligrafia aracnídea brilhavam através do pó acumulado em suas lombadas. Garrafas e jarros de formatos estranhos ficavam sobre mesas nos dois lados da câmara, seus conteúdos de luzes brilhantes borbulhando e fervilhando com poder oculto.

Muito tempo atrás, naquele mesmo laboratório, magias poderosas foram executadas. Ali, os magos das três Vestes — a Branca do Bem, a Vermelha da Neutralidade e a Preta do Mal — uniram-se em aliança para criar os Orbes do Dragão — um deles estava com Raistlin. Ali, as três Vestes uniram-se na desesperada batalha final para salvar suas Torres, os bastiões da sua força, do Rei-Sacerdote de Istar e as turbas. Ali, eles fracassaram, acreditando ser melhor viver na derrota do que lutar, sabendo que sua magia poderia destruir o mundo.

Os magos foram forçados a abandonar a Torre, levando seus grimórios e outras parafernálias para a Torre da Alta Magia, oculta nas profundezas dentro da mágica Floresta de Wayreth. Foi quando abandonaram essa Torre que a maldição recaiu sobre ela. O Bosque Shoikan cresceu para protegê-la de todos os visitantes até — conforme previsto — "o mestre do passado e do presente retornar com poder".

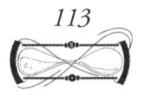

E o mestre retornou. Ele sentava-se no laboratório ancestral, curvado sobre a mesa de pedra, arrastada muito tempo atrás do fundo do mar. Entalhada com runas que protegiam de todos os encantamentos, ela era mantida longe de influências externas que pudessem afetar o trabalho do mago. A superfície da mesa era totalmente lisa e polida, em um acabamento quase espelhado. Dalamar podia ver as encadernações azul-noturnas dos grimórios que repousavam sobre ela à luz de velas.

Havia outros objetos espalhados na sua superfície, objetos horrendos e curiosos, horríveis e adoráveis: os componentes de magia do mago. Era nisso que Raistlin estava trabalhando, vasculhando um grimório, murmurando palavras suaves enquanto esmagava algo entre seus delicados dedos, deixando gotejar num frasco que segurava.

— *Shalafi* — disse Dalamar em voz baixa, usando a palavra élfica para "mestre".

Raistlin ergueu o olhar.

Dalamar sentiu aqueles olhos dourados penetrarem seu coração com uma dor indescritível. Um calafrio de medo tomou conta do elfo negro, as palavras Ele *sabe*! agitando-se em seu cérebro. Mas nada dessa emoção era externamente visível. As belas feições do elfo permaneceram fixadas, imutáveis, tranquilas. Seus olhos devolveram firmemente o olhar de Raistlin. Suas mãos permaneceram dobradas dentro das suas vestes como era apropriado.

Esse trabalho era tão perigoso que, quando *Eles* determinaram ser necessário plantar um espião dentro da moradia do mago, pediram voluntários, pois nenhum deles desejava a responsabilidade de friamente comandar alguém para aceitar essa tarefa mortal. Dalamar deu um passo adiante no mesmo momento.

A magia era o único lar de Dalamar. Originalmente de Silvanesti, não mais clamava ser nem era clamado como sendo daquela nobre raça de elfos. Nascido numa casta inferior, recebeu apenas os mais rudimentares ensinamentos nas artes mágicas, já que o aprendizado superior era para aqueles de sangue real. Mas Dalamar experimentou o poder e ele se tornou uma obsessão. Trabalhou em segredo, estudando o proibido, aprendendo maravilhas reservadas apenas aos magos élficos de posto superior. Eram as artes das trevas que mais o impressionavam e, quando foi descoberto vestindo as Vestes Pretas que nenhum elfo verdadeiro sequer poderia olhar, Dalamar foi expulso do seu lar e da sua nação. Ficou conhecido como um "elfo negro", que fica fora da luz. Isso serviu bem a Dalamar, pois desde o início ele aprendera que há poder na escuridão.

Dalamar aceitou a tarefa. Quando perguntaram seus motivos para voluntariamente arriscar a vida realizando essa tarefa, ele respondeu friamente.

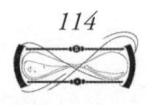

— Arriscaria minha alma pela chance de estudar com o maior e mais poderoso da nossa ordem que *já* viveu!

— É bem capaz de estar fazendo isso — respondera uma voz triste.

A memória daquela voz voltava para Dalamar em momentos estranhos, geralmente na calada da noite, que era *muito* escura dentro da Torre. Ela voltou naquele momento. Dalamar forçou-a para fora da sua mente.

— O que foi? — perguntou Raistlin gentilmente.

O mago sempre falava baixo e gentilmente, às vezes sem elevar a voz acima de um sussurro. Dalamar vira tormentas terríveis ressoando nessa câmara. Os relâmpagos e trovões o deixaram parcialmente surdo por dias. Ele esteve presente quando o mago invocou criaturas dos planos acima e abaixo para fazer sua vontade; seus gritos, lamentos e maldições ainda ressoavam em seus sonhos à noite. Ainda assim, mesmo com tudo isso, ele nunca ouviu Raistlin erguer a voz. Era sempre aquele sussurro baixo e sibilante que penetrava o caos e o colocava sob controle.

— Eventos no mundo externo, *Shalafi*, requerem sua atenção.

— De fato? — Raistlin baixou o olhar novamente, absorvido em seu trabalho.

— A dama Crysania...

A cabeça encapuzada de Raistlin se levantou rapidamente. Dalamar, lembrando-se de uma serpente prestes a atacar, recuou um passo sem sentir com aquele olhar intenso.

— O quê? Fale! — Raistlin sibilou a palavra.

— Você... você deveria vir, Shalafi — vacilou Dalamar. — Os Viventes informam...

O elfo negro falou para o ar vazio. Raistlin tinha sumido.

Dando um suspiro trêmulo, o elfo pronunciou as palavras que o levariam instantaneamente para o lado do seu mestre.

Muito abaixo da Torre da Alta Magia, nas profundezas do subsolo, ficava uma pequena sala redonda magicamente escavada na rocha que suportava a Torre. Essa sala não era originalmente parte da Torre. Conhecida como a Câmara do Ver, era uma criação de Raistlin.

Dentro do centro da pequena sala de pedra fria ficava um poço perfeitamente circular de água escura e parada. Do centro daquele poço estranho e artificial jorrava um jato de chama azul. Chegando ao teto da câmara, ela queimava eternamente, dia e noite. E ao redor, eternamente, sentavam-se os Viventes.

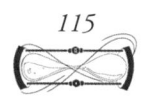

Apesar de ser o mago mais poderoso vivendo em Krynn, o poder de Raistlin estava longe de ser completo, e ninguém percebia isso mais do que o próprio mago. Ele sempre era forçadamente lembrado da sua fraqueza quando chegava nessa sala — um motivo para evitá-la, se possível, pois ali estavam os símbolos visíveis e externos dos seus fracassos, os Viventes.

Criaturas pérfidas erroneamente criadas por magias que deram errado, eram mantidas controlados nessa câmara, servindo seu criador. Ali, viviam vidas torturadas, contorcendo-se em uma sangrenta massa parecida com larvas ao redor do poço flamejante. Seus corpos molhados e reluzentes criavam um carpete tenebroso no piso, cujas pedras, gosmentas por causa do líquido que eles vazavam, só podiam ser vistas quando abriam caminho para seu criador.

Ainda assim, apesar das vidas de dor constante e terrível, os Viventes nunca reclamavam. Muito melhor que aqueles que perambulavam pela Torre, aqueles conhecidos como Morrentes...

Raistlin se materializou dentro da Câmara do Ver, uma sombra escura emergindo das trevas. A chama azul reluzia nas costuras prateadas que decoravam suas vestes, brilhando dentro do tecido preto. Dalamar surgiu ao seu lado e os dois andaram até ficar ao lado da superfície de água parada e escura.

— Onde? — perguntou Raistlin.

— Aqui, Me... mestre — balbuciou um dos Viventes, apontando com um apêndice deformado.

Raistlin se apressou até ficar ao seu lado, Dalamar acompanhando-o, suas vestes pretas produzindo um arrastar suave sobre o piso de pedra gosmento. Encarando a água, Raistlin gesticulou para Dalamar fazer o mesmo. O elfo olhou para a superfície parada, vendo por um instante apenas o reflexo do jato de chama azul. Então, chama e água se mesclaram, depois se separaram, e ele estava numa floresta. Um humano grande, vestido com uma armadura que não lhe servia, estava de pé encarando o corpo de uma jovem humana usando vestes brancas. Um kender estava ajoelhado ao lado do corpo da mulher, segurando a mão dela. Dalamar ouvia o homem grande falar tão claramente como se estivesse ao seu lado.

— *Ela morreu...*

— *Eu... eu não tenho certeza, Caramon. Acho que...*

— *Já vi mortes o bastante, pode acreditar. Ela morreu. E é tudo minha culpa... minha culpa...*

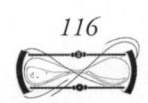

— Caramon, seu imbecil! — rosnou Raistlin com um palavrão. — O que aconteceu? O que deu errado?

Enquanto o mago falava, Dalamar viu o kender levantar o rosto.

— *Falou alguma coisa?* — *perguntou o kender ao humano, que cavava.*

— *Não. Foi só o vento.*

— *O que você está fazendo?*

— *Cavando uma cova. A gente tem que enterrar a moça.*

— Enterrá-la? — Raistlin deu uma risada breve e amarga. — Ah, claro, seu palerma idiota! É só nisso que você consegue pensar! — O mago estava exasperado. — Enterrá-la! Preciso saber o que aconteceu! — Ele virou-se para o Vivente. — O que você viu?

— E...eles acampa...param entre á... árvores, Me... mestre. — Baba pingava da boca da criatura, sua fala era quase incompreensível. — Dra... draco ma... ma...

— Draconianos? — repetiu Raistlin, espantado. — Perto de Consolação? De onde vieram?

— Nu... num sei! Num sei! — O Vivente se encolheu de medo. — Ee... eu...

— Xiiiu — alertou Dalamar, atraindo a atenção do seu mestre de volta para o poço onde o kender estava discutindo.

— *Caramon, você não pode enterrar ela! Ela...*

— *A gente não tem escolha. Eu sei que não é apropriado, mas Paladine vai garantir que a alma dela vá em paz. Não seria inteligente montar uma pira funerária, não com aqueles draconianos por perto...*

— *Mas, Caramon, eu realmente acho que você deveria vê-la! Não tem uma marca sequer no corpo dela!*

— *Eu não quero olhar! Ela morreu! É culpa minha! A gente vai enterrar ela aqui, e eu vou voltar pra Consolação, vou voltar a cavar minha própria cova...*

— *Caramon!*

— *Vá encontrar umas flores e me deixe em paz!*

Dalamar viu o grandalhão abrindo a terra molhada com suas próprias mãos, jogando-a para o lado enquanto lágrimas corriam no seu rosto. O kender permaneceu ao lado do corpo da mulher, irresoluto, o rosto coberto de sangue seco, sua expressão uma mistura de pesar e dúvida.

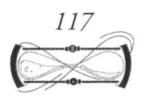

— Nenhuma marca, nenhum ferimento, draconianos surgindo do nada. — Raistlin franziu o cenho, pensativo. Ajoelhou ao lado do Vivente, que se encolheu para longe dele. — Fale. Conte-me tudo. Eu preciso saber. Por que não fui convocado antes?

— O... o dra...draco ma... mata, Me... mestre. — A voz do Vivente borbulhava de agonia. — Ma... mas o ho... homem gran... grande ma... mata também. E... e o gran... gran... grande es... escuro ve... veio! O... olhos de fo... fogo. E... eu com me...medo. E... e... eu co... com me... medo cair na... na á...água...

— Encontrei o Vivente na beira do poço quando um dos outros me avisou de que algo estranho estava acontecendo — informou Dalamar friamente. — Eu olhei na água. Sabendo do seu interesse nesta humana, pensei que...

— Deveras correto — murmurou Raistlin impaciente, cortando a explicação de Dalamar. Os olhos dourados do mago se apertaram, seus lábios finos comprimidos. Sentindo sua raiva, o pobre Vivente arrastou seu corpo para o mais longe do mago o possível. Dalamar prendeu o fôlego. Mas a raiva de Raistlin não estava voltada para eles.

— "Grande escuro, olhos de fogo"... Lorde Soth! Então, irmã, você me trai — sussurrou Raistlin. — Sinto o cheiro do seu medo, Kitiara! Covarde! Eu poderia torná-la rainha deste mundo. Poderia dar-lhe riquezas imensuráveis, poder ilimitado. Mas não. Você é, no fim das contas, um verme fraco e mesquinho!

Raistlin se levantou silenciosamente, ponderando, encarando o poço parado. Quando voltou a falar, sua voz era suave e letal.

— Não esquecerei disto, cara irmã. A sua sorte é que eu tenho assuntos mais urgentes no momento ou você estaria residindo com o lorde fantasmagórico que a serve! — O fino punho de Raistlin se cerrou, e, com um esforço óbvio, ele se forçou a relaxar. — Mas, agora, o que fazer? Preciso fazer algo antes que meu irmão plante a clériga numa canteiro de flores!

— *Shalafi*, o que aconteceu? — arriscou Dalamar. — Esta... mulher. O que ela é para você? Não compreendo.

Raistlin olhou irritado para Dalamar, prestes a retrucar sua impertinência. Mas o mago hesitou. Seus olhos dourados piscaram em um clarão de luz interna que fez Dalamar fazer uma careta, antes de voltarem a sua aparência impassível.

— Claro, aprendiz. Você saberá de tudo. Mas, primeiro...

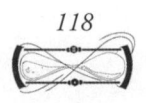

Raistlin parou. Outra figura entrou na cena da floresta que observavam tão intensamente. Era uma anã tola, coberta de camadas de roupas berrantes e espalhafatosas, arrastando uma enorme mochila atrás de si.

— Bupu! — sussurrou Raistlin, o raro sorriso tocando seus lábios. — Excelente. Mais uma vez você me servirá, pequenina.

Esticando sua mão, Raistlin tocou a água parada. Os Viventes ao redor do poço gritaram de horror, pois viram muitos da sua própria espécie cair naquela água escura só para definhar e secar e se tornar nada além de uma fumacinha, subindo com um berro no ar. Mas Raistlin simplesmente murmurou palavras suaves e retirou a mão. Com dedos brancos como mármore, um espasmo de dor atravessou seu rosto. Com pressa, ele deslizou em um bolso do seu manto.

— Observe — sussurrou ele, exultante.

Dalamar encarou a água, observando a anã tola se aproximar da forma parada e sem vida da mulher.

— *Mim ajuda!*

— *Não, Bupu!*

— *Você num gostar minha mágica! Mim embora. Mas antes ajudar moça bonita.*

— O que, em nome do Abismo... — murmurou Dalamar.

— Observe! — comandou Raistlin.

Dalamar observou a mãozinha suja da anã tola entrar na bolsa ao seu lado. Após vasculhar por vários momentos, ela ressurgiu com um objeto repulsivo — um lagarto morto e duro com um fio de couro enrolado no pescoço. Bupu se aproximou da mulher e, quando o kender tentou impedi-la, enfiou seu pequeno punho no rosto dele em aviso. Com um suspiro e uma olhada de soslaio para Caramon, que estava furiosamente cavando, seu rosto uma máscara de luto e sangue, o kender recuou. Bupu sentou-se ao lado da forma sem vida da mulher e com cuidado colocou o lagarto morto sobre o peito imóvel.

Dalamar arquejou.

O peito da mulher se moveu e as vestes brancas tremeluziram. Ela começou a respirar, profunda e tranquilamente.

O kender deu um berro.

— *Caramon! Bupu curou ela! Ela está viva! Olha!*

— Mas o quê... — O homem grande parou de cavar e cambaleou, encarando a anã com medo e espanto.

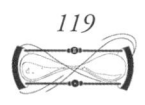

— *Lagarto cura* — disse Bupu triunfante. — *Sempre funcionar.*

— Sim, pequenina — disse Raistlin, ainda sorrindo. — Também funciona para tosses, pelo que lembro. — Ele passou a mão sobre a água parada. A voz do mago tornou-se um cântico acalentador. — Agora, irmão, durma antes que faça mais algo estúpido. Durma, kender, durma, pequena Bupu. E durma também, dama Crysania, no reino onde Paladine a protege.

Ainda entoando, Raistlin fez um gesto convidativo com a mão.

— E agora venha, Floresta de Wayreth. Vá até eles durante seu sono. Cante a eles sua canção mágica. Atraia-os para seus caminhos secretos.

O feitiço terminou. Levantando-se, Raistlin virou-se para Dalamar.

— E venha também, aprendiz. — Havia um levíssimo sarcasmo na voz que fez o elfo negro tremer — Venha ao meu estúdio. É hora de conversarmos.

Capítulo 9

Dentro do estúdio do mago, Dalamar sentou na mesma poltrona que Kitiara ocupou em sua visita. O elfo negro estava muito menos confortável, muito menos seguro do que Kitiara esteve. Mesmo assim, manteve seus medos sob controle. Por fora, ele aparentava estar relaxado, sereno. O rubor nas feições élficas pálidas poderia ser atribuído, talvez, à empolgação por ser levado ao segredo do seu mestre.

Dalamar já estivera no estúdio muitas vezes, mas não na presença do seu mestre. Raistlin passava as noites ali sozinho, estudando os tomos que revestiam suas paredes. Ninguém ousava perturbá-lo nesses momentos. Dalamar só entrava no estúdio durante as horas do dia, e só quando Raistlin estava ocupado em outro lugar. Nesses momentos, o elfo aprendiz tinha a permissão — não, a obrigação — de estudar os grimórios por conta própria, ou pelo menos alguns deles. Ele estava proibido de abrir ou até mesmo tocar naqueles com a encadernação azul-noturna.

Claro, Dalamar o fez. A encadernação era intensamente fria, tão fria que queimou sua pele. Ignorando a dor, conseguiu abrir a capa, mas fechou-a após um breve vislumbre. As palavras não tinham nexo e ele não as entendeu. Também foi capaz de detectar o feitiço de proteção conjurado sobre elas. Qualquer um que as olhasse por muito tempo sem ter a cifra apropriada para traduzi-las enlouqueceria.

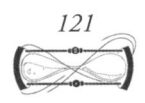

Ao ver a mão ferida de Dalamar, Raistlin perguntou o que acontecera. O elfo tranquilamente respondeu que derrubou ácido de um componente de feitiço que estava preparando. O arquimago sorriu e não disse nada. Não havia necessidade. Ambos entenderam.

Mas estava no estúdio a convite de Raistlin, sentado com seu mestre em certa igualdade de condições. Novamente, Dalamar sentiu o velho medo misturado com uma empolgação intoxicante.

Raistlin sentou a frente dele na mesa entalhada de madeira, uma mão sobre um grosso grimório de encadernação azul-noturna. Os dedos do arquimago acariciavam distraidamente o livro, correndo pelas runas de prata sobre a capa. Os olhos de Raistlin encaravam Dalamar. O elfo negro não se mexeu nem vacilou sob aquele olhar intenso e penetrante.

— Você era novo demais para ter feito o Teste — disse Raistlin de repente na sua voz suave.

Dalamar piscou. Não era o que esperava.

— Não tão jovem quanto você, Shalafi — respondeu o elfo. — Estou com meus noventa anos, o que equivale a cerca de vinte e cinco dos seus anos humanos. Você, creio eu, tinha apenas vinte e um quando fez o Teste.

— Sim — murmurou Raistlin e uma sombra passou pela pele de tom dourado do mago. — Eu tinha... vinte e um.

Dalamar viu a mão repousando sobre o grimório fechar em uma dor rápida e repentina; viu os olhos dourados se abrindo por um segundo. O jovem aprendiz não ficou surpreso com essa demonstração de emoção. O Teste é obrigatório para qualquer mago que queira praticar as artes mágicas em um nível avançado. Administrado na Torre da Alta Magia em Wayreth, é conduzido pelos líderes das três Vestes. Muito tempo antes, os magistas de Krynn perceberam o que fugiu aos clérigos: para que o equilíbrio do mundo fosse mantido, o pêndulo deveria balançar livremente entre todos os três; Bem, Mal e Neutralidade. Se um ficasse poderoso demais — qualquer um — o mundo começaria a se voltar para sua destruição.

O Teste é brutal. Os níveis elevados de magia, onde o verdadeiro poder é obtido, não é lugar para atrapalhados e ineptos. O Teste foi projetado para se livrar desses — permanentemente; a morte sendo o resultado do fracasso. Dalamar ainda tinha pesadelos com seu teste, então entendia muito bem a reação de Raistlin.

— Eu passei — sussurrou Raistlin, seus olhos voltando para aquela época. — Mas quando saí daquele lugar terrível, fiquei como estou agora.

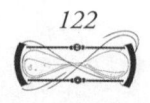

Minha pele ficou com este tom dourado, meu cabelo ficou branco, e meus olhos... — Ele voltou ao presente e olhou fixamente para Dalamar. — Você sabe o que consigo ver com estes olhos de ampulheta?

— Não, *Shalafi*.

— Vejo o tempo enquanto afeta todas as coisas — respondeu Raistlin. — A carne humana definha perante estes olhos, flores murcham e morrem, as próprias pedras desmoronam enquanto observo. É sempre inverno para a minha visão. Até você, Dalamar — Os olhos de Raistlin capturaram o jovem aprendiz naquele olhar apavorante. — Até a carne élfica que envelhece tão lentamente, a passagem dos anos lenta como a chuva na primavera... Mesmo em seu rosto jovem, Dalamar, eu vejo a marca da morte!

Dalamar tremeu e dessa vez não conseguiu esconder sua emoção. Sem perceber, ele se encolheu no estofado da poltrona. Um feitiço de escudo logo veio à sua mente, assim como (despropositalmente) um feitiço voltado para ferir, não defender. "Tolo!", rosnou para si mesmo, logo recuperando o controle, "que pífio feitiço meu poderia destruir a *ele*?"

— Deveras, deveras — murmurou Raistlin, respondendo os pensamentos de Dalamar, como era seu costume. — Não há ninguém vivo em Krynn que tenha o poder de me ferir. Certamente não você, aprendiz. Mas você é destemido, tem coragem. Muitas vezes, ficou ao meu lado no laboratório, enfrentando aqueles que arranquei de seus planos de existência. Você sabia que, se eu respirasse no momento errado, eles arrancariam os corações dos nossos corpos e os devorariam enquanto definhávamos na frente deles em tormento.

— Foi meu privilégio — murmurou Dalamar.

— Sim — respondeu Raistlin distraído, seus pensamentos abstraídos. Ele ergueu uma sobrancelha. — E você sabia, certamente, que se algo assim ocorresse, eu salvaria a mim, mas não a você?

— É claro, *Shalafi* — responde Dalamar, firme. — Eu compreendo e corro o risco... — Os olhos do elfo negro brilharam. Seus medos esquecidos, ele se inclinou para frente em sua poltrona, empolgado. — Não, *Shalafi*, eu *convido* os riscos! Eu sacrificaria qualquer coisa em prol da...

— Da magia — finalizou Raistlin.

— Sim! Em prol da magia! — clamou Dalamar.

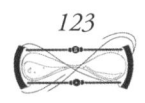

— E o poder que ela concede — assentiu Raistlin. — Você é ambicioso. Mas... quão ambicioso, me pergunto? Talvez você busque dominar sua família? Ou um reino qualquer, controlando o monarca enquanto se aproveita das riquezas das terras dele? Ou, quem sabe, uma aliança com algum lorde das trevas, com era feito nos dias do dragão, não tanto tempo atrás. Minha irmã Kitiara, por exemplo, o achou bem atraente. Ela adoraria tê-lo por perto. Particularmente se tiver algumas artes mágicas que pratique na cama...

— *Shalafi*, eu nunca profanaria...

Raistlin acenou com a mão.

— Apenas um gracejo, aprendiz. Mas você entende o que quero dizer. Alguma das opções reflete seus sonhos?

— Ora, certamente, *Shalafi*. — Dalamar hesitou, confuso. Aonde isso tudo estava levando? Para alguma informação que pudesse usar e passar adiante, esperava ele, mas quanto de si mesmo deveria revelar? — Eu...

Raistlin o cortou.

— Sim, percebo que cheguei perto. Descobri as alturas das suas ambições. Você nunca tentou adivinhar as minhas?

Dalamar sentiu um surto de alegria em seu corpo. Era *isso* que ele foi enviado para descobrir. O jovem mago lentamente respondeu.

— Por muitas vezes me perguntei, *Shalafi*. É tão poderoso... — Dalamar gesticulou para a janela onde as luzes de Palanthas podiam ser vistas, brilhando na noite. — Esta cidade, esta terra de Solamnia, este continente de Ansalon poderia ser seu.

— Este *mundo* poderia ser meu! — Raistlin sorriu, seus finos lábios se separando levemente. — Vimos as terras além dos mares, não vimos, aprendiz? Quando olhamos para a água flamejante, vemos elas e aqueles que as habitam. Controlá-los seria simples demais...

Raistlin se levantou. Andando até a janela, olhou para fora, para a cidade resplandecente abrindo-se à sua frente. Sentindo o ânimo do seu mestre, Dalamar saiu da sua poltrona e o seguiu.

— Eu poderia lhe dar este reino, Dalamar — disse Raistlin suavemente. Sua mão puxou a cortina, seus olhos descansaram sobre as luzes que cintilavam mais calorosamente que as estrelas acima. — Eu poderia não só dar o domínio sobre os seus miseráveis parentes, mas também o controle dos elfos em toda Krynn. — Raistlin deu de ombros. — Eu poderia lhe dar a minha irmã.

Virando, Raistlin ficou de frente para Dalamar, que o observava ansiosamente.

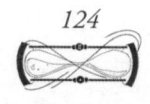

— Mas não quero nada disso — gesticulou Raistlin, deixando a cortina cair. — Nada. Minha ambição vai além.

— Mas, *Shalafi*, não sobra muito ao se dar as costas para o mundo. — Dalamar vacilou, sem entender. — A não ser que tenha visto mundos além deste, ocultos de meus olhos...

— Mundos além? — ponderou Raistlin. — Pensamento interessante. Quem sabe, um dia posso considerar esta possibilidade. Mas, não, não foi o que eu quis dizer. — O mago fez uma pausa, e com um movimento de sua mão, pediu para Dalamar se aproximar. — Você já viu a grande porta nos fundos do laboratório? A porta de aço, com runas de prata e ouro encrustadas? A porta sem fechadura?

— Sim, *Shalafi* — respondeu Dalamar, sentindo um calafrio subir que nem mesmo o estranho calor do corpo tão próximo de Raistlin podia dissipar.

— Você sabe aonde a porta leva?

— Sim... *Shalafi*. — Um sussurro.

— E você sabe por que ela não foi aberta?

— Você não pode abri-la, *Shalafi*. Apenas alguém de magia grandiosa e poderosa, junto com alguém de poderes verdadeiramente sagrados poderia abrir... — Dalamar parou, sua garganta fechando de medo, engasgando-o.

— Sim — murmurou Raistlin. — Você entende. "Alguém de poderes verdadeiramente sagrados". Agora sabe por que eu preciso dela! Agora você compreende a altura e a profundidade da minha ambição.

— Mas é loucura! — arquejou Dalamar, e depois baixou os olhos com vergonha. — Perdoa-me, Shalafi, não quis desrespeitá-lo.

— Não, e tem razão. É loucura, com meus poderes limitados. — Um traço de amargor tingiu a voz do mago. — É por isso que estou prestes a embarcar numa jornada.

— Jornada? — Dalamar ergueu o olhar. — Para onde?

— Onde não... quando — corrigiu Raistlin. — Você já me ouviu falar de Fistandantilus?

— Muitas vezes, Shalafi — disse Dalamar, sua voz quase reverente. — O maior da nossa Ordem. Aqueles são os grimórios dele, os com a encadernação azul-noturna.

— Inadequados — murmurou Raistlin, rebaixando com um só gesto toda a biblioteca. — Eu já li todos muitas vezes nestes últimos anos, desde que obtive a Chave para seus segredos da própria Rainha da Escuridão.

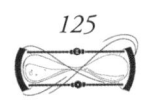

Mas eles só fazem me frustrar! — Raistlin cerrou a mão fina. — Leio estes grimórios e encontro grandes lacunas, volumes inteiros faltando! Talvez tenham sido destruídos no Cataclismo ou mais tarde, nas Guerras dos Portões Anões que foram o fim de Fistandantilus. Estes volumes perdidos, o conhecimento dele que foi perdido, me darão o poder que necessito!

— E assim sua jornada o levará... — Dalamar parou, sem acreditar.

— De volta no tempo — finalizou Raistlin, calmamente. — De volta aos dias pouco antes do Cataclismo, quando Fistandantilus estava no auge do seu poder.

Dalamar ficou tonto, seus pensamentos espiralando, confusos. O que *Eles* diriam? Entre toda a especulação Deles, Eles certamente não previram isto!

— Acalme-se, meu aprendiz. — A voz suave de Raistlin parecia chegar a Dalamar de muito longe. — Isto o perturbou. Vinho?

O mago foi até uma mesa. Erguendo um jarro, ele serviu uma pequena taça de líquido vermelho-sangue e entregou para o elfo. Dalamar aceitou com gratidão, assustado de ver sua mão tremendo. Raistlin serviu uma taça para si.

— Não costumo beber este vinho forte, mas esta noite parece-me que temos uma pequena celebração a fazer. Um brinde a... como você disse? Alguém de poderes verdadeiramente sagrados. Para dama Crysania, então!

Raistlin bebeu seu vinho em pequenos goles. Dalamar virou o seu. O líquido ardente atacou sua garganta. Ele tossiu.

— *Shalafi*, se o Vivente informou corretamente, Lorde Soth lançou um feitiço de morte contra a dama Crysania, mas ela ainda vive. Você restaurou a sua vida?

Raistlin balançou a cabeça.

— Não, só fiz com que desse sinais de vida visíveis para que meu caro irmão não a enterrasse. Não sei ao certo o que houve, mas não é difícil de adivinhar. Vendo o cavaleiro da morte na sua frente e sabendo sua sina, a Filha Reverenciada enfrentou o feitiço com a única arma que tinha, e uma arma poderosíssima: o medalhão sagrado de Paladine. O deus a protegeu, transportando sua alma aos reinos onde os deuses habitam, deixando seu corpo como uma casca no chão. Não existe ninguém, nem mesmo eu, que possa unir seu corpo e alma novamente. Apenas um alto clérigo de Paladine tem este poder.

— Elistan?

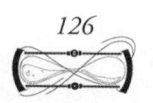

— Bah, o homem está doente, moribundo...

— Então ela está perdida!

— Não — disse Raistlin, gentilmente. — Você não consegue entender, aprendiz. Por desatenção, perdi o controle, mas logo o recuperei. Não apenas isto, farei com que tudo acabe sendo uma vantagem. Neste momento, eles se aproximam da Torre da Alta Magia. Crysania estava indo para lá, procurando a ajuda dos magos. Quando chegar, encontrará esta ajuda, assim como meu irmão.

— Você *quer* que eles a ajudem? — perguntou Dalamar, confuso. — Ela planeja destruí-lo!

Raistlin silenciosamente sorveu seu vinho, observando atentamente o jovem aprendiz.

— Pense, Dalamar. Pense e compreenderá. Porém... — O mago baixou a taça vazia. — Já o mantive aqui por tempo demais.

Dalamar olhou pela janela. A lua vermelha, Lunitari, começava a se pôr atrás dos negros cumes das montanhas. A noite estava chegando na sua metade.

— Você deve fazer a *sua* jornada e retornar antes que eu saia pela manhã — prosseguiu Raistlin. — Sem dúvida, haverá instruções de última hora, além das muitas coisas que devo deixar aos seus cuidados. Você ficará no comando daqui, claro, enquanto eu estiver fora.

Dalamar assentiu, e então franziu o rosto.

— Você falou da *minha* jornada, *Shalafi*? Mas não irei a lugar algum — O elfo negro parou, engasgando ao se lembrar que, de fato, tinha que ir a um lugar e um relatório a fazer.

Raistlin analisou o jovem elfo em silêncio, o olhar de compreensão aterrorizada que chegava ao rosto de Dalamar refletido nos olhos espelhados do mago. Então, lentamente, Raistlin avançou para o jovem aprendiz, as vestes pretas balançando gentilmente na altura dos tornozelos. Aterrorizado, Dalamar não conseguiu se mover. Feitiços de proteção fugiam da sua mente. Sua cabeça não conseguia pensar em nada, ver nada, exceto por dois olhos dourados sem emoção.

Devagar, Raistlin ergueu a mão e a pousou no peito de Dalamar, tocando as vestes pretas do jovem com as pontas de cinco dedos.

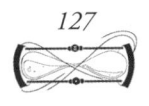

A dor foi excruciante. O rosto de Dalamar ficou branco, seus olhos se arregalaram, arquejou de agonia. Mas o elfo não foi capaz de se afastar daquele toque terrível. Aprisionado pelo olhar de Raistlin, Dalamar nem mesmo conseguiu gritar.

— Relate a eles com precisão tanto o que eu lhe contei, como o que deve ter adivinhado — sussurrou Raistlin. — E leve meus cumprimentos ao grande Par-Salian... aprendiz!

O mago retirou a mão.

Dalamar caiu no chão, apertando o peito e gemendo. Raistlin passou por ele sem sequer olhar. O elfo ouviu quando saiu da sala, o leve farfalhar das vestes pretas, a porta abrindo e fechando.

Num frenesi de dor, Dalamar rasgou suas vestes. Cinco rastros vermelhos e reluzentes de sangue corriam do seu peito, manchando o tecido preto, vazando dos cinco buracos que foram queimados na sua carne.

Capítulo

10

Caramon! Levanta! Acorda!

"Não. Estou na minha cova. É quente aqui debaixo do chão, quente e seguro. Você não pode me acordar, você não pode me alcançar. Estou escondido no barro, você não pode me encontrar."

— Caramon, você tem que ver isso! Acorda!

Uma mão empurrou a escuridão e o puxou.

"Não, Tika, vai embora! Você já me trouxe de volta à vida uma vez, de volta à dor e ao sofrimento. Você devia ter me deixado no doce reino da escuridão sob o Mar de Sangue de Istar. Mas agora finalmente encontrei a paz. Eu cavei minha cova e me enterrei."

— *Ei, Caramon, é bom você acordar e ver isso!*

"Essas palavras! Eram familiares. É claro, eu as disse! Disse a Raistlin muito tempo atrás, quando eu e ele viemos para essa floresta pela primeira vez. Então como eu poderia estar escutando isso? A não ser que eu *seja* Raistlin... Ah, é..."

Tinha uma mão na sua pálpebra! Dois dedos tentando abri-la!

Ao toque, o medo correu formigando pela corrente sanguínea de Caramon, fazendo seu coração bater assustado.

— Arghhhh! — Caramon rugiu em alarme, tentando se arrastar para a terra enquanto o olho aberto a força viu um rosto gigantesco sobre ele, o rosto de uma anã tola!

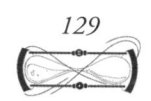

— Ele acordado — relatou Bupu para Tasslehoff — Aqui, segura o olho dele. Eu abrir o outro.

— Não! — clamou Tas rapidamente. Arrastando Bupu para longe do guerreiro, Tas a empurrou para trás de si. — Há...vai pegar água.

— Boa ideia — observou Bupu e saiu dali.

— Tá...tá tudo bem, Caramon — disse Tas, ajoelhando-se ao lado do homem grande e o afagando. — Era só Bupu. Desculpe, mas eu estava... há ...olhando para... bom, você vai ver... e esqueci de vigiá-la.

Gemendo, Caramon cobriu o rosto com sua mão. Com a ajuda de Tas, sentou-se com dificuldade.

— Sonhei que tinha morrido — disse ele com pesar. — E então vi aquele rosto... eu sabia que tudo tinha acabado. Eu estava no Abismo.

— Talvez queira ter ficado lá — disse Tas sombriamente.

Caramon ergueu o olhar ao ouvir o tom sério do kender, algo nada comum.

— Por quê? O que quer dizer? — perguntou ele com rispidez.

— Como você está se sentindo? — Em vez de responder, Tas perguntou. Caramon fez uma carranca.

— Estou sóbrio, se é isso que quer saber — murmurou o grandalhão. — E pelos deuses, eu gostaria de não estar. É isso.

Tasslehoff o analisou pensativo por um momento, então remexeu em uma algibeira e pegou uma garrafinha envolvida por couro.

— Aqui, Caramon — disse, baixinho. — Se você acha mesmo que precisa.

Os olhos do homem grande se arregalaram. Ansioso, esticou uma mão trêmula e pegou a garrafa. Tirando a rolha, ele cheirou, sorriu e levou-a aos lábios.

— Pare de me encarar! — ordenou, carrancudo, para Tas.

— Des...desculpa — Tas ruborizou. Ele se levantou. — Eu vou lá cuidar da dama Crysania...

— Crysania... — Caramon baixou o frasco sem experimentar. Ele esfregou seus olhos remelentos. — É, eu tinha esquecido. Boa ideia, vai lá cuidar dela. Na verdade, pegue ela e saia daqui. Você e aquela anã imunda! Saiam daqui e me deixem em paz! — Erguendo a garrafa aos lábios de novo, Caramon deu um longo gole. Ele tossiu uma vez, baixou a garrafa e limpou a boca com as costas da mão. — Vai — repetiu, encarando-o seriamente. — Sai daqui! Todos vocês! Me deixem em paz!

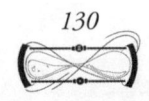

— Desculpe, Caramon — disse Tas, baixinho. — Eu realmente queria que a gente pudesse. Mas a gente não pode.

— Por quê? — rosnou Caramon.

Tas respirou fundo.

— Porque, se eu bem me lembro das histórias que Raistlin me contou, acho que a Floresta de Wayreth nos encontrou.

Caramon encarou Tas por um momento, seus olhos vermelhos arregalados.

— Impossível — disse ele após um momento, a palavra apenas um pouco mais alta do que um sussurro. — Estamos a quilômetros de lá! Eu... eu e Raist... levamos meses pra encontrar a Floresta! E a Torre fica bem ao sul daqui! Ela fica bem depois de Qualinesti, de acordo com o seu mapa — Caramon observava Tas de forma terrível. — Não é o mesmo mapa que colocava Tarsis junto do mar, né?

— Poderia ser — desviou Tas, rapidamente enrolando o mapa e o escondendo atrás das costas. — Eu tenho tantos... — Ele logo mudou de assunto. — Mas Raistlin disse que era uma floresta mágica, então acho que ela podia nos encontrar se quisesse.

— Ela é uma floresta mágica — murmurou Caramon, sua voz grave e trêmula. — É um lugar de horror. — Ele fechou os olhos e balançou a cabeça, e então, de repente, ergueu o olhar, seu rosto cheio de astúcia. — É um truque, não é? Um truque pra me impedir de beber! Oras, não vai funcionar...

— Não é truque nenhum, Caramon — suspirou Tas. Apontou. — Olha lá. Como Raistlin me descreveu uma vez.

Virando a cabeça, Caramon viu, e ele tremeu, tanto pela vista quanto pelas memórias amargas do seu irmão que isso trouxe.

O espaço onde haviam acampado era uma pequena clareira gramada a uma certa distância da trilha principal. Era cercada por bordos, pinheiros, nogueiras, e até alguns álamos. As árvores estavam começando a brotar. Caramon olhou para elas enquanto cavou a cova de Crysania. Os galhos cintilaram na luz do sol do início da manhã com aquele brilho fraco amarelo-esverdeado da primavera. Flores silvestres brotavam em suas raízes, as primeiras flores da primavera — açaflores e violetas.

Quando Caramon as olhou de novo, viu que as mesmas árvores ainda os cercavam em três lados. No quarto, o lado sul, as árvores tinham mudado.

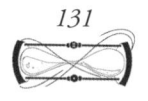

Essas árvores, a maioria morta, ficavam lado a lado, alinhadas, fileira atrás de fileira. Em alguns pontos, ao se olhar ainda mais nas profundezas da Floresta, uma árvore viva podia ser vista, como um oficial observando as colunas silenciosas das suas tropas. Nenhum sol brilhava. Uma bruma espessa e nociva saía das árvores, obscurecendo a luz. As próprias árvores eram tenebrosas de se olhar, retorcidas e deformadas, seus galhos como grandes garras imóveis. Vento algum balançava suas folhas mortas. O mais horrível, no entanto, eram as coisas se movendo dentro da Floresta. Enquanto Caramon e Tas observavam, podiam ver sombras correndo entre os troncos, espreitando pela vegetação rasteira espinhenta.

— Veja só isso — disse Tas. Ignorando o grito alarmado de Caramon, o kender correu direto para a Floresta. E ao fazer isso, as árvores deram lugar! Um caminho se abriu, levando direto para o coração tenebroso da Floresta. — Viu isso? — exclamou Tas maravilhado, parando logo antes de entrar no caminho. — E quando eu recuo...

O kender andou de costas para longe das árvores e os troncos deslizaram até se juntarem de novo, fechando as fileiras e criando uma barreira sólida.

— Tem razão — disse Caramon, rouco. — É a Floresta de Wayreth. Ela surgiu assim, certa manhã, para nós. — Ele baixou sua cabeça. — Eu não queria entrar. Tentei impedir Raist. Mas ele não tinha medo! As árvores abriram lugar pra ele, e ele entrou! "Fique junto de mim, irmão" ele me disse, "e eu o manterei seguro". Quantas vezes eu disse essas palavras pra *ele*? Ele não estava com medo! Eu sim!

De repente, Caramon se levantou.

— Vamos sair daqui! — Desvairado, pegou seu saco de dormir com mãos trêmulas e derramou o conteúdo da garrafa na sua coberta.

— Não adianta — afirmou Tas. — Eu tentei. Olha só.

Dando as costas para as árvores, o kender andou para o norte. As árvores não se moveram. Mas, inexplicavelmente, Tasslehoff estava andando *na direção* da Floresta mais uma vez. Por mais que tentasse, por mais que virasse, sempre acabava andando direto para as fileiras de árvores enevoadas e aterrorizantes.

Suspirando, Tas foi até o lado de Caramon. O kender ergueu solenemente seu olhar para os olhos manchados de lágrimas e de pálpebras vermelhas do grandalhão e esticou a pequena mão, repousando-a naquele braço que um dia foi forte.

— Caramon, você é o único que já passou por lá! Você é o único que sabe o caminho! E tem mais — apontou Tas. Caramon virou a cabeça.

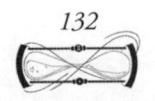

— Você perguntou sobre a dama Crysania. Lá está ela, viva, mas morta ao mesmo tempo. A pele dela é que nem gelo. Os olhos dela se fixaram num olhar terrível. Ela está respirando, o coração bate, mas o que bombeia naquele corpo dela poderia ser aquela coisa apimentada que os elfos usam para preservar os mortos! — O kender respirou profundamente, tremendo.

— Temos que arranjar ajuda para ela, Caramon. Quem sabe lá, os magos possam ajudá-la! — apontou Tas para a Floresta —Eu não consigo carregá-la. — Ele ergueu suas mãos, incapaz. — Preciso de você, Caramon. Ela precisa de você! Acho que podemos dizer que você deve isso a ela.

— Já que é culpa minha ela ter se ferido? — murmurou Caramon, selvagemente.

— Não, não quis dizer isso — disse Tas, deixando a cabeça cair e esfregando os olhos com a mão. — Não é culpa de ninguém, acho.

— Não, é culpa minha sim — disse Caramon. Tas olhou para ele, ouvindo um tom na voz de Caramon que ele não ouvia há muito, muito tempo. O grandalhão ficou ali, encarando a garrafa em suas mãos. — É hora de admitir isso. Eu culpei todo mundo, Raistlin, Tika... Mas o tempo todo eu sabia, lá no fundo, que era culpa minha. Vi isso naquele sonho. Eu estava no fundo de uma cova e entendi... esse é o fundo do poço! Não consigo mais afundar. Ou eu fico aqui e espero jogarem terra em cima de mim, como ia enterrar Crysania, ou saio — Caramon suspirou, um suspiro longo e trêmulo. De repente, decidido, botou a rolha na garrafa e a devolveu para Tas. — Aqui... Vai ser uma longa subida e acho que vou precisar de ajuda. Mas não esse tipo de ajuda.

— Ah, Caramon! — Tas abraçou a cintura dele o máximo que conseguiu, apertando forte. — Eu não estava com medo daquela floresta horrenda, não mesmo. Mas eu *estava* me perguntando como eu ia passar sozinho. Sem contar a dama Crysania e... Ah, Caramon! Estou tão feliz que ter você de volta! Eu...

— Pronto, pronto — murmurou Caramon, ruborizando de vergonha e gentilmente empurrando Tasslehoff para longe dele. — Está tudo bem. Não sei de quanta ajuda vou ser, fiquei morrendo de medo da primeira vez que entrei naquele lugar. Mas você tem razão. Talvez eles possam ajudar Crysania. — O rosto de Caramon endureceu. — Quem sabe também respondam umas perguntas que eu tenho sobre Raist. Agora onde foi aquela anã tola? E — ele olhou seu cinto. — cadê minha adaga?

— Que adaga? — perguntou Tas, pulando, olhando para a Floresta.

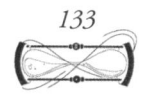

Estendeu a mão, expressão fechada, e agarrou o kender. Seu olhar foi para o cinto de Tas. Tas fez o mesmo. Seus olhos se arregalaram em espanto.

— Você quis dizer *essa* adaga? Gente do céu, como será que foi parar aí? Sabe... — disse ele, pensativo. — Aposto que você deixou cair durante a luta.

— Aham — murmurou Caramon. Rosnando, ele recuperou sua adaga e estava colocando-a de volta em sua bainha quando ouviu um som atrás de si. Girando em alarme, ele levou um balde de água gelada bem no rosto.

— Acordado agora — anunciou Bupu complacente ao soltar o balde.

Enquanto suas roupas secavam, Caramon sentou e analisou as árvores, o rosto marcado com a dor das suas memórias. Finalmente, suspirando forte, ele se vestiu, verificou suas armas e se levantou. Tasslehoff ficou ao seu lado na mesma hora.

— Vamos! — disse ele, animado.

Caramon parou.

— Para a Floresta? — perguntou ele numa voz sem esperança.

— Ora, é claro! — disse Tas, assustado. — Aonde mais?

Caramon fez uma carranca, depois suspirou, depois balançou a cabeça.

— Não, Tas, você fica aqui com a dama. Olha... — disse ele em resposta ao protesto indignado do kender. — Eu só vou entrar um pouquinho na Floresta para... dar uma olhadinha.

— Você acha que tem alguma coisa lá, não é? — Tas acusou-o. — Por isso está me fazendo ficar de fora! Você vai entrar lá e ter uma lutona. Provavelmente, vai matar alguma coisa e eu vou perder tudo!

— Duvido — murmurou Caramon. Olhando apreensivo para a Floresta enevoada, ele apertou o cinto da espada.

— Você podia me dizer o que acha que é, pelo menos — disse Tas. — E, digamos, Caramon, o que é que eu vou fazer se a coisa matar *você*? Daí posso entrar? Quanto tempo eu espero? Será que ela mata você em, por exemplo, cinco minutos? Dez? Não que eu ache que isso vai acontecer — acrescentou logo, vendo os olhos de Caramon se arregalando. — Mas eu realmente devia saber, entende, já que está me deixando no comando.

Bupu estudou o guerreiro desleixado especulativamente.

— Mim acha... dois minutos. Coisa matar ele em dois minutos. Aposta? Ela olhou para Tas.

Caramon os encarou e deu outro suspiro pesado. Tas só estava sendo lógico, no fim das contas.

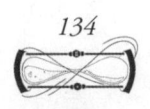

— Não sei o que esperar — murmurou Caramon. — Eu... lembro que da última vez a gente... a gente encontrou essa coisa... uma aparição. Ela... Raist... — Caramon ficou em silêncio por um momento. — Eu não sei o que você devia fazer. — Com os ombros afundando, ele se virou e lentamente começou a andar na direção da Floresta. — Dar o seu melhor, eu acho.

— Mim ter boa cobra aqui, ele dura dois minutos — disse Bupu para Tas, vasculhando sua mochila. — Quer apostar o quê?

— Xiiiu — disse Tas suavemente, vendo Caramon se afastar. Balançando a cabeça, ele foi se sentar ao lado de Crysania, que estava no chão, seus olhos vagos encarando o céu. Gentilmente, Tas puxou o capuz branco da clériga sobre a cabeça dela, cobrindo-a dos raios do sol. Ele tentou fechar os olhos vagos sem sucesso, era como se a carne tivesse virado mármore.

Raistlin parecia andar junto de Caramon a cada passo até a Floresta. O guerreiro quase podia ouvir o farfalhar suave das vestes vermelhas do seu irmão, pois eram vermelhas na época! Ele podia ouvir a voz do seu irmão — sempre gentil, sempre suave, mas com aquele sibilo leve de sarcasmo que tanto incomodava seus amigos. Mas nunca incomodou Caramon. Ele entendia, ou pelo menos achava que entendia.

As árvores da Floresta mexeram de repente com a aproximação de Caramon, da mesma forma que fizeram com a aproximação do kender.

"Da mesma forma com a nossa aproximação... quantos anos atrás," pensou Caramon. "Sete? Só sete anos, mesmo? Não...," ele entendeu tristemente. "Faz uma vida, uma vida para nós dois."

Quando Caramon chegou na beira da mata, a bruma fluiu pelo chão, resfriando seus tornozelos com um frio que cortava a carne e entrava no osso. As árvores o encararam, galhos se remexendo de agonia. Ele lembrou das matas atormentadas de Silvanesti, e isso trouxe mais memórias do seu irmão. Caramon permaneceu parado por um momento, olhando para a Floresta. Ele podia ver as formas escuras e sombrias esperando por ele. E não havia Raistlin para mantê-las longe. Não dessa vez.

— Nunca tive medo de nada até entrar pela primeira vez na Floresta de Wayreth — disse Caramon a si mesmo, suavemente. — Só entrei da última vez porque você estava comigo, meu irmão. Só a sua coragem me manteve indo em frente. Como eu conseguiria entrar lá sem você? É mágica. Eu não entendo de magia! Eu não consigo enfrentá-la! Que esperança posso ter? — Caramon botou as mãos sobre seus olhos para apagar a visão horrenda. — Não posso entrar lá — disse ele miseravelmente. — É pedir demais de mim!

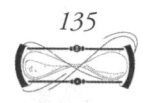

Puxando a espada da sua bainha, ele a estendeu. Sua mão tremia tanto que ele quase derrubou a arma.

— Rá! — disse ele com amargura. — Viu? Não conseguiria lutar com uma criança. É pedir demais. Sem esperança. Não há esperança...

— *É fácil ter esperança na primavera, guerreiro, quando o clima é quente e as copadeiras estão verdes. É fácil ter esperança no verão quando as copadeiras cintilam com ouro. É fácil ter esperança no outono quando as copadeiras estão vermelhas como sangue. Mas no inverno, quando o ar é ríspido e amargo e os céus se acinzentam, a copadeira morre, guerreiro?*

— Quem falou? — gritou Caramon, olhando ao redor, apertando a espada em sua mão trêmula.

— *O que faz a copadeira no Inverno, guerreiro, quando tudo é trevas e até o chão se congela? Ela se fixa, guerreiro. Manda suas raízes lá para baixo, dentro do solo, descendo para o coração quente do mundo. Lá, lá nas profundezas, a copadeira encontra a nutrição para ajudá-la a sobreviver à escuridão e ao frio, para que possa florescer novamente na primavera.*

— E daí? — perguntou Caramon desconfiado, recuando um passo e olhando ao redor.

— *Você está no inverno mais sombrio da sua vida, guerreiro. Assim, deve se fixar fundo para encontrar o calor e a força que o ajudará a sobreviver frio amargo e escuridão terrível. Você não tem mais o brotar da primavera ou o vigor do verão. Você deve encontrar a força que precisa no seu coração, na sua alma. Assim, como as copadeiras, você crescerá novamente.*

— Suas palavras são bonitas — começou Caramon, franzindo o cenho, desconfiando do papo de primavera e árvores. Mas ele não conseguiu terminar, seu fôlego parou na sua garganta.

A Floresta estava mudando bem na frente dos seus olhos.

As árvores inquietas endireitaram-se na frente dele, erguendo seus membros aos céus, crescendo, crescendo, crescendo. Ele dobrou tanto a cabeça para trás que quase perdeu o equilíbrio, e mesmo assim não conseguiu ver o topo delas. Eram árvores de copadeira! Como as de Consolação antes da vinda dos dragões. Enquanto observava, espantado, ele viu membros mortos ganharem vida: brotos verdes brotaram, abriram, floresceram em folhas verdes e reluzentes que viraram o dourado-verão, estações mudando enquanto ele respirava trêmulo.

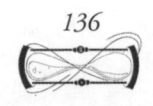

A bruma nociva sumiu, substituída por uma fragrância doce vinda das belas flores que cresciam entre as raízes das copadeiras. A escuridão da floresta sumiu, o sol brilhou sua luz forte sobre as árvores trepidantes. Conforme a luz do sol tocava as folhas das árvores, os cantos de pássaros encheram o ar perfumado.

    Plácida a floresta, plácidas mansões aperfeiçoadas
Onde brotamos e não mais deterioramos, árvores verdes sempre,
    Fruto maduro que não cai, riachos calmos e límpidos
Como vidro, como o coração em repouso neste longo dia.

    Debaixo destes galhos a rendição do movimento,
Deixados na beirada os cantos dos pássaros, cantos de amor
    Com todas as febres, as falhas de memória.
Plácida a floresta, plácidas mansões aperfeiçoadas.

    E luz sobre luz, luz como negação da escuridão,
Debaixo destes galhos sombra alguma, pois sombra esquecida
    No calor da luz e do aroma fresco das folhas
Onde brotamos e não mais deterioramos, árvores verdes sempre.

    Cá é quieto, onde a música revira o silêncio,
Cá na beira imaginada do mundo, onde claridade
    Completa os sentidos, onde por fim testemunhamos
Fruto maduro que não cai, riachos calmos e límpidos.

    Onde lágrimas são secadas de nossos rostos, ou se acalmam,
Aquietadas como um riacho em terras sucedidas de paz,
    E viajante abre, permitindo a jornada da luz
Como ar, como o coração em repouso neste longo dia.

    Plácida a floresta, plácidas mansões aperfeiçoadas
Onde brotamos e não mais deterioramos, árvores verdes sempre,
    Fruto maduro que não cai, riachos calmos e límpidos
Como ar, como o coração em repouso neste longo dia.

Os olhos de Caramon se encheram de lágrimas. A beleza da música perfurou seu coração. Havia esperança! Ele encontraria todas as respostas dentro da Floresta! Encontraria a ajuda que tanto procurava.

— Caramon! — Tasslehoff pulava sem parar, animado. — Isso é maravilhoso! Como você fez isso? Ouviu os pássaros? Vamos! Vamos logo.

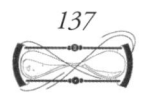

— Crysania — disse Caramon, começando a virar. — Precisamos fazer uma liteira. Você precisa ajudar... — Antes que pudesse terminar, ele parou, encarando com espanto duas figuras de vestes brancas que deslizavam para fora da mata dourada. Os capuzes brancos cobriam suas cabeças e ele não pôde ver os rostos. Ambas se curvaram para ele solenemente e depois andaram pela clareira até onde Crysania estava em seu sono parecido com a morte. Erguendo o corpo dela com facilidade, elas gentilmente a levaram de volta aonde Caramon estava. Chegando à beira da Floresta, pararam, virando suas cabeças encapuzadas e o olhando com expectativa.

— Acho que estão esperando você ir primeiro, Caramon — disse Tas, alegre. — Vai na frente, eu vou pegar Bupu.

A anã tola permanecia sentada no centro da clareira, olhando a Floresta com profunda suspeita, que Caramon, olhando para as figuras de vestes brancas, logo compartilhou.

— Quem são vocês? — perguntou ele.

Elas não responderam. Só ficaram lá, aguardando.

— Quem liga para quem elas são! — disse Tas, impaciente, segurando Bupu e a arrastando, a mochila quicando nos calcanhares dela.

Caramon fez uma carranca.

— Vocês primeiro. — Ele gesticulou para as figuras de vestes brancas. Elas não disseram nada e nem se moveram.

— Por que estão me esperando entrar na Floresta? — Caramon recuou um passo. — Vão em frente — Gesticulou ele. — Levem a dama para a Torre. Vocês podem ajudar ela. Vocês não precisam de mim...

As figuras não falaram, mas uma ergueu a mão, apontando.

— Vamos logo, Caramon — implorou Tas. — Olha, parece que ele estava convidando a gente!

Não seremos incomodados, irmão... Fomos convidados! Palavras de Raistlin, pronunciadas sete anos atrás.

— Magos nos convidaram. Eu não confio neles. — Caramon suavemente repetiu a resposta que deu na época.

De repente, o ar foi preenchido com gargalhadas — gargalhadas estranhas, soturnas, sussurrantes. Bupu abraçou a perna de Caramon, agarrando-se nele aterrorizada. Até Tasslehoff pareceu um pouco desconcertado. Então veio uma voz, do mesmo jeito que Caramon ouviu sete anos atrás.

E isto me inclui, caro irmão?

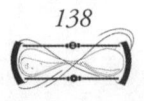

Capítulo

11

A horrível aparição se aproximava cada vez mais. Crysania estava possuída por um medo como ela nunca conhecera, um medo que ela jamais pensou ser possível. Conforme encolhia-se na frente da coisa, Crysania, pela primeira vez na sua vida, contemplou a morte, a sua própria. Não era a transição pacífica até um reino abençoado que ela sempre acreditou existir. Era dor selvagem e escuridão tenebrosa, dias e noites eternos passados invejando os vivos.

Ela tentou pedir ajuda, mas sua voz falhou. Não haveria ajuda de qualquer forma. O guerreiro bêbado estava numa poça de seu próprio sangue. Suas artes curativas o salvaram, mas ele dormiria por longas horas. O kender não podia ajudá-la. Nada poderia ajudá-la contra isso...

A figura das trevas continuava a se aproximar, cada vez mais próxima. Corra! gritou sua mente. Seus membros não obedeciam. Tudo o que podia fazer era se arrastar para trás, e seu corpo parecia se mexer sozinho, sem qualquer direção dela. Ela nem mesmo podia virar o olhar. As luzes alaranjadas e tremulas que eram seus olhos a seguraram ali.

Ele ergueu uma mão, uma mão espectral. Podia ver através dela, através dele, enxergando as árvores cobertas pela sombra da noite atrás.

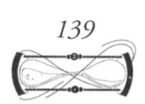

A lua prateada estava no céu, mas não era sua luz brilhante que reluzia na armadura antiga de um Cavaleiro de Solamnia há muito morto. A criatura brilhava com uma luz própria insalubre, cintilando com a energia da sua podridão pérfida. A mão se erguia cada vez mais, e Crysania sabia que quando chegasse na altura do seu coração, ela iria morrer.

Através de lábios dormentes de medo, Crysania invocou um nome.

— Paladine — orou ela. O medo não a deixou, ela não conseguia tirar sua alma daquele olhar terrível de olhos ardentes. Mas sua mão foi para sua garganta. Segurando o medalhão, ela o arrancou do pescoço. Sentindo sua força ser drenada, a consciência se esvaindo, Crysania ergueu a mão. O medalhão de platina capturou a luz de Solinari e se iluminou em um branco-azulado. A aparição horrenda falou.

— Morra!

Crysania se sentiu caindo. Seu corpo atingiu o chão, mas o chão não a pegou. Ela caiu através dele, ou para longe dele. Caindo... caindo... fechando os olhos... dormindo... sonhando...

Ela estava em um bosque de carvalhos. Mãos brancas a agarravam pelos pés, bocas abertas ansiavam por beber seu sangue. A escuridão não tinha fim, as árvores zombavam dela, seus galhos rangendo em risos horríveis.

— Crysania — disse uma voz suave e sussurrante.

O que era isso, pronunciando seu nome nas sombras dos carvalhos? Ela podia ver algo, de pé em uma clareira, vestido de preto.

— Crysania — repetiu a voz.

— Raistlin! — Ela chorou de gratidão. Tropeçando para fora do terrível bosque de carvalhos, fugindo das mãos brancas como osso que queriam arrastá-la para se juntar ao seu tormento infindável, Crysania sentiu braços finos abraçando-a. Ela sentiu o estranho toque ardente dos dedos esguios.

— Descanse, Filha Reverenciada — disse a voz suavemente. Tremendo nos braços dele, Crysania fechou seus olhos. — Seus testes acabaram. Você chegou em segurança ao Bosque. Não há nada a temer, minha dama. Você tinha o meu talismã.

— Sim — murmurou Crysania. Sua mão tocou a testa onde os lábios dele pressionaram sua pele. Então, percebendo o que ela tinha passado e notando também que o deixou vê-la cedendo à fraqueza, Crysania saiu dos braços do mago. Afastando-se, ela o analisou friamente.

— Por que você se cerca de coisas tão pérfidas? — exigiu ela. — Por que sente a necessidade de tais... tais guardiões? — A voz dela vacilou contra sua vontade.

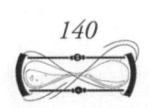

Raistlin a olhou brandamente, seus olhos dourados brilhando na luz do seu cajado.

— Com que tipo de guardiões você se cerca, Filha Reverenciada? — perguntou ele. — Que tormento eu sofreria se fosse pisar na propriedade sagrada do Templo?

Crysania abriu a boca para uma resposta franca, mas as palavras morreram em seus lábios. De fato, o Templo *era* terra consagrada. Sagrada à Paladine, se qualquer um que adorasse a Rainha da Escuridão entrasse na sua propriedade, sentiria a fúria de Paladine. Crysania viu Raistlin sorrir, os finos lábios tremendo de leve. Ela sentiu sua pele ruborizar. Como ele era capaz de fazer isso com ela? Nunca um homem foi capaz de humilhá-la tanto! Nunca um homem jogou sua mente em tamanha confusão!

Desde a noite que ela encontrou Raistlin no lar de Astinus, Crysania não foi capaz de bani-lo dos pensamentos. Ela estava ansiosa para visitar a Torre nessa noite, ansiosa e temerosa ao mesmo tempo. Ela contou a Elistan tudo sobre sua conversa com Raistlin, tudo menos o "talismã" que ele lhe deu. De alguma forma, ela não foi capaz de contar a Elistan que Raistlin a tocou, a... Não, ela não mencionaria.

Elistan já estava incomodado o bastante. Ele conhecia Raistlin, conhecera o jovem de antes: o mago estava entre os companheiros que resgataram o clérigo da prisão de Verminaard em Pax Tharkas. Nunca gostou nem confiou em Raistlin, mas ninguém o fazia, não de verdade. O clérigo não se surpreendeu ao saber que o jovem mago vestiu as Vestes Pretas. Não ficou surpreso ao ouvir o aviso que Paladine deu à Crysania. Mas ele se surpreendeu sim com a reação de Crysania ao conhecer Raistlin. Ficou surpreso e alarmado ao ouvir que Crysania fora convidada a visitar Raistlin na Torre, o local onde batia o coração do mal em Krynn. Elistan teria proibido Crysania de ir, mas o livre-arbítrio é um ensinamento dos deuses.

Ele contou a Crysania seus pensamentos e ela respeitosamente ouviu. Mas ela foi para a Torre, atraída por uma isca que sequer poderia entender, apesar de ter dito para Elistan que era para "salvar o mundo".

— O mundo está muito bem, obrigado — respondeu Elistan, sério.

Mas Crysania não ouviu.

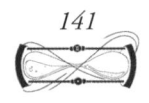

— Entre — disse Raistlin. — Um pouco de vinho ajudará a banir as memórias malignas do que você sofreu. — Ele a analisou intensamente. — Você é muito corajosa, Filha Reverenciada — disse e ela não ouviu sarcasmo em sua voz. — Poucos são aqueles com a força para sobreviver ao terror do Bosque.

Ele se virou e Crysania ficou contente por isso. Sentiu-se corar com o elogio.

— Fique perto de mim — alertou ele enquanto andava a frente dela, suas vestes pretas farfalhando suavemente nos seus tornozelos. — Fique na luz do meu cajado.

Crysania fez como pedido, notando enquanto andava perto dele como a luz do cajado fazia suas vestes brancas brilharem tão friamente quanto à luz da lua de prata, um contraste incrível com o estranho calor emitido sobre as vestes pretas aveludadas de Raistlin.

Ele a guiou através dos terríveis Portões. Ela os encarou com curiosidade, lembrando-se da história tenebrosa do mago maligno que se lançou contra eles, amaldiçoando-os com seu último suspiro. Coisas sussurravam e balbuciavam ao redor dela. Mais de uma vez, ela se virou para o som, sentindo dedos frios no pescoço ou o toque de uma mão gélida sobre a dela. Mais de uma vez, viu movimento no canto do seu olho e, ao olhar, viu que não havia nada lá. Uma névoa pérfida subiu do chão, fedendo com o cheiro de podre, fazendo os ossos dela doerem. Ela começou a tremer descontroladamente e quando, de repente, olhou para trás e viu dois olhos incorpóreos, deu um passo apressado adiante e passou sua mão ao redor do fino braço de Raistlin.

Ele a olhou com curiosidade e um divertimento gentil que a fez ruborizar mais uma vez.

— Não há o que temer — disse ele simplesmente. — Sou o mestre aqui. Não deixarei que você seja ferida.

— Eu... eu não tenho medo — disse ela, apesar de saber que ele podia sentir o corpo dela tremendo. — Eu... estava só... incerta dos meus passos, apenas isto.

— Peço perdão, Filha Reverenciada — disse Raistlin, e ela não tinha certeza se havia sarcasmo na voz dele ou não. Ele parou. — Foi falta de educação minha permitir que você andasse por este terreno nada familiar sem oferecer minha assistência. Sente que está mais fácil de andar agora?

— Sim, bastante — disse ela, ruborizando profundamente sob aquele olhar estranho.

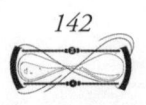

Ele não disse nada, apenas sorriu. Ela baixou os olhos, incapaz de se virar para ele, e eles voltaram a andar. Crysania se repreendeu por seu medo até chegar na Torre, mas não removeu sua mão do braço do mago. Nenhum deles falou até chegarem na porta para a Torre. Era uma porta simples de madeira com runas entalhadas no exterior da sua superfície. Raistlin não falou nada, não fez nenhum movimento que Crysania pudesse ver, mas, ao se aproximarem, a porta se abriu lentamente. A luz irradiava lá de dentro e Crysania se sentiu tão animada por seu calor brilhante e receptivo que, por um instante, ela não viu outra figura contornada dentro dela.

Quando a avistou, ela parou e recuou em alarme.

Raistlin tocou sua mão com dedos finos e ardentes.

— É apenas meu aprendiz, Filha Reverenciada — disse ele. — Dalamar é carne e sangue e está entre os vivos, pelo menos por enquanto.

Crysania não entendeu a última observação, nem deu muita atenção, ouvindo a risada oculta na voz de Raistlin. Ela estava assustada demais só pelo fato de pessoas *viverem* ali. "Que tolice," repreendeu-se. "Que tipo de monstro imaginei ser este homem? Ele *é* um homem, nada mais. Ele é humano, é carne e sangue." O pensamento a aliviou e a relaxou. Atravessando a porta, ela se sentia quase como si mesma. Ela estendeu a mão para o jovem aprendiz da mesma forma que faria com um novo acólito.

— Meu aprendiz, Dalamar — disse Raistlin, gesticulando para ele. — A Dama Crysania, Filha Reverenciada de Paladine.

— Dama Crysania — disse o aprendiz com gravidade digna, aceitando a mão dela e a levando aos lábios, curvando-se de leve. Ergueu a cabeça e o capuz preto que obscurecia seu rosto caiu para trás.

— Um elfo! — arquejou Crysania. A mão dela permaneceu na dele. — Mas não é possível — começou ela, confusa. — Não servindo o mal...

— Sou um elfo negro, Filha Reverenciada — disse o aprendiz, e ela notou o amargor na voz dele. — Pelo menos é assim que meu povo me chama.

Crysania murmurou de vergonha.

— Desculpe. Eu não queria...

Ela vacilou e se silenciou, sem saber para onde olhar. Quase podia sentir Raistlin rindo dela. Mais uma vez, ele a pegou desequilibrada. Irritada, arrancou a mão do toque frio do aprendiz e tirou sua outra mão do braço de Raistlin.

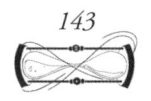

— A Filha Reverenciada teve uma jornada exaustiva, Dalamar — disse Raistlin. — Por favor, leve-a ao meu estúdio e sirva-lhe uma taça de vinho. Com sua permissão, dama Crysania. — Curvou-se o mago. — Há assuntos que requerem minha atenção. Dalamar, você proverá imediatamente qualquer coisa que a dama necessitar.

— Certamente, *Shalafi* — responde Dalamar, com respeito.

Crysania não disse nada enquanto Raistlin saía, tomada de repente por uma sensação de alívio e uma exaustão dormente. Assim deve se sentir o guerreiro batalhando por sua vida contra um oponente habilidoso, observou em silêncio conforme seguia o aprendiz por uma escadaria estreita e tortuosa que subia.

O estúdio de Raistlin não era nada como ela esperava.

"O que eu esperava?" perguntou-se ela. Certamente, não aquela sala agradável, cheia de livros estranhos e fascinantes. A mobília era atraente e confortável, fogo ardia na lareira, enchendo a sala com um calor muito bem-vindo após o frio da caminhada até a Torre. O vinho que Dalamar serviu era delicioso. O calor do fogo pareceu entrar no seu sangue quando ela deu um gole.

Dalamar trouxe uma pequena mesinha ornamentada e a deixou perto da sua mão direita. Em cima, colocou uma cesta de frutas e um pedaço de pão cheiroso e quentinho.

— Que fruta é esta? — perguntou Crysania, pegando um pedaço e examinando maravilhada. — Nunca vi nada assim antes.

— De fato não viu, Filha Reverenciada — respondeu Dalamar, sorrindo. Diferente de Raistlin, notou Crysania, o sorriso do jovem aprendiz se refletia em seus olhos. — *Shalafi* requisitou direto da Ilha de Mithas.

— Mithas? — repetiu Crysania, espantada. — Mas fica do outro lado do mundo! Os minotauros vivem lá. Eles não permitem que ninguém entre no seu reino! Quem a traz?

Ela teve uma visão repentina e aterrorizante do ser que talvez tivesse sido invocado para trazer tais deleites para um mestre como aquele. Apressadamente, devolveu a fruta para a cesta.

— Experimente, dama Crysania — disse Dalamar, sem nenhum traço de divertimento em sua voz. — Você a achará deliciosa. A saúde do *Shalafi* é delicada. Há pouquíssimas coisas que ele pode tolerar. Ele pouco come além desta fruta, pão e vinho.

O medo de Crysania se esvaiu.

— Sim — murmurou ela, seus olhos indo para a porta sem que percebesse. — Ele é muito frágil, não? E aquela tosse ... — Sua voz estava suave com pena.

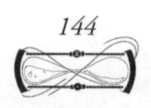

— Tosse? Ah, sim — disse Dalamar suavemente — A... tosse dele. — Ele não continuou e, se Crysania achou estranho, logo se esqueceu ao contemplar a sala.

O aprendiz ficou quieto por um momento, esperando para ver se ela precisava de mais alguma coisa. Quando Crysania não falou, fez uma mesura.

— Se não precisa de mais nada, dama, irei me retirar. Tenho meus próprios estudos a fazer.

— É claro. Ficarei bem aqui — disse Crysania, saindo dos seus pensamentos com um susto. — Então ele é o seu professor — disse ela, entendendo de repente. Foi a sua vez de olhar intensamente para Dalamar. — Ele é um bom professor? Você aprende com ele?

— Ele é o mais capacitado entre todos da nossa Ordem, dama Crysania — disse Dalamar suavemente. — Ele é brilhante, habilidoso, controlado. Apenas um outro já foi tão poderoso quanto ele, o grande Fistandantilus. E meu *Shalafi* é jovem, apenas vinte e oito. Se ele viver, conseguiria até...

— Se ele viver? — repetiu Crysania e ficou irritada por ter deixado sem querer um tom de preocupação pegar em sua voz. "É correto sentir-se preocupada," disse para si mesma. "Afinal, ele é uma das criaturas dos deuses. Toda vida é sagrada."

— A Arte é repleta de perigos, minha dama — prosseguiu Dalamar. — E agora, com sua licença...

— Certamente — murmurou Crysania.

Curvando-se de novo, Dalamar silenciosamente saiu da sala, fechando a porta depois de passar. Brincando com a taça de vinho, Crysania olhou para as chamas dançantes, perdida em devaneios. Ela não ouviu a porta se abrir, se é que se abriu. Ela sentiu dedos tocando seu cabelo. Com um arrepio, olhou ao redor apenas para ver Raistlin sentado em uma cadeira de costas altas atrás da sua escrivaninha.

— Deseja que eu peça algo mais? Está tudo ao seu agrado? — perguntou ele, educado.

— Si... sim — gaguejou Crysania, soltando sua taça de vinho para que ele não visse suas mãos tremendo. — Tudo está ótimo. Mais do que ótimo, na verdade. Seu aprendiz... Dalamar? Muito encantador.

— Não é mesmo? — disse Raistlin secamente. Ele colocou as pontas dos cinco dedos de cada mão juntos e as repousou na mesa.

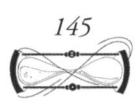

— Que mãos maravilhosas você tem — disse Crysania, sem pensar. — Como os dedos são esguios e maleáveis, e tão delicados. — Entendendo o que acabara de dizer, ela ruborizou e gaguejou. — Mas... mas creio que é um requisito da sua Arte...

— Sim — disse Raistlin, sorrindo, e dessa vez Crysania pensou ter visto um prazer genuíno em seu sorriso. Ele estendeu as mãos para a luz das chamas. — Quando eu era apenas uma criança, era capaz de maravilhar e agradar meu irmão com os truques que estas mãos podiam realizar, já naquela época.

Pegando uma moeda dourada em um dos bolsos secretos das vestes, Raistlin colocou a moeda nos nós dos dedos da sua mão. Sem esforço, ele a fez dançar e girar e rodopiar na mão. Ela sumia e reaparecia naqueles dedos. Girando no ar, ela sumiu, reaparecendo na outra mão. Crysania arquejou, admirada. Raistlin olhou para ela, e ela viu o sorriso de prazer se retorcer em dor.

— Sim — disse ele. — Era minha habilidade, meu talento. Isso divertia as outras crianças. Às vezes, impedia que me machucassem.

— Machucá-lo? — perguntou Crysania hesitante, atingida pela dor na voz dele.

Ele não respondeu de início, os olhos na moeda dourada que ainda mantinha na sua mão. Então ele respirou fundo.

— Posso imaginar sua infância — murmurou ele. — Você vem de uma família rica, pelo que ouvi falar. Deve ter sido amada, abrigada, protegida, recebeu tudo o que queria. Você era admirada, procurada, adorada.

Crysania não conseguiu responder. Ela se sentiu tomada de culpa repentina.

— Como foi diferente a minha infância. — De novo, aquele terrível sorriso de dor. — Meu apelido era o Astuto. Eu era frágil e fraco. E esperto demais. Eles eram tão tolos! Suas ambições tão mesquinhas... Como meu irmão, que nunca foi mais fundo do que seu prato de comida! Ou minha irmã, que viu a única forma de alcançar seus objetivos na espada. Sim, eu era fraco. Sim, eles me protegeram. Mas um dia, jurei que não precisaria da proteção deles! Eu chegaria à grandeza por conta própria, usando meu dom, *minha magia*.

Sua mão se fechou, sua pele dourada ficou pálida. De repente, ele começou a tossir, a tosse debilitante e terrível que retorcia seu corpo frágil.

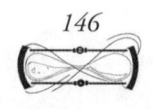

Crysania se levantou, seu coração cheio de dor. Mas ele gesticulou para ela se sentar. Pegando um pano de um bolso, limpou o sangue dos lábios.

— E este foi o preço que paguei pela minha magia — disse ele quando foi capaz de falar novamente. Sua voz não era muito mais alta do que um sussurro. — Eles arrasaram meu corpo e me deram esta visão desgraçada, para que tudo o que eu veja, morra diante de meus olhos. Mas valeu a pena, valeu tudo a pena! Pois tenho o que busquei, poder. Eu não preciso deles, de nenhum deles, agora.

— Mas este poder é maligno! — disse Crysania, inclinando para frente e observando Raistlin com ansiedade.

— É? — perguntou Raistlin de supetão. Sua voz era branda. — A ambição é maligna? A busca por poder, por controlar os outros, é maligna? Se sim, temo, dama Crysania, que você deveria trocar estas vestes brancas por pretas.

— Como ousa? — gritou Crysania, chocada. — Eu não...

— Ah, você sim — disse Raistlin, dando de ombros. — Você não teria trabalhado tão duro para chegar à posição que tem na igreja sem ter alguma ambição, o desejo por poder. — Ele se inclinou para frente. — Você nunca disse para si mesma: estou destinada a algo *grandioso*? *Minha* vida será diferente da vida dos outros. Eu não estou contente em apenas esperar o mundo passar. Quero esculpi-lo, controlá-lo, moldá-lo!

Aprisionada pelo olhar ardente de Raistlin, Crysania não conseguiu se mexer nem falar. "Como ele pode saber?," perguntou-se ela, aterrorizada. "Será que ele pode ler os segredos do meu coração?"

— Isto é maldade, dama Crysania? — repetiu Raistlin gentilmente, insistindo.

Devagar, Crysania balançou a cabeça. Devagar, ergueu a mão para suas têmporas pulsantes. Não, não era maldade. Não do jeito que ele falava, mas algo não estava certo. Ela não conseguia pensar. Ela estava confusa demais. Tudo o que estava na sua mente era: "*Como somos parecidos, ele e eu!*"

Ele estava em silêncio, esperando que ela falasse. Ela tinha que dizer alguma coisa. Com pressa, ela bebeu um gole de vinho para ter tempo de ajeitar seus pensamentos bagunçados.

— Talvez eu tenha estes desejos — disse ela, esforçando-se para encontrar as palavras. — Mas, se tiver, minha ambição não é para mim. Uso minhas habilidades e talentos para outros, para ajudar os outros. Uso pela igreja...

— A igreja! — zombou Raistlin.

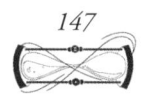

A confusão de Crysania sumiu, substituída por raiva fria.

— Sim — respondeu ela, sentindo-se em terreno seguro e protegido, cercada pelo bastião da sua fé. — Foi o poder do bem, o poder de Paladine, que expulsou o mal do mundo. É este poder que busco. O poder que...

— Expulsou o mal? — interrompeu Raistlin.

Crysania piscou. Seus pensamentos a tinham empolgado. Ela nem estava totalmente ciente do que estava falando.

— Ora, sim...

— Mas o mal e o sofrimento ainda existem no mundo — persistiu Raistlin.

— Por causa daqueles como você! — gritou Crysania com paixão.

— Ah, não, Filha Reverenciada — disse Raistlin. — Não por ato meu. Veja... — Ele gesticulou para que ela se aproximasse com uma mão, enquanto a outra procurava nos bolsos secretos das suas vestes.

Cautelosa e desconfiada, Crysania não se mexeu, encarando o objeto que ele pegou. Era um pequeno pedaço redondo de cristal, cheio de cores, muito parecido com uma bola de gude. Pegando um apoio prateado do canto da sua escrivaninha, Raistlin colocou a bola no topo. A coisa parecia ridícula, pequena demais para o apoio ornamentado. E então Crysania arquejou. A bola estava crescendo! Ou talvez ela estivesse diminuindo! Não tinha certeza. Mas o globo de vidro agora estava do tamanho certo e repousava confortavelmente sobre o apoio de prata.

— Olhe dentro dele — disse Raistlin suavemente.

— Não — recuou Crysania, encarando o globo com medo. — O que é isso?

— Um orbe do dragão — respondeu Raistlin, seu olhar a capturando. — É o único que restou em toda Krynn. Ele obedece aos meus comandos. Não permitirei que você se machuque. Olhe dentro do orbe, dama Crysania, a não ser que tema a verdade.

— Como saberei que me mostrará a verdade? — exigiu Crysania, sua voz tremendo. — Como saberei que não está me mostrando apenas o que você ordenar a me mostrar?

— Se soubesse como os orbes do dragão eram feitos tempos atrás saberia que foram criados pelas três Vestes: a Branca, a Preta e a Vermelha. — respondeu Raistlin. — Eles não são ferramentas do mal, nem são ferramentas do bem. Eles são tudo e nada. Você usa o medalhão de Paladine...

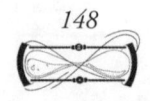

— O sarcasmo voltou — E é forte em sua fé. Poderia eu forçá-la a ver algo que não queria ver?

— O que eu verei? — sussurrou Crysania, uma curiosidade e um estranho fascínio a atraindo para perto da escrivaninha.

— Apenas o que seus olhos viram, mas se recusaram a enxergar.

Raistlin colocou seus finos dedos sobre o vidro, entoando palavras de comando. Hesitante, Crysania se inclinou sobre a escrivaninha e olhou para dentro do orbe do dragão. De início, não viu nada dentro do globo de vidro exceto por uma leve cor verde rodopiante. E então ela recuou. Havia mãos dentro do orbe! Mãos que se esticavam...

— Não tema — murmurou Raistlin. — As mãos vêm por mim.

E, de fato, enquanto ele falava, Crysania viu as mãos dentro do orbe se esticando e tocando as mãos de Raistlin. A imagem sumiu. Cores vibrantes e loucas rodopiaram selvagemente dentro do orbe por um instante, deixando Crysania tonta com sua luz e seu brilho. Sumiram também. Ela viu...

— Palanthas — disse ela, assustada. Flutuando na névoa da manhã, podia ver a cidade inteira, brilhando como uma pérola, esticando-se na frente dos seus olhos. A cidade começou a subir na sua direção ou talvez ela estivesse caindo. Agora ela flutuava sobre a Cidade Nova, agora estava sobre o Muro, agora estava dentro da Cidade Velha. O Templo de Paladine erguia-se a sua frente, o terreno belo e sagrado pacífico e sereno na luz do sol da manhã. E então estava *atrás* do Templo, olhando sobre um muro alto.

Ela prendeu o fôlego.

— O que é isto? — perguntou ela.

— Você nunca havia visto? — respondeu Raistlin. — Este beco tão perto do terreno sagrado?

Crysania balançou a cabeça.

— Não — responde ela, sua voz vacilando. — Mas deveria. Vivi em Palanthas minha vida toda. Conheço toda...

— Não, dama — disse Raistlin, as pontas dos dedos levemente acariciando a superfície cristalina do orbe do dragão. — Não, você conhece muito pouco.

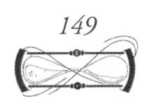

Crysania não conseguiu responder. Ele falou a verdade, aparentemente, pois não conhecia essa parte da cidade. Repleto de lixo, o beco era escuro e tenebroso. A luz do sol da manhã não conseguia passar pelos edifícios que se inclinavam sobre a rua como se não tivessem mais energia para ficar retos. Crysania reconheceu os edifícios. Ela os viu pela frente. Eles costumavam armazenar de tudo, desde grãos até barris de vinho e cerveja. Mas como pareciam diferentes quando vistos de frente! E quem eram estas pessoas, esta gente miserável?

— Elas vivem lá — respondeu Raistlin sua pergunta não pronunciada.

— Onde? — perguntou Crysania em horror. — Lá? Por quê?

— Elas vivem onde podem. Cavando no coração da cidade como vermes, elas se alimentam da sua podridão. Quanto ao porquê? — Raistlin deu de ombros. — Elas não têm mais aonde ir.

— Mas isto é terrível! Contarei a Elistan. Vamos ajudá-las, dar dinheiro...

— Elistan sabe — disse Raistlin suavemente.

— Não, ele não sabe! Isso é impossível!

— Você sabia. Se não sobre isto, sobre outros lugares na sua bela cidade que não são tão belos.

— Eu não... — começou Crysania com raiva, e então parou. Memórias a banharam em ondas: sua mãe tapando seu rosto enquanto cavalgavam em sua carruagem por certas partes da cidade, seu pai logo fechando as cortinas das janelas da carruagem ou se inclinando para fora para falar ao cocheiro que pegasse uma estrada diferente.

A cena tremeluziu, as cores turbilharam, ela sumiu e foi substituída por outra, e depois outra. Crysania observou em agonia o mago arrancar a fachada perolada da cidade, mostrando as trevas e corrupção que estavam embaixo dela. Bares, bordéis, casas de apostas, os estaleiros, as docas... todas vomitavam seu lixo de miséria e sofrimento na frente da visão chocada de Crysania. Incapaz de tapar seu rosto, sem cortinas para fechar. Raistlin a arrastou para dentro, levou-a para perto dos desalentados, dos famintos, dos abandonados, dos esquecidos.

— Não — suplicou ela, balançando a cabeça e tentando se afastar da escrivaninha. — Por favor, não me mostre mais nada.

Mas Raistlin não teve pena. As cores fizeram um turbilhão e saíram de Palanthas. O orbe do dragão os carregou pelo mundo, e por onde Crysania olhava, via mais horrores. Anões tolos, uma raça abandonada por seus parentes anões, vivendo na imundície em qualquer lugar de Krynn que encontrassem e que mais ninguém quisesse. Humanos aguentando uma existência miserável em terras onde a chuva parou de cair. Os elfos selvagens, escravizados pelo seu próprio povo. Clérigos, usando seu poder para enganar e enriquecer às custas daqueles que confiaram neles.

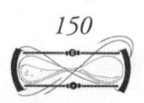

Era demais. Urrando, Crysania cobriu seu rosto com as mãos. A sala balançava debaixo dos seus pés. Cambaleando, quase caiu. Os braços de Raistlin estavam em volta dela. Ela sentiu aquele estranho calor ardente do seu corpo e o toque suave do veludo preto. Havia um cheiro de especiarias, pétalas de rosas e outros odores mais misteriosos. Ela podia ouvir a respiração rasa chiando nos pulmões dele.

Gentilmente, Raistlin levou Crysania de volta para a poltrona. Ela sentou-se, rapidamente se afastando do toque dele. A proximidade dele era repelente e atraente ao mesmo tempo, ampliando seus sentimentos de perda e confusão. Ela desejava desesperadamente que Elistan estivesse ali. Ele saberia, ele entenderia. Pois tinha de haver uma explicação! Tamanho sofrimento, tamanha maldade não deveria ser permitida. Sentindo-se vazia e oca, encarou o fogo.

— Não somos tão diferentes. — A voz de Raistlin parecia vir das chamas. — Vivo em minha Torre, dedicando-me aos meus estudos. Você vive em sua Torre, dedicando-se à sua fé. E o mundo gira ao nosso redor.

— E este é o verdadeiro mal — disse Crysania para as chamas. — Sentar e não fazer nada.

— Agora você compreende — disse Raistlin. — Não mais me contento em sentar e observar. Estudei longos anos por um motivo, com um objetivo. E agora ele está ao meu alcance. Eu farei a diferença, Crysania. Eu mudarei o mundo. *Este* é o meu plano.

Crysania rapidamente ergueu seu olhar. Sua fé estava abalada, mas seu cerne era forte.

— Seu plano! É o plano que Paladine me alertou em meu sonho. Este plano para mudar o mundo causará a destruição do mundo! — Apertou a mão em seu colo. — Você não deve prosseguir com ele! Paladine...

Raistlin fez um gesto impaciente com sua mão. Seus olhos dourados brilharam e, por um momento, Crysania se encolheu, tendo um vislumbre dos fogos em brasa dentro do homem.

— Paladine não impedirá — disse Raistlin. — Pois eu busco destronar seu maior inimigo.

Crysania encarou o mago, sem entender. Que inimigo seria esse? Que inimigo poderia Paladine ter nesse mundo? O significado do que Raistlin dizia ficou mais claro. Crysania sentiu o sangue fugir do seu rosto, o medo frio a fazendo tremer quase convulsionando. Incapaz de falar, ela balançou a cabeça. A enormidade da ambição dele e dos seus desejos era aterradora demais, impossível demais para sequer se contemplada.

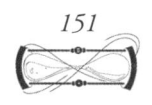

— Ouça — disse ele suavemente. — Deixarei tudo claro...

E ele contou seus planos. Ela sentou-se pelo que pareceram ser horas na frente do fogo, capturada por aqueles estranhos olhos dourados, hipnotizada pelo som suave da voz sussurrante, ouvindo-o contar das maravilhas da sua magia e da magia agora perdida, as maravilhas descobertas por Fistandantilus.

A voz de Raistlin silenciou. Crysania sentou-se por longos momentos, perdida, vagando em um reino muito distante de qualquer um que ela conhecia. O fogo queimava baixo na hora cinza antes do amanhecer. A sala ficou mais clara. Crysania tremeu na câmara repentinamente gelada.

Raistlin tossiu e Crysania o olhou assustada. Ele estava pálido de exaustão, seus olhos pareciam febris, suas mãos tremiam. Crysania se levantou.

— Peço desculpas — disse ela, sua voz baixa. — Mantive-o acordado a noite toda, e você não está bem. Eu devo ir.

Raistlin levantou com ela.

— Não se preocupe com minha saúde, Filha Reverenciada — disse ele com um sorriso torto. — O fogo que arde dentro de mim é combustível o bastante para aquecer este corpo quebrado. Dalamar a acompanhará de volta pelo Bosque Shoikan, se desejar.

— Sim, obrigada — murmurou Crysania. Ela esqueceu que deveria voltar por aquele lugar maligno. Respirando fundo, ela estendeu a mão para Raistlin. — Obrigada por se encontrar comigo — começou, formal. — Espero que...

Raistlin pegou a mão na dele, o toque da sua carne macia ardendo. Crysania olhou nos olhos dele. Ela se viu refletida lá, uma mulher sem cor vestida de branco, seu rosto contornado por seu cabelo escuro e preto.

— Você não pode fazer isto — sussurrou Crysania. — É errado, você deve ser impedido. — Ela segurou a mão dele com firmeza.

— Prove-me que é errado — respondeu Raistlin, puxando-a para perto. — Mostre-me que este é o mal. Convença-me que os métodos do bem são os meios pra salvar o mundo.

— Você me ouvirá? — perguntou Crysania com alegria. — Você está cercado pela escuridão. Como posso alcançá-lo?

— A escuridão se abriu, não foi? — disse Raistlin. — A escuridão se abriu e você entrou.

— Sim... — Crysania de repente estava ciente do toque da mão dele, do calor do corpo dele. Ruborizando desconfortavelmente, ela recuou um passo. Removendo a mão da dele, ela a esfregou como se doesse.

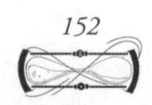

— Adeus, Raistlin Majere — disse ela, sem olhar nos olhos dele.

— Adeus, Filha Reverenciada de Paladine — disse ele.

A porta se abriu e Dalamar estava ali, apesar de Crysania não ter ouvido Raistlin convocar o jovem aprendiz. Puxando o capuz branco sobre seu cabelo, Crysania deu as costas para Raistlin e passou pela porta. Descendo pela escadaria cinza de pedra, ela podia sentir os olhos dourados dele queimando pelas vestes dela. Quando chegou na escadaria estreita e tortuosa que descia, a voz dele chegou até ela.

— Talvez Paladine não a tenha enviado para me impedir, dama Crysania. Talvez ele a tenha enviado para me ajudar.

Crysania parou e olhou para trás. Raistlin sumiu, o corredor cinza estava sombrio e vazio. Dalamar permaneceu em silêncio ao lado dela, aguardando.

Lentamente, puxando as dobras das suas vestes brancas para não tropeçar, Crysania desceu as escadas.

E continuou a descer... descer... descer... para um sono sem fim.

Capítulo

12

A Torre da Alta Magia em Wayreth servia há séculos como o último posto de magia do continente de Ansalon. Foi para lá que os magos foram expulsos, quando o Rei-Sacerdote ordenou que saíssem das outras torres. Para lá eles foram, deixando a Torre de Istar, agora debaixo das águas do Mar de Sangue, deixando a Torre de Palanthas, amaldiçoada e escurecida.

A Torre em Wayreth era uma estrutura imponente, uma visão bizarra. Os muros externos formavam um triângulo equilátero. Uma pequena torre ficava em cada ângulo da forma geométrica perfeita. No centro, ficavam as duas torres principais, levemente inclinadas, levemente retorcidas, apenas o bastante para fazer quem as visse piscar e pensar: "Elas estão tortas?"

Os muros eram feitos de pedra negra. Polidos até ficarem tinindo, brilhavam forte à luz do sol e à noite refletiam a luz das duas luas, espelhando a escuridão da terceira. Havia runas entalhadas na superfície da pedra, runas de poder e força, escudo e proteção; runas que prendiam as pedras umas às outras; runas que prendiam as pedras no chão. Os topos dos muros eram lisos. Não havia ameias para soldados. Não havia necessidade.

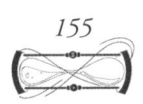

Longe de qualquer lugar civilizado, a Torre de Wayreth era cercada por sua mata mágica. Ninguém que não pertencia ali podia entrar, ninguém vinha até ali sem um convite. E assim os magos protegeram seu último bastião de força, defendendo-o bem do mundo de fora.

Mesmo assim, a Torre não era sem vida. Aprendizes de magia ambiciosos vinham de todo o mundo para fazer o rigoroso (e às vezes fatal) Teste. Magos de status elevado chegavam todos os dias, prosseguindo seus estudos, reunindo, discutindo, conduzindo experimentos perigosos e delicados. Para eles, a Torre ficava aberta dia e noite. Podiam ir e vir quando bem quisessem, fossem Vestes Pretas, Vestes Vermelhas, Vestes Brancas.

Apesar de distantes em suas filosofias, nos seus métodos de ver e viver com o mundo, todas as Vestes se reuniam em paz na Torre. Discussões acaloradas só eram toleradas se servissem ao avanço da Arte. Qualquer tipo de briga era proibido e a pena era uma morte rápida e terrível.

A Arte. Era a única coisa que unia todos eles. Ela sua primeira lealdade, independente de quem fossem, de quem servissem, de que cor eram suas vestes. Os jovens que calmamente enfrentavam a morte ao concordar em fazer o Teste entendiam isso. Os magos anciões que vinham dar seu último suspiro e ser sepultados dentro dos muros familiares entendiam isso. A Arte — Magia. Era pai, mãe, amante, cônjuge, prole. Ela solo, fogo, ar, água. Era vida. Era morte. Era além da morte.

Par-Salian pensou nisso tudo enquanto estava dentro dos seus aposentos na torre mais ao norte das duas altas tores, observando Caramon e seu pequeno grupo avançar pelos portões.

Conforme Caramon se lembrava do passado, Par-Salian também o fazia. Poderia ser remorso?

"Não," disse ele silenciosamente, observando Caramon avançar pelo caminho, sua espada de batalha batendo nas suas coxas flácidas. "Não me arrependo do passado. Foi me dada uma escolha terrível, e eu a fiz. Quem pode questionar os deuses? Eles exigiram uma espada. Eu encontrei uma. E, assim como toda espada, ela tinha dois lados."

Caramon e seu grupo chegaram ao portão externo. Não havia guardas. Um sinete de prata ressoou nos aposentos de Par-Salian.

O velho mago ergueu a mão. Os portões se abriram.

Adentraram os portões externos da Torre da Alta Magia no crepúsculo. Tas olhou ao redor, assustado. Estava de manhã poucos momentos atrás. Ou pelo menos parecia ser de manhã! Olhando para cima, podia ver raios vermelhos atravessando o céu, reluzindo sinistramente nos muros polidos da Torre.

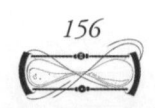

Tas balançou a cabeça.

— Como é que se vê as horas aqui? — perguntou a si mesmo. Ele estava num vasto pátio cercado pelos muros internos e as duas torres internas. O pátio era sinistro e estéril. Pavimentado com laje cinza, ele parecia frio e nada amistoso. Nenhuma flor germinava, nenhuma árvore irrompia a monotonia constante da pedra cinza. E estava vazio, notou Tas desapontado. Não havia absolutamente ninguém por perto, ninguém à vista.

Ou havia? Tas teve um vislumbre de movimento no canto do seu olho, uma tremulação de branco. Mesmo virando rapidamente, no entanto, ficou espantado ao notar que sumiu! Não tinha ninguém lá. E então, ele viu, pelo canto do outro olho, um rosto e uma mão e uma manga vermelha. Ele olhou diretamente... e também sumiu! De repente, Tas teve a impressão de estar cercado de pessoas, indo e vindo, falando, ou só sentadas e olhando, até mesmo dormindo! Mesmo assim, o pátio continuava silencioso, continuava vazio.

— Devem ser os magos fazendo o Teste! — disse Tas espantado. — Raistlin me contou que eles viajavam por todos os lugares, mas nunca imaginei algo assim! Será que eles conseguem me ver? Será que eu podia tocar num deles, Caramon, se eu... Caramon?

Tas piscou. Caramon sumiu! Bupu sumiu! As figuras de vestes brancas e dama Crysania sumiram! Ele estava sozinho!

Não por muito tempo. Houve um clarão de luz amarela, um cheiro horrível, e um mago de vestes pretas de pé bem na frente dele. O mago estendeu uma mão, a mão de uma mulher.

— Você foi convocado.

Tas engoliu seco. Lentamente, ele estendeu a sua mão. Os dedos da mulher se fecharam ao redor do pulso dele. Ele tremeu ao toque frio deles.

— Talvez eu vá ser magificado! — disse ele a si mesmo, esperançoso.

O pátio, os muros de pedra negra, os raios vermelhos de sol, a laje cinza, tudo começou a se dissolver ao redor de Tas, esvaindo-se nos cantos da sua visão como uma pintura encharcada de água da chuva. Mesmo encantado, o kender sentiu as vestes pretas da mulher envolvendo-o. Ela as envolveu ao redor do queixo dele...

Quando Tasslehoff recuperou os sentidos, ele estava deitado em um piso de pedra muito duro e muito frio. Ao seu lado, Bupu roncava tranquila. Caramon estava se sentando, balançando a cabeça, tentando organizar os pensamentos.

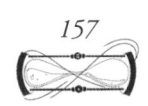

— Ai. — Tas massageou a nuca. — Que acomodações mais estranhas, Caramon — reclamou ele ao se levantar. — Eu achei que teriam pelo menos camas mágicas. E se quisessem que alguém puxasse uma soneca, não era mais fácil só dizer em vez de...ah...

Ouvindo a voz de Tas se esvair em algum tipo de gorgolejo, Caramon ergueu rapidamente os olhos.

Eles não estavam sozinhos.

— Eu conheço esse lugar — sussurrou Caramon.

Eles estavam numa grandiosa câmara feita de obsidiana. Era tão larga que seu perímetro se perdia nas sombras, tão alta que seu teto ficava obscurecido. Nenhum pilar a sustentava, nenhuma luz a iluminava. E mesmo assim havia luz, mas nenhuma fonte era avistada. Era uma luz pálida, branca — não amarela. Fria e sem alegria, sem dar nenhum calor.

Da última vez que Caramon estivera nessa câmara, a luz vinha de um velho vestido em vestes brancas, sentado sozinho em uma grande cadeira de madeira. Dessa vez, a luz vinha do mesmo velho, mas ele não estava mais sozinho. Um semicírculo de cadeiras de pedra estava ao redor dele — vinte e uma, mais exatamente. O velho de vestes brancas sentava-se no centro. À sua esquerda, estavam três figuras indistintas, fossem homens ou mulheres, humanos ou outra raça, era difícil de dizer. Capuzes cobriam seus rostos e usavam vestes vermelhas. À esquerda deles, sentavam-se seis figuras, todas vestidas de preto. Havia uma cadeira vazia entre elas. À direita do velho sentavam-se mais quatro figuras de vermelho e, à direita deles, seis vestidas de branco. A dama Crysania estava no chão na frente deles, seu corpo num colchonete branco coberto de linho branco.

Apenas o rosto do velho era visível entre todo o Conclave.

— Boa noite — disse Tasslehoff, curvando-se e recuando e se curvando e recuando até bater em Caramon. — Quem *é* essa gente? — sussurrou alto o kender. — E o que estão fazendo no nosso quarto?

— O velho no centro é Par-Salian — disse Caramon suavemente. — E não estamos num quarto. Esse é o salão central, o Salão dos Magos ou coisa assim. É bom acordar a anã tola.

— Bupu! — Tas chutou a anã que roncava com seu pé.

— Filhudumgolefomi — rosnou ela, rolando de lado, olhos bem fechados. — Vai embora. Mim dormindo.

— Bupu! — Tas ficou desesperado; os olhos do velho pareciam atravessá-lo. — Ei, acorda. Jantar.

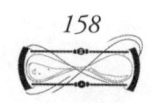

— Jantar! — Abrindo os olhos, Bupu se levantou. Olhando ao redor ansiosa, ela avistou as vinte figuras encapuzadas, silenciosamente sentadas, seus rostos invisíveis.

Bupu gritou como um coelho torturado. Com um salto convulsivo, ela se jogou sobre Caramon e envolveu seus braços em torno do tornozelo dele num agarre mortal. Ciente dos olhos cintilantes que o observavam, Caramon tentou balançar a perna até tirá-la, mas foi impossível. Ela se prendeu nele como uma sanguessuga, tremendo, olhando os magos aterrorizada. Por fim, Caramon desistiu.

O rosto do velho pareceu se mexer no que pode ter sido um sorriso. Tas viu Caramon olhar para baixo, ciente das suas roupas fedidas. Ele viu o grandalhão cutucar sua papada com a barba por fazer e passar a mão pelos cabelos desgrenhados. Envergonhado, ele ruborizou e sua expressão endureceu. Quando falou, foi com uma dignidade simples.

— Par-Salian — disse Caramon, as palavras ressoando alto demais no salão vasto e sombrio — Lembra-se de mim?

— Lembro-me de você, guerreiro — disse o mago. A voz dele era suave, mas ecoava na câmara. Um último suspiro teria ressoado naquela câmara.

Ele não disse mais nada. Nenhum dos outros magos falou. Caramon se remexeu desconfortável. Por fim, ele gesticulou para dama Crysania.

— Eu a trouxe aqui na esperança de que pudessem ajudá-la. Vocês podem? Ela ficará bem?

— Não está em nossas mãos se ela ficará bem ou não — respondeu Par-Salian. — Cuidar dela está além das nossas habilidades. Para protegê-la do feitiço que o cavaleiro da morte lançou, um feitiço que certamente significaria sua morte, Paladine ouviu sua última oração e enviou sua alma para habitar em seus reinos pacíficos.

A cabeça de Caramon se curvou.

— É culpa minha — disse ele em voz rouca. — E... eu falhei com ela. Talvez eu pudesse...

— Protegê-la? — Par-Salian balançou a cabeça. — Não, guerreiro, você não seria capaz de protegê-la do Cavaleiro da Rosa Negra. Você teria perdido a própria vida na tentativa. Não é verdade, kender?

Tas, de repente tendo o olhar dos olhos azuis do velho sobre si, sentiu seu corpo inteiro formigar.

— Si... sim — gaguejou ele. — Eu... eu vi... aquela... coisa. — Tasslehoff tremeu.

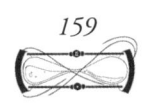

— Isto vindo de alguém que não teme nada — disse Par-Salian brandamente. — Não, guerreiro, não se culpe. E não perca as esperanças nela. Por mais que nós não sejamos capazes de restaurar a sua alma para seu corpo, conhecemos aqueles que podem. Mas, primeiro, conte-me por que a dama Crysania nos procurou. Pois sabemos que ela estava procurando a Floresta de Wayreth.

— Não tenho certeza — balbuciou Caramon.

— Ela veio por causa de Raistlin — intrometeu-se Tas para ajudar. Mas sua voz soou estridente e destoante no salão. O nome ressoou de forma sinistra. Par-Salian fechou o rosto, Caramon se virou para encará-lo. As cabeças cobertas dos magos se mexeram levemente, como se se entreolhassem, as vestes farfalhando suavemente. Tas engoliu seco e se silenciou.

— Raistlin — o nome sibilou suavemente dos lábios de Par-Salian. Ele encarou Caramon intensamente. — O que uma clériga do bem tem a ver com seu irmão? Por que ela partiu nesta jornada perigosa por causa dele?

Caramon balançou a cabeça, incapaz ou sem querer falar.

— Você sabe do mal dele? — pressionou Par-Salian.

Caramon, teimoso, recusou-se a responder, seu olhar estava fixo no piso de pedra.

— Eu sei — começou Tas, mas Par-Salian fez um leve movimento com sua mão e o kender se aquietou.

— Você sabe que agora acreditamos que ele pretende conquistar o mundo? — prosseguiu Par-Salian, suas palavras implacáveis atingindo Caramon como dardos. Tas podia ver o homem vacilar. — Junto de sua meia-irmã, Kitiara, ou Senhora das Trevas, como é conhecida dentre as próprias tropas, Raistlin começou a reunir exércitos. Ele possui dragões, cidadelas voadoras. E além disso, sabemos...

Uma voz zombeteira ressoou pelo salão.

— Você não sabe de nada, ó Grandioso. Você é um tolo!

As palavras chegaram como gotas d'água num lago parado, fazendo ondulações de movimento se espalharem entre os magos. Assustado, Tas virou, procurando a fonte da estranha voz, e viu, atrás de si, uma figura surgindo das sombras. Suas vestes pretas farfalhavam ao passar por eles até ficar de frente com Par-Salian. Naquele momento, a figura removeu seu capuz.

Tas sentiu Caramon enrijecer.

— O que foi? — sussurrou o kender, incapaz de ver.

— Um elfo negro! — murmurou Caramon.

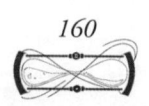

— É mesmo? — disse Tas, seus olhos se iluminando. — Sabe, em todos os anos que vivi em Krynn, nunca vi um elfo negro. — O kender começou a avançar, apenas para ser capturado pelo colarinho da túnica. Tas guinchou de irritação enquanto Caramon o puxava de volta, mas nem Par-Salian ou a figura de vestes pretas pareceram notar a interrupção.

— Acho que deve se explicar, Dalamar — disse Par-Salian baixinho. — Por que sou um tolo?

— Conquistar o mundo! — zombou Dalamar. — Ele não planeja conquistar o mundo! O mundo não significa nada para ele. Ele poderia ter o mundo amanhã, esta noite, se assim quisesse!

— E então o que ele quer? — Essa pergunta veio de um mago de vestes vermelhas sentado perto de Par-Salian.

Tas, espiando pelo braço de Caramon, viu as feições delicadas e cruéis do elfo negro relaxarem em um sorriso, um sorriso que fez o kender se arrepiar.

— Ele quer se tornar um deus — respondeu Dalamar suavemente. — Ele desafiará a própria Rainha da Escuridão. Este é seu plano.

Os magos não falaram nada, não se moveram, mas o silêncio parecia se revirar entre eles como correntes de ar enquanto encaravam Dalamar com olhos cintilantes que não piscavam.

E então Par-Salian suspirou.

— Acho que você o superestima.

Houve um som de rasgo, o som de roupa sendo rasgada. Tas viu os braços do elfo puxando e rasgando o tecido das suas vestes.

— Isto é superestimá-lo? — clamou Dalamar.

Os magos se inclinaram para frente, e um arquejo sussurrou pelo vasto salão como um vento frio. Tas tentou ver, mas a mão de Caramon o segurou com força. Irritado, Tas olhou para o rosto de Caramon. Ele não estava curioso? Mas Caramon parecia desprovido de emoções.

— Vocês veem a marca da mão dele em mim — sibilou Dalamar. — Mesmo agora a dor é quase mais do que posso suportar. — O jovem elfo fez uma pausa, e então acrescentou por dentes cerrados. — Ele me disse para que eu desse os cumprimentos dele a você, Par-Salian!

A cabeça do grande mago se curvou. A mão elevando para apoiá-la tremia como se estivesse doente. Ele pareceu velho, débil, exausto. Por um momento, o mago sentou-se com seus olhos cobertos, e então ergueu a cabeça e olhou intensamente para Dalamar.

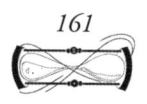

— Então nossos piores medos se concretizaram. — Os olhos de Par-Salian se apertaram numa interrogação. — Ele sabe que nós o enviamos...

— Para espioná-lo? — Dalamar riu, amargamente. — Sim, ele sabe! — O elfo cuspia as palavras. — Ele sempre soube. Ele estava me usando, usando todos nós, para seus próprios fins.

— Acho tudo isto muito difícil de acreditar — alegou o mago de vestes vermelhas numa voz branda. — Todos admitimos que o jovem Raistlin certamente é poderoso, mas acho este assunto sobre desafiar uma deusa deveras ridículo... deveras ridículo de fato.

Houve afirmações murmuradas de ambas as metades do semicírculo.

— Ah, acha mesmo? — perguntou Dalamar, e havia uma suavidade letal em sua voz. — Então permitam-me contar a vocês, tolos, de que não têm ideia do significado da palavra *poder*. Não no que concerne a ele! Vocês não são capazes de imaginar a profundidade do seu poder, nem ver suas alturas! Eu sou! Eu vi... — Dalamar fez uma pausa por um momento, a voz perdendo a raiva e ficando cheia de admiração — eu vi coisas que nenhum de vocês ousa imaginar! Andei pelos reinos dos sonhos com meus olhos abertos! Vi beleza suficiente para explodir corações de tanta dor. Penetrei nos pesadelos, testemunhei horrores... — Ele tremeu. — Horrores tão inomináveis e terríveis que implorei para ser morto para não ter que vê-los! — Dalamar olhava pelo semicírculo, capturando todos em seu olhar brilhante de olhos escuros. — E todas estas maravilhas *ele* invocou, *ele* criou, *ele* trouxe à vida com sua magia.

Não havia som, ninguém se mexeu.

— Você é sábio em ter medo, ó Grandioso — a voz de Dalamar afundou num sussurro. — Mas seja qual for o tamanho do seu medo, você não o teme o bastante. Ah, sim, ele não detém o poder para atravessar aquele limiar tenebroso. Mas ele o procura. Mesmo enquanto falamos ele se prepara para a longa jornada. Ao meu retorno, amanhã, ele partirá.

Par-Salian ergueu a cabeça.

— Seu retorno? — perguntou ele, chocado. — Mas ele sabe o que você é, um espião, enviado por nós, o Conclave, seus colegas. — O olhar do grande mago foi para a cadeira que estava vazia entre as Vestes Pretas, e depois ele se levantou. — Não, jovem Dalamar. Você é muito corajoso, mas não posso permitir que retorne ao que indubitavelmente seria a tortura até a morte pelas mãos dele.

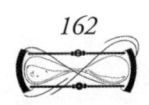

— Vocês não podem me impedir — disse Dalamar, e não havia emoção em sua voz. — Eu já disse, daria a alma para estudar com alguém como ele. E agora, mesmo que custe a minha vida, ficarei com ele. Ele está me esperando e me deixa no comando da Torre da Alta Magia na sua ausência.

— Ele o deixa de guarda? — disse desconfiado o mago de vestes vermelhas. — Você, que o traiu?

— Ele me conhece — disse Dalamar amargamente. — Ele sabe que me capturou. Ele afligiu meu corpo e secou minha alma, e ainda assim volto para a teia. E nem serei o primeiro a fazê-lo... — Dalamar gesticulou para a forma branca e parada que se deitava no colchão na sua frente. Então, virando um pouco, o elfo olhou de soslaio para Caramon. — Serei, *irmão*? — disse ele com uma zombaria.

Finalmente Caramon pareceu disposto a agir. Furioso, soltou Bupu do seu pé e avançou um passo, com o kender e a anã tola seguindo-o logo atrás.

— Quem é esse? — exigiu Caramon, de cara fechada para o elfo negro. — O que está acontecendo? De quem vocês estão falando?

Antes que Par-Salian pudesse responder, Dalamar se virou de frente para o grandalhão.

— Sou chamado de Dalamar — disse friamente o elfo. — E falo em nome do seu irmão gêmeo, Raistlin. Ele é meu mestre. Eu sou seu aprendiz. Eu sou, além disso, um espião, enviado por esta bela companhia que vê na sua frente para relatar os afazeres do seu irmão.

Caramon não respondeu. Talvez nem tenha ouvido. Seus olhos, arregalados de horror, estavam fixados no peito do elfo negro. Seguindo o olhar de Caramon, Tas viu cinco buracos queimados e ensanguentados na carne de Dalamar. O kender engoliu seco, sentindo-se enjoado de repente.

— Sim, a mão do seu irmão fez isso — observou Dalamar, adivinhando os pensamentos de Caramon. Sorrindo sombriamente, o elfo negro segurou as metades rasgadas das suas vestes pretas com a mão e as fechou, escondendo as feridas. — Não importa — murmurou ele. — Foi apenas o que eu mereci.

Caramon se virou, o rosto tão pálido que Tas colocou sua mão na mão dele, temendo que ele fosse desmaiar. Dalamar observou Caramon com escárnio.

— Qual é o problema? Não acreditava que ele fosse capaz disso? — O elfo balançou a cabeça, descrente, os olhos varrendo a reunião na sua frente. — Não, você é como o resto deles. Tolos... todos vocês, tolos!

Os magos murmuraram juntos, algumas vozes raivosas, algumas temerosas, a maioria duvidosa. Por fim, Par-Salian ergueu a mão pedindo silêncio.

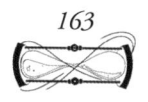

— Conte-nos, Dalamar, o que ele planeja. A não ser, claro, que ele o tenha proibido de dizer. — Havia um tom irônico na voz do mago que o elfo negro não falhou em captar.

— Não — Dalamar sorriu sombriamente. — Sei dos planos dele. O bastante, no caso. Ele até mesmo perguntou se eu seria capaz de relatá-los para vocês com precisão.

Houve palavras murmuradas e roncos de zombaria com isso. Mas Par-Salian só pareceu ficar mais preocupado, se é que era possível.

— Prossiga — continuou ele, quase sem voz.

Dalamar inspirou.

— Ele voltará no tempo, aos dias logo antes do Cataclismo, quando o grande Fistandantilus estava no auge do seu poder. É intenção de meu *Shalafi* encontrar este grande mago, estudar com ele e recuperar as obras de Fistandantilus que sabemos que foram perdidas durante o Cataclismo. Pois meu *Shalafi* crê, pelo que leu nos grimórios que obteve da Grande Biblioteca de Palanthas, que Fistandantilus aprendeu como atravessar o limiar que existe entre deuses e humanos e assim o grande mago foi capaz de prolongar sua vida após o Cataclismo para lutar nas Guerras Anãs. E assim, ele foi capaz de sobreviver à terrível explosão que devastou as terras de Dergoth. E assim, ele foi capaz de viver até encontrar um novo receptáculo para sua alma.

— Eu não estou entendendo nada! Digam o que está acontecendo! — exigiu Caramon, avançando com raiva. — Ou eu derrubo esse lugar sobre as cabeças miseráveis de vocês! Quem é Fistandantilus? O que ele tem a ver com meu irmão?

— Xiiiu — disse Tas, olhando apreensivamente para os magos.

— Nós entendemos, kenderken — disse Par-Salian, sorrindo gentilmente para Tas. — Entendemos a raiva e o luto dele. E ele está certo, devemos-lhe uma explicação. — O velho mago suspirou. — Talvez tenha sido errado o que eu fiz. E ainda assim... será que eu tive escolha? Estaríamos aqui hoje se eu não tivesse tomado a decisão que tomei?

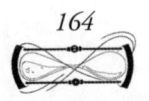

Tas viu Par-Salian se virar para os magos que estavam sentados ao seu lado, e percebeu que a resposta de Par-Salian servia para eles tanto quanto para Caramon. Muitos baixaram seus capuzes e Tas podia ver seus rostos. A raiva marcava os rostos daqueles vestindo as vestes pretas, tristeza e medo se refletiam nos rostos pálidos dos que vestiam branco. Entre as vestes vermelhas, um homem em particular chamou a atenção de Tas, principalmente por seu rosto liso, impassível, enquanto seus olhos estavam sombrios e ativos. Era o mago que duvidou do poder de Raistlin. Para Tas, parecia que era para esse homem que Par-Salian dirigia suas palavras.

— Há mais de sete anos, Paladine apareceu para mim. — Os olhos de Par-Salian encaravam as sombras. — O grande deus me alertou que uma era de terror iria engolir o mundo. A Rainha da Escuridão tinha despertado os dragões malignos e planejava declarar guerra com as pessoas para conquistá-las. "Um dentre a sua Ordem você escolherá para ajudar a enfrentar este mal." Paladine me contou. "Escolha bem, pois esta pessoa será tal como uma espada para atravessar a escuridão. Não pode contar-lhe nada do que guarda o futuro, pois pelas decisões dele, e as decisões de outros, seu mundo permanecerá ou cairá para sempre na noite eterna."

Par-Salian foi interrompido por vozes raivosas, vindo particularmente daqueles vestindo as vestes pretas. Par-Salian os olhou de soslaio, seus olhos um clarão. Naquele momento, Tas viu revelado o poder e a autoridade que residiam naquele velho mago débil.

— Sim, talvez eu devesse ter levado o assunto para o Conclave — disse Par-Salian, sua voz ríspida. — Mas na época acreditei, como acredito agora, que a decisão era minha. Eu sabia bem as horas que o Conclave passaria fazendo birra entre si, eu sabia bem que nenhum de vocês concordaria! Tomei minha decisão. Algum de vocês desafia meu direito de tomá-la?

Tas prendeu o fôlego, sentindo a fúria de Par-Salian tomar o ambiente como um trovão. Os Vestes Pretas afundaram de volta em seus assentos de pedra, murmurando. Par-Salian ficou em silêncio por um momento, depois seus olhos voltaram para Caramon e o olhar severo deles relaxou.

— Eu escolhi Raistlin — disse eles.

Caramon fez cara feia.

— Por quê? — exigiu ele.

— Tive meus motivos — disse Par-Salian gentilmente. — Alguns deles não posso explicar, nem mesmo agora. Mas posso contar-lhe isto: ele nasceu com o dom. E isso é o mais importante. A magia habita fundo dentro do seu irmão. Você sabia que, desde o primeiro dia que Raistlin veio à aula, seu próprio mestre o temia e o admirava? Como ensinar um pupilo que sabe mais do que o professor? E, combinando com o dom da magia, há a inteligência. A mente de Raistlin nunca repousa. Ela busca conhecimento, exige respostas. E ele é corajoso... talvez mais do que você, guerreiro. Ele luta com a dor todos os dias de sua vida. Enfrentou a morte mais de uma vez, e a derrotou. Nada teme, nem a escuridão e nem a luz. E sua alma...

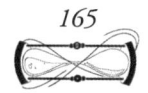

— Par-Salian parou. — Sua alma arde com ambição, o desejo por poder, o desejo por mais conhecimento. Eu sabia que nada, nem mesmo o medo da própria morte, impediria que ele alcançasse seus objetivos. E eu sabia que os objetivos dele talvez beneficiassem o mundo, mesmo se ele escolher dar as costas para o mundo.

Par-Salian parou. Quando falou, foi com pesar.

— Mas, primeiro, ele precisava fazer o Teste.

— Você deveria ter previsto o resultado — disse o mago de vestes vermelhas, falando no mesmo tom brando. — Todos sabíamos que ele estava à espera, apenas aguardando...

— Eu não tive escolha! — exclamou Par-Salian, os olhos azuis brilhando. — Nosso tempo estava acabando. O tempo do mundo estava acabando. O jovem tinha que fazer o Teste e assimilar o que tinha aprendido. Eu não podia mais adiar.

Caramon olhava de um para o outro.

— Vocês sabiam que Raist corria perigo quando o trouxeram pra cá?

— Sempre há perigo — respondeu Par-Salian. — O Teste foi projetado para eliminar aqueles que poderiam ser danosos para si mesmos, para a Ordem e para os inocentes do mundo. — Ele colocou a mão na cabeça, esfregando a testa. — Lembre-se de que o Teste também foi projetado para ensinar. Esperávamos ensinar ao seu irmão a compaixão para temperar a ambição egoísta, esperávamos ensinar misericórdia e pena a ele. E foi, talvez, em minha ânsia de ensiná-lo onde cometi um erro. Esqueci de Fistandantilus.

— Fistandantilus? — disse Caramon, confuso. — Como assim, esqueceu dele? Pelo que disse, o velho mago está morto.

— Morto? Não — o rosto de Par-Salian escureceu. — A explosão que matou milhares nas Guerras Anãs e devastou uma terra que ainda está devastada e estéril não matou Fistandantilus. A magia dele era poderosa o bastante para derrotar até mesmo a morte. Ele foi para outro plano de existência, um plano longe daqui, mas não o bastante. Constantemente ele observava, apenas aguardando, procurando um corpo para aceitar sua alma. E ele encontrou este corpo... o do seu irmão.

Caramon ouviu num tenso silêncio, seu rosto mortalmente branco. Pelo canto do olho, Tas viu Bupu começar a recuar. Ele agarrou a mão dela e a segurou forte, impedindo que a anã tola aterrorizada se virasse e fugisse do salão.

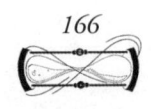

— Quem sabe que acordo os dois fizeram durante o Teste? Nenhum de nós, provavelmente — Par-Salian sorriu. — Disto eu sei. Raistlin foi fantástico, mas sua frágil saúde estava falhando com ele. Talvez ele pudesse ter sobrevivido ao teste final, o confronto com o elfo negro, se Fistandantilus não tivesse o ajudado. Talvez não.

— Ajudado? Ele salvou sua vida?

Par-Salian deu de ombros.

— Sabemos apenas disto, guerreiro, não foi um de nós que deixou seu irmão com aquela pele de tom dourado. O elfo negro lançou uma bola de fogo contra ele, e Raistlin sobreviveu. Impossível, é claro...

— Não para Fistandantilus — interrompeu o mago de vestes vermelhas.

— Não — concordou Par-Salian tristemente. — Não para Fistandantilus. Especulei na época, mas não fui capaz de investigar. Os eventos no mundo estavam alcançando seu ápice. Seu irmão era o mesmo quando saiu do Teste. Mais frágil, é claro, mas era o esperado. E eu estava certo. — Par-Salian deu uma rápida olhada vislumbrante pelo semicírculo. — *Ele era forte em sua magia!* Quem mais poderia sobrepujar um orbe do dragão sem anos de estudo?

— Claro — disse o mago de vestes vermelhas. — Ele teve ajuda de alguém que *teve* anos de estudo.

Par-Salian franziu o rosto e não respondeu.

— Deixa eu entender — disse Caramon, encarando o mago de vestes brancas. — Esse Fistandantilus... pegou a alma de Raistlin? Foi ele que fez Raistlin vestir as Vestes Pretas.

— Seu irmão tomou a própria decisão — disse Par-Salian rispidamente. — Assim como todos nós.

— Eu não acredito! — gritou Caramon. — Raistlin não fez essa decisão. Vocês estão mentindo, todos vocês! Vocês torturaram meu irmão, e depois um dos seus magos velhos tomou o que restou do corpo dele! — As palavras de Caramon ecoavam pela câmara e fizeram as sombras dançar em alarme.

Tas viu Par-Salian observar o guerreiro sombriamente, e o kender se encolheu, só esperando o feitiço que assaria Caramon como uma galinha. Ele nunca veio. O único som era a respiração difícil de Caramon.

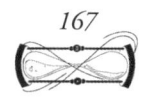

— Vou trazê-lo de volta — disse Caramon finalmente, as lágrimas brilhando em seus olhos. — Se ele pode voltar no tempo e encontrar esse velho mago, eu também posso. Vocês podem me mandar de volta. E quando eu achar Fistandantilus, irei matá-lo. E Raist será... — Ele engoliu o choro, lutando por controle. — Ele será Raist de novo. E vai esquecer esse absurdo de desafiar a... a Rainha da Escuridão e... virar um deus.

O semicírculo eclodiu em caos. Vozes aumentaram, clamando em raiva.

— Impossível! Ele alterará a história! Você foi longe demais, Par--Salian...

O mago de vestes brancas se levantou e encarou cada mago no semicírculo, seus olhos passando individualmente por cada um. Tas podia sentir a comunicação silenciosa, rápida e lancinante como um raio.

Caramon passou as mãos pelos olhos, encarando os magos em desafio. Devagar, todos se afundaram em suas cadeiras. Mas Tas viu mãos se fechando, rostos nada convencidos e cheios de raiva. O mago de vestes vermelhas encarou Par-Salian especulativamente, uma sobrancelha erguida. Então, também se sentou. Par-Salian deu um vislumbre final pelo Conclave antes de se virar de frente para Caramon.

— Consideraremos a sua oferta — disse Par-Salian. — Pode funcionar. Certamente não é algo que ele espera...

Dalamar começou a rir.

Capítulo

13

Espera? — Dalamar gargalhou até quase não poder respirar. — Ele *planejou* isso tudo! Vocês acham que este grande imbecil... — Ele acenou para Caramon. — teria chegado aqui por conta própria? Quando criaturas da escuridão perseguiram Tanis Meio-Elfo e a dama Crysania, mas não capturaram... quem vocês acham que as enviou? Até mesmo o encontro com o cavaleiro da morte, um encontro tramado pela sua irmã, um encontro que poderia arruinar seus planos... meu *Shalafi* virou para sua vantagem. Pois, indubitavelmente, vocês, tolos, enviarão esta mulher de volta no tempo para os únicos que podem curá-la, o Rei-Sacerdote e seus seguidores. Vocês a enviarão de volta no tempo para se encontrar com Raistlin! Não só isso, vocês até fornecerão este homem, o irmão dele, como seu guarda-costas. Exatamente o que o *Shalafi* quer.

Tas viu os dedos parecidos com garras de Par-Salian fechando sobre os braços de pedra fria da sua cadeira, os olhos azuis do velho reluzindo perigosamente.

— Já basta dos seus insultos, Dalamar — disse Par-Salian. — Estou começando a achar que sua lealdade ao seu *Shalafi* é grande demais. Se isto for verdade, sua utilidade a este Conclave chegou ao fim.

Ignorando a ameaça, Dalamar sorriu, amargo.

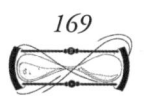

— Meu *Shalafi* — repetiu ele, depois suspirou. Um calafrio convulsionou seu corpo esguio, ele segurou as vestes rasgadas com a mão e curvou a cabeça. — Estou preso no meio, como ele queria — sussurrou o elfo negro. — Não sei mais a quem sirvo, se é que sirvo alguém. — Ele levantou seus olhos escuros, e a expressão assombrada deles fez o coração de Tas doer. — Mas disto eu sei... se qualquer um de vocês tentar entrar na Torre enquanto ele estiver fora, eu o matarei. Eu devo esta lealdade a ele. Ainda assim, tenho tanto medo dele quanto vocês. Eu ajudarei se puder.

As mãos de Par-Salian relaxaram, apesar de continuar observando Dalamar com severidade.

— Não compreendo, por que Raistlin contou seus planos a você? Ele sabe que agiremos para impedir que ele tenha sucesso em suas ambições tenebrosas.

— Porque ele os tem onde ele os quer, assim como tem a mim — disse Dalamar. De repente ele cambaleou, o rosto pálido de dor e exaustão. Par-Salian fez um gesto, e uma cadeira se materializou das sombras. O elfo afundou nela. — Vocês devem prosseguir com os planos dele. Devem enviar este homem de volta no tempo... — Ele gesticulou para Caramon. — Junto da mulher. É a única forma de ele ter êxito...

— E é a única forma de o impedirmos — disse Par-Salian, a voz baixa. — Mas por que a dama Crysania? Que possível interesse poderia ele ter em alguém tão boa, tão pura...

— Tão poderosa — disse Dalamar com um sorriso sombrio. — Pelo que ele foi capaz de absorver dos escritos de Fistandantilus que ainda restam, ele precisará de um clérigo consigo para enfrentar a pavorosa Rainha. E apenas um clérigo do bem tem poder o bastante para desafiar a Rainha e abrir a Porta das Trevas. Ah, a dama não era a primeira opção de *Shalafi*. Ele tinha planos vagos de usar o moribundo Elistan, mas não relatarei isso. Porém, as coisas foram acontecendo de forma que a dama Crysania caiu em suas mãos, poderíamos dizer até literalmente. Ela é boa, forte em sua fé, poderosa...

— E atraída para o mal tal qual uma mariposa para a chama — murmurou Par-Salian, olhando com profunda pena para Crysania.

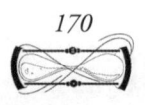

Tas, observando Caramon, se perguntou se o grandalhão conseguia absorver sequer metade de tudo aquilo. Ele estava com uma expressão vaga e tola, como se não tivesse muita certeza de onde estava ou quem era. Tas balançou a cabeça, em dúvida. "Vão mandar a *ele* de volta no tempo?", pensou o kender.

— Raistlin tem outros motivos para querer tanto esta mulher e seu irmão de volta no tempo consigo, disto podem ter certeza — disse o mago de vestes vermelhas para Par-Salian. — Ele ainda não revelou sua jogada, de forma alguma. Ele nos contou, através de nosso agente, apenas o bastante para nos deixar confusos. Digo para frustrarmos seus planos!

Par-Salian não respondeu. Mas, erguendo a cabeça, ele encarou Caramon por longos momentos e em seus olhos havia uma tristeza que perfurou o coração de Tas. Balançando a cabeça, ele baixou o olhar, olhando fixamente para a bainha das próprias vestes. Bupu choramingou e Tas afagou-a, distraído. "Por que aquele olhar estranho para Caramon?," perguntou-se o kender, incomodado. "Com certeza, não o enviariam para a morte certa? Mas não era justamente isso que fariam se o mandassem de volta do jeito que ele estava agora... doente, deprimido, confuso?" Tas apoiava-se em um pé e depois outro, e então bocejou. Ninguém prestava atenção nele. Todo aquele papo era chato. Ele também estava com fome. Se fossem mandar Caramon de volta no tempo, gostaria que *fizessem* logo.

De repente, sentiu uma parte da sua mente (a parte que prestava atenção em Par-Salian) cutucar a outra parte. Apressadamente, Tas uniu as duas partes para ouvir o que estava sendo dito.

Dalamar estava falando.

— Ela passou a noite no estúdio dele. Não sei o que foi discutido, mas sei que, quando ela saiu pela manhã, parecia perturbada e abalada. Suas últimas palavras para ela foram estas: "Talvez Paladine não a tenha enviado para me impedir, dama Crysania. Talvez ele a tenha enviado para me ajudar."

— E que resposta ela deu?

— Ela não o respondeu — respondeu Dalamar. — Ela voltou pela Torre e então pelo Bosque como alguém incapaz de ver ou ouvir.

— O que não compreendo é por que a dama Crysania estava viajando para cá atrás de nossa ajuda para enviá-la de volta? Certamente, ela deve saber que recusaríamos tal pedido! — afirmou o mago de vestes vermelhas.

— Eu sei a resposta! — disse Tasslehoff, falando sem pensar.

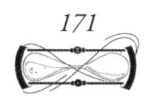

Par-Salian voltou sua atenção para ele, todos os magos do semicírculo estavam prestando atenção nele. Todas as cabeças se voltaram na direção dele. Tas falou com espíritos na Floresta Escura, falou com o Conselho de Pedra Branca mas, por um momento, ele ficou deslumbrado com essa audiência silenciosa e solene. Especialmente quando ele entendeu o que teria que falar.

— Por favor, Tasslehoff Burrfoot — Par-Salian falou com grande cortesia. — Conte-nos o que sabe. — O mago sorriu. — Talvez, então, possamos encerrar esta reunião e você poderá ter seu jantar.

Tas ruborizou, imaginando se Par-Salian poderia ver através da sua cabeça e ler seus pensamentos, como se estivessem impressos em seu cérebro como palavras num pergaminho.

— Ah! Sim, jantar seria ótimo. Mas, bem, sobre a dama Crysania. — Tas parou para organizar seus pensamentos e se lançou em seu relato. — Não tenho certeza disso, é bom citar. Sei apenas do pouco que peguei daqui e ali. Para começar no começo, conheci a dama Crysania quando eu estava em Palanthas visitando meu amigo Tanis Meio-Elfo. Vocês conhecem ele? E Laurana, a General Dourada? Lutei junto com eles na Guerra da Lança. Ajudei a salvar Laurana da Rainha da Escuridão. — O kender falava com orgulho. — Já ouviram essa história? Eu estava lá no Templo em Neraka...

As sobrancelhas de Par-Salian se ergueram muito de leve e Tas gaguejou.

— Ah, bom... bom, eu conto isso mais tarde. Enfim, conheci a dama Crysania na casa de Tanis e ouvi os planos deles de viajar para Consolação e ver Caramon. Aconteceu meio que... que... bom, eu achei uma carta que a dama escreveu para Elistan. Acho que caiu do bolso dela.

O kender parou para respirar. Os lábios de Par-Salian tremeram, mas ele segurou o sorriso.

— Eu li — prosseguiu Tas, já adorando a atenção da audiência. — Só para ver se era importante. Afinal de contas, ela podia ter jogado fora. Na carta, ela disse que estava mais... como era mesmo?... "firmemente mais convencida do que nunca, após minha conversa com Tanis, de que há bondade em Raistlin" e que ele podia ser "tirado do seu caminho maligno. Eu preciso convencer os magos disto..." Enfim, vi que a carta era importante, então fui levar para ela. Ela ficou *muito* contente de recuperá-la — disse Tas solenemente. — Nem tinha notado que a perdera.

Par-Salian colocou os dedos em seus lábios para controlá-los.

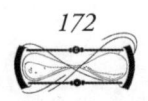

— Falei que podia contar muitas histórias sobre Raistlin, se ela quisesse ouvir. Ela disse que gostaria muito, então contei todas as histórias que podia lembrar. E ficou particularmente interessada nas que eu contei sobre Bupu... "Ah, se eu pudesse encontrar a anã tola!" disse para mim certa noite. "Estou certa de que eu poderia convencer Par-Salian que há esperança, que ele pode ser reclamado!"

Ao ouvir isso, um dos Vestes Pretas bufou audivelmente. Par-Salian olhou naquela direção, e os magos se silenciaram. Mas Tas viu muitos deles, particularmente os Vestes Pretas, cruzando os braços de raiva. Ele podia ver seus olhos cintilando das sombras de seus capuzes.

— É... sem querer o... ofender — gaguejou Tas. — Eu sempre achei que Raistlin ficava melhor de preto, com aquela pele dourada e tal. Eu certamente não acredito que todo mundo tem que ser bom, é claro. Fizban... que é Paladine, na verdade, somos grandes amigos pessoais, Paladine e eu... Enfim, Fizban disse que tinha que ter um equilíbrio no mundo, que estávamos lutando para restaurar o equilíbrio. Isso significa que também precisam existir Vestes Pretas junto das Brancas, não é?

— Sabemos o que quer dizer, kenderken — disse Par-Salian, gentil. — Nossos irmãos não se ofendem com suas palavras. A raiva deles é dirigida para outro lugar. Nem todos no mundo são sábios quanto o grande Fizban, o Fabuloso.

Tas suspirou.

— Às vezes, sinto saudades dele. Mas onde eu estava mesmo? Ah, sim, Bupu. Foi aí que tive minha ideia. Talvez se Bupu contasse a sua história, os magos acreditassem nela, falei para a dama Crysania. Ela concordou e eu me ofereci para encontrar Bupu. Eu não ia para Xak Tsaroth desde que Lua Dourada matou o dragão negro, e era um pulinho de onde a gente estava e Tanis disse que por ele tudo bem. Ele pareceu bem contente em me ver partir, na verdade.

— O Altobulpe me deixou levar Bupu depois de... uma pequena discussão e alguns itens interessantes que eu tinha na algibeira. Eu levei Bupu até Consolação, mas Tanis já tinha ido embora e a dama Crysania também. Caramon estava... — Tas parou, ouvindo Caramon limpar a garganta atrás dele. — Caramon estava... não estava se sentindo bem, mas Tika, a esposa de Caramon e grande amiga minha... enfim, Tika disse que a gente tinha que ir atrás da dama Crysania, porque a Floresta de Wayreth era um lugar terrível e... Sem querer ofender, claro, mas já pararam para pensar que a sua Floresta é bem horrível? Digo, é *não* amistosa... — Tas encarou severamente os magos. — E eu não sei por que vocês a deixam andar solta por aí! Acho muita irresponsabilidade!

Os ombros de Par-Salian tremeram.

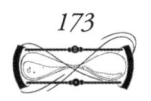

— Bom, isso é tudo o que eu sei — disse Tas. — Aqui está a Bupu, e ela pode... — Tas parou, olhando ao redor. — Onde ela foi?

— Aqui — disse Caramon, sério, arrancando a anã tola das suas costas onde estivera se encolhendo de pavor. Vendo as imagens que a encaravam, ela deu um guincho e desabou no chão, um amontoado trêmulo de roupas esfarrapadas.

— Acho melhor você nos contar a história dela — disse Par-Salian para Tas. — Se puder, é claro.

— Sim — respondeu Tas, repentinamente apaziguado. — Eu sei o que a dama Crysania queria que eu contasse. Aconteceu durante a guerra, quando estávamos em Xak Tsaroth. Os únicos que sabiam qualquer coisa da cidade eram os anões tolos. Mas a maioria não ajudava a gente. Raistlin lançou um feitiço de encantamento num deles: Bupu. Encantamento não foi bem o que ele fez com ela. Ela se apaixonou por ele — Tas parou, suspirando, e prosseguiu em um tom cheio de remorso. — Alguns de nós acharam engraçado, sabe. Mas Raistlin não achou. Ele era mesmo gentil com ela, e até salvou a vida dela certa vez quando draconianos nos atacaram. Bom, depois de a gente deixar Xak Tsaroth, Bupu veio com a gente. Ela não conseguiu abandonar Raistlin.

A voz de Tas baixou.

— Eu acordei certa noite, ouvindo Bupu chorar. Comecei a ir até ela, mas vi que Raistlin também a ouviu. Ela estava com saudades de casa, queria voltar para o seu povo, mas não conseguia abandoná-lo. Não sei o que ele disse, mas o vi colocar a mão na cabeça dela. Eu vi uma luz brilhando ao redor de Bupu. E então ele a mandou para casa. Ela tinha que viajar por uma terra cheia de criaturas terríveis, mas, de algum jeito, eu *sabia* que ela ficaria segura. E ela ficou — finalizou Tas, solene.

Houve um momento de silêncio e depois pareceu que todos os magos começaram a falar de uma só vez. Aqueles das Vestes Pretas balançaram a cabeça. Dalamar deu um riso zombeteiro.

— O kender estava sonhando — disse ele com escárnio.

— Quem acredita em um kender, mesmo? — disse um.

Os magos de Vestes Vermelhas e Vestes Brancas pareceram pensativos e perplexos.

— Se for verdade, talvez o tenhamos julgado errado — disse um. — Talvez devêssemos arriscar esta chance, mesmo pequena.

Por fim, Par-Salian ergueu uma mão pedindo silêncio.

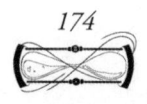

— Admito achar difícil de acreditar — disse ele por fim. — Sem fazer desfeita alguma à você, Tasslehoff Burrfoot — acrescentou ele gentilmente, sorrindo para o kender indignado. — Mas todos sabemos que sua raça possui a tendência lamentável de, digamos, exagerar. Está óbvio para mim que Raistlin simplesmente encantou esta... esta *criatura* — Par-Salian falou com nojo. — para usá-la e...

— Mim num é criatura!

Bupu ergueu o rosto manchado de lágrimas e lama do chão, seu cabelo eriçado como o de um gato arisco. Encarando Par-Salian, ela se levantou e avançou, tropeçou na mochila que carregava, e caiu seca no chão. Destemida, a anã tola levantou-se e enfrentou Par-Salian.

— Mim sabe nada de magãos poderosos. — Bupu acenou uma mão suja. — Mim sabe nada de feitiço. Mim sabe que mágica tá nisso... — Ela vasculhou a mochila, puxou o rato morto e o balançou na direção de Par-Salian. — E mim sabe que quem tu tá falando é homem bom. Bom comigo. — Segurando o rato morto contra seu peito, Bupu encarou Par-Salian chorosa. — Os outros, o grandão, o kender, ri da Bupu. Eles olha pra mim que nem inseto.

Bupu esfregou os olhos. Tas ficou com um nó na garganta e se sentiu menor do que um inseto. Bupu prosseguiu, falando suavemente.

— Mim sabe como mim parece. — As mãos imundas dela tentaram em vão afofar seu vestido, deixando rastros de terra nele. — Mim sabe que num é bonita que nem a senhora deitada. — A anã tola fungou, mas então passou a mão pelo nariz e, erguendo a cabeça, olhou Par-Salian desafiadoramente. — Mas ele num me chama de "criatura"! Ele me chamar de "pequenina". "Pequenina" — repetiu ela.

Por um momento, ela ficou quieta, lembrando. E então deu um suspiro pesado.

— Eu... eu quer ficar com ele. Mas ele diz "não". Ele diz que tem que andar estradas escuras. Ele diz pra mim que mim quer segura. Ele bota mão na minha cabeça... — Bupu baixou a cabeça, como se lembrasse. — E senti quente dentro. Depois ele dizer pra mim "Adeus, Bupu". Ele mim chamar de "pequenina". — Erguendo o olhar, Bupu olhou ao redor para o semicírculo. — Ele nunca ri de mim — disse ela, engasgando. — Nunca! — Ela começou a chorar.

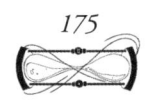

Os únicos sons na sala, por um momento, eram os choramingos da anã tola. Caramon colocou suas mãos no rosto, incapaz de aguentar. Tas respirou tremulamente e procurou um lenço. Após alguns momentos, Par-Salian se levantou da sua cadeira de pedra e foi até a frente da anã tola, que o olhava com suspeita e soluçava ao mesmo tempo. O grande mago estendeu sua mão.

— Perdoe-me, Bupu, se a ofendi — disse ele gravemente. — Devo confessar que falei estas palavras cruéis de propósito, esperando enfurecê-la o bastante para contar sua história. Apenas assim poderíamos ter certeza da verdade. — Par-Salian repousou a mão na cabeça de Bupu, seu rosto cansado e exausto, mas ele parecia exultante. — Talvez não tenhamos fracassamos, talvez ele tenha aprendido um pouco de compaixão — murmurou. Gentilmente, ele afagou o cabelo desgrenhado da anã tola. — Não, Raistlin nunca riria de você, pequenina. Ele sabia, ele se lembrava. Foram muitos os que riram dele.

Tas não conseguia ver através das lágrimas, e ele ouviu Caramon choramingando atrás dele. O kender assoou o nariz no seu lenço e foi buscar Bupu, que se debulhava na bainha das vestes brancas de Par-Salian.

— Então esta é a razão para a dama Crysania fazer esta jornada? — perguntou Par-Salian a Tas quando o kender se aproximou. O mago olhou de soslaio para a forma parada, branca e fria deitada debaixo do linho, os olhos dela olhando vagamente para a escuridão sombria. — Ela crê que pode acender a fagulha da bondade que tentamos acender e fracassamos?

— Sim — respondeu Tas, de repente desconfortável sob o olhar dos penetrantes olhos azuis do mago.

— E por que ela deseja tentar fazer isto? — persistiu Par-Salian.

Tas pegou e levantou Bupu e a entregou seu lenço, tentando ignorar o fato que ela olhava o objeto deslumbrada, obviamente sem ideia do que deveria fazer com isso. Ela assoou o nariz na bainha do seu vestido.

— Bem, Tika disse... — Tas parou, ruborizando.

— O que Tika disse? — perguntou Par-Salian suavemente.

— Tika disse... — Tas engoliu seco. — Tika disse que ela estava fazendo isso... porque amava... Raistlin.

Par-Salian assentiu. Seu olhar foi para Caramon.

— E quanto a você, gêmeo? — perguntou ele de repente. A cabeça de Caramon se levantou e ele encarou Par-Salian com olhos assombrados.

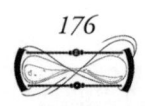

— Você ainda o ama? Você disse que voltaria para destruir Fistandantilus. O perigo que enfrentará será enorme. Você ama bastante o seu irmão para aceitar esta jornada perigosa? Para arriscar sua vida por ele, como esta dama o fez? Lembre-se, antes de responder, você não vai voltar no tempo em uma missão para salvar o mundo. Você vai em uma missão para salvar uma alma, nada mais. Nada menos.

Os lábios de Caramon se moveram, mas nenhum som veio deles. Seu rosto estava iluminado de alegria, no entanto, uma felicidade que vinha do fundo dele. Ele só conseguiu assentir a cabeça.

Par-Salian se virou para o Conclave reunido.

— Tomei minha decisão — começou ele.

Uma dos Vestes Pretas se levantou e baixou seu capuz. Tas viu que era a mulher que o trouxe ali. A raiva queimava nos olhos dela. Ela fez um movimento rápido de corte com a sua mão.

— Desafiamos esta decisão, Par-Salian — disse ela numa voz baixa. — E você sabe que isto significa que você não pode lançar o feitiço.

— O Mestre da Torre pode lançar o feitiço por conta própria, Ladonna — respondeu Par-Salian sombriamente. — Este poder é concedido a todos os Mestres. E assim Raistlin descobriu o segredo quando ele tornou-se Mestre da Torre de Palanthas. Não necessito da ajuda de Vermelho ou Preto.

Houve um murmúrio dos Vestes Vermelhas também; muitos olharam para os Vestes Pretas e assentiram em concordância com eles. Ladonna sorriu.

— De fato, Grandioso — disse ela. — Eu sei disto. Não necessita de nós para a conjuração do feitiço, mas precisa de nós de qualquer forma. Necessita da nossa cooperação, Par-Salian, nossa cooperação silenciosa, senão as sombras da nossa magia se erguerão e apagarão a luz da lua de prata. E você fracassará.

O rosto de Par-Salian ficou frio e cinza.

— E quanto à vida desta mulher? — exigiu ele, gesticulando para Crysania.

— O que significa a vida de uma clériga de Paladine para nós? — zombou Ladonna. — Nossas preocupações são muito maiores e não são para serem discutidas entre forasteiros. Mande-os embora e nos reuniremos em particular. — Ela gesticulou para Caramon.

— Acredito que seja sábio, Par-Salian — disse brandamente o mago de vestes vermelhas. — Nossos hóspedes estão cansados e famintos, e eles se entediariam com nossa rixa familiar.

— Muito bem — disse Par-Salian, abruptamente. Mas Tas podia ver a raiva do mago de vestes brancas enquanto ele virava de frente para eles. — Vocês serão convocados.

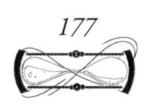

— Espere! — gritou Caramon — eu exijo estar presente! Eu...

O homem grande parou, quase se estrangulando. O Salão sumiu, os magos sumiram, as cadeiras de pedra sumiram. Caramon gritava para um cabideiro.

Tonto, Tas olhou ao redor. Ele, Caramon e Bupu estavam num quarto confortável que poderia ter saído direto da Hospedaria do Lar Derradeiro. Um fogo queimava na lareira, camas confortáveis estavam em um dos lados. Uma mesa posta com comida ficava perto do fogo, os aromas de pão fresco e carne assada deram água na boca. Tas suspirou encantado.

— Acho que esse é o lugar mais lindo do mundo inteiro — disse ele.

Capítulo

14

O velho mago de vestes brancas sentava-se em um estúdio muito parecido com o de Raistlin na Torre de Palanthas, com a diferença de que os livros que revestiam as estantes de Par-Salian eram encadernados com couro branco. As runas de prata traçadas em suas lombadas e capas cintilavam na luz de um fogo crepitante. Para qualquer um que entrasse, a sala pareceria quente e abafada. Mas Par-Salian sentia o frio da idade entrar em seus ossos. Para ele, a sala era deveras confortável.

Ele estava sentado na sua escrivaninha, seus olhos encarando as chamas. Ele se assustou de leve com um suave bater na sua porta, e então, suspirando, falou baixinho.

— Entre.

Um jovem mago de vestes brancas abriu a porta, curvando-se para a maga de vestes pretas que passou por ele, conforme apropriado para alguém da estatura dela. Ela aceitou a homenagem sem comentários. Ajeitando o capuz, ela passou por ele adentrando a câmara de Par-Salian e parou logo na entrada. O mago de vestes brancas gentilmente fechou a porta atrás dela, deixando as duas cabeças das suas Ordens a sós juntos.

Ladonna deu uma olhada rápida e penetrante pela sala. Havia muito dela perdido nas sombras, o fogo sendo a única fonte de luz. Até as cortinas estavam fechadas, cobrindo o brilho sinistro das luas. Erguendo a mão,

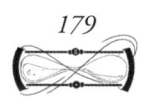

Ladonna murmurou algumas palavras suaves. Vários itens da sala começaram a brilhar com uma estranha luz avermelhada indicando que tinham propriedades mágicas — um cajado apoiado na parede, um prisma de cristal na escrivaninha de Par-Salian, um candelabro de vários braços, uma ampulheta gigante, e vários anéis nos dedos do velho, entre outros. Esses não pareceram alarmar Ladonna, ela simplesmente olhou para cada um e assentiu. Satisfeita, ela se sentou numa poltrona perto da escrivaninha. Par-Salian a observou com um leve sorriso em seu rosto cheio de rugas.

— Não há Criaturas do Além espreitando nos cantos, Ladonna, posso garantir — disse secamente o velho mago. — Caso quisesse bani-la deste plano, eu o teria feito há muito tempo, minha cara.

— Quando éramos jovens? — Ladonna tirou seu capuz. Cabelos grisalhos enrolados numa complexa trança envolviam sua cabeça, emolduravam um rosto cuja beleza era ampliada pelas rugas da idade que pareciam ter sido desenhadas por um artista perito, graças ao jeito que destacavam sua inteligência e sabedoria obscura. — Este teria sido uma disputa e tanto, Grandioso.

— Chega desse título, Ladonna — disse Par-Salian. — Nós nos conhecemos há tempo demais para isto.

— Sim, nós nos conhecemos há muito e bem, Par-Salian — disse Ladonna com um sorriso. — Muito bem, mesmo — murmurou ela suavemente, seus olhos indo para o fogo.

— Você gostaria de voltar para a sua juventude, Ladonna? — perguntou Par-Salian.

Ela não respondeu por um momento, mas ergueu o olhar para ele e deu de ombros.

— Trocar poder e sabedoria e habilidade pelo quê? Sangue quente? Improvável, meu caro. E quanto a você?

— Eu teria respondido o mesmo vinte anos atrás — disse Par-Salian, esfregando as têmporas. — Mas agora... Só posso imaginar.

— Não vim reviver os velhos tempos, não importa quão agradáveis — disse Ladonna, pigarreando, sua voz repentinamente severa e fria. — Vim me opor a esta loucura. — Ela se inclinou para frente, os olhos escuros piscando. — Espero que você não esteja falando sério, Par-Salian. Nem você pode ter o coração ou a cabeça moles o bastante para enviar aquele humano estúpido de volta no tempo para tentar impedir Fistandantilus. Imagine o perigo! Ele poderia alterar a história! Poderíamos todos deixar de existir!

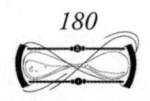

— Ah, Ladonna, pense você! — exclamou Par-Salian. — O tempo é um grande rio fluindo, mais vasto e largo do que qualquer rio que conhecemos. Jogue uma pedra na água corrente... A água cessa de correr? Ela começa a fluir para trás? Ela vira seu curso e flui noutra direção? É claro que não! A pedra cria algumas ondulações na superfície, talvez, mas depois ela afunda. O rio flui adiante, como sempre o fez.

— O que está dizendo? — perguntou Ladonna, analisando Par-Salian com cautela.

— Estes Caramon e Crysania são pedras, minha cara. Eles não podem afetar o fluxo do tempo mais do que duas pedras jogadas no Thon-Tsalarian afetariam seu curso. Eles são pedras — repetiu ele.

— Nós subestimamos Raistlin, segundo Dalamar — interrompeu Ladonna. — Ele deve estar bem confiante no seu sucesso, ou não correria este risco. Ele não é tolo, Par-Salian.

— Ele está confiando na aquisição da magia. Nisto não podemos impedi-lo. Mas esta magia será insignificante para ele sem a clériga. Ele necessita de Crysania. — O mago de vestes brancas suspirou. — E é por isso que precisamos enviá-la de volta no tempo.

— Falho em ver...

— Ela deve morrer, Ladonna! — rosnou Par-Salian. — Preciso conjurar uma visão para você? Ela deve ser enviada para uma época onde todos os clérigos desta terra faleceram. Raistlin disse que teríamos que enviá-la de volta no tempo. Não teríamos escolha. Como ele mesmo disse, esta é a única forma de frustrarmos seus planos! É sua maior esperança e seu maior medo. Ele precisa levá-la consigo para o Portão, mas precisa que ela vá por vontade própria! E assim ele planeja abalar a fé dela, lançá-la em tamanha desilusão para que ela trabalhe com ele. — Par-Salian gesticulou irritadamente com a mão. — Estamos perdendo tempo. Ele sai pela manhã. Devemos agir de imediato.

— Então mantenha-a aqui! — disse Ladonna com escárnio. — Parece simples o bastante.

Par-Salian balançou a cabeça.

— Ele simplesmente voltaria por ela. E, até lá, ele terá a magia. Ele terá o poder de fazer o que quiser.

— Mate-a.

— Isto foi tentado e fracassou. Além disto, será que até você, com suas artes, poderia matá-la enquanto ela está sob a proteção de Paladine?

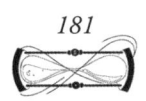

— Talvez o deus a impeça de ir, então?

— Não. O augúrio que lancei era neutro. Paladine deixou o assunto em nossas mãos. Crysania não passa de um vegetal aqui e nunca será mais que isso, já que ninguém vivo hoje em dia tem o poder para restaurá-la. Quem sabe Paladine pretenda que ela morra em um lugar e época onde sua morte terá significado para que possa cumprir o ciclo da sua vida.

— Então você a enviará para a sua morte — murmurou Ladonna, olhando espantada para Par-Salian. — Suas vestes brancas estarão manchadas de sangue vermelho, velho amigo.

Par-Salian bateu as mãos na mesa, seu rosto contorcendo em agonia.

— Eu não gosto disto, maldição! Mas o que posso fazer? Não vê a posição em que me encontro? Quem agora é Líder das Vestes Pretas?

— Eu — respondeu Ladonna.

— Quem é Líder se ele retornar vitorioso?

Ladonna fechou a cara e não respondeu.

— Precisamente. Meus dias estão contados, Ladonna. Disto eu sei. Ah, meus poderes ainda são grandiosos. Talvez nunca tenham sido tão grandes. Mas sinto o medo a cada manhã que acordo. Será hoje o dia em que eles falharão? Sempre que tenho dificuldade de me lembrar de um feitiço, tenho arrepios. Um dia, eu sei, não serei capaz de me lembrar das palavras corretas. — Ele fechou os olhos. — Estou cansado, Ladonna, muito cansado. Não quero mais nada além de ficar nesta sala, perto deste fogo aquecido, e registrar nestes livros o conhecimento que adquiri ao longo dos anos. Mas não ouso desistir agora, pois sei quem tomaria meu lugar.

O velho mago suspirou.

— Eu escolherei meu sucessor, Ladonna — disse ele suavemente. — Não terei minha posição arrancada de minhas mãos. Meu risco nisto é muito maior do que qualquer um de vocês.

— Talvez não — disse Ladonna, encarando as chamas. — Caso ele retorne vitorioso, não haverá mais Conclave. Todos seremos servos dele. — A mão dela cerrou. — Ainda me oponho a isto, Par-Salian! O perigo é grande demais! Deixe-a aqui, deixe Raistlin descobrir o que puder de Fistandantilus. Podemos lidar com ele quando retornar! Ele é poderoso, claro, mas levará anos para que possa dominar as artes que Fistandantilus conhecia quando morreu! Podemos usar este tempo para nos armar! Podemos...

Houve um farfalhar nas sombras da sala. Ladonna se assustou e se virou, sua mão indo imediatamente para um bolso oculto em seu manto.

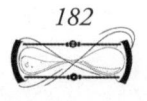

— Espere, Ladonna — disse uma voz branda. — Não precisa desperdiçar suas energias em um feitiço de escudo. Não sou uma Criatura do Além, como Par-Salian já atestou. — A figura entrou na luz do fogo, suas vestes vermelhas reluzindo suavemente.

Ladonna sentou-se de novo com um suspiro, mas havia um brilho de raiva em seus olhos que teria feito um aprendiz recuar em alarme.

— Não, Justarius — disse ela friamente — você não é uma Criatura do Além. Então conseguiu se esconder de mim? Como você ficou esperto, Veste Vermelha. — Remexendo-se na sua poltrona, ela observou Par-Salian com escárnio. — Você está ficando velho, meu amigo, se pediu socorro para lidar comigo!

— Ah, estou certo de que Par-Salian está tão surpreso de me ver aqui quanto você, Ladonna — alegou Justarius. Envolvendo-se em suas vestes vermelhas, ele lentamente avançou para se sentar em outra poltrona na frente da escrivaninha de Par-Salian. Ele mancou ao andar, seu pé esquerdo se arrastando pelo chão. Raistlin não foi o primeiro mago a ser ferido no Teste.

Justarius sorriu.

— Apesar do Grandioso ter se tornado deveras adepto em esconder seus sentimentos — acrescentou ele.

— Eu estava ciente da sua presença— disse Par-Salian suavemente. — Você me conhece melhor do que isto, meu amigo.

Justarius deu de ombros.

— Não importa, na verdade. Eu estava interessado no que você tinha a dizer para Ladonna...

— Eu teria dito o mesmo a você.

— Talvez menos, pois eu não teria discutido como ela fez. Eu concordo com você, concordei desde o princípio. Mas só porque nós sabemos a verdade, você e eu.

— Que verdade? — repetiu Ladonna. Seu olhar foi de Justarius para Par-Salian, seus olhos dilatando de raiva.

— Você terá que mostrar a ela — disse Justarius, ainda na mesma voz branda. — Ela não se convencerá de outra forma. Prove a ela quão grande é o perigo.

— Vocês não me mostrarão nada! — disse Ladonna, sua voz tremendo — Eu nunca acreditaria em nada que vocês dois planejaram...

— Então, deixe-a fazer isso por conta própria — sugeriu Justarius, dando de ombros.

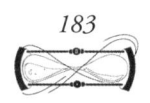

Par-Salian franziu o cenho e, com uma careta, empurrou o prisma de cristal sobre a escrivaninha na direção dela. Ele apontou.

— O cajado no canto pertenceu a Fistandantilus, o maior e mais poderoso mago que já viveu. Lance um Feitiço de Visão, Ladonna. Olhe para o cajado.

Ladonna, hesitante, tocou o prisma, seu olhar suspeito indo entre Par-Salian e Justarius.

— Vá em frente! — exclamou Par-Salian. — Eu não fiz nada com ele. — Suas sobrancelhas cinzas se juntaram. — Sabe que não posso mentir para você, Ladonna.

— Apesar de poder mentir para outros — disse Justarius suavemente.

Par-Salian lançou um olhar furioso para o mago de vestes vermelhas, mas não respondeu. Ladonna pegou o cristal com uma determinação repentina. Segurando-o na mão, ela o ergueu até os olhos, entoando palavras que soaram ríspidas e rudes. Um arco-íris de luz jorrou do prisma para o cajado simples de madeira que se apoiava contra a parede em um canto escuro do estúdio. O arco-íris expandiu-se ao sair do cristal até envolver todo o cajado. Então ele ondulou e coalesceu, formando na imagem cintilante do dono do cajado.

Ladonna encarou a imagem por longos momentos, depois lentamente baixou o prisma do seu olho. Assim que ela tirou sua concentração dele, a imagem sumiu, o arco-íris desapareceu. O rosto dela ficou pálido.

— E então, Ladonna — perguntou Par-Salian em voz baixa, após um momento. — Prosseguimos?

— Deixe-me ver o feitiço de Viagem no Tempo — disse ela, sua voz tensa.

Par-Salian fez um gesto impaciente.

— Você sabe que isto não é possível, Ladonna! Apenas os Mestres da Torre podem saber este feitiço...

— Estou dentro dos meus direitos de pelo menos ver a descrição — devolveu Ladonna friamente. — Oculte os componentes e as palavras da minha vista, se assim quiser. Mas exijo ver os resultados esperados. — A expressão dela se endureceu. — Perdoe-me se não confio em você, velho amigo, como uma vez o fiz. Mas suas vestes parecem estar se acinzentando tanto quanto seu cabelo.

Justarius sorriu, como se isso o divertisse.

Par-Salian sentou por um momento, irresoluto.

— Amanhã de manhã, amigo — murmurou Justarius.

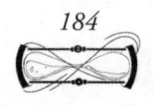

Enfurecido, Par-Salian se levantou. Mexendo debaixo das vestes, ele puxou uma chave de prata que usava ao redor do pescoço em uma corrente de prata — a chave que apenas um Mestre de uma Torre da Alta Magia poderia usar. Um dia já existiram cinco, agora só restavam duas. Enquanto Par-Salian pegava a chave do seu pescoço e a inseria num baú de madeira ornamentado perto da sua escrivaninha, todos os três magos presentes estavam silenciosamente se perguntando se Raistlin estava, naquele momento, fazendo o mesmo com a chave que *ele* possuía, talvez até puxando o mesmo grimório, encadernado em prata. Talvez até virando as mesmas páginas devagar, passando-as com reverência, lançando seu olhar nos feitiços conhecidos apenas aos Mestres das Torres.

Par-Salian abriu o livro, primeiro murmurando as palavras prescritas que apenas os Mestres conhecem. Se não tivesse feito isso, o livro teria sumido da sua mão. Chegando à página correta, ele ergueu o prisma de onde Ladonna o deixou, e então o segurou sobre a página, repetindo as mesmas palavras ríspidas e rudes que Ladonna usou.

A luz arco-íris se emitiu do prisma, abrilhantando a página. Ao comando de Par-Salian, a luz do prisma se emitiu para atingir uma parede nua do lado oposto deles.

— Vejam — disse Par-Salian, sua raiva ainda aparente em sua voz. — Ali, na parede. Leiam a descrição do feitiço.

Ladonna e Justarius se viraram para a parede onde poderiam ler as palavras conforme o prisma as apresentava. Nem Ladonna nem Justarius conseguiam ler os componentes necessários ou as palavras exigidas. Elas apareciam sem nexo, ou pela arte de Par-Salian ou pelas condições impostas do próprio feitiço. Mas a descrição do feitiço estava clara.

A habilidade de viajar de volta no tempo está disponível para elfos, humanos e ogros, visto que estas foram as raças criadas pelos deuses no início do tempo e assim viajam dentro de seu fluxo. O feitiço não pode ser utilizado por anões, gnomos ou kender, visto que a criação destas raças foi um acidente imprevisto pelos deuses. (Consulte a Pedra Cinza de Gargarth, ver Apêndice G.) A introdução de qualquer uma destas raças em um tempo prévio poderia ter sérias repercussões no presente, apesar de quais seriam estas ser algo desconhecido. (Uma observação na caligrafia ondulada de Par-Salian tinha a palavra "draconiano" escrita nas raças proibidas.

Existem perigos, todavia, que o conjurador deve ter em mente antes de prosseguir. Caso o conjurador morra enquanto estiver de volta no tempo, isto

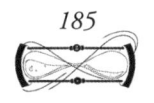

não afetará nada no futuro, pois será como se o conjurador morresse neste dia no presente. Sua outra morte não afetará nem passado ou presente ou futuro, exceto como teria normalmente afetado estes. Assim, portanto, não desperdiçamos poder em nenhuma forma de feitiço de proteção.

O conjurador não será capaz de alterar ou afetar o que ocorreu previamente de qualquer maneira. Esta é uma precaução óbvia. Por conseguinte, este feitiço só é útil de fato para estudo. Este era o propósito original. (Outra observação, desta vez numa caligrafia muito mais antiga do que a de Par-Salian, acrescentava na margem *"Não é possível prevenir o Cataclismo. Assim aprendemos para nosso grande luto e a um grande custo. Que sua alma descanse com Paladine."*)

— Então foi isto o que aconteceu com ele — disse Justarius com um assovio baixo de surpresa. — Este era um segredo muito bem guardado.

— Foram tolos só de tentar — disse Par-Salian. — Mas estavam desesperados.

— Como nós estamos — adicionou Ladonna amargamente. — Bom, há mais?

— Sim, a próxima página — respondeu Par-Salian.

Caso o conjurador não estiver indo por conta própria e sim enviando outro alguém (importante lembrar da precaução racial na página anterior), ele ou ela deve equipar o viajante com um dispositivo que pode ser ativado à vontade para retornar o viajante ao seu próprio tempo. Descrições de tais dispositivos e sua criação serão encontradas...

— E assim por diante — disse Par-Salian. A luz arco-íris desapareceu, engolida pela mão do mago enquanto Par-Salian fechava seus dedos em volta dela. — O resto é dedicado para os detalhes técnicos da criação do tal dispositivo. Possuo um antigo. Eu o darei para Caramon.

Sua ênfase no nome do homem foi inconsciente, mas todos na sala perceberam. Ladonna sorriu astutamente, suas mãos acariciando as vestes pretas. Justarius balançou a cabeça. O próprio Par-Salian, entendendo as implicações, afundou em sua poltrona, seu rosto desenhado com pesar.

— Então apenas Caramon o usará — disse Justarius. — Compreendo por que enviaremos Crysania, Par-Salian. Ela deve voltar para nunca retornar. Mas Caramon?

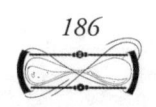

— Caramon é minha redenção — disse Par-Salian sem olhar para cima. O velho mago encarava as próprias mãos que repousavam trêmulas no grimório aberto. — Ele partirá em uma jornada para salvar uma alma, como eu lhe disse. Mas não será a do seu irmão. — Par-Salian ergueu os olhos cheios de dor. Seu olhar primeiro foi para Justarius, depois para Ladonna. Ambos encontraram esse olhar com uma compreensão plena.

— A verdade poderia destruí-lo — disse Justarius.

— Há pouco restante para destruir, na minha opinião — observou Ladonna friamente. Ela se levantou. Justarius levantou com ela, cambaleando um pouco até obter o equilíbrio em sua perna aleijada. — Desde que se livre da mulher, pouco me importo com o que fizer com o homem, Par-Salian. Se acredita que isto lavará o sangue das suas vestes, então fique livre para ajudá-lo — Ela sorriu sombriamente. — De certa forma, acho isto engraçado. Talvez ao envelhecermos não sejamos tão diferentes, não é, meu caro?

— As diferenças existem, Ladonna — disse Par-Salian sorrindo cansadamente. — São os contornos claros e grossos que começam a se borrar e sumir da nossa vista. Isto significa que os Vestes Pretas aceitarão minha decisão?

— Parece que não temos escolha — disse Ladonna sem emoção. — Se você fracassar...

— Aproveite minha queda — disse Par-Salian astutamente.

— Aproveitarei — respondeu a mulher. — Ainda mais porque será, talvez, a última coisa que aproveitarei nesta vida. Adeus, Par-Salian.

— Adeus, Ladonna — disse ele.

— Uma sábia mulher — observou Justarius enquanto a porta fechava atrás dela.

— Uma rival digna de você, meu amigo. — Par-Salian retornou ao seu assento atrás da escrivaninha. — Adorarei assisti-los combatendo pela minha posição.

— Eu sinceramente torço para que tenha a oportunidade para assistir — disse Justarius, sua mão na porta. — Quando lançará o feitiço?

— De manhã cedo — disse Par-Salian, falando pesadamente. — Ele leva dias de preparo. Já passei longas horas trabalhando nele.

— E alguma assistência?

— Ninguém, nem mesmo um aprendiz. Ficarei exausto no término. Encerre o Conclave por mim, meu amigo?

— Certamente. E o kender e a anã tola?

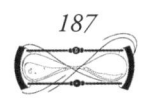

— Devolva a anã tola ao seu lar com quaisquer pequenos tesouros que ela possa gostar. Quanto ao kender... — sorriu Par-Salian — Mande-o para onde ele gostaria de ir, exceto as luas, é claro. Quanto ao tesouro, estou certo de que *ele* terá adquirido uma quantia suficiente antes de partir. Faça uma busca minuciosa pelas bolsas dele, mas se não houver nada de importante, deixe-o manter o que encontrar.

Justarius assentiu.

— E Dalamar?

O rosto de Par-Salian ficou sério.

— O elfo negro com certeza já partiu. Ele não gostaria de manter seu *Shalafi* esperando. — Os dedos de Par-Salian tamborilavam na escrivaninha, sua testa enrugada de frustração. — É um encanto estranho que Raistlin possui! Você nunca o conheceu, certo? Não. Eu mesmo senti e sou incapaz de compreender...

— Talvez eu possa — disse Justarius. — Todos já fomos ridicularizados em algum momento de nossas vidas. Todos já tivemos ciúmes de um irmão. Nós sentimos dor e sofremos, assim como ele sofreu. E todos ansiamos, uma vez, pelo poder de esmagar nossos inimigos! Temos pena dele. E o odiamos. E o temermos... só porque há um pouco dele em cada um de nós, apesar de só admitirmos para nós mesmos apenas na parte mais escura da noite.

— Se é que admitimos para nós mesmos. Aquela clériga miserável! Por que ela teve que se envolver? — Par-Salian agarrou sua cabeça com suas mãos trêmulas.

— Adeus, meu amigo — disse Justarius gentilmente. — Eu o esperarei fora do laboratório caso necessite de ajuda quando isto acabar.

— Eu agradeço — sussurrou Par-Salian sem levantar a cabeça.

Justarius mancou para fora do estúdio. Fechando a porta com um pouco de pressa demais, ele prendeu a bainha da sua veste vermelha e foi forçado a abrir a porta novamente para se libertar. Antes de fechar a porta outra vez, ele ouviu o som de alguém chorando.

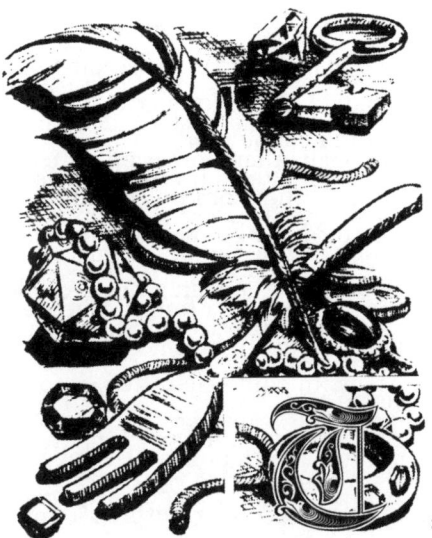

Capítulo 15

Tasslehoff Burrfoot estava entediado.

E, como todos sabem, não existe nada mais perigoso em Krynn do que um kender entediado.

Tas, Bupu e Caramon tinham terminado sua refeição — uma muito sem graça. Caramon, perdido em seus pensamentos, não disse uma palavra, sentado em um silêncio desolador enquanto distraidamente devorava quase tudo a sua frente. Bupu nem chegou a se sentar. Agarrou uma cumbuca e pegou o conteúdo com as mãos, enfiando na boca com uma rapidez aprendida muito tempo atrás nas mesas de jantar dos anões tolos. Terminando aquela, começou outra e limpou um prato de molho, a manteiga, o açúcar, o creme e, por fim, meio prato de batatas com leite antes de Tas ter notado o que ela estava fazendo. Foi por pouco que salvou o saleiro.

— Bom — disse Tas, alegremente. Empurrando seu prato vazio, tentou ignorar a visão de Bupu pegando-o e lambendo-o até limpar. — Estou me sentindo muito melhor. E você, Caramon? Vamos explorar!

— Explorar! — Caramon lançou um olhar tão horrorizado que Tas ficou estupefato. — Você está maluco? Eu não pisaria fora daquela porta nem por toda riqueza de Krynn!

— É mesmo? — perguntou Tas ansioso. — Por que não? Ah, vai, Caramon, me conte! O que tem lá fora?

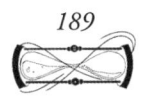

— Eu não sei. — O grandalhão tremeu. — Mas aposto que é terrível.

— Eu não vi nenhum guarda...

— Não, e tem um bom motivo pra isso — rosnou Caramon. — Guardas não são necessários por aqui. Eu estou vendo a sua cara, Tasslehoff, e é bom parar logo com isso! Mesmo se pudesse sair, o que duvido... — Caramon deu um olhar assombrado para a porta do quarto. — Você provavelmente cairia direto nos braços de um lich, ou pior!

Os olhos de Tas se arregalaram. Ele conseguiu, no entanto, conter uma exclamação de deleite. Olhando para seus sapatos, ele murmurou.

— É, acho que você tem razão, Caramon. Esqueci onde a gente estava.

— Pelo visto, esqueceu — disse Caramon severamente. Massageando os ombros doloridos, o resmungou. — Estou morto de cansaço. Preciso dormir. Você e a sei-lá-quem também deviam dormir. Certo?

— Claro, Caramon — disse Tasslehoff.

Bupu, arrotando contente, já tinha se enrolado num tapete na frente do fogo, usando o resto da cumbuca de batatas com leite como travesseiro.

Caramon olhou o companheiro com suspeita. Tas fez a expressão mais inocente que um kender poderia fazer, fazendo Caramon balançar o dedo severamente contra ele.

— Prometa que não vai sair dessa sala, Tasslehoff Burrfoot. Prometa como prometeria se... digamos, Tanis, se ele estivesse aqui.

— Eu prometo — disse Tas solenemente. — Como eu prometeria a Tanis... se ele estivesse aqui.

— Ótimo. — Caramon suspirou e desabou numa cama que rangeu em protesto, o colchão afundando quase ao chão devido ao peso do homem grande. — Acho que alguém vai nos acordar quando decidirem o que vão fazer.

— Você realmente vai voltar no tempo, Caramon? — perguntou Tas animado, sentado em sua própria cama e fingindo desamarrar suas botas.

— Claro, claro. Não é nada demais — murmurou Caramon já quase adormecido. — Agora, vai dormir e.... obrigado, Tas. Você... você... ajudou bastante... — As palavras dele se esvaíram num ronco.

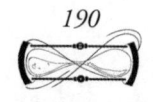

Tas ficou perfeitamente parado, esperando até a respiração de Caramon ficar parelha e regular. O que não levou muito tempo, já que ele estava emocionalmente e fisicamente exausto. Olhando para o rosto pálido, castigado e lacrimejado de Caramon, o kender sentiu um puxão momentâneo na consciência. Mas kenders estão acostumados a lidar com puxões de consciência — da mesma forma que humanos estão acostumados a lidar com picadas de mosquito.

— Ele nem vai saber que eu saí — disse Tas a si mesmo enquanto se esgueirava pelo piso passando pela cama de Caramon. — Eu não prometi a ele que não ia a lugar nenhum. Prometi a Tanis. E Tanis não está aqui, então a promessa não conta. Além disso, aposto que ele iria querer explorar se não estivesse tão cansado.

Quando Tas se esgueirou pelo corpinho sujo de Bupu, ele já estava convencido de que Caramon o ordenou a dar uma olhada antes de deitar. Ele experimentou a maçaneta com cuidado, lembrando-se do alerta de Caramon. Mas ela se abriu facilmente. "Nós somos hóspedes, então, e não prisioneiros. A não ser que tenha um lich de guarda ali fora." Tas enfiou a cabeça pela abertura da porta. Olhou para um lado do corredor, depois para o outro. Nada. Nenhum lich à vista. Suspirando desapontado, Tas passou pela porta e a fechou suavemente atrás de si.

O corredor seguia para a sua esquerda e sua direita, desaparecendo em esquinas sombrias nos dois lados. Era desolado, frio e vazio. Outras portas saíam do corredor, todas elas escuras, todas elas fechadas. Não havia nenhum tipo de decoração, nenhuma tapeçaria pendurada nas paredes, nenhum carpete cobrindo o piso de pedra. Nem luzes tinha ali, nenhuma tocha, nenhuma vela. Aparentemente, os magos deveriam ter sua própria fonte de luz se fossem andar após o anoitecer.

Uma janela em um dos lados permitia a luz de Solinari, a lua de prata, filtrada através dos seus vitrais, mas era só isso. O resto do corredor estava completamente escuro. Tas pensou em se esgueirar de volta ao quarto para pegar uma vela, mas tarde demais. Não. Se Caramon acordasse, talvez não lembrasse que ele dissera ao kender para ir explorar.

— Vou só dar uma entradinha numa dessas salas e pegar uma vela emprestada — disse Tas a si mesmo. — Além disso, é um jeito ótimo de conhecer gente nova.

Deslizando pelo corredor mais silenciosamente do que o luar que dançava pelo chão, Tas alcançou a próxima porta.

— Não vou bater, vai que estão dormindo — raciocinou ele e virou a maçaneta com cuidado. — Ah, trancada! — disse ele, sentindo-se imensamente animado.

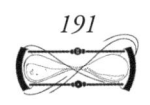

Isso o daria algo para fazer pelo menos por alguns minutos. Pegando suas ferramentas, ele as colocou contra o luar para escolher o arame do tamanho certo para esta fechadura específica.

— Tomara que não esteja magicamente trancada — murmurou ele, o pensamento repentino fazendo-o ficar frio. Os magistas às vezes faziam isso, ele sabia, um hábito que kenders consideravam extremamente antiético. Mas talvez na Torre da Alta Magia, cercados por magos, eles não pensariam que valeria a pena. — Convenhamos, qualquer um poderia vir e explodir a porta — raciocinou Tas.

A fechadura se abriu com facilidade. Com o coração palpitando de emoção, Tas silenciosamente abriu a porta e espiou. A sala estava iluminada apenas pelo brilho fraco de um fogo que estava morrendo. Ele ficou ouvindo. Não conseguiu ouvir ninguém lá dentro, nenhum som de ronco ou respiração, então entrou, pisando suavemente. Seus olhos aguçados encontraram a cama. Ela estava vazia. Ninguém em casa.

— Não vão se importar se eu pegar uma vela emprestada — disse o kender a si mesmo, bem contente. Encontrando uma vela, ele acendeu o pavio com um carvão em brasa. Então se entregou ao deleite de examinar os pertences do ocupante, notando enquanto isso que quem quer que ocupasse esse quarto não era uma pessoa muito organizada.

Duas horas e muitos quartos depois, Tas estava cansadamente retornando ao seu próprio quarto, suas algibeiras inchadas com os itens mais fascinantes — os quais ele estava plenamente determinado a devolver aos seus donos de manhã. Ele pegou a maioria deles sobre as mesas onde com certeza foram jogados sem muita atenção. Ele encontrou uns tantos no chão (ele tinha certeza de que os donos os perderam) e até resgatou vários dos bolsos de vestes que provavelmente seriam lavadas, e nesse caso os itens obviamente teriam sido perdidos.

Olhando pelo salão, ele recebeu um choque ao ver luz vindo debaixo da sua porta!

— Caramon! — Ele engoliu seco, mas uma centena de desculpas plausíveis para estar fora do quarto surgiram em sua mente. Ou talvez Caramon nem mesmo tivesse notado sua falta. Talvez estivesse bebendo o aguardente anão. Considerando essa possibilidade, Tas foi nas pontas dos pés até a porta fechada do seu quarto e colocou seu ouvido contra ela.

Ele ouviu vozes. Uma ele reconheceu imediatamente — a de Bupu. A outra... ele fez uma careta. Parecia familiar... onde foi que ele a ouvira?

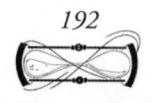

— Sim, vou mandá-la de volta para o Altopulpe, é aonde você quer ir? Mas primeiro você deve me dizer onde o Altopulpe está.

A voz soava levemente exasperada. Pelo visto, isso estava acontecendo há algum tempo. Tas colocou o olho na fechadura. Ele podia ver Bupu, seu cabelo imundo de batatas com leite, encarando com suspeita uma figura de vestes vermelhas. Agora Tas se lembrou de onde teria ouvido a voz: era o homem no Conclave que ficava questionando Par-Salian!

— Alto*bulpe*! — repetiu Bupu indignada. — Num Altopulpe! E Altobulpe casa. Você manda mim casa.

— Sim, é claro. Agora, onde fica casa?

— Onde Altobulpe tá.

— E onde o Altopul... bulpe está? — perguntou o mago de vestes vermelhas em tons desalentados.

— Casa — atestou Bupu sucintamente. — Eu já falar isso. Tem orelha nesse capuz? Talvez você surdo. — A anã tola desapareceu da visão de Tas por um momento, mergulhando em sua mochila. Quando ela reapareceu, estava segurando outro lagarto morto, um fio de couro amarrado no rabo. — Mim cura. Você enfia rabo na orelha e...

— Obrigado — disse o mago rapidamente — mas minha audição é bem perfeita, posso garantir. Há, como você chama a sua casa? Qual é o nome?

— O Fosso. Dois Ss. Chique, né? — disse Bupu orgulhosa. — Foi ideia do Altobulpe. Ele ler livro uma vez. Aprendeu um monte. Tudo bem aqui. — Ela tateou sua barriga.

Tas botou a mão na sua boca para evitar uma risada. O mago de vestes vermelhas também passava por problemas similares. Tas viu os ombros do homem tremendo debaixo das suas vestes vermelhas e ele levou um tempo para responder. Quando o fez, sua voz tremia de leve.

— Como... como os humanos chamam o nome da-do-do seu-Fosso?

Tas viu Bupu fechar a cara.

— Nome bobo. Parece alguém com catarro. Skroth.

— Skroth — repetiu o mago de vestes vermelhas, mistificado. — Skroth — murmurou ele. Estalou os dedos. — Lembrei. O kender falou no Conclave. Xak Tsaroth?

— Mim já falar isso. Tem certeza que não quer cura lagarto pra orelha? Botar rabo...

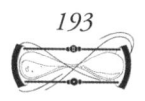

Dando um suspiro pesado de alívio, o mago de vestes vermelhas colocou a mão sobre a cabeça de Bupu. Salpicando o que parecia ser pó sobre ela (Bupu espirrou violentamente), Tas ouviu o mago entoar palavras estranhas.

— Mim pra casa? — perguntou Bupu, esperançosa.

O mago não respondeu, apenas continuou entoando.

— Ele num legal — murmurou para si mesma, espirrando enquanto o pó lentamente cobria seu cabelo e corpo. — Nenhum deles legal. Nenhum que nem homem bonito. — Ela limpou o nariz, fungando. — Ele num ri... ele me chama de "pequenina".

O pó na anã tola começou a brilhar num amarelo fraco. Tas arquejou de leve. O brilho aumentou cada vez mais, mudando de cor, virando amarelo-esverdeado, depois verde, depois verde-azulado, depois azul, e de repente...

— Bupu! — sussurrou Tas.

A anã tola sumiu!

— E eu sou o próximo! — percebeu Tas horrorizado. Com certeza, o mago de vestes vermelhas estava mancando pelo quarto até a cama onde o kender inteligente fez uma imitação de si mesmo para que Caramon não se preocupasse caso acordasse.

— Tasslehoff Burrfoot — chamou suavemente o mago de vestes vermelhas. Ele saiu da vista de Tas. O kender permaneceu congelado, esperando o mago descobrir que ele havia desaparecido. Não que ele tivesse medo de ser pego. Estava bem acostumado a ser pego e estava bem certo de que poderia sair dessa na base da conversa. Mas ele tinha medo de ser mandado de volta para casa! Eles não esperavam realmente mandar Caramon para qualquer lugar sem ele, não é?

— Caramon *precisa* de mim! — sussurrou Tas para si mesmo em agonia. — Eles não sabem como ele está mal. Oras, o que aconteceria se ele não me tivesse junto para tirá-lo de trás das grades?

— Tasslehoff — repetiu a voz do mago de vestes vermelhas. Ele devia estar chegando perto da cama.

Apressadamente, a mão de Tas foi para sua algibeira. Puxando um punhado de tralhas, ele torcia para ter encontrado algo útil. Abrindo sua mãozinha, ele a segurou contra a luz da vela. Ele pegou um anel, uma uva, e um pedaço de cera de bigode. A cera e a uva obviamente não iam servir. Ele as jogou no chão.

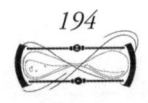

— Caramon! — Tas ouviu o mago de vestes vermelhas falar severamente. Ele podia ouvir Caramon grunhindo e gemendo e imaginou o mago balançando-o. — Caramon, acorde. Onde está o kender?

Tentando ignorar o que estava acontecendo no quarto, Tas se concentrou em examinar o anel. Provavelmente era mágico. Ele o pegou na terceira sala à esquerda. Ou era na quarta? E anéis mágicos *geralmente* funcionavam só por serem usados. Tas era especialista nesse assunto. Uma vez, sem querer, usou um anel mágico que o teleportou direto ao centro do palácio de um mago maligno. Havia a possibilidade desse daqui fazer o mesmo. Ele não tinha ideia.

Talvez algum tipo de pista no anel?

Tas o virou, quase derrubando-o na pressa. Graças aos deuses que Caramon era tão difícil de acordar!

Era um anel simples, feito de marfim, com duas pequenas pedras rosas. Havia algumas runas traçadas na parte interna. Tas se lembrou dos seus Óculos da Visão mágicos com um baque, mas eles foram perdidos em Neraka, a não ser que algum draconiano estivesse usando-os.

— Hein... hein... — Caramon estava balbuciando. — Kender? Eu falei pra ele... não pode sair... liches...

— Maldição! — O mago de vestes vermelhas estava seguindo para a porta.

"Por favor, Fizban!" sussurrou o kender, "se você lembra de mim de alguma forma, o que imagino que não, apesar de talvez... era eu que ficava encontrando o seu chapéu. Por favor, Fizban! Não deixem eles mandarem Caramon sem mim. Que este seja um Anel da Invisibilidade. Ou, pelo menos, um Anel de Alguma Coisa que vai impedir que me peguem!"

Apertando seus olhos para não ver qualquer coisa Horrível que talvez conjurasse, Tas enfiou o anel no seu polegar. (No último momento, ele abriu seus olhos para não perder a chance de ver qualquer coisa Horrível que talvez conjurasse.)

De início, nada aconteceu. Ele podia ouvir os passos do mago de vestes vermelhas se aproximando cada vez mais da porta.

E então, algo estava acontecendo, mas não era bem o que Tas esperava. O salão estava crescendo! Houve um som de algo correndo nos ouvidos do kender conforme as paredes passaram por ele e o teto voou para longe dele. Boquiaberto, ele observou a porta ficar cada vez maior, até chegar num tamanho imenso.

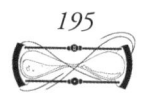

"O que foi que eu fiz?," perguntou-se Tas, alarmado. "Será que fiz a Torre crescer? Será que alguém vai notar? Se notarem, será que ficarão *muito* brabos?"

A porta enorme abriu com uma lufada de vento que quase esmagou o kender. Uma enorme figura de vestes vermelhas ocupou a passagem.

"Um gigante!" arquejou Tas. "Não fiz só a Torre crescer! Fiz os magos crescerem também! Ai, céus. Acho que eles vão notar isso! Pelo menos da primeira vez que tentarem calçar seus sapatos! E aposto que vão ficar brabos. Eu ficaria, se eu tivesse seis metros de altura e nenhuma das minhas roupas coubesse."

Mas o mago de vestes vermelhas não pareceu nada perturbado em ter sido aumentado repentinamente, para o espanto de Tas. Ele só olhou por todo o corredor, gritando.

— Tasslehoff Burrfoot!

Ele até olhou bem para onde Tas estava e não o viu!

— Ah, obrigado, Fizban! — guinchou o kender. E então ele tossiu. Sua voz parecia engraçada. Experimentando, ele disse "Fizban?" mais uma vez. E mais uma vez ele guinchou.

Naquele momento, o mago de vestes vermelhas olhou para baixo.

— Ah! E de qual quarto você escapou, amiguinho? — disse o mago.

Enquanto Tasslehoff observava deslumbrado, uma mão gigante se baixou e foi atrás dele. Os dedos ficaram cada vez mais próximos. Tas ficou tão assustado que não conseguiu correr nem fazer nada a não ser esperar por aquela mão gigantesca agarrá-lo. E tudo se acabaria! Eles o mandariam para casa, isso se não o punissem de forma pior por ele ter aumentado a Torre deles quando ele nem sabia se eles queriam que ela crescesse.

A mão sobrevoou sobre ele e o puxou pelo seu rabo.

"Meu rabo!" pensou Tas de repente, revirando-se em pleno ar enquanto a mão o tirava do chão. "Eu não tenho um rabo! Mas devo ter! A mão me puxou por alguma coisa!"

Virando sua cabeça, Tas viu que, de fato, ele tinha um rabo! Não só um rabo, mas quatro pés rosinhas! Quatro! E em vez de belas calças azuis, ele estava vestindo pelo branco!

— Ora, ora — ressoou uma voz severa direto num dos seus ouvidos.

— Responda, roedorzinho! Você é o familiar de quem?

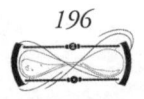

Capítulo

16

Familiar! Tasslehoff se retorceu ao ouvir a palavra. Familiar... Conversas com Raistlin voltaram à sua mente febril.

— Alguns magos têm animais que são obrigados a fazer sua vontade — disse Raistlin a ele certa vez. — Estes animais, ou *familiares*, como são chamados, agem como uma extensão dos sentidos de um mago. Eles podem ir a lugares que ele não consegue, ver coisas que ele é incapaz, ouvir conversas que ele não foi convidado a escutar.

Na época, Tasslehoff achou uma ideia maravilhosa, apesar de se lembrar de Raistlin não estar impressionado. Ele parecia considerar uma fraqueza ser tão dependente de outro ser vivo.

— Ora, responda-me! — exigiu o mago de vestes vermelhas, balançando Tasslehoff pelo rabo. O sangue corria para a cabeça do kender, deixando-o tonto. Além disso, ser segurado pelo rabo é muito doloroso, sem contar a indignidade! Tudo que ele pôde fazer por um momento foi dar graças por Flint não poder vê-lo.

"Acho," pensou ele de repente," que familiares podem falar. Tomara que falem Comum, não algo estranho... como Rato, por exemplo."

— Eu sou... eu...há... pertenço a... — Qual seria um bom para um mago? — Fa... Faikus — guinchou Tas, lembrando de ouvir Raistlin usar esse nome em conexão com outro estudante muito tempo atrás.

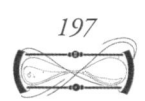

— Ah — disse o mago de vestes vermelhas com uma careta. — Eu deveria imaginar. Você está trabalhando para seu mestre ou simplesmente deu uma fugidinha?

Para a sorte de Tas, o mago mudou a forma de segurá-lo, soltando seu rabo para segurá-lo firmemente em sua mão. As patas dianteiras do kender repousavam trêmulas no polegar do mago de vestes vermelhas, seus olhos, agora redondos e de um vermelho brilhante, encarando os olhos frios e escuros do mago.

"O que eu respondo?," Tas se perguntou freneticamente. Nenhuma escolha soava muito boa.

— É... é a minha noi... noite de folga — disse Tas no que ele torcia para ser um tom de guincho indignado.

— Hunf! — O mago fungou. — Você ficou junto daquele preguiçoso do Faikus por tempo demais, isto é certo. Vou ter uma palavrinha com o garoto pela manhã. Quanto a você, não, não precisa se revirar todo! Esqueceu que a familiar de Sudora espreita os corredores à noite? Você poderia ter virado a sobremesa da Rosinha! Venha comigo. Depois de acabar com o assunto desta noite, devolverei você ao seu mestre.

Tas, que estava prestes a afundar seus dentinhos afiados no polegar do mago, pensou duas vezes. "Terminar com o assunto desta noite!" Claro, tinha que ser Caramon! Era melhor do que ser invisível! Ele podia simplesmente ir junto!

O kender deixou a cabeça pender no que ele imaginou ser uma expressão roedora de mansidão e docilidade. Isso pareceu satisfazer o mago de vestes vermelhas, pois ele sorriu de maneira preocupada e começou a vasculhar os bolsos das suas vestes atrás de algo.

— O que foi, Justarius? — Era Caramon, parecendo atordoado e ainda meio adormecido. Ele espiou vagamente pelo corredor. — Você achou Tas?

— O kender? Não. — O mago sorriu novamente, dessa vez com um certo pesar. — Receio que pode demorar até o encontrarmos, kender são muito adeptos a se esconder.

— Você não o machucará? — perguntou Caramon ansiosamente, tão ansioso que Tas se sentiu mal pelo amigo, querendo muito acalmá-lo.

— Não, é claro que não — respondeu Justarius para acalmá-lo, ainda vasculhando suas vestes. — Porém... — acrescentou, depois. — Ele pode se ferir sem querer. Há objetos soltos por aí que não seria recomendado de se mexer. Bom, você está pronto?

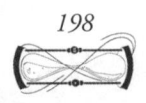

— Eu não gostaria de ir antes de Tas voltar para saber que ele está bem... — disse Caramon teimosamente.

— Receio que você não tenha escolha — disse o mago e Tas ouviu a voz do homem ficar fria. — Seu irmão viaja pela manhã. Você deve estar preparado para partir de manhã também. Levará horas para Par-Salian memorizar e lançar este feitiço complexo. E ele já começou. Já passei tempo demais procurando pelo kender, na verdade. Estamos atrasados. Acompanhe-me.

— Espere... minhas coisas... — disse Caramon pateticamente. — Minha espada...

— Não é necessário se preocupar com nada disso — respondeu Justarius. Aparentemente encontrando o que procurava, ele tirou uma pequena bolsa de seda de dentro das suas vestes. — Você não poderá voltar no tempo com nenhuma arma ou dispositivo desta época. Parte do feitiço garantirá que você esteja vestido conforme apropriado para o período em que viajará.

Caramon olhou para seu corpo, espantado.

— Vo... você quer dizer que vou ter que trocar de roupa? Vou ficar sem uma espada? O que...

"Você está mandando esse homem de volta no tempo *sozinho!*" Tas pensou indignado. "Ele vai durar cinco minutos. Cinco minutos se for muito! Não, por todos os deuses, eu vou..."

Exatamente o que o kender iria fazer se perdeu quando de repente se viu enfiado de cabeça na bolsa de seda!

Tudo virou um breu. Ele rolou direto para o fundo da bolsa, pés antes do rabo, caindo de cabeça. De algum lugar de dentro de si surgiu um medo horripilante de ficar de costas em uma posição vulnerável. Frenético, ele brigou para se ajeitar, batendo ensandecido contra a parte interna da bolsa com suas patinhas com garras. Finalmente ficou do lado certo e o sentimento terrível acalmou.

"Então é *assim* que se sente alguém é tomado pelo pânico," pensou Tas com um suspiro. "Não gostei muito, com certeza. E estou muito grato de kenders não ficarem assim de forma geral. O que foi agora?"

Forçando seu corpo a se acalmar e seu coraçãozinho a parar de palpitar, Tas se agachou no fundo da bolsa de seda e tentou pensar no que fazer. Ele devia ter perdido a noção do que estava acontecendo em seu remexer louco, pois agora conseguia ouvir dois pares de passos andando por um corredor de pedra; as botas pesadas nos pés de Caramon e o caminhar farfalhante do mago.

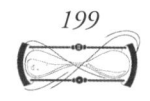

Ele também sentiu um leve movimento de balanço, e podia ouvir os sons suaves de tecido esfregando em tecido. De repente, percebeu que o mago de vestes vermelhas prendeu o saco onde estava em seu cinto!

— O que é que eu vou fazer lá? Como eu vou voltar aqui depois de... Era a voz de Caramon, abafada pelo tecido, mas ainda bem claro.

— Tudo será explicado. — A voz do mago soou exageradamente paciente. — Acho que você está inseguro, pensando duas vezes, quem sabe. Se for, é bom nos contar agora...

— Não — a voz de Caramon soou firme, mais firme do que havia estado em um longo tempo. — Não, não estou inseguro. Eu vou. Vou levar a dama Crysania de volta. É culpa minha ela ter se machucado, não importa o que o velho diga. Farei questão de que ela receba ajuda que precisa e vou cuidar desse Fistandantilus por vocês.

— H-u-m-m.

Tas ouviu esse "h-u-m-m", mas duvidava que Caramon tivesse ouvido. O grandalhão estava divagando sobre o que iria fazer com Fistandantilus quando o alcançasse. Mas Tas se sentiu arrepiado, do mesmo jeito de quando Par-Salian deu a Caramon aquele estranho olhar triste no Salão. O kender, esquecendo onde estava, guinchou de frustração.

— Xiiiiu — murmurou Justarius distraidamente, afagando a bolsa com a mão. — É só por um tempinho, depois você voltará para sua gaiola e vai comer milho.

— Hein? — disse Caramon. Tas quase podia ver o seu olhar assustado. O kender apertou seus dentinhos. A palavra "gaiola" criou uma imagem tenebrosa em sua mente e um pensamento alarmante ocorreu: "E se eu não puder voltar a ser eu mesmo?"

— Ah, não você! — disse apressadamente o mago. — Estava falando com meu amiguinho peludo aqui. Ele está inquieto. Se não estivéssemos atrasados, eu o devolveria agora mesmo. — Tas congelou. — Pronto, parece que se aquietou. Então, o que estava dizendo?

Tas não prestou mais muita atenção. Sentindo-se miserável, ele se segurou na bolsa com as patinhas enquanto ela balançava para trás e para a frente, batendo gentilmente contra a coxa do mago enquanto ele avançava mancando. O feitiço poderia se reverter simplesmente tirando o anel, certo?

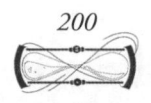

Os dedos de Tas se coçavam para tentar e ver no que daria. Ele não conseguiu tirar o último anel mágico que colocou! E se fosse o mesmo com esse? Estaria condenado a uma vida de pelo branco e patinhas rosas para sempre? Ao pensar isso, Tas envolveu uma pata ao redor do anel que ainda estava no dedão (ou o equivalente) e quase o tirou, só para garantir.

Mas a ideia de brotar de uma bolsa de seda como um kender de tamanho inteiro, caindo aos pés do mago, veio à sua mente. Ele forçou sua patinha trêmula a parar. Não. Pelo menos assim ele estava sendo levado para onde quer que Caramon estivesse sendo levado. Se tudo falhasse, talvez pudesse voltar com ele na forma de rato. Certamente havia coisas piores que isso...

Como ele iria sair da bolsinha!

O coração do kender se afundou nas patinhas traseiras. Claro, sair seria fácil se ele se transformasse de volta. Só que iriam pegá-lo e mandá-lo para casa! Mas se ficasse como um rato, acabaria comendo milho com Faikus! O kender gemeu e se encolheu, seu focinho entre suas patas. Essa certamente era a pior situação que esteve em toda a sua vida, e isso contando a vez em que dois magos o viram fugindo com o mamute felpudo deles. Além de tudo, ele estava começando a ficar enjoado, com o balançar da bolsa, estar encolhido, o cheiro estranho ali dentro e as batidas no mago.

— O erro todo foi ter rezado para Fizban — disse o kender a si mesmo com tristeza. — Ele pode até ser Paladine na verdade, mas aposto que em algum lugar aquele velho mago maluco está dando uma boa risada com isso.

Pensar em Fizban e no quanto sentia saudades do velho mago louco não fez Tas se sentir melhor, então tirou o pensamento da sua mente e tentou outra vez se concentrar em seus arredores, torcendo para descobrir uma saída. Encarou a escuridão sedosa e de repente...

— Seu idiota! — disse a si mesmo empolgado. — Seu kender de cabeça-oca, como diria Flint! Ou rato de cabeça-oca, porque eu não sou mais um kender! Eu sou um rato... e tenho dentes!

Apressadamente, Tas deu uma mordida experimental. De início, não conseguiu pegar bem o tecido liso e se desesperou mais uma vez.

— Tente a costura, tolinho — ele se repreendeu com severidade e fincou seus dentes no fio que segurava o tecido. Ele cedeu quase instantaneamente, os dentinhos afiados cortando direto por eles. Tas logo mastigou outros pontos e logo conseguia ver algo vermelho... as vestes vermelhas do mago! Ele deu uma puxada no ar fresco (o que esse homem andava guardando aqui!) e ficou tão extasiado que logo começou a morder mais.

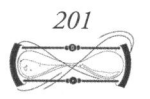

E então parou. Se abrisse ainda mais o buraco, cairia. E ainda não estava pronto para isso. Não até que chegassem a onde quer que estivessem indo chegar. Aparentemente não era muito longe. Tas percebeu que estavam subindo escadas há algum tempo. Ele podia ouvir Caramon arfando do exercício desacostumado, e até o mago de vestes vermelhas parecia meio cansado.

— Por que não pode nos levar com magia até esse laboratório? — resmungou Caramon, ofegando.

— Não! — respondeu Justarius suavemente, sua voz com um tom de espanto. — Posso sentir o ar crepitando, energizado com o poder que Par-Salian estende para realizar este feitiço. Não faria um feitiço menor meu perturbar as forças que estão trabalhando aqui nesta noite!

Tas tremeu debaixo da sua pelagem ao ouvir isso, e achou que Caramon teria feito o mesmo, pois o ouviu pigarrear nervosamente e prosseguir a subida em silêncio. De repente, eles pararam.

— Já chegamos? — perguntou Caramon, tentando manter sua voz firme.

— Sim — veio a resposta sussurrada. Tas se forçou para conseguir ouvir. — Acompanharei você por mais este lance de degraus, e depois, quando chegarmos à porta no topo, eu a abrirei muito suavemente e permitirei que você entre. Não diga nada! Não fale nada que possa perturbar Par-Salian em sua concentração. Este feitiço requer dias de preparo...

— Quer dizer que ele sabia que ia fazer isso há dias? — interrompeu Caramon, ríspido.

— Silêncio! — ordenou Justarius, e sua voz estava carregada de raiva. — É claro, ele sabia que era uma possibilidade. Tinha que estar preparado. E que bom que ele o fez, pois não tínhamos ideia de que seu irmão pretendia seguir tão rápido assim! — Tas ouviu o homem respirar fundo. Quando ele falou novamente, foi em tom mais calmo. — Agora, repito, quando subirmos estes últimos degraus... não diga nada! Entendido?

— Sim — Caramon soou subjugado.

— Faça exatamente o que Par-Salian mandar. Não faça perguntas! Só obedeça. Você pode fazer isso?

— Sim — Caramon soou ainda mais abatido. Tas ouviu um leve tremor na resposta do homem grande.

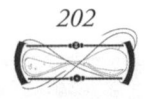

"Ele está com medo," percebeu Tas. "Coitado de Caramon. Por que estão fazendo isso com ele? Não entendo. Tem mais coisa acontecendo do que parece. Bom, então é isso. Não estou nem aí se eu quebrar a concentração de Par-Salian. Vou ter que arriscar. De algum jeito, de alguma forma, eu vou com Caramon! Ele precisa de mim. Além disso..." o kender suspirou, "Vou viajar de volta no tempo! Que maravilhoso..."

— Muito bem. — Justarius hesitou, e Tas pôde sentir seu corpo ficar tenso e rígido. — Darei meu adeus aqui, Caramon. Que os deuses o acompanhem. O que você está fazendo é perigoso... para todos nós. Você não consegue nem imaginar o perigo. — Essa última frase foi pronunciada tão suavemente que apenas Tas a ouviu, e as orelhas do kender mexeram em alarme. Então, o mago de vestes vermelhas suspirou. — Gostaria de dizer que seu irmão vale a pena.

— Ele vale — disse Caramon firmemente. — Vocês vão ver.

— Rogo a Gilean que você tenha razão... E agora, você está pronto?

— Sim.

Tas ouviu um som de farfalhar, como se o mago encapuzado tivesse assentido com a cabeça. Eles começaram a se mover de novo, subindo lentamente as escadas. O kender espiou pelo buraco no fundo do saco, observando os degraus sombrios deslizando abaixo dele. Ele só teria segundos, disso ele sabia.

As escadas terminaram. Ele podia ver uma plataforma larga de pedra debaixo dele. "É agora!," disse a si mesmo engolindo seco. Ele podia ouvir o som do farfalhar de novo e sentiu o corpo do mago se mexer. Uma porta rangeu. Rapidamente, os dentinhos afiados de Tas cortaram os últimos fios que seguravam a costura. Ele ouviu os passos lentos de Caramon entrando na porta. Ele ouviu a porta começar a se fechar...

A costura cedeu. Tas caiu do saco. Ele teve um breve momento para se perguntar se ratos sempre caíam de pé que nem gatos. (Uma vez ele derrubou o gato da sua casa para ver se o ditado era verdadeiro. Era.) Chegou no piso de pedra já correndo. A porta estava fechada, o mago de vestes vermelhas já tinha se virado. Sem parar para olhar, o kender correu rápido e silencioso pelo chão. Achatando seu corpinho, ele se espremeu por uma abertura entre a porta e o piso e se jogou debaixo de uma estante que ficava perto da parede.

Tas parou para recuperar o fôlego e ouvir.

E se Justarius descobrisse que ele tinha sumido? Será que voltaria para procurá-lo?

"Pare com isso," Tas disse severamente a si mesmo. "Ele nem vai saber onde eu caí. E provavelmente nem vai voltar para cá. Pode perturbar o feitiço."

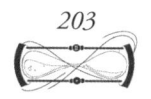

Após alguns momentos, o coraçãozinho do kender desacelerou o bastante para ele poder ouvir sobre o sangue pulsando em seus ouvidos. Infelizmente, seus ouvidos revelaram muito pouco. Ouviu um murmúrio baixo, como se alguém ensaiasse falas de uma peça de rua. Ele podia ouvir Caramon tentando recuperar o fôlego pela longa subida, mas tentando manter a respiração abafada para não perturbar o mago. As botas de couro do homem maior rangiam enquanto ele se remexia nervosamente de um lado para o outro.

Mas era só isso.

— Eu preciso ver! — disse Tas a si mesmo. — Ou não vou saber o que está acontecendo.

Esgueirando-se até sair de debaixo da estante, o kender realmente começou a entender o mundinho minúsculo em que se meteu. Era um mundo de farelos, de bolas de poeira e fios, de agulhas e cinzas, de pétalas secas de rosas e folhas úmidas de chá. A insignificância era, de repente, um mundo inteiro. A mobília voava acima dele, como árvores numa floresta, e serviam o mesmo propósito — fornecer cobertura. Uma chama de vela era o sol, Caramon era um gigante monstruoso.

Tas circulou os enormes pés do homem com cuidado. Vislumbrando um movimento no canto do seu olho, ele viu um chinelo calçado, debaixo de um manto branco. Par-Salian. Rápido, Tas correu para o lado oposto da sala, que felizmente só estava iluminado por velas.

Tas deslizou até parar. Ele já estivera em um laboratório de mago antes, quando usou aquele maldito anel de teleportação. As vistas estranhas e maravilhosas de lá permaneciam com ele, e ele parou antes de entrar em um círculo de pó de prata desenhado no piso de pedra. No centro do círculo que tremeluzia a luz de velas, estava deitada a dama Crysania, seus olhos sem visão ainda encarando o nada, seu rosto tão branco como o linho que servia de mortalha.

Era ali que a magia ia ser realizada!

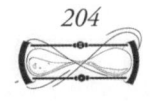

Com os pelos da nuca se erguendo, Tas rapidamente voltou, saindo do caminho e se escondendo debaixo de um penico virado. Do lado de fora do círculo, estava Par-Salian, suas vestes brancas brilhando com uma luz sinistra. Em suas mãos, segurava um objeto com joias incrustadas, que brilhavam e cintilavam conforme ele o virava. Parecia com um cetro que Tas viu um rei nordmaariano segurando certa vez, mas aquele dispositivo parecia ainda mais fascinante. Era facetado e conectado de uma forma muito singular. Tas viu que partes dele se moviam, enquanto, ainda mais impressionante, outras partes se moviam sem se mover! Enquanto ele assistia, Par-Salian habilmente manipulava o objeto, dobrando e entortando e torcendo, até ficar do tamanho de um ovo. Murmurando estranhas palavras, o arquimago o colocou no bolso do seu manto.

E então, por mais que Tas jurasse que Par-Salian nunca dera um passo, de repente ele estava dentro do círculo de prata, perto da figura inerte de Crysania. O mago curvou-se sobre ela, e Tas o viu colocar algo nas dobras das suas vestes. Par-Salian começou a entoar a língua da magia, movendo suas mãos tortas sobre ela em círculos cada vez maiores. Olhando rapidamente para Caramon, Tas o viu perto do círculo com uma estranha impressão em seu rosto. Era a expressão de alguém um tanto desacostumado, mas que se sente completamente em casa.

"Claro", pensou Tas animado, "ele cresceu com a magia. Talvez seja como estar junto do seu irmão de novo."

Par-Salian levantou-se, e o kender ficou chocado com a mudança ocorrida com o homem. Seu rosto envelheceu anos, ficando cinza, e ele cambaleou ao se erguer. Ele fez um gesto convidativo para Caramon, que avançou, andando lentamente para não pisar sobre o pó prata. Seu rosto fixo em um transe onírico, permaneceu em silêncio ao lado da forma imóvel de Crysania.

Par-Salian removeu o dispositivo do seu bolso e o ofereceu para Caramon. O homem grande colocou sua mão nele e, por um momento, os dois o seguraram juntos. Tas viu os lábios de Caramon se mexerem, apesar de não ouvir nada. Era como se o guerreiro estivesse lendo para si mesmo memorizando alguma informação comunicada magicamente. Caramon parou de falar. Par-Salian ergueu suas mãos e, com o movimento, se ergueu do chão e flutuou para trás, saindo do círculo, para a escuridão sombria do laboratório.

Tas não conseguia mais vê-lo, mas podia ouvir sua voz. O cântico ficou cada vez mais alto e, de repente, uma muralha de luz de prata disparou do círculo traçado no chão. Era tão brilhante que os olhos vermelhos de rato de Tas arderam, mas o kender não conseguia desviar o olhar. Par-Salian clamava com uma voz tão alta que as próprias pedras da câmara começaram a responder em um coro de vozes vindo das profundezas do chão.

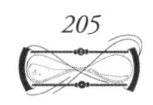

O olhar de Tas se fixou na cortina brilhante de poder. Dentro dela, podia ver Caramon perto de Crysania, ainda segurando o dispositivo na mão. Tas arquejou, um arquejar minúsculo que não fez mais som na câmara do que o fôlego de um ratinho. Ele ainda podia ver o laboratório através daquela cortina brilhante, mas parecia piscar, ali e não ali, como se lutasse por sua própria existência. E, quando piscava fora dali, o kender teve um vislumbre de outro lugar! Florestas, cidades, lagos e oceanos borravam na sua visão, indo e vindo, pessoas vistas por um instante e desaparecendo, substituídas por outras.

O corpo de Caramon começou a pulsar com a mesma regularidade das estranhas visões enquanto estava de pé dentro da coluna de luz. Crysania também estava lá, e de repente não estava.

Lágrimas correram pelo narizinho trêmulo de Tas, escorregando pelos seus bigodes. "Caramon está indo na maior aventura de todos os tempos!", pensou o kender, pesaroso. "E está *me* deixando para trás!"

Por um momento louco, Tas brigou consigo mesmo. Tudo dentro dele que era lógico e consciente e parecido com Tanis dizia "Tasslehoff, não seja tolo. Isso é Magia das Grandes. Você provavelmente vai Bagunçar Tudo!" Tas ouviu aquela voz, mas ela estava sendo afogada por todo o cântico e as pedras cantantes e logo sumiu por completo...

Par-Salian não chegou a ouvir o pequeno guincho. Perdido na conjuração do seu feitiço, ele só pegou um vislumbre de movimento no canto do seu olho. Tarde demais, viu o rato correndo do seu esconderijo, indo direto para a muralha prateada de luz! Horrorizado, Par-Salian cessou seu cântico, as vozes das pedras soaram ocas e sumiram. No silêncio, ele agora podia ouvir a voz baixinha.

— Não me abandone, Caramon! Não me abandone! Você sabe que vai ficar em apuros sem mim!

O rato correu pelo pó prata, espalhando um rastro cintilante atrás de si, e avançou no círculo iluminado. Par-Salian ouviu um leve som de algo batendo e viu um anel rodando e rodando no piso de pedra. Viu uma terceira figura se materializar no círculo e arquejou em horror. As figuras pulsantes sumiram, a luz do círculo foi sugada para um grande vórtice e o laboratório mergulhou na escuridão.

Fraco e exausto, Par-Salian desabou no chão. Seu último pensamento, antes de perder a consciência, foi terrível.

Ele acabara de mandar um kender de volta no tempo.

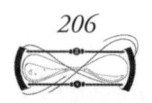

Livro 2

O norte é pra cá, claro...
Bem protegido (chato!)
Palanthas
Forte de Dargaard
Erzoth
(Será que o Dragão de Prata está aqui?)
Gnomos
Sancrist
Solace v
ser aqui
xak Tsaroth
(antes de afun
Torre da Alta Feitiçaria
Tarsis
é perto do mar
Muralha de Gelo

Nordmar
(acho)

Karthay

Mithas

Kothas

minotauros
(grosseiros)

Cidade de Istar
(para onde viemos)

Templo
de Istar

Balifor
(kenders!!!)

Silvanesti

Silvanost

Lorac é Rei
(eu conheci ele)

Mapa de Ansalon
Desde 962 I.A.
Por Tasslehoff Burrfoot (ele mesmo)

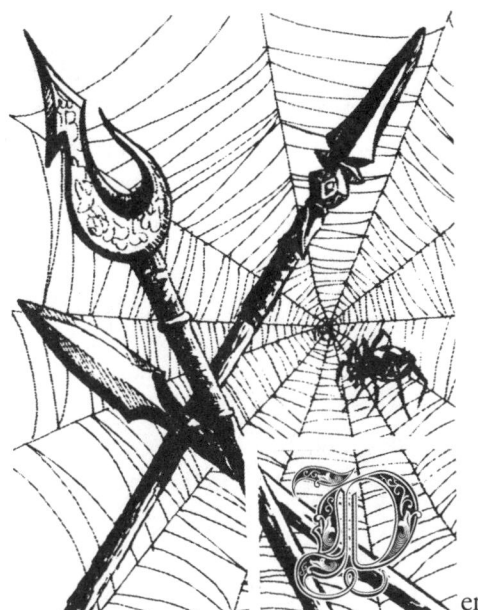

Capítulo 1

Denubis andou com passos lentos pelos corredores largos e arejados do iluminado Templo dos Deuses em Istar. Seus pensamentos eram abstratos, o olhar focado nos padrões complexos do piso de mármore. Vendo-o andar assim, preocupado e sem rumo, parecia que o clérigo estava insensível ao fato de andar no coração do universo. Mas Denubis não estava insensível a isso, nem poderia esquecer. Mesmo que esquecesse, o Rei-Sacerdote o lembrava disso diariamente em suas orações matutinas.

— Somos o coração do universo — diria o Rei-Sacerdote, em uma voz de melodia tão bela que era comum se esquecer de ouvir às palavras. — Istar, amada cidade dos deuses, é o centro do universo e nós, estando no coração da cidade, somos o coração do universo. Assim como o sangue flui a partir do coração, levando nutrição até o menor dos dedos do pé, nossa fé e nossos ensinamentos fluem a partir deste templo até o menor e mais insignificante dentre nós. Lembrem-se disto durante suas tarefas diárias, pois vocês que trabalham aqui são favorecidos pelos deuses. Assim como um mero toque no menor dos fios da teia de seda enviará tremores pela teia inteira, sua menor ação poderia espalhar tremores por Krynn.

Denubis tremeu. Queria que o Rei-Sacerdote não usasse essa metáfora. Denubis detestava aranhas. Aranhas e insetos; algo que nunca admitia e o deixava um pouco culpado. Não deveria amar todas as criaturas, com exceção, claro, das criadas pela Rainha da Escuridão? Isso incluía ogros, goblins, trolls e outras raças malignas, mas Denubis não estava tão certo quanto às aranhas. Sempre queria perguntar, mas sabia que isso abriria uma discussão filosófica de duração de uma hora entre os Reverendos Filhos, e achava que não valia a pena. Ele continuaria a odiar aranhas em segredo.

Denubis se estapeou gentilmente na sua cabeça calva. Como sua mente vagou para aranhas? "Estou ficando velho," pensou ele com um suspiro. "Logo ficarei como o coitado de Arabacus, sem fazer nada o dia inteiro além de sentar no jardim e dormir até alguém me acordar para a janta." Ao pensar isso, Denubis suspirou novamente, mais um suspiro de inveja do que de pena. "Coitado de Arabacus! Pelo menos ele era poupado de..."

— Denubis...

Denubis parou. Olhou para os dois lados do grande corredor e não viu ninguém. O clérigo tremeu. Será que ouviu aquela voz suave, ou só a imaginou?

— Denubis — veio novamente a voz.

Dessa vez, o clérigo olhou mais de perto para as sombras formadas pelas enormes colunas de mármore que sustentavam o teto dourado. Conseguia discernir uma sombra mais escura, um pedaço de negrume dentro da escuridão. Denubis segurou uma exclamação de irritação. Suprimindo o segundo calafrio que atravessou seu corpo, interrompeu seu trajeto e foi devagar até a figura que estava nas sombras, sabendo que ela jamais sairia das sombras para encontrá-lo. Não que a luz fosse danosa para quem aguardava Denubis da forma que é para algumas criaturas da escuridão. Na verdade, Denubis se perguntava se alguma coisa no mundo poderia ser danosa a aquele homem. Ele só preferia as sombras. Teatralidade, pensou Denubis sarcasticamente.

— Você me convocou, ó Tenebroso? — perguntou Denubis em uma voz que ele se esforçou para soar agradável.

Ele viu o rosto nas sombras sorrir, e Denubis soube que todos os seus pensamentos eram bem conhecidos por aquele homem.

— Maldição! — xingou Denubis (um hábito que desagrava ao Rei-Sacerdote, mas Denubis, um homem simples, nunca foi capaz de suprimir). — Por que o Rei-Sacerdote o mantém na corte? Por que não o expulsa, como os outros foram banidos?

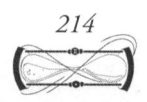

Ele disse isso a si mesmo, claro, porque, no fundo da sua alma, Denubis sabia a resposta. Aquele era perigoso demais, poderoso demais. Aquele não era como os outros. O Rei-Sacerdote o mantinha como alguém fica com um cão feroz para proteger a casa; ele sabe que o cão atacará quando ordenado, mas deve constantemente verificar se a coleira do cão está inteira. Se a coleira se partir, o animal avançaria contra a sua garganta.

— Lamento perturbá-lo, Denubis — disse o homem em sua voz suave — especialmente quando o vejo absorvido em tais pensamentos tão importantes. Mas um evento de grande importância está a acontecer neste exato momento. Pegue um esquadrão dos guardas do Templo e vá até o mercado. Lá, na encruzilhada, você encontrará uma Filha Reverenciada de Paladine. Ela está perto da morte. E lá, também, você encontrará o homem que a agrediu.

Os olhos de Denubis se arregalaram, depois se estreitaram, desconfiados.

— Como sabe disto? — exigiu ele.

A figura dentro das sombras se mexeu e a linha escura formada pelos lábios finos se abriu, o mais próximo de uma risada que conseguia.

— Denubis — ralhou a figura — Você me conhece há muitos anos. Você pergunta ao vento como ele sopra? Ou questiona as estrelas para descobrir por que brilham? Eu sei, Denubis. Que isto baste para você.

— Mas — Denubis colocou a mão na cabeça, confuso. Isso exigiria explicações, relatórios às autoridades. Não era simples conjurar um esquadrão de guardas do Templo!

— Depressa, Denubis — disse gentilmente o homem. — Ela não viverá muito...

Denubis engoliu seco. Uma Filha Reverenciada de Paladine, agredida! Morrendo... no mercado! Provavelmente, cercada por multidões boquiabertas. O escândalo! O Rei-Sacerdote ficaria muito aborrecido...

O clérigo abriu a boca e a fechou em seguida. Olhou por um momento o ser nas sombras, e depois, sem encontrar ajuda ali, se virou e correu de volta pelo corredor por onde veio, suas sandálias de couro estapeando o piso de mármore.

Chegando ao quartel-general do Capitão da Guarda, Denubis conseguiu ofegar seu pedido ao tenente em exercício. Como previsto, aquilo causou todo tipo de comoção. Esperando o próprio Capitão aparecer, Denubis desabou numa cadeira e tentou recuperar o fôlego.

A identidade do criador das aranhas poderia ser uma questão, pensou Denubis azedamente, mas para ele não havia dúvida sobre o criador *daquela* criatura das trevas que, sem dúvida, estava lá naquelas sombras rindo dele.

— Tasslehoff!

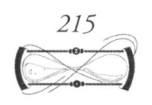

O kender abriu os olhos. Por um momento, não tinha ideia de onde estava nem de quem era. Ouviu uma voz falando um nome vagamente familiar. Confuso, o kender olhou ao redor. Ele estava deitado sobre um homem grande, caído de costas no meio de uma rua. O grandalhão o olhava espantado, talvez porque Tas estivesse empoleirado sobre sua larga barriga.

— Tas? — ele repetiu, e dessa fez seu rosto ficou confuso. — Você deveria estar aqui?

— Eu... eu não sei ao certo — disse o kender, se perguntando quem era "Tas". E então tudo voltou a ele: ouvir o cantar de Par-Salian, arrancar o anel do seu polegar, a luz cegante, as pedras cantando, o grito horrorizado do mago...

— Claro que eu deveria estar aqui — exclamou Tas irritado, bloqueando a memória do berro temeroso de Par-Salian. — Você acha que eles o mandariam para cá sozinho? — O kender estava praticamente nariz a nariz com o grandalhão.

O olhar confuso de Caramon se escureceu para uma careta.

— Não tenho certeza — murmurou ele — mas não acho que você...

— Bom, eu estou aqui. — Tas rolou para fora do corpo redondo de Caramon para aterrissar no pavimento debaixo deles. — Seja lá onde for "aqui" — murmurou baixinho. — Eu te ajudo a levantar — disse a Caramon, estendendo a mãozinha e torcendo para essa ação tirá-lo da mente de Caramon. Tas não sabia se podia ser enviado de volta ou não, mas não pretendia descobrir.

Caramon lutou para se levantar, parecendo mais uma tartaruga virada, pensou Tas com uma risadinha. E foi aí que o kender notou que Caramon estava vestido de forma muito diferente de quando saíram da Torre. Ele estava com sua própria armadura (o que cabia nele), uma túnica larga feita de um tecido fino, costurado com o cuidado amoroso de Tika.

Mas ali estava usando um tecido grosseiro, costurado de qualquer jeito. Um colete de couro rústico pendia dos seus ombros. O colete talvez tivesse tido botões um dia, mas, se fosse o caso, já tinham desaparecido. Tas ponderou que os botões eram desnecessários, pois de jeito nenhum o colete se esticaria para caber sobre o barrigão de Caramon. Calças largas de couro e botas remendadas de couro com um buraco num dedão completavam a imagem desagradável.

— Ufa! — murmurou Caramon, fungando. — Que cheiro horrível é esse?

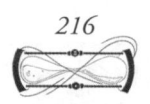

— Você — disse Tas, prendendo o nariz e balançando a mão para dissipar o odor. Caramon fedia a aguardente anão! O kender o observou de perto. Caramon estava sóbrio quando eles saíram, e certamente parecia sóbrio então. Seus olhos, mesmo confusos, estavam claros e ele estava de pé sem cambalear.

O homem olhou para baixo e se viu pela primeira vez.

— O quê? Como? — perguntou ele, deslumbrado.

— Era de se imaginar que os magos podiam arranjar algo melhor do que isso! — disse Tas severamente, olhando as roupas de Caramon com nojo —Digo, sei que esse feitiço deve ser difícil para as roupas, mas obviamente...

Um pensamento repentino lhe ocorreu. Temeroso, Tas olhou para suas roupas e deu um suspiro de alívio. Nada aconteceu com ele. Até seus bolsos estavam ali, intactos. Uma voz chata dentro dele mencionava que provavelmente era porque ele não deveria ter ido junto, mas o kender escolheu ignorá-la.

— Bom, vamos dar uma olhara por aí — disse Tas alegre, conectando ação e palavras. Era capaz de adivinhar onde estavam pelo odor: um beco. O kender enrugou o nariz. E ele achando que Caramon fedia! Cheio de lixo e dejetos de todos os tipos, o beco era escuro, na sombra de um grande edifício de pedra. Mas Tas podia ver que era dia ao olhar para o fim do beco, onde podia ver uma rua movimentada, entupida de pessoas indo e vindo.

— Acho que aquilo é um mercado — disse Tas com interesse, começando a andar até o fim do beco para investigar. — Para qual cidade você disse que eles mandaram a gente?

— Istar — ouviu Caramon balbuciar atrás dele. E então: — Tas!

Notando um tom amedrontado na voz de Caramon, o kender se virou com pressa, sua mão indo imediatamente para a faquinha em seu cinto. Caramon estava ajoelhando perto de algo no beco.

— O que foi? — perguntou Tas, correndo de volta.

— Dama Crysania — disse Caramon, levantando uma capa preta.

— Caramon! — Tas deu um arquejo horrorizado. — O que eles fizeram com ela? A magia deles deu errado?

— Eu não sei — disse Caramon suavemente — mas temos que conseguir ajuda. — Com cuidado, cobriu o rosto machucado e ensanguentado da mulher usando a capa.

— Eu vou — ofereceu Tas — Você fica com ela. Não parece uma parte muito boa da cidade, se é que você me entende.

— É — disse Caramon, suspirando pesadamente.

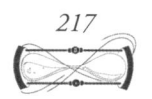

— Vai ficar tudo bem — disse Tas, afagando o grandalhão no ombro. Caramon assentiu, sem dizer nada. Com um tapinha final, Tas se virou e correu de volta pelo beco na direção da rua. No final, ele avançou para a calçada.

— Soc— começou ele, mas bem nessa hora uma mão se fechou em seu braço numa pegada de ferro, arrancando=o da calçada.

— Ora, ora — disse uma voz severa — Aonde você está indo?

Tas se virou para ver um homem barbado, o rosto parcialmente coberto pelo visor brilhante do elmo, encarando-o com olhos frios e escuros.

Guarda da cidade, percebeu rapidamente o kender, pois tinha muita experiência com esse tipo de personagem oficial.

— Oras, estava vindo procurar você — disse Tas, tentando se soltar e manter um ar inocente ao mesmo tempo.

— E eu vou acreditar num kender falando *isso*! — grunhiu o guarda, segurando Tas ainda mais firme. — Se fosse verdade, seria um evento histórico em Krynn, pode ter certeza!

— Mas é verdade — disse Tas, olhando indignado para o homem. — Uma amiga nossa está ferida, ali.

Ele viu o guarda olhar para um homem que ele não tinha notado antes: um clérigo, vestido em vestes brancas. Tas se animou.

— Oh? Um clérigo? Como...

O guarda botou sua mão sobre a boca do kender.

— O que acha, Denubis? Ali é o Beco dos Mendigos. Provavelmente uma facada, nada além de ladrões.

O clérigo era um homem de meia-idade com cabelos finos, o rosto melancólico e sério. Tas o viu olhar pelo mercado e balançar a cabeça.

— O Tenebroso disse nas encruzilhadas, e é aqui, ou por perto. Devemos investigar.

— Certo. — O guarda deu de ombros. Destacando dois dos seus homens, ele os observou avançar cautelosamente pelo beco imundo. Ele manteve sua mão sobre a boca do kender, e Tas, lentamente sendo sufocado, deu um guincho patético.

O clérigo, observando ansiosamente os guardas, olhou ao redor.

— Deixe-o respirar, Capitão — disse ele.

— Vamos ter que ouvir a matraca dele — resmungou o capitão irritado, mas removeu sua mão da boca de Tas.

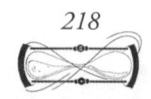

— Ele vai ficar quieto, não vai? — perguntou o clérigo, olhando Tas com olhos que eram gentis de forma preocupada. — Ele entende como isto é sério, não é?

Apesar de não saber muito bem se o clérigo estava falando com ele, com o capitão ou com os dois, Tas achou melhor simplesmente assentir concordando. Satisfeito, o clérigo se virou para observar os guardas. Tas se girou o suficiente no aperto do capitão para poder ver também. Ele viu Caramon se levantar, gesticulando para o monte disforme ao seu lado. Um dos guardas se ajoelhou e puxou a capa.

— Capitão! — gritou ele enquanto o outro guarda imediatamente segurava Caramon. Assustado e irritado com o tratamento rude, o grandalhão se soltou das mãos do guarda. O guarda gritou, seu companheiro se levantou. Houve um clarão de aço.

— Maldição! — xingou o capitão. — Aqui, cuide do desgraçadinho, Denubis! — Ele jogou Tasslehoff na direção do clérigo.

— Eu não deveria ir? — protestou, segurando Tas quando o kender tropeçou para ele.

— Não! — O capitão já estava correndo pelo beco com sua própria espada curta empunhada. Tas o ouviu murmurar algo sobre "brutamontes... perigoso".

— Caramon não é perigoso — protestou Tas, olhando preocupado para o clérigo chamado Denubis. — Eles não vão machucar ele, né? O que aconteceu?

— Receio que descobriremos logo — disse Denubis numa voz severa, mas segurando Tas de forma tão gentil que o kender facilmente poderia ter se soltado. De início, Tas pensou em fugir, afinal nada melhor no mundo do que um grande mercado da cidade para se esconder. Mas o pensamento foi um reflexo, assim como Caramon soltando-se do guarda. Tas não podia abandonar seu amigo.

— Eles não irão machucá-lo se ele vier em paz. — Denubis suspirou. — Apesar de que, se ele fez— O clérigo tremeu, e parou por um momento. — Bom, se ele fez *aquilo*, vai conseguir uma morte mais fácil aqui.

— Fez o quê? — Tas estava ficando cada vez mais confuso. Caramon também parecia confuso, pois Tas o viu erguer suas mãos num protesto de inocência.

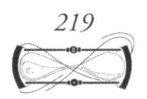

Mas mesmo enquanto argumentava, um dos guardas foi por trás dele e o atingiu atrás dos joelhos com o cabo da lança. As pernas de Caramon cederam. Enquanto cambaleava, o guarda na sua frente o fez cair no chão com um golpe quase indiferente no seu peito.

Caramon nem tinha alcançado o pavimento quando a ponta da lança encostou na sua garganta. Ele ergueu as mãos debilmente num gesto de rendição. Os guardas o rolaram de bruços e seguraram suas mãos para amarrá-las atrás das costas com uma habilidade ligeira.

— Faça eles pararem com isso! — gritou Tas, esforçando-se para avançar. — Eles não podem fazer...

O clérigo o agarrou.

— Não, pequenino, seria melhor você ficar comigo. Por favor — disse Denubis, gentilmente segurando Tas pelos ombros. — Você não pode ajudá-lo, e tentar só pioraria as coisas para você.

Os guardas levantaram Caramon e começaram a revistá-lo minuciosamente, incluindo enfiar as mãos por suas calças de couro. Eles encontraram uma adaga no seu cinto, que entregaram ao seu capitão, e um tipo de jarro. Abrindo a tampa, eles cheiraram e jogaram fora com nojo.

Um dos guardas gesticulou para o monte escuro no pavimento. O capitão ajoelhou e ergueu a capa. Tas o viu balançar a cabeça. O capitão, com ajuda do outro guarda, cuidadosamente ergueu o monte e se virou para sair do beco. Ele disse algo para Caramon ao passar por ele. Tas ouviu o palavrão com um choque súbito, assim como Caramon, aparentemente, pois o rosto do grandalhão ficou de uma palidez mortal.

Erguendo o olhar para Denubis, Tas viu os lábios do clérigo apertando-se e os dedos no ombro de Tas tremeram.

Tas entendeu.

— Não — sussurrou ele, em de agonia — Essa não! Eles não podem pensar isso! Caramon não machucaria um ratinho! Ele não feriu a dama Crysania! Ele só estava tentando ajudar! Foi por isso que viemos para cá. Bom, um dos motivos. Por favor! — Tas se virou para Denubis, juntando as mãos. — Por favor, você precisa acreditar em mim! Caramon é um soldado. Claro, ele matou coisas. Mas só coisas horríveis que nem draconianos e goblins. Por favor, acredite em mim!

Porém, Denubis só o olhou severamente.

— Não! Como vocês podem pensar isso? Eu odeio esse lugar! Quero voltar para casa! — choramingou Tas miseravelmente, vendo a expressão confusa e abatida de Caramon. Explodindo em lágrimas, o kender enterrou o rosto nas mãos e chorou amargamente.

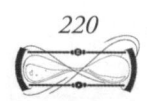

Tas sentiu uma mão hesitar e depois afagá-lo gentilmente.

— Pronto, pronto — disse Denubis. — Você terá uma chance de contar sua história. Seu amigo também. E, se for inocente, nada de ruim acontecerá com vocês. — Mas Tas ouviu o clérigo suspirar. — Seu amigo andou bebendo, não é?

— Não! — fungou Tas, olhando em súplica para Denubis. — Nenhuma gota, eu juro...

Mas a voz do kender morreu ao ver Caramon junto dos guardas o levando para fora do beco para a rua onde Tas e o clérigo estavam. O rosto de Caramon estava coberto com sujeira e imundície do beco, sangue pingava de um corte no seu lábio. Seus olhos estavam loucos e avermelhados, a expressão em seu rosto vaga e cheia de medo. O legado de bebedeiras passadas estava marcado em suas bochechas fofas e vermelhas e membros trêmulos. Uma multidão que se formou ao avistar os guardas começou a zombar.

Tas deixou sua cabeça pender. O que Par-Salian estava fazendo? ele se perguntou confuso. Alguma coisa dera errado? Eles estariam mesmo em Istar? Ou se perderam em algum lugar? Talvez isso fosse um pesadelo horrível...

— Quem... O que aconteceu? — perguntou Denubis ao capitão. — O Tenebroso tinha razão?

— Razão? Claro que ele tinha razão. Você já o viu errar? — exclamou o capitão. — Quanto a quem... não sei quem ela é, mas é da sua ordem. Ela usa o medalhão de Paladine no pescoço. E está bem ferida. Achei que tivesse morta, na verdade, mas tem um leve pulso de vida no pescoço.

— Você acha que ela foi... que ela foi... — Denubis vacilou.

— Não sei — disse o capitão sombriamente. — Mas ela foi espancada. Acho que ela está em choque. Os olhos estão bem abertos, mas ela não parece ver ou ouvir nada.

— Precisamos levá-la ao Templo imediatamente — disse Denubis bruscamente, apesar de Tas ter ouvido um tremor em sua voz. Os guardas estavam dispersando a multidão, segurando suas lanças na frente das pessoas e empurrando os curiosos.

— Tudo nos conformes. Circulando, circulando. O mercado já vai fechar. É bom terminarem suas compras enquanto tem tempo.

— Eu não machuquei ela! — disse Caramon tristemente. Ele tremia de terror. — Eu não machuquei ela — repetiu ele, lágrimas correndo em seu rosto.

— Claro! — disse o capitão com amargura. — Leve esses dois para as prisões — ordenou ele aos guardas.

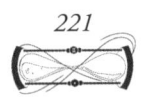

Tas choramingou. Um dos guardas o segurou com rudeza, mas o kender, confuso e atordoado, agarrou as vestes de Denubis e se recusou a soltar. O clérigo, sua mão repousando na forma sem vida de dama Crysania, virou-se ao sentir as mãos do kender.

— Por favor — implorou Tas — por favor, ele está falando a verdade.

O rosto severo de Denubis suavizou.

— Você é um amigo leal — disse ele gentilmente. — Algo incomum em kenders. Espero que sua fé neste homem seja justificada. — Distraidamente, o clérigo acariciou o coque de Tas, sua expressão triste. — Mas você deve entender que, às vezes, quando um homem bebe, a bebida o faz fazer coisas que...

— Vamos logo! — rosnou o guarda, puxando Tas para trás. — Basta de fingimento. Não vai funcionar.

— Não deixe isso te incomodar, Filho Reverenciado — disse o capitão. — Você sabe como kenders são!

— Sim — respondeu Denubis, seus olhos em Tas enquanto os dois guardas levavam o kender e Caramon pela multidão cada vez menor do mercado. — Eu sei como kenders são. E este é um kender formidável. — Balançando a cabeça, o clérigo voltou sua atenção para dama Crysania. — Se puder continuar a segurá-la, Capitão — disse ele suavemente — pedirei a Paladine para nos levar ao Templo com toda celeridade.

Tas, girando no aperto do guarda, viu o clérigo e o Capitão da Guarda sozinhos no mercado. Houve um clarão de luz branca, e eles sumiram.

Tas piscou e, esquecendo de olhar para onde estava indo, tropeçou. Caiu no pavimento da calçada, esfolando seus joelhos e suas mãos. Um agarrão firme no seu colarinho o ergueu, e uma mão firme deu um empurrão nas suas costas.

— Vamos. Não quero ver nenhum dos seus truques.

Tas avançou, miserável e aborrecido demais até para olhar os arredores. Seu olhar foi para Caramon, e o kender sentiu seu coração doer. Tomado de medo e vergonha, Caramon cambaleava cegamente pela rua, seus passos incertos.

— Eu não machuquei ela! — Tas o ouviu balbuciar. — Deve ser algum engano...

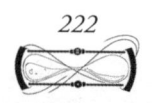

Capítulo

2

s belas vozes élficas se elevavam cada vez mais, as doces notas espiralando oitavas como se pudessem carregar suas preces aos céus simplesmente subindo pelas escalas musicais. Os rostos das elfas, tocados pelos raios do sol poente se inclinando através das altas janelas de cristal, tinham um delicado tom rosa, os olhos brilhando com inspiração fervente.

A audiência de peregrinos chorava com aquela beleza, fazendo as vestes brancas e azuis do coral — brancas para as Reverendas Filhas de Paladine, azuis para as Filhas de Mishakal — se borrar em sua visão. Mais tarde, muitos jurariam terem visto as elfas serem transportadas aos céus, envoltas em nuvens fofas.

Quando a canção atingiu um crescendo de doçura, um coral de graves vozes masculinas se juntou, mantendo presas no chão aquelas orações que subiam como pássaros livres, cortando suas asas de certa forma, pensou Denubis. Devia estar cansado. Quando jovem, também limpara sua alma com lágrimas ao ouvir o Hino da Noite pela primeira vez. Depois, anos mais tarde, tornou-se rotina. Lembrava bem do choque ao perceber pela primeira vez que seus pensamentos vagavam para algum assunto urgente da igreja durante o canto. Já era pior que rotina. Virou algo irritante, saturado e incômodo. Passou a odiar essa hora do dia, na verdade, e aproveitava qualquer oportunidade para fugir.

Por quê? Ele culpava muito as elfas. Estava cansado de dizer a si mesmo que era preconceito racial. Não conseguia evitar. Todos os anos, um grupo de elfas, Reverendas Filhas e as em treinamento, fazia a jornada desde as gloriosas terras de Silvanesti para passar um ano em Istar, dedicando-se à igreja. Isso significava que elas cantavam o Hino da Noite todas as noites e passavam os dias lembrando a todos ao redor que elfos eram os favoritos dos deuses, a primeira das raças criadas, a quem fora concedida uma vida de centenas de anos. Mesmo assim, ninguém além de Denubis parecia se ofender com isso.

O canto estava particularmente irritante para Denubis naquela noite por estar preocupado com a jovem que trouxera para o Templo de manhã. Na verdade, quase evitou sua ida, mas foi capturado no último minuto por Gerald, um clérigo humano idoso cujos dias em Krynn estavam contados e cujo maior conforto era participar das Preces da Noite. Provavelmente porque o velho estar quase surdo, refletiu Denubis. Por isso, foi impossível explicar a Gerald que ele, Denubis, tinha outro lugar para ir. Desistiu e deu seu braço como apoio ao velho clérigo. Gerald estava ao seu lado, o rosto em transe, sem dúvida imaginando em sua mente o belo plano para o qual um dia ascenderia.

Denubis estava pensando nisso e sobre a jovem, de quem não tivera vislumbre ou notícias desde que a trouxera para o Templo naquela manhã, quando sentiu um toque gentil em seu braço. O clérigo sobressaltou-se e olhou ao redor cheio de culpa, preocupado se sua desatenção havia sido observada e seria denunciada. De início, não conseguiu ver quem o tocou, seus dois vizinhos aparentemente perdidos em suas preces. Sentiu o toque de novo e percebeu que vinha de trás dele. Olhando, viu que uma mão deslizara pela cortina que separava a sacada onde os Reverendos Filhos estavam das antecâmaras ao redor.

A mão chamou. Denubis, confuso, deixou seu lugar na fila e, atrapalhado, mexeu na cortina, tentando sair sem chamar atenção indevida. A mão recuou e Denubis não conseguiu achar a separação nas dobras das pesadas cortinas de veludo. Por fim, após ter certeza de que cada peregrino no lugar fixava nele um olhar de repulsa, encontrou a abertura e cambaleou por ela.

Um jovem acólito, seu rosto liso e plácido, curvou-se para o clérigo ruborizado e suado como se nada estivesse acontecendo.

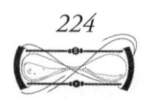

— Mil desculpas por interromper suas Preces da Noite, Filho Reverenciado, mas o Rei-Sacerdote pede que você o honre com alguns minutos do seu tempo, se assim for conveniente — o acólito falou com uma cortesia tão casual que um observador não estranharia se Denubis respondesse "Não, não agora. Tenho outros assuntos para cuidar, quem sabe mais tarde?"

Denubis, entretanto, não falou nada disso. Empalidecendo, balbuciou algo sobre "estar muito honrado", a voz sumindo no fim. O acólito estava acostumado com aquilo. Assentindo em concordância, virou-se para liderar o caminho pelos vastos, arejados e tortuosos corredores do Templo até os aposentos do Rei-Sacerdote de Istar.

Apressando-se atrás do jovem, Denubis nem precisava imaginar o assunto. A jovem, claro. Ele não estivera na presença do Rei-Sacerdote nos últimos dois anos. Não era coincidência receber uma convocação no mesmo dia em que encontrara uma Filha Reverenciada moribunda num beco.

"Talvez ela tenha morrido," pensou Denubis triste. "O Rei-Sacerdote me contará pessoalmente. Seria mesmo gentil da parte dele. Nada costumeiro, talvez, para alguém com tantos assuntos como o destino de nações em sua mente, mas gentil."

Esperava que ela não tivesse morrido. Não só pelo bem dela, mas pelo bem do homem e do kender. Denubis também pensara muito neles, especialmente no kender. Como muitos outros em Krynn, Denubis nunca se importou muito com os kenders, que não respeitavam regras nem propriedade pessoal, sua ou alheia. Mas aquele kender parecia diferente. A maioria dos que Denubis conhecia (ou achava que conhecia) teria fugido ao primeiro sinal de problema. Aquele ficara junto do seu amigo grande com uma lealdade tocante e até falara em sua defesa.

Denubis balançou a cabeça com tristeza. Se a garota morresse, eles... Não, sequer conseguia pensar nisso. Murmurando uma prece sincera para Paladine proteger todos os envolvidos (se fossem dignos), Denubis livrou sua mente dos pensamentos deprimentes e a forçou a admirar os esplendores da residência particular do Rei-Sacerdote no Templo.

Ele tinha esquecido dessa beleza: as paredes de um branco leitoso, brilhando com uma luz própria que vinha, segundo as lendas, das próprias pedras. Elas eram tão delicadamente moldadas e entalhadas que reluziam como grandes pétalas brancas saindo do piso branco polido. Correndo por elas havia fracos veios de azul-claro, suavizando a agressividade do branco puro.

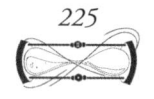

As maravilhas do corredor abriam caminho para as belezas da antecâmara. Ali, as paredes fluíam para cima, sustentando o domo como a prece de um mortal ascendendo até os deuses. Afrescos dos deuses estavam pintados em cores suaves. Eles também pareciam brilhar com luz própria: Paladine, o Dragão de Platina, Deus do Bem; Gilean do Livro, Deus da Neutralidade; até a Rainha da Escuridão estava representada aqui, pois o Rei-Sacerdote não ofenderia exageradamente nenhum deus. Estava retratada como a dragoa de cinco cabeças, mas um dragão tão dócil e inofensivo que Denubis imaginava se ela rolaria para lamber o pé de Paladine.

Porém, só pensou nisso mais tarde, em reflexão. Naquele momento, estava nervoso demais para sequer ver as belas pinturas. Seu olhar estava fixado nas portas de platina cuidadosamente trabalhada que se abriam para o coração do Templo em si.

As portas se abriram, emitindo uma luz gloriosa. Chegou o momento da sua audiência.

A primeira sensação que o Salão de Audiências dava a quem entrava era de humildade e pequenez. Ali era o coração da bondade. Ali estavam representadas a glória e o poder da igreja. As portas se abriam numa enorme sala circular com piso de granito branco polido. O piso continuava a subir para formar as paredes nas pétalas de uma gigantesca rosa, subindo aos céus para sustentar um grande domo. O domo em si era de cristal esfumaçado que absorvia o brilho do sol e das luas. Sua irradiação preenchia cada parte da sala.

Uma grande onda azul-turquesa ia do centro do piso até uma alcova do lado oposto da porta. Ali, havia um único trono. Mais brilhantes do que a luz que vinha do domo eram a luz e o calor que fluíam desse trono.

Denubis entrou na sala com a cabeça curvada e as mãos dobradas na frente, como apropriado. Era noite, o sol já se fora. O Salão que Denubis adentrou estava apenas iluminado por velas. Ainda assim, como sempre, Denubis tinha a distinta impressão de entrar em um pátio aberto banhado em luz do sol.

Por um instante, seus olhos até foram ofuscados pelo brilho. Mantendo o olhar baixo como apropriado até receber permissão de elevá-lo, teve vislumbres do piso, de objetos e das pessoas presentes no Salão. Ele viu os degraus enquanto os subia. Mas a luz irradiando da frente da sala era tão esplêndida que literalmente não notou mais nada.

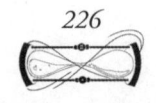

— Erga os olhos, Filho Reverenciado de Paladine — falou uma voz cuja música trazia lágrimas aos olhos de Denubis, enquanto a amável música das elfas não o emocionava mais.

Denubis ergueu o olhar, e sua alma tremeu em espanto. Havia dois anos desde que estivera tão próximo do Rei-Sacerdote e o tempo esvanecera sua memória. Quão diferente era observá-lo todas as manhãs ao longe, vendo-o como alguém vê o sol surgindo no horizonte, banhando-se em seu calor, sentindo alegria em sua luz. Quão diferente era ser convocado para a presença do sol, ficar em sua frente e sentir sua alma arder pela pureza e claridade do seu brilho.

"Desta vez, eu me lembrarei desta vez," pensou Denubis severamente. Mas ninguém, retornando de uma audiência com o Rei-Sacerdote, era capaz de lembrar exatamente de como ele era. Parecia sacrilégio sequer tentar fazê-lo, como se pensar nele em termos de mera carne fosse algo profano. Tudo o que podia se lembrar era de ter estado na presença de alguém incrivelmente belo.

A aura de luz envolveu Denubis, e foi avassalado no mesmo instante pela mais terrível culpa por suas dúvidas, seus erros e seus questionamentos. Em contraste ao Rei-Sacerdote, Denubis se viu como a criatura mais miserável em Krynn. Ele caiu de joelhos, implorando por perdão, quase totalmente alheio ao que estava fazendo, sabendo apenas que era a única coisa correta a fazer.

E o perdão foi concedido. A voz musical falou e Denubis foi imediatamente preenchido com uma sensação de paz e doce calma. Levantando-se, ficou perante o Rei-Sacerdote em humildade reverente e implorou para saber como poderia servi-lo.

— Você trouxe uma jovem, uma Filha Reverenciada de Paladine, ao Templo nesta manhã — disse a voz. — E entendemos que tenha estado preocupado por ela, como devidamente natural e apropriado. Pensamos que lhe reconfortaria saber que ela está bem e plenamente recuperada daquele terrível sofrimento. Também pode acalmar sua mente, Denubis, amado filho de Paladine, saber que ela não foi fisicamente ferida.

Denubis ofereceu sua gratidão a Paladine pela recuperação da jovem e estava preparando para ficar de lado, banhando-se por alguns momentos na gloriosa luz, quando toda a importância das palavras do Rei-Sacerdote o atingiu.

— Ela... ela não foi agredida? — Denubis conseguiu gaguejar.

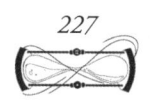

— Não, filho meu — respondeu a voz, soando um hino alegre. — Paladine, em sabedoria infinita, coletou a alma dela para si, e fui capaz, após muitas longas horas de preces, de convencê-lo a ele a devolver tamanho tesouro a nós, por ter sido arrancado de seu corpo antes do tempo. A moça agora repousa num sono revigorante.

— Mas e as marcas em seu rosto? — protestou Denubis, confuso. — O sangue...

— Não havia marcas — disse com brandura o Rei-Sacerdote, com um tom de censura que fez Denubis se sentir miserável. — Assim eu disse, ela não foi fisicamente ferida.

— Eu... eu estou feliz em estar errado — respondeu Denubis sinceramente. — Mais ainda porque significa que o jovem que foi preso é inocente como alegava ser e agora pode ficar livre.

— Estou verdadeiramente grato, tanto quanto você está, Filho Reverenciado, em saber que uma criatura deste mundo não cometeu tamanho crime pérfido quanto pareceu. Ainda assim, quem dentre nós é verdadeiramente inocente?

A voz musical parou, parecendo aguardar uma resposta. E respostas vieram. O clérigo ouviu vozes murmuradas ao redor dele dando a resposta apropriada, e Denubis ficou ciente pela primeira vez de que havia outros presentes perto do trono. Tamanha era a influência do Rei-Sacerdote que quase acreditou estar a sós com o homem.

Denubis balbuciou a resposta a essa pergunta junto do resto, e de repente soube, sem que alguém o dissesse, de que estava dispensado da presença ilustre. A luz não mais o banhava diretamente, indo dele para outro. Sentindo-se como se houvesse saído do sol brilhante para a sombra, cambaleou, meio cego, de volta para as escadas. No piso principal, conseguiu recuperar o fôlego, relaxar e olhar ao redor.

O Rei-Sacerdote sentava-se num dos cantos, cercado pela luz. Mas parecia a Denubis que seus olhos estavam se acostumando com a luz, pois podia finalmente reconhecer os outros com ele. Aqui estavam os líderes das várias ordens, os Reverendos Filhos e Reverendas Filhas. Conhecidos quase jocosamente como "as mãos e os pés do sol", lidavam com os afazeres mundanos e cotidianos da igreja. Eles governavam Krynn. Mas havia outros ali, além de altos oficiais da igreja. Denubis sentiu seu olhar atraído para um canto do Salão, o único canto aparentemente nas sombras.

Lá sentava-se uma figura de preto, sua escuridão sobrepujada pela luz do Rei-Sacerdote. Mas Denubis, tremendo, teve a distinta impressão de que a escuridão estava apenas aguardando, esperando seu momento, sabendo que, eventualmente, o sol iria se pôr.

Saber que o Tenebroso, como Fistandantilus era conhecido na corte, era permitido dentro do Salão de Audiências do Rei-Sacerdote, foi um choque para Denubis. O Rei-Sacerdote estava tentando livrar o mundo do mal e mesmo assim lá estava ele, em sua corte! E então um pensamento reconfortante veio a Denubis: talvez quando o mundo fosse libertado de vez do mal, quando a última das raças ogras fosse eliminada, então até o próprio Fistandantilus cairia.

Mas mesmo enquanto pensava assim e sorria, Denubis viu o frio brilho dos olhos do mago voltando-se para ele. Denubis tremeu e virou o olhar apressadamente. Que contraste havia entre aquele homem e o Rei-Sacerdote! Ao se banhar na luz do Rei-Sacerdote, Denubis sentiu-se calmo e pacato. Sempre que olhava nos olhos de Fistandantilus, era forçado a se lembrar da escuridão dentro de si mesmo.

E, sob o olhar daqueles olhos, de repente se pegou se perguntando o que o Rei-Sacerdote queria dizer com a curiosa expressão "quem dentre nós é verdadeiramente inocente?"

Sentindo-se desconfortável, Denubis entrou numa antecâmara onde ficava uma gigantesca mesa de banquete.

O cheiro das comidas luxuosas e exóticas, trazidas de toda Ansalon por peregrinos veneráveis ou compradas dos enormes mercados a céu aberto de cidades tão distantes quanto Xak Tsaroth, fez Denubis se lembrar de que não havia comido desde a manhã. Pegando um prato, ele procurou entre a maravilhosa comida, pegando isso e aquilo até seu prato estar cheio e ter passado só por metade da mesa que literalmente gemia sob sua carga cheirosa.

Um servo trouxe copos redondos de um perfumado vinho élfico. Pegando um e equilibrando o prato e seus implementos comestíveis numa mão e o vinho na outra, Denubis afundou-se numa cadeira e começou a comer vigorosamente. Ele estava aproveitando a combinação divina de um bocado de faisão assado com o sabor do vinho élfico quando uma sombra caiu sobre seu prato.

Denubis olhou para cima, se engasgou, e engoliu o resto do seu bocado, limpando envergonhado o vinho que escorria no seu queixo.

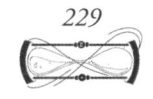

— Fi... Filho Reverenciado — gaguejou, fazendo uma tentativa débil de se levantar no gesto de respeito que o Líder dos Confrades merecia.

Quarath o observou com um divertimento sarcástico e gesticulou com a mão.

— Por favor, Filho Reverenciado, não me deixe perturbá-lo. Não tenho intenção alguma de interromper sua ceia. Meramente queria uma palavrinha com você. Talvez, quando terminar...

— Quase... quase terminado — disse Denubis apressadamente, entregando seu prato e copo meio cheios para um servo que passava. — Não estou com tanta fome quanto achava. — Isso pelo menos, era verdade. Ele perdera completamente o apetite.

Quarath abriu um sorriso delicado. Seu fino rosto élfico com feições tão belamente esculpidas parecia ser de uma porcelana frágil, e ele sempre sorria como se temesse que seu rosto fosse quebrar.

— Está certo, se as sobremesas não o provocam?

— Na... não, nem um pouco. Doces... ruim para a... a digestão a e... essa hora...

— Então venha comigo, Filho Reverenciado. Faz muito tempo que não conversamos. — Quarath pegou o braço de Denubis com familiaridade casual, mesmo fazendo meses desde que o clérigo tenha visto seu superior.

Primeiro o Rei-Sacerdote, e agora Quarath. Denubis sentiu um nó no seu estômago. Enquanto Quarath o levava para fora do Salão de Audiências, a voz musical do Rei-Sacerdote se elevou. Denubis olhou para trás, banhando-se por um último momento na luz maravilhosa. Ao virar o olhar com um suspiro, seu olhar pousou no mago de vestes pretas. Fistandantilus sorriu e assentiu. Com um arrepio, Denubis apressou-se para acompanhar Quarath pela porta.

Os dois clérigos andaram por corredores ricamente decorados até chegarem a uma pequena câmara, os aposentos de Quarath. Também era esplendidamente decorada por dentro, mas Denubis estava nervoso demais para notar qualquer detalhe.

— Por favor, sente-se, Denubis. Posso chamá-lo assim, já que estamos confortavelmente a sós.

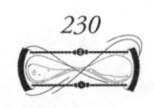

Denubis não tinha certeza sobre estar confortável, mas certamente estavam a sós. Ele sentou-se na beira da cadeira oferecida por Quarath, aceitou uma pequena taça de bebida que não bebeu e esperou. Quarath falou de nadas inconsequentes por alguns momentos, perguntando sobre o trabalho de Denubis, traduzindo passagens dos Discos de Mishakal em sua língua nativa, o Solâmnico, e outros itens sobre os quais sequer tinha interesse.

Após uma pausa, Quarath casualmente disse.

— Acabei ouvindo-o questionar o Rei-Sacerdote.

Denubis colocou a bebida numa mesa, sua mão tremendo tanto que ele quase a derramou.

— Eu... Eu só... estava preocupado... com... com o jovem... que prenderam erroneamente — gaguejou de leve.

Quarath assentiu severamente.

— Muito correto. Muito apropriado. Está escrito que devemos nos preocupar com nossos iguais neste mundo. Faz jus a você, Denubis, e eu certamente anotarei isto em meu relatório anual.

— Obrigado, Filho Reverenciado — murmurou Denubis, inseguro sobre o que mais poderia dizer.

Quarath não disse mais nada, mas ficou sentado analisando o clérigo do lado oposto com seus olhos élficos.

Denubis esfregou seu rosto com a manga das suas vestes. Estava incrivelmente quente naquela sala. Elfos tinham sangue tão fino.

— Mais alguma coisa? — perguntou Quarath em tom neutro.

Denubis respirou fundo.

— Meu senhor, sobre aquele jovem — disse ele, ansioso — Ele será libertado? E o kender? — De repente, inspirou-se. — Pensei talvez em poder ajudar, guiá-los de volta nos caminhos do bem. Como aquele jovem é inocente...

— Quem dentre nós é verdadeiramente inocente? — questionou Quarath, olhando para o teto como se os próprios deuses pudessem escrever a resposta lá para ele.

— Estou certo de que esta é uma ótima pergunta — disse Denubis, dócil. — Com certeza, merece estudo e discussão, mas este jovem é aparentemente inocente... pelo menos, tão inocente quanto seria de qualquer coisa... — Denubis parou, levemente confuso.

Quarath sorriu tristemente.

— Pronto, viu? — disse ele, abrindo as mãos e virando seu olhar para o clérigo. — O pelo do coelho cobre o dente do lobo, como diz o ditado.

Reclinando na cadeira, Quarath olhou de novo para o céu. — Os dois serão vendidos no mercado de escravos amanhã.

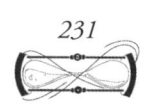

Denubis quase se levantou por completo completamente da sua cadeira.

— O quê? Meu senhor...

O olhar de Quarath instantaneamente fixou-se no clérigo, congelando o homem onde ele estava.

— Questionando? De novo?

— Mas... ele é inocente! — Foi tudo em que Denubis conseguiu pensar.

Quarath sorriu de novo, dessa vez com cuidado, complacentemente.

— Você é um homem bom, Denubis. Um homem bom, um clérigo bom. Um homem simples, talvez, mas bom. Esta não foi uma decisão tomada facilmente. Nós questionamos o homem. Seu relato de onde veio e o que estava fazendo em Istar foram, no mínimo, confusos. Se ele era inocente dos ferimentos da moça, sem dúvida tem outros crimes que afetam sua alma. Isto é bem visível em seu rosto. Ele não tem outra forma de suporte, não tem dinheiro algum. É um vagabundo, certo de voltar à bandidagem se deixado em paz. Estamos fazendo um favor para ele ao fornecê-lo um mestre que cuidará dele. Com o tempo, ele poderá ganhar sua liberdade e, com sorte, sua alma será limpa do seu fardo de culpa. Quanto ao kender... — Quarath gesticulou negligentemente.

— O Rei-Sacerdote sabe? — Denubis conseguiu coragem para perguntar.

Quarath suspirou, e dessa vez o clérigo viu uma leve ruga de irritação surgir na lisa testa do elfo.

— O Rei-Sacerdote tem muitos outros assuntos urgentes em sua mente, Filho Reverenciado Denubis — disse ele friamente. — Ele é tão bom que a dor do sofrimento deste homem o afetaria por dias. Ele não disse especificamente que este homem deveria ser liberto, então removemos o fardo desta decisão de seus pensamentos.

Vendo o rosto abatido de Denubis se encher de dúvidas, Quarath sentou-se mais para frente, analisando seu clérigo com uma carranca.

— Muito bem, Denubis, se quer mesmo saber... existem circunstâncias muito estranhas quanto à descoberta da moça. Uma delas sendo que foi instruída, pelo que sabemos, pelo Tenebroso.

Denubis engoliu seco e se afundou em sua cadeira. A sala não parecia mais quente. Ele tremeu. — Isto é verdade — disse ele miseravelmente, passando sua mão pelo rosto. — Ele me encontrou...

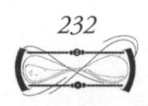

— Eu sei! — exclamou Quarath. — Ele me contou. A moça ficará aqui conosco. Ela é uma Filha Reverenciada. Usa o medalhão de Paladine. Ela, também, está um tanto confusa, mas é o esperado. Precisamos ficar de olho nela. Estou certo de que você entende o quão impossível é permitirmos que o moço simplesmente vá embora. Nos Dias Antigos, eles o jogariam em uma masmorra e esqueceriam dele. Somos mais esclarecidos do que isto. Proveremos um lar decente para ele, e seremos capazes de vigiá-lo ao mesmo tempo.

Quarath fazia soar como vender um homem para a escravidão se fosse um ato de caridade, pensou Denubis confuso. Talvez fosse. "Talvez eu esteja errado. Como ele diz, sou um homem simples." Tonto, ele se levantou da cadeira. A comida rica que comeu pesava em seu estômago como uma pedra. Balbuciando desculpas para seu superior, começou a ir para a porta. Quarath também se levantou, com um sorriso conciliatório no rosto.

— Visite-me novamente, Filho Reverenciado — disse ele, de pé junto à porta. — E não tema em nos questionar. É assim que aprendemos.

Denubis assentiu meio dormente e parou.

— Eu... eu tenho mais uma pergunta, então — disse ele, hesitante. — Você mencionou o Tenebroso. O que sabe sobre ele? Digo, por que ele está aqui? Ele... ele me dá medo.

O rosto de Quarath estava sombrio, mas ele não parecia aborrecido com essa pergunta. Talvez estivesse aliviado que a mente de Denubis tivesse ido para outro assunto.

— Quem é que sabe dos costumes dos magistas, exceto pelo fato de não serem os nossos costumes, nem mesmo os costumes dos deuses. Foi por este motivo que o Rei-Sacerdote se sentiu compelido a livrar Ansalon deles o máximo possível. Agora, estão enfurnados na única Torre da Alta Magia restante, naquela isolada Floresta de Wayreth abandonada. Em breve, até ela desaparecerá conforme seus números diminuem desde que fechamos as escolas. Ouviu falar sobre a maldição da Torre de Palanthas?

Denubis assentiu em silêncio.

— Aquele incidente terrível! — Quarath franziu o cenho. — Isto comprova como os deuses amaldiçoaram estes magos, levando aquela pobre alma a tamanha loucura que se empalou sobre os portões, trazendo a fúria dos deuses e selando a Torre para sempre, supomos. Mas sobre o que estávamos discutindo?

— Fistandantilus — murmurou Denubis, arrependido de mencioná-lo. Só queria voltar para seu quarto e tomar seu pó estomacal.

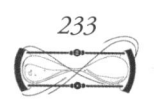

Quarath ergueu suas sobrancelhas emplumadas.

— Tudo que sei dele é que estava aqui quando cheguei, cerca de cem anos atrás. Ele é velho, mais velho até do que muitos dos meus parentes, pois existem poucos até entre os mais anciões da minha raça que podem lembrar de uma época quando o nome dele não era sussurrado. Mas ele é humano, e, portanto, deve usar suas artes mágicas para sustentar sua vida. Não ouso imaginar como. — Quarath olhou intensamente para Denubis. — Você entende agora, é claro, porque o Rei-Sacerdote o mantém na corte?

— Ele o teme? — perguntou Denubis inocente.

O sorriso de porcelana de Quarath tornou-se fixo por um momento, e então virou o sorriso de um pai explicando um assunto simples para uma criança boba.

— Não, Filho Reverenciado — disse ele pacientemente. — Fistandantilus é de grande uso para nós. Quem conhece melhor o mundo? Ele viajou por toda sua extensão. Conhece os idiomas, os costumes, o folclore de cada raça de Krynn. Seu conhecimento é vasto. Ele é útil ao Rei-Sacerdote, e assim o permitimos aqui, em vez de bani-lo para Wayreth, como banimos seus colegas.

Denubis assentiu.

— Eu compreendo — disse ele, sorrindo fracamente. — E... e agora eu devo ir. Gratidão por sua hospitalidade, Filho Reverenciado, e por esclarecer minhas dúvidas. Eu...eu me sinto muito melhor agora.

— Estou grato de poder ajudar — disse Quarath gentilmente. — Que os deuses o concedam um sono relaxante, meu filho.

— E a você também — Denubis murmurou a resposta, e depois saiu, ouvindo com alívio a porta fechando atrás de si.

O clérigo apressadamente passou pela câmara de audiência do Rei-Sacerdote. Luz vazava da porta, o som da doce voz musical cutucava seu coração enquanto ele passava, mas ele temia que fosse ficar enjoado, então resistiu à tentação de retornar.

Ansiando pela paz do seu quarto quieto, Denubis andou rapidamente pelo Templo. Ele se perdeu uma vez, fazendo uma curva errada nos corredores que se cruzavam. Mas um servo gentil o levou de volta pela direção que precisava tomar para alcançar a parte do Templo onde vivia.

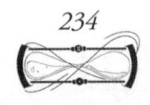

Essa parte era austera comparada com onde o Rei-Sacerdote e a corte residiam, apesar de também estar repleta com cada luxo concebível pelos padrões de Krynn. Conforme Denubis andava pelos corredores, pensava em quão convidativa e reconfortante a suave luz de velas parecia. Outros clérigos passaram por ele com sorrisos e sussurrando boas-noites. Ele pertencia a esse lugar. Era simples como ele.

Dando outro pesado suspiro de alívio, Denubis alcançou seu quartinho e abriu a porta (nada nunca era trancado no Templo, pois isso demonstraria uma desconfiança dos colegas) e começou a entrar. Parou. Pelo canto do olho, ele avistou movimento, uma sombra escura dentro de sombras mais escuras. Ele encarou o corredor intensamente. Não havia nada lá. Estava vazio.

"Eu estou ficando velho. Meus olhos estão me pregando peças," disse Denubis a si mesmo, balançando a cabeça cansado. Entrando no quarto, suas vestes brancas farfalhando em volta dos tornozelos, fechou a porta com firmeza e depois foi pegar seu pó estomacal.

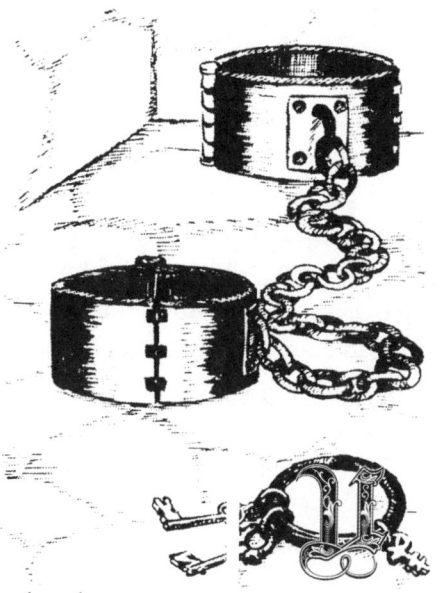

Capítulo

3

Uma chave bateu na fechadura da porta da cela.

Tasslehoff sentou-se na hora. Uma luz pálida entrava na cela através de uma pequena janela com grades no alto da grossa parede de pedra. "Amanhecendo," pensou com sono. A chave fez mais um barulho, como se o carcereiro estivesse com dificuldades para abrir a fechadura. Tas deu uma olhada incerta para Caramon do lado oposto da cela. O grandalhão estava deitado na laje de pedra que era sua cama, sem se mover ou dar sinal de que ouvira a barulheira.

"Péssimo sinal," pensou Tas ansiosamente, sabendo que o guerreiro bem treinado (quando não estava bêbado) teria despertado com o som dos passos fora da sala. Mas Caramon não tinha se movido nem falado desde que os guardas o deixaram ali ontem. Ele tinha recusado comida e água (mesmo com Tas assegurando que era melhor do que a maioria das comidas de prisões). Ele se deitou na laje de pedra e encarou o teto até o anoitecer. Então ele se moveu, um pouquinho ao menos, ao fechar seus olhos.

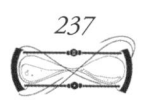

A chave estava tilintando ainda mais alto, e seu barulho foi aumentado com o som dos palavrões do carcereiro. Apressadamente, Tas se levantou e atravessou o piso de pedra, tirando palha do cabelo e alisando sua roupa no caminho. Vendo um banquinho surrado no canto, o kender o arrastou até a porta, subiu nele e espiou pela janela com grades para o carcereiro do outro lado.

— Bom dia — disse Tas alegre. — Estão com problemas?

O carcereiro pulou um metro com o som inesperado e quase derrubou as chaves. Era um homem pequeno, tão encarquilhado e grisalho quanto as paredes. Encarando o rosto do kender pelas grades, o carcereiro rosnou e, inserindo a chave novamente na fechadura, cutucou e balançou vigorosamente. Um homem atrás do carcereiro fechou a cara. Ele era um homem grande e de largo porte, vestido em roupas elegantes e envolto numa capa de pele de urso para se proteger do frio da manhã. Em sua mão, ele segurava uma lousa, com um pedacinho de giz pendurado por um fio de couro.

— Vamos logo — rosnou o homem para o carcereiro. — O mercado abre ao meio-dia e eu preciso deixar esse bando limpo e decente até lá.

— Deve ter quebrado — murmurou o carcereiro.

— Ah, não, não quebrou — disse Tas para ajudar. — Na verdade, acho que a sua chave encaixaria muito bem se minha gazua não estivesse no caminho.

O carcereiro lentamente baixou as chaves e ergueu os olhos para olhar com raiva para o kender.

— Foi o acidente mais estranho que já vi — prosseguiu Tas. — Sabe, eu estava bem entediado ontem de noite, pois Caramon adormeceu cedo e vocês tiraram todas as minhas coisas, então quando por acaso descobri que deixaram passar uma gazua na minha meia, decidi tentar usá-la nessa porta, só para me ocupar, sabe, e ver que tipo de cadeias vocês fazem aqui. Essa cadeia é muito bonita, aliás — disse Tas solenemente. — Uma das mais bonitas em que já estive... há, digo, uma das mais bonitas que já vi. Meu nome é Tasslehoff Burrfoot, aliás. — O kender espremeu sua mão pelas grades no caso de algum deles querer apertá-la. Não apertaram. — E eu sou de Consolação. Meu amigo também. Estamos numa certa missão, digamos e... Ah, sim, a fechadura. Ora, não precisa me olhar com essa cara, não foi minha culpa. Na verdade, foi a sua fechadura idiota que quebrou minha gazua! Uma das minhas melhores, ainda por cima. Era do meu pai — disse o kender, triste. — Ele me deu no dia em que virei adulto. Eu realmente acho que vocês podiam ao menos se desculpar — acrescentou Tas numa voz severa.

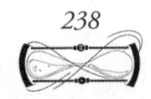

Com isso, o carcereiro fez um som estranho, mistura de ronco e uma explosão. Balançando seu molho de chaves para o kender, ele exclamou algo incoerente sobre "apodrecer nessa cela pra sempre" e começou a ir embora, mas o homem da capa de urso o segurou.

— Pode parar aí. Eu preciso daquele cara lá dentro.

— Eu sei, eu sei — choramingou o carcereiro numa voz fina. — Mas vai ter que esperar o chaveiro...

— Impossível. Minhas ordens são para botar os dois no mercado hoje.

— Então, é melhor arranjar um jeito de tirar os dois daí. — O carcereiro sorriu com desdém. — Dê uma gazua nova pro kender. Agora, você quer o resto ou não?

Ele começou a sair, deixando o homem da pele de urso encarando sombriamente a porta.

— Você sabe de onde vêm as minhas ordens — disse ele em tons sinistros.

— Minhas ordens vêm do mesmo lugar — disse o carcereiro sobre seu ombro ossudo. — Se eles não gostarem, podem vir *rezar* pra porta abrir. Se não funcionar, podem esperar o chaveiro como todo mundo.

— Você vai nos soltar? — perguntou Tas, ansioso. — Se for, podemos ajudar — Um pensamento repentino veio na sua cabeça. — Você não vai nos executar, né? Porque, se for o caso, acho que prefiro esperar o chaveiro mesmo...

— Executar! — grunhiu o homem de pele de urso. — Não acontece uma execução em Istar faz dez anos. A igreja proibiu.

— É, uma morte rápida e limpa era boa demais — riu o carcereiro, que se virou de novo. — Agora, o que quer dizer com ajudar, animalzinho?

— Bom... — vacilou Tas — Se não vão nos executar, o que vão fazer com a gente? Bem que podiam nos soltar, né? Somos inocentes, afinal de contas. Digo, nós não...

— Eu não vou fazer nada com *você* — disse sarcasticamente o homem de pele de urso. — Eu quero é o seu amigo. E não, ninguém vai soltar ele.

— Morte rápida e limpa — murmurou o carcereiro, dando um sorriso banguela. — Sempre tinha uma multidão boa pra assistir. Fazia um homem sentir que sua morte valia alguma coisa, foi o que o Harry Tagarela me disse quando tava indo pra forca. Ele achava que ia ter uma boa multidão, e teve. Ele até chorou. "Toda essa gente" o cara fala pra mim "vindo assistir minha saída em pleno feriado". Um cavalheiro até o fim.

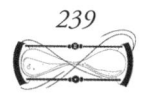

— Ele vai pro mercado! — falou alto o homem de pele de urso, ignorando o carcereiro.

— Rápida, limpa. — O carcereiro balançou a cabeça.

— Bom — disse Tas, em dúvida. — Não sei bem o que você quer dizer com isso, mas se vai mesmo soltar a gente, talvez Caramon possa ajudar.

O kender desapareceu da janela, e eles o ouviram gritar.

— Caramon, acorda! Eles querem nos soltar e não conseguem abrir a porta e acho que é culpa minha, digo, em parte...

— Você sabe que vai ter que levar os dois — disse o carcereiro, astutamente.

— O quê? — O homem de pele de urso virou para encarar o carcereiro. — Nunca mencionaram isso...

— Eles devem ser vendidos juntos. Essas são as minhas ordens, e como as suas ordens e as minhas ordens vêm do mesmo lugar...

— Isso foi escrito? — O homem fez uma careta.

— É claro. — O carcereiro tinha um olhar convencido.

— Eu vou perder dinheiro! Quem vai comprar um kender?

O carcereiro deu de ombros. Não era problema dele.

O homem de pele de urso abriu a boca de novo, depois a fechou quando outro rosto apareceu na janelinha da porta. Não era o kender. Era o rosto de um humano, um jovem com uns vinte e oito anos. O rosto devia ter sido bonito um dia, mas a forte linha da mandíbula estava borrada com gordura, os olhos castanhos estavam cansados, o cabelo cacheado estava emaranhado e cheio de nós.

— Como está a dama Crysania? — perguntou Caramon.

O homem de pele de urso piscou confuso.

— A dama Crysania. Eles a levaram pro Templo — repetiu Caramon.

O carcereiro cutucou o homem de pele de urso nas costelas.

— Você sabe, a mulher que ele espancou.

— Eu não toquei nela — disse Caramon, calmamente. — Agora me diga, como está ela?

— Não é da sua conta — exclamou o homem de pele de urso, e de repente se lembrou do horário. — Você é um chaveiro? O kender disse algo sobre você conseguir abrir a porta.

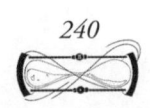

— Não sou um chaveiro, mas acho que consigo abrir — disse Caramon. Seus olhos foram para o carcereiro. — Se você não se importar dela quebrar.

— A fechadura já tá quebrada! — disse o carcereiro de forma esganiçada. — Não dá pra ver que a única coisa pior seria se você quebrasse a porta toda?

— É o que eu pretendo fazer — disse Caramon, com frieza.

— Quebrar a porta? — gritou o carcereiro. — Cê tá doido! Por que...

— Espere. — O homem de pele de urso teve um vislumbre dos ombros e do pescoço de touro de Caramon pelas grades da porta. — Vamos ver. Se ele conseguir, eu pago pelos danos.

— Pode apostar que vai! — grasnou o carcereiro. O homem de pele de urso o olhou de soslaio, e o carcereiro ficou em silêncio.

Caramon fechou os olhos e respirou fundo várias vezes, soltando o ar lentamente. O homem de pele de urso e o carcereiro se afastaram da porta. Caramon desapareceu de vista. Eles ouviram um grunhido e então o som de um golpe tremendo atingindo a porta sólida de madeira. A porta tremeu nas dobradiças e até as paredes de pedra pareceram se abalar com a força do golpe. Mas a porta permaneceu. O carcereiro, no entanto, recuou outro passo, boquiaberto.

Outro grunhido de dentro da cela, depois outro golpe. A porta explodiu com tanta força que as únicas partes restantes e reconhecíveis eram as dobradiças tortas e a fechadura, ainda presa ao batente. A força do impulso de Caramon o jogou no corredor. Sons abafados de comemoração podiam ser ouvidos das celas ao redor onde outros prisioneiros pressionavam seus rostos nas grades.

— Você vai pagar por isso! — guinchou o carcereiro ao homem de pele de urso.

— Valeu cada centavo — disse o homem, ajudando Caramon a se levantar e o limpando, olhando-o criticamente ao mesmo tempo. — Andou comendo bem demais, hein? E bebendo bem demais, aposto? Provavelmente foi o que te meteu aqui. Enfim, deixa pra lá. Isso se resolve. Seu nome é Caramon?

O grandalhão assentiu devagar.

— E eu sou Tasslehoff Burrfoot — disse o kender, saindo pela porta quebrada e oferecendo de novo sua mão. — Eu vou em todo lugar com ele, absolutamente todo lugar. Prometei Tika que iria, e...

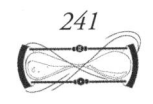

O homem de pele de urso estava anotando algo em sua louça e só deu uma olhada distraída para o kender.

— Hmmmm, entendo.

— Bom, então... — prosseguiu o kender, botando a mão no bolso com um suspiro. — Se tirasse essas correntes dos nossos pés, seria bem mais fácil de andar.

— Seria, né? — murmurou o homem de pele de urso, anotando alguma coisa na lousa. Somando tudo, ele sorriu. — Vá em frente — instruiu o carcereiro. — Pegue os outros que tiver pra mim hoje.

O velho saiu, com um olhar feroz para Tas e Caramon.

— Vocês dois, sentem encostados ali na parede até ficarmos prontos pra ir — ordenou o homem de pele de urso.

Caramon agachou no chão, massageando o ombro. Tas sentou do lado dele com um suspiro feliz. O mundo fora da cela já parecia mais iluminado. Como dissera para Caramon: "Quando sairmos, vamos ter uma chance! Enfiados aqui é que não temos chance nenhuma."

— Ah, aliás — gritou Tas para a figura do carcereiro que se afastava. — Você podia me devolver minha gazua? Valor sentimental, sabe como é.

— Uma chance, né? — disse Caramon para Tas enquanto o ferreiro preparava a coleira de ferro. Levou tempo para encontrar uma grande o bastante, e Caramon foi o último dos escravos a ter esse sinal do seu aprisionamento envolto em seu pescoço. O homem grande encolheu-se de dor quando o ferreiro soldou o prego com um ferro incandescente. Houve cheiro de carne queimada.

Triste, Tas puxava sua coleira e encolheu em simpatia pelo sofrimento de Caramon.

— Sinto muito — disse ele, fungando. — Eu não sabia que ele disse no mercado! Achei que ele tinha dito ao mercado. Como "vamos ao mercado" comprar alguma coisa. Eles falam meio estranho aqui. Honestamente, Caramon...

— Tudo bem — disse Caramon, com um suspiro. — Não é culpa sua.

— Mas é culpa de alguém — disse Tas, refletindo, observando com interesse o ferreiro botar gordura na queimadura de Caramon e inspecionar seu serviço com um olhar crítico. Vários ferreiros de Istar perderam seu emprego quando um senhor de escravos voltou exigindo retribuição por um escravo fugido que escapara da coleira.

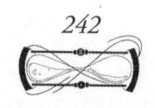

— O que quer dizer? — murmurou Caramon, seu rosto ficando naquela expressão fechada e vaga.

— Ora — sussurrou Tas, com uma olhadinha para o ferreiro. — Pare e pense. Olhe como você está vestido desde que chegamos. Você parece um rufião. E daí tinha aquele clérigo e aqueles guardas, bem como se estivessem esperando a gente. E a dama Crysania, aparecendo daquele jeito!

— Tem razão — disse Caramon, uma fagulha de vida piscando em seus olhos vagos. A fagulha acendeu um fogo crepitante. — Raistlin — murmurou ele. — *Ele* sabe que eu vou tentar impedi-lo. Ele fez isso!

— Eu não sei — disse Tas após pensar um pouco. — Digo, não seria mais fácil só torrar você de uma vez ou transformar numa parede ou coisa assim?

— Não! — disse Caramon, e Tas viu ânimo em seus olhos. — Não entendeu? Ele me quer aqui... pra fazer alguma coisa. Ele não nos mataria. Aquele... aquele elfo negro que trabalha pra ele nos disse, lembra?

Tas pareceu em dúvida e começou a falar, mas nesse momento, o ferreiro levantou o guerreiro. O homem de pele de urso, que espiava os dois impacientemente na porta da oficina do ferreiro, gesticulou para dois dos seus escravos pessoais. Correndo para dentro, agarram Caramon e Tas de qualquer jeito, empurrando-os para a fila com os outros escravos. Dois outros escravos chegaram e começaram a encaixar os grilhões de pernas de todos os escravos juntos até ficarem encadeados numa fila. E a um gesto do homem de pele de urso, a miserável cadeia de humanos, meio-elfos e dois goblins começou a avançar.

Mal deram três passos antes de ficarem imediatamente enrolados por Tasslehoff, que se enganara e seguira na direção errada.

Após muitos palavrões e algumas chicotadas com uma vara de marmelo (primeiro vendo se tinha algum clérigo por perto), o homem de pele de urso fez a fila se mover. Tas pulava tentando manter o passo. Só depois do kender ser arrastado de joelhos duas vezes, novamente atrapalhando toda a fila, que Caramon envolveu seu braço em sua cintura, erguendo-o com corrente e tudo para carregá-lo.

— Isso foi meio divertido — comentou Tas sem fôlego. — Especialmente quando eu caí. Viu a cara do cara? Eu...

— O que quis dizer lá atrás? — interrompeu Caramon. — O que te faz pensar que Raistlin não está por trás disso?

O rosto de Tas ficou incomumente sério e pensativo.

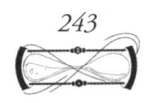

— Caramon — disse ele após um momento, botando seus braços ao redor do pescoço de Caramon e falando na orelha para ser ouvido acima do barulho das correntes e dos sons das ruas da cidade. — Raistlin devia estar muito ocupado com toda aquela história de voltar para cá. Ora, Par-Salian levou dias para lançar aquele feitiço de viagem no tempo, e ele é um mago muito poderoso. Então deve ter drenado muito da energia de Raistlin. Como ele poderia fazer aquilo e isso com a gente ao mesmo tempo?

— Ora — disse Caramon, de cara fechada. — Se não foi ele, foi quem?

— Será que... Fistandantilus? — sussurrou Tas dramaticamente.

Caramon arquejou e seu rosto ficou sombrio.

— Ele...ele é um mago muito poderoso — Tas o lembrou. — E, bom, você não fez nenhum segredo que voltou para cá para, há, bom, para cuidar dele, digamos. Digo, você disse isso bem na Torre da Alta Magia. E a gente sabe que Fistandantilus pode estar na Torre. É onde ele conheceu Raistlin, não foi? E se ele estivesse lá e ouviu? Aposto que estaria bem brabo.

— Bá! Se ele é tão poderoso, teria me matado lá mesmo! — Caramon fez uma careta.

— Não, ele não pode — disse Tas firmemente. — Olha só, eu entendi tudo. Ele não pode matar o irmão do próprio pupilo. Especialmente se Raistlin te trouxe para cá por um motivo. Ora, até onde Fistandantilus sabe, Raistlin pode te amar lá no fundo.

O rosto de Caramon empalideceu, e Tas imediatamente sentiu vontade de morder a língua.

— Enfim — prosseguiu ele, apressadamente. — Ele não pode se livrar de você agora. Tem que ser especial.

— E?

— E... — Tas respirou fundo. — Bom, eles não executam gente por aqui, mas aparentemente têm outras formas de lidar com aqueles que ninguém quer por perto. Aquele clérigo e o carcereiro falaram de execuções sendo mortes "fáceis" comparadas com o que ia acontecer.

O golpe de uma chibata nas costas de Caramon acabou com a conversa. Encarando furiosamente o escravo que o golpeou, um camarada desagradável que claramente parecia gostar do seu trabalho, Caramon caiu num silêncio soturno, pensando no que Tas dissera. Fazia sentido. Ele vira quanto poder e concentração Par-Salian gastou para conjurar aquele feitiço difícil. Raistlin podia ser poderoso, mas não tanto assim! Além disso, ainda era fisicamente fraco.

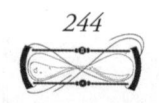

Caramon de repente viu tudo com clareza. "Tasslehoff tem razão! Armaram para cima da gente. Fistandantilus se livrará de mim de algum jeito e então explicará minha morte para Raistlin como um acidente."

Em algum lugar no fundo da mente de Caramon, ele ouviu uma voz grossa anã dizer: "— Não sei quem é mais burro, você ou o cabeça-oca do kender! Se algum de vocês sobreviver a isso, aí eu vou me surpreender!" Caramon sorriu com tristeza ao pensar em seu velho amigo. Mas Flint não estava ali, nem Tanis ou alguém que pudesse aconselhá-los. Ele e Tas estavam por conta própria e, se não fosse pelo salto impetuoso do kender no feitiço, ele muito provavelmente estaria sozinho aqui, sem ninguém! Esse pensamento o abalou. Caramon tremeu.

— Isso tudo significa que eu tenho que pegar Fistandantilus antes que ele me pegue — disse ele suavemente para si mesmo.

Os grandes pináculos do Templo olhavam para as ruas das cidades mantidas incrivelmente limpas — exceto pelos becos. As ruas estavam repletas de pessoas. Guardas do Templo vagavam mantendo a ordem, destacando-se na multidão por seus mantos coloridos e elmos emplumados. Belas mulheres lançavam olhares cheios de admiração pelo canto dos olhos enquanto andavam entre os bazares e lojas, seus belos vestidos varrendo o pavimento enquanto se moviam. Entretanto, havia um lugar na cidade do qual mulheres não chegavam perto, apesar de muitas darem olhares curiosos na sua direção: a parte da praça onde ficava o mercado de escravos.

O mercado de escravos estava tumultuado como sempre. Os leilões aconteciam uma vez por semana, um dos motivos do homem de pele de urso, que era o gerente, ter ficado tão ansioso para conseguir sua cota semanal de escravos das prisões. Apesar do dinheiro das vendas dos prisioneiros ir para os cofres públicos, o gerente obviamente ganhava sua parte. Essa semana parecia muito promissora.

Como dissera para Tas, não havia mais execuções em Istar ou na partes de Krynn que ela controlava. Bom, havia poucas. Os Cavaleiros de Solamnia ainda insistiam em punir cavaleiros que traíam a própria Ordem com o velho costume bárbaro, cortando a garganta do cavaleiro com sua própria espada. Mas o Rei-Sacerdote estava em conselho com os Cavaleiros, e havia a esperança de que, em breve, até essa prática horrenda pararia.

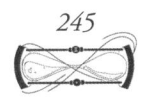

O fim das execuções em Istar criou outro problema: o que fazer com os prisioneiros, que aumentavam em número e drenavam os cofres públicos. A igreja, portanto, conduziu um estudo. Descobriu-se que a maioria dos prisioneiros era indigente, sem-teto e sem dinheiro. Os crimes que cometiam — roubo, furto, prostituição e afins — vinham disso.

— Não é lógico, portanto, considerar que a escravidão não só é a resposta ao problema do excesso de população em nossas prisões, como também é uma forma gentil de lidar com estas pessoas, cujo único crime é terem sido pegas na teia de pobreza de onde não são capazes de escapar? — disse o Rei-Sacerdote aos seus ministros no dia em que fez o pronunciamento oficial. — É claro que é. É nosso dever, portanto, auxiliá-las. Na escravidão, serão alimentadas, vestidas e abrigadas. Receberão tudo que não receberam quando foram forçadas para uma vida de crime. Garantiremos que sejam bem tratadas, e iremos garantir também que, após um certo período de servidão, se agirem bem, poderão comprar a própria liberdade. Voltarão a nós como membros produtivos da sociedade.

A ideia foi efetivada na hora e já estava em prática a cerca de dez anos. Houve problemas, mas eles nunca chegaram à atenção do Rei-Sacerdote, pois nunca foram sérios o suficiente para exigir a preocupação dele. Subalternos os resolveram com eficiência e o sistema seguia tranquilamente. A igreja recebia uma renda fixa do dinheiro pago pelos escravos da prisão (para separá-los dos escravos vendidos por questões privadas), e a escravidão até parecia agir para dissuadir as pessoas do crime.

Os problemas que surgiram envolviam dois grupos de criminosos: kenders e aqueles cujos crimes eram de péssimo gosto. Descobriu-se ser impossível vender um kender e que também era difícil vender um assassino, um estuprador, um insano. As soluções eram simples. Kender eram presos de noite e depois escoltados até os portões da cidade (isso resultava numa pequena procissão toda manhã). Instituições foram criadas para lidar com o tipo mais impertinente de criminoso.

Era com o líder anão de uma dessas instituições que o homem de pele de urso conversava animadamente naquela manhã, apontando para Caramon enquanto ele estava com os outros prisioneiros na jaula imunda e fedorenta atrás do palco, fazendo movimentos dramatizados de derrubar uma porta com o ombro.

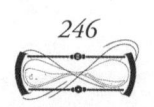

O líder da instituição não pareceu impressionado. Porém, isso não era incomum. Ele aprendera, muito antes, que parecer impressionado com um prisioneiro significava duplicar do preço na hora. Portanto, o anão fez uma careta para Caramon, cuspiu no chão, cruzou os braços e, firmando seus pés no pavimento, encarou o homem de pele de urso.

— Tá fora de forma, gordo demais. E ainda é um bêbado, olha o nariz. — O anão balançou a cabeça. — E não parece malvado. Você disse que ele fez o quê? Atacou uma clériga? Hunf! — O anão bufou. — A única coisa que esse daí ataca é um garrafão de vinho!

O homem de pele de urso já estava acostumado.

— Você perderia a chance de uma vida, Quebrarrocha — disse ele suavemente. — Devia ter visto ele derrubando aquela porta. Nunca vi tanta força num homem. Talvez ele esteja acima do peso, mas isso se cura facilmente. Só dar um jeito nele que ele vai arrombar corações. As mulheres vão adorá-lo. Olhe os olhos castanhos e esse cabelo encaracolado. — O homem de pele de urso baixou sua voz. — Seria uma pena perdê-lo para as minas... Tentei impedir que a fofoca do que ele fez voasse, mas Haarold ficou sabendo, infelizmente.

Tanto o homem de pele de urso quanto o anão olharam de soslaio para um humano a certa distância, falando e rindo com vários dos seus guardas grosseiros. O anão coçou sua barba, mantendo o rosto impassível. O homem de pele de urso prosseguiu.

— Haarold jurou que vai tê-lo a qualquer custo. Falou que vai conseguir o dobro do trabalho de um humano comum dele. Agora, você sendo um cliente preferencial, tentarei colocar as coisas em seu favor.

— Pode deixar ele pro Haarold — grunhiu o anão. — Porcão.

Mas o homem de pele de urso viu o anão analisando Caramon com um olhar especulativo. Sabendo por muita experiência quando falar e quanto se aquietar, o homem de pele de urso fez uma mesura para o anão e seguiu em frente, esfregando as mãos.

Entreouvindo essa conversa e vendo o olhar do anão passar por ele como um homem olha para uma porca premiada, Caramon sentiu uma vontade súbita e louca de quebrar suas amarras, abrir caminho à força pelo curral onde estava enjaulado, e arrebentar tanto o anão quanto o homem de pele de urso. O sangue martelou seu cérebro, ele lutou contra os grilhões e os músculos dos seus braços se enrijeceram, uma visão que fez o anão arregalar seus olhos e os guardas ao redor da jaula sacar as espadas das suas bainhas. Mas Tasslehoff logo bateu nas suas costelas com o cotovelo.

— Caramon, olha! — disse o kender, empolgado.

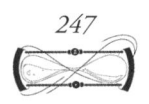

Por um momento, Caramon não conseguia ouvir nada com o martelar em seus ouvidos. Tas o cutucou de novo.

— Olha lá, Caramon. Lá, no fim da multidão, sozinho. Viu?

Caramon respirou, trêmulo, e forçou-se a se acalmar. Olhou para onde o kender apontava e o sangue em suas veias gelou.

De pé, na beirada da multidão, estava uma figura de vestes pretas. Ele estava sozinho. Chegava a ter um largo círculo vazio ao seu redor. Ninguém da multidão chegava perto. Muitos faziam desvios, fazendo questão de evitar se aproximar. Ninguém falava com ele, mas todos estavam cientes da sua presença. Aqueles perto dele, que antes falavam animadamente, caíram num silêncio desconfortável, dando olhares nervosos em sua direção.

As vestes do homem eram de um preto forte, sem ornamentos. Nenhum fio de prata brilhava em suas mangas, nenhuma borda cercava o capuz que cobria seu rosto. Ele não carregava um cajado, nenhum familiar andava ao seu lado. Que outros magos usem runas de proteção, que outros magos portem cajados de poder ou tenham animais para fazer o que mandam. Esse homem não precisava nada disso. Seu poder vinha de dentro, era tão grandioso que atravessava os séculos, até mesmo planos de existência. Era possível senti-lo, irradiando-se ao redor dele como o calor da fornalha de um ferreiro.

Era alto e de um bom porte, as vestes pretas caindo de ombros esguios, mas musculosos. Suas mãos, as únicas partes do seu corpo visíveis, eram fortes, delicadas e hábeis. Apesar de tão velho que poucos em Krynn conseguiriam adivinhar sua idade, tinha o corpo jovem e forte. Rumores diziam como ele usava suas artes mágicas para superar as debilidades da idade.

E assim ele permanecia sozinho, como se um sol preto tivesse caído no pátio. Nem mesmo o brilho em seus olhos podia ser visto nas profundezas sombrias do seu capuz.

— Quem é aquele? — perguntou Tas a um outro prisioneiro casualmente, assentindo para a figura de vestes pretas.

— Você não sabe? — disse o prisioneiro nervoso, como se relutasse em responder.

— Eu não sou daqui — desculpou-se Tas.

— Ora essa, aquele é o Tenebroso... Fistandantilus. Você ouviu falar sobre ele, né?

— Sim — disse ele, olhando para Caramon de um jeito "eu falei" — Ouvimos falar sobre ele.

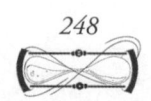

Capítulo

4

uando Crysania despertou do feitiço que Paladine lançou sobre ela, ficou em tal estado de espanto e confusão que os clérigos ficaram muito preocupados, temendo que provação tivesse desequilibrado a sua mente.

Ela falou de Palanthas, então presumiram que ela devia ter vindo de lá. Mas continuava chamando o Líder da sua Ordem, alguém chamado Elistan. Os clérigos conheciam os Líderes de todas as Ordens de Krynn, e esse Elistan não era familiar. Mas ela foi tão insistente que, de início, temeu-se que algo podia ter acontecido com o atual Líder de Palanthas. Mensageiros logo foram despachados.

E Crysania também falou de um Templo de Palanthas, onde não existia Templo algum. Por fim, falou de forma um tanto enlouquecida sobre dragões e o "retorno dos deuses", o que fez com aqueles presentes — Quarath e Elsa, líder das Reverendas Filhas — se entreolhassem horrorizados, fazendo os sinais de proteção contra blasfêmia. Crysania recebeu uma poção de ervas que a acalmou, e por fim adormeceu. Os dois ficaram com ela por longos momentos após ela ter adormecido, discutindo seu caso em vozes baixas. Então, o Rei-Sacerdote adentrou no quarto, chegando para apaziguar seus medos.

— Conjurei um augúrio — disse a voz musical. — Foi-me dito que Paladine a convocou para protegê-la de um feitiço de magia maligna usado contra ela. Não creio que nenhum de nós ache difícil duvidar disso.

Quarath e Elsa balançaram as cabeças, trocando olhares entendidos. O ódio que o Rei-Sacerdote tinha de magistas era bem conhecido.

— Ela esteve, portanto, com Paladine, vivendo naquele reino maravilhoso que buscamos recriar sobre este solo. Indubitavelmente ela, enquanto esteve lá, recebeu conhecimento do futuro. Ela fala de um belo Templo construído em Palanthas. Não temos nós planos para construir tal Templo? Ela fala deste Elistan, que provavelmente é algum clérigo destinado a governar lá.

— Mas... dragões, retorno dos deuses? — murmurou Elsa.

— Quanto aos dragões, provavelmente é algum conto de infância que a assombrou durante a enfermidade, ou talvez tivesse algo a ver com o feitiço conjurado nela pelo magista. — — disse o Rei-Sacerdote numa voz que irradiava calor e divertimento, mas depois ficou severa. — Vocês sabem que dizem que magos têm o poder de fazer pessoas verem aquilo que não existe. Quanto ao que ela disse sobre o "retorno dos deuses"...

O Rei-Sacerdote ficou em silêncio por um momento. Quando falou de novo, foi em voz baixa e quase sem fôlego.

— Vocês dois, meus conselheiros mais próximos, sabem do sonho em meu coração. Vocês sabem que, um dia, dia que está se aproximando, eu irei aos deuses e exigirei deles a ajuda para enfrentar o mal que ainda está presente entre nós. Neste dia, o próprio Paladine ouvirá minhas preces. Ele virá ao meu lado, e juntos batalharemos a escuridão até que seja derrotada para sempre! É isto o que ela previu! É isto o que ela quer dizer com "retorno dos deuses"!

Luz preencheu a sala, Elsa sussurrou uma prece e até Quarath baixou seus olhos.

— Deixe-a dormir — disse o Rei-Sacerdote. — Ela estará melhor pela manhã. Irei mencioná-la em minhas preces para Paladine.

Ele saiu do quarto, que ficou mais escuro com a sua retirada. Elsa ficou olhando-o em silêncio. Quando a porta dos aposentos de Crysania se fechou, a elfa se virou para Quarath.

— Ele tem esse poder? — perguntou Elsa à sua contraparte masculina enquanto ele encarava Crysania pensativo. — Ele realmente pretende fazer... o que disse que fará?

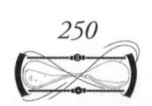

— O quê? — Os pensamentos de Quarath estavam distantes. Ele olhou de soslaio para a direção do Rei-Sacerdote. — Ah, aquilo? Claro que ele tem esse poder. Você viu como ele curou esta moça. E os deuses falaram com ele através do augúrio, ou é o que ele alega. Quando você curou alguém pela última vez, Filha Reverenciada?

— Então você acredita naquela conversa de Paladine tomando a alma dela e deixando-a ver o futuro? — Elsa parecia maravilhada. — Você acredita que ele realmente a curou?

— Eu acredito que há algo muito estranho sobre esta moça e aqueles dois que vieram com ela — disse Quarath severamente. — Eu cuidarei *deles*. Você fique de olho nela. Quanto ao Rei-Sacerdote... — Quarath deu de ombros. — Deixe-o invocar o poder dos deuses. Se eles descerem para lutar por ele, ótimo. Se não, não importa para nós. Nós sabemos quem faz o serviço dos deuses em Krynn.

— Fico me perguntando uma coisa — observou Elsa, alisando o cabelo escuro de Crysania para tirá-lo do seu rosto adormecido. — Havia uma garota na nossa Ordem que tinha o poder da cura verdadeira. Aquela que foi seduzida pelo cavaleiro Solâmnico. Qual era o nome dele?

— Soth — disse Quarath. — Lorde Soth, do Forte Dargaard. Ah, eu não duvido. Às vezes encontramos alguns, especialmente entre os muito novos ou os muito velhos, que têm o poder. Ou acham ter. Francamente, estou convencido que a maioria é meramente resultado de pessoas querendo acreditar tanto em algo que se convencem que é verdade. O que não fere nenhum de nós. Observe atentamente esta moça, Elsa. Se ela continuar a falar sobre tais coisas pela manhã, após ter se recuperado, talvez precisemos tomar medidas drásticas. Mas, no momento...

Ele ficou em silêncio. Elsa assentiu. Sabendo que a jovem dormiria profundamente sob a influência da poção, os dois deixaram Crysania a sós, adormecida num quarto no grande Templo de Istar.

Crysania acordou na manhã seguinte sentindo como se sua cabeça estivesse forrada de algodão. Havia um gosto amargo na sua boca e estava com uma sede terrível. Ela se sentou, tonta, tentando organizar seus pensamentos. Nada fazia sentido. Ela tinha uma memória vaga e horrível de uma criatura do além-túmulo aproximando-se dela. Então, esteve com Raistlin na Torre da Alta Magia, e depois uma memória fraca de ser cercada de magos vestidos de branco, vermelho e preto, uma impressão de pedras cantantes, e um sentimento de ser levada numa longa jornada.

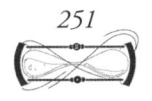

Ela também tinha uma memória de despertar e se ver na presença de um homem cuja beleza era avassaladora, cuja voz preenchia sua mente e sua alma com paz. Mas ele disse que era o Rei-Sacerdote, e que ela estava no Templo dos Deuses em Istar. Isso não fazia sentido nenhum. Ela se lembrava de ter chamado por Elistan, mas ninguém parecia conhecê-lo. Ela contou sobre ele, como foi curado por Lua Dourada, clériga de Mishakal, como liderou a luta contra os dragões malignos, e como contava ao povo sobre o retorno dos deuses. Mas essas palavras só fizeram os clérigos olharem para ela com pena e alarme. Por fim, deram-lhe uma poção de gosto estranho para beber, e ela dormiu.

Ainda estava confusa, mas determinada a descobrir onde estava e o que estava acontecendo. Saindo da cama, forçou-se a se lavar como fazia toda manhã, depois se sentou a penteadeira estranha para calmamente pentear e trançar os longos cabelos escuros. A rotina familiar fez com que se sentisse mais relaxada.

Ela até tirou um tempo para olhar todo o quarto, e não conseguiu evitar sentir admiração por sua beleza e esplendor. Mas achou um tanto estranho para um Templo dedicado aos deuses, se ela realmente estivesse em um. Seu quarto na sua casa em Palanthas não era nem perto de ser tão esplêndido, e fora mobiliado com cada luxo que o dinheiro podia comprar.

De repente, sua mente voltou para o que Raistlin mostrara, a pobreza e necessidade tão próximas do Templo, e ela ruborizou desconfortavelmente.

— Talvez seja um quarto de hóspedes — disse Crysania a si mesma, falando em voz alta, sentindo conforto no som familiar da própria voz. — Afinal de contas, os quartos de hóspedes em nosso novo Templo certamente foram feitos para deixar nossos hóspedes confortáveis. Mesmo assim — ela franziu o cenho, seu olhar passando para uma caríssima estátua dourada de uma dríade, segurando uma vela em suas mãos douradas. — Isto é extravagante. Poderia alimentar uma família por meses.

Quão grata ela estava por ele não ver isso! Ela falaria com o Líder dessa Ordem, fosse quem fosse. (Com certeza, devia estar enganada, pensando que ele dissera ser o Rei-Sacerdote!)

Tomando uma decisão, sentindo sua cabeça leve, Crysania removeu as roupas de noite que estava vestindo e colocou as vestes brancas que encontrou dobradas no pé da sua cama.

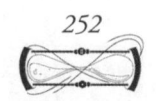

"Que vestes exóticas e antiquadas," notou ao passa-las pela cabeça. Muito diferentes das vestes brancas simples e austeras vestidas por aqueles da sua Ordem em Palanthas. Eram fortemente decoradas. Fios dourados brilhavam nas mangas e na bainha, um laço carmesim e púrpura ornamentava a frente, e um pesado cinto dourado prendia as dobras ao redor da sua cintura esguia. Mais extravagância. Crysania mordeu o lábio em desgosto, mas também se espiou num espelho de moldura dourada. Certamente era algo digno, ela teve de admitir, alisando as dobras do vestido.

Foi então que ela sentiu o bilhete em seu bolso.

Ela puxou um pedaço de papel de arroz dobrado em quadrados. Encarando-o curiosa, perguntando-se distraidamente se o dono das vestes o esqueceu por acidente, ela se assustou ao ver que estava endereçado para ela. Confusa, abriu.

Dama Crysania,
Eu sabia que você pretendia conseguir minha ajuda em retornar ao passado para prevenir o jovem mago, Raistlin, de prosseguir com a maldade que planeja. Mas em seu caminho até nós, você foi atacada por um cavaleiro da morte. Para salvá-la, Paladine levou sua alma para sua morada celestial. Não há nenhum de nós agora, nem mesmo Elistan, que possa trazê-la de volta. Apenas os clérigos vivos na época do Rei-Sacerdote têm este poder. Decidimos mandá-la de volta no tempo para Istar, logo antes do Cataclismo, na companhia do irmão de Raistlin, Caramon, para cumprir um propósito duplo. Primeiro, curá-la de seu ferimento terrível e, segundo, permitir que você tente ter êxito em seus esforços para salvar o jovem mago de si mesmo.

Se você perceber nisso o trabalho dos deuses, talvez você possa considerar seus esforços abençoados. Eu diria apenas que os deuses trabalham de maneiras estranhas aos mortais, pois vemos apenas a parte da pintura sendo pintada ao nosso redor. Esperava discutir isto com você pessoalmente, antes departir, mas isto se mostrou impossível. Posso apenas alertá-la de uma coisa: cuidado com Raistlin.

Você é virtuosa, firme em sua fé, e orgulhosa tanto de sua virtude e de sua fé. Esta é uma combinação mortal, minha cara. Ele tirará vantagem disto.

Lembre-se disto, também. Você e Caramon voltaram para uma época perigosa. Os dias do Rei-Sacerdote estão contados. Caramon está em uma missão que pode se provar perigosa para a vida dele.

Mas você, Crysania, corre perigo de vida e de alma. Prevejo que será forçada a escolher e, para salvar uma, você deverá abdicar da outra. Há muitas

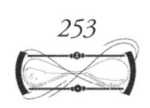

formas de você sair desta época, uma delas é através de Caramon. Que Paladine esteja convosco.

*Par-Salian
Ordem das Vestes Brancas
A Torre da Alta Magia
Wayreth*

Crysania afundou na cama, seus joelhos cedendo debaixo dela. A mão que segurava a carta tremia. Atordoada, ela a encarou, lendo de novo e de novo sem compreender as palavras. Após alguns momentos, no entanto, acalmou-se e se forçou a rever cada palavra, lendo uma sentença de cada vez até ter certeza de ter entendido o significado.

Isso levou quase meia hora de leitura e análise. Pelo menos, achava que tinha entendido a maior parte. A memória do porquê de ela fazer sua jornada para a Floresta de Wayreth retornou. Então, Par-Salian sabia. Ele a estava aguardando. Melhor assim. E ele tinha razão, o ataque do cavaleiro da morte obviamente fora um exemplo da intervenção de Paladine, assegurando que ela voltasse para o passado. Quanto ao comentário sobre sua fé e sua virtude...

Crysania se levantou. Seu rosto pálido estava fixo numa determinação firme, havia um leve sinal de cor em cada bochecha, e seus olhos cintilavam de raiva. Ela só se arrependia de não ter podido confrontá-lo com isso pessoalmente! Como ele ousa?

Seus lábios retraídos numa linha fina e apertada, Crysania dobrou o bilhete, passando seus dedos rapidamente por ele, como se quisesse rasgá-lo. Uma pequena caixa dourada, do tipo usado pelas damas da corte para guardar joias, estava na penteadeira ao lado do espelho de moldura dourada e a escova. Pegando a caixa, Crysania retirou a chavinha da fechadura, enfiou a carta lá dentro, e fechou a tampa com força. Ela inseriu a chave, virou e ouviu o clique da fechadura. Jogando a chave no bolso onde havia encontrado o bilhete, Crysania olhou novamente para o espelho.

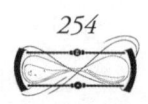

Ela tirou o cabelo preto do rosto, puxou o capuz das suas vestes e o botou sobre sua cabeça. Notando o rubor em suas bochechas, Crysania se forçou a relaxar, permitindo que sua raiva se esvaísse. O velho mago tinha boas intenções no fim das contas, ela se lembrou. E como alguém da magia poderia sequer entender alguém da fé? Ela era melhor do que uma raiva mesquinha. Ela estava, afinal de contas, à beira do seu momento de grandeza. Paladine estava com ela. Quase podia sentir a presença dele. E o homem que ela conheceu realmente era o Rei-Sacerdote!

Ela sorriu, lembrando da sensação de bondade que ele inspirava. Como poderia ser o responsável pelo Cataclismo? Não, a alma dela se recusava a acreditar. A História deve tê-lo vilanizado. Claro, ela só esteve com ele por alguns segundos, mas um homem tão belo, tão bom e tão sagrado... responsável por tamanha morte e destruição? Impossível! Talvez ela poderia fazer justiça a ele. Talvez fosse outro motivo para Paladine tê-la enviado de volta para cá, para descobrir a verdade!

A alegria encheu a alma de Crysania. Naquele momento, ela ouviu sua alegria ser aparentemente pelo soar dos sinos das Preces da Manhã. A beleza da música trouxe lágrimas aos seus olhos. Com seu coração explodindo de ânimo e felicidade, Crysania deixou seu quarto e se apressou para os magníficos corredores, quase colidindo com Elsa.

— Em nome dos deuses — exclamou Elsa, espantada. — Será possível? Como você está se sentindo?

— Estou me sentindo muito melhor, Filha Reverenciada — disse Crysania, confusa, lembrando do que eles ouviram-na dizer antes pode ter soado como balbucios loucos e incoerentes. — Como-como se eu despertasse de um sonho estranho e vívido.

— Paladine seja louvado — murmurou Elsa, olhando Crysania com olhos apertados em um olhar agudo e penetrante.

— Não deixei de louvá-lo, pode ter certeza disto — disse Crysania sinceramente. Em sua própria felicidade, ela não notou o estranho olhar da elfa. — Você estava indo para as Preces da Manhã? Se sim, posso acompanhá-la? — Ela olhou em volta do prédio esplêndido, maravilhada. — Temo que levarei muito tempo até que aprenda o caminho.

— É claro — disse Elsa, recuperando-se. — Por aqui. — Elas seguiram pelo corredor.

— Também preocupo-me com o... o jovem que foi... foi encontrado comigo — gaguejou Crysania, de repente lembrando que sabia muito pouco das circunstâncias sobre sua aparição naquela época.

O rosto de Elsa ficou frio e severo.

— Ele está onde será bem cuidado, minha cara. É um amigo seu?

— Não, claro que não — disse Crysania rapidamente, lembrando-se do seu último encontro com o bêbado Caramon. — Ele... ele era minha escolta. Escolta contratada — gaguejou, percebendo que era muito ruim em mentir.

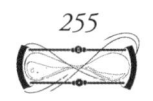

— Ele está na Escola dos Jogos — respondeu Elsa. — Seria possível enviar uma mensagem, se estiver preocupada.

Crysania não fazia ideia de que escola era aquela e temia fazer perguntas demais. Agradecendo Elsa, portanto, deixou o assunto morrer, a mente tranquila. Pelo menos, sabia onde estava Caramon, e que ele estava seguro. Sentindo-se tranquilizada, sabendo que tinha como voltar ao seu próprio tempo, ela se permitiu relaxar completamente.

— Ah, veja, minha cara — disse Elsa. — Lá vem outro para perguntar sobre sua saúde.

— Filho Reverenciado — Crysania curvou-se em reverência quando Quarath aproximou-se das duas. Com isso, ela perdeu a olhadela inquisitiva para Elsa e a assentida que a elfa deu.

— Regozijo-me em vê-la desperta e bem — disse Quarath, pegando a mão de Crysania e falando com tamanho sentimento e cordialidade que a jovem ruborizou de satisfação. — O Rei-Sacerdote passou a noite em prece pela sua recuperação. Esta prova da fé e poder dele será extremamente gratificante. Iremos apresentá-la formalmente a ele nesta noite. Mas... — ele interrompeu o que quer que Crysania estivesse prestes a dizer — Estou a impedindo de chegar nas Preces. Por favor, não me permita detê-la ainda mais.

Curvando-se para ambas com uma graça excepcional, Quarath passou, avançando pelo corredor.

— Ele não está atendendo aos serviços? — perguntou Crysania, seu olhar seguindo o clérigo.

— Não, minha cara — disse Elsa, sorrindo com a ingenuidade de Crysania. — ele atende ao Rei-Sacerdote em suas próprias cerimônias privadas de manhã cedo. Quarath está, afinal de contas, abaixo apenas do Rei-Sacerdote e possui assuntos de grande importância para lidar todos os dias. Dizem uns que, se o Rei-Sacerdote é o coração e a alma da igreja, Quarath é o cérebro.

— Que estranho — murmurou Crysania, seus pensamentos em Elistan.

— Estranho, minha cara? — disse Elsa, com um ar levemente reprovador. — Os pensamentos do Rei-Sacerdote estão com os deuses. Não se pode esperar que ele lide com assuntos mundanos como os negócios cotidianos da igreja, não é?

— Ah, claro que não. — Crysania ruborizou de vergonha.

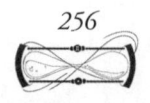

Quão provinciana ela devia parecer para essas pessoas; quão simples e retrógrada. Conforme seguia Elsa pelos corredores claros e arejados, a bela música dos sinos e o glorioso som de um coral de crianças preenchia sua alma em êxtase. Crysania lembrou do serviço simples que Elistan fazia todas as manhãs. E ele ainda fazia quase todo o trabalho da igreja por conta própria!

Aquele serviço simples parecia simplório para ela agora, um trabalho inferior para Elistan. Certamente exigia muito da saúde dele. Talvez, pensou ela com uma pontada de arrependimento, ele não tivesse encurtado sua própria vida se estivesse cercado de pessoas como estas para ajudá-lo.

Bom, aquilo iria mudar, decidiu Crysania de repente, percebendo que essa deveria ser outra razão para ter sido enviada de volta: fora escolhida para restaurar a glória da igreja! Tremendo de empolgação, sua mente já ocupada com planos de mudanças, Crysania pediu que Elsa descrevesse o funcionamento interno da hierarquia da igreja. Elsa ficou contente em expandir o assunto conforme as duas prosseguiam pelo corredor.

Perdida em seu interesse na conversa, atenta à cada palavra de Elsa, Crysania não deu importância a Quarath, que naquele momento abria em silêncio a porta para seu quarto e entrava.

Capítulo

5

Quarath encontrou a carta de Par-Salian em questão de minutos. Ele notou, quase imediatamente, que a caixa dourada sobre a penteadeira fora movida. Uma busca rápida pelas gavetas a revelou e, como ele tinha a chave-mestra das fechaduras de cada caixa, gaveta e porta do Templo, ele a abriu com facilidade.

A carta em si, entretanto, não foi tão facilmente compreendida pelo clérigo. Ele levou segundos para absorver seu conteúdo. As palavras permaneceriam impressas em sua mente; a habilidade fenomenal de Quarath de memorizar instantaneamente qualquer coisa que visse era um dos seus maiores dons. E foi assim que ele teve o texto completo da carta cravado em sua mente dentro de segundos. Mas percebeu que levaria horas de ponderação para compreendê-la.

Distraído, Quarath dobrou o pergaminho e o colocou de volta na caixa, então devolveu a caixa para sua exata posição dentro da gaveta. Ele a trancou com a chave, deu uma olhadela para as outras gavetas sem muito interesse e, não encontrando nada, deixou o quarto da jovem, perdido em seus pensamentos.

O conteúdo da carta era tão perplexo e perturbador que ele cancelou seus compromissos durante a manhã, ou os colocou sob os ombros de subalternos. Ele foi para seu estúdio, onde sentou-se, lembrando-se de cada palavra, cada frase.

Depois de um tempo, entendeu, se não para sua satisfação completa, pelo menos o bastante para permiti-lo determinar um curso de ação. Três coisas estavam aparentes. Uma, a jovem poderia ser uma clériga, mas ela estava envolvida com magistas e era, portanto, suspeita. Duas, o Rei-Sacerdote estava em perigo. Isso não era surpreendente, os magistas tinham boas razões para odiar e temer o homem. Três, o jovem encontrado com Crysania era, sem dúvida, um assassino. A própria Crysania poderia ser uma cúmplice.

Quarath sorriu sombriamente, parabenizando-se por já ter tomado medidas apropriadas para lidar com a ameaça. Ele fizera o jovem, Caramon era seu nome, pagar sua pena num lugar onde acidentes lamentáveis ocorriam de tempos em tempos.

Quanto à Crysania, estava segura dentro dos muros do Templo onde poderia ser observada e interrogada sutilmente.

Respirando mais fácil, sua mente clareando, o clérigo chamou o servo para trazer seu almoço, grato por saber que, pelo menos no momento, o Rei-Sacerdote estava seguro.

Quarath era incomum em muitos respeitos, um deles sendo que, apesar de muito ambicioso, sabia dos limites das suas próprias habilidades. Ele precisava do Rei-Sacerdote, não tinha desejo algum de tomar seu lugar. Quarath se contentava em banhar-se na luz do seu mestre, ao mesmo tempo estendendo seu próprio controle e autoridade e poder sobre o mundo, tudo em nome da igreja.

Conforme ampliava sua própria autoridade, também estendia o poder da sua raça. Embebidos com um senso de superioridade sobre todos os outros, assim como um senso de sua própria bondade inata, os elfos eram uma força poderosa por trás da igreja.

Era uma pena, sentia Quarath, que os deuses tivessem resolvido criar outras raças mais fracas. Raças tais como humanos, que, com suas vidas rápidas e desesperadas, eram alvos fáceis das tentações do mal. Mas os elfos estavam aprendendo a lidar com isso. Se não pudessem eliminar o mal no mundo por completo (e estavam trabalhando nisso), pelo menos poderiam controlá-lo. Era a liberdade que trazia o mal, a liberdade de escolha. Especialmente para humanos, que sempre abusavam dessa dádiva. Dar-lhes regras severas para seguir, deixar claro o certo e o errado em termos bem definidos, restringir a liberdade insana da qual abusavam. Assim, Quarath acreditava, os humanos entrariam na linha. Eles se contentariam.

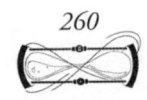

Quanto às outras raças de Krynn, gnomos, anões e (suspiro) kenders, Quarath (e a igreja) rapidamente os estavam forçando para pequenos territórios isolados onde causariam poucos problemas e, com o tempo, provavelmente definhariam. (Esse plano estava funcionando bem com os gnomos e os anões, que não tinham mesmo muito uso para o resto de Krynn de qualquer forma. Porém, os kenders não gostaram da ideia e continuavam alegremente a vagar pelo mundo, causando toda sorte de problemas e curtindo plenamente a vida.)

Tudo isso passou pela mente de Quarath enquanto ele comia seu almoço e começava a fazer seus planos. Ele não faria nada impensado com a tal dama Crysania. Não era como fazia as coisas, nem como os elfos faziam as coisas. Paciência em todas as coisas. Observar. Esperar. Ele só precisava de uma coisa agora, e era de mais informação. Para tanto, soou um sininho dourado. O jovem acólito que levou Denubis até o Rei-Sacerdote apareceu tão rápida e silenciosamente após a convocação que era capaz de ter deslizado por debaixo da porta em vez de abri-la.

— Qual é a sua vontade, Filho Reverenciado?

— Duas pequenas tarefas — disse Quarath sem erguer o olhar, envolvido em escrever um bilhete. — Leve isto para Fistandantilus. Faz tempo desde que o convidei para jantar, e desejo conversar com ele.

— Fistandantilus não está aqui, meu senhor — disse o acólito. — Na verdade, estava vindo para reportar isto ao senhor.

Quarath ergueu a cabeça, espantado.

— Não está aqui?

— Não, Filho Reverenciado. Ele partiu noite passada, ou supomos. Foi quando ele foi visto da última vez. Seu quarto está vazio, suas coisas sumiram. Acredita-se, por certas coisas que disse, que ele partiu para a Torre da Alta Magia em Wayreth. Dizem que os magos estão fazendo um Conclave lá, mas ninguém sabe ao certo.

— Um Conclave — repetiu Quarath, franzindo a testa. Ele ficou em silêncio por um momento, batendo no papel com a ponta da pena. Wayreth era longe... ainda assim, talvez não longe o bastante... Cataclismo... aquela palavra estranha foi usada na carta. Seria possível que os magistas estavam tramando alguma catástrofe devastadora? Quarath sentiu um calafrio. Lentamente, amassou o convite que estava escrevendo.

— Seus movimentos foram rastreados?

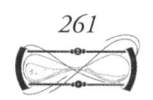

— É claro, Filho Reverenciado, ao máximo possível com ele. Ele não saía do Templo há meses, aparentemente. E então, ontem, foi visto no mercado de escravos.

— No mercado de escravos? — Quarath sentiu o calafrio se espalhar por todo seu corpo. — Que assuntos ele tinha lá?

— Comprou dois escravos, Filho Reverenciado.

Quarath não disse nada, interrogando o clérigo com um olhar.

— Ele não comprou os escravos pessoalmente, meu senhor. A compra foi feita através de um dos seus agentes.

— Quais escravos? — Quarath sabia a resposta.

— Os que foram acusados de agredir a clériga, Filho Reverenciado.

— Dei ordens para que aqueles dois fossem vendidos ou para o anão ou para as minas.

— Barak fez seu melhor e, de fato, o anão fez um lance, meu senhor. Mas os lances dos agentes do Tenebroso o superaram. Não havia nada que Barak pudesse fazer. Pense no escândalo. Além disso, seu agente os enviou para a escola da mesma forma...

— Sim — murmurou Quarath. Tudo estava se encaixando. Fistandantilus até teve a audácia de comprar o jovem, o assassino! E então sumiu. Foi fazer seu relatório, com certeza. Mas por que os magos se importariam com assassinos? O próprio Fistandantilus poderia ter matado o Rei-Sacerdote em incontáveis ocasiões. Quarath teve a desagradável impressão de que sem querer saíra de um caminho claro e bem iluminado para dentro de uma floresta sombria e traiçoeira.

Ele ficou sentado e preocupado em silêncio por tanto tempo que o acólito pigarreou como um sutil lembrete a sua presença por três vezes antes do clérigo notá-lo.

— Tinha outra tarefa para mim, Filho Reverenciado?

Quarath assentiu lentamente.

— Sim, e esta notícia torna esta tarefa ainda mais importante. É minha vontade que você mesmo a cumpra. Preciso falar com o anão.

O acólito curvou-se e saiu. Não havia necessidade de perguntar quem Quarath queria dizer, pois só havia um anão em toda Istar.

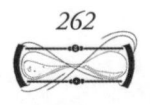

Quem era ou de onde veio Arack Quebrarrocha de fato, ninguém sabia. Ele nunca fez referência ao seu passado, e geralmente fazia uma carranca tão feroz se o assunto surgisse que quase sempre era abandonado de imediato. Havia várias especulações interessantes sobre isso, a favorita sendo que ele era um exilado de Thorbardin, lar ancestral dos anões da montanha, onde teria cometido um crime que resultou no exílio. Qual teria sido o crime, ninguém sabia. Ninguém também levava em conta o fato de que anões nunca puniam qualquer crime com o exílio; a execução costumava ser considerada menos cruel.

Outros rumores insistiam que ele era, na verdade, um dewar, uma raça de anões malignos quase exterminados por seus primos, levados a uma existência miserável e amargurada nas entranhas do mundo. Apesar de Arack não parecer ou agir exatamente como um dewar, esse rumor era popular graças ao fato de que o companheiro preferido (e único) de Arack era um ogro. Outro rumor dizia que Arack nem vinha de Ansalon, mas de algum lugar além dos mares.

Com certeza, era o exemplar mais maligno da sua raça que qualquer um se lembrava de ver. As cicatrizes irregulares que atravessavam seu rosto verticalmente davam-lhe uma careta perpétua. Ele não era gordo, não tinha uma grama sequer a mais em seu porte. Movia-se com a graça de um felino e, quando de pé, plantava seus pés tão firmemente que pareciam ser parte do próprio chão.

Seja de onde tenha vindo, Arack fizera de Istar seu lar por tantos anos que o assunto da sua origem raramente surgia. Ele e o ogro, cujo nome era Raag, vieram pelos Jogos de antigamente, quando os Jogos eram de verdade. Eles imediatamente viraram grandes favoritos com as multidões. As pessoas de Istar ainda falavam da vez que Raag e Arack derrotaram Darmoork, o poderoso minotauro, em três rodadas. O espetáculo começou quando Darmoork arremessou o anão para fora da arena. Raag, num frenesi de fúria, ergueu o minotauro acima da sua cabeça e, ignorando vários e terríveis punhaladas, empalou-o no enorme Pináculo da Liberdade no centro do ringue.

Apesar de nem o anão (que sobreviveu apenas pelo fato de um clérigo estar na rua quando ele voou sobre o muro da arena e caiu praticamente aos pés do homem nem o ogro terem ganho sua liberdade naquele dia, não restavam dúvidas de quem venceu a competição. (De fato, foram muitos dias até alguém pegar a Chave Dourada no Pináculo, de tanto tempo que levou para removerem os restos do minotauro.)

Arack relatou os detalhes nojentos da luta para seus dois novos escravos.

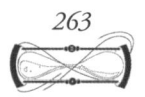

— Foi assim que fiquei com essa cara amassada — disse o anão para Caramon conforme levava o homem grande e o kender pelas ruas de Istar. — E foi assim que eu e Raag fizemos nosso nome nos Jogos.

— Que jogos? — perguntou Tas, tropeçando sobre suas correntes e caindo de cara no chão, para grande deleite da multidão do mercado.

Arack fechou a cara, irritado.

— Tira essas coisas logo dele — ordenou ele ao gigantesco ogro de pele amarela, que estava agindo como guarda. — Acho que cê não vai fugir e deixar seu amigo pra trás, né? — O anão estudou Tas intensamente. — Bem que pensei. Disseram que você teve uma chance de fugir e não fugiu. Quero só ver tentar fugir de mim! — A carranca natural de Arack se aprofundou. — Nunca comprei um kender, mas não tinha lá muita escolha. *Eles* falaram que era pra vocês dois serem vendidos juntos. Só se lembrem que, pra mim, cês são imprestáveis. Agora, que pergunta boba cê tava fazendo?

— Como vão tirar essas correntes? Não precisam de uma chave? Ah — Tas observou, maravilhado, o ogro segurar as correntes nas mãos e, com um puxão rápido, arrebentá-las.

— Viu isso, Caramon? — perguntou Tas enquanto o ogro o erguia e o botava de pé, dando-o um empurrão que quase jogou o kender na terra de novo. — Ele é forte mesmo! Nunca tinha conhecido um ogro. O que eu estava dizendo? Ah, os jogos. Que jogos?

— Ora essa, *os Jogos* — exclamou Arack exasperado.

Tas olhou para Caramon, mas ele deu de ombros e balançou a cabeça, fazendo uma careta. Isso obviamente era algo que todo mundo daqui conhecia. Fazer perguntas demais pareceria suspeito. Tas se jogou na sua mente, puxando todas as memórias e histórias que já tinha ouvido sobre os dias antigos antes do Cataclismo. De repente, prendeu o fôlego.

— Os Jogos! — disse ele a Caramon, esquecendo que o anão estava ouvindo. — Os grandes Jogos de Istar! Não se lembra?

O rosto de Caramon ficou sério.

— Quer dizer que é para lá que estamos indo? — Tas se virou para o anão, seus olhos arregalados. — Vamos ser gladiadores? E lutar na arena, com a multidão assistindo e tudo! Ah, Caramon, só imagine! Os grandes Jogos de Istar! Eu ouvi tantas histórias...

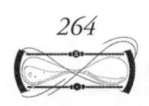

— Eu também — disse o homem grande, devagar. — Pode esquecer, anão. Já matei homens antes, admito, mas só quando era a minha vida ou a deles. Nunca gostei de matar. Ainda posso ver os rostos deles. Eu não vou matar por esporte!

Ele disse isso tão severamente que Raag deu uma olhadela interrogatória para o anão e ergueu sua clava de leve, com um olhar ansioso em seu rosto amarelo e verruguento. Mas Arack o encarou e balançou a cabeça.

Tas estava olhando Caramon com um novo respeito.

— Nunca pensei nisso — disse o kender suavemente. — Acho que você tem razão, Caramon. — Ele se virou novamente para o anão. — Peço mil desculpas, Arack, mas não poderemos lutar por você.

Arack gargalhou.

— Cês vão lutar. Sabe por quê? Porque é o único jeito que cês vão arrancar essa coleira do pescoço.

Caramon balançou a cabeça teimosamente.

— Eu não vou matar...

O anão bufou.

— Onde é que cês tavam vivendo? No fundo do Sirrion? Ou em Consolação é todo mundo burro que nem vocês? Ninguém mais luta na arena pra matar. — Os olhos de Arack ficaram enevoados. Ele os esfregou com um suspiro. — Esses dias já se foram há muito tempo, uma pena. É tudo falso.

— Falso? — repetiu Tas, espantado. Caramon encarou o anão e não falou nada, obviamente não acreditando.

— Não tem uma luta de verdade na velha arena faz dez anos — confessou Arack. — Tudo começou com os elfos. — O anão cuspiu no chão. — Dez anos atrás, os clérigos élficos, que se danem pro Abismo onde merecem ficar, convenceram o Rei-Sacerdote a acabar com os Jogos. Chamaram eles de "bárbaros"! "Bárbaros", rá! — A carranca do anão virou um rosnado, e então mais uma vez suspirou e balançou a cabeça.

— Todos os grandes gladiadores foram embora — disse Arack animado, seus olhos olhando de volta para aquela época gloriosa. — Danark, o Robgoblin, um dos lutadores mais ferozes de todos. E o Velho Josepf Caolho. Lembra dele, Raag? — O ogro assentiu tristemente. — Falava que era um Cavaleiro de Solamnia, o velho Josepf. Sempre lutava de armadura de batalha completa. Todos foram embora, menos eu e Raag. — Os olhos frios do anão reluziram profundamente. — Não tínhamos pra onde ir, sabe, e além disso, eu meio que sentia que os Jogos não tinham acabado. Ainda não.

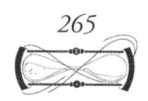

Arack e Raag ficaram em Istar. Mantendo seus aposentos dentro da arena deserta, eles acabaram se tornando os cuidadores oficiais. Os transeuntes os viam diariamente, Raag vagando entre as arquibancadas, varrendo os corredores com uma vassoura malfeita ou apenas sentado, olhando vagamente para a arena onde Arack trabalhava, o anão cuidando amorosamente das máquinas nos Fossos da Morte, mantendo-as lubrificadas e funcionais. Aqueles que viam o anão notavam às vezes um estranho sorriso em seu rosto barbado e de nariz quebrado.

Arack tinha razão. Os Jogos não ficaram banidos por muitos meses antes dos clérigos começarem a notar que sua cidade pacata não era mais tão pacata. Lutas irrompiam em bares e tavernas com uma frequência alarmante, brigas aconteciam nas ruas e, certa vez, até teve uma rebelião. Havia relatos de que os Jogos tornaram-se clandestinos e aconteciam em cavernas fora da cidade. A descoberta de vários corpos espancados e mutilados pareciam confirmar isso. Por fim, em desespero, um grupo de lordes humanos e elfos enviou uma delegação ao Rei-Sacerdote para pedir que os Jogos se iniciassem novamente.

— Assim como um vulcão deve entrar em erupção para permitir que o vapor e gases venenosos escapem do chão — disse um lorde elfo. — Os humanos, em particular, usam os Jogos como escape das suas emoções mais primevas.

Apesar desse discurso certamente não ter contribuído para tornar o lorde elfo agradável para suas contrapartes humanas, foram forçados a admitir que havia certa justificativa nisso. De início, o Rei-Sacerdote não quis nem saber. Ele sempre abominou as competições brutais. A vida era uma dádiva sagrada dos deuses, não algo que deveria ser tirado apenas para oferecer prazer para uma multidão sedenta por sangue.

— Então fui eu que dei a solução pra eles — disse Arack convencido. — Não iam me deixar entrar no Templo todo bonito e pomposo deles. — O anão sorriu. — Mas ninguém impede o Raag de entrar onde ele quer entrar. Então não tiveram muita escolha.

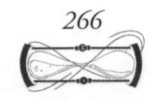

— "Comecem os Jogos de novo" falei pra eles, e eles olharam de cima pra baixo pra mim. "Mas não precisa ter morte não" eu falei. "Morte de verdade, no caso. Só me escuta. Já viram aqueles atores de rua apresentarem Huma, né? Já viram o cavaleiro cair no chão, sangrando e gemendo e se balançando. Daí cinco minutos depois ele tá de pé bebendo cerveja na taverna ali perto. Já fiz um pouco de arte de rua no meu tempo e... bom, vejam isso. Raag, vem cá". Raag foi, com um sorrisão em seu rosto feio e amarelo. "Raag, me dá a sua espada" eu ordeno. Daí, antes que pudessem falar qualquer coisa, eu finco a espada na barriga de Raag. Cês tinham que ver. Sangue por todo lado! Escorrendo nas minhas mãos, vazando da boca dele. Ele deu mó berro e caiu no chão, com espasmos e gemidos. Cês tinham que ver eles gritando — disse o anão alegremente, balançando a cabeça com a memória. — Achei que iam ter que arrancar os lordes elfos do chão. Daí, antes que pudessem chamar os guardas pra me levar de lá, eu chutei o velho Raag. "Pode levantar, Raag" eu digo. E ele se levanta, dando um sorrisão. Bem, todo mundo começou a falar junto. — O anão imitou as vozes agudas élficas. — "Fenomenal! Como se faz? Esta poderia ser a resposta..."

— Como se *faz*? — perguntou Tas, ansioso.

Arack deu de ombros.

— Cês vão aprender. Muito sangue de galinha, uma espada com lâmina que retrai no cabo... é simples. Foi o que eu disse pra eles. Além disso, é fácil ensinar pros gladiadores como fingir que se feriram, até prum bobão que nem o velho Raag.

Tas olhou apreensivamente para o ogro, mas Raag apenas sorria carinhosamente para o anão. — A maioria deles até caprichava nas lutas pra agradar bem os bobos... a audiência, no caso. Daí o Rei-Sacerdote comprou a ideia e — o anão se aprumou orgulhosamente — até me fez Mestre. E esse é meu título agora. Mestre dos Jogos.

— Não entendi — disse Caramon devagar. — Quer dizer que as pessoas pagam pra serem enganadas? Elas já devem ter descoberto...

— Ah, claro — zombou Arack. — Nunca fizemos muito segredo disso. E agora é o esporte mais popular de toda Krynn. Tem gente viajando centenas de quilômetros pra ver os Jogos. Os lordes elfos vêm... e até o Rei-Sacerdote em pessoa, às vezes. Bem, chegamos — disse Arack, parando fora de um enorme estádio e erguendo o olhar com orgulho.

Era feito de pedra e era muito velho, mas ninguém se lembrava o propósito original da sua construção. Em dias de Jogo, bandeiras berrantes tremulavam dos topos das torres de pedra, e o estádio se entupia de gente. Mas não tinham Jogos hoje, nem teriam até o fim do Verão. Era cinza e sem cor, exceto pelas pinturas espalhafatosas nas paredes retratando grandes eventos da história do esporte. Algumas crianças estavam do lado de fora, torcendo para ver algum dos seus heróis. Rosnando para elas, Arack gesticulou para Raag abrir as portas maciças de madeira.

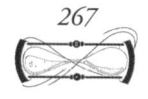

— Quer dizer que ninguém morre — persistiu Caramon, encarando sombriamente a arena com suas pinturas sangrentas.

Tas viu o anão olhar estranho para Caramon. A expressão de Arack de repente ficou cruel e calculista, suas sobrancelhas bagunçadas e escuras se curvando sobre seus pequenos olhos. Caramon não notou, ele ainda estava inspecionando as pinturas da parede. Tas fez um som, e Caramon de repente voltou seu olhar para o anão. Mas, nessa hora, a expressão de Arack já tinha mudado.

— Ninguém — disse o anão com um sorriso, afagando o grande braço de Caramon. — Ninguém...

Capítulo 6

O ogro levou Caramon e Tas para uma grande sala. Caramon teve a impressão da sala estar cheia de gente.

— Ele novo — grunhiu Raag, apontando um polegar amarelo e sujo na direção de Caramon com o homem grande ao seu lado. Era a apresentação de Caramon à "escola". Ruborizando, muito consciente da coleira de ferro no seu pescoço que o marcava como propriedade de alguém, Caramon manteve seus olhos no piso de madeira coberto de palha. Ouvindo apenas uma resposta murmurada para a afirmação de Raag, Caramon ergueu o olhar. Viu que estava num refeitório. Vinte ou trinta homens de várias raças e nacionalidades sentavam-se em pequenos grupos, jantando.

Alguns dos homens observavam Caramon com interesse, a maioria sequer o olhava. Alguns assentiram, a maioria continuou a comer. Caramon não sabia o que fazer em seguida, mas Raag solucionou o problema. Botando uma mão no ombro de Caramon, o ogro o empurrou de qualquer jeito para uma mesa. Caramon tropeçou e quase caiu, conseguindo se equilibrar antes de colidir com a mesa. Virando, ele encarou o ogro, furioso. Raag sorriu para ele, suas mãos se contraindo.

"Estou sendo provocado," percebeu Caramon, tendo visto aquele olhar vezes sem conta em bares onde alguém sempre quer provocar o grandalhão para uma briga. E aquela era uma briga que ele sabia que não podia vencer. Apesar de Caramon ter quase dois metros de altura, mal alcançava o ombro do ogro, enquanto a vasta mão de Raag poderia envolver duas vezes o grosso pescoço de Caramon. Caramon engoliu em seco, esfregou a perna machucada, e sentou-se no longo banco de madeira.

Dando uma olhada zombeteira para o humano, o olhar vesgo de Raag capturou todo mundo no refeitório. Dando de ombros e murmurando baixo, desapontados, os homens voltaram a jantar. De uma mesa num canto onde sentava-se um grupo de minotauros, vieram risadas. Sorrindo para eles, Raag saiu da sala.

Sentindo-se ruborizar, Caramon afundou no banco e tentou desaparecer. Alguém estava sentado do lado oposto, mas o grande guerreiro não tinha coragem de olhar para o homem. Tasslehoff, no entanto, não tinha tais inibições. Escalando o banco até o lado de Caramon, o kender analisou seu vizinho com interesse.

— Eu sou Tasslehoff Burrfoot — disse ele, oferecendo sua mãozinha para um grande humano de pele negra, também usando uma coleira de ferro, sentado do lado oposto deles. — Também sou novo — acrescentou o kender, sentindo-se magoado por não ter sido apresentado. O homem negro ergueu o olhar da sua comida, deu uma olhadela para Tas, ignorou a mão do kender, e depois voltou seu olhar para Caramon.

— Vocês são parceiros?

— Sim — respondeu Caramon, grato pelo homem não ter mencionado Raag. De repente, ficou ciente do cheiro da comida e fungou faminto, ficando com água na boca. Olhando apetitosamente para o prato do homem, que tinha uma pilha de carne de veado assada, batatas e pedaços de pão, ele suspirou. — Parece que eles nos alimentam bem, pelo menos.

Caramon viu o homem de pele negra dar uma olhada para sua barriga redonda e depois trocar olhares divertidos com uma mulher alta e de beleza extraordinária que se sentava ao lado dele, seu prato também carregado de comida. Olhando para ela, os olhos de Caramon se arregalaram. Atrapalhado, tentou se levantar e fazer uma mesura.

— Seu servo, senhora — começou ele.

— Sente-se, seu imbecil! — exclamou furiosamente a mulher, sua pele bronze se escurecendo. — Você vai fazer todos rirem!

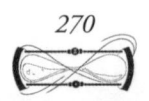

E, de fato, vários dos homens riram. A mulher se virou e os encarou, sua mão indo para uma adaga que usava em seu cinto. Ao verem os olhos verdes faiscarem, os homens engoliram as risadas e voltaram para sua comida. A mulher esperou até ter certeza de que foram todos apropriadamente colocados em seu lugar e voltou sua atenção para sua refeição, batendo na sua carne com golpes rápidos e irritados do seu garfo.

— Me... me desculpe — gaguejou Caramon, seu rosto largo ruborizando. — Não quis...

— Esquece — disse a mulher numa voz gutural. O sotaque dela era estranho, Caramon não o reconhecia. Ela parecia ser humana, exceto pela maneira estranha de falar, mais estranha do que as outras pessoas presentes, e o fato de que seu cabelo tinha uma cor deveras peculiar, um tipo de verde chumbado. Era grosso e liso, e ela o usava numa longa trança que descia pelas costas. — Você é novo aqui, pelo visto. Logo você vai entender que não deve me tratar diferente dos outros. Tanto dentro quanto fora da arena. Entendeu?

— A arena? — disse Caramon espantado. — Você... você é uma gladiadora?

— Uma das melhores, ainda por cima — disse o homem de pele negra do lado oposto deles, sorrindo. — Eu sou Pheragas de Ergoth Norte, e essa é Kiiri, a Sirine...

— Uma sirine! De debaixo do mar? — perguntou Tas, empolgado. — Uma daquelas mulheres que pode mudar de forma e...

A mulher deu um olhar de tamanha fúria para o kender que Tas piscou e ficou em silêncio. Depois seu olhar foi rapidamente para Caramon.

— Acha isso engraçado, escravo? — perguntou Kiiri, seus olhos na nova coleira de Caramon.

Caramon botou a mão sobre ela, ruborizando de novo. Kiiri deu uma gargalhada curta e amarga, mas Pheragas o olhava com pena.

— Você vai se acostumar com o tempo — disse ele, dando de ombros.

— Nunca vou me acostumar! — disse Caramon, cerrando seu grande punho.

Kiiri o olhou de soslaio.

— Você vai, ou seu coração vai se partir e você vai morrer — disse ela com frieza. Ela era tão bela, tão orgulhosa de si, que sua coleira poderia ser um colar do ouro mais fino, pensou Caramon. Ele começou a responder, mas foi interrompido por um homem gordo com um avental branco e gorduroso que bateu um prato de comida na frente de Tasslehoff.

— Obrigado — disse o kender educadamente.

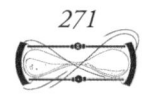

— Não vai se acostumando — rosnou o cozinheiro. — Depois disso, vocês vão pegar o próprio prato que nem o resto. Ó! — Jogou um disco de madeira na frente do kender. — Aqui tá sua ficha de refeição. Mostra isso ou você não come. E aqui tá a sua — acrescentou ele, jogando uma para Caramon.

— Cadê minha comida? — perguntou Caramon, guardando o disco de madeira.

Jogando uma cumbuca na frente do homem grande, o cozinheiro se virou e saiu.

— O que é isso? — grunhiu Caramon, encarando a cumbuca.

Tas se inclinou para ver.

— Canja de galinha — disse ele para ajudar.

— Eu sei *o que* é — disse Caramon, a voz grave. — Quero dizer, o que é isso, é algum tipo de piada? Porque não é engraçado — acrescentou ele, fechando a cara para Pheragas e Kiiri, ambos sorrindo para ele. Se virando no seu banco, Caramon se esticou e agarrou o cozinheiro, puxando-o para trás. — Tira essa água de louça daqui e me traz algo pra comer!

Com celeridade e destreza surpreendentes, o cozinheiro se livrou do agarrão de Caramon, torceu o braço do homem grande atrás das costas, e o enfiou de cara na cumbuca de sopa.

— É bom comer e gostar — rosnou o cozinheiro, puxando a cabeça pingando de Caramon da sopa pelos cabelos. — Porque, em questão de comida, é só o que você vai ver por mais ou menos um mês.

Tasslehoff parou de comer, seu rosto se iluminando. O kender notou que todos no salão pararam de comer, também certos de que, dessa vez, ia rolar briga.

O rosto de Caramon, pingando sopa, estava mortalmente branco. Havia manchas vermelhas nas bochechas, e seus olhos reluziam perigosamente.

O cozinheiro o observava convencido, seus próprios punhos cerrados.

Tas ansiosamente esperava ver o cozinheiro ser arremessado salão afora. Os grandes punhos de Caramon cerraram, os nós dos dedos ficaram brancos. Uma das grandes mãos se levantou e, lentamente, Caramon começou a limpar a sopa do seu rosto.

Com uma bufada de escárnio, o cozinheiro se virou e saiu dali.

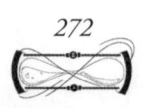

Tas suspirou. Esse certamente não era o Caramon de antigamente, pensou triste ao lembrar do homem que matou dois draconianos batendo suas cabeças junto só com suas mãos, o Caramon que um dia deixou quinze rufiões em vários estados de dor quando cometeram o erro de tentar roubar o grandalhão. Olhando Caramon de soslaio, Tas engoliu as palavras ríspidas que estavam na sua língua e voltou ao seu jantar com o coração doendo.

Caramon comeu devagar, tomando colheradas da sopa sem parecer sentir o gosto. Tas viu a mulher e o homem de pele negra trocando olhares de novo e, por um momento, o kender temeu que fossem rir de Caramon. Kiiri, na verdade, começou a falar algo, mas, ao olhar para a frente do salão, ela fechou a boca abruptamente e voltou para sua refeição. Tas viu Raag entrar no refeitório novamente com dois humanos corpulentos andando atrás dele.

Eles chegaram e pararam atrás de Caramon. Raag cutucou o grande guerreiro.

Caramon virou lentamente para olhar.

— O que foi? — perguntou em uma voz monótona que Tas não reconheceu.

— Você vem agora — disse Raag.

— Estou comendo — começou Caramon, mas os dois humanos o seguraram pelos braços e o arrastaram do banco antes que pudesse terminar a frase. Então Tas viu um brilho do velho espírito de Caramon. Seu rosto em um vermelho feio e escuro, Caramon mirou um golpe atrapalhado num dos dois. Mas o homem, rindo desdenhoso, esquivou-se sem dificuldade. Seu parceiro chutou Caramon selvagemente na barriga. Caramon desabou com um gemido, caindo no chão de quatro. Os dois humanos o puxaram de pé. Com a cabeça pendendo, Caramon se permitiu ser levado.

— Espere! Aonde... — Tas se levantou, mas sentiu uma mão forte fechar sobre a sua.

Kiiri balançou a cabeça em aviso, e Tas se sentou de volta.

— O que vão fazer com ele? — perguntou ele.

A mulher deu de ombros.

— Termine sua refeição — disse ela numa voz severa.

Tas baixou seu garfo.

— Não estou com muita fome — balbuciou ele desanimado, sua mente voltando para o olhar estranho e cruel do anão para Caramon fora da arena.

O homem de pele negra sorriu para o kender, sentado à sua frente.

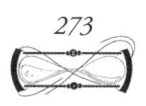

— Venha — disse ele, levantando e estendendo a mão para Tas de forma amistosa. — Eu te levo ao seu quarto. Sempre passamos por isso no primeiro dia. Seu amigo vai ficar bem... com o tempo.

— Com o tempo — bufou Kiiri, empurrando seu prato.

Tas ficou sozinho no quarto que disseram que dividiria com Caramon. Não era muito. Localizado debaixo da arena, parecia mais uma cela de prisão do que um quarto. Mas Kiiri o disse que todos os gladiadores viviam em quartos assim.

— Eles são limpos e quentes — disse ela. — Não tem muita gente nesse mundo que possa falar assim de onde dormem. Além disso, se vivêssemos no luxo, ficaríamos frouxos.

Bom, não havia perigo disso acontecer pelo que o kender via olhando para as paredes rústicas de pedra, o chão coberto de palha, uma mesa com um jarro de água e uma vasilha, e os dois baús pequenos que supostamente guardariam suas posses. Uma única janela quase no teto bem no nível da superfície permitia um raio de luz do sol. Deitado na cama dura, Tas observou o sol viajar pelo quarto. O kender poderia explorar, mas teve a sensação de que não iria aproveitar muito até que descobrisse o que fizeram com Caramon.

A linha do sol no chão ficava cada vez maior. Uma porta se abriu e Tas pulou, ansioso, mas era só mais um escravo jogando um saco no chão e depois fechando a porta. Tas inspecionou o saco e seu coração despencou. Eram os pertences de Caramon! Tudo que ele tinha consigo, inclusive as roupas! Tas as estudou angustiado, procurando por manchas de sangue. Nada. Elas pareciam normais... Sua mão se fechou sobre alguma coisa dura num bolso interno e secreto.

Tas puxou rapidamente. O kender prendeu o fôlego. O dispositivo mágico de Par-Salian! Perguntava-se como não tinham visto enquanto se maravilhava com o pingente belissimamente decorado, revirando-o em sua mão. Claro, era mágico, ele se lembrou. Não parecia nada além de uma bugiganga, mas ele mesmo vira Par-Salian o transformar a partir de um objeto parecido com um cetro. Sem dúvida, tinha o poder de evitar ser descoberto se não quisesse.

Sentindo-o, segurando o, observando a luz do sol reluzir em suas joias radiantes, Tas suspirou com saudade. Essa era a coisa mais soberba, maravilhosa e fantástica que vira em sua vida. Ele a queria desesperadamente.

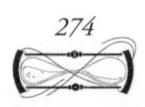

Sem pensar, seu corpinho se levantou e ele estava indo para suas algibeiras quando parou.

"Tasslehoff Burrfoot," disse uma voz que desconfortavelmente soava como a de Flint, "você está mexendo em Coisa Séria. Essa é a Volta Para Casa. O próprio Par-Salian, o Grande Par-Salian, a deu para Caramon numa cerimônia solene. Pertence a Caramon. É dele, você não tem direito a ela!"

Tas tremeu. Ele certamente nunca pensou pensamentos assim antes em toda a sua vida. Desconfiado, deu uma olhadela para o dispositivo. Talvez ele estivesse botando esses pensamentos desconfortáveis na sua cabeça!

Ele decidiu que não queria nada disso. Depressa, levou o dispositivo e o botou no baú de Caramon. E então, como precaução extra, trancou o baú e enfiou a chave nas roupas de Caramon. Ele voltou para sua cama, ainda mais triste.

A luz do sol estava quase desaparecendo e o kender estava ficando cada vez mais ansioso quando ouviu um barulho lá fora. A porta foi violentamente aberta com um chute.

— Caramon! — gritou Tas horrorizado, levantando-se na hora.

Os dois humanos corpulentos arrastaram o grandalhão pela porta e o arremessaram na cama. Sorrindo, saíram batendo a porta. Um gemido baixo veio da cama.

— Caramon! — sussurrou Tas. Apressadamente pegando o jarro, botou um pouco de água na vasilha e a levou para o lado da cama do grande guerreiro. — O que eles fizeram? — perguntou ele, umedecendo os lábios do homem com água.

Caramon gemeu de novo e balançou a cabeça fracamente. Tas olhou para o corpo grande. Não havia ferimentos visíveis, nada de sangue, nenhum inchaço, nenhum roxo ou marcas de chibata. Mas ele fora torturado, isso era óbvio. O homem estava em agonia. Seu corpo estava coberto de suor, seus olhos reviraram na sua cabeça. De vez em quando, vários músculos em seu corpo tinham espasmos e um gemido de dor fugia dos seus lábios.

— Foi... foi o cavalete que usaram? — perguntou Tas, engolindo seco. — A roda, talvez? O esmagador de dedos? — Nenhum deles deixava marcas no corpo, pelo menos era o que ele ouvira falar.

Caramon balbuciou uma palavra.

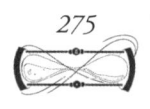

— O quê? — Tas se dobrou perto dele, banhando seu rosto em água. — O que você disse? Cali... cali... o quê? Não entendi. — A testa do kender se franziu. — Nunca ouvi falar de uma tortura chamada calialgumacoisa — murmurou ele. — Imagino o que poderia ser.

Caramon repetiu, gemendo de novo.

— Cali... cali... calistenia! — disse Tas, triunfante. Soltou o jarro de água no chão. — Calistenia? Isso não é tortura!

Caramon gemeu de novo.

— São exercícios, seu bebezão! — gritou Tas. — Você quer me dizer que eu fiquei aqui, esperando, preocupadíssimo, imaginando todo tipo de coisa horrível, e você estava fazendo exercícios!

Caramon mal teve forças para se erguer da cama. Esticando uma mão grande, ele agarrou Tas pelo colarinho da camisa e o puxou para encará-lo olho a olho.

— Eu já fui capturado por goblins — disse Caramon num sussurro rouco. — Eles me amarraram numa árvore e passaram a noite me atormentando. Eu já fui ferido por draconianos em Xak Tsaroth. Dragões bebê mastigaram minha perna nas masmorras da Rainha da Escuridão. E eu juro que nunca senti tanta dor quanto agora em toda a minha vida! Me deixa em paz, e me deixa morrer em paz.

Com outro gemido, a mão de Caramon caiu ao seu lado. Seus olhos fecharam. Abafando um sorriso, Tas voltou para sua cama.

— Ele acha que está doendo agora — refletiu o kender. — Quero só ver de manhã!

O verão em Istar acabou. O outono veio, um dos mais belos na memória. O treinamento de Caramon começou e o guerreiro não morreu, apesar por vezes, ele achar que a morte seria mais fácil. Tas também ficou fortemente tentado, em mais de uma ocasião, a acabar com o sofrimento do bebezão mimado. Uma dessas vezes foi durante a noite, quando Tas foi acordado por um choro de cortar o coração.

— Caramon? — disse Tas sonolento, sentando na cama.

Sem resposta, apenas outro choramingo.

— O que houve? — perguntou Tas, de repente preocupado. Ele saiu da cama e trotou pelo piso frio de pedra. — Teve algum sonho?

Ele podia ver Caramon assentir no luar.

— Foi com Tika? — perguntou o kender carinhoso, sentindo lágrimas em seus próprios olhos ao ver o pesar do homem grande. — Não. Raistlin? Não. Foi com você? Está com medo...

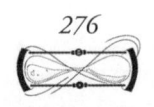

— Um bolinho! — choramingou Caramon.

— O quê? — perguntou Tas estupefato.

— Um bolinho! — balbuciou Caramon. — Ai, Tas! Eu estou com tanta fome. E tive um sonho com um bolinho, daqueles que Tika cozinhava, todo coberto com mel e aquelas nozes bem crocantes...

Tas pegou um sapato, arremessou nele e voltou para a cama com nojo.

Mas no fim do segundo mês de treinamento rigoroso, Tas olhou para Caramon, e o kender tinha que admitir que era exatamente isso que o homem grande precisava. As banhas ao redor da cintura do grande homem sumiram, as coxas flácidas novamente ficaram rígidas e musculosas, músculos estouravam em seus braços, no peito e nas costas. Seus olhos estavam claros e alertas, o olhar vago sumiu. O aguardente anão foi suado do seu corpo, o vermelho sumiu do seu nariz, e o visual inchado sumiu do seu rosto. Seu corpo ficou de um bronze forte com o sol. O anão decretara que o cabelo castanho de Caramon tinha permissão para ficar comprido, já que esse estilo estava atualmente popular em Istar, e ele se encaracolava ao redor do seu rosto e nas suas costas.

Ele também virou um guerreiro extremamente habilidoso. Apesar de Caramon já ter sido bem treinado, sempre fora um treinamento informal, a técnica de armas ensinada principalmente por sua meia-irmã mais velha, Kitiara. Mas Arack importou treinadores de todo o mundo, e Caramon estava aprendendo técnicas com os melhores.

Não só isso, mas ele também era diariamente forçado a competir com os próprios gladiadores. Outrora orgulhoso da sua técnica de luta-livre, Caramon foi profundamente envergonhado ao se ver caído de costas no chão depois de apenas duas rodadas contra Kiiri, a mulher. Pheragas, o homem negro, fez a espada de Caramon voar após uma passada e depois o golpeou na cabeça com seu próprio escudo.

Mas Caramon era um pupilo apto e atento. Sua habilidade natural o tornava um aluno rápido, e não demorou até Arack observar satisfeito o grandalhão virar Kiiri com facilidade, depois tranquilamente envolver Pheragas na própria rede, prendendo o homem negro no chão da arena com o tridente dele.

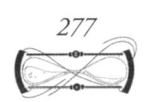

O próprio Caramon estava mais feliz do que em muito tempo. Ele ainda detestava a coleira de ferro, e raramente passava um dia sem vontade de quebrá-la e fugir. Mas esses sentimentos diminuíam conforme interessava-se mais pelo treinamento. Caramon sempre gostou da vida militar. Gostava de ter alguém falando o que ele devia fazer e quando. O único problema de verdade que estava encontrando era com suas habilidades de atuação.

Aberto e honesto até demais sempre, a pior parte do seu treino vinha quando ele tinha que fingir que perdera. Ele supostamente deveria gritar alto em dor falsa quando Rolf pisava em suas costas. Ele teve que aprender como cair como se estivesse terrivelmente ferido quando o Bárbaro avançava contra ele com as espadas falsas e retráteis.

— Não! Não! Não! Seu burro! — Arack gritava sem parar. Certo dia, xingando Caramon, o anão chegou e o socou bem no rosto.

— Argh! — Caramon gritou com dor de verdade, não ousando revidar com Raag assistindo ansioso.

— Pronto — disse Arack, recuando em triunfo, seus punhos fechados e com sangue nos nós dos dedos. — Só lembrar desse berro. Os bobos vão adorar.

Mas, na atuação, Caramon não parecia ter futuro. Mesmo quando ele gritava, soava "mais como uma rapariga tendo a bunda beliscada do que alguém morrendo", disse Arack a Kiiri com nojo. Um dia, o anão teve uma ideia.

Ele teve a ideia ao assistir as sessões de treino naquela tarde. Por acaso, havia uma pequena audiência no momento. Arack às vezes permitia a entrada de certos membros do público, descobrindo que era bom para os negócios. Nesse momento, estava entretendo um nobre que viajara até lá com a família, vindos de Solamnia. O nobre tinha duas filhas muito charmosas e, a partir do momento em que entraram na arena, elas não tiraram os olhos de Caramon.

— Por que não vimos ele lutar na outra noite? — perguntou uma delas ao seu pai.

O nobre olhou inquisitivamente para o anão.

— Ele é novo — disse Arack, rude. — Ainda tá em treinamento. Ele tá quase pronto, viu. Na verdade, tava pensando em botar ele... quando mesmo você disse que iam voltar pra ver os Jogos?

— Não íamos — começou o nobre, mas ambas suas filhas reclamaram em desespero. — Bom... — corrigiu ele. — Quem sabe... se conseguirmos ingressos.

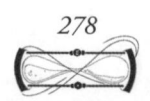

As garotas aplaudiram, seus olhos voltando para Caramon, que praticava esgrima com Pheragas. O corpo bronzeado do jovem reluzia com suor, o cabelo grudava no rosto em cachos úmidos, e ele se movia com a graça de um atleta bem treinado. Vendo o olhar de admiração das garotas, ocorreu ao anão como o jovem Caramon era incrivelmente bonito.

— Ele precisa ganhar — disse uma das garotas, suspirando. — Eu não aguentaria vê-lo perder!

— Ele vai ganhar — disse a outra. — Ele nasceu para ganhar. Ele parece com um vitorioso.

— É claro! Isso resolve todos os meus problemas! — disse de repente o anão, fazendo com que o nobre e sua família o olhassem confusos. — O Vitorioso! É assim que vou vender a imagem dele. Nunca derrotado! Não sabe como perder! Jurou tirar a própria vida se alguém o derrotasse!

— Essa não! — as duas garotas clamaram em desespero. — Não nos diga isso.

— É verdade — disse o anão, solene, esfregando as mãos.

— Vão vir de longe — disse ele para Raag na mesma noite. — Doidos pra ver a noite em que ele vai perder. E é claro que ele não vai perder... não por um bom tempo. Enquanto isso, ele vai ser um conquistador de corações. Já consigo ver. E eu tenho a roupa perfeita...

Tasslehoff, enquanto isso, estava achando a vida na arena bem interessante. Apesar de ter ficado extremamente magoado quando disseram que ele não poderia ser um gladiador (Tas teve visões de si mesmo como outro Kronin Thistleknot, o herói de Kenderhome), Tas ficou emburrado só por alguns dias de tédio. Isso o fez quase ser morto por um minotauro enfurecido que descobriu o kender alegremente vasculhando seu quarto.

Os minotauros ficaram furiosos. Lutando na arena apenas pelo amor ao esporte, eles se consideravam uma raça superior, vivendo e comendo separados dos demais. Seus aposentos eram sacrossantos e invioláveis.

Arrastando o kender até Arack, o minotauro exigiu poder degolá-lo e beber seu sangue. O anão até poderia ter concordado, afinal não havia muito uso para kinders, mas Arack lembrou da conversa que teve com Quarath logo após ter comprado esses dois escravos. Por algum motivo, a maior autoridade da igreja na terra tinha interesse de que nada acontecesse com esses dois. Por isso, tivera que recusar o pedido do minotauro, mas o apaziguou dando-lhe um javali que poderia estraçalhar por esporte. Arack puxou Tas de lado, esbofeteou-o algumas vezes, e finalmente deu permissão para deixar a arena e explorar a cidade se o kender prometesse voltar de noite.

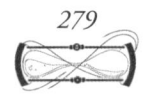

Tas, que já andava mesmo se esgueirando para fora da arena, ficou animadíssimo, e retribuiu a gentileza do anão trazendo a ele qualquer bugiganga que achasse que Arack pudesse gostar. Apreciando essa atenção, Arack só bateu no kender com uma vara quando pegou Tas tentando contrabandear doces para Caramon, em vez de o chicotear, como era seu costume.

Portanto, Tas ia e vinha por Istar praticamente quando bem quisesse, logo aprendendo a evitar os guardas da cidade, que tinham um desgosto nada razoável pelo kender. E foi assim que Tasslehoff foi capaz de entrar no Templo.

Entre treino, dieta e outros problemas, Caramon nunca perdera seu verdadeiro objetivo de vista. Ele recebeu uma mensagem fria e concisa da dama Crysania, então sabia que ela estava bem. Mas foi só isso. Não havia sinal de Raistlin.

De início, Caramon se desesperou sobre como ia encontrar seu irmão ou Fistandantilus, já que nunca tinha permissão para sair da arena. Mas logo percebeu que Tas podia ir a lugares e ver coisas muito mais facilmente do que ele, mesmo livre. As pessoas tinham a tendência de tratar kender da mesma forma que tratavam crianças, como se não estivessem lá. E Tas era ainda mais experiente do que a maioria dos kenders em se mesclar nas sombras e se esconder atrás de cortinas ou silenciosamente se esgueirar pelos salões.

Além disso, ainda havia a vantagem do próprio Templo ser tão vasto e cheio de gente indo e vindo em praticamente todas as horas, que um kender era ignorado ou, no máximo, avisado com irritação para sair do caminho. Era facilitado mais ainda por existirem vários escravos kenders trabalhando nas cozinhas, e até alguns clérigos kender, que iam e vinham livremente.

Tas amaria ter feito amizade com eles e feito perguntas sobre sua terra natal, em especial aos clérigos kender, já que nunca soube da sua existência. Mas preferiu não arriscar. Caramon o avisou sobre falar demais e, pela primeira vez, Tas levou esse aviso a sério. Achando estressante estar em guarda constante contra falar sobre dragões ou o Cataclismo ou algo que deixaria todo mundo aborrecido, decidiu que era mais fácil simplesmente evitar a tentação. Contentou-se em xeretar no Templo todo e em coletar informações.

— Eu vi Crysania — reportou ele a Caramon certa noite, após voltarem de uma janta e uma partida de queda de braço com Pheragas. Tas deitava-se na cama enquanto Caramon praticava com uma maça e uma corrente no centro do quarto; Arack o queria habilidoso em armas além da espada. Vendo que Caramon ainda precisava de muita prática, Tas engatinhou até o canto da cama, bem longe dos golpes mais tortos do grandalhão.

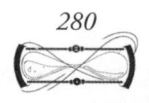

— Como ela está? — perguntou Caramon, olhando para o kender com interesse.

Tas balançou a cabeça.

— Eu não sei. Ela *parece* bem, eu acho. Pelo menos não parece doente. Mas ela também não parece feliz. O rosto dela está pálido e, quando tentei falar com ela, só me ignorou. Acho que ela não me reconheceu.

Caramon fez uma careta.

— Tente descobrir o que está acontecendo — disse ele. — Ela também estava atrás de Raistlin, lembra? Talvez tenha algo a ver com ele.

— Certo — respondeu o kender, que agachou quando a maça passou assoviando sobre sua cabeça. — Você podia tomar mais cuidado! Se afaste um pouquinho. — Ele ansiosamente tateou seu coque para ver se todo seu cabelo ainda estava lá.

— Falando em Raistlin — disse Caramon numa voz subjugada. — Você também não descobriu nada hoje?

Tas balançou a cabeça.

— Eu perguntei e perguntei. Fistandantilus tem aprendizes que às vezes vêm e vão. Mas não vi ninguém batendo com a descrição de Raistlin. E, sabe como é, pessoas com pele dourada e olhos de ampulheta costumam se destacar na multidão. Mas... — o kender pareceu mais alegre. — Talvez descubra algo em breve. Ouvi falar que Fistandantilus voltou.

— Voltou? — Caramon parou de balançar a maça e se virou para Tas.

— Sim. Eu não vi, mas alguns dos clérigos tavam falando com ele. Acho que ele reapareceu noite passada, bem no Salão de Audiências do Rei-Sacerdote. De repente, puf! Lá estava ele. Muito dramático.

— Aham — grunhiu Caramon. Balançando a maça concentrado, ele ficou quieto por tanto tempo que Tas bocejou e começou a cair no sono. A voz de Caramon o trouxe de volta à consciência no susto.

— Tas — disse Caramon. — Essa é a nossa chance.

— Chance de quê? — O kender bocejou de novo.

— Nossa chance de matar Fistandantilus — disse em voz baixa o guerreiro.

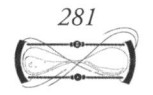

Capítulo 7

declaração fria de Caramon acordou o kender rapidamente.

— Ma... matar! Eu, há, acho que devia pensar melhor nisso, Caramon — gaguejou Tas. — Digo, veja dessa forma. Esse Fistandantilus era um magista muito, muito *bom*, quer dizer, *talentoso*. Melhor até do que Raistlin e Par-Salian juntos, se for verdade o que dizem. Não se chega de fininho e assassina um cara desses. Especialmente quando você nunca assassinou ninguém! Não que eu esteja dizendo para nós praticarmos, viu, mas...

— Ele tem que dormir, não tem? — perguntou Caramon.

— Bom... — hesitou Tas. — Acho que sim. Todo mundo tem que dormir, acho, até magistas...

— Especialmente magistas — interrompeu Caramon friamente. — Lembra como Raist ficava fraco se não dormisse? E isso serve pra todos os magos, até os mais poderosos. É uma das razões de terem perdido as grandes batalhas, as Batalhas Perdidas. Eles tinham que descansar. E chega dessa história de "nós". Eu vou fazer isso. Você nem precisa vir junto. É só descobrir onde fica o quarto dele, que tipo de defesas ele tem e quando vai pra cama. Eu tomo conta a partir daí.

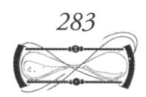

— Caramon — começou Tas, hesitante. — você acha certo? Digo, eu sei que foi por isso que os magos te mandaram de volta para cá. Pelo menos, acho que foi por isso. Ficou meio confuso no fim. E eu sei que esse Fistandantilus é tipo um cara *muito mau*, usa as vestes pretas e tal, mas é certo *assassinar* ele? Digo, me parece que isso nos torna tão maus quanto ele, não?

— Não me importo — disse Caramon sem emoção, seus olhos na maça que lentamente balançava para frente e para trás. — É a vida dele ou a de Raistlin, Tas. Se eu matar Fistandantilus agora, nessa época, ele não vai poder avançar e pegar Raistlin. Eu poderia libertar Raistlin daquele corpo quebrado, Tas, e deixar ele inteiro! Assim que eu arrancar o mal desse homem dele, sei que ele vai ficar que nem o velho Raist. O irmãozinho que eu amava. — A voz de Caramon ficou contente e seus olhos ficaram marejados. — Ele podia vir morar com a gente, Tas.

— E quanto à Tika? — perguntou Tas, ainda hesitante. — Como ela vai se sentir sabendo que você assassinou alguém?

Os olhos castanhos de Caramon reluziram de raiva.

— Eu já disse, não fale dela, Tas!

— Mas, Caramon—

— É sério, Tas!

E dessa vez a voz do homem manteve o tom que Tas sabia que significava que ele foi longe demais. O kender sentou-se curvado e triste em sua cama. Olhando para ele, Caramon suspirou.

— Olha, Tas — disse ele baixinho. — Vou explicar uma vez. Eu... eu não tenho sido bom pra Tika. Ela tava certa em me expulsar, agora eu entendo, mas tinha uma época em que eu achei que nunca perdoaria ela. — Ele ficou quieto por um momento, organizando seus pensamentos. E então, com outro suspiro, prosseguiu. — Eu disse pra ela uma vez que, enquanto Raistlin vivesse, ele viria em primeiro lugar em meus pensamentos. Eu falei pra ela achar alguém que pudesse dar todo o seu amor pra ela. De início, pensei que eu pudesse, quando Raistlin partiu por conta própria. Mas... — ele balançou a cabeça. — Sei lá. Não funcionou. Agora eu preciso fazer isso, entende? E eu não posso pensar em Tika! Ela... ela só fica no caminho...

— Mas Tika te ama tanto! — foi tudo o que Tas conseguiu dizer. E, claro, foi a coisa errada. Caramon fez uma carranca e começou a balançar a maça novamente.

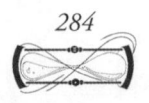

— Tá bom, Tas — disse ele, sua voz tão grave e baixa que poderia ter vindo debaixo dos pés do kender. — Acho que isso é um adeus. Peça um quarto diferente pro anão. Eu vou fazer isso e, se algo der errado, não quero que você tenha problemas...

— Caramon, eu não falei que não ajudaria — balbuciou Tas. — Você precisa de mim!

— É, acho que sim — murmurou Caramon, ruborizando. E então, olhando para Tas, ele sorriu em desculpas. — Me desculpe. Só não fale mais sobre Tika, tudo bem?

— Tudo bem — disse Tas, nada feliz. Ele sorriu de volta para Caramon, observando o grande homem deixar as armas de lado e se preparar para dormir. Mas foi um sorriso fraco e, quando Tas se enfiou na sua cama, ele se sentiu mais deprimido e infeliz que se sentira desde que Flint morreu.

— *Ele* não aprovaria, com certeza — disse Tas a si mesmo, pensando no velho e rude anão. — Até consigo ouvi-lo. "Seu kender cabeça-oca!" ele diria. "Assassinar magos! Faz um favor pra todo mundo e some daqui!" E ainda tem Tanis — pensou Tas, ainda mais miserável. — Imagino bem o que *ele* diria! — Rolando na cama, Tas puxou as cobertas até seu queixo. — Eu queria que ele estivesse aqui! Eu queria que tivesse *alguém* aqui para ajudar a gente! Caramon não está pensando direito, eu sei que não! Mas o que eu posso fazer? Tenho que ajudá-lo. Ele é meu amigo. E provavelmente vai ficar em muitos apuros sem mim!

O dia seguinte foi o primeiro dia de Caramon nos Jogos. Tas fez sua visita ao Templo de manhã cedo e voltou a tempo de ver a luta de Caramon, que aconteceria naquela tarde. Sentado na cama, balançando as perninhas para frente e para trás, o kender fez seu relatório enquanto Caramon andava nervoso de um lado para o outro, esperando o anão e Pheragas trazerem sua roupa.

— Tem razão — admitiu Tas com relutância. — Fistandantilus aparentemente precisa dormir bastante. Ele vai para a cama cedo toda noite e dorme como a morte... di...digo — gaguejou Tas. — Dorme profundamente até a manhã.

Caramon o olhou sombriamente.

— Guardas?

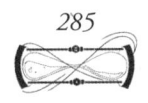

— Não — disse Tas, dando de ombros. — Ele nem tranca a porta. Ninguém tranca a porta no Templo. É um lugar sagrado, afinal de contas, e eu acho que todo mundo ou confia em todo mundo ou não têm nada para proteger. Sabe — disse o kender, refletindo. — Sempre detestei fechaduras, mas agora decidi que a vida sem elas seria muito chata. Estive em alguns quartos do Templo — Tas ignorou o olhar horrorizado de Caramon. — Vai por mim, não vale o incômodo. E eu achando que um magista seria diferente, mas Fistandantilus nem guarda suas coisas de feitiços por lá. Acho que ele só usa o quarto dele para passar a noite quando está visitando a corte. Além disso — o kender apontou com um clarão brilhante de lógica repentina — ele é a única pessoa maligna na corte, então não precisa se proteger contra ninguém além dele mesmo!

Caramon, que já tinha parado de prestar atenção, murmurou algo e continuou a andar. Tas fechou a cara, desconfortavelmente. De repente, percebeu que ele e Caramon estavam no mesmo nível de magistas malignos. Isso o ajudou a tomar uma decisão.

— Olha, Caramon, me desculpe — disse Tas, após um momento. — Mas não acho que posso te ajudar, no fim das contas. Os kender não são muito particulares, às vezes sobre as próprias coisas ou até das outras pessoas, mas duvido que um kender já tenha *assassinado* alguém! — Ele suspirou, e prosseguiu numa voz trêmula. — E eu andei pensando em Flint e... em Sturm. Você sabe que Sturm não aprovaria! Ele era tão honrado. Não é certo, Caramon! Isso nos torna tão ruins quanto Fistandantilus. Talvez piores.

Caramon abriu sua boca e estava prestes a responder quando a porta abriu e Arack marchou para dentro.

— Como estamos, grandão? — disse o anão, olhando lubricamente para Caramon. — Que mudança desde que chegou aqui, hein? — Ele deu tapinhas admiradores nos músculos duros do grande homem, e depois, cerrando seu punho, de repente o golpeou na barriga. — Duro como aço — disse ele, sorrindo e balançando a mão de dor.

Caramon encarou o anão com nojo, olhou para Tas, e suspirou.

— Cadê minha roupa? — murmurou ele. — Já estamos quase na Alta Vigia.

O anão ofereceu um saco.

— Aqui dentro. Não se preocupa, cê não vai demorar pra vestir.

Pegando o saco, Caramon o abriu, nervoso.

— Cadê o resto? — exigiu ele de Pheragas que acabava de entrar na sala.

— É isso aí! — Arack gargalhou. — Falei que não ia demorar pra vestir! O rosto de Caramon ruborizou forte.

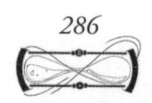

— Eu... eu não posso vestir... só isso... — gaguejou ele, fechando o saco com pressa. — Você disse que vão ter damas...

— E elas vão amar cada pedacinho bronzeado! — Arack assoviou. A risada sumiu do rosto quebrado do anão, substituída pela carranca sombria e ameaçadora. — Veste logo, imbecil. O que você acha que eles pagam pra ver? Uma escola de dança? Não, eles pagam pra ver corpos cobertos de sangue e suor. Quanto mais corpo, quanto mais suor, quanto mais sangue, sangue de verdade, melhor!

— Sangue *de verdade*? — Caramon ergueu seu olhar, os olhos castanhos arregalando. — Como assim? Você tinha dito...

— Bá! Pheragas, arrume ele. E enquanto isso, explique os fatos da vida pro moleque mimado. Hora de crescer, Caramon, minha bonequinha linda. — Com isso e uma risada chiada, o anão saiu.

Pheragas ficou de lado para permitir que o anão passasse e depois entrou no quarto pequeno. Seu rosto, geralmente alegre e jovial, estava uma máscara em branco. Não havia expressão em seus olhos, e ele evitou olhar diretamente para Caramon.

— O que ele quis dizer? Crescer? — perguntou Caramon. — Sangue de verdade?

— Aqui — disse Pheragas rudemente, ignorando a pergunta. — Te ajudo com essas fivelas. Leva um tempo para se acostumar com elas. São estritamente ornamentais, feitas para quebrar facilmente. A audiência adora se uma parte se solta ou cai.

Ele ergueu uma guarda de ombro ornamentada do saco e começou a afivelá-la em Caramon, girando ao seu redor, mantendo os olhos fixos nas fivelas.

— Isso é feito de ouro — disse Caramon lentamente.

Pheragas grunhiu.

— Até manteiga pararia uma faca melhor do que isso — prosseguiu Caramon, sentindo a peça. — E olha todo esse frufru! Uma ponta de espada vai prender nelas fácil, fácil.

— Sim. — Pheragas riu, mas era uma risada forçada. — Como pode ver, é quase melhor ficar pelado do que vestir essa coisa.

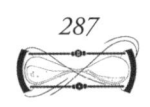

— Não tenho muito com o que me preocupar, então — observou Caramon sombriamente, puxando a tanga de couro que era o único outro objeto dentro do saco além de um capacete ornamentado. A tanga também tinha ornamentos em ouro e mal cobria decentemente suas partes íntimas. Quando ele e Pheragas o vestiram, até o kender ruborizou ao ver Caramon por trás.

Pheragas começou a sair, mas Caramon o impediu, sua mão no ombro dele.

— É melhor me contar, meu amigo. Isso se você ainda for meu amigo.

Pheragas olhou intensamente para Caramon, e então deu de ombros.

— Achei que já tivesse descoberto. Usamos armas afiadas. Ah, as espadas ainda se retraem — acrescentou ele, vendo os olhos de Caramon se estreitando. — Mas se você for atingido, vai sangrar... de verdade. É por isso que insistimos nas suas estocadas.

— Quer dizer que as pessoas se machucam mesmo? Eu posso machucar alguém? Alguém como Kiiri, ou Rolf, ou o Bárbaro? — A voz de Caramon se elevou de raiva. — Quero saber o que mais! O que mais você não me contou... amigo!

Pheragas observou Caramon com frieza.

— Onde você acha que consegui essas cicatrizes? Brincando com minha babá? Olha, um dia você vai entender. Não há tempo para explicar agora. É só confiar na gente, em Kiiri e em mim. Segue nossa deixa. E fica de olho nos minotauros. Eles lutam só por si mesmos, não por mestres ou donos. Eles não respondem a ninguém. Claro que concordaram em obedecer às regras, eles precisam, senão o Rei-Sacerdote os manda de volta para Mithas. Mas... bom, eles são favoritos da plateia. As pessoas adoram vê-los tirando sangue. E eles são tão bons em dar quanto em receber.

— Sai daqui! — rosnou Caramon.

Pheragas ficou olhando-o por um momento, depois virou para a porta. Chegando ali, no entanto, parou.

— Amigo, preste atenção — disse ele, severamente. — Essas cicatrizes que consegui no ringue são medalhas de honra, tão boas quanto as esporas que um cavaleiro ganha numa competição! É o único tipo de honra que podemos conseguir desse espetáculo espalhafatoso! A arena tem seu próprio código, Caramon, e não tem nadinha a ver com aqueles cavaleiros e nobres que sentam nela e assistem a nós, escravos, sangrarem pelo seu divertimento. Eles falam da honra deles. Bom, nós temos a nossa. É o que nos mantêm vivos. — Ele ficou em silêncio. Parecia que ele iria falar mais, mas o olhar de Caramon estava no chão, o grande homem teimosamente se recusava a aceitar suas palavras ou sua presença.

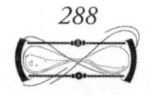

— Você tem cinco minutos. — Pheragas disse por fim e saiu, batendo a porta.

Tas ansiava por falar algo, mas vendo o rosto de Caramon, até o kender sabia que era hora de ficar quieto.

Se entrar em batalha com sangue ruim com alguém, ele se derramará até a noite. Caramon não lembrava qual comandante grosseiro lhe disse isso, mas achava um bom axioma. A sua vida muitas vezes dependia da lealdade daqueles com quem você lutava. Era uma boa ideia resolver qualquer briga entre companheiros. Ele também não gostava de ficar brigado. Geralmente não fazia nada para ele além de incomodar seu estômago.

Foi fácil, portanto, apertar a mão de Pheragas quando o homem negro começou a virar e se afastar antes de entrar na arena e pedir desculpas. Pheragas aceitou calorosamente, enquanto Kiiri, que com certeza ouviu sobre o episódio por Pheragas, indicou sua aprovação com um sorriso. Ela também indicou aprovação pela roupa de Caramon, olhando para ele com tanta admiração em seus olhos verdes reluzentes que Caramon ruborizou de vergonha.

Os três ficaram conversando nos corredores que corriam debaixo da arena, esperando para fazer sua entrada. Com eles, estavam os outros gladiadores que lutariam naquele dia: Rolf, o Bárbaro, e o Minotauro Vermelho. Acima deles, era possível ouvir os urros ocasionais da plateia, mas o som estava abafado. Esticando o pescoço, Caramon podia ver a porta de entrada. Ele queria que fosse hora de começar. Raramente se sentia tão nervoso, percebendo-se mais nervoso do que antes de ir para a batalha.

Os outros também sentiam a tensão. Ficou óbvio pela risada de Kiiri, aguda e alta, e o suor que vazava no rosto de Pheragas. Mas era um bom tipo de tensão, misturada com excitação. E, de repente, Caramon percebeu que estava ansioso por isso.

— Arack chamou nossos nomes — disse Kiiri. Ela, Pheragas e Caramon andaram para a frente: o anão decidiu que, como trabalhavam tão bem juntos, deveriam lutar como uma equipe. (Ele também torcia para os dois experientes pudessem cobrir qualquer erro de Caramon!)

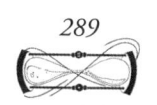

A primeira coisa que Caramon notou ao entrar na arena foi o barulho. O som o avassalava em ondas trovejantes, uma após a outra, vindas aparentemente do céu banhado de sol acima dele. Por um momento, ficou perdido em sua confusão. A arena familiar, onde trabalhou e praticou tão duro nos últimos meses, de repente virou um lugar estranho. Seu olhar foi para as grandes fileiras circulares de arquibancadas cercando a arena e ficou embasbacado ao ver os milhares de pessoas, todas elas (aparentemente) de pé gritando e batendo pés e berrando.

As cores nadavam em seus olhos, estandartes tremulando alegres e anunciando um Dia de Jogos, estandartes de seda de todas as famílias nobres de Istar, e os estandartes mais humildes daqueles que vendiam de tudo, desde gelo de frutas até chá de tarba, dependendo da estação do ano. E tudo parecia se mexer, deixando-o tonto e repentinamente enjoado. Sentiu a mão fria de Kiiri em seu braço. Virando-se, ele a viu sorrindo de forma tranquilizadora. Ele viu a arena familiar atrás dela, viu Pheragas e seus outros amigos.

Sentindo-se melhor, logo focou na ação. Era melhor prestar atenção nos assuntos mais urgentes, disse ele a si mesmo com severidade. Se errasse uma única manobra ensaiada, não só se faria de tolo, mas poderia acidentalmente ferir alguém. Ele se lembrou de como Kiiri fora específica em cronometrar as estocadas. Descobrira o motivo.

Mantendo seus olhos em seus parceiros e na arena, ignorando o barulho e a plateia, ele tomou seu lugar, esperando o começo. A arena parecia diferente de alguma forma e, por um momento, não entendeu como. Percebeu logo que, além de estarem fantasiados, o anão também decorara a arena. Lá estavam as mesmas plataformas cobertas de serragem onde lutavam todos os dias, mas enfeitadas com símbolos representando os quatro cantos do mundo.

Ao redor dessas quatro plataformas, os carvões em brasa ardiam, o fogo irrompia, o óleo borbulhava e fervia. Pontes de madeira passavam sobre os Fossos da Morte, conectando as quatro plataformas. Esses Fossos, de início, alarmaram Caramon. Mas logo aprendeu que eram só para efeito. A plateia amava quando um guerreiro era levado da arena para as pontes. Ela ficou louca quando o Bárbaro segurou Rolf pelos calcanhares sobre o óleo fervente. Tendo visto tudo nos ensaios, Caramon podia rir com Kiiri da expressão aterrorizada e dos esforços frenéticos para se salvar, que resultavam, como sempre, no Bárbaro sendo atingido na cabeça por um golpe dos braços poderosos de Rolf.

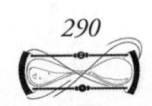

O sol atingiu seu zênite e um brilho de ouro levou os olhos de Caramon para o centro da arena. Lá ficava o Pináculo da Liberdade, uma alta estrutura feita de ouro, tão delicada e ornamentada que parecia deslocada em um ambiente tão primitivo. No topo pendia uma chave, a chave que abriria a fechadura de qualquer uma das coleiras de ferro. Caramon viu o pináculo muitas vezes nos treinos, mas nunca tinha visto a chave, que ficava guardada no escritório de Arack. Só de olhar para ela, sua coleira de ferro em volta do seu pescoço pareceu descomunalmente pesada. Seus olhos se encheram de lágrimas repentinas. Liberdade... Acordar de manhã e poder sair por uma porta, ir a qualquer lugar nesse grande mundo. Era algo tão simples. Ah, como ele sentia falta disso!

Ouviu Arack chamar seu nome e o viu apontando para ele. Apertando sua arma, Caramon se virou para Kiiri, com a visão da Chave Dourada ainda em sua mente. No fim do ano, qualquer escravo que fosse bem nos Jogos poderia lutar pelo direito de escalar o pináculo e pegar a chave. Era tudo falso, claro. Arack sempre selecionava aqueles que atrairiam a maior audiência. Caramon nunca tinha pensado nisso antes, sua única preocupação sendo seu irmão e Fistandantilus. Mas percebeu que tinha um novo objetivo. Com um brado selvagem, ergueu sua espada falsa no ar numa saudação.

Em pouco tempo, Caramon começou a relaxar e se divertir. Ele se pegou gostando dos gritos e aplausos da plateia. Envolvido na sua empolgação, descobriu que estava se deixando levar, como Kiiri disse que iria acontecer. Os poucos ferimentos que recebeu nas partidas de aquecimento não foram nada, só arranhões. Ele nem podia sentir a dor. Ele riu de si mesmo pela preocupação. Pheragas tinha razão em não mencionar algo tão bobo. Ele se arrependeu de ter feito tanto barulho por nada.

— Eles gostam de você — disse Kiiri, sorrindo para ele durante um dos recessos. Novamente, os olhos dela passaram admirando o corpo musculoso e quase nu de Caramon. — Não os culpo. Estou ansiosa para a nossa luta livre.

Kiiri riu quando ele ruborizou, mas Caramon viu em seus olhos que ela não estava brincando, e de repente ficou muito ciente da feminilidade dela, algo que nunca o ocorreu no treino. Talvez fosse a própria fantasia reveladora dela, feita para revelar tudo, exceto o mais desejável. O sangue de Caramon ferveu, tanto com paixão quanto com o prazer que sempre encontrava na batalha. Memórias confusas de Tika vieram à sua mente, e afastou o olhar de Kiiri percebendo que estava falando mais do que pretendia com seus olhos.

Isso teve pouco sucesso, porque ele se pegou encarando as arquibancadas, direto para os olhos de muitas mulheres belas e admiráveis que obviamente estavam tentando capturar sua atenção.

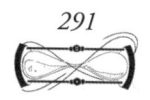

— Hora de voltar — Kiiri cutucou e Caramon retornou grato para o ringue.

Ele sorriu para o Bárbaro conforme o homem alto avançava. Esse era o grande número deles, que praticaram muitas vezes. O Bárbaro piscou para Caramon enquanto eles se enfrentavam, seus rostos retorcidos em expressões de ódio feroz. Rosnando e grunhindo como animais, os dois se agacharam, espreitando um ao outro ao redor do ringue por um tempo o bastante para criar tensão. Caramon se pegou prestes a sorrir, e teve que se lembrar que deveria parecer brabo. Ele gostava do Bárbaro. O homem das Planícies o lembrava de muitas formas de Vento Ligeiro — alto, cabelos pretos, apesar de não ser tão sério quanto o austero patrulheiro.

O Bárbaro também era escravo, mas a coleira de ferro ao redor do seu pescoço estava velha e arranhada de incontáveis batalhas. Ele seria um escolhido a ir atrás da chave dourada nesse ano, com certeza.

Caramon estocou com a espada retrátil. O Bárbaro se esquivou com facilidade e, capturando Caramon com seu calcanhar, quase o derrubou. Caramon caiu com um urro. A audiência grunhiu (as mulheres suspiraram), mas houve muita torcida para o Bárbaro, que era um favorito. O Bárbaro se lançou com uma lança contra Caramon deitado. As mulheres gritaram de horror. No último momento, Caramon rolou para o lado e, agarrando o pé do Bárbaro, o jogou para a plataforma de serragem.

Uma torcida estrondosa. Os dois homens se agarravam no chão da arena. Kiiri correu para auxiliar seu camarada caído e o Bárbaro enfrentou os dois, para deleite da plateia. E então, Caramon, num gesto galante, ordenou Kiiri a voltar atrás da linha. Ficou óbvio para a plateia que ele cuidaria desse oponente insolente por conta própria.

Kiiri bateu na bunda de Caramon (isso não estava no roteiro e quase fez Caramon esquecer sua próxima manobra), e depois correu dali. O Bárbaro saltou sobre Caramon, que puxou sua adaga retrátil. Era o encerramento, bem como planejaram. Agachando sob o braço erguido do Bárbaro com uma manobra ágil, Caramon estocou a adaga falsa bem na barriga do Bárbaro onde uma bexiga de sangue de galinha foi precisamente oculta debaixo do seu peitoral emplumado.

Funcionou! O sangue de galinha esguichou sobre Caramon, escorrendo pela sua mão e seu braço. Caramon olhou para o rosto do Bárbaro, pronto para outra piscadela de triunfo...

Tinha algo errado.

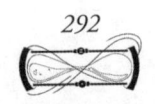

Os olhos do homem se arregalaram como no roteiro. Mas eles arregalaram em dor genuína e em choque. Ele cambaleou para frente, também como no roteiro, mas não o arquejo de agonia. Quando Caramon o pegou, notou horrorizado que o sangue que escorria pelo seu braço estava quente!

Arrancando a adaga, Caramon a encarou, enquanto lutava para segurar o Bárbaro que estava desabando sobre ele. A lâmina era de verdade!

— Caramon... — O homem sufocou. Sangue vazava da sua boca.

A plateia urrou. Eles não viam efeitos especiais como esses há meses!

— Bárbaro! Eu não sabia! — clamou Caramon, olhando horrorizado para a adaga. — Eu juro!

E Pheragas e Kiiri estavam ao seu lado, ajudando a colocar o Bárbaro moribundo no chão da arena.

— Continue a atuar! — exclamou Kiiri rispidamente.

Caramon quase a golpeou em sua fúria, mas Pheragas pegou seu braço.

— A sua vida, as nossas vidas, dependem disso! — sibilou o homem negro. — *E a vida do seu amiguinho!*

Caramon os encarou, confuso. Como assim? O que eles estavam falando? Ele acabou de matar um homem, um amigo! Gemendo, ele se arrancou de Pheragas e ajoelhou ao lado do Bárbaro. Fracamente, podia ouvir a reação da plateia, e ele sabia, em algum lugar dentro de si, que estavam caindo nessa. O Vitorioso pagando seu tributo ao "morto".

— Me perdoe — disse ele ao Bárbaro, que assentiu.

— Não é sua culpa — sussurrou o homem. — Não se cul...— Seus olhos fixaram em sua cabeça, uma bolha de sangue explodiu em seus lábios.

— Temos que tirar ele da arena — sussurrou Pheragas rispidamente para Caramon — e com uma boa atuação. Que nem ensaiamos. Você entendeu?

Caramon assentiu vagamente. *A sua vida... a vida do seu amiguinho.* "Eu sou um guerreiro. Eu já matei antes. A morte não é novidade." *A vida do seu amiguinho.* "Obedecer ordens. Estou acostumado com isso. Obedecer ordens, depois encontro as respostas..."

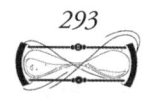

Repetindo sem parar, Caramon foi capaz de abafar a parte da sua mente que ardia com fúria e dor. Fria e calmamente, ajudou Kiiri e Pheragas a erguerem o cadáver "sem vida" do Bárbaro de pé como fizeram incontáveis vezes nos ensaios. Ele até encontrou a força para se virar para a plateia e se curvar. Pheragas, com um movimento habilidoso do seu braço livre, fez parecer como se o Bárbaro "morto" também estivesse se curvando. A plateia amou e vibrou loucamente. E então os três amigos arrastaram o cadáver para fora do palco, nas coxias escuras abaixo.

Lá, Caramon os ajudou a colocar o Bárbaro na pedra fria. Ele encarou o cadáver por longos momentos, quase sem estar ciente dos outros gladiadores, que aguardavam sua vez de subir para a arena, olhando para o corpo sem vida e depois voltando para as sombras.

Lentamente, Caramon levantou. Virando, ele agarrou Pheragas e, com toda a sua força, ele jogou o homem negro contra a parede. Sacando a adaga ensanguentada do seu cinto, Caramon a segurou contra os olhos de Pheragas.

— Foi um acidente — disse Pheragas através de dentes cerrados.

— Armas afiadas! — gritou Caramon, forçando a cabeça de Pheragas contra a parede de pedra. — Sangrar um pouquinho! Agora, você vai me contar! O que em nome do Abismo está acontecendo!

— Foi um acidente, seu palerma — veio uma voz zombeteira.

Caramon se virou. O anão estava de pé na frente dele, seu corpo atarracado como uma sombra pequena e distorcida no corredor escuro e úmido debaixo da arena.

— E agora eu vou te falar sobre acidentes — disse Arack, sua voz suave e malévola. Atrás dele estava a figura gigante de Raag, a clava em sua mão imensa. — Solte Pheragas. Ele e Kiiri tem que voltar pra arena e dar sua reverência. Vocês todos foram vencedores hoje.

Caramon olhou para Pheragas por um momento, e então soltou sua mão. A adaga escorregou dos seus dedos amortecidos no chão, e ele se afundou contra a parede. Kiiri o observou em simpatia muda, botando a mão em seu braço. Pheragas suspirou, deu um olhar peçonhento para o anão convencido, e os dois saíram do corredor. Eles andaram em volta do corpo do Bárbaro que permaneceu intocado na pedra.

— Você me falou que ninguém morria! — disse Caramon numa voz engasgada com raiva e dor.

O anão veio e ficou na frente do grande homem.

— Foi um acidente — repetiu Arack. — Acidentes acontecem por aqui. Especialmente com gente que não tem cuidado. Pode acontecer com você, se não tiver cuidado. Ou com aquele seu amiguinho. Já o Bárbaro aqui, ele não teve cuidado. Ou melhor, o mestre dele não teve cuidado.

Caramon ergueu a cabeça, encarando o anão, seus olhos arregalados em choque e horror.

— Ah, vejo que entendeu — assentiu Arack.

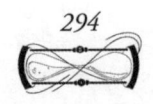

— Esse homem morreu porque seu dono irritou alguém — disse Caramon suavemente.

— Isso. — O anão sorriu e puxou a barba. — Civilizado, né? Diferente dos dias antigos. E ninguém sabe de nada. Tirando o mestre dele, claro. Vi a cara dele hoje de tarde. Ele soube assim que você golpeou o Bárbaro. Praticamente fincou a adaga nele também. Ele pegou a mensagem direitinho.

— Isso foi um aviso? — perguntou Caramon em tons estrangulados.

O anão assentiu de novo e deu de ombros.

— Quem? Quem era o dono dele?

Arack hesitou, observando Caramon interrogativamente, seu rosto quebrado revirado num vesgueio. Caramon quase podia vê-lo calculando, vendo quanto poderia ganhar contando, quanto poderia ganhar ficando em silêncio. Aparentemente, o dinheiro estava mais na coluna de "contar", porque não hesitou muito. Gesticulando para Caramon se aproximar, ele sussurrou um nome em seu ouvido.

Caramon pareceu confuso.

— Alto clérigo, um Filho Reverenciado de Paladine — acrescentou o anão. — Número dois do próprio Rei-Sacerdote. Mas ele fez um péssimo inimigo, péssimo inimigo. — Arack balançou a cabeça.

Um surto de torcidas abafadas rugiu acima deles. O anão olhou para cima, depois voltou para Caramon.

— Cê tem que subir e fazer reverência. É o esperado. Você é um vencedor.

— E quanto a ele? — perguntou Caramon, seu olhar indo para o Bárbaro. — Ele não vai subir. Ninguém vai suspeitar?

— Músculo distendido. Acontece o tempo todo. Não vai poder dar a reverência final — disse o anão casualmente. — A gente avisa que ele se aposentou, recebeu sua liberdade.

Recebeu sua liberdade! Lágrimas encheram seus olhos. Ele virou o olhar para o corredor. Outra vibração. Ele tinha que ir. *A sua vida. Nossas vidas. A vida do seu amiguinho.*

— É por isso — disse Caramon densamente. — Por isso que me fez matar ele! Porque agora você me pegou! Você sabe que eu não vou falar...

— Eu já sabia disso — disse Arack, sorrindo perversamente. — Digamos que você ter matado ele foi só um toque extra. Os clientes adoram isso, mostra que eu me importo. Sabe, foi o seu mestre que mandou esse aviso!

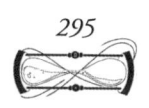

Achei que ele iria adorar ver o próprio escravo cumprindo. Claro que isso te coloca em certo perigo. A morte do Bárbaro vai ter que ser vingada. Mas vai fazer maravilhas pro negócio quando o rumor vazar.

— Meu mestre! — arquejou Caramon. — Mas foi você que me comprou! A escola...

— Ah, eu só agi como agente. — O anão riu. — Bem que achei que você não soubesse!

— Mas quem é o meu...— Então soube a resposta. Ele nem ouviu as palavras que o anão disse. Ele não podia ouvi-las com o som retumbante que ecoou em seu cérebro. Uma maré vermelho-sangue tomou conta dele, sufocando-o. Seus pulmões doeram, seu estômago pesou, e suas pernas cederam.

Quando percebeu, estava sentado no corredor, com o ogro segurando sua cabeça entre os joelhos dele. A tontura passou. Caramon arquejou e ergueu a cabeça, saindo das mãos do ogro.

— Estou bem — disse ele por lábios sem sangue.

Raag o olhou de soslaio, e depois para o anão.

— Não dá pra levar ele lá fora nessa condição — disse Arack, observando Caramon com nojo. — Não parecendo um peixe morto desse jeito. Leva ele pro quarto.

— Não — disse uma vozinha vinda da escuridão. — Vou... vou cuidar dele.

Tas saiu das sombras, seu rosto quase tão pálido quanto o de Caramon.

Arack hesitou, depois rosnou algo e se virou. Com um gesto para o ogro, ele saiu dali, subindo as escadas para premiar os vitoriosos.

Tasslehoff ajoelhou ao lado de Caramon, sua mão no braço do grande homem. O olhar do kender foi para o corpo esquecido no chão de pedra. O olhar de Caramon fez o mesmo. Vendo a dor e angústia em seus olhos, Tas sentiu um nó na garganta. Ele não conseguiu falar nada, apenas afagar o braço de Caramon.

— Quanto você ouviu? — perguntou Caramon densamente.

— O suficiente — murmurou Tas. — Fistandantilus.

— Ele planejou tudo isso — Caramon suspirou e inclinou a cabeça para trás, cansadamente fechando os olhos. — É assim que ele vai se livrar da gente. Ele nem precisa fazer em pessoa. Só deixar esse... esse clérigo...

— Quarath.

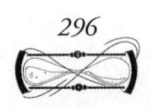

— É, ele vai deixar esse Quarath matar a gente. — Os punhos de Caramon se fecharam. — As mãos do mago ficarão limpas! Raistlin nunca vai suspeitar. E o tempo todo, cada luta a partir de agora, eu vou ficar imaginando. A adaga de Kiiri é de verdade? — Abrindo os olhos, Caramon olhou para o kender. — E você, Tas. Você também está nessa. O anão disse. Eu não posso fugir, mas você pode! Você precisa sair daqui!

— Aonde eu iria? — perguntou Tas, impotente. — Ele me encontraria, Caramon. Ele é o magista mais poderoso que já viveu. Nem kenders conseguem se esconder de gente como ele.

Por um momento, os dois sentaram juntos em silêncio, com o rugir da plateia ecoando acima deles. Os olhos de Tas capturaram o reluzir de metal no corredor. Reconhecendo o objeto, ele se levantou e se esgueirou até pegá-lo.

— Consigo levar a gente para dentro do Templo — disse ele, respirando fundo, tentando manter a voz firme. Pegando a adaga ensanguentada, ele a trouxe de volta e ofereceu para Caramon.

— Consigo levar a gente hoje à noite.

Capítulo

8

A lua prateada, Solinari, tremeluziu no horizonte. Subindo acima da torre central do Templo do Rei-Sacerdote, a lua parecia a chama de uma vela queimando num pavio alto. Solinari estava cheia e brilhante naquela noite, tão brilhante que os serviços dos faroleiros não eram necessários, e os garotos que ganhavam a vida iluminando o caminho dos festeiros de uma casa para outra com suas lanternas estranhas e prateadas passaram a noite em casa, amaldiçoando o luar brilhante que tirou seu ganha-pão.

A gêmea de Solinari, a vermelho-sangue Lunitari, não tinha nascido, nem nasceria por muitas horas, inundando as ruas com seu brilho arroxeado sinistro. Quanto à terceira lua, a negra, seu contorno escuro entre as estrelas foi notado por um homem, que a olhou brevemente enquanto se despia das suas vestes pretas, pesadas com componentes de feitiço, e vestiu o pijama preto mais simples e macio. Puxando o capuz preto sobre a cabeça para apagar a luz fria e penetrante de Solinari, ele se deitou na cama e deslizou para o sono de repouso tão necessário para ele e sua Arte.

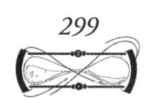

Pelo menos foi o que Caramon imaginou que ele fazia enquanto ele e o kender andavam pelas ruas movimentadas e enluaradas. A noite estava viva com diversão. Eles passaram por vários grupos de festeiros, grupos de homens gargalhando alto e discutindo os Jogos; grupos de mulheres que andavam juntas e timidamente olhavam para Caramon pelo canto dos olhos. Seus vestidos finos flutuavam ao redor delas na brisa suave, branda para o fim do outono. Um desses grupos reconheceu Caramon, e o grandalhão quase fugiu, temendo que chamassem os guardas para devolvê-lo para a arena.

Mas Tas, mais esperto sobre como o mundo funcionava, fê-lo ficar. O grupo estava encantado com ele. Eles o assistiram lutar naquela tarde e ele já tinha conquistado aqueles corações. Fizeram perguntas fúteis sobre os Jogos, depois não ouviram suas respostas, o que foi bom. Caramon estava tão nervoso que fez pouco sentido. Por fim, seguiram seu caminho, rindo e desejando-o boa sorte. Caramon olhou para o kender sem entender, mas Tas só balançou a cabeça.

— Por que você acha que fiz você se fantasiar? — perguntou ele brevemente para Caramon.

Caramon bem que estava se perguntando sobre isso. Tas insistiu que ele vestisse a capa dourada de seda que usava no ringue, além do elmo que usara naquela tarde. Não parecia nada apropriado para se infiltrar em Templos — Caramon teve visões de se arrastar por esgotos ou escalar telhados. Mas quando empacou, os olhos de Tas ficaram frios. Ou Caramon fazia o que ele mandava ou podia esquecer sua ajuda, disse com rispidez.

Caramon, suspirando, vestiu-se conforme ordenado, botando a capa sobre sua camisa larga e calças de couro. Ele colocou a adaga ensanguentada no cinto. Por hábito, começou a limpá-la, mas parou. Não, seria mais apropriado assim.

Foi simples para o kender destrancar a porta após Raag trancá-los naquela noite, e os dois deslizaram pela parte adormecida dos aposentos dos gladiadores sem incidente; a maioria dos lutadores estava adormecida ou, no caso dos minotauros, podre de bêbada.

Os dois andaram abertamente pelas ruas, para o vasto desconforto de Caramon. Mas o kender não pareceu incomodado. Muito melancólico e silencioso (algo nada comum), Tas continuamente ignorou as repetidas perguntas de Caramon. Eles se aproximaram cada vez mais do Templo. O prédio se esticou sobre eles em todo seu brilho de pérola e prata, e Caramon parou.

— Espera aí, Tas — disse ele suavemente, puxando o kender para um canto escuro. — Como você planeja nos botar lá dentro?

— Pela porta da frente — respondeu Tas baixinho.

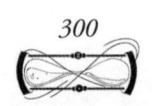

— A porta da frente? — repetiu Caramon em completo espanto. — Você ficou maluco? Os guardas! Vão nos pegar...

— É um Templo, Caramon — disse Tas, com um suspiro. — Um Templo para os deuses. Coisas malignas não entram.

— Fistandantilus entra — disse Caramon rudemente.

— Mas só porque o Rei-Sacerdote deixa — disse Tas, dando de ombros. — Senão, ele nunca *conseguiria* entrar. Os deuses não permitiriam. Pelo menos foi o que um dos clérigos me disse quando perguntei.

Caramon franziu o cenho. A adaga no seu cinto pareceu pesada, o metal quente contra sua pele. Era só imaginação, disse para si mesmo. Afinal de contas, já usou adagas antes. Mexendo debaixo da capa, ele a tocou para se acalmar. Apertando os lábios, começou a ir na direção do Templo. Após um momento de hesitação, Tas o alcançou.

— Caramon — disse o kender numa voz baixa. — A... acho que sei o que você estava pensando. Andei pensando a mesma coisa. E se os deuses não deixarem a *gente* entrar?

— Estamos indo destruir o mal — disse Caramon calmamente, sua mão no cabo da adaga. — Eles vão nos ajudar, não nos atrapalhar. Você vai ver.

— Mas, Caramon... — Era a vez de Tas fazer perguntas e a vez de Caramon sombriamente ignorá-lo. Por fim, chegaram aos degraus magníficos que subiam para o Templo.

Caramon parou, encarando o prédio. Sete torres subiam para os céus, como se louvassem os deuses pela sua criação. Mas uma delas subia acima de todas. Reluzindo na luz de Solinari, ela não parecia louvar os deuses, mas antagonizá-los. A beleza do Templo, seu mármore de rosa-perolado cintilando suavemente no luar, suas poças de água parada refletindo as estrelas, seus vastos jardins de adoráveis flores cheirosas, sua ornamentação de prata e ouro, tirou o fôlego de Caramon, penetrando seu coração. Ele não conseguia se mexer, como se estivesse aprisionado por um feitiço de tão maravilhado.

No fundo da sua mente, surgiu uma sensação de horror. Ele já vira isso antes! Só que num pesadelo, com as torres retorcidas e deformadas... Confuso, fechou os olhos. Onde? Como? Então, entendeu. O Templo em Neraka, onde ficara aprisionado! O Templo da Rainha da Escuridão! Era aquele mesmo Templo, pervertido pelo mal dela, corrompido, transformado em algo horrível. Caramon tremeu. Avassalado por essa memória terrível, perguntando-se o que poderia significar, pensou em virar e fugir.

Sentiu Tas puxando seu braço.

— Continue andando! — ordenou o kender. — Você parece suspeito!

Caramon balançou a cabeça, limpando-a de memórias estúpidas que não significavam nada, como disse a si mesmo. Os dois se aproximaram dos guardas na porta.

— Tas! — disse Caramon de repente, agarrando o kender pelo ombro tão forte que ele guinchou de dor. — Tas, isso é um teste! Se os deuses nos deixarem entrar, vou saber que estamos fazendo a coisa certa! Vamos ter a bênção deles!

Tas parou.

— Você acha mesmo? — perguntou, hesitante.

— É claro! — Os olhos de Caramon brilhavam na luz forte de Solinari. — Você vai ver. Vem. — Com sua confiança restaurada, o grande homem subiu as escadas. Ele era uma visão imponente, a capa dourada de seda flutuando ao seu redor, o elmo dourado reluzindo no luar. Os guardas pararam de falar e se viraram para observá-lo. Um cutucou o outro, falando alguma coisa e fazendo um rápido movimento de estocada com a sua mão. O outro guarda sorriu e balançou a cabeça, olhando Caramon com admiração.

Caramon soube no mesmo instante o que o gesto representava e quase parou de andar, sentindo novamente o sangue quente esguichando sobre sua mão e ouvindo as últimas palavras engasgadas do Bárbaro. Mas fora longe demais para desistir. Talvez esse também fosse um sinal, disse a si mesmo. O espírito do Bárbaro, por perto, ansioso por sua vingança.

Tas ergueu o olhar para ele, ansiosamente. — Melhor deixar eu falar — sussurrou o kender.

Caramon assentiu, engolindo a seco nervosamente.

— Saudações, gladiador — chamou um dos guardas. — Você é novo nos Jogos, não é? Estava contando ao meu companheiro de guarda que ele perdeu uma bela luta hoje. Não só isso, mas você também me fez ganhar seis peças de prata. Como é que o chamam?

— Ele é o "Vitorioso" — disse Tas sem hesitação. — E hoje foi só o começo. Ele nunca foi derrotado em batalha, nem nunca será.

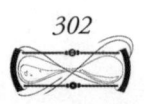

— E quem é você, ladrãozinho? O agente dele? — Isso foi seguido por estrondosas gargalhadas do outro guarda e uma risada aguda e nervosa de Caramon. Ele olhou para baixo, para Tas, e imediatamente soube que estavam em apuros. O rosto de Tas estava branco. Ladrãozinho! O insulto mais pavoroso, a pior coisa no mundo que alguém poderia chamar um kender! A mãozona de Caramon tapou a boca de Tas.

— É — disse Caramon, mantendo uma mão pesada no kender que se debatia. — E um ótimo agente.

— Bom, fique de olho nele — acrescentou o outro guarda, rindo ainda mais alto. — Queremos ver você batendo nos outros, não batendo carteiras!

As orelhas de Tasslehoff, a única parte visível debaixo da grande mão de Caramon, ficaram vermelhas. Sons incoerentes vinham de trás da palma de Caramon.

— Acho me... melhor entrarmos — gaguejou o grande guerreiro, perguntando-se por quanto tempo conseguiria segurar Tas. — Estamos atrasados.

Os guardas piscaram entre si, um deles balançando a cabeça de inveja.

— Eu vi a mulherada assistindo você hoje — disse ele, seu olhar indo para os largos ombros de Caramon. — Deveria ter imaginado que você seria convidado para, há, jantar.

Do que estavam falando? O olhar confuso de Caramon fez os guardas explodirem em gargalhadas novamente.

— Em nome dos deuses — cuspiu um deles. — Olha só pra ele! É um novato mesmo!

— Pode entrar — o outro guarda acenou para ele passar. — Bom apetite!

Mais risadas. Totalmente vermelho, sem saber o que falar e ainda tentando segurar Tas, Caramon entrou no Templo. Mas, conforme caminhava, ele ouviu piadas rudes entre os guardas, dando-o uma compreensão repentina do seu significado. Arrastando pelo corredor o kender que se debatia, ele correu para a primeira esquina que achou. Não fazia a menor ideia de onde estava.

Assim que os guardas ficaram fora do alcance da vista e da audição, ele soltou Tas. O kender estava pálido, os olhos dilatados.

— Ora essa, esses... esses... Eu vou... Eles vão se arrepender...

— Tas! — Caramon o balançou. — Pare com isso. Acalme-se. Lembre-se por que estamos aqui!

— Ladrãozinho! Como se eu fosse um bandidinho qualquer! — Tas estava praticamente espumando pela boca. — Eu...

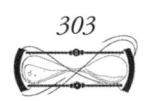

Caramon olhou feio para o kender, que engasgou. Controlando-se, ele respirou fundo e soltou o ar devagar.

— Estou bem — disse ele carrancudo. — Eu falei que estou bem — exclamou ele quando Caramon continuou a olhá-lo em dúvida.

— Bom, nós entramos, mas não do jeito que eu esperava — murmurou Caramon. — Você ouviu o que eles disseram?

— Não, não depois de "la...ladrãozi"... depois daquela palavra. Você botou parte da sua mão sobre minhas orelhas — disse Tas acusadoramente.

— Pareceu... pareceu que... as damas convidavam os ho... homens aqui para... para... você sabe...

— Caramon, veja — disse Tas, exasperado. — Você recebeu o sinal. Eles nos deixaram entrar. Talvez só estivessem te provocando. Você sabe como você é ingênuo. Você acredita em qualquer coisa! Tika sempre fala isso.

Uma memória de Tika veio à mente de Caramon. Ele podia ouvi-la falando essas mesmas palavras, rindo. Isso o cortou como uma faca. Encarando Tas, ele expulsou a memória imediatamente.

— É — disse ele com amargura, ruborizando. — Você provavelmente tem razão. Estão fazendo piada comigo. E eu caí! Mas... — Ele ergueu a cabeça e, pela primeira vez, olhou para o esplendor do Templo. Ele começou a entender onde estava, naquele palácio sagrado, um palácio dos deuses. Mais uma vez, sentiu a reverência e deslumbre que teve ao observá-lo, banhado na luz radiante de Solinari. — Você tem razão, os deuses nos deram nosso sinal!

Havia um corredor do Templo onde poucos passavam, e os que passavam não o faziam voluntariamente. Forçados a irem ali por alguma tarefa, faziam seus negócios logo e saíam o mais rápido possível.

Não havia nada de errado com o corredor em si. Era tão esplêndido quanto os outros salões e corredores do Templo. Tapeçarias belíssimas feitas em cores suaves enfeitavam as paredes, carpetes macios cobriam seu piso de mármore, estátuas graciosas preenchiam suas alcovas sombrias. Portas de madeira ornamentalmente detalhadas se abriam a partir dele, levando a quartos tão belamente decorados quanto os outros quartos no Templo. Mas as portas não abriam mais. Todas estavam trancadas. Todos os quartos estavam vazios, exceto um.

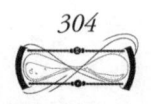

O quarto ficava no fim do corredor, escuro e silencioso até durante o dia. Era como se o ocupante daquele único quarto tivesse colocado uma mortalha sobre o chão em que andava, sobre o ar que respirava. Aqueles que entravam no corredor reclamavam de se sentir sufocando. Eles arfavam por ar como alguém morrendo dentro de uma casa em chamas.

Aquele era o quarto de Fistandantilus. Tinha sido dele há anos, desde que o Rei-Sacerdote chegou ao poder e expulsou os magistas da sua Torre de Palanthas, a Torre onde Fistandantilus reinava como Líder do Conclave.

Que barganha eles fizeram entre si, as potências mundiais líderes do bem e do mal? Que trato foi feito para permitir ao Tenebroso viver dentro do lugar mais belo e sagrado de Krynn? Ninguém sabia, muitos especulavam. A maioria acreditava ser pela graça do Rei-Sacerdote, um gesto nobre para um oponente derrotado.

Mas nem ele, o próprio Rei-Sacerdote, andava naquele corredor. Ali, pelo menos, o grande mago reinava numa supremacia sombria e tenebrosa.

No lado oposto do corredor, ficava uma janela alta. Pesadas cortinas a encobriam, tapando a luz do sol durante o dia e do luar durante a noite. Raramente a luz penetrava as grossas dobras das cortinas. Mas naquela noite, talvez porque os servos foram mandados limpar e varrer o corredor pelo Mordomo Chefe, as cortinas estavam separadas um pouquinho, deixando a luz de prata de Solinari brilhar no corredor vazio. Os raios da lua que os anões chamam de Vela da Noite penetravam a escuridão como uma longa e fina lâmina de aço luzente.

"Ou talvez como o dedo fino e branco de um cadáver", pensou Caramon, olhando para aquele corredor silencioso. Atravessando o vidro, o dedo de luar corria pelo comprimento do piso acarpetado e, passando por todo o corredor, tocava-o onde ele estava, no final.

— Aquela é a porta dele — disse o kender num sussurro tão baixo que Caramon mal o ouvia acima do batimento do seu próprio coração. — Na esquerda.

Caramon mexeu novamente debaixo da capa, procurando o cabo da adaga e sua presença reconfortante. Mas o cabo da faca estava frio. Ele tremeu ao tocá-lo e logo retirou sua mão.

Parecia algo simples, andar por aquele corredor. Ainda assim, não conseguia se mover. Talvez fosse a enormidade do que ele pretendia, de tirar a vida de um homem, não em batalha, mas durante seu sono. Matar um homem enquanto dormia, de todos os momentos, o momento em que estamos mais indefesos, quando nos colocamos nas mãos dos deuses. Haveria um crime mais horrendo e covarde?

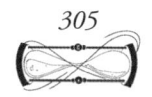

"Os deuses me deram um sinal," Caramon se lembrou, e severamente se fez lembrar do Bárbaro moribundo. Ele se fez lembrar do tormento do seu irmão na Torre. Ele se lembrou de quão poderoso aquele mago maligno era quando desperto. Caramon respirou fundo e segurou firmemente o cabo da adaga. Segurando-a forte, mesmo sem puxá-la do cinto, começou a andar pelo corredor parado, o luar parecendo chamá-lo.

Ele sentiu uma presença atrás dele, tão próxima que, quando parou, Tas se chocou contra ele.

— Fique aqui — ordenou Caramon.

— Não... — Tas começou a protestar, mas Caramon o silenciou.

— Você precisa ficar. Alguém tem que ficar de guarda nessa parte do corredor. Se alguém vier, faça algum barulho ou coisa assim.

— Mas...

Caramon encarou o kender. Ao ver a expressão severa e a encarada fria e sem emoção do homem, Tas engoliu seco e assentiu.

— Eu... eu vou ficar ali, naquela sombra. — Ele apontou e se esgueirou para lá.

Caramon esperou até ter certeza de que Tas não o seguiria "acidentalmente". Mas o kender triste se curvou debaixo da enorme árvore morta a meses em seu vaso. Caramon se virou e avançou.

Parado perto do esqueleto frágil cujas folhas secas farfalhavam quando o kender se mexia, Tas observou Caramon andar pelo corredor. Ele viu o grande homem chegar ao fim, esticar a mão e envolvê-la ao redor de uma maçaneta. Ele viu Caramon dar um leve empurrão. Ela cedeu à sua pressão e se abriu silenciosamente. Caramon despareceu dentro do quarto.

Tasslehoff começou a tremer. Uma sensação horrível e doentia se espalhou do seu estômago para todo o seu corpo, um choramingo escapou dos seus lábios. Botando a mão sobre a boca para não se lamuriar, o kender apertou-se contra a parede e pensou sobre morrer, sozinho, no escuro.

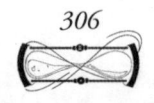

Caramon prensou seu grande corpo na porta, abrindo-a apenas um pouco para o caso das dobradiças fazerem barulho. Mas estava quieto. Tudo no quarto estava quieto. Nenhum som de nenhum lugar do Templo chegava até esse aposento, como se toda a vida fosse engolida pela escuridão sufocante. Caramon sentiu seus pulmões queimando, e ele vividamente lembrou da vez que quase se afogou no Mar de Sangue de Istar. Firme, resistiu a vontade de respirar com força.

Parou por um momento na porta, tentando acalmar o coração acelerado, e olhou pelo quarto. A luz de Solinari entrava por uma abertura das pesadas cortinas que cobriam a janela. Um fino fio de luz prateada cortava a escuridão, fazendo um corte estreito que levava direto para a cama, do lado oposto do quarto.

O aposento era esparsamente mobiliado. Caramon viu o volume disforme de pesadas vestes pretas colocada sobre uma cadeira de madeira. Botas de couro macio estavam perto dela. Nenhum fogo queimava na lareira, a noite estava quente demais. Segurando o cabo da faca, Caramon a sacou devagar e atravessou o quarto, guiado pelo luar de prata.

Um sinal dos deuses, pensou, quase sufocado por seu coração palpitante. Ele sentiu medo, medo como raramente sentira em sua vida, um medo cru, de revirar o estômago, de apertar as tripas, que fazia seus músculos tremer e sua garganta secar. Desesperado, ele se forçou a engolir para não tossir e acordar o adormecido.

"Preciso fazer isso logo!" disse ele a si mesmo, com muito medo de desmaiar ou ficar enjoado. Atravessou a sala, o carpete macio abafando seus passos rápidos. Já podia ver a cama e a figura adormecida nela. Ele podia ver a figura claramente, o luar cortando uma linha reta pelo chão, subindo a cama, passando pela coberta, chegando até a cabeça deitada no travesseiro, seu capuz puxado sobre o rosto para apagar a luz.

— E assim os deuses indicam meu caminho — murmurou Caramon, sem perceber que estava falando. Esgueirando-se até a cama, ele parou, com a adaga na mão, ouvindo a respiração baixa da sua vítima, tentando detectar qualquer alteração no ritmo profundo e parelho que diria se ele foi descoberto ou não.

Inspirando e expirando... inspirando e expirando... a respiração era forte, profunda, pacata. A respiração de um jovem saudável. Caramon tremeu, lembrando-se de como aquele mago deveria ser velho, das histórias terríveis que ouviu sobre como Fistandantilus renovava sua juventude. A respiração do homem estava firme, parelha. Não havia quebra, nem aceleração. O luar entrava, frio, sem vacilar, um sinal...

Caramon ergueu a adaga. Uma estocada, rápida e certeira, direto no peito e tudo acabaria. Avançando, Caramon hesitou. Não, antes de golpear, ele queria olhar no rosto, o rosto do homem que torturou seu irmão.

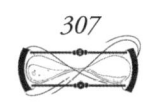

"Não! Tolo!" gritou uma voz dentro de Caramon. "Apunhale agora, rápido!" Caramon até ergueu a faca de novo, mas sua mão tremeu. Ele precisava ver o rosto! Esticando uma mão trêmula, ele gentilmente tocou o capuz preto. O material era suave e leve. Ele o puxou.

O luar prateado de Solinari tocou a mão de Caramon, depois tocou o rosto do mago adormecido, banhando-o em luz. A mão de Caramon enrijeceu, ficando branca e fria como a de um cadáver ao encarar o rosto no travesseiro.

Não era o rosto de um mago maligno ancestral, repleto de incontáveis pecados. Não era nem mesmo o rosto de um ser atormentado cuja vida foi roubada do seu corpo para manter o mago moribundo vivo.

Era o rosto de um jovem magista, cansado de longas noites de estudo com seus livros, mas relaxado, recebendo um descanso merecido. Era o rosto de alguém de resistência destemida de dor constante que marcava as linhas firmes ao redor da boca. Era um rosto tão familiar para Caramon quanto seu próprio, um rosto que ele observou dormindo incontáveis vezes, um rosto que ele acalmou com água refrescante...

A mão que segurava a adaga desceu, fincando a lâmina no colchão. Houve um grito selvagem e estrangulado, e Caramon caiu de joelhos ao lado da cama, segurando a coberta com dedos dobrados de agonia. Seu grande corpo tremia convulsivamente, abalado por choros trêmulos.

Raistlin abriu seus olhos e sentou, piscando com a luz brilhante de Solinari. Ele puxou o capuz sobre os olhos mais uma vez. Suspirando irritado, esticou a mão e cuidadosamente removeu a adaga do aperto amortecido do seu irmão.

Capítulo 9

Isso foi mesmo muito estúpido, irmão — disse Raistlin, virando a adaga em suas mãos esguias, estudando-a distraidamente. — Não consigo acreditar, mesmo vindo de você.

Ajoelhando no chão ao lado da cama, Caramon ergueu o olhar para seu gêmeo. O rosto dele estava abatido, cansado e mortalmente pálido. Ele abriu a boca.

— "Eu não compreendo, Raist" — choramingou Raistlin, zombando dele.

Caramon apertou o lábios, o rosto escurecendo em uma máscara sombria e amarga. Seus olhos olharam para a adaga que seu irmão ainda segurava.

— Talvez fosse melhor não ter puxado o capuz — murmurou ele.

Raistlin sorriu, apesar do seu irmão não poder vê-lo.

— Você não tinha escolha — respondeu ele. Depois, suspirou e balançou a cabeça. — Meu irmão, você achava mesmo que simplesmente entraria em meu quarto para me assassinar em meu sono? Você sabe como tenho o sono leve, sempre tive.

— Não, você não! — clamou Caramon partido, erguendo seu olhar. — Achei que... — Ele não foi capaz de continuar.

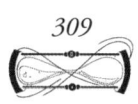

Raistlin o encarou, confuso por um momento, depois começou a rir de repente. Era uma risada horrível, feia e provocativa, e Tasslehoff, ainda no fim do corredor, tapou as orelhas com as mãos ao ouvir, enquanto avançava cuidadosamente pelo corredor para ver o que estava acontecendo.

— Você ia matar Fistandantilus! — disse Raistlin, observando seu irmão com divertimento. Ele riu de novo só de pensar. — Caro irmão, eu tinha esquecido como você consegue ser divertido.

Caramon ruborizou e se ergueu, trôpego.

— Eu ia fazer isso... por você — disse ele. Andando para a janela, ele abriu a cortina e melancolicamente olhou para o pátio do Templo que brilhava de pérola e prata na luz de Solinari.

— Claro que ia — exclamou Raistlin, com um traço da velha amargura surgindo em sua voz. — Você faz alguma coisa que não seja por mim?

Pronunciando uma palavra ríspida de comando, Raistlin fez uma luz brilhante preencher o quarto, reluzindo do Cajado de Magius que repousava em um canto contra a parede. O mago puxou as cobertas e se levantou da cama. Andando até a lareira, pronunciou outra palavra e chamas irromperam da pedra. Sua luz laranja bateu contra seu rosto pálido e fino, refletida nos olhos límpidos e castanhos.

— Bem, você está atrasado, irmão — prosseguiu Raistlin, esticando as mãos para aquecê-las na chama, flexionando e exercitando seus dedos ágeis. — Fistandantilus está morto. Pelas minhas mãos.

Caramon se virou rapidamente para encarar seu irmão, capturado pelo estranho tom na voz de Raistlin. Mas seu irmão permaneceu junto ao fogo, encarando as chamas.

— Você planejou invadir e apunhalá-lo durante o sono dele — murmurou Raistlin, um sorriso sombrio em seus finos lábios. — O maior mago que já viveu... até agora.

Caramon viu seu irmão se apoiar contra a cornija, como se ficasse fraco de repente.

— Ele ficou surpreso em me ver — disse Raistlin suavemente. — E zombou de mim, da mesma forma que zombou de mim na Torre. Mas ele estava com medo. Pude ver nos seus olhos.

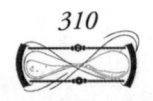

— "Então, maguinho", zombou Fistandantilus, "como é que chegou aqui? Foi o grande Par-Salian que o mandou?" "Vim por conta própria", eu disse a ele. "*Eu* sou o Mestre da Torre agora." Ele não esperava por isso. "Impossível", disse ele, rindo. "Eu sou aquele cuja vinda foi profetizada. Eu sou o mestre do passado e do presente. Quando eu estiver pronto, retornarei à minha propriedade." Mas o medo cresceu em seus olhos enquanto falava, pois ele leu meus pensamentos. "Sim", respondi em palavras não pronunciadas, "a profecia não foi como você esperava. Você pretendia viajar do passado para o presente, usando a força vital que arrancou de mim para mantê-lo vivo. Mas você esqueceu, ou talvez não se importou, que eu poderia canalizar a sua força *espiritual*! Você me manteve vivo para continuar a sugar meus fluidos vitais. E, para tanto, você me deu as palavras e me ensinou a usar o orbe do dragão. Quando eu estava morrendo aos pés de Astinus, você soprou ar neste corpo miserável que você torturou. Você me levou à Rainha das Trevas e implorou para que ela me desse a Chave para desvendar os mistérios dos antigos textos mágicos que eu não conseguia ler. E quando finalmente estivesse pronto, você pretendia entrar na casca destruída de meu corpo e tomá-lo como seu."

Raistlin se virou para seu irmão, e Caramon recuou um passo, amedrontado pelo ódio e fúria que via queimando naqueles olhos, brilhando nas chamas dançantes do fogo.

— Ele quis me manter fraco e frágil. Mas eu o enfrentei! Eu o enfrentei! — repetiu Raistlin suave e intensamente, seu olhar encarando algo distante. — Eu o usei! Eu usei seu espírito e vivi com a dor e a superei! "*Você* é o mestre do passado", eu disse a ele, "mas você não possui a força para chegar ao presente. Eu sou o mestre do presente, prestes a me tornar mestre do passado!"

Raistlin suspirou, sua mão se soltou, a luz tremeluziu em seus olhos e morreu, deixando-os escuros e assombrados.

— Eu o matei — murmurou ele. — Mas foi uma batalha amarga.

— Você matou ele? Eles... eles disseram que você voltou para aprender com ele — gaguejou Caramon, a confusão torcendo seu rosto.

— E vim — disse Raistlin suavemente. — Longos meses eu passei com ele, disfarçado, e só me revelei a ele quando foi a hora. Desta vez, eu *o drenei* até secar!

Caramon balançou a cabeça.

— Isso é impossível. Você não saiu antes da gente, naquela noite... Pelo menos foi o que o elfo negro disse...

Raistlin balançou a cabeça irritado.

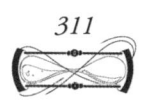

— O tempo para você, meu irmão, é uma jornada da aurora ao ocaso. O tempo para aqueles de nós que dominamos seus segredos é uma jornada além dos sóis. Segundos tornam-se anos, horas... milênios. Andei por estes salões como Fistandantilus por meses. Nas últimas semanas, viajei para todas as Torres da Alta Magia que ainda restam para estudar e aprender. Estive com Lorac, no reino élfico, e o ensinei a usar o obre do dragão, uma dádiva mortal para alguém tão fraco e vaidoso como ele. Ele o aprisionará, no futuro. Passei longas horas com Astinus na Grande Biblioteca. E, antes disto, estudei com o grande Fistandantilus. Visitei outros lugares, vendo horrores e deslumbres além da sua imaginação. Mas, para Dalamar, por exemplo, só estou fora há um dia e uma noite. Assim como você.

Aquilo era demais para Caramon. Desesperado, ele tentou se segurar em alguma fração da realidade.

— Então... isso quer dizer que... você está bem, agora? Digo, no presente? No nosso tempo? — Ele gesticulou. — A sua pele não está mais dourada, você perdeu os olhos de ampulheta. Você se parece... como quando éramos mais novos e cavalgamos para a Torre, sete anos atrás. Você vai ficar assim quando voltarmos?

— Não, irmão — disse Raistlin, falando com a paciência que se usa para explicar coisas para uma criança. — Par-Salian explicou isso, espero? Bem, talvez não. O tempo é um rio. Não alterei o curso do seu fluxo. Simplesmente saí e saltei noutro ponto rio acima. Ele me carrega junto do seu curso. Eu...

Raistlin parou de repente, dando uma olhada aguçada para a porta. Com um movimento breve da sua mão, ele fez a porta se abrir de repente e Tasslehoff Burrfoot rolou para dentro, caindo de cara no chão.

— Oi, oi — disse Tas, alegremente se levantando do chão. — Eu ia bater na porta bem agora. — Batendo para tirar a poeira, ele se virou animado para Caramon. — Descobri! Sabe, antigamente era Fistandantilus que virava Raistlin que virava Fistandantilus. Só que agora é Fistandantilus virando Raistlin virando Fistandantilus, virando Raistlin de novo. Viu?

Não, Caramon não via. Tas se virou para o mago.

— Não é mesmo, Raist...

O mago não respondeu. Ele encarava Tasslehoff com uma expressão tão estranha e perigosa em seus olhos que o kender olhou de soslaio com receio para Caramon, e deu pelo menos um passo na direção do guerreiro, só no caso de Caramon precisar de ajuda, é claro.

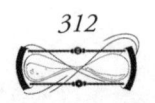

De repente, a mão de Raistlin fez um gesto leve e breve de convocação. Tasslehoff não sentiu movimento, mas houve um borrão no quarto por meio segundo, e ele estava preso pelo colarinho a centímetros do rosto fino de Raistlin.

— Por que Par-Salian enviou *você*? — perguntou Raistlin numa voz suave que "arrepiava" a pele do kender, como Flint costumava dizer.

— Bom, ele achou que Caramon precisava de ajuda, é claro, e... — A mão e os olhos de Raistlin se apertaram. Tas vacilou. — Há, acho que, na verdade, ele não... não pretendia me mandar. — Tas tentou virar a cabeça para olhar suplicante para Caramon, mas o aperto de Raistlin era forte e poderoso, quase sufocando-o. — Foi... foi mais ou menos um acidente, eu acho, pelo menos até onde ele sa... sabe. E eu po...podia falar melhor se você me deixasse respirar... um pouquinho.

— Continue! — ordenou Raistlin, balançando Tas de leve.

— Raist, pare— começou Caramon, avançando um passo para ele, sua testa franzida.

— Cale-se! — comandou Raistlin furiosamente, nunca tirando seus olhos ardentes do kender. — Continue.

— Tinha-tinha um anel que alguém perdeu... bom, talvez não tenha perdido— gaguejou Tas, alarmado o suficiente pela expressão nos olhos de Raistlin para falar a verdade, ou o máximo de verdade possível para um kender. — A...acho que eu meio que entrei no quarto de alguém e caiu na... no meu bolso, acho, porque não sei como chegou lá, mas quan... quando o cara vestido de vermelho mandou Bupu para casa, eu sabia que era o próximo. E eu não podia abandonar Caramon! Então eu rezei para F-Fizban... digo, Paladine... e botei o anel e... puf! — Tas mostrou suas mãos — Virei um rato!

O kender parou naquele momento dramático, esperando uma resposta apropriadamente deslumbrada da sua plateia. Mas os olhos de Raistlin só dilataram com impaciência, e sua mão torceu o colarinho do kender mais um pouco, então Tas prosseguiu, cada vez com mais dificuldade de respirar.

— Daí consegui me esconder — guinchou ele, parecido com o rato que tinha sido. — e me enfiei no labra...labora... lavatório de Par-Salian... e ele estava fazendo coisas tão belas e as pedras cantavam e Crysania estava deitada lá toda pálida e Caramon parecia tão aterrorizado e eu não *podia* deixar ele ir sozinho... então... então... — Tas deu de ombros e olhou para Raistlin com uma inocência desarmante — Aqui estou eu...

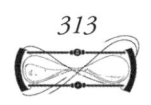

Raistlin continuou apertando-o por um momento, devorando-o com seus olhos, como se fosse arrancar a pele dos seus ossos e ver dentro da sua alma. Aparentemente satisfeito, o mago deixou o kender cair no chão e se virou para encarar o fogo, seus pensamentos abstratos.

— O que isto significa? — murmurou ele. — Um kender... proibido por todas as leis da magia! Isto significa que o curso do tempo pode ser alterado? Ele está falando a verdade? Ou é assim que planejaram me impedir?

— O que foi que você disse? — perguntou Tas com interesse, erguendo o olhar de onde estava sentado no carpete, tentando recuperar o fôlego. — O curso do tempo alterado? Por *mim*? Quer dizer que eu posso...

Raistlin girou, encarando o kender tão ferozmente que Tas fechou a boca e começou a se arrastar para onde Caramon estava.

— Que surpresa encontrar o seu irmão. Não é? — perguntou Tas para Caramon, ignorando o espasmo de dor que atravessava o rosto de Caramon. — Raistlin também ficou surpreso em me ver, né? Que estranho, porque eu vi ele no mercado de escravos e achei que ele tinha visto a gente...

— Mercado de escravos! — disse Caramon de repente. Bastava de conversa de rios e tempo. Isso era algo que ele podia entender! — Raist, você disse que está aqui há meses! Quer dizer que foi *você* que os fez pensar que eu ataquei Crysania! Foi você que me comprou! Foi você que me mandou pros Jogos!

Raistlin fez um gesto impaciente, irritado em ter seus pensamentos interrompidos.

Mas Caramon insistiu.

— Por quê?! — exigiu ele com raiva. — Por que aquele lugar?

— Ah, em nome dos deuses, Caramon! — Raistlin se virou novamente, seus olhos frios. — Do que você poderia servir na condição em que estava quando chegou aqui? Eu preciso de um forte guerreiro para onde vamos depois, não um gordo bêbado.

— E... você ordenou a morte do Bárbaro? — perguntou Caramon, arregalando os olhos. — Você mandou o aviso para, qual era o nome... Quarath?

— Não seja bobo, meu irmão — disse Raistlin sombriamente. — Que me importam estas intriguinhas de corte? Seus joguinhos pífios e inúteis? Se quisesse me livrar de um inimigo, sua vida seria apagada em questão de segundos. Quarath pensa demais de si mesmo para pensar que eu teria tamanho interesse nele.

— Mas o anão disse...

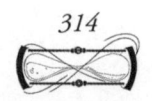

— O anão só sabe ouvir o som do dinheiro sendo colocado em sua mão. Mas acredite no que quiser. — Raistlin deu de ombros. — Pouco importa para mim.

Caramon ficou silencioso por longos momentos, ponderando. Tas abriu a boca, pois havia pelo menos uma centena de perguntas que estava louco para fazer para Raistlin, mas Caramon o encarou e o kender logo a fechou. Caramon, lentamente repassando em sua mente tudo o que seu irmão contou, de repente ergueu o olhar.

— O que quer dizer com "para onde vamos depois"?

— Meus caminhos são meus para guardar — respondeu Raistlin. — Você saberá quando o tempo chegar, de certa forma. Meu trabalho aqui progride, mas não terminou ainda. Há outro aqui além de você que deve ser esmurrado e martelado até entrar em forma.

— Crysania — murmurou Caramon. — Isso tem alguma coisa a ver com desafiar a... a Rainha das Trevas, não é? Que nem eles disseram? Você precisa de um clérigo...

— Estou muito cansado, irmão — interrompeu Raistlin. Com seu gesto, as chamas da lareira sumiram. Com uma palavra, a luz do Cajado se apagou. Escuridão, fria e vazia, desceu sobre os três que ali estavam. Até a luz de Solinari sumiu, já que a lua se afundou atrás dos outros prédios. Raistlin atravessou a sala, indo para sua cama. Suas vestes pretas farfalhavam suavemente. — Deixe-me descansar. Você não deve permanecer aqui de qualquer maneira. Com certeza, os espiões reportaram sua presença e Quarath pode ser um inimigo mortal. Tente não morrer. Seria um incômodo ter de treinar outro guarda-costas. Adeus, meu irmão. Esteja pronto. Minha convocação virá em breve. Lembre-se da data.

Caramon abriu a boca, mas ele se viu falando com uma porta. Ele e Tas estavam de pé, fora, no corredor agora escuro.

— Isso foi muito incrível! — disse o kender, suspirando de prazer. — Eu nem me senti me movendo, você sentiu? Num minuto estávamos ali, depois estamos aqui. Só com um gesto. Deve ser maravilhoso ser um mago — disse Tas alegremente, encarando a porta fechada. — Passear pelo tempo e espaço e portas fechadas.

— Vem — disse Caramon, virando e andando pelo corredor.

— Ei, Caramon — disse Tas baixinho, correndo atrás dele. — O que Raistlin quis dizer com "lembre-se da data"? O Dia do Dom da Vida dele está chegando ou coisa assim? Você precisa comprar um presente para ele?

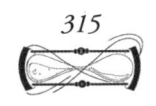

— Não — rosnou Caramon. — Não seja tolo.

— Não estou sendo tolo — protestou Tas, ofendido. — Afinal de contas, a Festa de Yule é daqui a poucas semanas, e ele provavelmente está esperando receber um presente. Pelo menos, acho que celebram a Festa de Yule aqui em Istar que nem celebramos no nosso tempo. Você acha...

Caramon parou de repente.

— O que foi? — perguntou Tas, alarmado com a expressão horrorizada no rosto do grande homem. Apressadamente, o kender olhou ao redor, sua mão fechando no cabo da faquinha que ele tinha em seu próprio cinto. — O que você viu? Eu não...

— A data! — clamou Caramon. — A data, Tas! Festa de Yule! Em Istar! — Girando, ele agarrou o kender assustado. — Que ano é esse? Que ano?

— Ora... — Tas engoliu seco, tentando pensar. — Acho que, é, alguém me falou que era 962.

Caramon gemeu, suas mãos soltaram Tas e seguraram a própria cabeça.

— O que foi? — perguntou Tas.

— Pense, Tas, pense! — murmurou Caramon. Segurando a cabeça em desespero, o grandalhão tropeçou cegamente pelo corredor na escuridão. — O que eles querem que eu faça? O que eu *posso* fazer?

Tas seguiu mais lentamente.

— Vamos ver. Festa de Yule, ano 962 E.I. Que número ridiculamente alto. Por algum motivo me soa familiar. Festa de Yule, 962... Ah, lembrei! — disse ele triunfantemente. — É a última Festa de Yule logo antes... logo antes...

O pensamento tirou o fôlego do kender.

— Logo antes do Cataclismo — sussurrou ele.

Capítulo

10

Denubis baixou a caneta de pena e esfregou os olhos. Estava sentado no silêncio da sala copiadora, a mão sobre seus olhos, esperando que um breve momento de descanso o ajudasse. Mas não ajudou. Quando abriu os olhos e pegou a pena para recomeçar seu trabalho, as palavras que estava tentando traduzir ainda nadavam juntas numa desordem sem sentido.

Severamente, ele se censurou e se ordenou a se concentrar e as palavras começaram a fazer sentido e a se organizar. Mas era difícil. Sua cabeça doía. Parecia doer há dias, com uma dor constante e latejante que estava presente até em seus sonhos.

— É este clima estranho — dizia ele repetidamente a si mesmo. — Quente demais para o início da estação do Yule.

Estava muito quente, quente de um jeito estranho. O ar estava espesso com umidade, pesado e opressivo. As brisas frescas aparentemente foram engolidas pelo calor. A cento e cinquenta quilômetros de distância em Karthay, pelo que ele tinha ouvido, o oceano estava liso e calmo debaixo do sol escaldante, tão calmo que nenhum barco navegava. Eles ficavam no porto, seus capitães xingando, a carga apodrecendo.

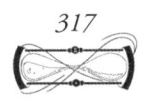

Limpando a testa, Denubis tentou continuar a trabalhar de forma diligente, traduzindo os Discos de Mishakal para o solâmnico. Mas sua mente vagava. As palavras o fizeram pensar numa história que ouvira alguns cavaleiros solâmnicos discutindo na noite passada, uma história terrível que Denubis tentava banir de sua mente.

Um cavaleiro chamado Soth seduziu uma jovem clériga elfa e depois se casou com ela, levando-a para seu lar, no Forte Dargaard, como sua noiva. Mas esse Soth já fora casado, disseram os cavaleiros, e havia vários motivos para acreditar que sua primeira esposa teve um fim terrível.

Os cavaleiros enviaram uma delegação para prender Soth e levá-lo a julgamento, mas o Forte Dargaard, disseram, tornara-se uma fortaleza armada, com os cavaleiros leais de Soth defendendo seu lorde. O que fazia tudo ser ainda mais assombroso era que a elfa que o lorde enganou continuou com ele, firme em seu amor e lealdade ao homem, mesmo com sua culpa tendo sido provada.

Denubis tremeu e tentou banir o pensamento. Ali! Ele cometera um erro. Não adiantava! Ele começou a baixar a pena mais uma vez, e então ouviu a porta da sala copiadora se abrindo. Rápido, levantou a caneta de pena e começou a escrever.

— Denubis — disse uma voz suave e hesitante.

O clérigo ergueu o olhar.

— Crysania, minha querida — disse ele com um sorriso.

— Estou perturbando seu trabalho? Posso voltar...

— Não, não — Denubis a tranquilizou. — Estou contente em vê-la. Muito contente. — Isso era verdade. Crysania o fazia sentir-se calmo e tranquilo. Até sua dor de cabeça pareceu diminuir. Deixando sua banqueta de escrever, ele pegou uma cadeira para ela e outra para si. Sentou-se perto dela, imaginando por que ela o procurava.

Como em resposta, Crysania olhou pela sala parada e pacata e sorriu.

— Gosto daqui — disse ela. — É tão silenciosa e, bom, particular. — Seu sorriso sumiu. — Às vezes me canso de... de tanta gente — disse ela, seu olhar indo para a porta que levava à parte principal do Templo.

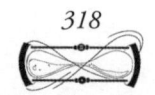

— Sim, é silenciosa — disse Denubis. — Agora, pelo menos. Não era assim em anos anteriores. Quando cheguei aqui pela primeira vez, estava repleta de escribas, traduzindo as palavras dos deuses para idiomas para que todos pudessem lê-las. Mas o Rei-Sacerdote não achou necessário e todos eles se foram, um de cada vez, encontrando coisas mais importantes para fazer. Exceto por mim. — Ele suspirou. — Acho que estou velho demais — acrescentou, desculpando-se. — Tentei pensar em algo mais importante para fazer, e não consegui. Então fiquei aqui. Ninguém pareceu se importar... muito.

Ele não conseguiu segurar uma leve careta, lembrando-se daquelas longas conversas com Quarath, Filho Reverenciado, cutucando e incomodando para que fizesse algo mais digno. No fim, o clérigo superior desistiu, falando a Denubis que ele não tinha jeito. Então Denubis voltou ao seu trabalho, sentando dia após dia numa solidão pacata, traduzindo os pergaminhos e livros e os enviando para Solamnia, onde permaneciam numa grande biblioteca, nunca lidos.

— Mas chega de falar de mim — acrescentou ele, vendo o rosto abatido de Crysania. — O que foi, minha querida? Não está se sentindo bem? Perdoe-me, não consegui não notar, nestas últimas semanas, o quanto você parece infeliz.

Crysania encarou suas mãos em silêncio, e então olhou para o clérigo.

— Denubis — começou ela, hesitante. — Você... você acha que a igreja é... o que deveria ser?

Definitivamente não era o que ele esperava. Ela parecia mais como uma jovem enganada por um amante.

— Ora, é claro, minha querida — disse Denubis em certa confusão.

— Mesmo? — Erguendo os olhos, ela olhou nos olhos dele com uma intensidade que fez Denubis parar. — Você esteve com a igreja por muito tempo, antes da chegada do Rei-Sacerdote e Quar... seus ministros. Você fala sobre os dias de antigamente. Você a viu mudar. Mudou para melhor?

Denubis abriu a boca para dizer que obviamente estava melhor. Como poderia ser diferente, com um homem tão bom e santo quanto o Rei-Sacerdote na sua liderança? Mas os olhos cinzentos de Crysania encaravam sua própria alma, percebeu de repente, sentindo o olhar que buscava e procurava trazendo luz para todos os cantos escuros onde ele escondeu certas coisas por anos... conscientemente. Ele foi desconfortavelmente lembrado de Fistandantilus.

— Eu... ora... é claro... é que... — Estava balbuciando, e sabia disso. Ruborizando, ele ficou em silêncio. Crysania assentiu severamente, como se esperasse essa resposta.

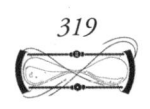

— Não, melhorou sim — disse ele, firme, não querendo ver a jovem fé dela magoada como a dele foi. Pegando a mão dela, ele se inclinou para a frente. — Sou apenas um homem de meia-idade, minha querida. E homens de meia-idade não gostam de mudanças. É só isso. Para nós, tudo era melhor antigamente. Ora... — Riu. — Até a água tinha um gosto melhor, aparentemente. Não estou acostumado com costumes modernos. Acho difíceis de entender. A igreja está fazendo muito bem, minha querida. Ela está trazendo ordem para a terra e estrutura para a sociedade...

— Quer a sociedade queira ou não — murmurou Crysania, mas Denubis a ignorou.

— Ela está erradicando o mal — prosseguiu ele, e de repente, a história daquele cavaleiro, aquele Lorde Soth, flutuou para o topo da sua mente sem convite. Ele a afundou com pressa, mas não sem antes perder a linha de pensamento. Tentou recuperá-la, mas era tarde demais.

— Está mesmo? — Dama Crysania estava perguntando. — Está erradicando o mal? Ou somos como crianças, deixadas a sós na casa à noite, que acendem vela após vela para afastar a escuridão? Não vemos que a escuridão tem um propósito, por mais que não o entendamos, e em nosso terror acabamos por incendiar a casa!

Denubis piscou, sem entender nada; mas Crysania prosseguiu, ficando cada vez mais inquieta conforme falava. Era óbvio, percebeu Denubis desconfortável, que ela estava guardado aquilo por semanas.

— Nós não tentamos ajudar aqueles que perderam seu caminho a reencontrá-lo! Nós damos nossas costas a eles, chamando-os de indignos, ou nos livramos deles! Você sabia que Quarath propôs livrar o mundo das raças ogras? — ela se voltou para Denubis.

— Mas, minha querida, os ogros são, afinal de contas, uma raça assassina e vilanesca — Denubis arriscou um protesto débil.

— Criada pelos deuses, que nem fomos nós — disse Crysania. — Temos nós o direito, em nossa compreensão imperfeita do funcionamento das coisas, de destruir qualquer coisa que os deuses criaram?

— Mesmo as aranhas? — perguntou Denubis animado, sem pensar. Vendo a expressão irritada dela, sorriu. — Deixe para lá. Apenas reclames de um velho.

— Vim aqui convencida de que a igreja era plena em bondade e em verdade, e agora eu... eu... — Ela botou a cabeça em suas mãos.

O coração de Denubis doeu quase tanto quanto a sua cabeça. Esticando uma mão trêmula, ele acariciou gentilmente o cabelo escuro-azulado e liso, confortando-a como confortaria a filha que nunca teve.

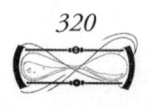

— Não sinta vergonha dos seus questionamentos, criança — disse ele, tentando esquecer que sentia vergonha dos seus próprios. — Vá, fale com o Rei-Sacerdote. Ele responderá suas dúvidas. Ele tem mais sabedoria do que eu.

Crysania ergueu os olhos esperançosa.

— Você acha que...

— Com certeza — Denubis sorriu. — Vá vê-lo esta noite, minha querida. Ele estará em uma audiência. Não tema. Tais questões não o aborrecem.

— Muito bem — disse Crysania, seu rosto cheio de determinação. — Tem razão. Foi tolo de minha parte lutar com isso sem ajuda. Perguntarei ao Rei-Sacerdote. Certamente ele pode iluminar esta escuridão.

Denubis sorriu e se levantou junto com Crysania. Impulsivamente, ela se inclinou e gentilmente o beijou na bochecha.

— Obrigada, meu amigo — disse ela suavemente. — Deixá-lo-ei com seu trabalho.

Vendo-a caminhando da sala quieta e ensolarada, Denubis sentiu um pesar repentino e inexplicável e, depois, um medo muito grande. Era como se estivesse num local de luz forte, vendo-a seguir para uma escuridão vasta e terrível. A luz ao redor dele ficava cada vez mais forte, enquanto a escuridão ao redor dela ficava cada vez mais horrível, mais densa.

Confuso, Denubis colocou a mão nos olhos. A luz era verdadeira! Entrava na sala, banhando-o numa iluminação tão brilhante e bela que ele não podia olhar para ela. A luz penetrou seu cérebro, a dor em sua cabeça era insuportável. E ainda assim, pensou ele desesperado, preciso alertar Crysania, preciso impedi-la...

A luz o envolveu, enchendo sua alma com o brilho radiante. E de repente, a luz se foi. Ele estava mais uma vez na sala ensolarada. Mas não estava sozinho. Piscando, tentando acostumar os olhos com a escuridão, olhou ao redor e viu um elfo ali na sala com dele, observando-o com frieza. O elfo era velho, calvo, com uma longa barba branca meticulosamente cuidada. Ele vestia longas vestes brancas, com o medalhão de Paladine pendurado em seu pescoço. A expressão no rosto do elfo era de tristeza, tanta tristeza que Denubis foi levado às lágrimas, mesmo não tendo ideia do motivo.

— Perdão — disse Denubis roucamente. Botando a mão na sua cabeça, notou que ela não doía mais. — Eu... eu não o vi entrar. Posso ajudá-lo? Você está procurando por alguém?

— Não, encontrei aquele que busco — disse o elfo calmamente, mas ainda com a mesma expressão triste. — Se você for Denubis.

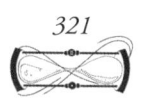

— Eu sou Denubis — respondeu o clérigo, perplexo. — Mas perdoe-me, não o reconhe...

— Meu nome é Loralon — disse o elfo.

Denubis arquejou. O maior dos elfos clérigos, Loralon anos antes lutara contra a ascensão de Quarath ao poder. Mas Quarath era forte demais. Forças poderosas o apoiavam. As palavras de reconciliação e paz de Loralon não foram apreciadas. Em grande pesar, o clérigo retornou para seu povo, para a maravilhosa terra de Silvanesti que ele amava, jurando nunca mais olhar para Istar.

O que estava fazendo ali?

— Você deve estar procurando o Rei-Sacerdote — gaguejou Denubis.

— Eu... eu...

— Não, só há um neste Templo que eu procuro, e é você, Denubis — disse Loralon. — Venha. Temos uma longa jornada à nossa frente.

— Jornada! — repetiu Denubis estupidamente, imaginando que estava enlouquecendo. — Impossível. Não saio de Istar desde que cheguei aqui trinta anos...

— Venha, Denubis — disse Loralon gentilmente.

— Aonde? Como? Eu não compreendo — clamou Denubis. Ele viu Loralon de pé no centro da sala pacata e ensolarada, observando-o, ainda com a mesma expressão de tristeza profunda e indescritível. Levantando a mão, Loralon tocou o medalhão que usava ao redor do pescoço.

Denubis entendeu. Paladine deu intuição ao seu clérigo. Ele viu o futuro. Empalidecendo de horror, balançou a cabeça.

— Não — sussurrou ele. — É terrível demais.

— Nem tudo está decidido. A balança está pendendo, mas ainda não caiu. Esta jornada pode ser temporária, ou pode durar pelo tempo além do tempo. Venha, Denubis, você não é mais necessário aqui.

O grande elfo clérigo ofereceu a mão. Denubis sentiu-se abençoado com uma sensação de paz e compreensão que nunca sentira antes, nem na presença do Rei-Sacerdote. Curvando a cabeça, ele pegou a mão de Loralon. Ao fazê-lo, não conseguiu segurar o choro.

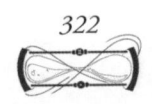

Crysania sentava-se a um canto do suntuoso Salão de Audiências do Rei-Sacerdote, suas mãos calmamente dobradas em seu colo, seu rosto pálido, mas composto. Ninguém imaginaria a perturbação em sua alma ao olhar para ela. Ninguém, talvez com a exceção de um homem, que adentrou o salão sem ser notado e estava numa alcova sombria, observando Crysania.

Sentada lá, ouvindo a voz musical do Rei-Sacerdote, ouvindo-o discutir assuntos de estado importantes com seus ministros, ouvindo-o ir da política para solucionar os grandes mistérios do universo com outros ministros, Crysania chegou a ruborizar só de pensar em considerar abordá-lo com suas perguntas mesquinhas.

Palavras de Elistan vieram à sua mente. "— Não procure respostas nos outros. Procure em seu próprio coração, busque sua própria fé. Você ou encontrará a resposta ou descobrirá que a resposta reside com os próprios deuses, não com as pessoas."

E assim Crysania ficava, preocupada com seus pensamentos, procurando em seu coração. Infelizmente, a paz que buscava a eludiu. Talvez não houvesse respostas para suas perguntas, decidiu ela abruptamente. Sentiu uma mão em seu braço. Assustada, Crysania olhou para cima.

— Há respostas para suas perguntas, Filha Reverenciada — disse uma voz que causou um calafrio de reconhecimento assustador nos seus nervos. — Há respostas, mas você se recusa a escutá-las.

Ela conhecia a voz, mas, olhando ansiosa para as sombras do capuz, ela não conseguiu reconhecer o rosto. Ela olhou para a mão em seu ombro, achando que conhecia essa mão. Vestes pretas estavam ao redor dela, e seu coração palpitou. Mas não havia runas prateadas nas vestes, como as que ele usava. Mais uma vez, ela olhou para o rosto. Tudo que pôde ver foi o brilho de olhos escuros, pele pálida... A mão deixou seu ombro e, subindo, tirou o capuz.

De início, Crysania sentiu um desapontamento amargo. Os olhos do jovem não eram dourados, não tinham o formato de ampulhetas que se tornaram seu símbolo. A pele não tinha um tom dourado, o rosto não era frágil e enfermo. O rosto daquele homem era pálido por longas horas de estudo, mas era saudável, bonito, até, exceto por seu olhar de cinismo amargo e perpétuo. Os olhos eram castanhos, límpidos e frios como vidro, refletindo tudo o que viam, revelando nada de dentro. O corpo do homem era esguio, mas musculoso. As vestes pretas sem ornamentos que ele vestia revelavam o contorno de ombros fortes, não a forma caída e arrebentada do mago. E então o homem sorriu, os finos lábios se separando de leve.

— É *mesmo* você! — suspirou Crysania, levantando-se de susto.

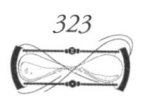

O homem recolocou sua mão sobre o ombro dela, exercendo uma pressão gentil que a forçou a sentar-se novamente.

— Por favor, continue sentada, Filha Reverenciada — disse ele. — Juntar-me-ei a você. Aqui é silencioso, e podemos falar sem interrupção. — Virando, gesticulou com graça e uma cadeira que estava do outro lado do salão de repente estava junto dele. Crysania arquejou de leve e olhou ao redor. Se mais alguém notou, estava atento ao objetivo de ignorar o mago. Voltando seu olhar, Crysania viu Raistlin observando-a em seu divertimento, e ela sentiu sua pele esquentar.

— Raistlin — disse ela formalmente para ocultar sua confusão. — Fico contente em vê-lo.

— E eu fico contente em vê-la, Filha Reverenciada — disse ele naquela voz zombeteira que lhe dava nos nervos. — Mas meu nome não é Raistlin.

Ela o encarou, ruborizando ainda mais agora, envergonhada.

— Perdoe-me — disse ela, olhando intensamente para seu rosto. — Mas você me lembrou muito de alguém que eu conheço... conhecia.

— Talvez isto resolva o mistério — disse ele, suavemente. — Meu nome, para aqueles aqui, é Fistandantilus.

Crysania teve um calafrio involuntário, as luzes no salão pareceram escurecer.

— Não — disse ela, balançando lentamente a cabeça. — Não pode ser! Você voltou... para aprender com ele!

— Eu voltei para me *tornar* ele — respondeu Raistlin.

— Mas... Eu ouvi histórias. Ele é maligno, pérfido— Ela se afastou de Raistlin, seu olhar fixo nele em horror.

— O mal se foi — respondeu Raistlin. — Ele está morto.

— Você? — A palavra foi um sussurro.

— Ele teria me matado, Crysania — disse Raistlin, simplesmente. — Como matou incontáveis outros. Era minha vida ou a dele.

— Trocamos um mal por outro — respondeu Crysania numa voz triste e desalentada. Ela se afastou.

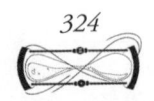

"Estou perdendo-a!" percebeu Raistlin no mesmo instante. Em silêncio, ele a observou. Ela se remexeu na sua cadeira, virando seu rosto para longe dele. Ele podia ver o perfil dela, frio e puro como a luz de Solinari. Friamente ele a estudou como estudaram os pequenos animais sob sua faca quando pesquisava os segredos da vida. Assim como arrancara suas peles para ver os corações batendo embaixo, ele mentalmente arrancou as defesas externas de Crysania para ver a alma dela.

Ela estava ouvindo a bela voz do Rei-Sacerdote e em seu rosto havia um olhar de profunda paz. Mas Raistlin se lembrava do rosto dela como a viu ao entrar. Muito acostumado a observar os outros e ler as emoções que eles ocultavam, ele viu a levíssima linha surgir entre suas sobrancelhas pretas, ele viu seus olhos cinzas ficando escuros e nublados.

Ela manteve suas mãos no colo, mas ele viu os dedos mexendo no tecido do seu vestido. Ele sabia da conversa dela com Denubis. Ele sabia que ela duvidava, que sua fé estava vacilando, equilibrando-se à beira do precipício. Não precisaria muito para fazê-la cair. E, com um pouco de paciência da parte dele, talvez ela pulasse por decisão própria.

Raistlin lembrou-se de como ela recuou ao toque dele. Aproximando-se dela, esticou um braço e pegou o pulso dela. Ela se assustou e quase imediatamente tentou se soltar. Mas ele segurou firme. Crysania levantou os olhos para os dele e não conseguiu se mexer.

— Você realmente pensa assim de mim? — perguntou Raistlin na voz de alguém que sofreu demais e depois descobriu que não tinha servido de nada. Ele viu seu luto penetrando o coração dela. Ela tentou falar, mas Raistlin continuou, torcendo a faca em sua alma.

— Fistandantilus planejava retornar ao nosso tempo, me destruir, tomar meu corpo, e continuar de onde a Rainha da Escuridão parou. Ele planejava trazer os dragões malignos sob seu controle. Os Senhores dos Dragões, como minha irmã, Kitiara, voariam sob seu estandarte. O mundo seria levado à guerra mais uma vez — Raistlin parou. — Esta ameaça agora terminou — disse com suavidade.

Seus olhos prenderam Crysania, assim como sua mão prendia o pulso dela. Olhando neles, ela se viu refletida em superfície espelhada. E ela viu a si mesma, não como a clériga pálida, estudiosa e severa como se ouvira ser descrita mais de uma vez, mas como alguém bela e carinhosa. Esse homem veio a ela em confiança e ela o decepcionou. A dor em sua voz era insuportável, e Crysania tentou falar mais uma vez, mas Raistlin prosseguiu, puxando-a ainda mais perto.

— Você sabe quais são minhas ambições — disse ele. — Para você, abri meu coração. É meu objetivo renovar a guerra? É meu desejo conquistar o mundo? Minha irmã, Kitiara, veio a mim perguntar a mesmíssima coisa, pedir minha ajuda. Eu recusei, e você, temo eu, pagou as consequências. —

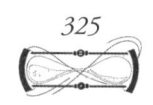

Raistlin suspirou e baixou seus olhos. — Eu contei sobre você, Crysania, sobre sua bondade e seu poder. Ela ficou enfurecida e mandou seu cavaleiro da morte destruí-la, querendo acabar com a sua influência sobre mim.

— Eu tenho influência sobre você? — perguntou Crysania suavemente, parando de tentar escapar da mão de Raistlin. A voz dela tremeu de alegria. — Posso esperar que você tenha visto o caminho da igreja e...

— O caminho *desta* igreja? — perguntou Raistlin, sua voz novamente amarga e zombeteira. Retirou a mão de repente, endireitou-se em sua cadeira, puxando suas vestes pretas ao seu redor e olhando Crysania com um sorriso de menosprezo.

Vergonha, raiva e culpa mancharam as bochechas de Crysania de um rosa leve, seus olhos escureceram para um azul-marinho. A cor em suas bochechas se espalhou para seus lábios e, de repente, ela era bela, algo que Raistlin notou sem querer. O pensamento o aborreceu por demais, ameaçando quebrar sua concentração. Irritado, ele os afastou.

— Sei das suas dúvidas, Crysania — prosseguiu ele abruptamente. — Sei o que você viu. Você viu que a igreja está muito mais preocupada em comandar o mundo do que ensinar o caminho dos deuses. Você viu seus clérigos virando a casaca, metidos em política, gastando dinheiro que poderia alimentar os pobres. Você queria fazer justiça a esta igreja quando voltou; descobrir que outros fizeram os deuses, em sua fúria justa, arremessarem a montanha flamejante sobre aqueles que os esqueceram. Você quis culpar... os magistas, provavelmente.

O rubor de Crysania aumentou. Sem conseguir olhar para ele, virou o rosto, mas sua dor e sua humilhação eram óbvias.

Raistlin prosseguiu impiedosamente.

— O tempo do Cataclismo se aproxima. Os clérigos verdadeiros já saíram da região... Sim, você não sabia? Seu amigo, Denubis, já se foi. Você, Crysania, é a única clériga verdadeira que restou aqui.

Crysania encarou Raistlin em choque.

— Isso é... impossível — sussurrou ela. Seus olhos correram o salão. Ela conseguiu ouvir, pela primeira vez, as conversas daqueles reunidos em grupinhos longe do Rei-Sacerdote. Ela ouviu conversas dos Jogos, ouviu discussões sobre a distribuição de financiamento público, a eliminação de exércitos, as melhores maneiras de controlar uma terra rebelde, tudo em nome da igreja.

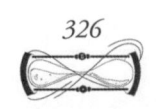

Como se quisesse afogar as outras vozes mais cruéis, a doce voz musical do Rei-Sacerdote se assentava na alma dela, acalmando seu espírito perturbado. O Rei-Sacerdote ainda estava aqui. Afastando-se da escuridão, olhou na direção da luz dele e sentiu sua fé, mais uma vez forte e pura, ascender para defendê-la. Friamente, olhou de volta para Raistlin.

— Ainda há bondade no mundo — disse ela, com severidade. — Levantando-se, ela começou a sair. — Enquanto aquele homem sagrado, certamente abençoado pelos deuses, governar, não acredito que os deuses irromperiam sua ira contra a igreja. Digamos, talvez, que foi contra o mundo por ignorar a igreja — prosseguiu ela, a voz baixa e apaixonada. Raistlin também se levantou e, observando-a intensamente, foi para mais perto dela.

Ela não pareceu notar, apenas prosseguiu.

— Ou por ignorar o Rei-Sacerdote! Ele deve prever isto! Talvez agora mesmo esteja tentando prevenir! Implorando aos deuses para terem piedade!

— Olhe para este homem "abençoado" pelos deuses. — sussurrou Raistlin. Esticando-se, o mago segurou Crysania com as mãos fortes e a forçou a olhar para o Rei-Sacerdote. Avassalada pela culpa de ter duvidado e com raiva de si mesma por permitir a Raistlin ver dentro de si, Crysania furiosamente tentou se livrar dos braços dele, mas ele a segurou firme, seus dedos ardendo na pele dela.

— Olhe! — repetiu ele. Balançando-a de leve, ele a fez erguer a cabeça para olhar diretamente para a luz e glória que cercavam o Rei-Sacerdote.

Raistlin sentiu o corpo que segurava tão perto do seu começar a tremer e sorriu satisfeito. Movendo sua cabeça encapuzada para perto da dela, Raistlin sussurrou em seu ouvido, seu hálito tocando sua bochecha.

— O que você vê, Filha Reverenciada?

Sua única resposta foi um gemido de coração partido.

O sorriso de Raistlin se aprofundou.

— Diga-me — persistiu ele.

— Um homem. — Crysania vacilou, seu olhar chocado no Rei-Sacerdote. — Apenas um homem, humano. Ele parece cansado e... e com medo. A pele dele está flácida, ele não dorme há noites. Olhos pálidos azuis disparam por todos os lados com medo— De repente, percebeu o que estava dizendo. Ciente da proximidade de Raistlin, do calor e da sensação daquele corpo forte e musculoso debaixo das vestes pretas macias, Crysania se livrou do agarre dele.

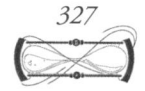

— Que feitiço é este que lançou sobre mim? — exigiu ela com raiva, virando-se para confrontá-lo.

— Feitiço algum, Filha Reverenciada — disse Raistlin em voz baixa. — Eu quebrei o feitiço que ele lança ao redor de si em seu medo. É este medo que irá provar seu erro e trará a destruição para o mundo.

Crysania encarou Raistlin desvairada. Queria que ele estivesse mentindo, implorou que ele estivesse mentindo. Mas então percebeu que, mesmo que estivesse, não importava mais. Ela não podia mais mentir para si mesma.

Confusa, com medo e espantada, Crysania virou-se e, quase cega pelas lágrimas, saiu correndo do Salão de Audiências.

Raistlin a observou, sem sentindo júbilo ou satisfação com sua vitória. Não era, afinal de contas, nada além do que ele esperava. Sentando-se de novo, perto do fogo, escolheu uma laranja de um cesto de frutas repousando numa mesa e casualmente a descascou enquanto encarava as chamas, pensativo.

Apenas uma outra pessoa no salão viu Crysania fugir da câmara de audiências. Ele assistiu Raistlin comer a laranja, drenando a fruta de seu suco primeiro, e depois devorando a polpa.

Seu rosto pálido de raiva rivalizando com medo, Quarath saiu do Salão de Audiências, voltando para seu próprio quarto, onde perambulou até o amanhecer.

Capítulo

11

A noite em que os clérigos verdadeiros deixaram Krynn ficou conhecida posteriormente na história como a Noite da Perdição. Para onde foram e qual sua sina, nem mesmo Astinus registrou. Uns dizem que foram vistos nos dias amargos e desoladores da Guerra da Lança, trezentos anos depois. Existem muitos elfos que juram de pés juntos que Loralon, o maior e mais devoto dos elfos clérigos, vagou pelas terras torturadas de Silvanesti, lamentando sua queda e abençoando os esforços daqueles que se dedicaram a ajudar na sua reconstrução.

Mas, para a maioria de Krynn, a passagem dos clérigos verdadeiros passou despercebida. Aquela noite, no entanto, provou ser uma Noite da Perdição em muitas formas para outros.

Crysania fugiu do Salão de Audiências do Rei-Sacerdote em medo e confusão. Sua confusão era facilmente explicada. Ela viu o maior dos seres, o Rei-Sacerdote, o homem que até os clérigos em seu próprio tempo ainda reverenciavam, como um humano com medo da sua própria sombra, um humano que se escondia atrás de feitiços e deixava outros governar em seu lugar. Todas as dúvidas e apreensões que ela desenvolveu sobre a igreja e seu propósito em Krynn retornaram.

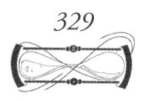

Quanto ao que temia, ela não conseguia nem queria definir. Ao sair do Salão, cambaleou cegamente sem muita ideia de onde estava indo ou o que estava fazendo. Procurou refúgio num canto, secou suas lágrimas e se aprumou. Envergonhada da sua perda de controle momentânea, ela soube o que tinha que fazer.

Ela precisava encontrar Denubis. Provaria que Raistlin estava errado.

Andando pelos corredores vazios iluminadas pela luz minguante de Solinari, Crysania foi até os aposentos de Denubis. Essa história de clérigos sumindo não podia ser verdade. Crysania, na verdade, nunca acreditou nas velhas lendas sobre a Noite da Perdição, considerando-as como contos infantis. Ela se recusava a acreditar mesmo agora. Raistlin estava... enganado.

Ela se apressou sem hesitar, familiar com o caminho. Visitara Denubis em seus aposentos diversas vezes para discutir teologia ou história, ou para ouvir histórias da terra natal dele. Ela bateu na porta.

Não houve resposta.

— Ele está dormindo — disse Crysania a si mesma, irritada com o calafrio repentino que abalou seu corpo. — É claro, já passou da Vigia Profunda. Voltarei de manhã.

Mas ela bateu de novo e até chamou suavemente.

— Denubis.

Ainda sem resposta.

— Eu volto depois. Afinal de contas, faz poucas horas desde que o vi — disse para si mesma novamente, mas viu sua mão na maçaneta, virando-a. — Denubis? — sussurrou, seu coração palpitando na garganta. O quarto estava escuro, pois, sendo voltado para um pátio interno, a janela não permitia nada da luz da lua. Por um momento, a vontade de Crysania falhou com ela. — Isto é ridículo! — censurou-se, já pensando no constrangimento de Denubis e seu próprio caso o homem acordasse para vê-la se esgueirando em seu quarto na calada da noite.

Com firmeza, Crysania abriu a porta, deixando a luz das tochas do corredor entrar no quartinho. Estava como ele o deixara: arrumado, organizado... e vazio.

Bom, não exatamente vazio. Os livros dele, suas canetas de pena, até suas roupas estavam lá, como se ele só tivesse saído por alguns minutos, pretendendo voltar logo. Mas o espírito do quarto sumira, deixando-o tão frio e vazio quanto a cama feita.

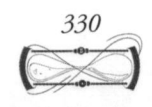

Por um momento, as luzes no corredor borraram nos olhos de Crysania. As pernas dela ficaram fracas e ela se apoiou na porta. Como antes, ela se forçou a se acalmar, a pensar racionalmente. Com firmeza, fechou a porta e, com mais firmeza ainda, obrigou-se a andar pelos corredores adormecidos até seu próprio quarto.

A Noite da Perdição realmente chegara. Os clérigos verdadeiros se foram. Era quase Yule. Treze dias após o Yule, o Cataclismo chegaria. Isso a fez parar. Sentindo-se fraca e enjoada, ela se apoiou contra uma janela e encarou vagamente o jardim banhado no luar branco. Era o fim dos seus planos, seus sonhos, seus objetivos. Ela seria forçada a voltar para seu próprio tempo e a reportar só um fracasso absoluto.

O jardim prateado nadou na visão dela. Ela tinha descoberto que a igreja era corrupta, com o Rei-Sacerdote aparentemente tendo culpa na destruição do mundo. Ela até fracassou em seu objetivo original, tirar Raistlin das dobras das trevas. Ele nunca a ouviria. Provavelmente, estava rindo dela naquela risada terrível e zombeteira...

— Filha Reverenciada? — veio uma voz.

Rapidamente limpando os olhos, Crysania se virou.

— Quem está aí? — perguntou, tentando limpar a garganta. Piscando rápido, olhou para a escuridão e prendeu o fôlego ao ver uma figura sombria e encapuzada surgindo nas sombras. Ela não conseguia falar, sua voz falhou.

— Estava a caminho dos meus aposentos quando a vi parada aqui — disse a voz, e não estava rindo nem zombando. Era fria e tingida de cinismo, mas havia uma estranha qualidade nela, um calor, que fez Crysania tremer.

— Espero que não esteja doente — disse Raistlin, indo até o seu lado. Ela não podia ver seu rosto, oculto pelas sombras do capuz escuro. Mas podia ver seus olhos cintilando, límpidos e frios, ao luar.

— Não — murmurou Crysania em confusão e virou seu rosto, esperando devotamente que todos os traços das suas lágrimas tivessem sumido. Mas não serviu de muito. O cansaço, a exaustão e suas próprias falhas a abalaram. Desesperada, as lágrimas vieram de novo, deslizando pelas bochechas, apesar de tentar controlá-las.

— Vá embora, por favor — disse ela, apertando os olhos, engolindo as lágrimas como um remédio amargo.

Ela sentiu um calor envolvendo-a e a maciez das vestes pretas de veludo roçando contra seu braço. Ela farejou o doce aroma de especiarias e pétalas de rosas, um cheiro vagamente enjoativo de podridão — asas de morcegos, talvez, ou o crânio de algum animal, as coisas misteriosas que os magistas usavam para lançar seus feitiços. Sentiu uma mão tocar sua bochecha, dedos esguios, sensíveis e fortes e ardendo com aquele estranho calor.

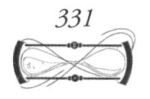

Crysania não tinha certeza se os dedos secaram as lágrimas pelo toque ou pelo calor. Depois, os dedos gentilmente levantaram o queixo dela e viraram sua cabeça para longe do luar. Crysania não conseguia respirar, as batidas do seu coração sufocando-a. Ela manteve os olhos fechados, temendo o que poderia ver. Mas podia sentir o corpo esguio de Raistlin, rígido debaixo das vestes macias, pressionando contra o dela. Ela podia sentir aquele calor terrível...

Crysania repentinamente desejou que as trevas dele a envolvessem, escondessem e confortassem. Ela queria que aquele calor queimasse o frio dentro dela. Ansiosamente, ela ergueu os braços e estendeu as mãos... e ele sumiu. Ela podia ouvir o farfalhar das vestes dele se afastando no silêncio do corredor.

Assustada, Crysania abriu os olhos. Chorando mais uma vez, pressionou sua bochecha contra o vidro frio. Mas essas eram lágrimas de felicidade.

— Paladine — sussurrou ela. — Obrigada. Meu caminho está claro. Eu não falharei!

Uma figura de vestes pretas espreitava os corredores do Templo. Qualquer um que a encontrasse encolhia-se de horror, afastando-se da raiva que podia ser sentida, se não vista, no rosto encapuzado. Raistlin por fim adentrou seu próprio corredor deserto, atingiu a porta do seu quarto com uma rajada que quase a despedaçou, e fez chamas irromperem na lareira com nada além de um olhar. O fogo rugiu chaminé acima e Raistlin vagou, xingando a si mesmo até ficar cansado demais para andar. Afundou na cadeira e encarou o fogo com um olhar febril.

— Tolo! — repetiu ele. — Eu deveria ter previsto isto! — Seu punho cerrou. — Eu deveria saber. Este corpo, mesmo com toda sua força, tem a maior fraqueza comum à humanidade. Não importa quão inteligente, quão disciplinada a mente, quão controladas as emoções forem, aquilo espreita as sombras como uma grande fera, pronta para saltar e tomar conta. — Ele rosnou de raiva e fincou as unhas na sua palma até sangrar. — Ainda posso vê-la! Posso ver sua pele de marfim, os lábios pálidos e macios. Posso cheirar seu cabelo e sentir a suavidade das curvas do seu corpo perto do meu!

— Não! — Isso foi quase um guincho. — Isto não pode, não pode ser permitido acontecer! Ou, talvez... — Um pensamento. — E se eu a seduzisse? Isto não a colocaria ainda mais em meu poder? — O pensamento era mais que tentador, trazendo tamanho desejo para o jovem que todo seu corpo tremeu.

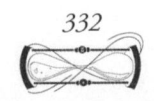

Mas a parte fria e calculista e lógica da mente de Raistlin tomou conta.

— O que você sabe sobre o ato do sexo? — perguntou ele a si mesmo com um riso de menosprezo. — Sobre sedução? Nisto, é uma criança, mais estúpida que o brutamontes do teu irmão!

Memórias da sua juventude voltaram numa enchente. Frágil e enfermo, notado por seu sarcasmo afiado e seu jeito astuto, Raistlin nunca tinha atraído a atenção das mulheres, diferente do seu bonito irmão. Absorto, obcecado por seus estudos da magia, não sentiu falta... não muita. Ah, ele experimentou uma vez. Uma das namoradas de Caramon, entediada pela conquista fácil, achou que o gêmeo do grande homem talvez fosse mais interessante. Estimulado pelo escárnio do seu irmão e dos amigos dele, Raistlin cedeu à proposta indecente dela. Foi uma experiência decepcionante para os dois. A garota retornou contente para os braços de Caramon. Para Raistlin, simplesmente provou o que ele há muito suspeitara: seu êxtase verdadeiro estava apenas na sua magia.

Mas esse corpo, mais jovem, mais forte, mais parecido com o do seu irmão, ardia com uma paixão que ele nunca experimentou antes. Só que não podia ceder.]

— Eu acabaria me destruindo — disse ele com uma clareza fria. — Muito provavelmente atrasaria meu objetivo em vez de levá-lo adiante. Ela é virgem, pura em mente e em corpo. Esta pureza é a força dela. Preciso dela manchada, mas intacta.

Tendo firmemente decidido isso e há muito experiente na prática de exercer controle mental estrito sobre suas emoções, o jovem mago relaxou e se reclinou em sua cadeira, deixando o cansaço tomar conta. O fogo queimava baixo, os olhos fechados no repouso que renovaria seu poder incrível.

Mas, antes de se esvair no sono, ainda sentado na cadeira, ele viu outra vez, com uma vivacidade indesejada, uma única lágrima brilhando no luar.

A Noite da Perdição continuou. Um acólito foi desperto de um sono profundo e ordenado a se reportar a Quarath. Ele encontrou o elfo clérigo sentado em seus aposentos.

— Necessita de mim, meu senhor? — perguntou o acólito, tentando segurar um bocejo. Parecia sonolento e amarrotado. Suas vestes externas estavam do avesso pela pressa em responder a convocação que veio tão tarde da noite.

— O que significa este relatório? — exigiu Quarath, cutucando um pedaço de papel em sua mesa.

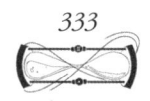

O acólito se dobrou para ver, esfregando o sono dos seus olhos o bastante para conseguir ler com coerência.

— Ah, isso — disse ele após um momento. — É exatamente o que diz aí, meu senhor.

— Que Fistandantilus não foi responsável pela morte do meu escravo? Acho muito difícil de acreditar.

— De qualquer forma, meu senhor, você pode questionar o anão por conta própria. Ele confessou, após uma grande quantia de persuasão, que na verdade foi contratado pelo lorde nomeado aí, que aparentemente estava indignado com a igreja pela tomada das suas propriedades nos arredores da cidade.

— Eu sei o motivo da indignação dele! — exclamou Quarath. — E matar meu escravo seria que nem Onygion, furtivo e sujo. Ele não ousa me enfrentar diretamente.

Quarath sentou-se, pensativo.

— E então por que aquele grande escravo fez aquilo? — perguntou ele de repente, dando uma olhadela astuta para o acólito.

— O anão alegou que foi algo arranjado entre ele e Fistandantilus. Aparentemente, o primeiro "trabalho" dessa natureza a surgir deveria ser dado ao escravo Caramon.

— Isto não estava no relatório — disse Quarath, analisando o jovem severamente.

— Não — admitiu o acólito, ruborizando. — Eu... eu realmente não gosto de escrever nada... nada sobre o... o magista. Nada assim, que ele pudesse ler...

— Não, acho que não posso culpá-lo — murmurou Quarath. — Muito bem, você pode ir.

O acólito assentiu, curvou-se, e retornou grato para sua cama.

Quarath, no entanto, não foi para a cama por longas horas, ficando ali, sentado em seu estúdio, repassando o relatório sem parar. Suspirou.

— Estou ficando tão ruim quanto o Rei-Sacerdote, saltando por sombras que não existem. Se Fistandantilus quisesse me eliminar, faria isso em segundos. Eu deveria ter percebido, não é seu estilo. — Por fim, levantou-se. — Ainda assim, ele esteve com ela nesta noite. O que será que significa? Nada, talvez. Talvez o homem seja mais humano do que eu esperava. Certamente, o corpo que apareceu neste tempo é melhor do que aqueles que costuma usar.

O elfo sorriu sombriamente para si mesmo enquanto ajeitou sua escrivaninha e guardou o relatório com cuidado.

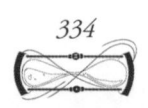

— O Yule está chegando. Vou deixar isto fora da minha mente até que a época festiva passe. Afinal de contas, o tempo em que o Rei-Sacerdote invocará os deuses para erradicarem o mal da face de Krynn está chegando. Varrerá este Fistandantilus e aqueles que o seguem de volta para as trevas que os pariram.

Ele bocejou, depois, e se alongou.

— Mas cuidarei do Lorde Onygion antes.

A Noite da Perdição estava quase terminada. A manhã já iluminava o céu enquanto Caramon, deitado em sua cela, encarava a luz cinza. Amanhã seria outro jogo, seu primeiro desde o "acidente".

A vida não fora agradável para o grande guerreiro nos últimos dias. Nada mudou por fora. Os outros gladiadores eram velhos de guerra na maioria, muito acostumados com o que acontecia no Jogo.

— Não é um sistema ruim — disse Pheragas com um dar de ombros quando Caramon o confrontou no dia seguinte após seu retorno do Templo. — É melhor do que mil homens se matando nos campos de batalha. Aqui, se um nobre se sentir ofendido por outro, sua rixa é lidada secretamente, em particular, para a satisfação de todos.

— Menos pro homem inocente que morre por uma causa com a qual ele não se importa ou compreende! — disse Caramon com raiva.

— Não seja criança! — bufou Kiiri, polindo uma das suas adagas retráteis. — Você mesmo disse que fez trabalho mercenário. Você entendia ou se importava com a causa na época? Não lutou e matou porque estava sendo bem pago? Você teria lutado se não tivesse recebido? Não vejo diferença.

— A diferença é que eu tinha uma escolha! — respondeu Caramon, fazendo uma careta. — E eu sabia qual era a causa por qual eu lutava! Nunca teria lutado por alguém que eu acreditasse estar errado! Não importa quanto dinheiro me pagassem! Meu irmão sentia o mesmo. Eu e ele... — Caramon caiu em um silêncio repentino.

Kiiri o olhou de forma estranha, depois balançou a cabeça com um sorriso.

— Além disso, isso dá uma apimentada, um gostinho de tensão de verdade — acrescentou ela levemente. — Você vai lutar melhor de agora em diante. Vai ver só.

Pensando nessa conversa deitado na escuridão, Caramon tentou raciocinar na sua forma lenta e metódica. Talvez Kiiri e Pheragas tivessem razão, talvez ele estivesse sendo infantil, chorando porque o brinquedinho cintilante com o qual ele estava gostando de brincar de repente o cortara. Porém, analisando por todos os lados, não conseguia acreditar que aquilo era certo. Um homem merecia ter escolha, decidir sua própria forma de viver, sua própria forma de morrer. Ninguém mais tinha o direito de determinar isso por ele.

Antes da aurora, um peso avassalador pareceu cair sobre Caramon. Ele sentou-se, apoiado num cotovelo, encarando vagamente a cela cinza. Se fosse verdade, se todo homem merecia ter escolha, e quanto ao seu irmão? Raistlin fez a sua escolha, trilhar o caminho da noite em vez do dia. Teria o direito de arrastar seu irmão para longe daqueles caminhos?

Sua mente voltou para aqueles dias lembrados por suas conversas com Kiiri e Pheragas, os dias pouco antes do Teste, os mais felizes da sua vida, os dias de trabalho mercenário com seu irmão.

Os dois lutavam bem juntos e eram sempre bem recebidos pelos nobres. Apesar de guerreiros serem tão comuns quanto folhas nas árvores, magistas capazes que aceitavam lutar eram outra coisa. Apesar de muitos nobres terem olhado em dúvida ao ver a aparência frágil e enferma de Raistlin, logo se impressionavam com sua coragem e sua habilidade. Os irmãos eram bem pagos e logo tinham em grande demanda.

Mas sempre escolhiam com cuidado a causa por qual lutavam.

— Era coisa de Raist — sussurrou Caramon para si mesmo, feliz. — Eu teria lutado por qualquer um, a causa não importava muito pra mim. Mas Raistlin insistia que a causa tinha que ser justa. Deixamos vários trabalhos porque ele disse que envolvia um homem forte tentando ficar mais forte devorando os outros...

— Mas é o que Raistlin está fazendo! — disse Caramon suavemente, encarando o teto. — Ou será que não? É o que *dizem* que ele está fazendo, os magistas. Mas será que posso confiar neles? Par-Salian foi quem o meteu nisso, ele admitiu! Raistlin livrou o mundo daquela criatura, Fistandantilus. Definitivamente, uma coisa boa. E Raist me contou que não teve nada a ver com a morte do Bárbaro. Ele não estava fazendo nada de errado. Talvez não tenhamos o direito de forçá-lo a mudar...

Caramon suspirou.

— O que eu faço? — Fechando os olhos num cansaço desamparado, ele adormeceu, e logo o cheiro de bolinhos quentes e frescos encheu sua mente.

O sol iluminou o dia. A Noite da Perdição acabou. Tasslehoff se levantou da cama, ansiosamente recebeu o novo dia, e decidiu que ele, ele pessoalmente, impediria o Cataclismo.

Capítulo

12

— Alterar o tempo! — disse Tasslehoff ansiosamente, passando sobre o muro do jardim para a área sagrada do Templo e aterrissando no meio de um canteiro de flores. Alguns clérigos estavam andando no jardim, conversando entre si sobre a alegria da vindoura época do Yule. Em vez de interromper a conversa deles, Tas fez o que considerava a coisa educada e se deitou entre as flores até eles saírem, apesar de isso significar que sujaria suas calças azuis.

Era bem agradável ficar entre as rosas vermelhas do Yule, chamadas assim porque só cresciam durante aquela época. O clima estava quente, quente demais, muita gente dizia. Tas sorriu. Humanos. Se o clima estivesse frio, bem típico do Yule, também reclamariam. Achava o calor adorável. Um tanto difícil de respirar o ar pesado, talvez, mas, afinal de contas, não se podia ter tudo.

Tas ouviu os clérigos com interesse. "As festas do Yule devem ser esplêndidas," pensou ele, e chegou a pensar em ir à uma delas. A primeira era naquela noite, a Recepção do Yule. Acabaria cedo, já que todo mundo queria dormir bastante para se preparar para as grandes festas do Yule, que começariam na manhã seguinte e durariam por dias, a última celebração antes da chegada do inverno pesado e escuro.

"Talvez eu vá na festa de amanhã," pensou Tas. Ele supôs que uma festa de Recepção do Yule no Templo seria solene e grandiosa e, portanto, chata e entediante, pelo menos do ponto de vista de um kender. Mas do jeito que esses clérigos falavam, parecia até divertida.

Caramon lutaria amanhã, pois os Jogos eram uma das atrações da época do Yule. A luta de amanhã determinaria quais equipes teriam o direito de se enfrentar no Embate Final, o último jogo do ano antes do inverno forçar o fechamento da arena. Os vencedores desse último jogo ganhariam sua liberdade. Claro, já estava predeterminado quem venceria amanhã, a equipe de Caramon. Por algum motivo, essa notícia fez Caramon entrar numa depressão melancólica.

Tas balançou a cabeça. Nunca entenderia aquele homem, decidiu. Toda essa birra sobre honra. Era só um jogo afinal de contas. Enfim, isso facilitava as coisas. Seria simples para Tas se esgueirar para fora dali e se curtir um pouco.

Mas o kender suspirou. Não, ele tinha assuntos sérios a tratar, e impedir o Cataclismo era mais importante do que uma festa, talvez até várias festas. Sacrificaria seu próprio divertimento por essa grande causa.

Sentindo-se tão justo e nobre (e repentinamente muito entediado), o kender encarou os clérigos irritado, desejando que fossem embora logo. Por fim, entraram, deixando o jardim vazio. Suspirando fundo de alívio, Tas se levantou e bateu na roupa para tirar a terra. Arrancando uma rosa do Yule, enfiou-a em seu coque como decoração em honra da época, depois foi para o Templo.

Também estava decorado para a época do Yule, a beleza e o esplendor tirando o fôlego do kender. Ele olhou ao redor maravilhado, deleitando-se com as milhares de rosas do Yule que germinavam em jardins de toda Krynn, e trazidas ali para preencher os corredores do Templo com sua doce fragrância. Grinaldas de flor-perpétua davam um aroma apimentado, a luz do sol reluzia nas suas folhas pontudas e polidas entrelaçadas com veludo vermelho e penas de cisne. Cestas de frutas raras e exóticas estavam em quase todas as mesas, presentes de toda Krynn para serem aproveitadas por todos do Templo. Pratos de bolos e doces maravilhosos estavam ao lado das frutas. Pensando em Caramon, Tas encheu os bolsos, alegremente pensando no deleite do grande homem. Ele nunca vira Caramon continuar deprimido na frente de um bolinho de amêndoas de açúcar cristalizado.

Tas vagou pelos corredores, perdido em sua felicidade. Quase esqueceu do motivo de sua vinda, e tinha que ficar se lembrando da sua Missão Importante. Ninguém prestou atenção nele. Todo mundo por quem passava estava focado na vindoura celebração ou nos negócios de gerenciar o governo, a igreja, ou ambos. Poucos olhavam duas vezes para Tas. De vez em quando, um guarda o encarava severamente, mas Tas sorria alegre, acenava, e seguia. Era um antigo provérbio kender: *Não mude de cor para se mesclar na parede. Faça parecer que você pertence ali e as paredes mudarão de cor para se mesclar com você.*

Finalmente, após muitas curvas e desvios (e várias paradas para investigar objetos interessantes, alguns dos quais acabaram caindo nos bolsos do kender), Tas se viu no único corredor que não estava decorado, que não estava cheio de gente feliz fazendo decorações festivas e alegres, que não ressoava com os sons de corais praticando os hinos do Yule. Nesse corredor, as cortinas ainda cobriam as janelas, negando a entrada do sol. Era frio, sombrio e proibido, mais ainda pelo contraste com o resto do mundo.

Tas se esgueirou pelo corredor, andando suavemente apenas por causa do corredor estar tão sombriamente quieto e melancólico que parecia esperar que todos que entrassem ali fossem assim, e ficaria muito ofendido com Tas se ele não ficasse assim. A última coisa que Tas queria era ofender um corredor, disse a si mesmo, então andou em silêncio. A possibilidade de espreitar Raistlin sem o mago saber e vislumbrar algum experimento mágico maravilhoso, certamente não passou pela mente do kender.

Aproximando-se da porta, ouviu Raistlin falar e, pelo tom, parecia que ele tinha um visitante.

— Droga — foi o primeiro pensamento de Tas. — Vou ter que esperar para falar com ele depois dessa pessoa ir embora. E eu ainda estou numa Missão Importante. Que falta de consideração. Será que vai demorar?

Botando a orelha na fechadura, só para ver quanto tempo a pessoa planejava demorar, Tas se assustou ao ouvir a voz de uma mulher responder o mago.

— Essa voz parece familiar — disse o kender para si mesmo, aproximando-se ainda mais para ouvir. — É claro! Crysania! O que será que ela está fazendo aí?

— Você tem razão, Raistlin. — Tas a ouviu dizer com um suspiro. — Isso é bem mais relaxante do que aqueles corredores terríveis. Quando cheguei aqui da primeira vez, tive medo. Você ri! Mas tive medo, sim.

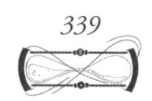

Admito. Este corredor parecia tão desolado e frio. Mas agora os corredores do Templo estão repletos com um calor opressivo e incômodo. Até as decorações do Yule me deprimem. Vejo tanto desperdício, tanto dinheiro jogado fora que poderia ajudar aqueles em necessidade.

Ela parou de falar, e Tas ouviu um farfalhar. Como ninguém mais estava falando, o kender parou de ouvir e botou o olho na fechadura. Podia ver bem o interior do quarto. As pesadas cortinas estavam fechadas, mas o aposento estava iluminado com a luz suave de velas. Crysania sentava-se numa cadeira, de frente para ele. O farfalhar que ele ouviu aparentemente era dela se mexendo, impaciente ou frustrada. Ela repousava a cabeça na mão, e o olhar em seu rosto era de confusão e perplexidade.

Mas não foi isso que arregalou os olhos do kender. Crysania tinha mudado! As vestes brancas simples e sem enfeites e o estilo de cabelo severo sumiram. Ela se vestia como as outras clérigas, em vestes brancas, mas decoradas com bordados elegantes. Seus braços estavam expostos, com uma fita dourada e esguia adornando um deles, aumentando a brancura pura da sua pele. Seu cabelo caía do centro para cair por seus ombros com suavidade. Havia um rubor em suas bochechas, seus olhos estavam quentes e seu olhar permanecia na figura de vestes pretas que sentava-se oposta a ela, de costas para Tas.

— Hum — disse o kender com interesse. — Tika tinha razão.

— Não sei por que vim aqui — Tas ouviu Crysania dizer após uma breve pausa.

"Eu sei," pensou alegre o kender, rapidamente botando a orelha de volta na fechadura para ouvir melhor.

A voz dela prosseguiu.

— Sempre venho visitá-lo cheia de esperança, mas sempre parto deprimida e infeliz. Planejo mostrar o caminho da verdade e da justiça, provar a você que apenas seguindo este caminho podemos trazer paz ao nosso mundo. Mas você sempre distorce por completo todas as minhas palavras.

— Suas questões são só suas — Tas ouviu Raistlin dizer, e houve outro farfalhar, como se o mago se aproximasse da mulher. — Simplesmente abro seu coração para que possa ouvi-las. Certamente, Elistan não advoga por uma fé cega...

Tas ouviu o tom sarcástico na voz do mago, mas aparentemente Crysania não detectou, pois ela respondeu com rapidez e sinceridade.

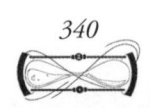

— É claro. Ele nos encoraja a questionar e muitas vezes nos conta do exemplo de Lua Dourada, como o questionamento dela levou ao retorno dos deuses verdadeiros. Mas questões devem nos levar a uma melhor compreensão, e as suas questões só me deixam mais confusa e triste!

— Como conheço esta sensação — Raistlin murmurou tão suavemente que Tas quase não o ouviu. O kender ouviu Crysania se mexer na sua cadeira e arriscou uma espiada. O mago estava perto, uma mão repousando no braço dela. Conforme falou, Crysania se aproximou e, impulsivamente, colocou sua mão sobre a dele. Quando ela falou, havia tanta esperança, amor e alegria em sua voz que Tas sentiu o calor.

— Isto é verdade? — perguntou Crysania ao mago. — Minhas pobres palavras estão tocando alguma parte sua? Não, não vire o rosto! Posso ver pela sua expressão que pensou nelas e as ponderou. Somos tão parecidos! Soube disto desde a primeira vez que o conheci. Ah, você ri de novo, zombando de mim. Vá em frente. Eu sei da verdade. Você me disse a mesma coisa na Torre. Você disse que eu era tão ambiciosa quanto você. Ponderei muito, e você tem razão. Nossas ambições tomam diferentes formas, mas talvez não sejam tão dissimilares como um dia pensei. Ambos vivemos vidas solitárias, dedicadas aos nossos estudos. Não abrimos nossos corações para ninguém, nem aqueles tão próximos de nós. Você se cerca de trevas, mas, Raistlin, eu vi além delas. O calor, a luz...

Tas rapidamente recolocou o olho na fechadura. "Ele vai beijá-la!", pensou, muito empolgado. "Que maravilhoso! Espera só eu contar para Caramon."

"Vamos, seu bobo!", instruiu ele a Raistlin impacientemente enquanto o mago ficava lá, suas mãos nos braços de Crysania. "Como ele consegue resistir?", murmurou o kender, olhando para os lábios abertos da mulher, os olhos brilhantes.

De repente Raistlin soltou Crysania e se afastou dela, levantando-se abruptamente da sua cadeira.

— É melhor você ir — disse ele numa voz rouca. Tas suspirou e se afastou da porta com nojo. Apoiando-se na parede, balançou a cabeça.

Houve um som de tosse, profunda e pesada, e a voz de Crysania, gentil e cheia de preocupação.

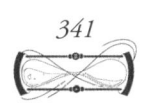

— Não foi nada — disse Raistlin ao abrir a porta. — Me sinto mal há dias. Não consegue imaginar o motivo? — perguntou ele, parando com a porta meio aberta. Tas se imprensou contra a parede para que eles não o vissem, sem querer interromper (ou perder) nada. — Você não sentiu?

— Senti alguma coisa — murmurou Crysania sem fôlego. — O que quer dizer?

— A fúria dos deuses — respondeu Raistlin, e ficou óbvio para Tas que não era a resposta que Crysania esperava. Ela pareceu se abater. Raistlin não percebeu, mas prosseguiu. — A fúria deles me castiga, como se o sol estivesse se aproximando cada vez mais deste planeta miserável. Talvez por isto você esteja se sentindo deprimida e infeliz.

— Talvez — murmurou Crysania.

— Amanhã é o Yule — prosseguiu Raistlin suavemente. — Treze dias depois, o Rei-Sacerdote fará sua exigência. Ele e seus ministros já estão planejando isto. Os deuses sabem. Eles enviaram um aviso, o sumiço dos clérigos. Mas ele não ouviu. Todos os dias, a partir do Yule, os sinais de aviso ficarão mais claros e mais fortes. Você já leu a obra de Astinus, as *Crônicas dos Últimos Treze Dias*? Não é uma leitura agradável, e serão coisas menos agradáveis de se vivenciar.

Crysania olhou para ele, seu rosto se iluminando.

— Então volte conosco antes disto — disse ela ansiosa. — Par-Salian deu a Caramon um dispositivo mágico que nos devolverá ao nosso tempo. O kender me contou...

— Que dispositivo mágico? — exigiu Raistlin de repente, e o estranho tom da sua voz causou um arrepio no kender e assustou Crysania. — Como ele é? Como funciona? — Os olhos dele ardiam febrilmente.

— Eu... eu não sei — vacilou Crysania.

— Ah, eu posso contar — ofereceu Tas, saindo da frente da parede. — Puxa, foi mal. Não queria assustar vocês. É que ouvi sem querer. Feliz Yule para vocês, aliás — Tas estendeu a mãozinha, que nenhum deles apertou.

Raistlin e Crysania estavam encarando-o com a mesma expressão de quem de repente vê uma aranha cair na sua sopa durante a janta. Descaradamente, Tas continuou a tagarelar alegre, botando a mão em seu bolso.

— Do que a gente estava falando? Ah, do dispositivo mágico. Sim, então... — Tas prosseguiu ainda mais acelerado, vendo os olhos de Raistlin se apertando de forma alarmante. — Quando desdobrado, tem o formato de... um cetro, e tem uma... bola num lado, toda cheia de joias. É mais ou menos desse tamanho. — O kender abriu as mãos na distância mais ou menos de um braço. — É assim quando esticado. Daí, Par-Salian fez alguma coisa com o negócio e...

— Ele se desmontou sobre si — terminou Raistlin. — Até poder ser carregado no bolso.

— É isso! — disse Tas, empolgado. — É isso mesmo! Como você sabia?

— Estou familiarizado com o objeto — respondeu Raistlin, e Tas notou mais uma vez um estranho som na voz do mago, um tremelique, uma tensão... medo? Ou euforia? O kender não sabia dizer. Crysania também notou.

— O que foi? — perguntou ela.

Raistlin não respondeu de imediato, seu rosto de repente virando uma máscara, ilegível, impassível, fria.

— Hesito em falar — disse a ela. — Preciso estudar este assunto. — Olhou para o kender — O que você quer? Ou está simplesmente bisbilhotando fechaduras?!

— Certamente que não! — disse Tas, insultado. — Vim conversar com você, se você e dama Crysania tiverem terminado, é claro — corrigiu ele rapidamente, seu olhar indo para Crysania.

Ela o observou com uma expressão nada amigável, pensou o kender, depois se virou dele para Raistlin.

— Irei vê-lo amanhã? — perguntou ela.

— Creio que não — disse ele. — Eu, obviamente, não participarei da festa do Yule.

— Ah, mas você não quer nem ir... — começou Crysania.

— Você estará sendo esperada — disse Raistlin, abruptamente. — Além disso, por muito tempo negligenciei meus estudos no prazer da sua companhia.

— Entendo — disse Crysania. Sua própria voz estava fria e distante e, Tasslehoff pôde ver, magoada e desapontada.

— Adeus, cavalheiros — disse ela após um momento, quando ficou aparente que Raistlin não acrescentaria mais nada. Curvando-se levemente, ela se virou e andou pelo corredor escuro, suas vestes brancas parecendo levar a luz embora junto dela.

— Vou falar para Caramon que mandou um oi — gritou Tas para ela prestativamente, mas Crysania não se virou. O kender se virou para Raistlin com um suspiro. — Pelo visto Caramon não a impressionou muito. Mas né, ele estava todo perturbado com o aguardente anão...

Raistlin tossiu.

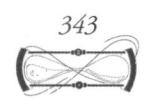

— Veio aqui discutir sobre meu irmão? — interrompeu ele com frieza. — Se for, pode ir embora...

— Ah, não! — disse Tas rapidamente. Depois ele sorriu para o mago. — Eu vim impedir o Cataclismo!

Pela primeira vez em sua vida, o kender teve a satisfação de ver suas palavras atordoando Raistlin por completo. Não a aproveitou por muito tempo. O rosto do mago ficou branco e rígido, os olhos espelhados parecendo se despedaçar, permitindo Tas ver dentro da profundeza sombria e ardente que o mago escondia. Mãos fortes como as garras de uma ave de rapina afundaram nos ombros do kender, machucando-o. Em segundos, Tas se viu jogado para dentro do quarto de Raistlin. A porta bateu com estrondo.

— O que lhe deu esta ideia? — exigiu Raistlin.

Tas se encolheu, assustado, e olhou pelo quarto inquieto, seus instintos de kender dizendo-o para procurar um lugar melhor para se esconder.

— Há...foi vo... você — gaguejou Tas. — É, não... não exatamente. Mas você falou algo sobre a minha vinda aqui e ser capaz de alterar o tempo. E eu achei que, impe...impedir o Cataclismo seria meio que uma coisa boa...

— Como planeja fazer isso? — perguntou Raistlin, os olhos ardendo com um fogo quente que fez Tas suar só de olhar neles.

— Bom, eu planejava discutir com você antes, é claro — disse o kender, torcendo para que Raistlin ainda fosse vulnerável a elogios. — E pensei, se você dissesse que tudo bem, que eu poderia ir falar com o Rei-Sacerdote e dizer que ele está cometendo um erro bem grande, um dos Maiores Erros de Todos os Tempos, se é que você me entende. E aposto que, depois que eu explicar, ele vai ouvir...

— Aposto que sim — disse Raistlin, e sua voz estava tranquila e controlada. Mas Tas achou ter detectado, estranhamente, um tom de um alívio enorme. — Então... — O mago virou de costas. — Você pretende falar com o Rei-Sacerdote. E se ele se recusar a ouvir? E então?

Tas parou, boquiaberto.

— Acho que não cheguei a considerar isso — disse o kender após um momento. Ele suspirou, depois deu de ombros. — Vamos para casa então.

— Há outra forma — disse Raistlin suavemente, sentando em sua cadeira e observando o kender com seus olhos espelhados. — Uma forma certeira! Uma forma de você impedir o Cataclismo sem erro.

— Tem mesmo? — disse Tas, ansioso. — Qual?

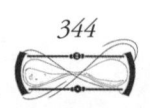

— O dispositivo mágico — responde Raistlin, abrindo as mãos esguias. — Seus poderes são grandiosos, muito além do que Par-Salian contou ao idiota do meu irmão. Ative-o no Dia do Cataclismo, e sua magia destruirá a montanha flamejante no alto do mundo para que ela não fira ninguém.

— É mesmo? — Tas arquejou. — Isso é maravilhoso. — Franziu o cenho. — Mas como posso ter certeza? E se não funcionar...

— O que você tem a perder? — perguntou Raistlin. — Se, por algum motivo, ele fracassar, e eu duvido disso... — O mago sorriu com a ingenuidade do kender. — Foi, afinal de contas, criado pelos magistas do mais alto nível...

— Tipo orbes de dragão? — interrompeu Tas.

— Tipo orbes de dragão — exclamou Raistlin, irritado com a interrupção. — Mas se ele fracassar, você sempre pode usá-lo para escapar no último momento.

— Com Caramon e Crysania — acrescentou Tas.

Raistlin não respondeu, mas o kender não notou em sua empolgação. Ele pensou em algo.

— E se Caramon decidir ir embora antes disso? — perguntou ele temeroso.

— Ele não vai — respondeu Raistlin suavemente. — Confie em mim — acrescentou ele, vendo Tas prestes a discutir.

O kender ponderou de novo, depois suspirou.

— Pensei numa coisa. Não acho que Caramon vá me dar o dispositivo. Par-Salian disse para protege-lo com sua vida. Ele nunca tira ele de vista e o tranca num baú quando precisa sair. E duvido que ele fosse acreditar em mim se eu tentasse explicar porque eu quero o dispositivo.

— Não conte a ele. O dia do Cataclismo é o dia do Embate Final — disse Raistlin, dando de ombros. — Se sumir por um tempo curto, ele nunca vai notar.

— Mas isso seria roubo! — disse Tas, chocado.

Os lábios de Raistlin tremeram.

— Vamos chamar de... empréstimo — corrigiu o mago tranquilizando-o. — Será para uma causa tão digna! Caramon não ficará brabo. Conheço meu irmão. Pense como ele ficaria orgulhoso de você!

— Você tem razão — disse ele, seus olhos brilhando. — Eu seria um herói de verdade, maior até que o próprio Kronin Nó-de-Rosa! Como posso descobrir como usar o dispositivo?

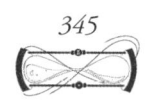

— Eu darei as instruções — disse Raistlin, levantando. Ele começou a tossir novamente. — Volte... em três dias. E agora... Preciso descansar.

— Claro — disse Tas alegremente, levantando. — Espero que fique melhor. — Ele foi na direção da porta. Ao chegar, no entanto, ele hesitou. — Ah, sabe, eu não trouxe um presente para você. Desculpe...

— Você me deu um presente — disse Raistlin. — Um presente de valor inestimável. Obrigado.

— Eu dei?! — disse Tas, atônito. — Ah, acho que você quer dizer impedir o Cataclismo. Bom, de nada. Eu...

Tas de repente se viu no meio do jardim, encarando as roseiras e um clérigo extremamente surpreso que viu o kender aparentemente materializar do nada, bem no meio do caminho.

— Grande barba de Reorx! Como eu queria saber fazer isso — disse Tasslehoff alegremente.

Capítulo 13

No dia do Yule veio a primeira das futuramente chamadas Treze Calamidades (Astinus registrou-as como Treze Avisos nas *Crônicas*).

O dia amanheceu quente e abafado. Era o dia do Yule mais quente que qualquer um, até os elfos, conseguia lembrar. No Templo, as rosas do Yule murcharam e caíram, as grinaldas de flor-perpétua fediam como se tivessem sido cozidas, a neve que gelava o vinho em vasilhas de prata derretia tão rápido que os servos passaram o dia todo indo e voltando entre as profundezas das adegas de rocha e os salões de festa, carregando baldes de lodo.

Raistlin acordou naquela manhã, na hora escura antes da aurora, tão doente que não conseguiu levantar da cama. Ele estava deitado nu, banhado de suor, presa das alucinações febris que o fizeram arrancar suas vestes e as cobertas. Os deuses realmente estavam perto, mas a proximidade de um deus em particular, sua deusa, a Rainha da Escuridão. afetava-o. Podia sentir a sua raiva, como podia sentir a raiva de todos os deuses pela tentativa do Rei-Sacerdote de destruir o equilíbrio que buscavam para o mundo.

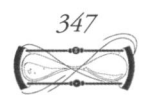

Assim, sonhou com a sua Rainha, mas ela decidiu não aparecer para ele em sua raiva, como talvez fosse o esperado. Ele não sonhava com a terrível dragoa de cinco cabeças, a Dragoa de Todas as Cores e de Nenhuma que tentaria escravizar o mundo nas Guerras da Lança. Ele não a viu como a Guerreira das Trevas, liderando suas legiões para morte e destruição. Não, ela apareceu como a Sedutora das Trevas, a mais bela de todas as mulheres, a mais sedutora, e assim ela passou a noite com ele, provocando-o com a fraqueza, a glória da carne.

Fechando os olhos, tremendo no quarto fresco apesar do calor lá fora, Raistlin imaginou mais uma vez o cabelo preto e perfumado sobre ele; ele sentiu o seu toque dela e o seu calor. Esticando as mãos, deixando-se afundar sob o feitiço dela, ele abriu o cabelo emaranhado — e viu o rosto de Crysania!

O sonho acabou, despedaçado, enquanto sua mente tomava controle outra vez. Estava acordado, exultante em sua vitória, mas sabendo o preço que isso custou. Como para lembrá-lo, um acesso de tosse tomou conta dele.

— Eu não cederei — murmurou ele quando conseguiu respirar. — Você não me vencerá tão facilmente, minha Rainha. — Cambaleando para fora da cama, tão fraco que teve que fazer mais de uma pausa para descansar, vestiu as vestes pretas e foi para sua escrivaninha. Amaldiçoando a dor em seu peito, abriu um texto ancestral sobre parafernálias mágicas e começou sua busca diligente.

Crysania também dormiu mal. Assim como Raistlin, sentia a proximidade de todos os deuses, mas acima de todos, a do seu deus — Paladine. Ela sentiu sua raiva, repleta de um pesar tão profundo e devastador que Crysania não aguentou. Avassalada pela culpa, afastou-se daquele rosto gentil e começou a correr. Ela correu e correu, chorando, incapaz de ver aonde estava indo. Ela tropeçou e estava caindo no nada, sua alma rasgada de medo. Braços fortes a pegaram. Ela foi envolvida em macias vestes pretas, segura perto de um corpo musculoso. Dedos esguios acariciaram seu cabelo, tranquilizando-a. Ela olhou para um rosto...

Sinos. Sinos romperam a quietude. Assustada, Crysania sentou-se na cama, olhando ao redor. Lembrando do rosto que vira, lembrando do calor do seu corpo e do conforto que encontrara nele, colocou sua cabeça doída em suas mãos e chorou.

Tasslehoff, ao acordar, sentiu um desapontamento. Hoje era o Yule, lembrou ele, o dia em que Raistlin disse que Coisas Terríveis começariam a acontecer. Olhando ao redor na luz cinzenta que se filtrava pela janela, a única coisa terrível que Tas viu foi Caramon, no chão, ofegando severamente com seus exercícios matinais.

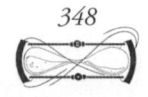

Apesar dos dias de Caramon estarem cheios com treino de armas e exercícios com seus colegas de equipe, desenvolvendo novas partes da sua rotina, o grande homem ainda travava uma batalha infindável contra seu peso. Foi retirado da dieta e teve permissão para comer a mesma comida que os outros. Mas o anão de olhos afiados logo notou que Caramon estava comendo cerca de cinco vezes mais do que qualquer um!

Antes, o grandalhão comia por puro prazer. Agora, nervoso, infeliz e obcecado por pensamentos sobre seu irmão, Caramon buscava consolo na comida como alguém procuraria consolo na bebida. (Caramon até tentou e pediu que Tas contrabandeasse uma garrafa de aguardente anão para ele. Mas, já desacostumado com o álcool forte, passou mal violentamente — muito para o alívio secreto do kender.)

Arack decretou, portanto, que Caramon só poderia comer se realizasse uma série de exercícios desgastantes todos os dias. Caramon muitas vezes se perguntava como o anão saberia se ele não fizesse, já que fazia de manhã cedo, antes de qualquer um acordar. Mas Arack sabia, de alguma forma. Na manhã que Caramon não fez os exercícios, teve seu acesso ao refeitório negado por um Raag sorridente, portando sua clava.

Entediado de ouvir Caramon gemer, grunhir e xingar, Tas subiu numa cadeira e espiou pela janela para ver se alguma coisa terrível estava acontecendo lá fora. Ele ficou mais alegre na hora.

— Caramon! Venha ver! — chamou ele empolgado. — Você já viu um céu dessa cor peculiar antes?

— Noventa e nove, cem — arfou o grande homem. Tas ouviu um grande "uuuf". Com um baque que tremeu o quarto, Caramon caiu em sua barriga endurecida para descansar. O homem grande se levantou do piso de pedra e foi até a janela com grades para olhar, limpando o suor do corpo com uma toalha.

Dando uma olhada entediada para fora, esperando nada além de um nascer do sol comum, o grandalhão piscou e arregalou os olhos.

— Não — murmurou, pendurando a toalha no pescoço e vindo ficar atrás de Tas — Nunca vi. E já vi muita coisa estranha.

— Ah, Caramon! — clamou Tas. — Raistlin tinha razão. Ele disse...

— Raistlin!

Tas engoliu em seco. Não queria tocar naquele assunto.

— Onde falou com Raistlin? — exigiu Caramon, sua voz grave e severa.

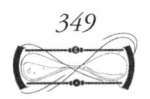

— No Templo, claro — respondeu Tas como se fosse a coisa mais comum do mundo. — Não mencionei que fui lá ontem?

— Sim, mas você...

— Ora essa, por qual motivo eu iria lá senão para ver nossos amigos?

— Você nunca...

— Vi a dama Crysania e Raistlin. Tenho certeza que mencionei isso. Você nunca me escuta, sabia? — reclamou Tas, magoado. — Você fica sentado nessa cama, toda noite, todo amuado e falando sozinho. "Caramon", eu poderia dizer, "o teto está caindo", e você diria "Que legal, Tas".

— Kender, olha só, eu saberia se tivesse ouvido você mencionar...

— Dama Crysania, Raistlin e eu tivemos uma conversa adorável — Tas prosseguiu. — Sobre o Yule... aliás, Caramon, você deveria ver como ficou bonita a decoração do Templo! Está cheio de rosas e flores-perpétuas e, ei, lembrei de te dar aquele doce? Espere, está ali na minha bolsa. Só um minuto. — O kender tentou saltar da cadeira, mas Caramon o encurralou. — Bem, acho que pode esperar. Onde eu estava? Ah, sim, Raistlin, a dama Crysania e eu estávamos conversando, e, ai, Caramon! É tão empolgante. Tika tinha razão, ela está apaixonada pelo seu irmão.

Caramon piscou, tendo perdido completamente o fio da meada, e Tas, sendo bem irresponsável com seus pronomes, não ajudou.

— Não, não quis dizer que Tika está apaixonada pelo seu irmão — corrigiu Tika, vendo a confusão de Caramon. — Digo, a dama Crysania está apaixonada pelo seu irmão! Foi ótimo. Eu meio estava apoiado contra a porta fechada de Raistlin, descansando, esperando eles terminarem a conversa, e sem querer espiei na fechadura e ele quase a beijou, Caramon! Seu irmão! Imagine só! Mas ele não beijou. — O kender suspirou. — Ele praticamente gritou para ela ir embora. Ela foi, mas não queria ir, deu para ver. Ela estava toda arrumada e toda bonita.

Vendo o rosto de Caramon escurecer e o olhar preocupado tomar conta, Tas começou a respirar mais tranquilamente.

— Começamos a falar sobre o Cataclismo, e Raistlin mencionou como Coisas Terríveis começariam a acontecer hoje, no Yule, com os deuses tentando avisar o povo a mudar.

— Apaixonada por ele? — murmurou Caramon. Franzindo o cenho, ele se virou, deixando Tas saltar da cadeira.

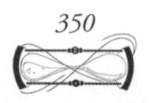

— Isso. Sem dúvida — disse o kender sem hesitar, correndo para sua algibeira e vasculhando até encontrar o monte de doces que trouxera

de volta. Estavam meio derretidos, grudando numa massa gosmenta, e revestidos com os farelos da bolsa do kender, mas Tas tinha bastante certeza de que Caramon nem perceberia. Ele tinha razão. O grandalhão aceitou a recompensa e começou a comer sem nem olhar.

— Ele precisa de uma clériga, disseram — murmurou Caramon de boca cheia. — Eles tinham razão, então? Ele vai em frente com isso? Será que eu devo deixar? Será que eu deveria tentar impedir? Tenho o direito de impedi-lo? Se ela decidir ir com ele, não é escolha dela? Talvez seja a melhor coisa pra ele — disse Caramon suavemente, lambendo os dedos grudentos. — Talvez, se ela o amar o suficiente...

Tasslehoff suspirou de alívio e afundou na cama para esperar o chamado do desjejum. Caramon nem pensou em perguntar por que o kender foi conversar com Raistlin. E Tas tinha certeza agora de que nunca se lembraria de não ter perguntado. Seu segredo estava seguro...

O céu estava claro naquele dia do Yule, tão claro que parecia ser possível olhar para a vasta abóbada que cobria o mundo e ver os reinos além. Mas, mesmo que todos olhassem para cima, poucos se importavam em fixar seus olhares por tempo bastante para ver alguma coisa. Pois o céu definitivamente estava com "uma cor peculiar" como Tas dissera: ele estava verde.

Um verde estranho, nocivo e feio que, combinado com o calor abafado e o ar pesado, difícil de respirar, efetivamente arrancava toda a alegria e divertimento do Yule. Aqueles forçados a sair para participar de festas corriam pelas ruas sufocantes, falando irritadas sobre o clima, vendo-o como insulto pessoal. Mas falavam em vozes sussurradas, cada um sentindo uma pontada de medo no espírito do feriado.

A festa dentro do Templo estava um tanto mais alegre, acontecendo nos aposentos do Rei-Sacerdote, lacrados ao mundo exterior. Ninguém podia ver o céu estranho, e todos os que chegavam à presença do Rei-Sacerdote sentiam sua irritação e medo esvaírem-se. Longe de Raistlin, Crysania mais uma vez ficou sob o feitiço do Rei-Sacerdote e ficou junto dele por muito tempo. Ela não falou, simplesmente deixou a presença reluzente confortá-la e banir os pensamentos das trevas que vinham de noite. Mas ela também viu o céu verde. Lembrando das palavras de Raistlin, tentou relembrar do que ouvira falar sobre os Treze Dias.

Mas eram contos infantis que se mesclavam com os sonhos que tivera na noite anterior. "Com certeza", pensou ela, "o Rei-Sacerdote perceberá!

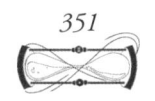

Ele se atentará aos avisos..." Ela queria que o tempo mudasse ou, se não fosse possível, que o Rei-Sacerdote fosse inocente. Sentada dentro da sua luz, baniu da sua mente a imagem do mortal amedrontado com seus olhos pálidos, azuis e inquietos. Ela via um homem forte, denunciando os ministros que o enganaram, uma vítima inocente da traição deles...

A plateia na arena naquele dia era pouca, a maioria não querendo se sentar debaixo do céu verde, cuja cor se aprofundava e escurecia conforme o dia avançava.

Os próprios gladiadores estavam inquietos, nervosos, e apresentavam suas atuações sem muito entusiasmo. Os espectadores que vieram estavam carrancudos, recusando-se a torcer, provocando e zombando até dos seus favoritos.

— Vocês costumam ter céus assim? — perguntou Kiiri, olhando para cima com uma tremida enquanto ela, Caramon e Pheragas estavam nos corredores, aguardando a vez na arena. — Não foi à toa que meu povo decidiu viver debaixo do mar!

— Meu pai velejou pelo mar — rosnou Pheragas. — Assim como meu avô, assim como eu, antes de eu tentar botar lógica na cabeça do meu imediato com um pino de segurança e ser mandado para cá por causa disso. E nunca vi um céu dessa cor. Nem ouvi falar. É coisa ruim, aposto.

— Sem dúvida — disse Caramon, desconfortável. De repente, o homem grande começou a entender que o Cataclismo estava a treze dias de distância! Treze dias... e aqueles dois amigos, que se tornaram tão queridos a ele quanto Sturm e Tanis, eles morreriam! O resto dos habitantes de Istar pouco significava para ele. Pelo que ele viu, eram um bando egoísta, vivendo principalmente pelo prazer e pelo dinheiro (apesar de não conseguir olhar para as crianças sem uma pontada de pesar), mas esses dois... Ele tinha que avisá-los, de alguma forma. Talvez pudessem escapar se saíssem da cidade.

Perdido em seus pensamentos, prestou pouca atenção à luta da arena. Era entre o Minotauro Vermelho, assim chamado por causa do pelo que cobria seu rosto bestial, de tom avermelhado, e um jovem guerreiro, um homem novo que chegou apenas há algumas semanas. Caramon assistiu ao treino do jovem com um divertimento paternalista.

Mas sentiu Pheragas, que estava perto dele, enrijecer. O olhar de Caramon imediatamente foi para o ringue.

— O que foi?

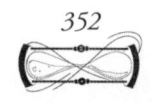

— Aquele tridente — disse Pheragas em silêncio. — Você já viu algo parecido na sala de acessórios?

Caramon observou bem a arma do Minotauro Vermelho, vesgueando contra o forte sol ardendo no céu banhado de verde. Lentamente, balançou a cabeça, sentindo a raiva se mexendo dentro dele. O jovem estava completamente superado pelo minotauro, que lutava na arena há meses e que, na verdade, rivalizava com a equipe de Caramon pelo campeonato. O único motivo do jovem ter durado tanto era a performática habilidosa do minotauro, que se engraçava numa fúria de batalha fingida que até fez algumas risadas da plateia.

— Um tridente de verdade. Arack quer sangrar o jovem, sem dúvidas — murmurou Caramon. — Olha lá, eu tinha razão — apontando para três arranhões sangrando que de repente surgiram no peito do jovem.

Pheragas não disse nada, só deu uma olhadela para Kiiri, que deu de ombros.

— O que foi? — gritou Caramon acima do rugido da torcida. O Minotauro Vermelho acabava de ganhar por ter derrubado seu oponente e prendê-lo contra o chão, fincando as pontas do tridente em volta do seu pescoço.

O jovem levantou-se cambaleando, fingindo vergonha, raiva e humilhação conforme lhe foi ensinado. Ele até balançou seu punho contra seu oponente vitorioso antes de sair da arena. Mas, em vez de dar um sorriso ao passar por Caramon e sua equipe, aproveitando a piada interna contra a plateia, o jovem parecia estranhamente preocupado e nunca olhou para eles. Seu rosto estava pálido, Caramon viu, e gotas de suor se destacavam em sua testa. Seu rosto se retorcia de dor, e ele botava a mão sobre os arranhões que sangravam.

— O homem de Lorde Onygion — disse Pheragas silenciosamente, botando uma mão no braço de Caramon. — Considere-se sortudo, meu amigo. Pode parar de se preocupar.

— O quê? — Caramon ficou boquiaberto, confuso, para os dois. Ouviu um grito estridente e uma batida de dentro do túnel subterrâneo. Virando, Caramon viu o jovem cair numa massa debatida no chão, apertando seu peito e gritando de agonia.

— Não! — comandou Kiiri, segurando Caramon. — Nossa vez agora. Veja, o Minotauro Vermelho está saindo.

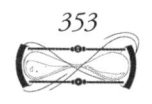

O minotauro passou por eles, ignorando-os como essa raça ignora todos aqueles que considera inferiores. O Minotauro Vermelho também passou pelo jovem moribundo sem nem olhar. Arack veio perambulando pelo túnel, com Raag logo atrás. Com um gesto, o anão ordenou o ogro a remover o corpo agora sem vida.

Caramon hesitou, mas Kiiri fincou as unhas no braço dele, arrastando-o para a luz do sol horrenda.

— A dívida pelo Bárbaro foi acertada — sibilou ela com o canto da boca. — Seu mestre não teve nada a ver com isso, aparentemente. Foi o Lorde Onygion, e agora ele e Quarath estão quites.

A multidão começou a torcer e o resto das palavras de Kiiri se perdeu. Os espectadores começaram a esquecer sua opressão ao ver seu trio preferido. Mas Caramon não os ouviu. Raistlin falou a verdade! Ele não teve nada a ver com a morte do Bárbaro. Foi uma coincidência, ou talvez alguma piada perversa do anão. Caramon sentiu uma sensação de alívio tomar conta de si.

Ele poderia voltar para casa! Enfim entendeu. Raistlin tentara lhe contar. Seus caminhos eram diferentes, mas seu irmão tinha o direito de trilhar o seu por escolha própria. Caramon estava errado, os magistas estavam errados, a dama Crysania estava errada. Ele voltaria para casa e explicaria. Raistlin não estava machucando ninguém, ele não era uma ameaça. Simplesmente, queria seguir seus estudos em paz.

Entrando na arena, Caramon acenou para a torcida em júbilo.

Ele até curtiu a luta daquele dia. A partida era arranjada, é claro, para que a equipe dele vencesse, propiciando a batalha final entre eles e o Minotauro Vermelho no dia do Cataclismo. Mas Caramon não precisava se preocupar com isso. Ele estaria bem longe, de volta para casa com Tika. Ele avisaria seus dois amigos antes, claro, implorando-os para que saíssem da cidade condenada. Depois ele se desculparia com seu irmão, diria a ele que ele o entendia, levaria a dama Crysania e Tasslehoff de volta para seu tempo, e recomeçaria sua vida. Ele partiria amanhã, ou talvez no dia seguinte.

Naquele momento, quando Caramon e sua equipe estavam dando seus cumprimentos após uma batalha bem atuada, que o ciclone atingiu o Templo de Istar.

O céu verde se aprofundou para a cor da água escura e estagnada de pântano quando as nuvens turbulentas surgiram, deslizando do vasto vazio para envolver suas caudas sinuosas sobre uma das sete torres do Templo e arrancá-la da sua base. Erguendo-a no ar, o ciclone quebrou o mármore em fragmentos finos como granizo e os fez chover na cidade numa chuva cruel.

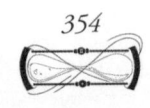

Ninguém ficou gravemente ferido, apesar de muitos terem sofrido cortes pequenos por serem atingidos por estilhaços de pedra. A parte do Templo que foi destruída era usada para estudo e para trabalho da igreja. Felizmente, estava vazia durante o feriado. Mas os habitantes do Templo e da cidade em si foram tomados pelo pânico.

Temendo que os ciclones pudessem descer por todos os lugares, as pessoas fugiram da arena e entupiram as ruas em esforços apavorados para chegar aos seus lares. Dentro do Templo, a voz musical do Rei-Sacerdote se aquietou, sua luz tremeluziu. Após vasculhar os destroços, ele e seus ministros, os Reverendos Filhos e Filhas de Paladine, desceram para um santuário interno para discutir o assunto. Os demais corriam por todos os lados, tentando limpar tudo, o vento tendo derrubado os móveis, arrancado pinturas das paredes, e jogado nuvens de poeira sobre tudo.

"Este é o começo," pensou Crysania com medo, tentando forçar suas mãos dormentes a pararem de tremer enquanto pegava cacos de porcelana da sala de jantar. "Este é só o começo..."

E vai ficar pior.

Capítulo

14

São as forças do mal trabalhando em prol de minha derrota — clamou o Rei-Sacerdote, sua voz musical enviando um arrepio de coragem nas almas daqueles que ouviam. — Mas eu não cederei! Vocês não podem ceder! Devemos permanecer fortes perante esta ameaça...

— Não — sussurrou Crysania para si mesma em desespero. — Não, você entendeu tudo errado! Você não compreende! Como pode ser tão cego!

Ela estava sentada nas Preces da Manhã, doze dias após o Primeiro dos Treze Avisos ter sido dado... e ignorado. Desde então, surgiam relatos de todas as partes do continente, falando de outros eventos estranhos, um novo a cada dia.

— O Rei Lorac relata que, em Silvanesti, as árvores choraram sangue por um dia inteiro — contou o Rei-Sacerdote, sua voz pesando com o espanto e horror dos eventos que relatava. — A cidade de Palanthas está coberta em uma névoa branca tão densa que as pessoas vagueiam perdidas ao saírem para as ruas. Em Solamnia, nenhuma chama queima, As lareiras e fogões estão frios e estéreis. As forjas estão fechadas, o carvão praticamente gelo de tão pouco calor cedido. Todavia, nas planícies de Abanassínia, a relva da pradaria pegou fogo. As chamas estão descontroladas, enchendo os céus com fumaça preta e expulsando os homens das planícies de suas estadas tribais. E, nesta manhã, os grifos trouxeram mensagem de que a cidade élfica de Qualinost está sendo invadida por animais da floresta, de repente levados à estranheza e selvageria...

Crysania não aguentava mais. Mesmo com as mulheres olhando-a com espanto ao se levantar, ignorou os olhares espantados e deixou os Serviços, fugindo para os corredores do Templo.

O clarão forte de um relâmpago a cegou, e a trovoada terrível que se seguiu a fez cobrir seu rosto com as mãos.

— Isto precisa acabar ou ficarei louca! — murmurou desolada, encolhida num canto.

Por doze dias, desde o ciclone, uma tormenta rugia sobre Istar, inundando a cidade com chuva e granizo. Os relâmpagos e trovoadas eram quase contínuos, abalando o Templo, arruinando o sono, castigando a mente. Tensa, dormente de cansaço, exaustão e terror, Crysania afundou numa cadeira com a cabeça nas mãos.

Um toque gentil em seu braço sobressaltou-a, fazendo-a se levantar com o susto. Ela estava de frente para um jovem bonito coberto por uma capa encharcada. Podia ver o contorno de ombros fortes e musculosos.

— Perdão, Filha Reverenciada, não quis assustá-la — disse ele numa voz grave vagamente familiar, assim como seu rosto.

— Caramon! — Crysania ofegou de alívio, segurando nele como algo real e sólido. Houve outro clarão forte e mais uma explosão. Crysania fechou os olhos com força, cerrando os dentes, sentindo até o forte corpo musculoso de Caramon tensionar, nervoso. Ele segurou-a, mantendo-a firme.

— Eu... eu tive que ir às Preces da Manhã — disse Crysania quando pode ser ouvida. — Deve estar horrível lá fora. Você está completamente encharcado!

— Estou tentando vê-la há dias— começou Caramon.

— Eu... eu sei — vacilou Crysania. — Me desculpe. É que eu esti... estive ocupada...

— Dama Crysania — interrompeu Caramon, tentando manter a voz firme. — Não estamos falando de um convite pra uma Festa do Yule. Amanhã, esta cidade vai deixar de existir! Eu...

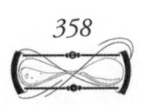

— Silêncio! — comandou Crysania. Nervosamente, ela olhou ao redor. — Não podemos falar aqui! — Um clarão de relâmpago e uma trovoada terrível a fizeram se encolher, mas ela recuperou o controle quase imediatamente. — Venha comigo.

Caramon hesitou, mas, franzindo o cenho, seguiu-a enquanto ela liderava caminho pelo Templo para uma das salas internas e escuras. Ali, pelo menos, a luz dos raios não penetrava e o trovão era abafado. Fechando a porta cuidadosamente, Crysania sentou-se numa cadeira e gesticulou para Caramon fazer o mesmo.

Caramon ficou de pé por um momento, depois se sentou, desconfortável e tenso, muito consciente das circunstâncias do último encontro deles, quando sua bebedeira quase matou a todos. Crysania talvez estivesse pensando nisso. Ela o olhava com olhos frios e cinzentos como a madrugada. Caramon ruborizou.

— Fico contente de ver que sua saúde melhorou — disse Crysania, tentando não deixar a severidade sair em sua voz e fracassando completamente.

O rubor de Caramon ficou ainda mais forte. Ele olhou para o chão.

— Perdão — disse Crysania, de repente. — Por favor, me perdoe. Eu... eu não durmo há noites, desde que tudo começou. — Ela colocou uma mão trêmula na testa. — Não consigo pensar — acrescentou ela, rouca. — Esse som incessante...

— Eu entendo — disse Caramon, erguendo o olhar para ela. — E você tem todo o direito de me odiar. Eu me odeio pelo que eu era. Mas aquilo não importa agora. Temos que ir embora, dama Crysania!

— Sim, você tem razão — Crysania respirou fundo. — Temos que sair daqui. Temos apenas horas para escapar. Estou bem ciente disso, acredite. — Suspirando, ela olhou para suas mãos. — Eu falhei — disse, sem emoção. — Eu mantive a esperança, até este último momento, que de alguma forma as coisas pudessem mudar. Mas o Rei-Sacerdote está cego! Cego!

— Não é por isso que tem me evitado, né? — perguntou Caramon, sua voz sem expressão. — Me impedir de ir embora?

Foi a vez de Crysania ruborizar. Ela olhou para suas mãos, remexendo-as em seu colo.

— Não — disse ela, tão baixo que Caramon mal a ouviu. — Não, eu... eu não queria partir sem... sem...

— Raistlin — finalizou Caramon. — Dama Crysania, ele tem a sua própria magia. Foi essa magia que o trouxe aqui. Ele fez a escolha dele. Eu finalmente entendi isso. Precisamos ir...

— Seu irmão está muito doente — disse Crysania.

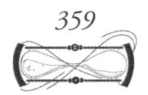

Caramon rapidamente ergueu o olhar, o rosto repleto de preocupação.

— Tento vê-lo há dias, desde o Yule, mas ele recusou a todos, até a mim. E agora, hoje, ele me chamou — prosseguiu Crysania, sentindo seu rosto arder debaixo do olhar penetrante de Caramon. — Vou conversar com ele, persuadi-lo a vir conosco. Se a saúde dele estiver afetada, ele não terá força para usar sua magia.

— Sim — murmurou Caramon, pensando na dificuldade envolvida em conjurar um feitiço tão poderoso e complexo. Par-Salian levou dias, e estava em boa saúde. — O que Raist tem? — perguntou de repente.

— A proximidade dos deuses o afeta — respondeu Crysania. — Assim como afeta outros, apesar de recusarem a admitir. — A voz dela morreu em tristeza, mas ela apertou forte seus lábios por um momento, depois prosseguiu. — Devemos nos preparar para seguir logo, caso ele concorde em vir conosco...

— E se ele não quiser? — interrompeu Caramon.

Crysania ruborizou.

— Acho que ele... irá — disse ela, confusa, seus pensamentos voltando para o momento nos aposentos dele quando estiveram tão próximos, o olhar de saudade e desejo nos olhos dele, a admiração. — Eu estive... conversando com ele... sobre o erro do seu caminho. Mostrei a ele como o mal nunca pode criar ou construir, como só pode destruir e se voltar contra si mesmo. Ele admitiu a validade de meus argumentos e prometeu pensar sobre eles.

— E ele ama você — disse Caramon suavemente.

Crysania não conseguiu encarar o olhar do homem. Ela não conseguiu responder. Seu coração bateu tão forte que, por um momento, não conseguia ouvir sobre o palpitar do seu sangue. Ela podia sentir os olhos escuros de Caramon observando-a firmemente conforme a trovoada ressoava acima do Templo e ao redor deles. Crysania segurou suas mãos para impedi-las de tremer. Ela notou Caramon se levantando.

— Minha dama — disse ele em voz baixa e solene. — Se você estiver certa, se a sua bondade e o seu amor puderem tirá-lo daqueles caminhos sombrios por onde anda e leva-lo por escolha dele para a luz, eu... Eu... — Caramon engasgou e virou rapidamente o rosto.

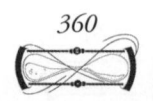

Ouvindo tanto amor na voz do homem grande e vendo as lágrimas que ele tentou esconder, Crysania foi banhada por dor e remorso. Ela começou a imaginar se o julgou errado. Levantando-se, ela gentilmente tocou o enorme braço do homem, sentindo seus grandes músculos tensos enquanto Caramon lutava para se controlar.

— Você precisa retornar? Não pode ficar...

— Não — Caramon balançou a cabeça. — Preciso buscar Tas e o dispositivo que Par-Salian me deu. Está trancado. E eu também tenho amigos... Estou tentando convencê-los a sair da cidade. Talvez seja tarde demais, mas eu preciso tentar uma última vez...

— Certamente — disse Crysania. — Eu compreendo. Retorne o mais rápido que puder. Encontre-me... encontre-me no quarto de Raistlin.

— Eu irei, senhora — respondeu ele fervorosamente. — E agora eu preciso ir antes de meus amigos irem para o treino. — Pegando a mão dela, ele a cumprimentou firmemente, depois se apressou para ir embora. Crysania o observou andar de volta para o corredor, cujas tochas brilhavam na escuridão completa. Ele se movia rapidamente e com determinação, sem nem se assustar ao passar por uma janela no fim do corredor iluminado de repente pelo clarão forte de um relâmpago. Era esperança que ancorava seu espírito atormentado, a mesma esperança que Crysania sentiu naquele momento tomando conta dela.

Caramon sumiu na escuridão e Crysania, segurando as vestes brancas numa mão, logo se virou e subiu as escadas até a parte do Templo que abrigava o mago de vestes pretas.

Seu ânimo e sua esperança vacilaram ao entrar naquele corredor. Ali, a fúria da tempestade parecia demonstrar toda a sua cólera. Nem mesmo as mais pesadas cortinas impediam os relâmpagos, nem mesmo a mais grossa das paredes abafava as trovoadas. Talvez graças a alguma janela desencaixada, até o vento parecia ter penetrado nos muros do Templo. Ali, nenhuma tocha ardia, não que fossem necessárias, tão incessantes eram os relâmpagos.

Os cabelos pretos de Crysania caíam em seus olhos, suas vestes flutuavam ao seu redor. Ao se aproximar do quarto do mago no fim do corredor, podia ouvir a chuva batendo no vidro. O ar estava frio e úmido. Tremendo, apressou os passos e ergueu a mão para bater na porta quando o corredor se incendiou num clarão branco-azulado de relâmpago. A explosão simultânea da trovoada chocou Crysania contra a porta, que se abriu com força, e ela estava nos braços de Raistlin.

Era como o seu sonho. Quase chorando de terror, ela se aninhou na maciez aveludada das vestes pretas e se aqueceu no calor do corpo dele. De início, o corpo perto dela estava tenso, mas depois sentiu-o relaxar.

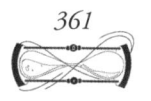

Seus braços se apertaram em volta dela quase convulsivamente, uma mão se levantou para acariciar seu cabelo, tranquilizante, reconfortante.

— Pronto, pronto — sussurrou ele como se faz com uma criança amedrontada. — Não tema a tempestade, Filha Reverenciada. Entregue-se! Sinta o poder dos deuses, Crysania! Por isto eles assustam os tolos. Eles não podem nos ferir, a não ser que você decida o contrário.

Aos poucos, os soluços de Crysania diminuíram. As palavras de Raistlin não eram os murmúrios gentis de uma mãe. Seu significado a atingiu. Ela ergueu a cabeça, olhando para ele.

— O que quer dizer? — vacilou ela, de repente assustada. Uma rachadura apareceu em seus olhos espelhados, permitindo-a ver a alma ardente lá dentro.

Involuntariamente, começou a se afastar dele, mas ele se esticou e, tirando o cabelo emaranhado do rosto dela com mãos trêmulas, sussurrou.

— Venha comigo, Crysania! Venha comigo para um tempo onde você será a única clériga do mundo, para o tempo onde podemos entrar no portal e desafiar os deuses, Crysania! Pense! Governar, mostrar ao mundo tamanho poder como este!

Raistlin a soltou. Erguendo os braços, com as vestes pretas cintilando em volta dele com o clarão do relâmpago e o estouro da trovoada, ele riu. E então Crysania viu o brilho fervoroso em seus olhos e os fortes pontos de cor em suas bochechas mortalmente pálidas. Ele estava magro, muito mais magro desde que o vira da última vez.

— Você está doente — disse ela, recuando com as mãos atrás dela, se aproximando da porta. — Buscarei ajuda...

— Não! — O grito de Raistlin foi mais alto do que o trovão. Seus olhos recuperaram sua superfície espelhada, seu rosto estava frio e composto. Esticando, ele agarrou o pulso dela dolorosamente e a puxou para dentro do quarto. A porta bateu com um estouro atrás dela. — Eu estou doente — disse ele, mais baixo. — Mas não há solução ou cura para minha mazela, exceto fugir desta insanidade. Meus planos estão quase concluídos. Amanhã, no dia do Cataclismo, a atenção dos deuses estará voltada para a lição que devem causar sobre estes pobres miseráveis. A Rainha das Trevas não será capaz de me impedir enquanto uso minha magia e me levo adiante para o único momento da história em que ela está vulnerável ao poder de uma clériga verdadeira!

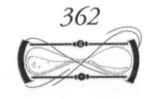

— Solte-se! — gritou Crysania, a dor e a revolta submergindo seu medo. Furiosamente, ela arrancou seu braço da mão dele. Mas ela ainda se lembrava do seu abraço, do toque das suas mãos... Machucada e envergonhada, Crysania se virou. — Você deve fazer seu mal sem mim — disse ela, sua voz engasgada com lágrimas. — Eu não irei com você.

— Então você morrerá — disse Raistlin severamente.

— Você ousa me ameaçar? — gritou Crysania, girando para ficar de frente pra ele, o choque e a fúria secando suas lágrimas.

— Ah, não pelas minhas mãos — disse Raistlin com um sorriso estranho. — Você morrerá pelas mãos daqueles que a enviaram aqui.

Crysania piscou, atordoada. E logo recuperou sua compostura.

— Outro truque? — perguntou ela com frieza, recuando, a dor em seu coração pela mentira dele quase mais do que ela podia suportar. Ela só queria sair antes que ele visse quanto conseguiu magoá-la.

— Truque algum, Filha Reverenciada — disse Raistlin simplesmente. Ele gesticulou para um livro com encadernação vermelha que estava aberto em sua escrivaninha. — Veja por si mesma. Estudei por muito tempo...— Ele gesticulou para as fileiras e fileiras de livros que revestiam a parede. Crysania arquejou. Eles não estavam ali da última vez. Olhando para ela, ele assentiu. — Sim, eu os trouxe de lugares longínquos. Viajei muito à procura de vários deles. Este eu finalmente encontrei na Torre da Alta Magia em Wayreth, como suspeitei desde o início. Venha, olhe para ele.

— O que é? — Crysania encarou o volume como se fosse uma cobra retraída e peçonhenta.

— Um livro, apenas. — Raistlin sorriu cansado. — Eu a garanto que não se transformará em um dragão e a carregará ao meu comando. Repito, é um livro, uma enciclopédia, se preferir. Muito antiga, escrita durante a Era dos Sonhos.

— Por que quer que eu veja isto? O que tem a ver comigo? — perguntou Crysania com suspeita. Mas parou de ir na direção da porta. O comportamento calmo de Raistlin a tranquilizou. Ela até parou de notar, momentaneamente, o relâmpago e a trovoada da tempestade lá fora.

— É uma enciclopédia de dispositivos mágicos produzidos durante a Era dos Sonhos — prosseguiu Raistlin sem se perturbar nem tirar seus olhos de Crysania, parecendo atraí-la com seu olhar ao ficar ao lado da escrivaninha. — Leia...

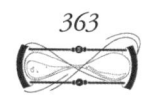

— Não posso ler a língua da magia — disse Crysania, franzindo o cenho, e depois sua testa relaxou. — Ou você "traduzirá" para mim? — questionou ela, altiva.

Os olhos de Raistlin se arregalaram numa raiva repentina, mas essa raiva foi quase instantaneamente substituída por um olhar de tristeza e exaustão que foi direto ao coração de Crysania.

— Não está escrito na língua da magia — disse ele suavemente. — Não a teria chamado aqui caso contrário. — Olhando para as vestes pretas que vestia, ele deu o seu sorriso retorcido e amargo. — Há muito tempo atrás, eu voluntariamente paguei o preço. Não sei por que eu deveria esperar que você confiasse em mim.

Mordendo o lábio, sentindo-se profundamente envergonhada (mesmo sem saber o motivo), Crysania foi até o outro lado da escrivaninha. Ela ficou de pé lá, hesitante. Sentando-se, Raistlin a chamou, e ela avançou para ficar ao lado do livro aberto. O mago pronunciou uma palavra de comando e o cajado que estava apoiado contra a parede perto de Crysania explodiu num mar de luz amarela, assustando-a quase tanto quanto os relâmpagos.

— Leia — disse Raistlin, indicando a página.

Tentando recuperar a compostura, Crysania olhou para baixo, escaneando a página, apesar de não ter ideia do que buscava. E então, sua atenção foi capturada. *Dispositivo de Jornada no Tempo* era uma das entradas e, ao lado dela, havia a imagem de um dispositivo similar ao que o kender descreveu.

— É este? — perguntou ela, erguendo o olhar para Raistlin. — O dispositivo que Par-Salian deu a Caramon para nos levar de volta?

O mago assentiu, seus olhos refletindo a luz amarela do cajado.

— Leia — repetiu ele suavemente.

Curiosa, Crysania varreu o texto. Havia pouco mais de um parágrafo, descrevendo o dispositivo, o grande mago (já há muito esquecido) que o projetou e o criou, os requisitos para seu uso. Muito da descrição estava além da sua compreensão, lidando com coisas arcanas. Ela conseguiu entender algumas partes...

... levará a pessoa já sob um feitiço de tempo adiante ou atrás... deve ser montado corretamente e as facetas viradas na ordem prescrita... transportará apenas uma pessoa, a pessoa a quem for dado no momento do lançamento do feitiço... uso do dispositivo está restrito a elfos, humanos, ogros... nenhuma palavra de feitiço necessária...

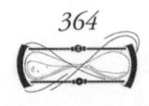

Crysania chegou ao fim e ergueu incerta o olhar para Raistlin. Ele a olhava com um olhar estranho e ansioso. Havia algo lá que ele queria que ela encontrasse. E, lá no fundo, ela sentiu uma inquietação, um medo, uma dormência, como se o seu coração compreendesse o texto mais rapidamente do que seu cérebro.

— Mais uma vez — disse Raistlin.

Tentando se concentrar, apesar de estar mais ciente da tempestade lá fora que parecia ficar cada vez mais intensa, Crysania olhou novamente para o texto.

E lá estava. As palavras saltaram para ela, avançando na sua garganta, enforcando-a.

Transportará apenas uma pessoa...
Transportará apenas uma pessoa!

As pernas de Crysania cederam. Felizmente, Raistlin moveu uma cadeira para trás dela, caso contrário, cairia no chão.

Ela encarou o quarto por longos momentos. Mesmo iluminado pelos relâmpagos e a luz mágica do cajado, ele ficou, para ela, totalmente escuro.

— Ele sabe? — perguntou ela enfim, por lábios dormentes.

— Caramon? — Raistlin bufou. — Claro que não. Se tivessem dito para ele, ele teria quebrado o pescoço estupidamente tentando dá-lo a você e imploraria que você o usasse, dando-lhe o privilégio de morrer em seu lugar. Poucas coisas o deixariam mais feliz do que isto. Não, dama Crysania, ele confiantemente o usaria, com você ao seu lado junto do kender, sem dúvidas. E ficaria devastado quando explicassem por que ele voltou sozinho. Imagino como Par-Salian faria isso — acrescentou Raistlin com um sorriso sombrio. — Caramon é bem capaz de derrubar aquela Torre toda. Mas este não é o assunto.

Seu olhar capturou o dela, apesar dela tentar evitá-lo. Ele a compeliu, por pura força de vontade, a olhar em seus olhos. Mais uma vez, ela se viu, mas dessa vez sozinha e terrivelmente amedrontada.

— Eles a mandaram para cá para morrer, Crysania — disse Raistlin numa voz que era pouco mais do que um respiro, e mesmo assim penetrou o cerne de Crysania, ecoando em sua mente muito mais do que a trovoada. — É este o bem que tanto me contas? Bá! Eles vivem em medo, como o Rei-Sacerdote! Eles a temem tanto quanto temem a mim. O único caminho para a bondade, Crysania, é o meu caminho! Ajude-me a derrotar o mal. Eu preciso de você...

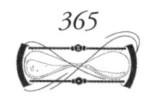

Crysania fechou os olhos. Ela podia ver novamente, vividamente, a caligrafia de Par-Salian no recado que encontrou — *sua vida ou sua alma* — *ganhe uma e você perderá a outra! Há muitas formas de você voltar, uma delas é através de Caramon*. Ele a enganou de propósito! Que outro caminho de volta existia além do de Raistlin? Era isso que o mago queria dizer? Quem poderia respondê-la? Havia alguém, qualquer um nesse mundo lúgubre e desolado em que podia confiar?

Com seus músculos mexendo e contraindo, Crysania se empurrou da sua cadeira. Ela não olhou para Raistlin, ela encarou para frente, para o nada.

— Eu preciso ir... — murmurou, abalada. — Eu preciso pensar...

Raistlin não tentou impedi-la, sequer se levantou. Ele não falou nada até ela chegar na porta.

— Amanhã — sussurrou ele. — Amanhã...

Capítulo 15

Foi necessária toda a força de Caramon, mais a de dois dos guardas do Templo, para forçar as grandes portas do Templo a se abrirem e deixá-lo sair para a tempestade. O vento o atingiu com força total, jogando o grandalhão contra o muro de pedra e prendendo-o ali por um instante, como se tivesse o tamanho de Tas. Com esforço, Caramon lutou contra o vento e finalmente venceu, a força do vendaval aliviando o suficiente para ele continuar a descer as escadas.

A fúria da tempestade foi reduzindo conforme avançava entre os edifícios altos da cidade, mas ainda era difícil de andar. A água chegava a trinta centímetros de profundidade em alguns lugares, correndo entre as pernas dele, ameaçando derrubá-lo mais de uma vez. Os relâmpagos quase cegaram-no, as trovoadas eram ensurdecedoras.

Desnecessário dizer que viu pouquíssimas outras pessoas. Os habitantes de Istar se escondiam dentro das casas, alternando entre xingar ou invocar os deuses. Os viajantes ocasionais por quem passava, levados para a tempestade por algum motivo desesperado, agarravam-se nas laterais das construções ou ficavam miseravelmente encolhidos na frente das portas.

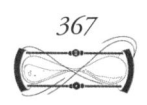

Mas Caramon prosseguiu, ansioso para retornar à arena. Seu coração estava cheio de esperança, seu espírito estava elevado mesmo com a tempestade. Ou talvez por causa da tempestade. Certamente Kiiri e Pheragas iriam ouvi-lo em vez de tentar dar olhares estranhos e frios quando tentasse persuadi-los a fugir de Istar.

— Não posso dizer como sei, mas eu sei! — implorou ele. — Tem um desastre vindo, consigo sentir!

— E perder o torneio final? — disse Kiiri com frieza.

— Nem vai acontecer com esse temporal! — Caramon balançou os braços.

— Nenhuma tempestade forte assim dura muito! — disse Pheragas. — Ela irá parar e teremos um dia bonito. Além disso, o que você faria sem nós na arena? — Estreitou os olhos.

— Ora, lutar sozinho, se necessário — disse Caramon, um tanto afobado. Ele planejava já estar bem longe até essa hora: ele e Tas, Crysania e talvez... talvez...

— Se necessário... — repetiu Kiiri num tom estranho e ríspido, trocando olhares com Pheragas. — Obrigada por pensar na gente, amigo — disse ela com uma olhadela mordaz para a coleira de ferro que Caramon usava, igual à dela. — Mas não, obrigada. Nossas vidas estariam acabadas como escravos fugidos! Quanto tempo acha que viveríamos lá fora?

— Não importa, não depois... depois... — Caramon suspirou e balançou a cabeça miseravelmente. O que ele poderia dizer? Como os faria entender? Mas sequer teve a chance. Eles saíram dali sem falar mais nada, deixando-o sentado sozinho no refeitório.

Mas, certamente, iriam ouvi-lo quando chegasse! Eles veriam que não era uma tempestade comum. Teriam tempo para fugir em segurança? Caramon franziu o cenho e desejou, pela primeira vez, ter prestado mais atenção nos livros. Ele não tinha ideia do tamanho da área do efeito devastador da queda da montanha flamejante. Ele balançou a cabeça. Talvez já fosse tarde demais.

Bom, ele tentou, disse ele a si mesmo, batendo perna pela água. Tirando sua mente da situação dos seus amigos, ele se forçou a ter pensamentos mais alegres. Logo ele estaria fora daquele lugar terrível. Logo tudo pareceria um sonho ruim.

Ele estaria de volta a sua casa com Tika. Talvez com Raistlin!

— Vou terminar de construir a casa nova — disse ele, pensando arrependido em todo o tempo que perdeu. Uma imagem veio na sua mente. Ele podia se ver, sentado junto ao fogo em sua nova casa, a cabeça de Tika repousando no seu colo. Ele contaria tudo sobre suas aventuras. Raistlin sentar-se-ia junto deles à noite; lendo, estudando, vestido em vestes brancas...

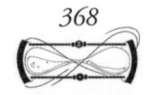

— Tika nunca vai acreditar em nada disso — disse Caramon para si mesmo. — Mas não importa. Ela vai ter de volta em casa o homem por quem ela se apaixonou. E dessa vez, ele não vai abandonar ela por nada! — Ele suspirou, sentindo os cachos ruivos envoltos em seus dedos, vendo-os reluzir na luz da chama.

Esses pensamentos carregaram Caramon pela tempestade até a arena. Ele puxou o bloco do muro, usado por todos os gladiadores em seus passeios noturnos. (Arack estava ciente da sua existência, mas, em um acordo tácito, fechava os olhos desde que não se abusasse desse privilégio.) Ninguém estava na arena, é claro. As sessões de treino foram canceladas. Todos estavam enfurnados lá dentro, xingando o temporal e apostando se iriam lutar amanhã ou não.

Arack estava num humor quase tão pesado quanto o clima, contando sem parar as peças de ouro que escorregariam pelos seus dedos se tivesse que cancelar o Embate Final, o evento esportivo do ano em Istar. Ele tentava se alegrar com a ideia de que ele tinha prometido um clima bom e *ele* certamente saberia. Ainda assim, o anão olhou melancólico para fora.

Do seu ponto de vigia, uma janela no alto da propriedade na torre da arena, ele viu Caramon esgueirando pelo muro de pedra.

— Raag! — Ele apontou. Olhando para baixo, Raag assentiu em compreensão e, pegando a pesada clava, esperou o anão guardar seus livros caixa.

Caramon se apressou para a cela que ele dividia com o kender, ansioso para contar a ele sobre Crysania e Raistlin. Mas quando entrou, o quartinho estava vazio.

— Tas? — disse ele, olhando em volta para ter certeza de que não estava nas sombras. Um clarão de relâmpago iluminou o quarto ainda mais do que a luz do dia. Nenhum sinal do kender.

— Tas, apareça! Não é hora de brincadeira! — ordenou Caramon severamente. Tasslehoff quase o matara de susto um dia após se esconder debaixo da cama, e depois pular quando Caramon estava de costas. Acendendo uma tocha, o homem grande se abaixou, resmungando, nas mãos e joelhos e iluminou embaixo da cama. Nada de Tas.

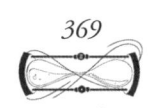

— Espero que o bobinho não tenha saído nessa tempestade! — disse Caramon para si mesmo, sua irritação de repente virando uma preocupação. — Ele seria soprado até Consolação. Talvez esteja no refeitório me esperando. Quem sabe com Kiiri e Pheragas. É isso! Vou pegar o dispositivo e depois me juntar...

Falando sozinho, Caramon foi até o pequeno baú onde guardava sua armadura. Abrindo-o, ele tirou a elegante fantasia dourada. Com um olhar de repulsa, jogou as peças no chão.

— Pelo menos não vou precisar vestir essa coisa de novo — disse ele, agradecido. — Apesar de que seria divertido ver a reação de Tika quando eu vestir isso! Será que ela vai rir? Mas aposto que ia adorar mesmo assim. — Assobiando alegre, Caramon logo tirou tudo do baú e, usando o fio de uma das adagas retráteis, cuidadosamente tirou o fundo falso que ele montou.

O assobio morreu.

O baú estava vazio.

Freneticamente, Caramon se jogou dentro do baú, apesar de estar bem óbvio que um pingente tão grande quanto o dispositivo mágico não teria caído numa reentrância. Com o coração palpitando de medo, Caramon levantou e começou a procurar pelo quarto, iluminando com a tocha cada canto, espiando novamente debaixo das camas. Ele até rasgou seu colchão de palha e começou a abrir o de Tas quando notou algo.

Não só o kender sumira, mas suas bolsas e todas as suas amadas posses também. Assim como sua capa.

E então Caramon entendeu. Tas pegou o dispositivo.

Mas por quê?... Caramon sentiu por um momento como se fosse atingido por um raio, a compreensão repentina queimando o caminho do seu cérebro para seu corpo com um choque que o paralisou.

Tas encontrou com Raistlin, isso ele contou para Caramon. Mas o que Tas estava fazendo lá? *Por que* ele foi se encontrar com Raistlin? Caramon de repente entendeu que o kender habilmente levou a conversa para longe desse ponto.

Caramon gemeu. O kender curioso o questionou sobre o dispositivo, mas Tas sempre parecia satisfeito com as respostas de Caramon. Ele certamente nunca tinha mexido nele. Caramon verificava de vez em quando para garantir que ainda estivesse lá, como se costuma fazer ao morar com um kender. Mas, se Tas estivesse curioso o bastante, ele o teria levado para Raistlin... Ele fazia isso antigamente quando encontrava algo mágico.

Ou talvez Raistlin tivesse enganado Tas para levar o dispositivo! Assim que tivesse o dispositivo, Raistlin poderia forçá-los a ir com ele. Será que estava planejando isso o tempo todo? Será que ele confundiu Tas e enganou

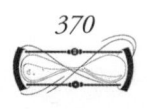

Crysania? A mente de Caramon tropeçou na sua cabeça, confusa. Ou, quem sabe...

— Tas! — clamou Caramon, de repente decidindo uma ação firme e positiva. — Eu preciso achar Tas! Eu preciso impedi-lo!

Fervorosamente, o grande homem pegou sua capa encharcada. Estava passando pela porta quando uma enorme sombra escura bloqueou seu caminho.

— Sai do meu caminho, Raag — rosnou Caramon, esquecendo completamente, em sua ansiedade, de onde estava.

Raag o lembrou instantaneamente, a grande mão fechando sobre o enorme ombro de Caramon.

— Ir pronde, escravo?

Caramon tentou se livrar da mão do ogro, mas ela simplesmente se apertou. Com um som esmagador, Caramon arquejou de dor.

— Não machuque ele, Raag — veio uma voz de algum lugar perto dos joelhos de Caramon. — Ele vai lutar amanhã. E ainda vai ganhar!

Raag empurrou Caramon de volta para a cela com o mesmo esforço de um adulto arremessando uma criança. O grande guerreiro tropeçou para trás, caindo pesadamente no piso de pedra.

— Tá bem ocupadinho hoje, hein — disse Arack como uma conversa, entrando na cela e sentando na cama.

Sentando, Caramon esfregou o ombro machucado. Ele deu uma olhadela para Raag, que ainda estava de pé, bloqueando a porta. Arack prosseguiu.

— Já saiu nesse tempo horrível e agora tá saindo de novo? — O anão balançou a cabeça. — Não, não, não vou permitir. Vai que pega um resfriado...

— Ei — disse Caramon, sorrindo fracamente e umedecendo seus lábios secos. — Eu só estava indo pro refeitório encontrar Tas... — Ele se encolheu involuntariamente quando um relâmpago explodiu lá fora. Houve o estalo de uma trovoada e o odor repentino de madeira queimando.

— Pode esquecer. O kender saiu — disse Arack, dando de ombros. — E me pareceu que ia embora de vez, levou todas as coisas dele.

Caramon engoliu seco, pigarreando.

— Então me deixe encontra... — começou ele.

O sorriso de Arack se revirou numa carranca cruel.

— Eu não dou a mínima pro desgraçadinho! Provavelmente recuperei o que ele me custou com o que ele roubou pra mim. Mas você... eu tenho um baita investimento em você. Seu planinho de fuga falhou, escravo.

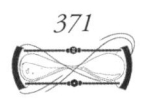

— Fuga? — Caramon riu de forma oca. — Eu nunca... Você não entende...

— Então eu não entendo? — rosnou Arack. — Eu não entendo que você andou tentando fazer dois dos meus melhores lutadores saírem? Tá tentando me arruinar? — A voz do anão se elevou para um guincho acima do uivo do vento lá fora. — Quem botou essa ideia na sua cabeça? — A expressão de Arack de repente ficou astuta e sagaz. — Não foi seu mestre, então não mente. Ele veio me ver.

— Raist... há... Fist... Fistandantil... — gaguejou Caramon, seu queixo caindo.

O anão sorriu, convencido.

— É. E Fistandantilus me avisou que cê podia tentar algo assim. Disse pra eu ficar de olho. Ele até sugeriu uma punição adequada pra você. A luta amanhã não vai ser entre a sua equipe e os minotauros. Vai ser você contra Kiiri e Pheragas e o Minotauro Vermelho! — O anão se inclinou, olhando maliciosamente para o rosto de Caramon. — E as armas deles vão ser reais!

Caramon encarou Arack sem entender nada por um momento. E então ele murmurou fracamente.

— Por quê? Por que ele quer me matar?

— Te matar? — O anão riu. — Ele não quer te matar! Ele acha que você vai vencer! "É um teste" ele me disse, "Não quero um escravo que não seja o melhor. E isso vai provar. Caramon me mostrou o que podia fazer contra o Bárbaro. Aquele foi o primeiro teste. Vamos deixar esse teste mais difícil", ele falou. Ah, seu mestre é uma figura e tanto!

O anão gargalhou, batendo nos joelhos só de pensar, e até Raag deu um grunhido que talvez indicasse de divertimento.

— Eu não vou lutar — disse Caramon, seu rosto enrijecendo em linhas sombrias. — Me mata! Eu não vou lutar contra meus amigos. E eles não vão lutar contra mim!

— Ele falou que você diria isso! — O anão rugiu. — Não falou, Raag? Essas mesmíssimas palavras. Por gar, ele realmente te conhece! Até parecem irmãos. "Então", ele me disse, "se ele se recusar a lutar, e ele irá, sem dúvidas, então diga que seus amigos lutarão em seu lugar, mas enfrentarão o Minotauro Vermelho, e será o minotauro quem terá as armas verdadeiras".

Caramon lembrou-se vividamente do jovem se contorcendo de agonia no piso de pedra enquanto o veneno do tridente do minotauro atravessava seu corpo.

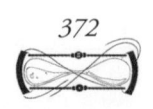

— Quanto aos seus amigos enfrentando você... — zombou o anão. — Fistandantilus também cuidou disso. Depois do que falou pra eles, aposto que vão ficar bem animados pra entrar na arena!

A cabeça de Caramon caiu em seu peito. Ele começou a tremer. Seu corpo convulsionava com calafrios, seu estômago se retorceu. A enormidade da malignidade do seu irmão o avassalou, sua mente se encheu de trevas e desespero.

"Raistlin nos enganou a todos, enganou Crysania, Tas, eu! Foi Raistlin quem me fez matar o Bárbaro. Ele mentiu para mim! E também mentiu para Crysania. A lua negra é mais capaz de iluminar os céus do que ele é capaz de amá-la. Ele está usando ela! E Tas? Tas!" Caramon fechou os olhos. Ele se lembrou da expressão de Raistlin quando descobriu o kender, suas palavras... "kenders podem alterar o tempo... é assim que planejam me impedir?" Tas era um perigo para ele, uma ameaça! Ele não tinha mais dúvidas de onde Tas foi...

O vento lá fora uivou e guinchou, mas não tão alto quanto a dor e angústia na alma de Caramon. Enjoado e nauseado, abalado por espasmos gélidos de dores lancinantes, o grande guerreiro perdeu completamente qualquer compreensão do que estava acontecendo ao seu redor. Ele não viu o gesto de Arack, nem sentiu as enormes mãos de Raag segurando-o. Ele nem sentiu as algemas nos seus pulsos...

Só muito depois, quando a sensação horrível de enjoo e horror passou, ele entendeu seus arredores. Ele estava numa cela minúscula e sem janelas no subterrâneo, provavelmente debaixo da arena. Raag estava encaixando uma corrente na coleira de ferro no seu pescoço e estava prendendo essa corrente a um anel na parede de pedra. E então o ogro o empurrou para o chão e verificou as amarras de couro que envolviam os pulsos de Caramon.

— Não aperta muito — Caramon ouviu a voz do anão avisar — ele tem que lutar amanhã...

Houve um estouro de trovoada distante, audível até mesmo nessa profundidade. Com o som, Caramon olhou esperançoso para cima. "Não iremos lutar nesse tempo..."

O anão sorriu ao seguir Raag para fora da porta de madeira. Ele começou a fechá-la, e enfiou sua cabeça pelo canto, sua barba balançando de alegria ao ver a expressão de Caramon.

— Aliás. Fistandantilus falou que amanhã vai dar um dia lindo. Um dia que todo mundo em Krynn vai se lembrar por muito tempo...

A porta fechou com força e foi trancada.

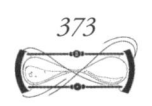

Caramon ficou sentado sozinho na escuridão densa e úmida. Sua mente estava calma, o enjoo e choque a limparam de qualquer sentimento, qualquer emoção. Ele estava sozinho. Até Tas tinha se ido. Não havia ninguém para pedir conselhos, ninguém para tomar decisões por ele. E então, percebeu que não precisava de ninguém. Não para tomar aquela decisão.

Agora ele sabia, agora ele entendia. É por isso que os magos o mandaram de volta. Eles sabiam da verdade. Eles queriam que ele aprendesse por conta própria. Seu gêmeo estava perdido, e nunca poderia ser recuperado.

Raistlin deveria morrer.

Capítulo
16

Ninguém em Istar dormiu naquela noite.

A tempestade aumentou sua fúria até parecer que queria destruir tudo em seu caminho. O uivo do vento era como o mortal lamento da banshee, penetrando até mesmo nas trovoadas sequenciais. Raios e relâmpagos dançavam pelas ruas, árvores explodiam aos seus toques flamejantes. Granizo caía e quicava nas ruas, derrubando tijolos e pedras das casas, quebrando os mais grossos dos vidros, permitindo que o vento e a chuva invadissem casas como conquistadores selvagens. Inundações avançavam pelas ruas, carregando as tendas da feira, as jaulas de escravos, carrinhos e carruagens.

E mesmo assim, ninguém se feriu.

Era como se os deuses, na última hora, cobrissem os vivos protetoramente com suas mãos; implorando, na esperança deles ouvirem aos avisos.

Ao amanhecer, a tempestade cessou. O mundo de repente foi preenchido com um silêncio profundo. Os deuses esperavam, sem nem arriscar respirar, para não perder o pequeno lamurio que ainda poderia salvar o mundo.

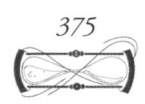

O sol nasceu num céu azul, pálido e claro. Nenhum pássaro cantou para recebê-lo, nenhuma folha farfalhou na brisa matutina, pois não havia brisa nessa manhã. O ar ainda estava parado e mortalmente calmo. A fumaça subia de árvores em chamas em linhas retas aos céus, as águas das inundações se esvaíam rapidamente como se escoadas por um grande ralo. As pessoas saíam aos poucos, olhando desacreditadas por não haver mais danos e, exaustas de tantas noites sem dormir, voltaram às suas camas.

Mas havia, no fim das contas, uma pessoa em Istar que dormiu pacificamente durante a noite. Na verdade, o silêncio repentino o despertou.

Como Tasslehoff Burrfoot gostava de contar, ele tinha conversado com seres da Floresta Escura Sinistra, conheceu diversos dragões (voou em dois), chegou muito perto do amaldiçoado Bosque Shoikan (a proximidade aumentava a cada reconto), quebrou um orbe do dragão e foi pessoalmente responsável pela derrota da Rainha da Escuridão (com alguma ajuda). Uma mera tempestade, mesmo uma tormenta daquele nível, não iria assustá-lo, muito menos perturbar seu sono.

Pegar o dispositivo mágico foi coisa simples. Tas balançou a cabeça com o orgulho ingênuo de Caramon pela esperteza do seu esconderijo. Tas se segurou para não contar ao grandalhão, mas o fundo falso poderia ser detectado por qualquer kender com mais de três anos.

Tas pegou o dispositivo mágico da caixa ansiosamente, encarando-o, maravilhado e encantado. Tinha esquecido como a coisa era charmosa e adorável, dobrada num pingente oval. Parecia impossível que suas mãos o transformariam em um dispositivo que realizaria tamanho milagre!

Apressadamente, Tas repassou as instruções de Raistlin em sua mente. O mago só as entregara alguns dias antes e fez com que as memorizasse naquele dia, imaginando que Tas logo perderia instruções escritas, como Raistlin dissera causticamente.

Não eram difíceis, e Tas as memorizou em momentos.

Teu tempo é só teu
Ele tu atravessas.
Sua vastidão vês
Em turbilhão perene,
Não obstruas seu fluxo.
Segura firme o fim e o começo,
Virai um sobre o outro, e
Tudo desprendido será confinado.
Ao fim destino sobre tua cabeça.

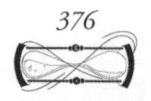

O dispositivo era tão bonito que Tas poderia ter permanecido admirando-o por longos momentos. Mas ele não tinha esses momentos, então rapidamente o enfiou num bolso, pegou todas as suas bolas (para o caso de encontrar alguma coisa que valesse a pena levar — ou se alguma coisa o encontrasse), vestiu sua capa e saiu. No caminho, ele pensou na sua última conversa com o mago alguns dias atrás.

— Pegue o objeto "emprestado" na noite anterior — Raistlin o aconselhou. — A tempestade será assustadora, e Caramon pode decidir ir embora. Além disso, será mais fácil para você invadir a sala conhecida como a Câmara Sagrada do Templo desapercebido enquanto a tempestade eclode. A tempestade acabará pela manhã, e o Rei-Sacerdote e seus ministros começarão a procissão. Eles seguirão para a Câmara Sagrada, e será lá que o Rei-Sacerdote fará suas exigências aos deuses. Você deverá estar dentro da câmara e deverá ativar o dispositivo no exato momento em que o Rei-Sacerdote cessar sua fala...

— Como isso vai impedir? — interrompeu Tas, ansioso. — Eu vou ver algum raio de luz disparar para o céu ou coisa assim? O Rei-Sacerdote vai cair de cara no chão?

— Não — respondeu Raistlin, tossindo suavemente — Não irá, há, jogar o Rei-Sacerdote de cara no chão. Mas você está certo sobre a luz.

— Estou? — Tas ficou boquiaberto. — Eu adivinhei certo! Fantástico! Acho que estou ficando bom nessa coisa de mágica.

— Sim — respondeu Raistlin, secamente. — Agora, continuando de onde fui interrompido...

— Perdão, não vai acontecer de novo — desculpou-se Tas, e depois fechou sua boca quando Raistlin o encarou.

— Você deve se esgueirar até a Câmara Sagrada durante a noite. A área atrás do altar está coberta de cortinas. Esconda-se lá e não será descoberto.

— E daí eu vou impedir o Cataclismo, voltar para Caramon e contar tudo para ele! Eu vou ser um herói— Tas parou, com um pensamento repentino em sua mente. — Mas como posso ser um herói se impedir algo que nunca nem começou? Digo, como alguém vai saber que eu fiz alguma coisa se eu não...

— Ah, eles saberão... — disse Raistlin suavemente.

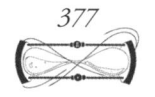

— Mesmo? Mas eu ainda não entendi... Ah, você está ocupado, pelo visto. Será que eu preciso ir? Tudo bem. Ei, você vai embora depois que tudo isso acabar — disse Tas, sendo firmemente impelido na direção da porta pela mão de Raistlin em seu ombro. — Aonde você vai?

— Aonde eu decidir — disse Raistlin.

— Posso ir com você? — perguntou Tas, ansiosamente.

— Não, você será necessário no seu próprio tempo — respondeu Raistlin, encarando o kender de forma estranha (ou pelo menos Tas pensou na época). — Para cuidar de Caramon...

— É, acho que você tem razão. — O kender suspirou. — Ele precisa bastante de cuidados. — Eles alcançaram a porta. Tas a observou por um momento, depois alegremente ergueu o olhar para Raistlin. — Será que você podia... me fazer vush para algum lugar que nem da última vez? É tão divertido...

Segurando um suspiro, Raistlin prontamente "vushou" o kender para um lago de patos, o que divertiu muito Tas. O kender não conseguia se lembrar da última vez que Raistlin foi tão bom com ele.

"Deve ser porque eu vou acabar com o Cataclismo," decidiu Tas. "Ele provavelmente está muito agradecido, só não sabe expressar apropriadamente. Ou quem sabe ele não pode ficar agradecido, já que é mal."

Esse era um pensamento interessante, que Tas ponderou ao nadar para fora do lago e voltar encharcado para a arena.

Tas voltou a lembrar daquele pensamento ao sair da arena na noite anterior ao Cataclismo que não ia acontecer, mas seus pensamentos sobre Raistlin foram rudemente interrompidos. Ele não tinha percebido como a tempestade ficou pesada, e se espantou com a ferocidade do vento que literalmente o ergueu e o jogou contra o muro de pedra da arena assim que saiu. Após parar um momento para recuperar o fôlego e verificar se tinha quebrado alguma coisa, o kender se levantou e correu para o Templo, segurando o dispositivo mágico firme em sua mão.

Dessa vez, ele teve noção o bastante para ficar junto das construções, vendo que o vento não o arremessava tanto desse jeito. Andar pela tempestade acabou sendo uma experiência excitante, na verdade. Um raio atingiu uma árvore perto dele, transformando-a em tiquinhos. (Muitas vezes ele se perguntava o que exatamente era um tiquinho?) Outra vez, julgou errado a profundidade da água correndo na rua e se viu sendo carregado pela água com muita rapidez. Isso foi divertido, e seria ainda mais se ele pudesse respirar. Por fim, a água o desovou um tanto abruptamente num beco, onde foi capaz de se levantar e seguir com sua jornada.

Tas quase ficou triste ao chegar ao Templo depois de tantas aventuras, mas (lembrando-se da sua Missão Importante) ele se esgueirou pelo jardim até entrar. Chegando lá, foi, como previsto por Raistlin, fácil de se perder na confusão criada pela tempestade. Clérigos corriam por todos os lados, tentando limpar a água e o vidro quebrado das janelas, reacendendo tochas apagadas, reconfortando aqueles que não aguentavam mais de cansaço.

Ele não fazia ideia de onde ficava a Câmara Sagrada, mas não tinha nada que gostasse mais do que vagar por lugares estranhos. Duas ou três horas (e várias bolsas cheias) depois, correu por um cômodo que batia precisamente com a descrição de Raistlin.

Nenhuma tocha iluminava a sala; ela não estava sendo usada no momento, mas os clarões dos relâmpagos iluminavam o suficiente para o kender ver o altar e as cortinas que Raistlin descrevera. Nessa hora, um tanto exausto, Tas ficou feliz por descansar. Após investigar a sala e encontrá-la tediosamente vazia, passou pelo altar (também vazio) e se agachou atrás das cortinas, meio que esperando (mesmo cansado) encontrar algum tipo de caverna secreta onde o Rei-Sacerdote realizava ritos sagrados proibidos para os olhos mortais.

Olhando ao redor, suspirou. Nada. Só uma parede coberta por cortinas. Sentando-se atrás das cortinas, Tas abriu sua capa para secar, escoou a água do seu coque, e, usando os clarões dos relâmpagos vindo dos vitrais, começou a vasculhar os objetos interessantes que chegaram até suas bolsas.

Após um tempo, seus olhos ficaram pesados demais para se manter abertos e seus bocejos começaram a fazer sua mandíbula doer. Aninhando-se no chão, ele caiu no sono, apenas levemente incomodado pelas trovoadas. Seu último pensamento foi se perguntar se Caramon viu que ele saiu e, se sim, teria ficado muito brabo?...

A próxima coisa que percebeu foi que tudo estava quieto. O que exatamente o teria assustado até sair do seu sono perfeito foi um mistério, de início. Também era mistério onde ele estava exatamente, mas logo se lembrou.

Ah, sim. Ele estava na Câmara Sagrada do Templo do Rei-Sacerdote de Istar. *Era* o dia do Cataclismo, ou teria sido. Mais precisamente, aquele não era o dia do Cataclismo. Ou hoje tinha sido o dia do Cataclismo. Achando tudo isso muito confuso, era chato alterar o tempo, Tas decidiu parar de pensar nisso e tentar entender por que estava tão quieto.

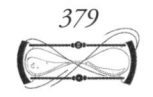

Ele entendeu. A tempestade parou! Como Raistlin disse que iria. Levantando-se, espiou entre as cortinas para a Câmara Sagrada. Através das janelas, podia ver a luz do sol radiante. Tas engoliu em seco de empolgação.

Ele não tinha ideia de que horas eram, mas pelo brilho do sol, devia estar chegando perto da metade da manhã. A procissão começaria logo, ele se lembrou, e levaria um tempo para atravessar o Templo. O Rei-Sacerdote convocou os deuses na Alta Vigia, quando o céu alcançava seu zênite nos céus.

Na hora em que Tas estava pensando nisso, os sinos soaram, parecendo estar logo acima dele, seu badalar assustando-o mais do que o trovão. Por um momento, ele se perguntou se estaria condenado a viver ouvindo nada além do badalar dos sinos em seus ouvidos. Os sinos na torre acima pararam e, após alguns momentos, os sinos em sua cabeça também. Suspirando pesadamente de alívio, espiou entre as cortinas da Câmara de novo e estava se perguntando se alguém voltaria para limpar quando viu uma figura sombria entrar na sala.

Tas recuou. Mantendo só uma fresta na cortina, espiou com um olho. A cabeça da figura estava curvada, os passos eram lentos e incertos. Ela parou um momento para se apoiar num dos bancos de pedra que flanqueavam o altar, como se estivesse cansada demais para prosseguir, e caiu de joelhos. Mesmo vestida em vestes brancas como quase todo mundo no Templo, Tas achou a figura familiar e, quando teve certeza de que a atenção da figura não estava nele, arriscou e abriu mais a abertura.

— Crysania! — disse para si mesmo, interessado. — Por que estará aqui tão cedo? — Foi tomado por um desapontamento repentinamente avassalador. Pelo visto, ela também veio impedir o Cataclismo! — Droga! Raistlin disse que eu podia — murmurou Raistlin.

Ele notou que ela estava falando — consigo mesmo ou rezando, Tas não tinha certeza. Aproximando-se ao máximo que ousava junto à cortina, ouviu as suaves palavras dela.

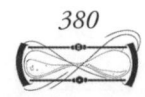

— Paladine, maior e mais sábio deus da bondade eterna, escute a minha voz neste mais trágico dos dias. Sei que não posso parar o que virá. Talvez seja um sinal de falta de fé que eu ouse questionar o que faz. Tudo que peço é isto, ajuda-me a entender! Se for verdade que eu devo morrer, deixe-me saber o porquê. Deixe-me ver que minha morte servirá a algum propósito. Mostre-me que não fracassei em tudo que vim cumprir ao voltar aqui. Conceda-me que eu possa permanecer aqui, invisível, para escutar o que nenhum mortal ouviu e viveu para contar, as palavras do Rei-Sacerdote. Ele é um homem bom, bom demais, talvez. — A cabeça de Crysania afundou em suas mãos. — Minha fé está por um fio — disse ela tão suavemente que Tas mal pôde ouvi-la. — Mostre-me alguma justificativa por este ato terrível. Se for sua vontade caprichosa, morrerei como pretendia, talvez, entre aqueles que há muito tempo perderam sua fé nos deuses verdadeiros...

— Não diga que eles perderam sua fé, Filha Reverenciada — veio uma voz do ar que assustou tanto o kender que ele quase caiu pelas cortinas. — Mas sim que a fé deles nos deuses verdadeiros foi substituída pela sua fé nos deuses falsos: dinheiro, poder, ambição...

Crysania ergueu a cabeça com um arquejo que Tas ecoou, mas foi a visão do rosto dela, não a visão de uma figura resplandecente de branco materializando ao seu lado, que fez o kender arquejar. Crysania obviamente não dormia há noites, seus olhos estavam escuros e arregalados, afundados em seu rosto. Suas bochechas estavam encovadas, seus lábios secos e rachados. Ela não se preocupou em pentear o cabelo, que caía em seu rosto como teias de aranha negras enquanto ela encarava em medo e alarme a estranha figura fantasmagórica.

— Quem... quem é você? — vacilou ela.

— Meu nome é Loralon. E eu vim para levá-la. Você não deve morrer, Crysania. Você é a última clériga verdadeira agora em Krynn, e você pode se juntar a nós, que partimos muitos dias atrás.

— Loralon, o grande clérigo de Silvanesti — murmurou Crysania. Ela o olhou por longos momentos, e então, curvando a cabeça, ela virou seus olhos na direção do altar. — Não posso partir — disse com firmeza, suas mãos juntando-se na sua frente enquanto se ajoelhava. — Ainda não. Eu preciso ouvir o Rei-Sacerdote. Eu preciso compreender...

— Você já não compreende o bastante? — perguntou Loralon severamente. — O que sentiu em sua alma nesta noite?

Crysania engoliu seco, e então tirou o cabelo do rosto com uma mão trêmula.

— Espanto, humildade — sussurrou ela. — Certamente todos devem sentir isto perante o poder dos deuses...

— Nada mais? — insistiu Loralon. — Inveja, talvez? Um desejo de emulá-los? De existir no mesmo nível?

— Não! — respondeu Crysania irritada, depois ruborizou, escondendo o rosto.

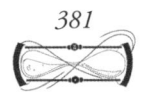

— Venha agora comigo, Crysania — persistiu Loralon. — Uma fé verdadeira não requer demonstrações, nem justificativa por acreditar no que ela sabe, em seu coração, que é certo.

— As palavras que meu coração fala ecoam vazias em minha mente — devolveu Crysania. — Elas não passam de sombras. Eu preciso ver a verdade, brilhante sob a luz do dia! Não, eu não partirei com você. Eu ficarei e escutarei o que ele diz! Eu saberei se os deuses têm justificativa!

Loralon a observou com um olhar que era mais de pena do que raiva.

— Você não olha para a luz, você está na frente dela. A sombra que vê na sua frente é a sua própria. A próxima vez em que poderá ver claramente, Crysania, será quando estiver cega pelas trevas... trevas infindáveis. Adeus, Filha Reverenciada.

Tasslehoff piscou e olhou ao redor. "O velho elfo se foi! Será que estivera mesmo ali?" perguntou-se o kender, desconfortável. Mas tinha que ter estado, pois Tas ainda se lembrava de suas palavras. Ele se sentia arrepiado e confuso. O que aquilo queria dizer? Parecia tudo tão estranho. E o que Crysania queria dizer com ser enviada para cá para morrer?

O kender se animou. Nenhum deles sabia que o Cataclismo não ia acontecer. Claro que Crysania estava toda triste e deprimida.

— Ela provavelmente vai se animar um pouquinho quando descobrir que o mundo não vai ser devastado no fim das contas — disse Tas a si mesmo.

O kender ouviu vozes distantes se elevando em canções. A procissão estava começando! Tas quase gritou de empolgação. Temendo ser descoberto, logo tapou a boca com as mãos e deu uma última espiadinha para Crysania. Ela sentava-se de lado, encolhendo-se ao som da música. Distorcida pela distância, era estridente, ríspida e horrível. Seu rosto estava tão cinza que Tas ficou alarmado momentaneamente, mas viu os lábios dela se apertando com firmeza, seus olhos escurecendo. Ela encarava sem enxergar suas mãos dobradas.

— Você vai se sentir melhor em breve — disse Tas a ela em silêncio, e então o kender se agachou de volta atrás da cortina para remover o maravilhoso dispositivo mágico da sua bolsa. Sentando, segurou o dispositivo em suas mãos e esperou.

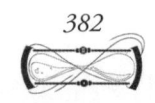

A procissão demorou uma eternidade, pelo menos para o kender. Ele bocejou. Missões Importantes eram bem chatas, concluiu irritado, e torcia para que alguém apreciasse o que ele passado quando tudo acabasse. Ele teria amado futricar no dispositivo mágico, mas Raistlin deixou bem claro que ele devia *não mexer* até o momento certo, e depois *seguir as instruções precisamente*. A expressão nos olhos de Raistlin foi tão intensa, sua voz foi tão fria, que penetrou até na atitude despreocupada do kender. Tas segurava o objeto mágico quase com medo de se mexer.

Bem quando estava prestes a desistir em puro desespero (e seu pé esquerdo estava ficando dormente), ouviu uma explosão de belas vozes logo ali fora da sala! Uma luz brilhante vazou pelas cortinas. O kender lutou contra sua curiosidade, mas não conseguiu resistir a uma espiadinha. Afinal de contas, nunca vira o Rei-Sacerdote. Dizendo a si mesmo que precisava ver o que estava acontecendo, ele espiou pela fresta nas cortinas mais uma vez.

A luz quase o cegou.

— Grande Reorx! — murmurou o kender, cobrindo os olhos com as mãos. Ele se lembrou de tentar olhar para o sol uma vez quando criança, tentando entender se realmente era uma moeda de ouro gigante e, se sim, como ele poderia tirá-la do céu. Ele foi forçado a ficar de cama por três dias com panos gelados nos olhos.

— Como será que ele faz isso? — perguntou Tas, arriscando-se a espiar pelos seus dedos novamente. Encarou o centro da luz da mesma forma que encarou o sol. E ele viu a verdade. O sol não era uma moeda de ouro. O Rei-Sacerdote era apenas um homem.

O kender não passou pelo choque terrível sentido por Crysania quando ela viu o homem verdadeiro através da ilusão. Talvez porque Tas não tinha noções prévias do que o Rei-Sacerdote tinha que ser. Os kenders não temiam nada nem ninguém (apesar de Tas ter que admitir ter se sentido um tanto estranho perto do cavaleiro da morte, aquele Lorde Soth). Ficou, portanto, apenas um pouco surpreso ao ver que o tão sacro Rei-Sacerdote era simplesmente um homem de meia-idade, calvo, com pálidos olhos azuis e o olhar aterrorizado de um cervo encurralado. Tas ficou surpreso... e desapontado.

— Passei por tudo isso por nada — pensou o kender, irritado. — Não vai acontecer um Cataclismo. Não acho que esse homem possa me deixar brabo o suficiente para jogar uma torta nele, muito menos uma montanha pegando fogo.

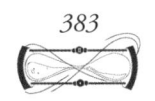

Mas Tas não tinha mais nada para fazer (e realmente estava morrendo de vontade de usar o dispositivo mágico), então decidiu ficar por ali para ver e ouvir. Alguma coisa tinha que acontecer, afinal de contas. Ele tentou ver Crysania, perguntando-se como ela se sentia com isso, mas a auréola de luz cercando o Rei-Sacerdote era tão brilhante que ele não conseguia ver mais nada na sala.

O Rei-Sacerdote andou até a frente do altar, movendo-se lentamente, seus olhos irrequietos. Tas se perguntou se o Rei-Sacerdote veria Crysania mas, aparentemente, ele também ficou cego com a própria luz, porque seus olhos passaram direto por ela. Chegando ao altar, ele não se ajoelhou e rezou como Crysania fez. Tas pensou ter visto ele começar a se ajoelhar, mas então o Rei-Sacerdote irritadamente balançou a cabeça e continuou de pé.

Do seu ponto de vista, atrás e um pouco à esquerda do altar, Tas tinha uma visão excelente do rosto do homem. O kender mais uma vez apertou o dispositivo mágico, empolgado. Pois o medo de puro terror nos olhos marejados foi escondido por uma máscara de arrogância.

— Paladine — proclamou o Rei-Sacerdote, e Tas teve a estranha impressão de que o homem estava comandando algum subalterno. — Paladine, tu vês o mal que me cerca! Tu fostes testemunha das calamidades que foram o flagelo de Krynn nestes últimos dias. Tu sabes que este mal é pessoalmente direcionado a mim, pois sou o único que o enfrenta! Certamente agora vês que esta doutrina de equilíbrio não funcionará!

A voz do Rei-Sacerdote perdeu a força ríspida, ficando suave como uma flauta.

— Eu compreendo, é claro. Tivestes que praticar esta doutrina antigamente, quando eras fraco. Mas agora tu me tens, teu braço direito, teu verdadeiro representante em Krynn! Com nosso poder combinado, poderei varrer o mal deste mundo! Destruir as raças ogras! Colocar os humanos perdidos na linha! Encontrar novos lares muito distantes para anões, kenders e gnomos, aquelas raças que não são de tua criação...

"Que ofensivo!" pensou Tas, indignado. "Estou quase deixando jogarem uma montanha nele então!"

— E eu governarei em glória — a voz do Rei-Sacerdote subiu para um crescendo. — Criando uma era que rivalizará até mesmo com a famosa Era dos Sonhos! — O Rei-Sacerdote abriu seus braços. — Deste isto e muito mais para Huma, Paladine, que não passava de um cavaleiro renegado malnascido! Exijo que me dês também o poder para expulsar as sombras do mal que obscurecem esta terra!

O Rei-Sacerdote ficou em silêncio, esperando, seus braços virados para cima.

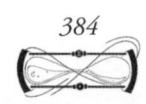

Tas prendeu o fôlego, também esperando, segurando o dispositivo mágico em suas mãos.

E então o kender sentiu... a resposta. O terror o tomou, um medo que ele nunca sentiu antes, nem mesmo na presença de Lorde Soth ou do Bosque Shoikan. Tremendo, o kender caiu de joelhos e curvou a cabeça, choramingando e sacudindo o corpo, suplicando por piedade, por perdão, para alguma força invisível. Do outro lado da cortina, podia ouvir seus próprios balbucios incoerentes ecoados, e sabia que Crysania estava lá e que ela também sentia a fúria ardente que tomou conta dele como a trovoada da tempestade.

Mas o Rei-Sacerdote não falou nada. Ele simplesmente permaneceu olhando para cima, para os céus que não podia ver além das enormes paredes e tetos do seu Templo... os céus que não podia ver por causa da sua própria luz.

Capítulo 17

Com a mente firmemente determinada num curso de ação, Caramon caiu num sono exausto e, por algumas horas, foi abençoado com o esquecimento. Ele acordou no susto, descobrindo Raag se dobrando sobre ele, quebrando suas correntes.

— E essas? — perguntou Caramon, levantando as mãos atadas.

Raag balançou a cabeça. Apesar de Arack sequer pensar que Caramon seria idiota o bastante para tentar brigar desarmado com o ogro, o anão viu loucura o suficiente nos olhos do homem ontem à noite para não querer arriscar.

Caramon suspirou. Ele chegou a considerar essa possibilidade, assim como considerou muitas outras na noite passada, mas a rejeitou. O importante no momento era continuar vivo, pelo menos até ter certeza de que Raistlin estivesse morto. Depois disso, não importava mais...

Pobre Tika... Ela esperaria e esperaria, até um dia acordar e perceber que ele nunca voltaria para casa.

— Vamos! — grunhiu Raag.

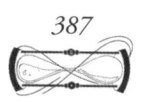

Caramon se mexeu, seguindo o ogro pelas escadas úmidas e tortuosas que saíam dos depósitos debaixo da arena. Ele balançou a cabeça, tirando os pensamentos de Tika. Eles poderiam enfraquecer sua determinação, e não podia se dar a esse luxo. Raistlin devia morrer. Era como se os relâmpagos da noite passada tivessem iluminado uma parte da mente de Caramon que estava na escuridão há anos. Finalmente, viu a grandeza da ambição de seu irmão, seu desejo por poder. Finalmente, Caramon parou de dar desculpas por ele. Isso o irritava, mas tinha que admitir que aquele elfo negro, Dalamar, conhecia Raistlin muito melhor do que ele, seu irmão gêmeo.

O amor o cegou, e aparentemente também cegara Crysania. Caramon se lembrou de um ditado de Tanis: "Nunca vi nada feito pelo amor chegar ao mal." Caramon bufou. Bom, "sempre tem a primeira vez para tudo" era um dos ditados preferidos do velho Flint. Uma primeira... e uma última vez.

Caramon não sabia como iria matar seu irmão. Mas não estava preocupado. Havia uma estranha sensação de paz dentro dele. Estava pensando com uma claridade e uma lógica que o espantavam. Ele sabia que poderia fazê-lo. Raistlin também não seria capaz de impedi-lo, não dessa vez. O feitiço mágico de viagem no tempo exigiria toda a concentração do mago. A única coisa que poderia impedir Caramon era a própria morte.

"Sendo assim," Caramon sombriamente disse a si mesmo, "Eu preciso viver."

Ele permaneceu em silêncio, sem mexer um músculo ou falar nada enquanto Arack e Raag tinham dificuldade de colocar a armadura nele.

— Não gosto disso — murmurou o anão mais de uma vez ao ogro enquanto vestiam Caramon. A expressão calma e sem emoção do homem deixava o anão mais incomodado do que se ele estivesse como um touro furioso. A única vez que Arack viu algum sinal de vida no rosto estoico de Caramon foi quando prendeu sua espada curta no seu cinto. O grande homem a olhou, reconhecendo o acessório inútil. Arack o viu sorrir amargamente.

— Fique de olho nele — instruiu Arack, e Raag assentiu. — E deixa ele longe dos outros até ele ir pra arena.

Raag assentiu de novo, depois levou Caramon, de mãos atadas, para os corredores debaixo da arena onde os outros o esperavam. Kiiri e Pheragas olharam Caramon enquanto ele entrava. O lábio de Kiiri se revirou, e ela se virou friamente. Caramon encontrou o olhar de Pheragas sem tremer, seus olhos sem súplica alguma. Não era o que Pheragas estava esperando, pelo visto. De início, o homem negro pareceu confuso, e então, após algumas palavras sussurradas de Kiiri, ele também se virou. Mas Caramon viu os ombros do homem caindo e ele o viu balançar a cabeça.

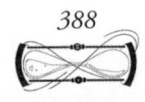

Houve um rugido da plateia naquela hora, e Caramon levou seu olhar para o que conseguia ver da arquibancada. Era quase meio-dia, os Jogos começavam na Alta Vigia em ponto. O sol brilhava no céu, a plateia, tendo dormido um pouco, era grande e estava com um humor particularmente bom. Havia algumas lutas preliminares agendadas para estimular o apetite da plateia e para aumentar a tensão. Mas a atração de verdade era o Embate Final, aquele que determinaria o campeão, o escravo que ou ganharia sua liberdade ou, no caso do Minotauro Vermelho, riqueza o bastante para durar anos.

Arack sabiamente segurou o ritmo das primeiras lutas, deixando-as leves, até cômicas. Ele importou alguns anões tolos para a ocasião. Dando-lhes armas de verdade (que, claro, eles nem tinham ideia de como usar), ele os jogou na arena. A plateia uivava de prazer, rindo até chorar ao vê-los tropeçando nas próprias espadas, ferozmente se apunhalando com os cabos das suas adagas, ou fugindo e correndo e gritando para fora da arena. Claro que a plateia não aproveitou o evento tanto quanto os próprios anões, que finalmente largaram todas as armas de lado e se jogaram numa briga na lama. Eles tiveram que retirá-los a força do ringue.

A plateia aplaudiu, e muitos começaram a bater o pé numa exigência bem-humorada, mas impaciente, pela atração principal. Arack permitiu que isso acontecesse por vários momentos, sabendo, como o bom profissional que era, que isso meramente aumentava os ânimos. Ele tinha razão. Logo as arquibancadas estavam animadas com a plateia aplaudindo e batendo o pé e cantando.

Foi assim que ninguém da plateia sentiu o primeiro tremor.

Caramon sentiu, e seu estômago se revirou enquanto o chão tremia debaixo dos seus pés. Ele estava arrepiado de medo: não de morrer, mas de morrer sem cumprir seu objetivo. Olhando ansiosamente para o céu, ele se lembrar de todas as lendas que já tinha ouvido sobre o Cataclismo. O evento aconteceu no meio da tarde, ele achava. Mas houve terremotos, erupções vulcânicas, terríveis desastres naturais de todo tipo em toda Krynn, antes de a montanha flamejante esmagar e enterrar a cidade de Istar tão fundo debaixo do chão que os mares cobriram tudo.

Vividamente, Caramon viu a ruína dessa cidade condenada como a viu após seu navio ter sido sugado no redemoinho do que era conhecido como o Mar de Sangue de Istar em sua época. Os elfos marinhos os resgataram na época, mas não haveria resgate para essas pessoas. Mais uma vez, viu as edificações desabadas e despedaçadas. Sua alma recuou de horror e ele entende, com um susto, que estivera deixando aquela visão terrível fora da sua mente.

"Nunca acreditei de verdade que aconteceria," percebeu ele, tremendo de medo enquanto o chão tremia em simpatia. "Tenho apenas algumas horas, talvez nem isso. Eu preciso sair daqui! Preciso chegar até Raistlin!"

Ele se acalmou. Raistlin estava esperando-o. Raistlin precisava dele, ou pelo menos de um "lutador treinado". Raistlin se asseguraria de que ele tivesse tempo o suficiente, tempo para vencer e chegar até ele. Ou tempo para perder e ser substituído.

Mas foi com uma sensação de vasto alívio que Caramon sentiu o tremor cessar. E ouviu a voz de Arack vindo do centro da arena, anunciando o Embate Final.

— Um dia, lutaram como uma equipe, senhoras e senhores, e como todos vocês sabem, eles formaram a melhor equipe que vimos aqui em muitos anos. Muitas foram as vezes que vocês viram um arriscar a vida para salvar o colega. Eles eram como irmãos — Caramon se encolheu ao ouvir isso. — Mas agora são amargos inimigos, senhoras e senhores. Pois quando o assunto é liberdade, riqueza, a vitória do maior de todos os Jogos... o amor fica no banco de trás. Eles darão tudo de si, podem ter certeza, senhoras e senhores. Essa é uma luta até a morte entre Kiiri, a Sirine, Pheragas de Ergoth, Caramon, o Vitorioso, e o Minotauro Vermelho. Eles não sairão dessa arena de pé!

A plateia vibrou e rugiu. Mesmo sabendo que era tudo falso, eles adoravam se convencer que não era. A torcida ficou mais alta quando o Minotauro Vermelho entrou, seu rosto bestial desdenhoso como sempre. Kiiri e Pheragas olharam para ele, depois para o tridente que empunhava, depois um para o outro. A mão de Kiiri se apertou em sua adaga.

Caramon sentiu o chão tremer de novo. E então Arack chamou seu nome. Estava na hora do Jogo começar.

Tasslehoff sentiu os primeiros tremores e, por um momento, achou ser apenas sua imaginação, uma reação à terrível fúria acontecendo ao redor deles. Viu as cortinas balançando e entendeu que era agora...

Ative o dispositivo! veio uma voz no cérebro de Tasslehoff. Com as mãos trêmulas, olhando para o pingente, Tas repetiu as instruções.

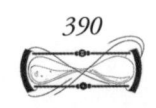

— *Teu tempo é só teu*, vamos ver, viro a face para mim. Pronto. *Ele tu atravessas*. Viro essa placa da direita para a esquerda. *Sua vastidão vês...* placa de trás cai para formar dois discos conectados por varas... funcionou! — Altamente empolgado, Tas continuou. — *Em turbilhão perene*, virar o topo virado para mim no sentido anti-horário de baixo. *Não obstruas seu fluxo.* Ter certeza que a corrente do pingente está desobstruída. Pronto, deu certo. Agora, *Segura firme o fim e o começo.* Segurar os discos nos dois lados. *Vira um sobre o outro,* assim, e *Tudo desprendido será confinado.* A corrente vai ser recolhida para o corpo! Que coisa maravilhosa! Está funcionado! Agora, *Ao fim destino sobre tua cabeça.* Segurar sobre minha cabeça e... Espere! Alguma coisa não está certa! Não acho que isso deveria estar acontecendo...

Uma pequena joia caiu do dispositivo, atingindo Tas no nariz. Depois outra, e outra, até que o kender perturbado estava debaixo de uma chuva perfeita de pequenas joias.

— O quê? — Tas olhou loucamente para o dispositivo que segurava sobre sua cabeça. Ele freneticamente virou os lados de novo. Dessa vez, a chuva de joias virou um temporal, tilintando o chão com tons altos e graciosos.

Tasslehoff não tinha certeza, mas não achava que devia acontecer assim. Mesmo assim, nunca se sabe quando o assunto são brinquedinhos de magos. Ele observou, segurando o fôlego, esperando a luz...

O chão de repente subiu debaixo dos seus pés, arremessando-o pelas cortinas e jogando-o no chão aos pés do Rei-Sacerdote. Mas o homem nunca notou o kender de rosto pálido. O Rei-Sacerdote estava olhando ao seu redor numa despreocupação magnífica, observando com uma curiosidade desapegada as cortinas que ondulavam, as pequenas rachaduras que avançaram pelo altar de mármore. Sorrindo para si mesmo, como se para ter certeza de que essa era a concordância dos deuses, o Rei-Sacerdote se virou do altar despedaçado e voltou para a ala central, passando pelos bancos que tremiam, até a parte principal do Templo.

— Não! — gemeu Tas, mexendo no dispositivo. Naquele momento, os tubos que conectavam os lados do cetro separaram-se nas mãos dele. A corrente deslizou por entre seus dedos. Lentamente, tremendo quase tanto quanto o chão onde estava, Tasslehoff se levantou com dificuldade. Ele segurava os pedaços quebrados do dispositivo mágico em sua mão.

— O que foi que eu fiz? — lamuriou Tas. — Eu segui as instruções de Raistlin, com certeza! Eu...

De repente, o kender entendeu. Lágrimas fizeram os pedaços brilhantes e despedaçados borrarem em sua visão.

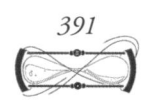

— Ele foi tão bom comigo — murmurou Tas. — Ele me fez repetir as instruções sem parar, *para garantir que as entendeu,* disse ele. — Tas apertou seus olhos, querendo que, quando os abrisse, tudo aquilo fosse apenas um pesadelo.

Mas quando abriu, não era.

— Eu fiz tudo certo. Ele *quis* que eu quebrasse! — choramingou Tas, tremendo. — Por quê? Para nos prender todos aqui? Para nos deixar todos para morrer? Não! Ele quer Crysania, eles disseram, os magos da Torre. É isso! — Tas girou. — Crysania!

Mas a clériga não o ouviu nem viu. Olhando vagamente, sem se mexer mesmo com o chão tremendo debaixo dos seus joelhos enquanto se ajoelhava, os olhos cinzentos de Crysania brilhavam com uma luz sinistra e interna. Suas mãos, ainda dobradas como se rezasse, se prendiam tão apertadas uma à outra que os dedos ficaram roxos, e os nós dos dedos ficaram brancos.

Seus lábios se moveram. Ela estava rezando?

Voltando para trás das cortinas, Tas rapidamente coletou cada joia do dispositivo, pegou a corrente que quase escorregou por uma rachadura no chão, e enfiou tudo numa algibeira, fechando-a bem. Dando uma olhada final para o chão, ele saiu para a Câmara Sagrada.

— Crysania — sussurrou ele. Ele odiava ter que interromper sua prece, mas isso era urgente demais para desistir.

— Crysania? — disse ele, ficando na frente dela, já que estava óbvio que ela nem sabia da existência dele.

Observando seus lábios, ele ouviu os murmúrios silenciosos.

— Eu sei — ela dizia. — Eu sei qual foi o seu erro! Talvez por mim os deuses concedam o que negaram a ele!

Respirando fundo, ela baixou a cabeça.

— Paladine, obrigada! Obrigada! — Tas a ouviu entoar com fervor. Rapidamente, ela se ergueu. Olhando em volta com um certo espanto para os objetos da sala que se moviam numa dança mortal, o olhar dela passou direto pelo kender, sem ver.

— Crysania! — balbuciou Tas, dessa vez puxando as vestes brancas dela. — Crysania, eu quebrei! Nosso único caminho de volta! Uma vez, eu quebrei um orbe do dragão. Mas tinha sido de propósito! Eu não queria quebrar isso. Pobre Caramon! Você tem que me ajudar! Venha comigo, fale com Raistlin, faça ele consertar!

A clériga encarou Tasslehoff vagamente, como se ele fosse um estranho incomodando-a na rua.

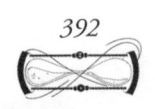

— Raistlin! — murmurou ela, gentil mas firmemente tirando as mãos do kender das suas vestes. — É claro! Ele tentou me contar, mas eu me recusei a ouvir. E agora eu sei, agora eu sei da verdade!

Empurrando Tas para longe, Crysania segurou suas vestes brancas flutuantes, correu entre os bancos e avançou pela ala central sem nem olhar para trás enquanto o Templo tremia na sua fundação.

Foi só quando Caramon começou a subir as escadas que levavam até a arena que Raag finalmente libertou os pulsos do gladiador. Flexionando os dedos e fazendo uma careta, Caramon seguiu Kiiri e Pheragas e o Minotauro Vermelho para o centro da arena. A plateia vibrou. Caramon, tomando seu lugar entre Kiiri e Pheragas, olhou nervosamente para o céu. Já passava da Alta Vigia, e o sol estava começando sua lenta descida.

Istar não viveria para ver o pôr do sol.

Pensando nisso, e pensando que ele também nunca veria os raios vermelhos do sol irradiando sobre uma ameia, ou derretendo no mar, ou iluminando as copas das copadeiras, Caramon sentiu lágrimas irritando seus olhos. Ele não chorou muito por si, mais por aqueles que estavam ao seu lado, que precisavam morrer nesse dia, e por todos aqueles inocentes que pereceriam sem nem entender o motivo.

Ele também chorou pelo irmão que amou, mas suas lágrimas por Raistlin eram para alguém que morreu muito tempo atrás.

— Kiiri, Pheragas — disse Caramon numa voz baixa quando o Minotauro avançou para fazer seu cumprimento sozinho. — Não sei o que o mago disse, mas eu nunca traí vocês.

Kiiri se recusava a olhar para ele. Ele viu o lábio dela se torcer. Pheragas, olhando de soslaio para ele, viu a mancha das lágrimas no rosto de Caramon e hesitou, franzindo o cenho, antes de também virar o rosto.

— Não importa, na verdade — prosseguiu Caramon — se vocês acreditam em mim ou não. Podem se matar pela chave se quiserem, porque eu vou pegar minha liberdade do meu próprio jeito.

Kiiri olhou para ele com os olhos arregalados, sem acreditar. A plateia estava de pé, gritando para o Minotauro, que andava ao redor da arena, balançando seu tridente acima da cabeça.

— Você enlouqueceu! — sussurrou ela o mais alto que ousava. Seu olhar foi para Raag. Como sempre, o corpo imenso e amarelado do ogro bloqueava a única saída.

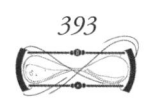

O olhar de Caramon fez o mesmo sem se perturbar e sem mudar de expressão em seu rosto.

— Nossas armas são verdadeiras, meu amigo — disse Pheragas rispidamente. — A sua não!

Caramon assentiu, mas não respondeu.

— Não faça isso! — Kiiri se aproximou. — Vamos te ajudar a fingir na arena hoje. A... acho que nós não acreditamos mesmo no de roupas pretas. Você tem que admitir que parecia estranho... você queria que saíssemos da cidade! Pensamos, como ele disse, que você queria o prêmio todo para si mesmo. Olha, finja que você se feriu bem no início, se deixe ser levado. Vamos te ajudar a fugir hoje à noite...

— Hoje não vai ter noite — disse Caramon suavemente. — Não pra mim nem pra nenhum de nós. Não tenho muito tempo. Não posso explicar. Eu só peço uma coisa, não tentem me impedir.

Pheragas respirou fundo, mas as palavras morreram em seus lábios quando outro tremor, mais severo dessa vez, abalou o chão.

Aquele, todo mundo percebeu. A arena balançou nos seus suportes, as pontes sobre os Fossos da Morte rangeram, o chão subiu e caiu, quase derrubando o Minotauro Vermelho. Kiiri segurou em Caramon. Pheragas firmou suas pernas como um marinheiro a bordo de uma embarcação agitada. A plateia nas arquibancadas ficou subitamente em silêncio quando seus bancos tremeram. Ouvindo o rachar da madeira, alguns gritaram. Vários até se levantaram. Mas o tremor parou tão rapidamente quanto começou.

Tudo ficou quieto, quieto demais. Caramon sentiu os cabelos da nuca arrepiando e sua pele formigando. Nenhum pássaro cantou, nenhum cachorro latiu. A plateia ficou em silêncio, esperando com medo. *"Eu tenho que sair daqui!"* Caramon decidiu. Seus amigos não importavam mais, nada importava mais. Ele só tinha um objetivo fixo: impedir Raistlin.

E ele precisava agir, antes do próximo abalo chegar e antes das pessoas se recuperarem desse. Olhando rapidamente ao redor, Caramon viu Raag junto à saída, o rosto amarelo e sarapintado do ogro em uma carranca confusa, seu cérebro lento tentando descobrir o que estava acontecendo. Arack apareceu de repente do lado dele, olhando ao redor, provavelmente torcendo para não ser forçado a devolver o dinheiro dos clientes. A plateia já estava começando a se acalmar, mas muitos olhavam incertos ao redor.

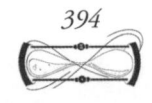

Caramon respirou fundo, e então, segurando Kiiri em seus braços, ele a ergueu com toda sua força, arremessando a mulher assustada direto contra Pheragas, derrubando os dois no chão.

Vendo-os cair, Caramon girou e propulsionou seu corpo direto contra o ogro, usando o ogro para golpear a barriga de Raag com toda a força que seus meses de treinamento lhe deram. Era um golpe que teria matado um humano, mas só tirou o fôlego do ogro. A força da investida de Caramon os mandou direto contra a parede.

Desesperado, enquanto Raag estava recuperando o fôlego, Caramon agarrou a enorme clava do ogro. Mas bem quando ele a puxou da mão de Raag, o ogro se recuperou. Uivando de raiva, Raag subiu suas enormes mãos direto no queixo de Caramon com um golpe que lançou o grande guerreiro voando de volta na arena.

Caindo forte, Caramon não conseguiu ver nada por um momento além do céu e da arena girando e girando ao seu redor. Grogue do golpe, seus instintos de guerreiro tomaram conta. Detectando movimento à sua esquerda, Caramon rolou bem na hora quando o tridente do minotauro desceu onde o seu braço da espada esteve. Ele podia ouvir o minotauro rosnando e grunhindo numa fúria bestial.

Caramon se levantou com dificuldade, balançando a cabeça para reorganizá-la, mas ele sabia que nunca conseguiria evitar o segundo ataque do minotauro. Um corpo negro ficou entre ele e o Minotauro Vermelho. Houve um clarão de aço quando a espada de Pheragas bloqueou o golpe de tridente que teria acabado com Caramon. Cambaleando, Caramon recuou para recuperar o fôlego e sentiu as mãos frias de Kiiri ajudando-o a mantê-lo em pé.

— Você está bem? — murmurou ela.

— Arma! — foi o que Caramon conseguiu arquejar, sua cabeça ainda zumbindo do golpe do ogro.

— Pegue a minha — disse Kiiri, colocando sua espada curta nas mãos de Caramon. — Agora descanse. Eu cuido de Raag.

O ogro, louco de raiva e do júbilo da batalha, correu na direção deles, com a boca aberta babando de ódio.

— Não! Você precisa dela— Caramon começou a protestar, mas Kiiri só sorriu para ele.

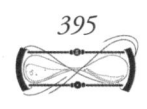

— Veja! — disse ela de leve, depois falou estranhas palavras mágicas que lembraram Caramon vagamente da língua da magia. Mas essas tinham um leve sotaque, quase élfico.

E, de repente, Kiiri sumiu. No seu lugar estava uma gigantesca ursa. Caramon arquejou, incapaz (por um momento) de compreender o que aconteceu. E então ele se lembrou: Kiiri era uma Sirine, com o dom de mudar de forma!

Ficando de pé nas patas traseiras, a ursa era maior do que o ogro enorme. Raag parou, seus olhos arregalados em alarme com o que estava vendo. Kiiri rugiu de fúria, seus dentes afiados reluziram. A luz do sol brilhou nas suas garras enquanto uma das suas patas gigantes atacou e atingiu Raag em seu rosto sarapintado.

O ogro uivou de dor, rastros de sangue amarelado vazavam das marcas de garras, um olho desapareceu numa massa de gelatina sangrenta. A ursa saltou contra o ogro. Observando espantado, Caramon só conseguia ver pele e sangue amarelos e pelo pardo.

A plateia, apesar de vibrar de alegria no início, de repente entendeu que essa luta não era fingida. Era de verdade. Pessoas iam morrer. Houve um momento de silêncio chocado e, em alguns lugares, alguém vibrou. Logo os aplausos e gritos desvairados ficaram ensurdecedores.

Caramon, no entanto, rapidamente esqueceu das pessoas nas arquibancadas. Ele viu sua chance. Só o anão estava bloqueando a saída agora, e o rosto de Arack, mesmo retorcido de raiva, também se retorcia de medo. Caramon conseguiria facilmente passar por ele...

Naquele momento, ele ouviu um grunhido de prazer do minotauro. Virando, Caramon viu Pheragas se dobrando de dor, levando a ponta cega do tridente em seu plexo solar. O minotauro reverteu a arma, erguendo-a para matar, mas Caramon gritou alto, distraindo o minotauro por tempo bastante para desequilibrá-lo.

O Minotauro Vermelho se virou para enfrentar seu novo desafio com um sorriso em seu rosto de pelo vermelho. Vendo Caramon armado apenas com uma arma curta, o sorriso do minotauro aumentou. Saltando contra Caramon, o minotauro pretendia acabar rapidamente a luta. Mas Caramon deu um passo lateral. Erguendo o pé, chutou, despedaçando o joelho do minotauro. Era um golpe doloroso e incapacitante, e levou o minotauro a rolar pelo chão.

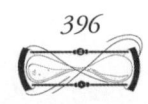

Sabendo que seu inimigo estaria fora de combate por pelo menos alguns momentos, Caramon correu até Pheragas. O homem negro estava encolhido, segurando sua barriga.

— Vamos — grunhiu Caramon, botando o braço ao redor dele. — Já vi você levar uma porrada dessas, levantar e ainda comer uma janta inteira. O que foi?

Mas não houve resposta. Caramon sentiu o corpo do homem tremer convulsivamente, e ele viu que a pele negra reluzente estava molhada de suor. Caramon viu os três cortes sangrentos que o tridente abriu no braço do homem...

Pheragas ergueu o olhar para seu amigo. Vendo o rosto horrorizado de Caramon, notou que ele entendeu. Tremendo de dor do veneno que passava por suas veias, Pheragas caiu de joelhos. Os grandes braços de Caramon fecharam ao redor dele.

— Pegue... pegue minha espada. — Pheragas engasgou. — Vamos, idiota! — Ouvindo, pelos sons que seu inimigo fazia, que o minotauro voltou a se levantar, Caramon hesitou apenas um segundo, depois pegou a grande espada da mão trêmula de Pheragas.

Pheragas arfou, se retorcendo de dor.

Apertando a espada, lágrimas cegando seus olhos, Caramon se levantou e girou, bloqueando a estocada repentina do Minotauro Vermelho. Mesmo manco de uma perna, a força do minotauro era tamanha que facilmente compensou o ferimento doloroso. Além disso, o minotauro sabia que só precisava de um arranhão para matar sua vítima, e Caramon teria que entrar no alcance do tridente para usar sua espada.

Lentamente os dois se estudaram, rodeando em círculos. Caramon não ouvia mais a plateia que estava batendo o pé, assobiando e torcendo loucamente ao ver sangue de verdade. Ele não pensava mais em fugir, ele nem mesmo tinha ideia de onde estava. Seus instintos guerreiros tomaram conta. Ele só sabia de uma coisa. Ele tinha que matar.

Ele esperou. Pheragas o ensinou que minotauros tinham um grande defeito. Acreditando-se superiores a todas as outras raças, minotauros costumavam a subestimar seus oponentes. Eles cometem erros se você esperar o bastante. O Minotauro Vermelho não era exceção. Os pensamentos do minotauro ficaram claros para Caramon: dor e raiva, indignação com o insulto, ansiedade para acabar com a vida desse humano imbecil e insignificante.

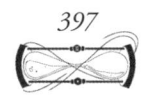

Os dois se aproximavam cada vez mais do ponto onde Kiiri ainda estava envolvida numa batalha feroz com Raag, e Caramon sabia disso pelos sons de grunhidos e urros do ogro. De repente, aparentemente preocupado em observar Kiiri, Caramon escorregou numa poça de sangue amarelo e gosmento. O Minotauro Vermelho, uivando de prazer, avançou para empalar o corpo do humano no tridente.

Mas a escorregada foi fingida. A espada de Caramon reluziu na luz do sol. O minotauro, vendo que foi enganado, tentou se recuperar, mas esqueceu do seu joelho debilitado. Ele não aguentou seu peso e o Minotauro Vermelho caiu no chão da arena, a espada de Caramon atravessando limpa a cabeça bestial.

Puxando a espada de volta, Caramon ouviu um rosnado horrível atrás dele e se virou bem na hora para ver as grandes mandíbulas da ursa se fechando no enorme pescoço de Raag. Com uma balançada da cabeça, Kiiri mordeu profundamente a veia jugular. A boca do ogro se abriu em um grito que ninguém nunca iria ouvir.

Caramon correu na direção deles quando notou movimento à sua direita. Ele se virou rapidamente, com todos seus sentidos alertas bem quando Arack passou por ele, o rosto do anão uma máscara horrenda de luto e fúria. Caramon viu a adaga brilhar na mão do anão e ele se jogou para frente, mas era tarde demais. Ele não conseguiu impedir a lâmina que se enterrou no peito da ursa. A mão do anão ficou instantaneamente banhada de sangue vermelho e quente. A grande ursa rugiu de dor e raiva. Uma enorme pata golpeou. Agarrando o anão, com sua última força convulsiva, Kiiri ergueu Arack e o arremessou pela arena. O corpo do anão se chocou contra o Pináculo da Liberdade onde a chave dourada estava pendurada, se empalando numa das incontáveis protuberâncias. O anão deu um guincho terrível, e então todo o pináculo desabou, caindo nos fossos cheios de chamas abaixo.

Kiiri caiu, o sangue vazando do corte em seu peito. A plateia estava enlouquecida, gritando e berrando o nome de Caramon. O grande homem não ouviu. Agachando, ele pegou Kiiri em seus braços. O feitiço mágico que ela teceu se desfez. A ursa se foi, e ele segurava Kiiri perto do seu peito.

— Você venceu, Kiiri — sussurrou Caramon. — Você está livre.

Kiiri ergueu o olhar para ele e sorriu. Seus olhos se arregalaram e a vida se esvaiu deles. Seu olhar moribundo permaneceu fixado no céu, quase, pelo que pareceu para Caramon, ansiosa, como se soubesse o que estava vindo.

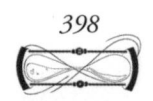

Gentilmente repousando seu corpo no chão encharcado de sangue da arena, Caramon se levantou. Ele viu o corpo de Pheragas congelado em seus últimos espasmos agonizantes. Ele viu os olhos vagos de Kiiri.

— Você vai responder por isso, meu irmão — disse Caramon suavemente.

Houve um som atrás dele, um murmúrio como o rugido furioso do mar antes da tempestade. Sombriamente, Caramon apertou sua espada e virou, preparado para enfrentar qualquer novo inimigo que o aguardava. Mas não havia outro inimigo, só os outros gladiadores. Ao verem o rosto manchado de sangue e lágrimas de Caramon, eles abriram caminho um de cada vez, permitindo a passagem dele.

Olhando para eles, Caramon percebeu que, finalmente, ele estava livre. Livre para encontrar seu irmão, livre para acabar com esse mal para sempre. Ele sentiu sua alma se elevar, a morte pouco significava e em nada o assustava. O cheiro de sangue estava nas suas narinas, e ele foi preenchido com a doce loucura da batalha.

Sedento com o desejo de vingança, Caramon correu para a beira da arena, se preparando para descer as escadas que levavam para os túneis abaixo dela, quando o primeiro dos terremotos abalou a cidade condenada de Istar.

Capítulo

18

Crysania não viu nem ouviu Tasslehoff. A mente dela estava cega por uma miríade de cores em turbilhão nas suas profundezas, brilhando como joias esplêndidas, pois ela de repente entendeu. *Era por isso* que Paladine a trouxera de volta: não para redimir a memória do Rei-Sacerdote, mas para aprender com seus erros. E ela sabia, ela sabia em sua alma, que ela *realmente* aprendeu. *Ela* poderia convocar os deuses e eles responderiam, não com raiva, mas com poder! A fria escuridão dentro dela se rompeu e se abriu, e a criatura liberta brotou da sua casca, avançando para a luz do sol.

Numa visão, ela viu a si mesma: uma mão empunhando alto o medalhão de Paladine, sua platina reluzindo no sol. Com a outra mão, ela convocava legiões de crentes, e eles a rodeavam com expressões de adoração arrebatadas enquanto ela os liderava a terras de beleza além da imaginação.

Ela ainda não tinha a Chave para abrir a porta, disso ela sabia. E não poderia acontecer ali, a cólera dos deuses era grande demais para ela penetrar. Mas onde achar a Chave, onde sequer achar a porta? As cores dançantes a deixavam tonta, ela não conseguia ver ou pensar. Ouviu uma voz, uma vozinha, e sentiu mãos puxando suas vestes.

— Raistlin... — ela ouviu a voz dizer, o resto das palavras se perdendo. Mas, de repente, sua mente se clareou. As cores sumiram, assim como a luz, deixando-a sozinha na escuridão que acalmava e acalentava sua alma.

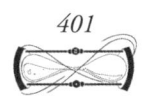

— Raistlin — murmurou ela. — Ele tentou me contar...

As mãos continuavam a cutucá-la. Distraidamente, ela as soltou e as jogou para o lado. Raistlin a levaria até o Portal, ele a ajudaria a encontrar a Chave. "O mal se volta contra si," disse Elistan. E assim Raistlin a ajudaria sem saber. A alma de Crysania cantou um hino alegre para Paladine. "Quando retornar em minha glória, com bondade em minha mão, quando todo o mal do mundo for derrotado, o próprio Raistlin verá meu poder, ele compreenderá e acreditará."

— Crysania!

O chão tremeu debaixo dos pés de Crysania, mas ela não notou o tremor. Ela ouviu uma voz chamar seu nome, uma voz suave, interrompida por uma tosse.

— Crysania — a voz falou de novo. — Não resta muito tempo. Depressa!

A voz de Raistlin! Olhando ao redor freneticamente, Crysania o procurou, mas não viu ninguém. Entendeu que ele falava em sua mente, guiando-a.

— Raistlin — murmurou ela. — Eu o escuto. Estou indo!

Virando, ela correu pelos bancos até o Templo. O clamor do kender atrás dela não foi ouvido.

— Raistlin? — disse Tas, confuso, olhando ao redor. E então, entendeu. Crysania estava indo até Raistlin! De alguma forma, magicamente, ele estava a chamando e ela iria encontrá-lo! Tasslehoff correu para o corredor do Templo atrás de Crysania. Ela com certeza faria Raistlin consertar o dispositivo...

Ao chegar no corredor, Tas olhou para os lados e logo avistou Crysania. Mas seu coração quase saltou para o chão, pois ela corria tão rápido que quase estava no fim do corredor.

Assegurando que as peças quebradas do dispositivo mágico estivessem bem presas na sua bolsa, Tas correu sombriamente atrás de Crysania, mantendo as vestes brancas flutuantes dela em sua visão o máximo possível.

Infelizmente, isso não durou muito tempo. Ela logo sumiu em uma esquina.

O kender correu como nunca tinha corrido antes, nem mesmo quando os horrores imaginados do Bosque Shoikan o perseguiram. Seu coque de cabelo se alongava atrás dele, suas bolsas balançavam sem parar, derrubando seu conteúdo, deixando atrás dele um rastro brilhante de anéis, braceletes e bugigangas.

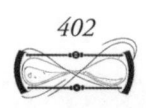

Segurando firme a bolsa com o dispositivo mágico, Tas alcançou o fim do corredor e deslizou por ele, se chocando contra a parede oposta na pressa. Essa não! Seu coração parou de saltar em seu peito para cair com um baque aos seus pés. Ele começou a desejar irritado que seu coração ficasse quieto. Esse gira-gira o estava deixando enjoado.

O corredor estava cheio de clérigos, todos com vestes brancas! Como encontraria Crysania? Então ele a viu, na metade do corredor, seu cabelo preto reluzindo na luz das tochas. Ele também viu que clérigos convulsionavam em sua passagem, gritando ou olhando a feio conforme ela corria.

Tas saltou para continuar a perseguição, sua esperança surgindo novamente; Crysania foi atrasada em sua corrida louca pela multidão do Templo. O kender correu por todos, ignorando seus gritos de revolta, esquivando de mãos que tentavam agarrá-lo.

— Crysania — gritou ele desesperado.

A multidão de clérigos no corredor ficou mais espessa, todos com pressa para se perguntar sobre os estranhos tremores do chão, tentando adivinhar seu significado.

Tas viu Crysania parar mais de uma vez, abrindo caminho pela multidão. Ela tinha acabado de se libertar quando Quarath virou a esquina, chamando o Rei-Sacerdote. Sem ver aonde estava indo, Crysania foi direto para ele, que a segurou.

— Pare! Minha cara — gritou Quarath, balançando-a, achando que estava histérica. — Acalme-se!

— Me solte! — Crysania lutou contra seu agarre.

— Ela enlouqueceu de terror! Ajudem-me a segurá-la! — chamou Quarath para vários outros clérigos por perto.

Tas percebeu que Crysania parecia *mesmo* louca. Ele conseguiu ver o rosto dela conforme se aproximava. Seu cabelo preto era uma massa enrolada, seus olhos estavam profundamente cinzentos, da cor de nuvens de tempestade, e seu rosto ruborizado de cansaço. Ela não parecia ouvir nada, vozes não penetravam sua consciência, exceto talvez por uma.

Outros clérigos a seguraram ao comando de Quarath. Gritando incoerentemente, Crysania também lutou contra eles. O desespero deu-lhe forças, ela quase escapou mais de uma vez. Suas vestes brancas rasgavam em suas mãos enquanto tentavam segurá-la, e Tas pensou ter visto sangue em alguns rostos dos clérigos.

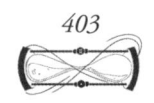

Apressando-se, ele estava prestes a saltar nas costas do clérigo mais próximo e bater na sua cabeça quando foi cegado por uma luz brilhante que fez todos pararem, até Crysania.

Ninguém se mexeu. Tudo o que Tas conseguiu ouvir por um momento foi Crysania ofegando por ar e a respiração pesada daqueles que a tentavam impedir. E então, uma voz falou.

— Os deuses vêm ao meu comando — disse a voz musical vinda do centro da luz.

O chão debaixo dos pés de Tasslehoff subiu alto no ar, jogando o kender como uma pena. Ele afundou rapidamente quando Tas subiu, depois se elevou até ele na queda. O kender se chocou contra o chão, o impacto tirando o fôlego do seu corpinho.

O ar explodiu com poeira e vidro e farpas, gritos e urros e baques. Tas não conseguiu fazer nada além de lutar para respirar. Deitado no piso de mármore enquanto este pulava, quicava e tremia debaixo dele, observou espantado as colunas se rachando e se desmoronando, paredes se abrindo, pilares caindo, e pessoas morrendo.

O Templo de Istar estava desabando.

Arrastando-se de joelhos, Tas tentou desesperadamente manter Crysania em sua visão. Ela não parecia notar o que estava acontecendo ao seu redor. Aqueles que ainda a seguravam a soltaram em seu pânico e Crysania, ainda ouvindo apenas a voz de Raistlin, avançou mais uma vez. Tas gritou, Quarath se lançou contra ela, mas, quando estava quase a alcançando, uma enorme coluna de mármore perto caiu.

Tas prendeu o fôlego. Ele não conseguiu ver nada por um instante, e depois a poeira de mármore assentou. Quarath não passava de uma massa ensanguentada no chão. Crysania, aparentemente ilesa, olhou tonta para o elfo, cujo sangue espirrou em todas as suas vestes brancas.

— Crysania! — gritou Tasslehoff, rouco. Mas ela não o notou. Virando, ela tropeçou pelos destroços, sem ver, sem ouvir nada além da voz que a chamava mais urgentemente do que nunca.

Levantando com dificuldade, seu corpo dolorido e ardido, Tas correu atrás dela. Chegando perto do fim do corredor, ele viu Crysania virar à direita e descer uma escadaria. Antes de segui-la, Tas arriscou uma espiadinha atrás dele, atraído por uma curiosidade terrível.

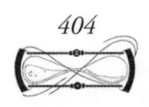

A luz brilhante ainda preenchia o corredor, iluminando os corpos dos mortos e moribundos. Rachaduras abriram nas paredes do Templo, o teto se afundou, o pó sufocava o ar. E, dentro daquela luz, Tas ainda podia ouvir a voz, mas a sua música adorável sumiu. Ela parecia ríspida, estridente e desafinada.

— Os deuses estão vindo...

Fora da grande arena, correndo por Istar, Caramon abriu caminho por ruas entupidas de morte. Assim com a mente de Crysania, a dele também ouvia a voz de Raistlin. Mas ela não o chamava. Não, Caramon a ouviu como a ouvira no útero da mãe deles, ele ouviu a voz do seu gêmeo, a voz do sangue que compartilhavam.

Caramon ignorou os gritos dos que morriam, ou das súplicas de ajuda daqueles presos nos destroços. Ele ignorou o que acontecia ao seu redor. Construções desabaram praticamente em cima dele, pedras quicavam pelas ruas, errando-o por pouco. Seus braços e tórax já sangravam de pequenos cortes. Suas pernas estavam abertas numa centena de lugares.

Mas ele não parou. Ele nem mesmo sentia dor. Escalando os destroços, erguendo gigantescas vigas de madeira e as jogando fora do seu caminho, Caramon lentamente avançou pelas ruas moribundas de Istar até o Templo que reluzia no sol à sua frente. Em sua mão, segurava uma espada ensanguentada.

Tasslehoff seguiu Crysania para baixo, descendo, descendo para as entranhas do chão, pelo menos era o que parecia para o kender. Ele não sabia que lugares assim existiam no Templo, e ele se perguntava como não descobriu todas essas escadarias em seus muitos passeios. Ele também se perguntava como Crysania as descobriu. Ela passava por portas secretas que não eram visíveis nem para os olhos de kender de Tas.

O terremoto acabou, o Templo tremeu um pouco mais numa memória horrorizada, depois estremeceu e parou mais uma vez. Lá fora, havia morte e caos, mas ali dentro tudo estava parado e silencioso. Para Tas, era como se tudo no mundo estava prendendo a respiração, esperando...

Ali embaixo, seja lá onde fosse, Tas viu pouco dano, talvez por estar tão embaixo do chão. Pó engrossava o ar, dificultando a respiração e a visão, e de vez em quando uma rachadura aparecia numa parede, ou uma tocha caía no chão. Mas a maioria das tochas estava paradas em seus suportes na parede, ainda queimando, lançando um brilho sinistro no pó suspenso.

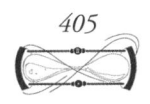

Crysania nunca parou nem hesitou, apenas continuou avançando rapidamente, apesar de Tas ter perdido todo o senso de direção ou de onde

estava. Ele conseguiu manter o pique dela facilmente, mas estava ficando cada vez mais cansado e torcia para que chegassem onde quer que estivessem indo. Suas costelas doíam horrivelmente. Cada respiração ardia como fogo, e suas pernas pareciam pertencer a um anão de pernas grossas vestido de ferro.

Ele seguiu Crysania por outro lance de escadas de mármore, forçando seus músculos doloridos a continuar se mexendo. Chegando no final, Tas olhou cansado para cima e seu coração subiu para variar. Estavam num corredor escuro e estreito que felizmente terminava numa parede, não outra escadaria!

Ali queimava uma única tocha num suporte sobre uma passagem obscurecida.

Com um grito grato, Crysania correu pela passagem, sumindo na escuridão além.

— É claro! — Tas entendeu, agradecido. — O laboratório de Raistlin! Deve ficar aqui embaixo.

Correndo para frente, ele estava muito perto da porta quando uma grande forma escura avançou contra ele pelas costas, derrubando-o. Tas caiu no chão, a dor nas suas costelas fazendo-o prender o fôlego.

Olhando para cima, lutando contra a dor, o kender viu o clarão de uma armadura dourada e a luz da tocha reluzindo na lâmina de uma espada. Ele reconhecia o corpo bronzeado e musculoso do homem, mas o rosto dele, o rosto que deveria ser tão familiar, era o rosto de alguém que Tas nunca tinha visto antes.

— Caramon? — sussurrou conforme o homem avançou por ele. Mas Caramon não o viu nem o ouviu. Freneticamente, Tas tentou se levantar.

E então, o abalo atingiu e o chão tremeu bem debaixo dos pés de Tas. Apoiando-se contra uma parede, ele ouviu um som de rachadura acima dele e viu o teto começar a desabar.

— Caramon! — gritou ele, mas sua voz foi perdida no som da madeira caindo sobre ele, atingindo-o na cabeça. Tas lutou para permanecer consciente apesar da dor. Mas seu cérebro, como se estivesse se recusando a ter qualquer envolvimento a mais naquela bagunça, apagou as luzes. Tas afundou na escuridão.

Capítulo

19

uvindo em sua mente a voz calma de Raistlin atraindo-a através da morte e da destruição, Crysania correu sem hesitar para dentro da sala, muito abaixo do Templo. Mas, ao entrar, seus passos ansiosos vacilaram. Hesitante, ela olhou ao redor, seu pulso palpitando em sua garganta.

Ela se cegou para os horrores do Templo afetado. Mesmo então, olhava o sangue no seu vestido e não conseguia se lembrar de como acontecera. Mas ali, naquela sala, as coisas se destacavam com uma clareza vívida, apesar do laboratório estar iluminado apenas pela luz de um cristal na ponta de um cajado mágico. Olhando ao redor, intimidada pela sensação de maldade, ela não conseguiu se fazer passar pela porta.

De repente, ouviu algo e sentiu um toque em seu braço. Girando alarmada, viu criaturas das trevas vivas e disformes, aprisionadas e mantidas em jaulas. Farejando seu sangue quente, elas se mexiam na luz do cajado, e foi o toque de uma daquelas mãos que ela sentiu. Tremendo, Crysania recuou para longe e bateu em algo sólido.

Era um baú aberto contendo o corpo do que um dia deve ter sido um jovem. Mas a pele estava esticada sobre os ossos como pergaminho, sua boca aberta num grito tenebroso e silencioso. O chão saltou sob os pés dela, e o corpo no caixão quicou loucamente, encarando-a com órbitas oculares vazias.

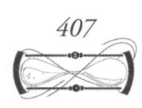

Crysania arquejou, nenhum som saiu da sua garganta, seu corpo estava suando frio. Segurando a cabeça em suas mãos trêmulas, ela apertou os olhos para apagar a visão terrível. O mundo começou a se esvair, e então ouviu uma voz suave.

— Venha, minha cara — disse a voz que esteve na mente dela. — Venha. Você está segura comigo agora. As criaturas do mal de Fistandantilus não podem feri-la enquanto eu estiver aqui.

Crysania sentiu a vida retornar ao seu corpo. A voz de Raistlin trouxe conforto. O enjoo passou, o chão parou de tremer, a poeira se quietou. O mundo caiu num silêncio mortal.

Agradecida, Crysania abriu os olhos. Ela viu Raistlin de pé a certa distância, observando-a das sombras da sua cabeça encapuzada, seus olhos reluzindo na luz do seu cajado. Mas, enquanto Crysania o olhava, ela teve um vislumbre das formas enjauladas que se contorciam. Tremendo, manteve seu olhar no rosto pálido de Raistlin.

— Fistandantilus? — perguntou ela por lábios secos. — Ele construiu isto?

— Sim, este laboratório é dele — respondeu Raistlin, friamente. — Ele o criou anos e anos atrás. Sem que os clérigos soubessem, ele usou sua grande magia para cavar debaixo do templo como uma minhoca, mastigando rocha sólida, moldando-a em escadas e portas secretas, lançando seus feitiços sobre elas para que poucos soubessem da sua existência.

Crysania viu um sorriso sarcástico de lábios finos surgir no rosto de Raistlin conforme ele se virou para a luz.

— Ele o mostrava a poucos ao longo dos anos. Apenas um punhado de aprendizes chegavam a saber deste segredo — Raistlin deu de ombros. — E nenhum deles viveu para contar. — Sua voz suavizou. — Mas Fistandantilus cometeu um erro. Ele o mostrou para um jovem aprendiz. Um jovem frágil, brilhante e de língua afiada, que observou e memorizou cada curva e entrada dos corredores secretos, que estudou cada palavra de cada feitiço que revelava passagens secretas, recitando-as sem parar, guardando-as na memória, antes de dormir, noite após noite. E assim, estamos aqui, você e eu, seguros por enquanto da fúria dos deuses.

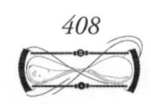

Fazendo um movimento com sua mão, ele gesticulou para Crysania vir para a parte dos fundos da sala onde havia uma enorme escrivaninha entalhada e ornamentada. Nela, repousava um grimório de encadernação prateada que ele estava lendo. Um círculo de pó prata estava espalhado ao redor da escrivaninha.

— Isso, isso. Mantenha seus olhos em mim. Assim as trevas não são tão terríveis, não é?

Crysania não conseguiu responder. Ela percebeu que, mais uma vez por fraqueza, deixou que lesse mais nos olhos dela do que ela pretendia. Ruborizando, logo virou o olhar.

— Eu... eu só fiquei assustada — disse ela. Mas ela não conseguiu segurar um calafrio ao olhar de volta para o caixão. — O que é, ou o que foi, isto? — sussurrou ela horrorizada.

— Um dos aprendizes de Fistandantilus, sem dúvida — respondeu Raistlin. — O mago sugou a força vital dele para prolongar sua própria vida. Era algo que ele fazia... frequentemente.

Raistlin tossiu, seus olhos ficaram escuros e sombrios com alguma memória terrível, e Crysania viu um espasmo de medo e dor passar pelo rosto geralmente impassível dele. Mas antes que pudesse perguntar mais, houve o som de uma batida na passagem. O mago de vestes pretas logo recuperou sua compostura. Ele ergueu o olhar, sua visão passando por Crysania.

— Ah, entre, meu irmão. Estava pensando agora no Teste, o que naturalmente me fez pensar em você.

Caramon! Aliviada, Crysania se virou para receber o grande homem com sua presença firme e tranquilizante dele, o rosto jovial e agradável. Mas suas palavras de saudação morreram em seus lábios, engolidas pela escuridão que só parecia aumentar com a chegada do guerreiro.

— Falando em testes, estou contente por ter sobrevivido ao seu, irmão — disse Raistlin, seu sorriso sarcástico retornando. — Esta dama — ele olhou Crysania de soslaio. — precisará de um guarda-costas para onde vamos. Não consigo dizer o quanto significa para mim ter alguém que conheço e confio vindo conosco.

Crysania se encolheu do terrível sarcasmo, e ela viu Caramon se encolher como se as palavras de Raistlin fossem espinhos minúsculos e envenenados, penetrando em sua carne. O mago não pareceu notar nem se importar, no entanto. Ele estava lendo seu grimório, murmurando palavras suaves e traçando símbolos no ar com suas mãos delicadas.

— Sim, eu sobrevivi o seu teste — disse Caramon silenciosamente. Entrando na sala, chegou à luz do cajado. Crysania prendeu o fôlego com medo.

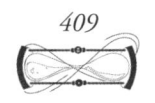

— Raistlin! — clamou ela, recuando de Caramon conforme o grande homem se aproximava devagar com a espada ensanguentada em sua mão. — Raistlin, veja! — disse Crysania, tropeçando na escrivaninha perto de onde o mago estava de pé, entrando sem saber no círculo de pó de prata. Grãos prateados se prenderam na bainha das vestes dela, brilhando na luz do cajado.

Irritado com a interrupção, o mago ergueu o olhar.

— Eu sobrevivi ao seu teste — repetiu Caramon. — Assim como você sobreviveu ao Teste da Torre. Lá, eles despedaçaram o seu corpo. Aqui, você despedaçou o meu coração. Não tem nada no lugar dele, só um vazio frio tão escuro quanto as suas vestes. E, como essa espada, está manchado de sangue. Um minotauro miserável, um pobre coitado, morreu nessa lâmina. Um amigo deu a vida por mim, outra morreu nos meus braços. Você mandou o kender pra morte, não mandou? E quantos outros morreram pra avançar os seus planos malignos? — A voz de Caramon baixou para um sussurro letal. — Esse é o fim, meu irmão. Ninguém mais vai morrer por sua causa. Exceto uma pessoa... eu. Parece apropriado, né, Raist? Viemos juntos nesse mundo; juntos nós vamos deixá-lo.

Ele avançou mais um passo. Raistlin parecia prestes a falar, mas Caramon o interrompeu.

— Você não pode usar a sua magia pra me impedir, não dessa vez. Eu conheço esse feitiço que você planeja lançar. Eu sei que vai exigir todo o seu poder, toda a sua concentração. Se usar qualquer magiazinha contra mim, não vai ter a força pra sair desse lugar, e o meu objetivo vai ser cumprido mesmo assim. Se não morrer pelas minhas mãos, você morre pelas mãos dos deuses.

Raistlin olhou seu irmão sem comentar, e então, dando de ombros, voltou a ler seu livro. Foi só quando Caramon avançou outro passo e Raistlin ouviu a armadura dourada do homem batendo que o mago suspirou, exasperado, e ergueu os olhos para seu gêmeo. Seus olhos, brilhando das profundezas do seu capuz, pareciam os únicos pontos de luz na sala.

— Você está errado, meu irmão — disse Raistlin suavemente. — Outra pessoa também morrerá. — Seu olhar espelhado foi para Crysania, que estava de pé, sozinha, suas vestes brancas reluzindo na escuridão, entre os dois irmãos.

Os olhos de Caramon amoleceram com pena quando ele também olhou para Crysania, mas a determinação em seu rosto não vacilou.

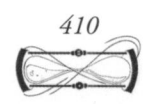

— Os deuses a levarão — disse ele gentilmente. — Ela é uma clériga verdadeira. Nenhum dos clérigos verdadeiros morreu no Cataclismo. É por isso que Par-Salian a mandou de volta. — Esticando a mão, ele apontou. — Veja, ali tem um deles, esperando.

Crysania não precisou se virar e ver, ela sentiu a presença de Loralon.

— Vá até ele, Filha Reverenciada — disse Caramon a ela. — O seu lugar é na luz, não aqui nas trevas.

Raistlin não disse nada, não gesticulou de forma alguma, apenas permaneceu de pé silenciosamente junto à escrivaninha, a mão esguia repousando sobre o grimório.

Crysania não se moveu. As palavras de Caramon ressoaram na mente dela como as asas das criaturas malignas que voavam sobre a Torre da Alta Magia. Ela ouviu as palavras, mas elas não tinham significado. Tudo o que conseguia ver era a si mesma, segurando a luz brilhante em sua mão, liderando o povo. A Chave... o Portal... Ela viu Raistlin segurando a Chave em sua mão, ela o viu a chamando. Mais uma vez ela sentiu o toque dos lábios ardentes de Raistlin em sua testa.

Uma luz piscou e morreu. Loralon se foi.

— Não posso — Crysania tentou falar, mas nenhuma voz veio. Nenhuma era necessária. Caramon compreendia. Ele hesitou, olhando para ela por um longo momento, depois suspirou.

— Que assim seja — disse Caramon friamente enquanto ele também entrou no círculo de prata. — Outra morte não importará muito para nenhum de nós, não é mesmo, meu irmão?

Crysania olhava, fascinada, para a espada ensanguentada brilhando na luz do cajado. Ela vividamente a imaginou penetrando seu corpo e, erguendo o olhar para Caramon, ela viu que ele imaginou a mesma coisa, e que nem isso o impediria. Ela não era nada para ele, nem mesmo um ser humano. Ela não passava de um obstáculo em seu caminho, impedindo-o de alcançar seu verdadeiro objetivo, seu irmão.

"Que ódio terrível," pensou Crysania, e então, olhando fundo nos olhos que estavam tão perto dela agora, ela teve um lampejo intuitivo. "Que amor terrível!"

Caramon avançou sobre ela com uma mão esticada, querendo agarrá-la e jogá-la de lado. Agindo em pânico, Crysania se esquivou, cambaleando para trás contra Raistlin, que não se mexeu para tocá-la. A mão de Caramon só agarrou uma manga das suas vestes, rasgando-a. Numa fúria, ele jogou o tecido branco no chão, e Crysania sabia que iria morrer. Ainda assim, ela manteve seu corpo entre ele e seu irmão.

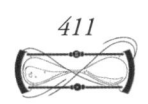

A espada de Caramon reluziu.

Em desespero, Crysania agarrou o medalhão de Paladine no seu pescoço.

— Alto! — Ela gritou a palavra de comando enquanto fechava os olhos com medo. Seu corpo se encolheu, esperando pela dor terrível do aço abrindo sua carne. Ela ouviu um gemido e a batida de uma espada caindo na pedra. O alívio atravessou seu corpo, deixando-a fraca e mole. Chorando, ela se sentiu caindo.

Mas mãos esguias a pegaram e a seguraram; braços finos e musculosos a puxaram para perto, uma voz suave falou seu nome em triunfo. Ela foi envolta num negrume quente, afogou-se num negrume quente, afundando cada vez mais. E em seu ouvido, ela ouviu o sussurrar de palavras da estranha língua da magia.

Como aranhas ou mãos que acariciavam, as palavras rastejaram pelo seu corpo. O cântico das palavras ficou cada vez mais alto, a voz de Raistlin ficou cada vez mais forte. Uma luz prateada lampejou e depois sumiu. Os braços de Raistlin ao redor de Crysania se apertaram em êxtase, e ela estava girando e girando, capturada naquele êxtase, esvaindo-se com ele para o negrume.

Ela colocou seus braços em volta dele e descansou sua cabeça em seu peito, deixando-se afundar na escuridão. Enquanto ela caía, as palavras da magia se misturaram com o canto do seu sangue e do canto das pedras do Templo...

E passando por tudo isso havia uma nota dissonante, um gemido ríspido e de coração partido.

Tasslehoff Burrfoot ouviu as pedras cantando e sorriu sonhadoramente. Ele se lembrou que era um rato, correndo adiante pelo pó de prata enquanto as pedras cantavam...

Tas acordou de repente. Ele estava deitado no frio piso de pedra, coberto de poeira e detritos. O chão debaixo dele estava começando a tremer e se abalar mais uma vez. Tas soube, pela sensação estranha e nada familiar de medo surgindo dentro dele, que dessa vez os deuses estavam falando sério. Dessa vez, o terremoto não terminaria.

— Crysania! Caramon! — gritou Tas, mas ele só ouviu o eco da sua voz estridente voltando, quicando nas paredes trêmulas.

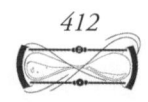

Levantando-se com dificuldade, ignorando a dor em sua cabeça, Tas viu que a tocha ainda iluminava a sala escura em que Crysania entrou, aquela parte da edificação aparentemente a única intocada pelo movimento convulsivo do chão. "Magia," pensou Tas vagamente, seguindo para dentro e reconhecendo coisas de mago. Ele procurou sinais de vida, mas tudo o que viu foram as criaturas horríveis enjauladas, jogando-se contra as portas das suas celas, sabendo que o fim da sua existência de tortura estava perto, mas não querendo desistir da vida, não importava o quão dolorosa fosse.

Tas olhou loucamente ao redor. "Onde foi todo mundo?"

— Caramon? — disse ele em voz baixa. Mas não houve resposta, apenas um tremor distante enquanto o abalo do chão ficava cada vez pior. Na luz difusa da tocha lá fora, Tas teve um vislumbre de metal brilhando no chão perto de uma escrivaninha. Cambaleando pelo chão, Tas conseguiu alcançá-la.

Suas mãos fecharam no cabo dourado da espada de um gladiador. Apoiando na escrivaninha para ter algum apoio, encarou a espada prateada com uma mancha preta de sangue. E então pegou outra coisa que estava no chão debaixo da espada: um pedaço de tecido branco. Ele viu um bordado dourado retratando o símbolo de Paladine brilhando fracamente na luz da tocha. Havia um círculo de pó no chão, pó que um dia teria sido de prata, mas queimado e preto.

— Eles foram embora — disse Tas suavemente para as criaturas enjauladas e tagarelas. — Eles foram embora... Eu estou sozinho.

Um abalo repentino do chão jogou o kender no piso de quatro. Houve um som de quebrar e rasgar tão alto que quase o ensurdeceu, fazendo Tas erguer a cabeça. Ao olhar para o teto espantado, ele se abriu. A pedra rachou. A fundação do Templo se partiu.

E então o próprio Templo desabou. As paredes caíram. O mármore se separou. Andar após andar se abriu para fora, como as pétalas de uma rosa se abrindo na luz da manhã, uma rosa que morreria até o cair da noite. O olhar do kender seguiu o progresso tenebroso até que finalmente viu a própria torre do Templo se abrir no meio, caindo no chão com um estrondo que era mais devastador do que o terremoto.

Incapaz de se mexer, protegido pelos poderosos feitiços sombrios conjurados por um mago maligno morto há muito tempo, Tas permaneceu no laboratório de Fistandantilus, olhando para os céus.

E viu o céu começar a chover fogo.

Para acompanhar as novidades da JAMBÔ e acessar conteúdos gratuitos de RPG, quadrinhos e literatura, visite nosso site e siga nossas redes sociais.

- www.jamboeditora.com.br
- facebook.com/jamboeditora
- twitter.com/jamboeditora
- instagram.com/jamboeditora
- youtube.com/jamboeditora
- twitch.com/jamboeditora

Para ainda mais conteúdo, incluindo colunas, resenhas, quadrinhos, contos, podcasts e material de jogo, faça parte da *Dragão Brasil*, a maior revista de cultura nerd do país.

- www.dragaobrasil.com.br

JAMBÔ
Livros divertidos

Rua Coronel Genuíno, 209 • Centro Histórico
Porto Alegre, RS • 90010-350
(51) 3391-0289 • contato@jamboeditora.com.br